Jean Piaget

Gesammelte Werke
Studienausgabe

Band 8

JEAN PIAGET

# Die Entwicklung des Erkennens I

## Das mathematische Denken

*Mit einer Einführung von Hans Aebli*

ERNST KLETT VERLAG
STUTTGART

Die französische Originalausgabe erschien unter dem Titel
Introduction à l'Épistémologie Génétique
Tome I: La Pensée Mathématique
bei Presses Universitaires de France, Paris 1950

Die Übersetzung besorgte Dr. Fritz Kubli, Zürich

1. Auflage 1975
innerhalb der Gesammelten Werke (Studienausgabe)

Printed in Germany
Druck: Wilhelm Röck, Weinsberg
ISBN 3-12-929180-6

# INHALTSVERZEICHNIS

## *Zur Einführung*

Innerhalb des unendlich reichen und vielfältigen Werkes von Jean Piaget nimmt die *Entwicklung des Erkennens* eine Sonderstellung ein: nicht nur, weil sie, vom 54jährigen Meister der Entwicklungspsychologie veröffentlicht, die erste umfassende Synthese seines Lebenswerkes darstellt. Darüber hinaus legt dieses Werk wie kein zweites die inneren Triebfedern, welche das Forschen des großen Genfers bewegt haben und noch bewegen, bloß und formuliert seine Grundfragen.

Piagets Lebenswerk lebt aus der Spannung zwischen naturwissenschaftlicher und philosophisch-logischer Erkenntnis. Diese beiden Pole sind in seinem Leben sogar biographisch aufweisbar: Piaget hat sein wissenschaftliches Werk als Biologe begonnen. Er hat sich sodann über Jahrzehnte mit Problemen der Psychologie und der Philosophie, insbesondere der Erkenntnistheorie, der Geschichte der Wissenschaften und der Logik beschäftigt, und er hat im Alter noch einmal gewisse biologische Probleme, sozusagen als über Jahre „unerledigte" Aufgaben, aufgenommen und erforscht.

Aber dies ist nur das Äußere: Was es heißt, aus und in der Spannung zwischen naturwissenschaftlicher und psycho-logischer Erkenntnis zu denken und zu forschen, das zeigt die Entwicklung des Erkennens. Piaget stellt sich hier die Aufgabe, zu untersuchen, wie die historische Entwicklung der Wissenschaften und ihre Selbstdeutung in der Wissenschaftstheorie hinüberführen kann zu den Fragestellungen einer erkenntnistheoretisch interessierten Entwicklungspsychologie und wie sich beide, die *„philosophie de la science"* und die Entwicklungspsychologie, ergänzen: Die Geschichte und die Philosophie der Wissenschaften zeigen die Entwicklungslinien, welche die jeweils letzten und vollendeten Konstruktionen des menschlichen Geistes untereinander verbinden und damit ihren „Stammbaum" darstellen. Die Entwicklungspsychologie wiederum zeigt, wie sich im Leben des Individuums die Strukturen aufbauen, welche in ihrer – seltenen und glücklichen – Endform das wissenschaftliche Denken und das wissenschaftliche Werk des einzelnen konstituieren: die Phylogenese und die Ontogenese des menschlichen Erkennens also, wenn man will.

In diesem Rahmen findet Piaget nun die beiden Blickrichtungen des Erkennens wieder, welche man mit einiger Vereinfachung als die naturwissenschaftliche und die verhaltenstheoretische bezeichnen kann. Das Erkennen des Forschers und das Erkennen des Kindes ist immer Denken, und es vollzieht sich als solches in einem lebendigen Organismus, der den

Gesetzen der Biologie unterliegt. Die Gesetze der Biologie aber reduzieren sich früher oder später auf solche der Physik, und diese wiederum formalisieren sich in den Schemata der Mathematik und der Logik. Diese aber sind Denken im Geiste des erkennenden Forschers und des Kindes. Andererseits: der Forscher und das Kind, welche die Erscheinungen ihrer Welt zu begreifen suchen, sind auf die Instrumente ihres Denkens angewiesen, mit deren Hilfe sie die Dinge erfassen (assimilieren). Die geistigen Instrumente des Kindes sind Handlungen, diejenigen des Forschers logische und mathematische Operationen. Beide sind eng verwandt. Die letzteren wiederum sind Instrumente der Erfassung von physikalischer und biologischer Wirklichkeit. Die biologischen Begriffe aber können ihrerseits auf die psychologischen Prozesse angewendet werden und erhellen diese ... Das ist – in großer Vereinfachung und in einer der möglichen Betrachtungsweisen – der *Kreis der Wissenschaften,* der in Piagets Erkenntnistheorie eine zentrale Stellung einnimmt. Piaget hält ihn nicht für einen *circulus vitiosus,* sondern für natürlich gegeben und notwendig, für einen Kreis, den es nicht aufzubrechen, sondern ständig zu erweitern gilt.

Das *mathematische Denken* steht in diesem Kreis. Es ist Denken und geht als solches aus der Handlung hervor: Dies haben Piagets entwicklungspsychologische Untersuchungen immer wieder gezeigt. An seinem Anfang aber wurzelt dieses Handeln in der biologischen Körperorganisation und reicht damit in die Physis des Menschen hinunter: Dies hat seine schöne Untersuchung über das „Erwachen der Intelligenz beim Kinde" gezeigt. Von hier aus klärt sich das schwierige erkenntnistheoretische Problem der Adäquatheit von mathematischem Denken und von physischer Wirklichkeit, das Problem des *„accord de la mathématique et du réel"*: Beide, mathematisches Denken und physische Wirklichkeit, gehorchen letztlich den gleichen Gesetzen der Physis und passen daher als Ausprägungsformen der gleichen Wirklichkeit in einer ursprünglichen Weise aufeinander.

Umgekehrt ist mathematisches Denken geistige Konstruktion und Gestaltung der Wirklichkeit in der Denkhandlung. Damit tritt das Denken sozusagen in die Wirklichkeit ein und wird zu ihrem Teil. Es ist der Weg der Assimilation: auch er begründet und sichert den Akkord von Denken und Wirklichkeit.

Man erkennt: wenngleich Piaget hier Zwiesprache mit den Großen der mathematischen Erkenntnistheorie hält, so ist es für ihn doch zugleich Nachdenken über die inneren Motive, welche sein eigenes Forschen bewegt haben, und es ist ein geistiges Durchmessen des Phänomens Entwicklung in seinen beiden Hauptrichtungen: mit der Blickrichtung des Biologen rückwärts zu den Ursprüngen des erkennenden Geistes im Lebendigen, mit der Blickrichtung des Logikers und Wissenschaftstheoretikers vorwärts zu den sich progressiv aufbauenden Strukturen der theoretischen Erkenntnis. In der Handlung sind diese Strukturen virtuell schon enthalten, in jedem gleichgewichtigen Stadium ihres Aufbaus sind die nächsten Schritte als Mögliches impliziert. In der *Entwicklung des Erkennens* vereinigt sich das Denken des Biologen und des Logikers Piaget zur genetischen Erkenntnistheorie, welche die historische und die individuelle Entwicklung des menschlichen Denkens gleichermaßen zu erhellen vermag.

*Hans Aebli*

# VORWORT ZUR DEUTSCHEN AUSGABE (1972)

Ich freue mich sehr, daß das große Verlagshaus Klett acht meiner Werke in deutscher Sprache herausgibt. Deutschland gehört zu den Ländern, in denen die wissenschaftliche Psychologie entstanden ist und sich kraftvoll entwickelt hat und dessen junge Forschergenerationen sicherlich Weiteres zu ihrer Erneuerung beitragen werden.

Diese acht Werke haben mindestens zwei Gedanken gemeinsam: Der *erste* lautet dahin, daß das menschliche Denken in seinen vielfältigen Formen und seinen aufeinanderfolgenden Etappen nie vorausbestimmt oder vorausgeformt ist, und dies weder in der Objektwelt noch im Subjekt. Vielmehr enthält es immer ein Element der Konstruktion und der Neuschöpfung, die aus den Wechselwirkungen – man könnte auch von einer Art Dialektik sprechen – zwischen dem Subjekt und den Objekten hervorgeht. Die Erkenntnis der Objektwelt, auch wenn sie mit experimentellen Methoden gewonnen wird, besteht in der Tat nie aus einer bloßen Registrierung der beobachtbaren Züge, die schon vor dieser objektiv existiert haben: Sie fügt vielmehr immer Beziehungen hinzu, welche aus der Aktivität des Subjektes hervorgehen; denn um die beobachtbaren Züge der Wirklichkeit zu registrieren, muß man Meß- und Verarbeitungsinstrumente konstruieren und einsetzen. (Um die waagrechte Lage einer Wasserfläche zu erfassen, braucht man beispielsweise ein Bezugs- und Koordinatensystem.) Die Erkenntnis der Objektwelt erfordert einen logisch-mathematischen Rahmen, der es ermöglicht, Beziehungen herzustellen. Sie umfaßt daher deren aktive Assimilation an ihre eigenen Schemata und nicht bloß die passive Assoziation der äußeren Gegebenheiten. Was nun diese Bezugssysteme und Instrumente der Registrierung betrifft, so sind sie nicht im Geiste des Subjekts *a priori* vorgeformt, sondern erfordern ihrerseits Konstruktionen und laufende Anpassungen, welche von den allgemeinen Handlungskoordinationen (der Quelle der Logik) bis zu den induktiven und sogar formalen Koordinationen der höheren Denkformen reichen. Aus dem Kantschen Begriff des Apriori scheiden wir daher den Zug des „Vorweg-Gegebenseins" aus, denn es gibt einen schrittweisen Aufbau; wir bewahren jedoch den Zug der Notwendigkeit. In der Tat schreitet dieser Aufbau zu Anfang in einfachen Regulierungen vorwärts und erreicht in der Folge durch eine schrittweise Äquilibration Zustände der „Geschlossenheit", welche die internen Verknüpfungen einer Struktur streng selbstregulierend werden läßt. Die Konstruktionen *erwerben* damit einen Zug der Notwendigkeit, den sie im Ausgangspunkt nicht aufgewiesen haben.

Wenn nun aber die logisch-mathematischen Erkenntnisse, die aus den Handlungen des Subjektes hervorgehen, ebenso wie die experimentellen

Erkenntnisse, welche sich auf die Objektwelt beziehen, immer weiter auf- und ausgebaut werden (denn die Geschlossenheit einer Struktur schließt nicht aus, daß sie sich neuen Strukturen öffnet, in deren Rahmen sie integriert werden kann), wie soll man dann erklären, daß diese deduktiven und formalen Strukturen so gut auf die Wirklichkeit passen?

Der *zweite* allgemeine Gedanke, den man in einem jeden unserer Werke wiederfindet, besagt, daß dieses Aufeinanderpassen des Denkens und der Wirklichkeit kein bloßes äußeres Ergebnis von tastenden Versuchen und Korrekturen der Handlung darstellt: Das Aufeinanderpassen reicht tiefer, und seine Ursachen müssen im Bereiche der biologischen Organisation gesucht werden. Wenn nämlich die Ursprünge der Logik nicht bloß aus den Gesetzen der Syntax bzw. der Sprache hervorgehen, wie dies der „logische Positivismus" meint, sondern aus der allgemeinen Koordination der Handlungen, so hängt diese letztere ihrerseits von den Koordinationen im Nervensystem ab, und diese sind ihrerseits mit den organischen Koordinationen verbunden, welche das Leben charakterisieren. Nun ist der lebendige Organismus zwar der Ursprung des „Subjektes", im übrigen aber stellt er ein physisches Objekt unter anderen dar und ist als solcher mit der gesamten Wirklichkeit verwandt. Man kann daher sagen, daß das Aufeinanderpassen von Objektwelt und Subjekt im Inneren des Organismus gegeben ist.

Fallen wir damit aber nicht auf den Gedanken der präformierten Kenntnisse zurück, den wir soeben abgelehnt haben? Dies ist nicht der Fall, denn die organischen Verbindungen stellen nur einen Ausgangspunkt dar, keineswegs aber eine Gesamtheit von vollendeten logischen und mathematischen Strukturen: Der Übergang von einem hierarchischen Entwicklungsniveau zum folgenden schließt daher über die Anleihen aus dem niedrigeren Niveau hinaus immer eine Erweiterung und eine Bereicherung in sich, die sich aus der Notwendigkeit einer Rekonstruktion auf dem folgenden Niveau ergeben. Die Entwicklung ist daher nicht linear, sondern vollzieht sich in immer neuen Rekonstruktionen. Diese sind vergleichbar dem Fortschritt im Bereiche der Logik und der Mathematik: Eine jede neue Erfindung besteht hier in der Tat darin, neue Operationen zu konstruieren, welche *auf* den vorangehenden operieren, was zugleich die Kontinuität des Prozesses und seine konstruktivistische Fruchtbarkeit sichert. Man kann diesen Prozeß mit dem Ausdruck einer „reflektierenden Abstraktion" bezeichnen (im Gegensatz zu einer Abstraktion, welche von den Objekten ausgeht). Der Begriff der „Reflexion" hat dabei einen doppelten Sinn: einmal ist damit gesagt, daß sich auf dem höheren Niveau „reflektiert", was aus den Handlungen des niedrigeren Niveaus entspringt und von diesem her nach oben projiziert wird. Sodann bezeichnet aber Reflexion auch eine geistige, reflektive Reorganisation, welche bereichert, was auf diese Weise rekonstruiert wird. Wir verweisen dazu auf *„Die Entwicklung des Erkennens"*.

Dies sind unsere hauptsächlichen Leithypothesen. Man findet ihre Spuren in allen Einzelanalysen. Man erkennt daraus, daß wir es für unmöglich ansehen, die eigentlich psychologischen Fragen von den erkenntnistheoretischen zu trennen, wenn man das Werden der Erkenntnis und ihre Entwicklung studieren und sich nicht auf die statische Analyse eines einzigen Niveaus beschränken will. Wenn man sich darauf beschränkt, das Denken des Erwachsenen zu untersuchen, ist es einfach, die zwei Problembereiche getrennt zu behandeln. Aber dann geschieht es leicht, daß man nichts mehr zu erklären vermag, weder in der Psychologie noch in der Erkenntnistheorie. Denn der Geist des Erwachsenen ist eine Resultante oder ein Endpunkt (übrigens relativer Art), und nur die psychogenetische Untersuchung des durchlaufenen Weges liefert die Erklärung des vorläufigen Endstadiums. Wenn man sich andererseits auf den Standpunkt der Entwicklung stellt, den also eine jede Erklärung erfordert, kommt man dazu, die Faktoren zu suchen, welche die Entwicklung bedingen. Damit aber tauchen die erkenntnistheoretischen Fragen unweigerlich auf. Wenn man dabei das Schwergewicht auf die Wirkungen der Objektwelt legt, orientiert man sich in einer empiristischen Richtung; wenn man die Rolle des Subjektes überbewertet, gelangt man zum Idealismus. Wenn man sich an die sozialen und sprachlichen Faktoren hält, wird man leicht das Opfer gewisser Formen des Positivismus; wenn man die Tatsache der Interaktionen unterstreicht, so folgt man schließlich einer Leitlinie der konstruktivistischen Dialektik, usw. Kurz und gut, die einzige Methode der psychologischen Erklärung scheint uns diejenige der Psychogenese zu sein. Denn erklären, das heißt bloßlegen, wie Erscheinungen entstehen und zeigen, daß die Mechanismen der Intelligenz sich von der Geburt an aufbauen. Darum sind die psychologischen Fragen unauflöslich mit erkenntnistheoretischen Fragen verflochten.

Indessen – und damit wollen wir diese einleitenden Bemerkungen abschließen – dürfen die vorangehenden Überlegungen nicht dahingehend verstanden werden, daß die Psychologie der Philosophie (in ihrem klassischen Verständnis) untergeordnet sei. Das gemeinsame Übel der germanischen und der romanischen Kulturen besteht in der Neigung zur Spekulation. Eine Erkenntnistheorie, die sich mit der wissenschaftlichen Psychologie verbunden hat, schuldet es sich selbst, ihrerseits wissenschaftlich zu bleiben und insbesondere auf historisch-kritischen, soziogenetischen und psychogenetischen Methoden aufzubauen; denn das wissenschaftliche Denken ist seinerseits in einem ständigen Werden begriffen. Natürlich schließen derartige Methoden die Reflexion im Sinne der kritischen Philosophen keineswegs aus. Aber wenn auch das reflektive Denken in der Forschung und bei der Findung von Hypothesen unersetzlich ist, so besitzt es doch in sich selbst keinerlei Instrumente der Verifikation, wenn es nicht ein ausreichendes Niveau der Formalisierung erreicht. Darum braucht zwar die Entwicklungspsychologie eine Erkenntnistheorie, um sich zu konstituieren; das Umgekehrte aber ist ebenso wahr, denn wenn die Erkenntnistheorie über ihre notwendigen Formalisierungen hinaus auf psychologische Hypothesen zurückgreift – und dies tut sie immer in der einen oder anderen Form, auch wenn diese negativ ist –, so bleibt doch die Aufgabe, diese Deutungen im Lichte der Tatsachen zu verifizieren. Dieser Aufgabe haben wir uns in den Werken unterzogen, welche der Klett-Verlag publiziert, eine Aufgabe, welche in der Folge unser „Centre international d'Epistémologie génétique", das in Genf seit 1955 besteht, mit den Mitteln der interdisziplinären Kooperation seinerseits aufgenommen hat.

*Juni 1972* *J. Piaget*

# VORWORT (1949)

Wenn ein Psychologe, der ein Dutzend Werke über die Entwicklung der Intelligenz verfaßt hat, eine Erkenntnistheorie schreibt, so erfordert dies eine Erklärung, der man schwerlich eine andere Form als die eines Bekenntnisses geben kann.

Zur Zeit meiner Studien der Zoologie erweckte ein doppeltes Interesse für die Probleme der biologischen Veränderung und der Anpassung einerseits und für die erkenntnistheoretischen Fragen und die Fragen der Logik andererseits den Wunsch in mir, eine biologische Erkenntnistheorie zu entwerfen, die ausschließlich auf den Begriff der Entwicklung gegründet ist. Ein Zurückgehen auf die konkrete Psychologie erschien mir notwendig, vor allem ein Zurückgehen auf die „Embryologie der Vernunft", wie man das Studium der Intelligenz des Kindes nennen könnte. Ich begann deshalb vorerst einige Studien über die Logik des Kindes, denen ich mich während vier oder höchstens fünf Jahren widmen wollte. Diese Arbeiten haben mich beinahe dreißig Jahre lang beansprucht und sind noch nicht beendet.

Vor verfrühten Verallgemeinerungen habe ich mich also gehütet. Ich verlor jedoch das Ziel nie aus den Augen: den Entwurf einer genetischen Erkenntnistheorie, deren Grundzüge ich heute fixieren möchte. Dabei war es mir darum zu tun, einen genügend engen Kontakt mit der Geschichte der Wissenschaften aufrechtzuerhalten. P. Janet hat schon betont, daß Vorlesungen dazu dienen, Dinge zu sagen, über die man noch nicht vollkommen sicher ist: Dem intellektuellen Liberalismus der naturwissenschaftlichen Fakultät der Universität Genf und der Großzügigkeit des Experimentalpsychologen E. Claparède habe ich zu danken, daß ich einen Lehrstuhl der Geschichte des wissenschaftlichen Denkens bekam, den ich über zehn Jahre lang innehatte. Das vorliegende Werk ist das Resultat des Vergleichs, an dem ich ständig arbeitete, zwischen der Psychogenese der intellektuellen Operationen und ihrem historischen Ablauf.

Beim Abschluß meiner Arbeit möchte ich vor allem meinen Fakultätskollegen danken. Ich hätte kaum durchgehalten ohne das ständige Gespräch mit den Vertretern der exakten Wissenschaften, die Verständnis für den Standpunkt des Psychologen hatten. Dabei denke ich speziell an Ch.-E. Guye †, R. Wavre, J. Weiglé und E. Stuckelberg, E. Guyénot, L. Féraud, A. Ammann sowie an M. Chavannes, Assistent für Mathematik.

Ein Wort noch zum Aufbau dieses Werkes. Ich befand mich dauernd zwischen zwei Klippen. Wäre das Werk für Erkenntnistheoretiker geschrieben worden, hätte man keineswegs die Einzelheiten der Nachforschungen über die Psychologie der Intelligenz des Kindes als bekannt voraussetzen können. Man hätte in jedem Punkt das Wesentliche dieser Nachforschungen zusammenfassen müssen, um die Verbindung mit der rein erkenntnistheoretischen Diskussion herzustellen. Da dieses Werk andererseits auch für die Psychologen bestimmt ist, die ebenfalls an einer genetischen Erkenntnistheorie interessiert sind, wollte ich die diesbezüglichen Tatsachen nicht so oft wiederholen. Ich habe mich deshalb bemüht, das richtige Maß zu finden. Dazu habe ich speziell die klein gedruckten Texte und verschiedene Hinweise benutzt. Dasselbe Problem stellt sich auch in den Grenzregionen zwischen dem vorliegenden Werk und dem „Traité de Logique"[1], der die logistischen Abhandlungen enthält, die hier nicht wiedergegeben werden können.

Das Werk hat drei Bände: der vorliegende Band behandelt das mathematische Denken, der zweite das physikalische Denken, im dritten Band werden die hauptsächlichsten Formen des wissenschaftlichen Denkens in der Biologie, der Psychologie und der Soziologie untersucht.

*Januar 1949*

J. P.

[1] J. Piaget, „Traité de Logique", Colin: Paris 1949.

# EINLEITUNG

## *Objekt und Methoden der genetischen Erkenntnistheorie*

Die Experimentalpsychologie, die Soziologie und die Logistik, auch mathematische Logik genannt, haben sich schon seit langem zu eigenständigen Wissenschaften entwickelt, unabhängig von einem philosophischen Gesamtrahmen; dabei sind hier nur diejenigen Disziplinen genannt, die die meisten gemeinschaftlichen Arbeiten hervorgebracht haben. Wir fragen uns im folgenden, unter welchen Bedingungen dies auch für die genetische Erkenntnistheorie gelten kann, die von der Entwicklung des wissenschaftlichen Denkens ausgeht. Man muß deshalb prüfen, ob es möglich ist, den Gegenstand einer solchen Disziplin zu isolieren und die spezifischen Methoden anzugeben, deren sich diese Wissenschaft bedient.

### *1. Die genetische Erkenntnistheorie als Wissenschaft*

Der Gegenstand der Philosophie ist die Totalität der Wirklichkeit. Sie umfaßt die Realität der Objektwelt, die Realität des Geistes und auch die Beziehungen zwischen diesen beiden Welten. Insofern kann sie über keine spezifischen Methoden verfügen, außer der reflektierenden Analyse. Da sie zudem eine jede Realität behandeln muß, enthalten die von ihr konstruierten Systeme notwendigerweise Aussagen über Werte ebenso wie über Feststellungen. Weil sie an der Mannigfaltigkeit der Werte festhält, die sich dem menschlichen Bewußtsein anbieten, führt sie aber früher oder später zu unlösbaren Gegensätzen. Das ist der Grund für die Verschiedenartigkeit der traditionellen Standpunkte, die periodisch im Verlaufe der Geschichte der Metaphysik auftreten.

Im Gegensatz zur Philosophie steckt sich eine Wissenschaft ein begrenztes Ziel. Eine rechtmäßige Wissenschaftsdisziplin ist sie erst, wenn es ihr gelingt, eine solche Abgrenzung vorzunehmen. Indem sie nach der Lösung spezieller Fragen sucht, erarbeitet sie sich eine oder mehrere spezifische Methoden, die gestatten, neue Fakten zu sammeln und die Interpretationen innerhalb des vorher abgegrenzten Forschungsabschnitts zu koordinieren. Während die verschiedenen Philosophien infolge der unvermeidlichen Abweichungen ihrer Wertmaßstäbe, die ihre die Innen- und Außenwelt umfassenden Gesamtkonzeptionen voneinander unterscheiden, aufeinanderstoßen, erreicht eine Wissenschaft eine gewisse Übereinstimmung der Geister. Sie erreicht aber diese Übereinkunft nur in dem Maße, wie sie begrenzte Probleme löst und wie sie genau definierte Methoden anwendet.

Wenn auch keine absolute Abgrenzung zwischen der Philosophie und den Wissenschaften existiert, so ist ihr geistiger Hintergrund doch sehr verschieden, weil sich die eine auf das Ganze und die andere auf Teilaspekte der Realität bezieht. Man kann daher nie *a priori* unterscheiden, ob ein Problem wissenschaftlicher oder philosophischer Natur ist. In der Praxis, und *a posteriori*, stellt man fest, daß in gewissen Punkten eine Übereinkunft der Geister möglich ist (z. B. über die Berechnung der Wahrscheinlichkeit eines Phänomens, über die Gesetze der Vererbung oder die Struktur einer Wahrnehmung), während in anderen Punkten (z. B. über die geistige Freiheit usw.) sich diese Übereinkunft als schwierig erweist. Man wird die zuerst genannten Problemstellungen als wissenschaftlich erklären, die letzteren als philosophisch; dies bedeutet aber lediglich, daß es gelungen ist, die ersten Probleme so zu isolieren, daß ihre Lösungen nicht alles in Frage stellen, während die andern mit einer unbestimmten Folge von vorgängigen Fragen verquickt bleiben, die eine Stellungnahme erforderlich machen. Es kommt oft vor, daß ein Problem, das traditionell der Philosophie zugeordnet war, dank einer neuen Abgrenzung als wissenschaftlich erklärt wird. Das geschah gerade bei der Mehrzahl der psychologischen Probleme: man kann heute die Gesetze der Wahrnehmung oder der Entwicklung der Intelligenz studieren, ohne daß man verpflichtet ist, über die Natur der „Seele" eine Auffassung zu vertreten.

Wenn es auch keine feste Grenze zwischen philosophischen und wissenschaftlichen Fragen gibt, so bleibt doch der Geist wesentlich verschieden, in dem man diese Fragen angeht, vor allem, weil man sich im zweiten Fall bemüht, von der Gesamtheit der andern Probleme zu abstrahieren, während es im ersten Fall darum geht, alles mit allem zu verbinden, ohne daß man den Wunsch oder gar das Recht hätte, eine Beschneidung vorzunehmen. Man könnte fast, ohne maliziös zu werden, sagen, daß der Philosoph ein Theoretiker ist, der sich verpflichtet fühlt, sich mit allem gleichzeitig zu befassen und davon zu sprechen, während der Wissenschaftler sich zwingt, die Fragen aufzuteilen und aneinanderzureihen und sich so die Zeit nimmt, eine eigene Methode für jedes Problem zu finden.

Hier befindet sich der Kern des Problems. Wenn sich eine Disziplin wie die Experimentalpsychologie von der Philosophie trennt, um eine autonome Wissenschaft zu werden, dient diese Entscheidung ihrer Repräsentanten nicht dazu, sich zu einem geeigneten Zeitpunkt den Anschein vertieften Ernstes oder höheren Wertes zu geben. Sie besteht lediglich in der Weigerung, in gewisse Diskussionen einzutreten, welche die Geister scheiden. Sie geht dafür eine gewisse Abmachung oder ein *gentlemen's agreement* ein, nämlich: nur von Fragen zu sprechen, die durch den ausschließlichen Gebrauch gewisser gemeinsamer oder zumindest mitteilbarer Methoden behandelt werden können. Die Begründung einer Wissenschaft schließt deshalb notwendigerweise einen Verzicht mit ein, den Entschluß, mit der möglichst objektiven Darstellung der erhaltenen Resultate oder der angestrebten Erklärungen keine Interessen zu vermischen, die einem vielleicht viel mehr am Herzen liegen, die man aber als außerhalb der gesteckten Grenzen liegend betrachtet. Eine Übereinkunft der Geister ist alsdann realisierbar, sogar in der Experimentalpsychologie, in der z. B. Wahrnehmungsprobleme vergleichbare Lösungen in Moskau, Löwen oder Chicago ergeben, unabhängig von den sehr verschiedenen philosophischen Haltungen der Forscher, die analoge Methoden im Laboratorium anwenden.

Bei der Begründung eines Wissenschaftszweigs könnte diese Beschränkung als Verarmung erscheinen; dennoch hat das menschliche Wissen immer durch solche Abgrenzungen Fortschritte erzielt. Die ganze Geschichte des wissenschaftlichen Denkens, angefangen bei der Mathematik, der Astronomie und der Experimentalphysik, bis hin zur modernen Psychologie, ist die Geschichte einer fortschreitenden Absetzung der einzelnen Wissenschaften von der Philosophie. Andererseits fand aber die Philosophie ihre fruchtbarsten Erneuerungen in der Reflexion über die vollbrachten Fortschritte der unabhängig gewordenen Wissenschaften: Platon, Descartes, Leibniz und Kant sind die berühmtesten Zeugen dafür.

Zum gegenwärtigen Zeitpunkt muß auch die Erkenntnistheorie von den philosophischen Gesamtsystemen abgegrenzt werden. Dies ergibt sich aus dem Fortschritt einiger ihrer spezifischen Methoden, aber auch aus der heutigen Krise der Querverbindungen zwischen den Wissenschaften und der Philosophie.

Wenn die wachsende Differenzierung der speziellen Disziplinen den Wissenschaften die bekannten glücklichen Ergebnisse einbrachte, hat sie andererseits zu der im Augenblick katastrophalen Konsequenz für die Philosophie geführt, daß nämlich eine große Zahl bedeutender Geister zu glauben anfing, die philosophische Reflexion sei eine Spezialwissenschaft wie eine andere auch. Dies mag damit zusammenhängen, daß diese Gelehrten nicht mehr imstande waren, den spezialisierten wissenschaftlichen Arbeiten im Detail zu folgen. Nun waren es aber in den großen Epochen der Philosophiegeschichte jene Männer, die in der täglichen Forschung ihrer Wissenschaft arbeiteten und die – in Abständen – die Synthesen schufen, welche die wesentlichen Etappen der Philosophiegeschichte markieren. Man glaubt indessen heute an Fakultäten, die keine Laboratorien und mathematischen Lehrgebiete kennen, man könnte Philosoph werden, d. h. Synthesen finden, ohne eine vorangegangene spezialisierte Arbeit zu leisten oder, genauer ausgedrückt, man könnte Synthesen finden, wie wenn es sich dabei um eine legitime spezialisierte Tätigkeit handelte. Descartes, dessen Name für die Philosophie ebenso bedeutend ist wie für die analytische Geometrie, gab den Rat, der philosophischen Reflexion nur einen Tag im Monat zu widmen, die anderen aber den Experimenten und Berechnungen. Heute dagegen ist es erlaubt, Bücher über Philosophie zu schreiben, ohne selbst zum Fortschritt einer Wissenschaft beigetragen zu haben, sei es auch nur durch die bescheidenen Entdeckungen, wie sie für eine Dissertation in einer beliebigen wissenschaftlichen Disziplin verlangt werden.

Das gewöhnliche Resultat einer solchen Arbeitsteilung zwischen Wissenschaftlern, die sich berufsmäßig mit Spezialproblemen beschäftigen, und Gelehrten, die glauben, sie könnten sich ohne weiteres der Meditation über die Gesamtheit des Wirklichen hingeben, entspricht diesem Tatbestand. Einerseits sieht man Philosophen *de omni re scibili* sprechen, als ob es möglich wäre, jede Wahrheit durch einfache „Reflexion" zu ergreifen, z. B. über die Wahrnehmung zu urteilen, ohne je eine Wahrnehmungsschwelle im Labor gemessen zu haben; oder man sieht sie die Resultate der exakten Wissenschaften diskutieren, ohne je in der persönlichen Erfahrung eine exakte wissenschaftliche Methode kennengelernt zu haben. Die Geschichte zeigt aber zur Genüge, daß die Diskussion der Arbeit von andern nur fruchtbar ist, wenn man selber eine entsprechende erfolgreiche Anstrengung unternommen hat, wie bescheiden der Beitrag auch sei. Beobachtet man das zu oft vergeblich aufgewendete Talent so vieler tiefgründiger und gewandter Geister, so bedauert man um so mehr, daß die Energien nicht besser zwischen der Erforschung der Tatsachen und der eigentlich reflexiven Analyse verteilt werden. Ein Grund dafür ist die Organisation der Universität mit ihrer Scheidung der Wissenschaft und der Philosophie. Insbesonders wären die Kenntnisse über den menschlichen Geist vervielfacht worden, wenn die Philosophen mehr zur Experimentalpsychologie beigetragen hätten, in ihren weitesten und verschiedensten Aspekten: der Verlust des Kontakts mit dem wissenschaftlichen Laboratorium verführte die begabtesten Analytiker zur Annahme, daß man die Eigenschaften des Geistes studieren könne, ohne die Bibliothek oder den Arbeitstisch zu verlassen.

Andererseits und in Übereinstimmung mit der uralten Tradition der Philosophie, die aus der Reflexion über die Wissenschaften herausgewachsen ist, vergrößert eine stets wachsende Zahl von Fachgelehrten das Material zur zeitgenössischen Erkenntnistheorie. Außer einer Elite von Philosophen, die sich mit bekannter Vehemenz gegen die simple Spekulation wehrten, indem sie sich selbst in die Wissenschaften einarbeiteten, sind es in der Tat Mathematiker, Physiker, Biologen, die zu den fruchtbarsten Diskussionen über die Natur des wissenschaftlichen Denkens und über das Denken überhaupt beitrugen. Mehr noch: Ungewiß über den Nutzen, den sie aus der Schulphilosophie ziehen konnten, gelangten sie dazu, in einem Feld, das bisher der philosophischen Erkenntnistheorie und den allgemeinsten Teilen der Wissenschaft zugeordnet werden mußte, ein neues, spezielles Forschungsgebiet abzugrenzen: das der mathematischen Grundlagen.

Vielfach wird die Frage aufgeworfen: Ist die Erkenntnistheorie auf eine Gesamtphilosophie angewiesen, oder lassen sich die erkenntnistheoretischen Probleme in einer Form isolieren, die erlaubt, daß jedermann zu ihrer Lösung beitragen kann, unabhängig von den klassischen metaphysischen Positionen? Dies wäre ein großer Fortschritt.

Selbstverständlich setzt jede Philosophie eine Erkenntnistheorie voraus: Um gleichzeitig den Geist und das Universum einzufangen, muß im voraus festgelegt werden, wie der eine der beiden Begriffe an den andern gebunden ist, und dieses Problem begründet die Erkenntnistheorie. Umgekehrt aber verlangt eine Erkenntnistheorie nur dann nach einer Philosophie, wenn man sich entschließt, sich von vornherein in der allgemeinen Erkenntnis oder der Erkenntnis an sich anzusiedeln. Diese Problemstellung setzt, wie wir ohne weiteres eingestehen, sowohl eine Philosophie des erkennenden Geistes als auch eine Philosophie der Realität voraus.

Nun ist es aber die Eigenart der spezifischen Wissenschaften, Fragen, die zuviel implizieren, nie ganz von vorn anzugreifen. Die Schwierigkeiten werden aufgeteilt, so daß sie nacheinander erledigt werden können. Eine Erkenntnistheorie, die Wert darauf legt, selbst wissenschaftlich zu sein, wird sich deshalb hüten, gleich im Anfang zu fragen, was Erkenntnis sei. Auch die Geometrie vermeidet es, *a priori* zu entscheiden, was der Raum sei, und die Physik verzichtet anfänglich auf die Frage nach der Materie. Sogar die Psychologie nimmt vorerst nicht Stellung zur Natur des Geistes.

Für die Wissenschaften gibt es keine allgemeine Kenntnis, nicht einmal kurzerhand eine wissenschaftliche Erkenntnis. Es existieren vielfache Formen der Erkenntnis, von denen jede eine endlose Reihe von speziellen Problemen aufwirft. Sogar bei den großen spezialisierten Arten der wissenschaftlichen Erkenntnis wäre es heute noch sehr utopisch anzunehmen, man könnte eine gemeinsame Ansicht erzielen, z. B. über die mathematische Erkenntnisart oder die physikalische oder biologische, jede als ganze betrachtet.

Indessen ist es nicht ausgeschlossen, bei der Diskussion der Probleme zu einer genügenden Konvergenz der Geister zu gelangen, wenn es sich um die Analyse einer begrenzten Entdeckung oder eines genau definierten Begriffs handelt, dessen Entwicklung in der Geschichte zurückverfolgt werden kann. Das Problem kann dann in der folgenden Art gestellt werden: wie gelangte die betreffende Wissenschaft im untersuchten Fall (und in bestimmten Grenzen betrachtet) von einem Zustand geringerer Kenntnis zu einem Zustand höherer Erkenntnis?

Anders ausgedrückt: wenn die allgemeine wissenschaftliche Erkenntnis ein philosophisches Problem darstellt, die notwendigerweise mit allen Fragen des Gesamten verquickt ist, ist es ohne Zweifel möglich, eine Reihe von konkreten und speziellen Problemen abzusondern, indem man sich *in medias res* begibt. Diese Probleme drücken sich durch die pluralistische Formel aus: Wie wachsen die Kenntnisse an? In diesem Fall begründet die Theorie der diesen verschiedenen Wachstumsarten gemeinsamen Mechanismen eine Disziplin, die sich bemüht, durch fortschreitende Differenzierung wissenschaftlich zu werden, wobei die Mechanismen induktiv studiert werden — als Tatsachen, die sich an andere Tatsachen anfügen.

Wenn dies der Inhalt der Erkenntnistheorie ist, läßt sich leicht feststellen, wie weit diese Untersuchung dank einer beträchtlichen Zahl spezialisierter Arbeiten fortgeschritten ist, aber auch, wie häufig man in der Diskussion derartiger Fragen unfreiwillig auf die zu allgemeinen Thesen der klassischen Erkenntnistheorien zurückfällt. Die Schaffung einer Reihe historischer und psychologischer Monographien ohne inneren Bezug und der Rückfall in die eigentliche Erkenntnisphilosophie sind die beiden Gefahren, die es zu vermeiden gilt. Nur mit einer strengen Methode kann man diesen Gefahren entgehen.

## 2. *Die genetische Methode der Erkenntnistheorie*

Die Bestimmung der Art, wie die Erkenntnis wächst, erfordert die methodische Untersuchung aller Erkenntnis unter dem Blickwinkel ihrer zeitlichen Entwicklung, d. h. man muß sie als kontinuierlichen Prozeß auffassen, von dem man weder den Beginn noch das Ende je wird angeben können. Jede Erkenntnis muß methodologisch als relativ zu einem gewissen Zustand geringerer Erkenntnis betrachtet werden, andererseits muß man in ihr die Möglichkeit sehen, Vorstufe zu einer fortgeschritteneren Erkenntnis zu sein. Sogar eine unumstößliche Wahrheit wie die, daß $2 + 2 = 4$ ist, kann als genetische Etappe interpretiert werden, denn einerseits handelt es sich um eine Erkenntnis, die nicht jedes denkende

Wesen besitzt, es ist deshalb notwendig, ihre Entstehung aus minderen Erkenntnissen zu studieren; andererseits kann diese Erkenntnis, auch wenn sie definitiv ist (und unabhängig von der Art ihrer „realen" Erkenntnis oder von der „logischen Syntax", von Konventionen usw.), durchaus ein weiteres Wachstum erfahren, indem sie in Operationssysteme einbezogen wird, die reichhaltiger und besser formalisiert sind: Eine sehr komplexe Entwicklung führt von ihrer empirischen Feststellung auf einer Rechentafel oder der pythagoräischen Konzeption dieser Wahrheit zu dem, was sie z. B. in den *Principia mathematica* von Russell und Whitehead geworden ist.

Die genetische Methode gelangt also dazu, die Erkenntnisse als Funktion ihrer realen oder psychologischen Entstehung zu untersuchen und jegliche Erkenntnis als relativ zu einem gewissen Niveau ihres Entwicklungsmechanismus zu betrachten. Im Gegensatz zu einer verbreiteten Ansicht wollen wir zeigen, daß eine solche Methode keineswegs ihre Resultate voraussetzt. Sie ist sogar die einzige Methode, die diese Garantie gibt, aber nur unter der Bedingung, daß man den genetischen Gesichtspunkt bis zu den extremen Konsequenzen beibehält. Die gegenteilige Ansicht überwiegt im allgemeinen, d. h. die psychogenetische Betrachtungsweise wird oft durch die Erkenntnistheoretiker dahin verdächtigt, sie führe notwendigerweise zu einer Art Empirismus. Sie könnte aber ebensogut zu aprioristischen oder gar zu platonistischen Folgerungen führen, wenn die Tatsachen in diesem Sinn entscheiden würden. Der Grund für dieses Vorurteil gegen die genetische Methode ist darin zu suchen, daß verschiedene berühmte Theorien in der Geschichte der Ideen, vom Evolutionismus eines Spencer bis zu den neuesten Theorien, z. B. von F. Enriques, auf halbem Weg in der Anwendung der genetischen Methode stehengeblieben sind.

Bevor wir die Bedingungen für die Objektivität der Methode untersuchen, wollen wir sie beschreiben. Wenn die vielfältigen Erkenntnisse, die den verschiedenen Zweigen der wissenschaftlichen Aktivität entsprechen, aus lebendigen Entwicklungen hervorgegangen sind, die man in ihrer Vielfalt getrennt untersuchen und nach der Analyse miteinander vergleichen muß, so sollte man bei dieser doppelten Untersuchung sich angewöhnen, nicht nur psychologisch, sondern in einer gewissen Art auch biologisch zu denken.

Von diesem Gesichtspunkt aus schließt jede Erkenntnis eine Struktur und eine Funktion ein. Das Studium einer geistigen Struktur entspricht einer Art Anatomie, und der Vergleich verschiedener solcher Strukturen kann einer Art vergleichender Anatomie angenähert werden. Die Untersuchung der Funktion entspricht andererseits einer Physiologie und im Fall gemeinsamer Funktionen einer allgemeinen Physiologie. Um aber zu einer allgemeinen Physiologie des Geistes zu gelangen, ist die Schaffung der vergleichenden Anatomie bezüglich der geistigen Strukturen die unmittelbare Aufgabe.

Wie geht nun die vergleichende Anatomie bei den Bestimmungen von gemeinsamen Organisationsplänen, von „Homologien" oder genetischer Verwandtschaft von Strukturen usw. vor? Zwei verschiedene Methoden, die aber miteinander kombiniert werden können, bestimmen das Vorgehen. Die erste Methode besteht darin, den Verkettungen der Strukturen zu folgen, falls deren Zusammenhang sichtbar aus den ausgewachsenen Typen folgt: so können die Vorläufer der Glieder der Wirbeltiere von Tierklasse zu Tierklasse verglichen werden, die Vorformen der Flossen der Fische mit den Flügeln der Vögel und diese mit den Vorderpfoten der Säugetiere. Im Fall von relativen Diskontinuitäten gestattet das „Prinzip der Konnexe" von Geoffroy Saint-Hilaire, die homologen Organe durch ihre Beziehungen zu den Nachbarorganen zu bestimmen. Aber diese Methode, die sich auf die Untersuchung vollendeter Strukturtypen gründet, ist weit davon entfernt, den Bedürfnissen der systematischen Vergleiche zu genügen, denn es gibt Abstammungsketten, die der Analyse wegen einer stark mangelnden sichtbaren Kontinuität vollständig entgehen. In einem solchen Fall drängt sich eine andere Methode auf: die Methode der „Embryologie", die darin besteht, den Vergleich auf die elementaren Stadien der ontogenetischen Entwicklung auszudehnen. So wurden gewisse feste Rankenfüßler lange als Weichtiere betrachtet, was die gesamte Bestimmung der Homologien fehlerhaft werden ließ. Es genügte aber, festzustellen, daß sie im Larvenstadium die „Naupliusform" durchlaufen, wie ein kleiner freier Krebs, um sie an ihren wirklichen Platz einzureihen und die natürlichen Abstammungsketten und Homologien zu finden. Nur die Untersuchung des embryonalen Stadiums gestattet, den mesodermischen oder endodermischen Ursprung eines Organs festzustellen usw. Auch gewisse kaum wahrnehmbare Verwandtschaften wie die Verwandtschaft einiger Ohrknöchelchen der Säugetiere mit dem Hyoidbogen der Fische konnten durch die Untersuchung der Entwicklung nach und nach bestimmt werden.

Um die verschiedenen geistigen Strukturen miteinander zu vergleichen, wie etwa die vielfältigen Begriffe, die das wissenschaftliche Denken verwendet, sollte man nach analogen Methoden suchen, sosehr sich auch die intellektuellen Strukturen in ihrer Würde von den anatomischen Formen der Krusten- und Weichtiere unterscheiden, denn in der Tat handelt es sich in beiden Fällen um eine in Entwicklung begriffene Organisation des Lebendigen.

Folgt man der Entwicklung der Begriffe, die eine Wissenschaft im Laufe ihrer Geschichte verwendet, so ist es leicht, gewisse Abstammungsreihen durch direkte Kontinuität oder durch die Bestimmung des Systems der „Konnexe" zu finden. So kann man mühelos die Geschichte des Zahlbegriffs rekonstruieren, ausgehend von den natürlichen Zahlen, über die gebrochenen und die negativen Zahlen bis zu den Verallgemeinerungen, die von den anfänglichen Operationen sehr weit entfernt sind. Es wird außerdem auch relativ leicht sein, die verschiedenen Formen der Messung

– des Raums, der Zeit, der vielfältigen physikalischen Größen usw. – untereinander zu vergleichen und in ihrem historischen Ablauf gewisse relativ stabile Konnexionen aufzuzeigen, wie die Beziehungen zwischen Objekten oder Bewegungen, die als invariant postuliert werden, die numerischen Schemata oder Verwandten der Zahl. Diese vielfältigen Vergleichsmöglichkeiten, die auf den verschiedenen Stufen erweitert werden können, charakterisieren eine erste spezifische Methode der genetischen Erkenntnistheorie, die unter einer eher laschen Form sehr bekannt ist und vielleicht noch einige Systematisierungen erfordert: es ist dies die „historisch-kritische" Methode, die mit bekanntem Erfolg von ganzen Plejaden von Wissenschaftshistorikern und berühmten Erkenntnistheoretikern angewendet wurde.

Die historisch-kritische Methode genügt aber nicht allen Ansprüchen. Da sie auf das Gebiet der eigentlichen Wissenschaftsgeschichte beschränkt bleibt, umfaßt sie nur Begriffe, die durch ein schon voll entwickeltes Denken gebildet und angewendet werden: durch das Denken der Gelehrten selbst, das jetzt unter dem Gesichtswinkel ihrer sozialen Abfolge betrachtet wird. Die Denkformen, die der historisch-kritischen Methode zugänglich sind, sind schon stark verfeinert und mehr oder weniger gründlich in das Spiel der Wechselwirkungen der wissenschaftlichen Arbeit hinein verwoben. Der immense Wert einer solchen Methode liegt darin, daß sie die Gegenwart mit einer Vergangenheit verbindet, die von oft vergessenen Reichtümern überquillt, und daß sie durch die Betrachtung der aufeinanderfolgenden Stadien die Entwicklung eines umfassenden Gedankens erhellt und teilweise erklärt. Aber es handelt sich immer noch um die Wirkung von Gedanken, die sich aus andern entwickelt haben, die ihrerseits einer Evolution unterworfen sind, und noch nicht um die eigentliche Entstehung der Erkenntnis.

Diese erste Methode, die den direkten Abstammungsketten und Konnexionen entspricht, muß deshalb durch eine zweite ergänzt werden, deren Aufgabe darin besteht, eine geistige Embryologie zu begründen. Wir gehen unter diesem Gesichtspunkt nochmals auf die Entwicklung des Zahlbegriffs ein. Diese Geschichte ist für sich allein schon reich an wertvollen Einsichten: wie die irrationale Zahl eingeführt wurde, um das räumliche Kontinuum zu imitieren, wie die imaginären Zahlen aus einer verallgemeinernden Ausweitung der Operationen entstanden, wie der Bereich des Transfiniten gewisse Arten der „reflexiven" Beziehungen enthüllte, die mit den logischen Beziehungen verwandt sind[1] usw. Aus dieser Geschichte allein wird man aber kaum eine eindeutige Antwort auf die zen-

[1] d. h., daß das Ganze dem Teil entspricht.

trale erkenntnistheoretische Frage erhalten: existiert eine primitive Anschauung der ganzen Zahl, die nicht auf die Logik reduziert werden kann, oder entwickelte sich der Zahlbegriff aus einfachen Operationen heraus? Der Grund dieses Mißerfolgs der historisch-kritischen Forschung liegt sicherlich darin, daß die geistige Struktur des Zahltheoretikers die Struktur eines Erwachsenen ist. Ob man nun auf Cantor oder Kronecker oder Pythagoras zurückgeht, der Zahlbegriff war in diesen Gestalten vor jeder wissenschaftlichen Reflexion bereits vorhanden: man muß daher unbedingt den „Larvenzustand" der Zahl kennen, d. h. das „Naupliusstadium", das die richtige Einordnung gestattet. Es ist deshalb nicht mangelnde Ehrerbietung gegenüber der historischen Betrachtung der Mathematik, eine intellektuelle Embryologie zu fordern, in Analogie zu den Methoden der vergleichenden Anatomie.

Jedoch existiert diese intellektuelle Embryologie bereits. Gerade die Mathematiker haben am besten den möglichen Gebrauch dieser Methode erraten und beinahe vorweggenommen, wobei sie die Basis der genetischen Erkenntnistheorie, z. B. in der Geometrie, schufen. Jedermann erinnert sich, wie Poincaré den Ursprung des Raumbegriffs in der Koordination der Bewegungen des menschlichen Körpers suchte, indem er Ortsveränderungen und Zustandsänderungen usw. unterschied. Diese Hypothesen können nur durch eine Analyse der geistigen Entwicklung des Kindes verifiziert werden, und zwar des zartesten Alters. Die Methode kann aber auf die Entstehung aller wichtigen Begriffe oder Kategorien des Denkens verallgemeinert werden, sofern sich deren Ausbildung im Verlauf der intellektuellen Entwicklung eines Individuums von der Geburt bis zum Erwachsenenalter verfolgen läßt. Diese „Embryologie der Vernunft" kann somit im Hinblick auf eine genetische Erkenntnistheorie dieselbe Rolle spielen wie die Embryologie des Organismus im Hinblick auf die vergleichende Anatomie oder die Evolutionslehre.

Es ist richtig, daß die Entwicklung des Kindes immer durch das soziale Milieu beeinflußt wird. Dieses wirkt nicht nur beschleunigend, sondern übermittelt eine Menge Begriffe, die selbst wieder eine gemeinsame Geschichte haben. Im selben Maße, wie das in Ausbildung begriffene Individuum das soziale Erbe einer von früheren Generationen von Erwachsenen geformten Vergangenheit empfängt, übernimmt die zur soziologisch-kritischen erweiterte historisch-kritische Methode die Kontrolle über die psychogenetische Methode. Es ist aber ebenso richtig, daß das Kind, wenn es vom sozialen Milieu völlig vorbereitete Begriffe übernimmt, diese übernommenen Begriffe transformiert und sie an seine aufeinanderfolgenden geistigen Strukturen assimiliert, auf dieselbe Weise, wie es die Umwelt assimiliert, die aus den es umgebenden Dingen besteht. Diese Assimilationsformen und ihre Aufeinanderfolge bilden ein Faktum, das die Soziologie und die Geschichtswissenschaft nicht genügend erklären können. Da die psychogenetische Methode dieses Faktum einbezieht, hat sie ihrerseits eine Überwachungsfunktion über die historisch-kritische Methode.

Als Ganzes besteht die komplette Methode der genetischen Erkenntnistheorie in einer engen Zusammenarbeit der historisch-kritischen und der psychogenetischen Methode kraft des folgenden Prinzips, das ohne Zweifel allen Studien der organischen Entwicklung gemeinsam ist: die Eigenart einer lebendigen Realität wird weder durch ihre anfänglichen noch durch ihre entwickelten Stadien allein offenbar, sondern nur durch den Prozeß ihrer Umformungen. Die Anfangsstadien haben also nur eine Bedeutung in bezug auf das Gleichgewicht, auf das sie hintendieren. Andererseits kann das erreichte Gleichgewicht nur in Beziehung zu den aufeinanderfolgenden Stufen, die zu diesem Gleichgewichtszustand führen, verstanden werden. Im Falle eines Begriffs oder einer Gesamtheit intellektueller Operationen ist also weder der Ausgangspunkt von Bedeutung, der sich übrigens als absolute Ausgangssituation immer einer Beobachtung entzieht, noch das endgültige Gleichgewicht, von dem man auch nie sagen kann, ob es wirklich endgültig sein wird, sondern das Bildungsgesetz, d. h. das Operationssystem in seiner fortschreitenden Entwicklung. Von dieser fortschreitenden Bildung kann nur die psychogenetische Methode zur Erkenntnis der elementaren Etappen führen, wenn sie auch deren erste nie erreicht. Die historisch-kritische Methode umgekehrt liefert nur die Kenntnis der gelegentlich verbindenden, aber in allen Fällen höheren Stufen, wenn sie auch nie in Besitz der letzten sein wird: man kann daher nur hoffen, durch eine Art Verwebung von Genesis und dem sich einstellenden Gleichgewicht das Geheimnis über das Sichausbilden der Erkenntnis zu finden, d. h. das Geheimnis der Entstehung der wissenschaftlichen Denkweise (wobei die Begriffe „Entwicklung“ und „Ziel“ nur relativ zueinander verstanden werden können und keinen absoluten Sinn haben).

Wird eine solche Methode nun aber nicht ihre erkenntnistheoretischen Ergebnisse im voraus festlegen? Dies muß untersucht werden. Wir wollen daher zunächst eine neuere Erkenntnistheorie diskutieren, die auf der Psychologie basiert (s. unter 3.), und dann auf die Probleme in ihrer vollen Allgemeinheit eingehen (s. unter 4.).

Analoge Versuche, wie die soeben vorgeschlagenen, gibt es selbstverständlich bereits. Sie gestatten schon jetzt einen Ausblick auf die Erfolgschancen und die Schwierigkeiten eines solchen Unternehmens. Beide sind vorhanden, aber es gibt eine Schwierigkeit: Die psychogenetische Methode scheint unvermeidlich, wenn nicht gerade zu empiristischen Konsequenzen, dann doch zu einem Realismus des Experiments oder zu einem in sich abgeschlossenen Positivismus zu führen. Das Beispiel einer von dem bekannten Mathematiker F. Enriques geschaffenen Theorie zeigt, daß diese Schranken ausschließlich von einer zu eng gefaßten Psychologie herrühren, die selbst wiederum von einer vorgängigen Erkenntnistheorie beeinflußt ist.

Enriques schrieb 1914: „Man sieht eine Wissenschaftstheorie entstehen, die danach strebt, von einer festen Basis auszugehen und ein Teil der Wissenschaft zu werden“[1]. Tatsächlich bestand das eigentliche Ziel des Autors darin, eine Erkenntnistheorie zu finden, die wissenschaftlich ist und weder auf Lehrmeinungen noch auf Untersuchungsmethoden außerhalb der eigentlichen Wissenschaften zurückgreift. Diese Methode führte ihn notwendigerweise dazu, vom psychologischen Werden auszugehen: „Die Zufälligkeit in der wissenschaftlichen Konstruktion scheint mehr und mehr aus der Entstehung der wissenschaftlichen Begriffe zu verschwinden, die nicht nur in ihrer logischen Möglichkeit, sondern in ihrer wirklichen Entwicklung betrachtet werden“ (ebd. S. 4). Nun gestatte die Untersuchung dieser realen Entwicklung, „eine heute veraltete Konzeption zu beseitigen, wonach der Gelehrte sich darauf beschränkt, passiv die Gegebenheiten des Experiments zu registrieren“ (S. 4). Im Gegensatz dazu „fühle ich mich verpflichtet, den Anteil des Geistes bei der Erziehung der Wissenschaft anzuerkennen“ (S. 3). Man muß also sowohl das Experiment ins Auge fassen als auch die Aktivität des Subjekts: „Der Antrieb des Experiments zusammen mit der Natur des menschlichen Geistes müßten das Werden der Wissenschaft in ihren Hauptzügen erklären können“ (S. 4); und: „die Untersuchung, die ich unternommen habe, überzeugt mich, daß es überall eine psychologische Entwicklung gibt, deren innere Gründe mit der Struktur des menschlichen Geistes in Beziehung stehen“ (S. 4).

Man sieht, das Programm von F. Enriques ist identisch mit demjenigen, das uns inspiriert hat. Trotzdem muß dieses Programm heute fast völlig neu überarbeitet werden, ein Programm, das der berühmte Mathematiker Anfang dieses Jahrhunderts durch die gewissenhaften Anwendungen zu

[1] F. Enriques, „Les Concepts fondamentaux de la Science“, Flammarion: Paris, S. 3.

erfüllen glaubte, die er in allen wichtigen Gebieten fand: in der Logik und in der geometrischen Grundlagenforschung, in der Mechanik, der Thermodynamik, der Optik, im Elektromagnetismus und sogar in der Biologie. Ist nun die Notwendigkeit der Überarbeitung eine Bankrotterklärung der genetischen Erkenntnistheorie? Im Gegenteil, sie ist das Zeichen einer eigentlich wissenschaftlichen Anstrengung, da die erhaltenen Schlußfolgerungen ununterbrochen neu überprüft werden müssen, wobei man von vorangegangenen Forschungen Gebrauch macht und bei neuen Analysen durch die Neuinterpretation der früheren Resultate eine gewisse Fertigkeit erworben hat.

Die Notwendigkeit einer solchen Revision gehört nicht nur zu den Entwicklungen der eigentlichen Wissenschaften (der Mikrophysik zum Beispiel), sondern auch – und wesentlich – zu den Fortschritten der Experimentalpsychologie. Das fast ausschließlich auf den Begriffen Empfindung, Ideenassoziation und Abstraktion von feststellbaren Eigenschaften aufgebaute System von Enriques führte unvermeidlich zu einer statischen und in sich geschlossenen Sicht der Dinge. Dies erweckt den Eindruck einer Methode, die teilweise ihre eigenen Resultate vorwegnimmt. Wenn nun aber Begriffe wie Empfindung und Assoziation in der modernen Psychologie ersetzt worden sind, in einer Psychologie, die die Existenz der Empfindungen leugnet und nichts als organisierte Wahrnehmungen kennt; die die einfachen Assoziationen in Frage stellt und vor allem die Bewußtseinszustände auf ihre Rolle in bezug auf die Handlungen und das Gesamtverhalten zurückführt – dann muß das Problem der Abstraktion auf dieser Basis neu aufgenommen werden, wobei die Psychogenese der wissenschaftlichen Begriffe in einem völlig neuen Licht erscheinen wird.

Es sei ein erstes Beispiel gegeben, auf das wir bei Gelegenheit der mechanischen Begriffe noch ausführlicher zurückkommen werden (Kap. IV). Bekanntlich wird die Kraft oft als „Ursache der Beschleunigung" definiert; daher die Tendenz gewisser Physiker, die Beschleunigung allein als den den natürlichen Gegebenheiten entsprechenden Begriff zu betrachten und den Kraftbegriff als überflüssig und konfus anzusehen. Enriques replizierte darauf (Concepts, S. 114), daß der Kraftbegriff „auf Muskelempfindungen der Anstrengung und des Drucks" beruhe und deshalb eine authentische physikalische Tatsache darstelle: „Die Kraft hat nichts Mysteriöses oder Metaphysisches an sich, nicht mehr als die Bewegung oder eine beliebige andere Erscheinung, deren eigentliche Definition sich letzten Endes immer auf eine Gruppe von Empfindungen reduziert, die sich unter gewissen freiwillig hervorgerufenen Bedingungen ergeben." Leider ist die „Empfindung der Kraft" auch heute noch für viele Psychologen (P. Janet, Baldwin usw.) das einfache Indiz einer Handlung, die eine Beschleunigung der eigenen Bewegungen erzeugt (oder reguliert). Die physikalische Ursache der Beschleunigung wird so mittels eines Begriffs verstanden, dessen hauptsächliche Rechtfertigung darin besteht, einer „Empfindung" zu entsprechen, die ihrerseits nur das Signal einer beabsichtigten Beschleunigung darstellt...

Man sieht, wohin eine Interpretation führt, die von der „Empfindung" als Grundlage der Erkenntnis ausgeht. H. Piéron kommt in seinem schönen Buch *Die Empfindung als Führer des Lebens* (1945), das sein gesamtes Werk zusammenfaßt, zu dem Schluß, daß die Empfindung auf allen Gebieten nur ein Indiz oder ein Signal darstellt: „Die Empfindungen bilden biologische Symbole der äußeren Kräfte, die auf den Organismus einwirken. Diese Empfindungen haben aber mit diesen Kräften nicht mehr Ähnlichkeit, als sie den Wörtern ähnlich sind, die sie im symbolischen System der Sprache bezeichnen" (S. 412–13). „Die relativistischen Gleichungen, die im *n*-dimensionalen Raum, in den die Zeit integriert ist, Ereignisketten symbolisieren, sind ‚wahrer' als unsere direkten Wahrnehmungen ..." (S. 413).

Ausgangspunkt einer an die heutigen psychologischen Kenntnisse angepaßten genetischen Erkenntnistheorie wird weder die Empfindung noch eine schematisierende Abstraktion sein, die von sinnlichen Eigenschaften ausgeht, sondern die Handlung als ganze, von der die sensoriellen Signale nur einen Aspekt darstellen: Aus der *Handlung* geht das Denken in seinem eigentlichen Mechanismus, dem System der logisch-mathematischen Operationen, hervor. Die Untersuchung der elementaren Handlungen sowie ihrer fortschreitenden Verinnerlichung wird uns deshalb das Geheimnis der Entstehung dieser Begriffe enthüllen.

Ein anderes Beispiel: Im Bereich des Raumes widerspricht Enriques bezüglich der Koordination der Empfindungen und der anatomisch-physiologisch bedingten Bewegungen der „Behauptung von gewissen neukantianischen Philosophen, daß sich diese strukturellen Bedingungen in gewissen *a priori*-Aspekten der räumlichen Anschauung spiegeln, so daß diese der Geometrie ihre Postulate erteilen, sobald die fundamentalen Begriffe durch die Empfindungen gegeben sind" (S. 44). So einseitig jedoch im nachhinein die von W. Wundt und E. G. Heymans unternommenen Erklärungsversuche erscheinen, es bleibt davon nichts weniger als die Enriquessche Idee übrig, die allgemeinen taktilomuskulären Empfindungen als die Quelle der topologischen Begriffe und die Tastempfindungen als Ursprung der euklidischen Begriffe zu betrachten. Auch diese Idee verlangt indessen eine Ergänzung durch eigentliche Koordinationsbedingungen. Wie ergäbe sich z. B. der fundamentale Begriff der Ordnung aus der Empfindung allein, ohne die Möglichkeit, unsere Bewegungen zu koordinieren? Folgt dieser Begriff nicht aus der sukzessiven Wahrnehmung der Elemente einer linearen Folge in einem einzigen Durchlaufsinn? Die Aufeinanderfolge von Wahrnehmungen ist andererseits keineswegs mit der Wahrnehmung einer Sukzession gleichwertig, denn diese erfordert einen eigentlichen Erkenntnisakt. Auch hier ist die Empfindung immer nur das Indiz einer geistigen Assimilation des Objekts an ein Handlungsschema. Diese Assimilation und das Handlungsschema müssen daher näher in die Untersuchung einbezogen werden, wenn man den psychogenetischen Mechanismus erfassen will, ohne ihn durch einen gewissermaßen im voraus gegebenen Realismus zu verändern.

Man sieht, inwieweit eine funktionellere Psychologie als die von Enriques zu einer Erkenntnistheorie führen kann, deren Resultate nicht durch die genetische Methode impliziert werden. Speziell auf dem Gebiet der

Abstraktion und der Logik zeigt sich dieser Unterschied in den psychologischen Formulierungen der erkenntnistheoretischen Probleme zu Beginn dieses Jahrhunderts und heute. Im ersten Teil seines großen Werks, das in deutscher Übersetzung unter dem Titel „Probleme der Wissenschaft"[1] erschienen ist, zeigt Enriques, inwiefern die Logik als Teil der Psychologie aufgefaßt werden kann (S. 164): „Die Definitionen und Deduktionen, aus denen die Entwicklung jeder Theorie besteht, müssen nach unserer Betrachtungsweise als *psychologische Operationen* betrachtet werden, ihre Gesamtheit wird als ‚*logischer Prozeß*' bezeichnet. Es entsteht also die Aufgabe, diesen Prozeß *psychologisch zu erklären*" (S. 182). Man könnte, so scheint uns, diese im Zentrum der genetischen Erkenntnistheorie verbleibende Frage nicht besser hervorheben. Warum aber hat Enriques das Problem nicht gelöst? Der Grund liegt darin, daß Enriques von einem wirklichen Entwicklungsprozeß weit entfernt blieb, obwohl er sich immer wieder an Begriffe herantastete, die seither in der Psychologie gefunden wurden.

Worin bestehen nun für ihn die psychologischen Operationen, die der Logik zugrunde liegen? „Die psychologischen *Verbindungen* und *Trennungen*, die in den Bereich des klaren Bewußtseins und des Willens fallen, bilden die *logischen Grundoperationen* und erlauben, aus den gegebenen neue Gegenstände des Denkens zu bilden" (S. 183). Zweifelsohne muß dieses Vermögen zuerst ausgebildet werden, bevor man zu klaren und freiwilligen Vereinigungen und Trennungen gelangen kann: Enriques glaubte aber anscheinend, daß die psychologischen „Vereinigungen" und „Trennungen" ohne weiteres folgten, sobald einmal die Gegenstände dank den Empfindungen gegeben sind. Es würde dies gestatten, die Empfindungen ohne weiteres in Reihen zu ordnen, in Klassen zu vereinen, Zusammenhänge zu finden, die Ordnung umzudrehen usw. (S. 184).

Eine Bedingung besteht allerdings: daß diese Gegenstände gewissen *Bedingungen der Unveränderlichkeit* genügen, die durch gewisse logische Grundsätze ausgedrückt werden (S. 183). Tatsächlich „erteilen die Grundsätze in ihrer Gesamtheit den Objekten des Denkens eine von der Zeit unabhängige psychologische Realität und sind infolgedessen die Voraussetzung einer symbolischen Logik, die darauf ausgeht, den *genetischen* Vorgang der logischen Operationen als eine Gesamtheit von *aktuellen Beziehungen* darzustellen" (S. 194). Aber „damit die Darstellung eine adäquate sei, müssen die Axiome, die die Gesetze der logischen Verbindungen ausdrücken, in der Wirklichkeit ihre Bestätigung finden" (S. 218). Oder: „Unter der durch die logischen Grundsätze ausgedrückten Bedingung der Invarianz genügen die Gesamtheiten von Dingen den durch die Axiome ausgedrückten Eigenschaften" (S. 218). Die Logik bildet derart über das System der psychologischen Vereinigungen und Trennungen hinaus das, was Gonseth später eine „Physik beliebiger Objekte" genannt hat. Ebenso „kann die Grundvoraussetzung der Arithmetik außer auf eine physikalische auch auf eine psychologische Realität gegründet werden, d. h. auf die Tatsache, daß gewisse Denkakte unbegrenzt wiederholt werden können, indem man sie allgemeinen Bestimmungen

[1] F. Enriques, „Probleme der Wissenschaft", Teubner: Leipzig und Berlin 1910.

unterwirft, so daß Reihen entstehen, die den (durch die Axiome von Peano über die Numeration ausgedrückten) Bedingungen genügen ... die durch das *Prinzip* der *mathematischen Induktion* ergänzt werden, das als eine *Grundeigenschaft der psychologisch gebildeten Reihen* angesehen wird" (S. 202).

Zum Schluß sei festgehalten, daß Enriques das biologische Problem, das die Existenz der Logik und der Mathematik aufwirft, ebenfalls gesehen hat. Der Empirismus entspricht nämlich den „epigenetischen" Theorien (Lamarckismus usw.), der Apriorismus dem Präformismus. Enriques selbst neigt zum „Epigenetismus" und erklärt die fundamentalen psychologischen Vereinigungen und Trennungen, die die Quelle der Logik und der Arithmetik bilden, durch den Prozeß der Bildung von Nervenbahnen und durch die Erhaltung der Assoziationswege (S. 258).

Ohne im einzelnen auf diese Thesen einzugehen, ist es doch wichtig zu zeigen, inwiefern sie weder in irgendeiner Weise die Zukunft der genetischen Erkenntnistheorie festlegen noch genügen, die psychologische oder biologische Erklärung ein für allemal mit den empiristischen Interpretationen der Erkenntnis zu vereinen. Das große Problem jeder Erkenntnistheorie, vor allem jeder genetischen, besteht darin, zu verstehen, wie der Geist dazu kommt, die nötigen Verbindungen zu konstruieren, die als „unabhängig von der Zeit" erscheinen, falls die Instrumente des Denkens lediglich psychologische Operationen darstellen, die der Evolution und der Entstehung in der Zeit unterworfen sind. Eine einfache Psychologie der Empfindungen und der Assoziationen ist jedoch dermaßen unfähig, einem solchen Übergang Rechnung zu tragen, daß Enriques, um seine „Vereinigungen" und „Trennungen", die alles erklären sollen, zu stabilisieren, nicht umhin kann, auf den Kunstgriff eines Verweises auf die Prinzipien der Logik zurückzugreifen, die allein dazu fähig sind, die Denkobjekte „invariant" zu lassen. In einer psychologischen Interpretation werden aber die logischen Prinzipien zu Objekten, die erklärt werden müssen und somit nicht gewissermaßen *ex machina* erscheinen können. Ihre stabilisierende Wirkung schafft als solche ein wesentliches Problem des Denkmechanismus, das man nicht einfach durch die Feststellung der Tatsache löst. Gerade in diesem Punkt enthält eine Psychologie des Handelns alle Vorteile gegenüber einer Psychologie der Empfindung: das Grundgesetz, das die fortschreitende Verinnerlichung der Handlung zu bestimmen scheint, ist in Wirklichkeit ein Übergang von der Irreversibilität zur Reversibilität oder — anders ausgedrückt — das Streben gegen ein fortschreitendes Gleichgewicht, das durch die Reversibilität definiert ist. Während die Gewohnheiten und die elementaren Wahrnehmungen im wesentlichen nur in einer Richtung verlaufen, entdeckt die sensomotorische (oder präverbale) Intelligenz bereits das Verhalten des Umwegs und der Umkehr, das teilweise die Assoziativität und die Reversibilität der Operationen ankündigt.

Im Bereich der verinnerlichten Operationen und der anschaulichen Vorstellungen beginnt das Kleinkind von neuem mit nicht umkehrbaren Kompositionen von Vorstellungen, mit deren Hilfe es denkt. Die fortschreitende Ausbildung der Anschauung erzeugt in der Folge eine wachsende Reversibilität, die – mit etwa 7–8 Jahren – in die ersten konkreten logischen Operationen mündet. Diese bestehen in Handlungen des Vereinigens, der Reihenbildung usw., die im Verlaufe einer langen Entwicklung reversibel geworden sind. Die letzte Stufe endet erst mit etwa 11–12 Jahren, wenn die reversibel gewordenen Handlungen in die Form von Aussagen, d. h. rein symbolischen Operationen, gebracht werden können. Erst in diesem Punkt der Entwicklung befreit sich das Denken von der Irreversibilität der zeitlichen Ereignisse durch die operative Reversibilität, die endlich ihre Verallgemeinerung gefunden hat. Diese Entwicklung kann aber nur erklärt werden, wenn die Sprechweise von Assoziationen zwischen Empfindungen durch diejenige von Handlungen und reversiblen Operationen ersetzt wird.

Die zentrale erkenntnistheoretische Frage, die der Appell an die Psychologie aufwirft, ist demnach sicherlich die Frage nach der Entstehung der Operationen, eingeschlossen die Entstehung ihrer logischen Stabilität, welche die Quelle und nicht etwa eine Wirkung der formalen Prinzipien ist. Ihre Entstehung jedoch, die sowohl eine Folge der Aktivität des Subjekts als auch der Erfahrung ist, wirft ganz andere, komplexere Fragen auf, als wenn es sich um einfache Ideenassoziationen gehandelt hätte, gerade weil die operative Reversibilität nicht ohne weiteres von Empfindungs- oder Erfahrungstatsachen abstrahiert werden kann. Die letzteren sind kaum je „umkehrbar“ und immer irreversibel im eigentlichen Sinn des Wortes (so wie es von P. Duhem gebraucht wird). Das Resultat der psychologischen Forschung bleibt in dieser Hinsicht vollkommen „offen“ und kann ebensogut zu aprioristischen oder empiristischen Lösungen führen wie zu einem Relativismus, der den Anteil des Subjekts und den Anteil des Objekts bei der Erarbeitung der Kenntnisse untrennbar miteinander verknüpft. Ausschlaggebend ist dabei, ob die Tatsache der endogenen Reifung, die Akquisition als Funktion der Umgebung oder eine durch die Gleichgewichtsbedingungen geregelte Konstruktion in den Vordergrund gerückt wird.

Das durch die operative Entwicklung des Denkens aufgeworfene psychologische Problem beruht letzten Endes auf einem Komplex biologischer Fragen, die zweifelsohne verzweigter sind als die Fragen, deren Tragweite zu erkennen Enriques das Verdienst zukommt. Es ist in der Tat klar, daß, wenn die Kenntnisse nicht ausschließlich durch Abstraktion von den äußerlichen Gegebenheiten anwachsen, speziell auf dem Gebiet der

Logik und der Mathematik eine Abstraktion von den inneren Koordinationen vorgesehen werden muß. Dies bedeutet nicht unbedingt, daß die Operationen in einer angeborenen Form präformiert sind, denn man kann sie im Sinn einer fortschreitenden Abstraktion von Elementen deuten, die teilweise dem Erbmechanismus entnommen und mit Hilfe von aufbauenden Komplikationen neu gruppiert werden. Was auch immer aus der Verschiedenheit der möglichen Lösungen wird, das psychologische Problem reicht bis in die Mechanismen der biologischen Adaptation hinein. Man weiß jedoch, wie „offen" diese biologische Frage heute ist, wo die Interpretationen vom Präformismus, vom Mutuationismus und Neolamarkkismus bis zur Lebenskraft usw. reichen. Ob man nun das Erkenntnisproblem in biologischen Begriffen als Beziehung zwischen dem Organismus und der Umwelt, oder in psychologischen Ausdrücken als Beziehung der operativen Aktivität des Subjekts und der Erfahrung formuliert, die Lösungen des Problems scheinen 1949 weiter entfernt als 1906. Dies zeigt recht gut, wie wenig die genetischen Methoden ihre eigenen Resultate präjudizieren.

### *4. Die verschiedenen erkenntnistheoretischen Interpretationen und die genetische Untersuchung*

Es scheint indessen, daß die genetische Methode zumindest in einem Punkt erkenntnistheoretische Lösungen hervorruft, die sie eigentlich unabhängig entdecken sollte: in der Annahme einer Entwicklung. Für den Platonismus, den aprioristischen Idealismus und die Phänomenologie gibt es keine wirkliche Entwicklung; diese Theorien begreifen die Natur der Erkenntniswerkzeuge als von der psychologischen Entwicklung unabhängig. Wir versuchen unsererseits zu zeigen, daß die genetische Methode als solche sogar im Hinblick auf die radikalsten antigenetischen Lösungen in keiner Weise deren Begründung rechtfertigen oder verneinen kann, sondern sogar mithilft, diese Lösungen zu verifizieren, vorausgesetzt, daß sie mit den Tatsachen übereinstimmen.

Wir suchen zu diesem Zweck die möglichen erkenntnistheoretischen Lösungen zu klassifizieren, um zu zeigen, daß jede unter ihnen nicht nur in keiner Weise der Anwendung einer genetischen Untersuchungsmethode widerspricht, sondern darüber hinaus durch sie bewiesen werden kann, in dem Maße, wie sie vorgibt, lediglich die Art aufzuzeigen, wie die Erkenntnisse wachsen.

Man muß in erster Linie jene Hypothesen unterscheiden, die die Kenntnisse als dauernde Wahrheiten auffassen, unabhängig von jeder Konstruktion, und jene, die aus der Erkenntnis eine fortschreitende Konstruktion des Wahren machen. Unter den ersteren kann der Akzent auf das Objekt gelegt werden, das vom Subjekt wie von außen ergriffen wird, ohne eigene Aktivität seinerseits: die Ideen existieren in sich selbst, in Form von Universalien, die in transzendenter oder immanenter Weise in den Dingen enthalten sind (platonischer oder aristotelischer Realismus). Im Gegensatz dazu kann der Akzent auch auf das Subjekt gelegt werden, das seine *a priori*-Kategorien auf die Realität projiziert: die Realität ist demgemäß nie vollkommen außerhalb der subjektiven Aktivität. Diese Haltung führte zu den verschiedenen Formen des Idealismus, je nach der Dosierung von Interiorität und Exteriorität. In einer dritten Weise können Subjekt und Objekt als untrennbar aufgefaßt werden, so daß die Wahrheit durch eine (rationale oder in einem variierenden Gerade irrationale) Intuition direkt ergriffen werden kann, die auf unmittelbaren und undifferenzierten Strukturen beruht: Dies ist das Prinzip der Phänomenologie. Bei den verschiedenen Konzeptionen, die eine tatsächliche Entwicklung des Denkens annehmen, findet man ebenfalls das Primat des Objekts, das auf ein passives Subjekt einwirkt (Empirismus), das Primat des Subjekts, das die Realität als Funktion seiner Aktivität verändert (Pragmatismus oder Konventionalismus, je nachdem, ob diese Aktivität verschiedene Bedürfnisse einschließt oder sich auf die rein intellektuelle Konstruktion beschränkt), und die unauflösbare Bindung zwischen Subjekt und Objekt (Relativismus):

| | nicht-genetische Lösungen | genetische Lösungen |
|---|---|---|
| Primat des Objekts: | Realismus | Empirismus |
| Primat des Subjekts: | Apriorismus | Pragmatismus oder Konventionalismus |
| Unauflösbarkeit vom Objekt und Subjekt: | Phänomenologie | Relativismus |

Halten wir fest, daß jede dieser sechs Lösungen (als Ganzes genommen) und eingeschlossen diejenigen, die wir genetisch nannten, bei der Lösung der Einzelfragen nur eine Grenzlösung darstellt, die zwar zu Forschungszwecken legitim ist (aber nicht das vielleicht unerreichbare Endergebnis darstellen kann) und ein gewisses Fingerspitzengefühl für die Einzelfragen erfordert. Erst wenn man sich mit der metaphysischen Erkenntnistheorie fragt, was die Erkenntnis an sich sei oder wie die Beziehung zwischen einem ein für allemal gegebenen Subjekt und einem ebenso endgültig existierenden Objekt sein könne, erhalten der Apriorismus, der Empirismus usw. ihre bestimmte und gewichtige Bedeutung. Will man nur wissen, wie die Erkenntnisse wachsen, muß man lediglich die Interpretationen der speziellen noetischen Akquisitionen von den auf das Anwachsen der gesamten Erkenntnis verallgemeinerten Interpretationen unterscheiden. Beim ersten dieser beiden Gesichtspunkte, demjenigen der genetischen Erkenntnistheorie sowohl bezüglich ihrer Untersuchungen und ihrer Methode, drängen sich die sogenannt genetischen Lösungen nicht mehr auf als die anderen: Da sie einen Grenzübergang implizieren, sind sie ebenso verfrüht wie die nicht-genetischen Lösungen. Andererseits — was die Akquisition oder das Anwachsen der speziellen Kenntnisse anbetrifft — kann jede der sechs Lösungen in einem begrenzten Sektor wahr sein (z. B. der Platonismus für die mathematischen Kenntnisse, der Empirismus für die biologischen Kenntnisse usw.). Beim zweiten Gesichtspunkt, demjenigen der allgemeinen Folgerungen aus der genetischen Erkenntnistheorie (wobei vorausgesetzt werden muß, daß sie zu einer genügenden Übereinkunft über die Gesamtheit der untersuchten Kenntnisse gelangt), bleiben die nicht-genetischen Hypothesen *a fortiori* ebenso legitim wie die andern und sind keineswegs von vornherein als der genetischen Untersuchungsmethode widersprechend zu eliminieren.

Wir behaupten also, daß die genetische Untersuchungsmethode, die einer wissenschaftlich sein wollenden Erkenntnistheorie zugrunde liegt, zu einer jeden dieser sechs Lösungen führen kann und keine auf Kosten der anderen vorzieht. Die geistige Entwicklung des Individuums und die historische Entwicklung der Wissenschaften sind reale Gegebenheiten, die von jeder dieser sechs Lösungen der philosophischen Erkenntnistheorie anerkannt werden müssen, denen sie deshalb nicht von vornherein widersprechen können. Die genetische Methode beschränkt sich darauf, die Tatsachen als einen Wachstumsprozeß der Kenntnis zu untersuchen. Es stellen sich also nur die Fragen: Worin besteht dieses Anwachsen der Kenntnis, und was kann man daraus über die eigentliche Natur dieser Kenntnisse folgern? In bezug auf den ersten Punkt wird man kaum die Existenz einer Entwicklung in Frage stellen können, diese wird auch allgemein anerkannt. Es bleibt aber ungelöst, worin der innere Mechanismus dieser Entwicklung oder dieses Anwachsens besteht. Auf den zweiten Punkt zielen alle möglichen Einwände hin: Führt dieser Mechanismus des Anwachsens zur Entdeckung der wirklichen Natur der Kenntnisse? Die genetische Methode postuliert hier zweierlei: einerseits, daß der Mechanismus der Entwicklung uns lehrt, wie die Struktur der aufeinanderfolgenden Kenntnisse aussieht, indem er den Übergang von einer kleineren zu einer größeren Kenntnis beschreibt, andererseits, daß diese Einsicht, ohne die letzte Natur der Erkenntnis vorwegzunehmen, die Lösung dieser Grenzfrage vorbereitet (sogar wenn diese Lösung in der aufkeimenden Einsicht besteht, daß eine solche Grenze nie erreicht werden kann). Diese zwei Postulate lassen sich nur rechtfertigen, wenn man zeigt, wie die genannten sechs Lösungen durch die Tatsachen dieser Entwicklung bestätigt oder in Frage gestellt werden könnten.

Nichts schließt *a priori* eine Lösung wie den Platonismus oder den Realismus der Universalien aus. Man kann, ohne paradox zu werden, sogar sagen, daß eine Idee nur als Folge einer Entwicklung in sich selbst und unabhängig von ihrer eigenen Entwicklung bestehen kann. Wenn ein Mathematiker wie Hermite die Existenz von abstrakten Dingen wie Funktionen oder Zahlen außerhalb seiner selbst bejaht, kann man leicht antworten, daß der Glaube an die Autonomie der abstrakten Dinge diesen keinen neuartigen Charakter verleiht, es sei denn in subjektiver Hinsicht, und daß sie ihre mathematischen Eigenschaften behalten, auch wenn man ihre Existenz anders interpretiert. Wenn sich aber beim Problem der Entdeckungen oder Erfindungen[1] zeigen ließe, daß nach einer Reihe von Approximationen, welche die erfinderische Tätigkeit des Subjekts bezeugen, dieses durch eine direkte und von den vorherigen Versuchen unabhängige Intuition zu einer Entdeckung quasi ohne Vorgeschichte gelangt, ergibt sich von selbst, daß der Glaube an „präexistente" Ideen dadurch eine einzigartige Bestätigung fände. Man sieht jedoch gleich, daß eine solche Bestätigung sowohl psychologisch als auch historisch gegeben sein müßte: psychologisch, indem sie die Existenz einer rationalen Anschauung beweist, die betrachtet, ohne zu konstruieren, und historisch, indem sie den wachsenden Erfolg dieser Kontemplation nachweist und nicht dessen Abschwächung von einem bestimmten Stadium des allgemeinen Glaubens an. Gerade diese beiden Probleme werden wir aber wieder aufgreifen, eines im Hinblick auf die Beziehungen zwischen der „rationalen Anschauung" und der operativen Intelligenz, das andere bei den Arbeiten von P. Boutroux über die Geschichte der intellektuellen Neigungen der Mathematiker (Neigungen, deren Beziehung zur Bewußtwerdung der Operationen noch gezeigt werden soll).

Die genetische Methode kann das dem Apriorismus zugrunde liegende Gut auch entdecken, ohne das Entwicklungsdenken als solches aufzugeben, vorausgesetzt, daß der Apriorismus wahr ist. Eine Kategorie *a priori* würde ohne Schwierigkeit als solche erkannt, daran, daß sie nicht in Beziehung zu einer Erfahrung entsteht, sondern als Folge eines fortschreitenden inneren Reifeprozesses. Überdies würde dieser durch die Analyse des Verhaltens zutage getretenen psychobiologischen Reifung in geistiger Hinsicht eine brüske oder graduelle Bewußtwerdung entsprechen, die aus der Reflexion des Denkens über seinen eigenen Mechanismus hervorginge.

Die Phänomenologie muß, so scheint es, der genetischen Erkenntnistheorie eine Reihe grundsätzlicher Einwände entgegenhalten. Denn wenn der kantianische Apriorismus auch keine psychologische Konstruktion kennt, nimmt er doch eine jeder Erfahrung vorgängige Konstruktion an (und wir haben soeben gesehen, daß sie sich im Laufe der Entwicklung deutlich manifestieren würde). Die Phänomenologie bezweifelt hingegen

[1] Siehe R. Wavre, „L'imagination du réel", Collection Etre et Penser, Neuchâtel 1948.

selbst diese Konstruktion *a priori* und ersetzt sie durch die rationale Intuition des Seienden, ohne Dualismus zwischen dem betrachtenden Subjekt und dem äußeren Objekt, und verzichtet radikal auf eine Differenzierung zwischen den zwei Begriffen, die in dieselbe unmittelbare Besitznahme verschmolzen sind. Es ist deshalb wichtig, bezüglich der dritten Lösungsgruppe im einzelnen zu zeigen, daß die Verwendung der genetischen Methode keineswegs von vornherein ihre Verwerfung impliziert, sondern sie bestätigen würde, falls sie sich zwingend als wahr erweisen sollte.

Die erste wesentliche These der Phänomenologie entwickelte Husserl in seinen *„logischen Untersuchungen“:* Die Wahrheit ist von normativer Ordnung und ergibt sich nicht aus der simplen Feststellung von Tatsachen. Der Irrtum des „Psychologismus“ besteht darin, unberechtigterweise von der Tatsache zur Norm zu schreiten, während die Norm als von ihren Realisationen unabhängige Verpflichtung nur von sich selbst abstammen kann. Eine solche Behauptung ist keine Spezialität der Phänomenologie, sie findet sich überall, wo sich ein „Normativismus“ einer „natürlichen“ Wissenschaft entgegenstellt. Die Konflikte der Logik und der Psychologie sind diesbezüglich gleichartig wie die des „reinen Rechts“ und der Soziologie usw. Die Existenz der Normen schafft Probleme von größter Wichtigkeit im Hinblick auf die Entwicklung und ist somit weit davon entfernt, ein Hindernis für die Anwendung von Methoden der genetischen Erkenntnistheorie darzustellen. Man muß hier zwei Fragen unterscheiden: die Frage der Beziehungen zwischen der Norm und den Tatsachen und diejenige der Entwicklung der Normen. Im ersten Punkt kann rasch eine Übereinstimmung erzielt werden. Eine Norm ist eine Verpflichtung, und man leitet keine Verpflichtung aus der Feststellung einer Tatsache ab, dies ergibt sich von selbst. Während aber das die Norm inkarnierende Bewußtsein (das Bewußtsein des Logikers, des Gelehrten usw.) diese schafft oder anwendet und daher nicht von normativen Tatsachen, sondern von normativer Wahrheit spricht, erfaßt der Genetiker, der sich an experimentell kontrollierbare Tatsachen hält, ohne für oder gegen die Norm Stellung zu nehmen, das Bewußtsein, das diese Norm inkarniert. Von diesem Standpunkt aus ist die Norm ein Tatbestand, d. h. der normative Charakter ergibt sich aus der experimentell feststellbaren Existenz von gewissen Gefühlen der Verpflichtung oder andern Bewußtseinszuständen *sui generis:* Implikationen, die als nötig empfunden werden, usw. Petriajitsky, ein großer Jurist, schlug den ausgezeichneten Begriff der „normativen Tatsache“ vor, um anzudeuten, daß gerade diese experimentellen Tatsachen die Feststellung gestatten, daß jemand sich durch eine Norm verpflichtet glaubt (wie auch die Gültigkeit dieser Norm vom Standpunkt des Beobachters aus beschaffen sei). Man kann somit alle Normensysteme in Begriffen von normativen Tatsachen beschreiben, und wenn die These der „*logischen Untersuchung*“ wahr ist, wird sie bestimmt durch eine aufrichtige genetische Forschung verifiziert. Dies bedeutet nicht, daß der Genetiker anstelle des Logikers oder des die Normen inkarnierenden Bewußtseins Gesetze schafft, sondern daß er in der Sprache der Tatbestände beschreibt, was er vom (inneren oder äußeren) Verhalten feststellt, das durch den Glauben an die Normen inspiriert wurde. Wir betrachten nun den zweiten Punkt: die Entstehung der Normen. Auch hier wird sich kein Widerspruch aus dem Studium der Entwicklung ergeben, wenn die phänomenologische These wahr ist. Das Studium der Entwicklung zeigt uns eine Evolution der Normen, ohne daß wir je behaupten, eine Verpflichtung entspringe aus einer Beobachtung: die Normen des Kindes können nicht ohne Nachprüfen denjenigen des Erwachsenen gleichgesetzt werden, genausowenig wie sich diejenigen des „Primitiven“ *a priori* auf diejenigen des phänomenologischen Logikers reduzieren lassen. Das Werden der Normen schafft ein Problem, dessen Wurzeln bis zu den Quellen der Handlung und bis zu den elementaren Beziehungen zwischen dem Bewußtsein und dem Organismus hinunterreichen. Man darf deshalb die phänomenologische Lösung nicht von vornherein ausschließen, sondern man muß das Studium der normativen Tatbestände auf der Ebene der Entwicklung der Operationen behandeln. Die Untersuchung der Beziehungen zwischen dem Bewußtsein und dem Organismus wird uns gerade zur Einsicht führen, daß das von seinen psychologischen Begleiterscheinungen losgelöste Bewußtsein früher oder später – und losgelöst von seinen physiologischen Komponenten – Systeme von Implikationen schafft, deren Notwendigkeit sich wesentlich von den eigentlichen Kausalrelationen unterscheidet, die zur Erklärung der materiellen Tatbestände dienen.

Die Phänomenologie und die von ihr inspirierten „Existenzialismen“ enthalten aber noch mehr als diese einfache normativistische Behauptung. Es gibt den Begriff einer sowohl aprioristischen wie auch intuitiven Erkenntnis der reinen Strukturen (im Gegensatz zu der Kantschen Konstruktion), die dazu bestimmt sind, die verschiedenen Seinstypen zu charakterisieren. Die eigentliche Absicht der phänomenologischen Erkenntnistheorie besteht nach Husserl in der Beantwortung der Frage, wohin das Denken zielt, d. h. sie versucht seine von der Realisierung unabhängigen „Intentionen“ festzuhalten. In diesem zweiten Punkt scheinen die genetischen Gegebenheiten am wenigsten auf die existentielle Realität reduzierbar zu sein. Die phänomenologische „Reduktion“ der Realität besteht hauptsächlich darin, ihre Eigenschaften einzig durch das Mittel der reflexiven Anschauung festzuhalten. Es müssen jedoch auch hier unbedingt die Standpunkte unterschieden werden. Die Phänomenologie, die als systematische und abgeschlossene Philosophie behauptet, die Kenntnis an sich zu erreichen, bleibt außerhalb der Kategorien einer genetischen Erkenntnistheorie, die vor allen Dingen in einer Untersuchungsmethode besteht. Das psychogenetische und historische Studium der Art, wie die Kenntnisse wachsen, schließt aber keineswegs den Weg zu einer schließlich phänomenologischen Lösung aus. Das Wesen vieler genetischer Prozesse besteht in einem Streben zu gewissen Gleichgewichtszuständen hin, es ist deshalb nicht von vornherein ausgeschlossen, daß die „Intention" von Husserl eine gewisse Bestätigung durch das Studium dieser genetischen Prozesse findet, wenn auch die beiden Begriffsarten in ihrem Ausgangspunkt keinerlei Beziehung zueinander aufweisen. Der Punkt des Einverständnisses könnte hier der folgende sein: Husserl konzipiert die „Strukturen" als System von reinen Möglichkeiten, die jeder Realisation vorangehen und durch das Bewußtsein mit Hilfe gewisser „Akte" (d. h. im Lauf der Reflexion der erlebten Anschauungen) entdeckt werden. So metaphysisch diese Konzeption auch sein mag, sie ist nicht bar aller Beziehungen zu den Problemen, denen die genetische Analyse bei der Untersuchung der Entwicklung begegnet, vor allem zu den Problemen, die die historische Analyse bei der Untersuchung der Beziehungen zwischen der Mathematik und der Physik aufdeckt. Husserl träumte wie Descartes von einer *mathesis universalis*, die alle möglichen Strukturen umfaßt, nicht nur diejenigen der Mathematik. Das Problem der Beziehung zwischen dem Möglichen und dem Tatsächlichen reduziert sich jedoch vom genetischen Standpunkt aus nicht nur auf die Frage der Beziehung zwischen der Deduktion und der Erfahrung, eine Frage, die schon für sich allein einen großen Teil der Geschichte des wissenschaftlichen Denkens in Anspruch nimmt. Es stellt sich auch bei jedem Gleichgewichtsproblem. Das Gleichgewicht impliziert die Betrachtung der Gesamtheit der möglichen Veränderungen (wie die „virtuellen Verrückungen" des berühmten Prinzips der Mechanik) und nicht nur die realisierten Bedingungen. Die Embryonalentwicklung erscheint daher heute als eine Auslese unter einer Gesamtheit möglicher Formen, die unendlich reicher sind als die effektiv produzierten Formen. Ebenso beruhen alle geistigen Gleichgewichte (perzeptiv, operativ usw.) auf einem Spiel von Möglichkeiten, das im Laufe der intellektuellen Entwicklung mehr und mehr über die realen Handlungen und Bewegungen hinausgeht. Es ist deshalb nicht ausgeschlossen, daß eines Tages die genetischen Gleichgewichtsprobleme die Absichten von Husserl einschließen, was natürlich nicht bedeutet, daß dies mit Sicherheit eintreffen muß.

Im übrigen hat die Phänomenologie in der Experimentalpsychologie eine bekannte Interpretation der Entwicklung hervorgebracht: die der „Gestalttheorie", die den Begriff der Ausbildung von Strukturen durch den Begriff einer fortgesetzten Abstraktion von sowohl im Geist als auch in der Realität gedachten Gestalten ersetzt. Eine solche Konzeption kann – verallgemeinert – auf die gesamte Erkenntnistheorie angewandt werden und beweist somit, daß die Phänomenologie, wenn sie wahr ist, sich durch die Untersuchung ihrer Entstehung verifizieren läßt.

Für die Interpretationen der Erkenntnis, die diese als eine fortschreitende Erarbeitung des Wahren auffassen, kann die genetische Methode als Prüfstein dienen. Tatsächlich lehnten sich der Empirismus, der Pragmatismus und der Relativismus (der Relativismus von Brunschvicg z. B.) immer an die psychogenetische oder historisch-kritische Methode an, um ihre Thesen zu untermauern. Leider handelt es sich dabei um Doktrinen, über die sich die genetische Erkenntnistheorie nicht von vornherein äußern kann, wie sehr auch in gewissen Punkten eine Übereinstimmung erzielt wurde. Dies haben wir im einzelnen unter 3. bei der Behandlung des gemilderten Empirismus von F. Enriques gesehen.

Die Interpretationen des Wissens, die auf seinem Werden gegründet sind, werfen ebenfalls das Problem der Beziehungen zwischen den Normen und ihrer Entstehung auf, noch viel schärfer als die nichtgenetischen Lösungen. Die nichtgenetischen Lösungen gehen von der Hypothese aus, daß die Wahrheit auf dauerhaften Normen beruht, die in der Wirklichkeit bestehen, sei es in den *a priori*-Strukturen des Subjekts oder in seinen unmittelbaren und erlebten Anschauungen. Die geistige oder historische Entwicklung, wie sie die genetische Erkenntnistheorie beschreibt, wird somit von den nichtgenetischen Theorien als die Aktualisierung der durch diese Normen vorherbestimmten Möglichkeiten begriffen. Wenn diese Hypothese wahr ist, wird auch die Untersuchung der geistigen oder historischen Entwicklung zu diesem Ergebnis führen, wie wir schon einmal festgestellt haben. Falls aber das Studium des Wachstums des Wissens eine der drei genetischen Lösungen bestätigen sollte, d. h. das Wachstum entweder dem äußeren Druck der objektiven Gegebenheiten oder den glücklichen Abmachungen des Subjekts oder aber den Wechselwirkungen des Subjekts und des Objekts zuschreiben sollte, wie könnte dann die Untersuchung dieser Entwicklung von den Tatsachen zur Norm gelangen, d. h. von der Entwicklung, die die Bildung der Begriffe beschreibt, zur Unveränderlichkeit der logischen Konnexionen? Es gilt dann nicht mehr, die feste Norm am Ende der Evolution wiederzufinden, sondern diese Norm mittels der mobilen Gegebenheiten der Entwicklung zu erzeugen. Eine solche Problemstellung, so wunderlich sie anmuten mag, entspricht dem alltäglichen Aspekt der zeitgenössischen Wissenschaft. Nie war der Inhalt der Begriffe veränderlicher als heute, und trotzdem hat man nie weniger auf ein logisches und deduktives Fundament dieser Begriffe verzichtet.

Das Problem der Einigung zwischen dem geistigen Werden und der beständigen Norm oder zwischen der Forderung der ständigen Erneuerung und dem Bedürfnis – sei dieses künstlich oder wirklich begründet –, sich auf eine gewisse normative Stabilität zu stützen, stellt sich also bei der Methode der genetischen Erkenntnistheorie in zentraler Art.

### 5. *Geistiges Werden und normative Beständigkeit*

Bei den Beziehungen zwischen der psychologischen Tatsache der Entwicklung und der überzeitlichen logischen Norm sind zwei Fragen vorherrschend, die von den vorher aufgezählten nicht-genetischen und genetischen Theorien in verschiedenem, ja sogar gegenteiligem Sinn gelöst werden: die Frage nach dem Zusammenhang der Handlung und des Denkens und die Frage nach dem des Wirklichen und des Möglichen.

Alle nicht-genetischen Methoden (und seltsamerweise auch gewisse genetische Methoden, wie die klassische Form des Empirismus) begreifen das Denken als der Handlung vorangehend und diese als eine Anwendung des Denkens. Bei der Mehrheit der metaphysischen Erkenntnistheorien resultiert daraus eine rein kontemplative Theorie der Normen, die sich an eine göttliche Wahrheit anlehnen, die transzendent oder unmittelbar anschaulich sein kann. Diese kontemplative Interpretation der Norm findet sich übrigens in vielen geläufigen Erkenntnistheorien wieder, die den syntaktischen Nominalismus anstelle der verschiedenen Formen des Realismus setzen und nicht darauf achten, daß die Sprache eine aktive Natur hat, die die Operationen verschiedener Subjekte in Beziehung bringen muß, bevor sie imstande ist, unbedingt gültige Wahrheiten auszusprechen. Vom Gesichtspunkt der genetischen Untersuchung aus geht hingegen die Handlung dem Denken voran. Das Denken besteht demnach in einer immer reichhaltigeren und kohärenteren Komposition der Operationen, die die Handlungen fortsetzen, indem sie sie verinnerlichen. In diesem Lichte gesehen drükken die Wahrheitsnormen zuerst die Wirksamkeit der individuellen und sozialisierten Handlungen aus, dann diejenige der Operationen und schließlich den logischen Zusammenhang des formellen Denkens. Ohne die Frage zu entscheiden, ob die Natur der Normen, wenn sie ihre höhere Gleichgewichtsform erreicht haben, eine kontemplative oder eine operative sei, vermeidet die genetische Methode von Anbeginn den Vorwurf, den normativen Gehalt der Wahrheit zu verkennen. Von der eigentlichen Handlung bis zur höchst formalisierten Operation verfolgt sie Schritt für Schritt die Bildung der sich ununterbrochenen erneuernden Normen.

Der Zusammenhang der Handlung und des Denkens stellt aber nur einen Aspekt eines viel tieferen Konfliktes dar, der die Genetiker von den

Nicht-Genetikern unterscheidet und der noch viel unmittelbarer die Beziehungen der zeitlichen Entwicklung mit der überzeitlichen Logik betrifft. Die wesentliche Eigentümlichkeit der nicht-genetischen Theorien besteht zweifelsohne darin, daß sie die Wirklichkeit – die Kenntnis oder die realen Operationen – durch eine vorgängige Möglichkeit erklären. Dergestalt hängt der Universalienrealismus bei Aristoteles mit der grundlegenden Konzeption des Übergangs von der Potenz zum Akt zusammen. Der Apriorismus seinerseits setzt die Präformation der realen Erkenntnis in einem durch virtuelle Schemata vorbestimmten System voraus. Die Phänomenologie von Husserl ordnet diese aktuelle Kenntnis unter die Intuition der möglichen „Intentionen" ein. Kurz, die antigenetische Haltung gelangt immer wieder dazu, eine präformierende Virtualität an den Ausgangspunkt der aktuellen Kenntnis zu setzen. Im Gegensatz dazu besteht die Eigenheit der genetischen Methode darin, das Virtuelle oder das Mögliche als eine durch die gegenwärtigen und realen Handlungen ununterbrochen weitergetriebene Schöpfung zu betrachten. Jede neue Handlung, die eine der durch die vorgehenden Handlungen erzeugten Möglichkeiten realisiert, eröffnet ihrerseits Möglichkeiten, die bisher undurchführbar waren. In der Beziehung zwischen der kausalen Realität und der durch sie eröffneten Möglichkeiten, die untereinander durch eine virtuelle Beziehung verbunden sind, die sich immer mehr der logischen Implikation nähert, muß die Lösung des zentralen Problems der überzeitlichen Norm und des genetischen Werdens zu finden sein.

Tatsächlich bringt jede der einer Operation zugrunde liegenden Handlungen durch ihre Ausführung zwei Arten von Virtualitäten hervor, d. h. sie eröffnet zwei Kategorien von neuen Möglichkeiten, indem sie die Aktivität des Subjekts „engagiert": einerseits die Möglichkeit einer effektiven oder gedachten Reproduktion, bei der die bisher implizit in der Handlung enthaltenen Eigenschaften bestimmt werden; andererseits die Möglichkeit von neuen Kompositionen, die virtuell durch die Ausführung der Ausgangshandlung entstehen. Angenommen, eine Handlung, die z. B. in einer Verschiebung von A nach B bestehe, sei in ihrer primitiven Form als Bewegung aufgefaßt, die gegen B gerichtet ist. Diese Handlung erzeugt in erster Linie die Möglichkeit einer materiellen oder geistigen Reproduktion. Früher oder später wird die Entdeckung hinzukommen, daß sich der Körper von A entfernt, wenn er sich gegen B bewegt usw. Daraus folgt eine zweite Gesamtheit von Virtualitäten: die Verschiebung von A nach B kann in eine Verschiebung BA umgedreht werden, die sich A nähert und von B entfernt, ebenso sind die Verschiebungen AB und BA virtuell zusammensetzbar zu einer Verschiebung Null, die darin besteht, in A zu bleiben usw. Kurz, die Ausgangshandlung erzeugt kraft ihrer Realisierung zwei Sorten von Möglichkeiten, d. h. virtuellen Operationen: die eine besteht in der Fähigkeit zur Repetition der ausgeführten Handlung, wobei sichtbar werden mag, was sie von Anfang an enthielt, die andere besteht in der Fortsetzung der ersten durch neue Handlungen, die aus der Umkehrung oder aus der Zusammensetzung der ausgeführten mit andern Handlungen hervorgehen.

Jede wirkliche Handlung eröffnet neue, weitere Möglichkeiten und bedeutet die Verwirklichung einer Möglichkeit, die durch frühere Handlungen eröffnet wurde. Daraus folgt, daß die genetische Analyse methodisch das Mögliche dem Wirklichen unterordnen muß und nicht umgekehrt. Sie darf das Virtuelle nicht postulieren, um das Wirkliche zu erklären, ohne daß sie durch die Entdeckung gewisser reflexiver Überlegungen, die die aktuelle Wirklichkeit in ein System von Möglichen einbetten und im Denken des Subjekts vorkommen, dazu gezwungen wird. Sie ist hingegen verpflichtet, das Virtuelle immer dann durch das Wirkliche zu erklären, wenn eine Handlung durch ihre Ausführung neue Möglichkeiten eröffnet und derart ein System von virtuellen Operationen erzeugt.

Wenn die wirkliche Handlung eine Realität im Werden darstellt und somit einen genetischen oder kausalen Prozeß schafft, hat die Welt der Möglichkeiten, die ununterbrochen durch die Handlung eröffnet werden, die bemerkenswerte Eigenschaft der Überzeitlichkeit und hängt im wesentlichen von den logischen Verknüpfungen ab. Allgemeiner ausgedrückt: der Unterschied zwischen dem Möglichen und dem Reellen entspricht demjenigen der logisch-mathematischen Operationen und ihrem psychologischen und physischen Werden. Das Problem der Beziehung zwischen der historischen oder geistigen Entstehung und der Logik der Wahrheit in ihrer normativen Unveränderlichkeit hängt somit wesentlich von den Verbindungen ab, die man zwischen dem Virtuellen und dem Aktuellen schaffen wird: das logische Universum stellt den Bereich des Möglichen dar, während die Entwicklung das wirkliche Werden ausdrückt. Die Frage, ob der genetische Prozeß die vorgängigen Normen reflektiere oder ob er die Bildung dieser Normen erkläre, reduziert sich damit auf das Problem der Aktualisierung des Virtuellen oder der Schöpfung der durch die wirklichen Handlungen eröffneten Möglichkeiten.

Hier scheinen nun die Begriffe des Gleichgewichts – als spezifische Verbindung zwischen dem Möglichen und dem Wirklichen – sowie der Reversibilität – als Übergang *sui generis* vom physischen oder geistigen Werden zur überzeitlichen Logik – unvermeidbar zu sein.

Ein mechanisches System ist im Gleichgewicht, wenn bei einer virtuellen Verrückung, die mit den Zwangsbedingungen vereinbar ist, die Arbeit der äußeren Kräfte als Summe Null ergibt, d. h. wenn sich die positiven und negativen Arbeiten exakt kompensieren. Ein wirkliches System als im Gleichgewicht befindlich erklären heißt somit, ein Zusammenwirken von Bewegungen oder virtuellen Arbeiten zur Sprache bringen; von einem Gleichgewicht sprechen heißt, das Wirkliche in eine Gesamtheit von lediglich möglichen Transformationen einbetten. Umgekehrt sind aber diese Möglichkeiten durch die Zwangsbedingungen bestimmt, durch die „Bindungen" des Systems, d. h. durch das Wirkliche. Die Situation gleicht dem genetischen Prozeß bei der Entstehung eines Systems von intellektuellen Operationen. Jede Handlung eröffnet, wie wir soeben gesehen haben, eine Reihe neuer Möglichkeiten. Sie führt schließlich zur Bildung eines Gleichgewichtszustands, d. h. sie erzeugt ein System von stabilen Relationen, wenn sich die virtuellen Operationen gerade aufheben. Das Gleichgewicht wird also durch die Reversibilität definiert, deren psychologische Bedeutung in der Möglichkeit liegt, die ausgeführten Operationen umzukehren. Wiederum hängen hier das Wirkliche und das Mögliche in jedem Gleichgewichtszustand voneinander ab.

Das Studium der geistigen Entwicklung zeigt die Bedeutung eines solchen Gleichgewichtsmechanismus, der durch die wachsende Reversibilität der Handlung gekennzeichnet ist. Solange eine Handlung an einen isolierten Zustand gebunden und nicht völlig reversibel ist, sind auch die Möglichkeiten, die sie schafft, nicht im Gleichgewicht, was sich durch mangelnde rationale Erhaltung bemerkbar macht. Vereinigt man z. B. eine Menge von Objekten A mit einer anderen Menge von Objekten A' zu einer Menge B, wird ein Kleinkind dabei anfänglich weder die Erhaltung der Teile A und A' noch die des Ganzen B begreifen. (Es wird der Meinung sein, es gebe mehr oder weniger Objekte im Ganzen als in der Summe der vereinigten Teile usw.). Wenn die ausgeführte Handlung (A + A' = B) hingegen vom Bewußtsein aller virtuellen Operationen begleitet ist (z. B. wenn man A bei der Vereinigung von A mit A' von einem anderen Ganzen Z ablöst: Z — A usw.), insbesondere vom Bewußtsein aller möglichen inversen Operationen (B — A = A'; B — A' = A; A — A' = B), führt das System der virtuellen Kompositionen zu einem Gleichgewichtszustand, der daran erkenntlich ist, daß eine notwendige Erhaltung der Teile und der hierarchischen Totalitäten besteht (logische Notwendigkeit). Der Übergang von der wirklichen Handlung zum Bewußtsein der möglichen Handlungen stellt somit die notwendige Bedingung für die Bildung eines Operationssystems dar. Dieses ist entstanden, wenn die Komposition reversibel geworden ist. Jeder genetische Prozeß tendiert derart gegen einen beweglichen Gleichgewichtszustand, in dem die wirklichen Bindungen und die möglichen Operationen zu einem unauflöslichen Ganzen zusammenwirken.

Die gegenseitige Abhängigkeit des Wirklichen und des Möglichen, die jeden Gleichgewichtszustand kennzeichnet, genügt, um der Verbindung des geistigen Werdens mit der Beständigkeit der Logik und der Normen Rechnung zu tragen. Wenn auch die wirklichen Handlungen untereinander durch einen kausalen oder zeitlichen Determinismus verbunden sind, ist doch klar, daß die lediglich möglichen Transformationen oder virtuellen Operationen überzeitlich sind und nur noch von der logischen Implikation abhängen. Vereinigt man A und A' in der Form A + A' = B oder löst man A von B in der Form B — A = A' ab, so sind diese zwei Handlungen wirklich durchführbar, nur müssen sie zeitlich aufeinanderfolgen. Setzt man + A — A = $\emptyset$ zusammen, so vereinigt man die aufeinanderfolgenden Operationen zu einem einzigen virtuellen Ganzen und tritt somit in die Überzeitlichkeit über. Die Reversibilität, die die Handlungen in Operationen verwandelt, weist der Intelligenz die der eigentlichen Handlung fehlende Eigenschaft zu, den zeitlichen Verlauf umzudrehen und sich von diesem zu befreien, um die rein logische Implikation zu erreichen. Es folgt daraus, daß sich die wirkliche Handlung um so mehr in dieses Netz verstrickt, je mehr sie den Kreis der möglichen Operationen erweitert und je dichter das Netz der virtuellen, d. h. der logischen Relationen wird.

Sowohl das Studium der Beziehungen zwischen dem Handeln und dem Denken sowie das Studium der Relationen zwischen dem Wirklichen und dem Möglichen führen somit zu dem Schluß, daß *a priori* kein Gegensatz zwischen dem Genetiker und dem Logiker (als Normativist) bestehen muß. Jeder genetische Prozeß führt zu einem Gleichgewicht, das das Normative wieder durch die Tatsache umfaßt, daß die wachsende Reversibilität der zeitlichen Handlungen den direkten und inversen Operationen entspricht, die die fundamentalen logischen Beziehungen kennzeichnen (Bestätigung oder Verneinung usw.). Mag nun letzten Endes das Logische das Genetische begründen, weil das Mögliche dem Wirklichen vorangeht, oder mag das Genetische zur Logik aufblühen, weil das Gleichgewicht der wirklichen Handlungen eine Organisation der virtuellen Operationen bildet, die genetische Untersuchung führt früher oder später auf die logische oder normative Überzeitlichkeit, ohne etwas von der Bildung der Kenntnisse vorwegzunehmen. Es besteht genetisch immer eine Tendenz zum Gleichgewicht, die das Mögliche in den Schoß des Wirklichen einführt: die Normen sind also mit der Wirksamkeit der Gesamtsysteme verbunden, die das Mögliche darstellen, obwohl diese Systeme aus der konkreten Handlung in der Wirklichkeit entsprungen sind (oder gerade deshalb).

## *6. Gleichgewicht und „Grenzwert“*
## *Der Kreis der Wissenschaften und die zwei Richtungen des Denkens*

Vorausgesetzt, wie wir dies soeben angenommen haben, daß jede genetische Reihe gegen einen gewissen Gleichgewichtszustand konvergiere, der die Verbindung zwischen der zeitlichen Wirklichkeit und der überzeitlichen Logik herstellt, so erwächst der genetischen Methode ein neues Problem: Strebt jedes Anwachsen der Erkenntnis – in der Geschichte der Wissenschaften oder in der psychologischen Entwicklung – gegen einen „Grenzwert“? Angenommen, dies sei bei gewissen speziellen und genau umschriebenen Reihen der Fall, so stellt sich die weitere Frage: Kann man

– ausgehend von der Gegenüberstellung einer genügend großen Zahl solcher Reihen – eine allgemeine erkenntnistheoretische Hypothese verifizieren, die die Erkenntnis in ihrer Gesamtheit betrifft? (Oder, wohlgemerkt, verschiedene komplementäre Hypothesen im Fall eines Pluralismus der Strukturen?)

Das Problem ist also das folgende: wie kann man das Studium des speziellen Anwachsens der Erkenntnis in eine oder mehrere große Reihen integrieren, die zuerst isoliert untersucht werden müssen, und wie müßte man sich vor allem ein Studium der Konvergenz dieser Reihen vorstellen, damit man von einem Grenzübergang sprechen könnte? Solange es sich um einen speziellen Sektor der Erkenntnis handelt, etwa um einen Begriff oder um ein durch Operationen umschriebenes System, ist es mühelos möglich, anzugeben, was von der logischen Deduktion oder von den verschiedenen Formen der anschaulichen Vorstellung herkommt, vom Experiment unter seinen vielfältigen Aspekten, von der Handlung und der Wahrnehmung usw. Hingegen bleibt sogar nach dem Vergleich einer großen Zahl solcher Analysen das Problem bestehen, eine allgemeine Lehre daraus zu ziehen, ohne in eine philosophische Spekulation zu verfallen, die um so verlockender ist, als sie vorgibt, Teil der Erkenntnis selbst zu sein und so ein vorgängiges und induktives Studium des speziellen Anwachsens all der verschiedenen Kenntnisse zu erübrigen.

Die Untersuchung der Entstehung eines Begriffs gestattet im allgemeinen die Bestimmung seiner aufeinanderfolgenden Entwicklungsstufen. Die Folge dieser Stadien ergibt einen ersten Typ von Reihen, deren Bildungsgesetz man angeben kann. So erahnt man einen psychogenetischen Entwicklungsprozeß für eine große Zahl mathematischer und physikalischer Begriffe. Diesen Prozeß findet man in großen Zügen auf der Ebene der historischen Entwicklung wieder, die sich etappenweise zwischen den elementaren, später perzeptiven oder bildhaften Handlungen am Ausgangspunkt und einem wohlbestimmten System von konkreten Operationen aufbaut, das im nachhinein auf verschiedene Arten axiomatisiert werden kann: Das Folgegesetz ist dabei, wie wir gesehen haben, durch die Entwicklungsrichtung gegen einen reversiblen Gleichgewichtszustand gegeben, wobei die Entwicklung von einem Ausgangszustand der Irreversibilität und der Einfachheit im Sinne der Nichtzusammensetzbarkeit ausgeht. Man kann in diesem Fall, ohne bildhaft zu werden, von einer genetischen Reihe und ihrer Konvergenz gegen einen gewissen Grenzwert sprechen, der durch eine Gleichgewichtsform, d. h. durch eine bestimmte Form der Gesamtkomposition bestimmt ist.

Es handelt sich in diesem Fall aber immer noch um einen partiellen und deshalb provisorischen Grenzwert, der vom herausgegriffenen speziellen

Sektor der Erkenntnis abhängt. Zweifelsohne ergibt sich durch die von der genetischen Analyse beschriebene Evolution im Inneren dieses Sektors eine Umwandlung der intellektuellen Instrumente des Subjekts und – in Korrelation zur Bildung von neuen Instrumenten – eine Umwandlung der Erfahrung, d. h. der Realität, wie sie dem Subjekt erscheint. Daraus ergibt sich, daß die dem Denken und der Erscheinungsform der Realität zugehörigen (d. h. auf ein bestimmtes Niveau dieses Denkens bezogenen) Umwandlungen, so interessant sie auch im Hinblick auf den Mechanismus des Anwachsens der Erkenntnisse sein mögen, keine leicht zu verallgemeinernde Formel abgeben, da diese Formel, die die Umwandlungen ausdrücken soll, sich ihrerseits auf ein vom Beobachter – d. h. vom Psychologen oder vom Historiker, der diese Umwandlung von außen her verfolgt und sich dabei auf seine eigenen Kenntnisse bezieht – verwendetes Bezugssystem stützt.

Hier befindet sich der Kern der Frage nach dem Übergang von den partiellen Grenzwerten der Entwicklungsprozesse von speziellen Kenntnissen zum allgemeinen Grenzwert, der sich aus der Bestimmung der Kenntnis in ihrer Gesamtheit ergibt. Dazu müssen allerdings eine oder mehrere der unter 4. unterschiedenen allgemeinen Hypothesen beigezogen werden. Tatsächlich studiert der Genetiker oder Historiker eine Reihe von Stadien: A, B, C, . . . X, und erarbeitet deren Entwicklungsgesetz und den eventuellen Grenzwert. Er muß dazu aber ein Bezugssystem wählen, das sich aus der Realität ergibt, wie sie auf der Stufe der wissenschaftlichen Erkenntnis des Beobachtenden erscheint, und das aus den rationalen Instrumenten hervorgeht, wie sie beim Entwicklungsstand der Logik und der Mathematiker im betreffenden Moment gegeben sind. Dieses Bezugssystem ist nun seinerseits mobil.

Der Psychologe kann sehr wohl die Entwicklung gewisser Begriffe studieren und daraus das Bildungsgesetz ableiten, das ihrem Wachstumsmechanismus zugrunde liegt. Die Psychologie ist aber eine in Entwicklung begriffene Wissenschaft. Um die Bildung der partiellen Kenntnisse zu beschreiben, stützt sie sich auf ein Bezugssystem, das durch die Gesamtheit der andern Wissenschaften – von der Mathematik bis zur Biologie – gebildet wird. Wenn die Psychologie somit gewisse erkenntnistheoretische Teilprozesse bis zu ihren Grenzen verfolgen kann, wird sie nicht ohne weiteres die Erkenntnis in ihrer Gesamtheit als die allgemeine Grenze erreichen können, denn sie selbst ist deren integrierender Bestandteil, sie nimmt keinen außerhalb der Erkenntnis befindlichen Standpunkt ein. Sie kann deshalb nicht behaupten, sie gestatte durch ihre Methode, die mögliche Entwicklung aller Kenntnisse zu erfassen, somit auch die unbestimmten Bewegungen des Bezugssystems, auf das sie sich stützt.

Wie lassen sich nun diese der genetischen Untersuchung gesetzten Grenzen überwinden, Grenzen, die von den für die Analyse unbedingt notwendigen Bezugssystemen herrühren? Wie kann man zu Bildungsgesetzen gelangen, die nicht auf einen begrenzten Sektor beschränkt sind, sondern nach und nach auf die gesamte Erkenntnis verallgemeinert werden können und gewissermaßen die ganze wissenschaftliche Erkenntnis als Grenzwert haben? Wenn sich die genetische Analyse notwendigerweise auf ein Bezugssystem stützt, das auf dem aktuellen Stand der Wissenschaften basiert, müßte dieses Referenzsystem seinerseits erklärt werden, damit sich die genetische Erklärung auf das gesamte Wissen verallgemeinern läßt. Man befindet sich also vor folgender Alternative: entweder kann sich die genetische Analyse über ihr Referenzsystem nicht Rechenschaft geben, was die Schaffung einer allgemeinen Erkenntnistheorie ausschließt, oder sie kann es nur mittels eines Zirkelschlusses, da in diesem Fall die genetische Analyse auf einem Bezugssystem beruht, das von ihr abhängt.

Getreu den Lehren, die sich aus der Entwicklung des wissenschaftlichen Denkens ergeben, müssen wir die zweite Lösung als richtig annehmen; dies folgt daraus, daß alle zeitgenössischen Forschungen darauf hintendieren, sich in einem solchen Zirkel einzuschließen. Indessen ist dieser Zirkel, so real er ist, nicht etwa ein Zirkelschluß, sondern durch die Natur der Dinge gegeben. Er stellt tatsächlich einen Spezialfall des Zirkels von Subjekt und Objekt dar, der nicht nur für jede Erkenntnis unvermeidbar ist, sondern auch für jede Theorie der Erkenntnis. Die Erkenntnis stützt sich auf ein Objekt, ohne dessen Existenz das Subjekt nicht affiziert wäre (von innen oder von außen) und sich selbst nicht kennen würde, da es nicht aktiv werden könnte. Das Objekt wird seinerseits nur durch die subjektive Aktivität erkannt, ohne die es für das Subjekt nicht existieren würde. Hoeffding beharrte mit Klarheit auf diesem Ausgangszirkel, wonach das Subjekt sich selbst nur mittels des Objekts erkennt und das Objekt nur dank seiner eigenen subjektiven Aktivität. Ebenso muß jede Theorie der Erkenntnis Subjekt und Objekt zu einem Forschungsobjekt zusammenfassen, wenn sie erklären will, wie das Subjekt durch das Objekt affiziert ist (ob dieses nun außenstehend und real sein mag oder lediglich in der Vorstellung existiert). Das neue Subjekt ist somit der Erkenntnistheoretiker, aber auch dieser kann natürlich sein Objekt (d. h. die durch die Kenntnis geschaffene Beziehung) nur erkennen, wenn dies mittels seines eigenen Denkens geschieht (d. h. mittels seiner eigenen Kenntnis), das für ihn ebenfalls nur durch die Reflexion über dieses Objekt erkennbar ist. Um dieser Schwierigkeit zu entfliehen, begibt er sich *in medias res* und appelliert an gewisse vorgängige Einsichten über die aufeinander bezogenen Subjekte und Objekte, die sein Forschungsobjekt bilden. Früher oder später muß er aber seine Voraussetzungen in seine eigene Erklärung reintegrieren, und der Zirkel schließt sich von neuem.

Wenn nun ein solcher Zirkel unvermeidlich ist, so kann er sukzessive ausgeweitet werden, vergleichbar mit gewissen bekannten Zirkeln der Wissenschaft, wie etwa dem der Zeitmessung: um die Zeit zu messen, muß man über Uhren verfügen, die isochrone Bewegungen als Einheit verwenden. Die Messung dieses Isochronismus setzt aber selbst die Messung der andern Bewegungen des Universums voraus, die als Chronometer dienen usw. Man kann diese Kette ohne Ende ausdehnen, ohne aus dem Kreis herauszutreten. Je mehr sich dieser Kreis aber ausdehnt, desto mehr gestatten die beobachteten Konvergenzen im wachsenden logischen Zusammenhang die Gewißheit zu finden, daß der Kreis kein Zirkelschluß ist. Wenn jede Erkenntnistheorie ebenfalls einen Kreis voraussetzt, ist anzunehmen, daß seine Ausdehnung, wenn sie zunimmt, bis sie die Gesamtheit der Disziplinen umfaßt, die der genetischen Analyse als Referenzsystem dienen, und bis der Kreis sogar diese Analyse selbst einschließt, für einen größeren inneren Zusammenhang bürgt, als es bei den speziellen philosophischen Systemen der Fall sein könnte.

Es ergibt sich von selbst, daß bei der Verlegung des erkenntnistheoretischen Problems auf die Gebiete der Entwicklung des Denkens und der speziellen Wissenschaften der Erkenntniszirkel oder der Kreis des Subjekts und des Objekts als fundamentale Struktur des eigentlichen Systems der Wissenschaften verstanden werden müssen. Gewohnheitsmäßig begreift man die Stellungen der Wissenschaften zueinander als geradlinige Folge: die Mathematik, die Physik (im weitesten Sinn), die Biologie und die psychologisch-soziologischen Wissenschaften folgen sich nach einem hierarchischen Prinzip wie die berühmte Reihe der wachsenden Komplexität und der abnehmenden Allgemeinheit von Auguste Comte. Er stellte sich zwei Fragen. Erstens: worauf gründet die Mathematik? Auf nichts anderem als auf sich selbst, oder auf der Logik, die ebenfalls auf sich selbst gegründet ist. Wenn dies von einem metaphysischen oder streng axiomatischen Standpunkt aus als klar erscheinen kann, wird es unbefriedigend, sobald man nach den Bedingungen sucht, die eine Axiomatik ermöglichen. Man wird dann zwangsläufig auf die Gesetze des menschlichen Geistes zurückgeführt. Dies ist ein expliziter (H. Poincaré, L. Brunschvicg usw.) oder impliziter Appell an die Psychologie. Die zweite Frage stellt sich am andern Ende der Reihe:

Zu welchem Ergebnis führen die Forschungen der genetischen Psychologie? Sie führen gerade dahin, uns zu erklären, wie die Anschauungen und die Begriffe des Raumes entstehen, die Begriffe der Zahl, der Ordnung usw., d. h. die logischen und mathematischen Operationen. Sobald man aufhört, sich auf einen normativistischen oder rein axiomativen Standpunkt zu stellen, wird die lineare Reihe der Kenntnisse in Wirklichkeit kreisförmig, da sich die verfolgte, ursprünglich gerade Linie langsam in sich selbst schließt.

Der erkenntnistheoretische Zirkel, der soeben dargestellt wurde, ist nichts anderes als der Ausdruck für den Zirkel der Wissenschaften. Er wird deshalb nicht nur der eigentlichen Natur der Dinge gerecht, sondern erweckt an sich berechtigtes Interesse. Um die Entstehung der Kenntnisse zu erklären, muß sich die Psychologie auf ein Referenzsystem stützen, das durch die eigentlichen Kenntnisse der anderen Wissenschaften im aktuellen Zeitpunkt gegeben ist. Sie behauptet aber, sie trage früher oder später diesem Referenzsystem Rechnung, da dieses aus Kenntnissen bestehe, die gleichartig sind wie die andern. Sie würden lediglich an den Anfang der wissenschaftlichen Untersuchung gestellt und stünden nicht etwa an deren Ursprung oder in deren Vergangenheit. Man sieht, der genetische Zirkel übersetzt präzise die durch die Kategorien des wissenschaftlichen Denkens gebildete Reihenfolge: Die psychologischen Erklärungen beziehen sich früher oder später auf diejenigen der Biologie, diese beruhen ihrerseits auf denjenigen der Physik und der Chemie, die physikalischen Erklärungen stützen sich auf die Mathematik, und die Mathematik und die Logik können sich nur auf die Gesetze des Geistes berufen, die das Untersuchungsobjekt der Psychologie bilden. Überdies bemerkt man, daß dieser Zirkelschluß die Erweiterung der Psychologie oder der Psycho-Soziologie zur genetischen Erkenntnistheorie nach sich zieht: Die Mathematik beruht tatsächlich nicht direkt auf der Psychologie als solcher. Diese Behauptung wäre absurd und würde wieder dahin führen, die Gültigkeit der Axiome auf die empirische Beschreibung der Bewußtseinszustände zurückzuführen, d. h. die operative Notwendigkeit auf der Konstatierung von Tatsachen zu begründen. Die Mathematik beruht auf einer Menge von grundlegenden Operationen, von denen das naive Bewußtsein lediglich Kenntnis nimmt, während sie durch die kritische Reflexion, „Theorie der mathematischen Grundlagen“ genannt, systematisch untersucht werden. Diese Theorie ist bereits eine Erkenntnistheorie, die sich auf die Psychologie stützt, obwohl sie noch völlig im Rahmen der Wissenschaft bleibt. Man kann überdies die Operationen des Denkens direkt in einer logistischen Form axiomatisieren, was die Illusion eines Neuanfangs erweckt, letzten Endes wird dabei aber ein Objekt der Psychologie axiomatisiert, nämlich die intellektuellen Operationen, was auch wieder keineswegs den genetischen Zirkel sprengt. Die Psychologie muß nun sowohl auf die äußere Realität Bezug nehmen, um die Entstehung der Kenntnisse zu erklären, wie sie von der Biologie und Physik her bekannt ist, als auch auf die Regeln der Logik und der Mathematik. Dieses zweifache Bezugssystem stützt sich letztlich ebenfalls auf intellektuelle Realitäten, die zu seiner Begründung beitragen und von denen die Psychologie vorgibt, sie genetisch zu erforschen: es ist somit wiederum das Resultat einer Entwicklung oder einer kontinuierlichen und veränderlichen Entstehung, deren eigentlicher Charakter ein unaufhörlich sich erweiternder Kreis ist, zu dessen Elementen die Psychologie selbst zählt.

Aus diesen vorgängigen Überlegungen ergibt sich eine Arbeitshypothese, die die einfache Methodologie der genetischen und historischen Analyse überschreitet und Ausgangspunkt für die genetische Erkenntnistheorie als Ganzes sein kann. Sie setzt voraus, daß das wissenschaftliche Denken ständig in zwei komplementären Richtungen gleichzeitig engagiert ist, die sich aus dem fundamentalen Zirkel des Subjekts und des Objekts ergeben. Die Wissenschaft assimiliert die Realität durch die Mathematik und die Psychologie an die Kategorien des menschlichen Geistes und folgt somit einer idealistischen Richtung. In der Tat assimilieren einerseits die mathematischen Wissenschaften die Sinneswahrnehmungen an räumliche und numerische Schemata und unterwerfen somit die Materie einem System von immer komplexeren und zusammenhängenden Operationen, die der Deduktion gestatten, Erfahrung zu erfassen und sogar zu erklären. Andererseits analysiert die Psychologie die Operationen und schält die diesbezügliche Aktivität des Subjekts heraus, die nicht auf eine einfache Unterwerfung unter die Gegebenheiten der äußeren Welt reduziert werden kann. Wenn dies nun eine der beiden ständigen Richtungen des wissenschaftlichen Denkens darstellt, ist die andere nicht weniger ausgeprägt: Durch die Physik und die Biologie gehorcht die Wissenschaft einer realistischen Tendenz, die den Geist der Realität unterordnet. So zeigt die Biologie die Zusammenhänge der Wahrnehmung, der Motorik und sogar der Intelligenz mit den Strukturen des Organismus, während die physikalische Chemie diesen Organismus in eine Welt von materiellen Realitäten einbettet, die sich von den unmittelbaren Bewußtseinseindrücken immer mehr entfernen und die Erkenntnis auf das Objekt konzentrieren.

Je nachdem, ob man nun den Kreis der Wissenschaften in der einen oder in der andern Richtung durchläuft, wird das Objekt auf das Subjekt reduziert oder das Subjekt auf das Objekt. Die Wissenschaft ist somit weder rein realistisch noch rein idealistisch, sondern weist gleichzeitig in beide Richtungen, ohne daß es auf legitime Art möglich wäre, den Endzustand dieses Prozesses vorwegzunehmen. Nun wäre aber die Kenntnis des Endzustands nötig, um eine definitive oder abgeschlossene Erkenntnistheorie zu ermöglichen, die nicht auf die begrenzten und fortschreitenden Akquisitionen angewiesen ist wie die genetische Erkenntnistheorie, die wesentlich „offen“ bleibt. Dieser Endzustand setzt nun aber gerade voraus, daß der Kreis der wissenschaftlichen Disziplinen geschlossen ist. Dieser schließt sich in Wirklichkeit aber niemals ganz, denn jedes der Wissenschaftssysteme, aus denen er sich zusammensetzt, ist selbst in Bewegung. Es resultiert eine ständige Verschiebung von einem in der einen Richtung erreichten Gewinn zu einem in der andern Richtung erzielten Fortschritt, so daß der gesamte Prozeß als eine Art Spirale vorgestellt werden kann. Es müssen somit die Gesetze der gesamten Zirkelkonstruktion, die den allgemeinen „Grenzwert“ der partiellen Entwicklungen bildet, von der genetischen Erkenntnistheorie studiert werden.

Zusammengefaßt ergibt sich daraus eine doppelte Aufgabe der genetischen Erkenntnistheorie. Am Ausgangspunkt vermischt sie sich mit einem gewissen Aspekt der Psychologie der intellektuellen Entwicklung: sie versucht, die Bildung des partikulären Wissens zu erklären und auf diese Weise zu erfahren, wie die begrenzten Kenntnisse anwachsen. Solange sie auf diesem psychogenetischen Terrain bleibt, braucht sie, wie die Psychologie auch, ein Bezugssystem, das durch die wissenschaftlichen Kenntnisse gebildet wird, die im betreffenden Moment erreichbar sind. Im selben Maße aber, wie sich die psychogenetische Analyse zu einer historisch-kritischen Analyse erweitert, wird auch das bisher als feststehend geglaubte Referenzsystem beweglich, und die psychogenetische Methode erscheint als einfacher Ring in einer Kette, die dazu neigt, sich selbst zu schließen. Das Studium der ersten Drehung der Spirale, die durch diesen Prozeß beschrieben wird, entspringt noch aus der historisch-kritischen Analyse; im selben Maße aber, wie man sich dem jetzigen Stand der Erkenntnis nähert, neigt die erkenntnistheoretische Forschung – wird sie streng genetisch betrieben – zur Vereinigung mit der Untersuchung der Beziehungen, welche die einzelnen Wissenschaftszweige nach und nach miteinander verknüpfen. Indem sie den zyklischen Charakter dieser Verknüpfungen hervorhebt, trägt die genetische Erkenntnistheorie letztlich dazu bei, die tieferen Gründe des Subjekt-Objekt-Zirkels aufzudecken, wobei dieser Zirkel, der durch die wissenschaftliche Forschung selbst endlos ausgedehnt wird, einmal in der Grenze geschlossen – eine Grenze, die vielleicht unmöglich erreicht werden kann –, das Geheimnis der menschlichen Erkenntnis beinhaltet.

### *7. Spezielle und allgemeine genetische Erkenntnistheorie*

Wir bezeichnen jede psychogenetische oder historisch-kritische Erforschung der Arten des Anwachsens der Erkenntnis als spezielle genetische Erkenntnistheorie, solange sie sich auf ein Bezugssystem stützt, das durch den

Stand des Wissens im betreffenden Moment gegeben ist. Wir sprechen hingegen von allgemeiner genetischer Erkenntnistheorie, wenn das Referenzsystem selbst in den genetischen oder historischen Prozeß einbezogen ist, den man studieren will. Es stellt sich darum das Problem, eine Methode zu finden, die genetisch und historisch-kritisch bleibt, d. h. noch zur Erforschung objektiver Kriterien beiträgt und mit einiger Wirksamkeit die Gefahr abzuwenden gestattet, lediglich neue metaphysische Systeme zu konstruieren, die sich wie andere auch mit der Erkenntnis befassen.

Nun führt aber die Einbettung der aktuellen Kenntnisse in den genetischen Prozeß nicht nur dazu, jede Wahrheit, sogar die heute anerkannte, als relativ zu einem bestimmten Niveau des in Entwicklung begriffenen Denkens zu betrachten (eingeschlossen die fundamentalen logischen Wahrheiten), sondern vermeidet es auch, die Beziehungen zwischen dem Subjekt und dem Objekt vorwegzunehmen. Das Problem stellt sich nicht so ausgeprägt vom Standpunkt der speziellen Erkenntnistheorie, da diese die Aktivität des Subjekts und die Entstehung seiner Vorstellungen mittels der Annahme einer äußeren, als objektiv und stabil gedachten Realität studiert, wie sie von der aktuellen Wissenschaft konzipiert wird. Vom Standpunkt einer allgemeinen genetischen Erkenntnistheorie existiert aber keine mit diesen Eigenschaften ausgestattete Realität mehr. Ebenso wie die Struktur des erkennenden Subjekts sich im Laufe seiner psychologischen Entstehung ständig entwickelt, könnte diese Struktur fortfahren, sich ohne Ende weiterzuentwickeln. Andererseits erscheint die als äußerlich vorausgesetzte Realität im Laufe dieser Evolution unter ständig wechselnden Aspekten, was bedeutet, daß einige ihrer sogenannten objektiven Eigenschaften subjektive Gegebenheiten sind, und die Wirklichkeit kann fortfahren, sich für die späteren Denkformen zu wandeln; somit bleibt auch diese zweite Frage vollkommen offen. Es existiert kein Mittel, um das Problem der Grenzen zwischen Objekt und Subjekt mit Sicherheit zu lösen, wenn man das Bezugssystem aufgibt, auf das sich die spezielle genetische Erkenntnistheorie stützt.

Allerdings sieht sich auch eine methodisch ebenso radikal-relativistische Erkenntnistheorie wie die allgemeine genetische Analyse gezwungen, noch von Objekt und Subjekt zu sprechen, denn diese zwei Pole der Erkenntnis finden sich bis in die extremsten idealistischen oder realistischen Positionen wieder, die in der Tabelle unter 4. dargestellt wurden. Für den bis zum radikalsten Idealismus gesteigerten Apriorismus bleiben immer noch Objekte als unvorhersehbare Bewußtseinsgegebenheiten, die innerlich festgestellt werden, aber nicht wie andere repräsentative Inhalte deduziert werden können. Für den materialistischsten Empirismus fährt der Organismus fort, immer komplexer auf äußere Reize zu reagieren, was einer eigentlichen Aktivität des Subjekts gleichkommt. Das Problem der Beziehungen zwischen dem Objekt und dem Subjekt kann daher mit keiner Konzeption gelöst werden. Wie soll man aber genetisch bei Abwesenheit irgendeines Referenzsystems vorgehen, d. h. bei einer Methode, die gezwungen ist, vollkommen „offen" zu bleiben?

Wenn nun die den verschiedenen Kenntnissen eigenen Bildungsgesetze das eigentliche Studienobjekt der speziellen genetischen Erkenntnistheorie bilden, begründen die dem Gang der Wissenschaft selbst inhärenten Richtungen oder „Vektionen", jede als Ganzes betrachtet, das Forschungsgebiet der allgemeinen genetischen Erkenntnistheorie. Wenn z. B. der Fortschritt der wissenschaftlichen Kenntnis hypothetisch als eine Art Spirale oder zyklischer Prozeß aufgefaßt werden kann, dessen eine Richtung durch eine graduelle Reduktion des Objekts auf das Subjekt und die andere durch die inverse oder komplementäre Reduktion gegeben ist, muß zuerst die Existenz dieser Richtungen durch eine Gesamtuntersuchung des kognitiven Prozesses bewiesen werden.

So provisorisch und relativ man die Wahrheiten in bezug auf unsere aktuellen geistigen Strukturen auffassen mag, die heute unsere Aufmerksamkeit beanspruchen, es bleibt immer, daß wir mangels Vorausnahme oder Versicherung der Zukunft das gegenwärtige Niveau nur mit den früheren vergleichen können, um die Orientierung herauszulesen, die die bekannte Entwicklung als Ganzes charakterisiert. Die Bestimmung der allgemeinen Evolutionsgesetze ist denn auch nichts anderes als eine Verallgemeinerung der Methode der speziellen genetischen Erkenntnistheorie, und diese Verallgemeinerung liefert den Anknüpfungspunkt, der bei der Preisgabe des Bezugssystems der speziellen Erkenntnistheorie wegzufallen schien. Diese Verallgemeinerung oder Untersuchung der Bildungsgesetze des Ganzen gestattet den Übergang zum Grenzwert, dessen Ziel die genetische Erkenntnistheorie ist, ohne den psychogenetischen und historisch-kritischen Methoden untreu zu werden, da dieses Problem ohne weiteres die „speziellen" Fragen fortsetzt.

Die Frage der Gesamtrichtungen oder der Vektionen ist indessen voller Hinterhalte, und ihr Studium setzt mindestens zwei Arten von Vorsicht voraus, die übrigens mit ein und derselben Klippe zusammenhängen. André Lalande, der mit bekannter Gründlichkeit die Nützlichkeit dieser Suche nach den Vektionen darstellte, wobei er historisch vorging und gleich in *medias res* begann, schwächte im Gegensatz zu den Rekonstruktionen *ab initio* den genetischen Relativismus ab, den eine solche Untersuchung einzuschließen scheint, durch die Unterscheidung einer „erzeugten Vernunft", die sich immer in Entwicklung befindet, und einer „erzeugenden Vernunft", welche die evolutive Bewegung lenkt. Die erzeugende

Vernunft reduziert sich in seinem Denken auf die graduelle Identifikation des Verschiedenen; die erzeugte Vernunft wird durch die vielfältigen Prinzipien gebildet, die im Laufe der Geschichte den Fortschritt der eigentlichen Identifikation bezeugen. Es ist natürlich klar, daß dies auch das Resultat der genetischen Analysen sein könnte, um so mehr, als Emile Meyerson dieselbe Identifikation auf jeder Stufe der wissenschaftlichen Erkenntnis feststellte. Aus methodischen Gründen wäre es allerdings gefährlich, prinzipiell eine erzeugte Vernunft und eine erzeugende Vernunft zu unterscheiden und sich die erstere der gelenkten Evolution unterworfen zu denken, deren Vektion man untersuchen möchte, und die letztere gewissermaßen von vornherein als jeder Veränderung bar.

Vom Gesichtspunkt der allgemeinen genetischen Erkenntnistheorie aus besteht die erste Vorsicht darin, nicht von vornherein die mögliche Entwicklung dadurch zu begrenzen, daß man die Richtung der intellektuellen Entwicklung als Folge eines Faktors *a priori* auffaßt, der diese Richtung von Anfang an festlegt. Es sei nochmals betont, daß diese Existenz eines solchen Faktors sehr wohl durch die genetische Forschung bestätigt werden kann und somit als Hypothese oder Möglichkeit nicht von vornherein auszuschließen ist, im Gegenteil. Aber diese Möglichkeit liegt nicht implizite der Methode zugrunde, und wenn ein relativer Dualismus zwischen einer erzeugten und einer erzeugenden Vernunft durch gewisse Tatsachen gegeben scheint (z. B. zwischen den speziellen Prinzipien der Wissenschaften und denjenigen der Logik im allgemeinen usw.), wäre es durchaus möglich, daß die beiden gleichermaßen, wenn auch mit verschiedenen Geschwindigkeiten, im Strom der fortdauernden Konstruktionen des Wissens mitgeschleppt würden.

Dies ist der Grund zur zweiten Vorsicht. Die mögliche Entdeckung eines Evolutionsgesetzes im Bereich des wissenschaftlichen Denkens kann natürlich nur bis zum heute erreichten Niveau Gültigkeit beanspruchen. Die retrospektive Interpolation ist gefährlich, die Extrapolation im Hinblick auf die Zukunft aber ist völlig illegitim, wenn sie nicht in der Form einer unbestimmbaren Wahrscheinlichkeit aufgefaßt wird. In dieser Hinsicht trieb Léon Brunschvicg in seiner Erkenntnistheorie – ein Musterbeispiel einer „offenen" Erkenntnistheorie – die Vorsicht so weit, daß er nicht einmal mehr von gerichteter Evolution zu sprechen wagte und lediglich die Krisen und Richtungswechsel im Laufe ihrer historischen Abfolge vermerkte. Ich habe seinerzeit in einer kritischen Studie eines der prächtigen Werke dieses Meisters[1] die Möglichkeit erwähnt, seine Methode mit der

[1] J. Piaget, „L'expérience humaine et la causalité physique selon L. Brunschvicg", Journal de Psychologie 1923.

Suche nach einer Richtung oder mit einer „Orthogenese", wie die Biologen sagen, zu versöhnen. Daraufhin antwortet er: „Orthogenese, wenn man will, aber unter der Bedingung, diese erst im nachhinein zu kennen." Wir können uns diesem Rat nur anschließen. Unsere zwei Regeln seien: Kein *a priori* aus Methode, keine Vorwegnahme. Die Versuchung irgendeiner Vorwegnahme ist vielleicht schwächer bei der Hypothese eines Zirkels der positiven Disziplinen, d. h. bei der Annahme von mindestens zwei Richtungen des wissenschaftlichen Denkens, denn die realistischen und idealistischen Interpretationen erscheinen zu sehr als komplementär, als daß sie eine graduelle Überlegenheit einer der Tendenzen über die andere gestatten würden. Worin besteht nun aber die Fruchtbarkeit einer solchen Hypothese, und worauf läuft vor allem der Versuch hinaus, die „Grenzwerte" der Reihen zu bestimmen, die man derart studiert?

Eine der zyklischen Anordnung der Wissenschaften entgegengesetzte Hypothese wird beim jetzigen Stand der erkenntnistheoretischen Arbeiten vor allem durch Ideen vorgetragen, die aus der Logistik stammen, wie sie vom „Wiener Kreis" verstanden wird, die unter dem Namen einer Bewegung für die „Einheit der Wissenschaft" tatsächlich Erfolg hatten. Es handelt sich im wesentlichen um den Versuch einer systematischen Axiomatisierung der Wissenschaften, die sowohl für die Prinzipien der experimentellen Wissenschaft als auch für die Theorien der deduktiven Wissenschaften Gültigkeit besitzen sollte. Das Bild der Wissenschaften, das daraus resultiert, ist natürlich das Bild einer linearen Ordnung, die den Stufen dieser Logifizierung folgt: Logik, Mathematik, Physik, Chemie, Biologie, Psychologie und Soziologie. Diese Struktur der Wissenschaften ermöglicht andererseits keine genetische Deutung, da ein System überzeitlicher Aussagen unvermeidbar das System der in Entwicklung begriffenen Ideen ersetzt. So interessant nun ein solcher Versuch sein mag, dem wir uns in verschiedenen Punkten ebenfalls anschließen werden, vor allem in seiner Methode, die von vornherein jeglicher Metaphysik fremd ist: eine bedeutende Schwierigkeit scheint uns unvermeidlich, die übrigens vielleicht mehr mit dem Begriff der „tautologischen Auffassung" der logischen Wahrheiten verknüpft ist, die die Anhänger dieser Bewegung vertreten, als mit den restlichen Hypothesen. Die Anstrengung, um zur „Einheit der Wissenschaft" zu gelangen, führte letzten Endes zu einer grundsätzlichen Dualität: einerseits sind die faktischen Wahrheiten anerkannt, deren Feststellung früher oder später von der aktiven Kontrolle oder der Wahrnehmung seitens des Subjekts abhängen, andererseits bestehen die logisch-mathematischen Aussagen, die als einfache Sprache oder „logische Syntax" bezeichnet werden, unabhängig von jeder Erfahrung und bilden so eine Art Welt für sich.

Das erste Problem, das dieser radikale Dualismus der „unitären" Erkenntnistheorie aufwirft, besteht in der Frage, wie die faktischen Wahrheiten mit den syntaktischen Aussagen, die diese faktischen Wahrheiten ausdrücken, verknüpft sind oder, wie Ph. Frank sagt, diesen „zugeordnet" sind[1]. Dieses Problem wurde von den unitarischen Autoren mit großer Sorgfalt angeschnitten. Es bleibt aber ein zweites Problem: die logistischen oder logisch-mathematischen Konnexe müssen auch den wirklichen geistigen Operationen des Subjekts, das diese logischen Konnexe anwendet, „zugeordnet" werden, denn schließlich setzt eine „Syntax", auch eine „logische Syntax", ein Subjekt voraus, das fähig ist, diese Sprache anzuwenden. Jede mathematische Ausdrucksweise impliziert nicht nur Wesen aus Fleisch und Blut, die sie verwenden, sondern auch eine Gesellschaft, die jene erzeugt hat. Es ist nun klar, daß der Zirkel der Wissenschaften wieder auftaucht, wenn auch leicht verändert. Die faktischen Wahrheiten werden nach und nach an die syntaktischen Aussagen assimiliert, diese beruhen aber auf den intellektuellen Operationen eines Subjekts, das an der faktischen Realität teilhat.

Wenn dies nun zutrifft, sieht man unmittelbar die Aufgaben einer genetischen Erkenntnistheorie und die mögliche Fruchtbarkeit ihrer Ausgangshypothesen. Die erste ihrer Aufgaben besteht darin, die Logistik sozusagen mit der Psychologie zu versöhnen, die Logistik, die zur überzeitlichen Axiomatisierung führt, deren Wichtigkeit der soeben erwähnte Ideenstrom zeigt, und die Psychologie, die zum Studium der effektiven Operationen führt, welche die Entwicklung der Wissenschaft und der Logik begründen. Diese zwei Pole der Erkenntnis sind sicherlich eine Folge der Implikationen, die zur Überzeitlichkeit neigen (und dies bleibt wahr, wie die Kenntnis auch interpretiert werden mag, die Auslegung der unitären Erkenntnistheorie eingeschlossen), und eine Folge der regelmäßigen Aufeinanderfolge der Tatsachen in der Zeit. Wir sind heute gut ausgerüstet für die Untersuchung der logisch-mathematischen Implikationen, denn jede zeitgenössische Axiomatik stellt in dieser Hinsicht ein sehr wirksames Instrument dar. Wir sind andererseits recht weit fortgeschritten im Verbinden der physikalischen Tatsachen und der logisch-mathematischen Implikationen. Trotz diesen zwei imposanten Mengen von Akquisitionen hindern uns zwei immense Mängel, eine wissenschaftliche Erkenntnistheorie zu begründen, die den Beifall aller auf sich vereint:

[1] Ph. Frank, „Das Kausalgesetz und seine Grenzen". Springer Verlag: Wien 1932, S. 3: „Erst durch die Zuordnung von Erlebnissen zu den Symbolen werden die Verknüpfungsregeln zwischen den Symbolen zu Aussagen über die wirkliche Welt, die man als „wahr" oder „falsch" bezeichnen kann." (Anm. des Übers.)

einerseits der mangelnde Übergang von der Physik zur Biologie, ein Übergang, auf den sich heute unzählige Physiker und die größten Biologen in ihren Anstrengungen konzentrieren, ohne allerdings die mit dieser kapitalen Frage verbundenen Dunkelheiten zu erhellen. Andererseits fehlt die Verbindung zwischen den psycho-physiologischen oder geistigen Gebieten mit den logisch-mathematischen Gebieten, deren mögliche Zusammenhänge wir beim Vergleich der zeitlichen oder irreversiblen Handlungen mit den reversiblen Operationen als Quelle der überzeitlichen Implikationen ahnen; wir belassen dies aber bei einigen allgemeinen und vorläufigen Hinweisen. Diese zwei Mängel unseres Wissens schließen indessen die Weiterführung des großen Sammelwerks der wissenschaftlichen Erkenntnistheorie nicht aus, wenn man sich entschlossen auf das Gebiet der Genetik begibt: auf diesem Terrain vermeidet man die Überraschung, die jenen vorbehalten bleibt, welche die fundamentale erkenntnistheoretische Bedeutung der biologischen und psychologischen Faktoren verkennen. Auf genetischem Gebiet trägt man sowohl zu einem Verständnis dieser Faktoren als auch zu ihrer Eingliederung in das Gesamtsystem bei, das durch die Theorie der wissenschaftlichen Erkenntnis begründet wird.

# ERSTER TEIL

## DAS MATHEMATISCHE DENKEN

Das zentrale Problem der Erkenntnistheorie hat schon immer in der Existenz einer mathematischen Wissenschaft bestanden, die einerseits streng deduktiv ist und andererseits auch genau mit dem Experiment übereinstimmt. Diese Frage wird noch viel verwirrender, wenn man sie vom genetischen Standpunkt aus betrachtet.

Einerseits stimmt die Mathematik mit der physikalischen Realität bis ins Detail überein. So vielfältig und verschiedenartig die Strukturen oder Relationen auch sein mögen, die der Physiker in der materiellen Welt entdeckt, es geschieht doch nie, daß diese nicht klar und präzis in der mathematischen Sprache ausgedrückt werden können, als ob eine prästabilierte Harmonie zwischen den Aspekten des physikalischen Universums und den abstrakten Kategorien der Geometrie und der Analysis bestünde. Überdies kommt es vor, daß diese Übereinstimmung sich nicht nur im Moment der Entdeckung eines physikalischen Gesetzes oder im nachhinein einstellt, sondern daß die mathematischen Schemata den experimentellen Inhalt, der darin dargestellt werden soll, um Jahre vorwegnehmen. Es ist klar, daß die geometrischen und analytischen Formen ohne Sorge um die Realität erarbeitet werden. Ebenso wie sie zusammenhängend deduzierbar sind, ist man aber überzeugt, daß sie durch das Experiment bestätigt werden und, darüber hinaus – dies ist das Paradoxe –, daß die Erfahrung sie früher oder später teilweise ausfüllt und sich genau an sie anpaßt. Das schönste Beispiel einer solchen Eingliederung der Wirklichkeit in die durch die mathematische Deduktion vorbereiteten Kategorien ist zweifelsohne die Riemannsche Geometrie. Eine freie und kühne Konstruktion, von der klassischen Theorie verfemt, sogar im Widerspruch zum berühmten euklidischen Postulat, das man mangels Beweises als direkte Beobachtung ausgab, ist sie ein Musterbeispiel einer freien Konstruktion des mathematischen Geistes, der sich nicht um die Realität kümmert. Mehr als ein halbes Jahrhundert nach dieser Absage an die physikalische Realität zog die Physik selbst die Riemannsche Geometrie der euklidischen Geometrie vor, um damit die Gravitation zu beschreiben: die allgemeine Relativitätstheorie verwendet die von Riemann vorbereiteten Kategorien und die Experimente bestätigen diesen Geniestreich. Ein anderes Beispiel, das mit derselben Erneuerungsperiode der Physik verbunden ist: Im Jahre 1900 begründeten Ricci und Lévi-Civita einen „absoluten Differentiationskalkül", um damit die Differentialgleichungen koordinatenunabhängig zu formulieren. Dieses Schema – reiner Luxus mathematischer Strenge – wurde einige Jahre später das hauptsächliche Instrument, dessen sich A. Einstein bediente; ohne die Tensorschreibweise würde die Relativitätstheorie sogar ihrer spezifischen Technik verlustig gehen. Ein klassisches Beispiel derselben Vorwegnahme ist das Beispiel der „imaginären" Zahlen. Aus einer einfachen Verallgemeinerung der arithmetischen Operationen heraus entstanden (ihr Name genügt, um die „Absicht des Gesetzgebers" anzuzeigen), spielten sie indessen eine immer wichtigere Rolle in der Geometrie, in der Mechanik und in der Theorie der analytischen Funktionen, somit in der ganzen Analysis mit ihren unzähligen Anwendungen. Es wäre überdies leicht, weitere Beispiele anzuführen, wie die verschiedensten präexistenten mathematischen Schemata in der Mikrophysik verwendet werden, vom Matrizenkalkül (wo man die Rolle der „imaginären Zahlen" wiederfindet) bis zu den abstrakten Räumen, deren Berührungspunkte mit der Wirklichkeit vielleicht eines der merkwürdigsten Paradoxa der zeitgenössischen Forschung bilden.

Obwohl die mathematische Wissenschaft einem gewissen Sektor der physikalischen Wirklichkeit entspricht, geht sie immer wieder mit ihren Verallgemeinerungen über diese Wirklichkeit hinaus. Vor allem aber fußt sie von einem gewissen Punkt ihrer Entwicklung an nicht mehr in der Erfahrung selbst. Das Kind hat am Anfang sicherlich das Bedürfnis einer empirischen Kontrolle der Gleichheit $1 + 4 = 2 + 3$; wie auch die Ägypter die Gesetze der euklidschen Geometrie durch Nachmessen entdeckten. Von 12–13 Jahren an beim Kind und historisch seit den Griechen hat sich die Strenge der mathematischen Deduktion über die experimentelle Feststellung hinaus entwickelt. Das Experiment kann nur noch Anlaß für neue Probleme sein, es ist dies auch ununterbrochen und weist oft die Mathematik in eine Richtung, in die sie aufgrund ihrer eigenen Interessen nicht vorgestoßen wären. Nie rufen die Mathematiker indessen das Experiment in der Art des Physikers an, um die Wahrheit zu ergründen. Eine mathematische Aussage ist richtig, wenn sie rational bewiesen ist, und sie ist nicht in dem Maße wahr, wie sie mit der äußeren Realität übereinstimmt, hierüber ist sich jedermann einig.

Wie kann man nun die mysteriöse Macht der Operationen erklären, die auf Handlungen zurückzugehen scheinen, die mit der naheliegendsten Erfahrung zusammenhängen, sich aber durch ihre gegenseitige Koordination von der empirischen Realität in beschleunigtem Maße entfernen, bis sie diese zu dominieren vermögen, ihnen sogar vorangehen und gelassen auf die Bestätigungen verzichten können, die ihnen die Realität auf dem begrenzten Gebiet des Aktuellen und des Endlichen gewähren kann? Die elementare Mathematik scheint einerseits aus Handlungen zu resultieren, die sich nicht von andern Handlungen unterscheiden: aus Verschiebungen, Vereinigungen und Separationen, Superpositionen und dem Feststellen von übereinstimmenden Größen. Das Reich der höheren Mathematik scheint andererseits eine Welt von operativen Transformationen zu sein, die jede Grenze der experimentellen Wirklichkeit oder des tatsächlich Durchführbaren hinter sich läßt. Die wirkliche Welt scheint zu Beginn unendlich viel reichhaltiger zu sein als die Welt der entstehenden Operationen, während sich im Laufe der Entwicklung die Positionen vertauschen und die deduktiven Operationen über die wirklich beobachtbaren hinausgehen.

Die Entwicklung der mathematischen Operationen führt somit auf zwei fundamentale Probleme. Das eine ist die Frage der ständigen Übereinstimmung der deduktiven Operationen mit der physikalischen Realität. Am Anfang waren diese Operationen erfolgreiche Handlungen und die Übereinstimmung mit der Wirklichkeit schien damals keine Probleme aufzuwerfen (ein Anschein, der später übrigens genauer untersucht werden muß). Wenn die Operationen ihrerseits aber zu symbolischen oder innerlichen Handlungen werden, die reicher sind als die experimentellen Transformationen, wie vertragen sie sich mit den letzteren? Dieses erste Problem zieht ein zweites nach sich: die Frage der Fruchtbarkeit des mathematischen Schließens. In dem Maße, wie die Welt der geometrischen und analytischen Konstruktionen die Wirklichkeit übersteigt, obwohl sie dieser in einem gemeinsamen Gebiet durchaus entspricht, handelt es sich nicht mehr nur darum, die Übereinstimmung zu verstehen, sondern auch zu begreifen, warum die mathematischen Konstruktionen die Wirklichkeit überschreiten. Von diesem Gesichtspunkt aus erscheint die mathematische Denkweise wie eine Art Schöpfung (falls nicht das Studium der Entwicklung zu andern Lösungen, wie der platonischen usw., führt): Von einigen möglichst wenigen und möglichst inhaltlosen Axiomen und Definitionen ausgehend, erarbeitet sich der Mathematiker mit Hilfe konstruktiver Operationen das riesige Universum der Relationen, die die sogenannten abstrakten Dinge begründen. Das mathematische Schließen scheint also konstruktiv zu sein, obgleich sich dieser Anschein erst im Laufe der genetischen Analyse als wahr oder falsch erweisen kann: In allen andern Bereichen der Wissenschaft erzeugt die reine Deduktion nur Chimären, und die Kenntnisse können nur anwachsen, wenn man ständig auf die Beobachtung und das Experiment zurückgreift. Die Deduktion der Mathematik ist hingegen unendlich produktiv. Wie soll man sich diesen Aufbau erklären, mag er nun logisch wahr und wirklich sein oder einer psychologischen Illusion entsprechen?

Diese klassischen Probleme wollen wir im folgenden ersten Kapitel erklären, aber ausschließlich unter dem genetischen und historisch-kritischen Gesichtswinkel. Es sei festgehalten, daß – unabhängig von jeglicher Philosophie und unabhängig davon, daß diese große Frage die metaphysischen Erkenntnistheorien von Platon bis zu Descartes, von Kant bis zu Husserl inspiriert hat – diese zwei Probleme der Übereinstimmung der Mathematik mit dem Experiment und der Konstruktivität der mathematischen Operationen sich der genetischen Erkenntnistheorie aufdrängen, sogar der speziellsten, weil sie schon in der Psychologie der Intelligenz und sogar der Psychologie der Wahrnehmung nicht zu umgehen sind. Man kann weder die Entwicklung der Intelligenz des Kindes noch die Organisation der Wahrnehmungsstrukturen verstehen, ohne im Hinblick auf die Bildung des Zahl- und des Raumbegriffs Stellung zu beziehen. Die Untersuchung dieser Entstehung führt notwendigerweise dazu, entweder die Zahl und den Raum unter die Dinge selbst einzuordnen, wo sie die Wahrnehmung wiederfindet und aus der sie die Intelligenz abstrahiert, oder ihr Geheimnis in einer gewissen Beziehung zwischen den Dingen und der Handlung oder in der Struktur des denkenden und wahrnehmenden Subjekts zu suchen. In allen Fällen stellt sich also das Problem der Übereinstimmung der Mathematik mit der Wirklichkeit, und es wäre ebenso unvorsichtig, es auf der Ebene der entstehenden Operationen lösen zu wollen, ohne zu berücksichtigen, was aus den einmal gebildeten Operationen wird, wie sich auf die Untersuchung der nachfolgenden Stufen zu versteifen, ohne sich um den Ausgangspunkt zu kümmern.

# KAPITEL I

## *Die operative Konstruktion des Zahlbegriffs*

Es gibt wenige Begriffe, die klarer und deutlicher sind als der Begriff der ganzen Zahl, und wenige Operationen ergeben ein ebenso evidentes Resultat wie die arithmetischen Operationen. Es ist dies eine Wissenschaft für Kinder, deren Gültigkeit durch niemand angefochten wird und deren anfängliche Wahrheiten in stetiger Weise reichhaltiger werden, ohne selbst je erschüttert zu werden. Und trotzdem, wenn wir die Aussage $1 + 1 = 2$, deren Terme transparent sind, mit der Aussage: „Die Organismen entstehen aus einem Ei, wachsen, altern und sterben", in der jeder Term eine Welt von Dunkelheit enthält, vergleichen, stellen wir fest, daß sich die Einfachheit der durch die zwei Wahrheiten aufgeworfenen erkenntnistheoretischen Probleme sozusagen umgekehrt zur Klarheit der verwendeten Begriffe verhält. Jedermann wird die zweite Aussage als empirischen Ursprungs bezeichnen, und sogar ein Philosoph, der vorgibt, die Konzeption des Eis, des Wachsens, des Alterns und des Todes *a priori* vom Begriff des lebendigen Organismus zu deduzieren, wäre anfänglich von einfachen Beobachtungen ausgegangen, um von der Existenz dieser Phänomene Kenntnis zu nehmen (auf die der Biologe immer zurückgeführt wird, um einige Erfahrungen reicher). Die Bedeutung der Zahl hingegen gab Anlaß zu den verschiedensten Hypothesen, selbst zu den widersprechendsten, so daß es bereits schwierig ist, alle zu unterscheiden und die Probleme zu ordnen. Ist die Aussage „$1 + 1 = 2$" eine Wahrheit, eine Konvention oder eine Tautologie? Ergibt sich diese Beziehung zuerst aus einem Experiment, und aus welchem? Oder handelt es sich um eine Konstruktion *a priori* oder um das Objekt einer unmittelbaren Anschauung, und in welcher Art? Handelt es sich bei der Zahl um einen primären Begriff oder um eine Synthese einfacher logischer Operationen? Sosehr die technische Wahrheit der Arithmetik unantastbar geblieben ist, so sehr hat die Frage nach dem Wesen der Zahl die überraschende Unfähigkeit des Denkens enthüllt, die Natur seiner Instrumente ohne weiteres zu erkennen, Instrumente, die es vollkommen zu begreifen glaubt, und von denen es in beinahe allen Denkakten Gebrauch macht.

Dieser Kontrast zwischen der instrumentalen Evidenz der Zahl und dem Chaos der erkenntnistheoretischen Theorien, die die Mathematiker selbst konstruierten, beweist von selbst die Notwendigkeit einer genetischen Untersuchung: das fehlende Bewußtsein des Denkens im Hinblick auf das wesentliche Räderwerk seines eigenen Mechanismus ist ein psychologisches Indiz für den elementaren Charakter und somit für das hohe Alter dieser Instrumente, d. h. wie weit man zurückgehen muß, um das Niveau ihrer Bildung zu erreichen.

### *1. Die empiristischen Theorien der Welt*

### *A. Zur Erklärung der Kardinalzahl durch das „Gedankenexperiment"*

Man weiß, daß Kronecker und Helmholtz ihre großen Namen für eine psychologische Interpretation der Zahl hergaben. Besonders Helmholtz mit seinen vielfältigen Qualitäten als Physiologe und als Psychologe der Wahrnehmung einerseits, als Physiker und Mathematiker andererseits, zögerte nicht, die Bildung der reinen Zahl (im Gegensatz zu den aus Messungen hervorgehenden Zahlen) auf „rein psychologische Gegebenheiten" zurückzuführen. Wir werden unter 2. auf seine Konzeption der Zahl zurückkommen, die von der Aufeinanderfolge der Bewußtseinszustände ausgeht. Mach und Rignano andererseits interpretierten, mehr auf dem äußeren als auf dem innerlichen Experiment bestehend, die Bildung der Zahl als Folge eines auf die Realität angewandten Gedankenexperiments. „Das Gedankenexperiment", sagte Mach[1], besteht in der „Variation der Tatsachen in Gedanken" (S. 188). Man könnte somit – zusammen mit dem Übersetzer von Mach – fast sagen, das Denken sei die „geistige Imitation einer Tatsache" (S. III). Mindestens hänge es „von der Art und dem Ausmaß der aufgenommenen Erfahrung ab, ob ein Gedankenexperiment als solches mit einem bestimmten Ausfall zum Abschluß gebracht werden könne" (S. 193). Wenn nun der Zahlbegriff aus einem wirklichen Experiment der Vereinigung oder Unterscheidung einer Anordnung oder Entsprechung entstehe (S. 324) so genüge es, durch das Gedankenexperiment die Sammlungen von verschiedenen derart gebildeten Ordnungen wachzurufen und sie in der Vorstellung zu manipulieren, um die arithmetischen Operationen zu erzeugen. Der Kalkül sei selbst nur die Verlängerung einer tatsächlichen Aufzählung durch das Denken, ein „indirektes oder mittelbares Zählen" (S. 328). Diese Erklärung der mathematischen

[1] E. Mach, „Erkenntnis und Irrtum", Barth: Leipzig, 2. Aufl. 1906. Die römischen Seitenzahlen beziehen sich auf das Vorwort des Übersetzers in der 1917 bei Flammarion in Paris erschienenen Übersetzung ins Französische, die arabischen Zahlen auf die deutsche Ausgabe.

Operationen durch das Gedankenexperiment wurde von E. Rignano[1], später vom Psychiater E. Chaslin[2], aufgenommen und in ausgedehntem Maß entwickelt. „Überlegen", so sagt E. Rignano, ist nichts anderes als eine Folge von Operationen oder Gedankenexperimenten", was die Aktivität des Subjekts bei der operativen Konstruktion hervorzuheben scheint, doch wird im folgenden der Akzent von neuem auf die vorgängigen Eindrücke der Dinge gelegt, die durch die Erinnerung neu belebt und durch die einfache Aufmerksamkeit kontrolliert werden. Allerdings scheint sich Chaslin gegen eine rein operative Interpretation zu wenden, indem er die Eigenschaften des arithmetischen Objekts durch die Operationen charakterisiert, die man mit ihm ausführen kann.

Es ist daher zweckmäßig, die Untersuchung der Entstehung der Zahl mit der Diskussion des Begriffs „Gedankenexperiment" zu eröffnen, um die grundsätzliche Zweideutigkeit zu beheben, die sich an seine Interpretation anschloß. Vom Standpunkt der reinen Beschreibung der Tatsachen kann nichts gegen die Verwendung eines solchen Begriffs eingewendet werden; im Gegenteil, er drückt sehr gut die Beobachtung aus, daß jede in der Wirklichkeit gemachte Erfahrung zu einem nur vorgestellten Experiment verinnerlicht werden kann und, was noch wichtiger ist, daß jedes Denken, so abstrakt es auch sei, auf einer solchen Verinnerlichung von Handlungen und möglichen Experimenten beruht. Diese psychologische Feststellung führt aber nicht notwendigerweise zum erkenntnistheoretischen Empirismus, nicht mehr (und nicht weniger) als die Feststellung der historischen Bedeutung des Experiments in der Entwicklung der Wissenschaften dazu führt: Wie man sich in jedem begrenzten Gebiet fragen muß, worin das Experiment besteht und wie groß bei seiner Durchführung der Anteil der subjektiven Aktivität und der Anteil der objektiven Gegebenheiten ist, wirft jedes „Gedankenexperiment" die Gesamtheit der erkenntnistheoretischen Probleme auf, statt diese schon allein durch seine Existenz zu lösen.

Von diesem Standpunkt aus drängt sich eine erste Unterscheidung auf. Erkenntnistheoretisch bestehen gewisse Gedankenexperimente (I) lediglich im Vorstellen einer äußerlichen Realität durch das Subjekt, wie z. B. Galilei sich das Anwachsen der Geschwindigkeit vorzustellen versuchte[3], bevor er ein wirkliches Experiment anstellte.

[1] E. Rignano, „La psychologie du raisonnement", Alcan: Paris. Scientia XIII–XX (1913–1916).

[2] Ph. Chaslin, „Essai sur le mécanisme psychologique des opérations de la mathématique pure", Paris 1926.

[3] Siehe A. Koyré, „Etudes galliéennes", Hermann: Paris 1939 (z. B. Seite 242).

Andere Gedankenexperimente (II) verlangen dagegen nicht nur, sich einfach „die Variationen der Tatsachen" vorzustellen, wie Mach es ausdrückte, sondern die Handlungen, durch die das Subjekt die Tatsachen variieren läßt, was nicht dasselbe bedeutet. Im Fall der Aktivität des Subjekts ist es von geringer Bedeutung, ob die Transformation wirklich oder nur „in Gedanken" stattfinde: es handelt sich immer um eine vom Subjekt ausgeübte Aktivität. Umgekehrt, im Falle der Veränderung der äußeren Dinge selbst, handelt es sich um eine äußere Variation, die man sich eventuell innerlich vorstellt. Ob die Addition $1 + 1 = 2$ durch materielle oder symbolische Handlungen ausgeführt werde, ob unter Teilnahme von physischen Objekten oder in völlig „abstrakter" Weise, ist gleichgültig. Wesentlich ist, daß das Subjekt zwei Einheiten vereinigt, d. h. daß es handelt. Auch wenn diese Handlung äußerlich stattfindet, wird sie durch einen inneren, in der Aktivität des Subjekts liegenden Mechanismus bestimmt. Man sollte deshalb die äußeren, aber innerlich vorgestellten „Veränderungen der Tatsachen" nicht mit der Vorstellung möglicher Handlungen verwechseln, die schon in ihrer äußerlichen Form die innere Aktivität des Subjekts manifestieren. Mach und Rignano wechseln indessen ununterbrochen von einer Bedeutung zur anderen über, was ihnen gestattet, ohne weiteres vom Gedankenexperiment zur empirischen Erkenntnistheorie überzugehen.

Von einem psychologischen Gesichtspunkt aus ergibt sich eine zweite, für die Erkenntnistheorie wichtige Unterscheidung. Man könnte dem Vorangegangenen entgegenhalten, daß das Subjekt, wenn es auf die Realität einwirke, sich darauf beschränke, in der Realität eine Veränderung unter anderen hervorzurufen und deren Ergebnis von außen abzulesen (sogar wenn es sich diese durch „gedankliche Feststellung" vorstellt): dies wäre die Rechtfertigung der empiristischen Hypothese. Die Unterscheidung, die wir nun vorschlagen, scheint vorerst zu diesem Ergebnis zu führen. Falls das „Gedankenexperiment" dazu dient, sich die Handlungen des Subjekts vorzustellen (II), muß man noch zwischen der Vorstellung von wenig differenzierten und ungenügend koordinierten Handlungen unterscheiden, die sich an die äußere Realität anlehnen müssen, um eine Vorhersage ihrer Resultate zu erlauben (II A), und der Vorstellung von eigentlichen Operationen, d. h. (nach der Definition, die wir noch geben werden) von reversibel gewordenen Handlungen, die genügend koordiniert sind, um Kompositionen zu ermöglichen, deren Ergebnisse präzise vorausgesagt werden können (II B). Dies nähert uns dem Entstehungsmechanismus der Zahl, denn die Handlungen, die die numerischen Operationen erzeugen, gehören anfänglich zum ersten dieser zwei Typen (als materielle Experimente und später als Gedankenexperimente vom Typus II A), bevor sie in den zweiten Typus II B übergehen.

Nehmen wir als Beispiel ein ausgeführtes oder gedachtes Experiment, in dem eine Zuordnung gefunden wird, auf die Mach und Rignano großes Gewicht legen, und versuchen wir, es in seiner kindlichen Wurzel vom Gesichtspunkt der zwei soeben eingeführten Unterscheidungen aus zu analysieren.

Gibt man einem Kind sechs aufgereihte rote Scheibchen mit dem Auftrag, ebenso viele blaue aus einer Sammlung von zahlreichen Scheibchen zu entnehmen, so wird es sechs blaue Scheibchen aneinanderreihen, wobei es eines um das andere seiner roten Entsprechung gegenüber hinlegen wird[1]. Wenn man nun die Elemente einer der beiden Reihen ein wenig auseinanderlegt, wird ein 5—6jähriges Kind häufig keine Äquivalenz zwischen den beiden Kollektionen mehr feststellen („es hat mehr rote" usw.), da die visuelle Entsprechung wegfällt und der Raum, den die eine Reihe einnimmt, größer ist als der der andern. Ist das Kind wenigstens sicher, daß die Scheibchen, wenn man sie wieder zusammenschiebt, von neuem den gegenüberliegenden Partnern entsprechen? Die kleinen Kinder zweifeln sogar daran (z. B. sechs Eier, welche aus ihrer Schale in eine Tasse verbracht werden, können nicht unbedingt wieder in ihre Schale zurückkehren, wie wenn ihre Quantität infolge des Wechsels in der örtlichen Anordnung sich geändert hätte). Andere Kinder halten eine Rückkehr zur Beziehung gegenüberliegender Scheibchen für möglich, ohne aber daraus zu schließen, daß die ausgebreiteten Scheibchen ebenfalls die Beziehung der Äquivalenz erfüllen.

In diesen ersten Beispielen ist ein ganzes Spektrum von ausgeführten Experimenten und „Gedankenexperimenten" enthalten, deren Verschiedenheit die Komplexität des Problems und die Notwendigkeit der eingeführten Unterscheidungen in bezug auf die Gedankenexperimente augenfällig machen. Um zwei äquivalente Kollektionen zu erhalten, stellt sich das Subjekt zwei sich optisch entsprechende Reihen vor (jedes liegt seinem Partner gegenüber): kann man nun nicht sagen, daß die Vernunft die Realität einfach nachahme? Das Gedankenexperiment bestünde dann in der „Vorstellung der Variation der Tatsachen" (Typ I). Wenn dies zutreffen würde, wäre dies schon der Beweis dafür, daß die Imitation der äußeren Tatsachen nicht genügt, um die Zahl zu erzeugen. Die perzeptive Konstruktion von zwei sich optisch entsprechenden Anordnungen gibt weder zu einer dauerhaften Äquivalenz zwischen den beiden Reihen Anlaß noch zu einer Erhaltung jeder Menge im Falle einer Veränderung der anschaulichen Figur. In dieser Hinsicht ist das Verhalten der Kinder, die an die mögliche Rückkehr zur anfänglichen Konfiguration glauben, speziell aufschlußreich: sie stellen sich geistig diese Rückkehr vor, ohne daraus auf die Äquivalenz der zusammengedrängten und der auseinander-

[1] In bezug auf die Einzelheiten des Experiments und der Resultate vgl. Piaget und Szeminska, „Die Entwicklung des Zahlbegriffs beim Kinde", Kapitel III, Band 3 der Ges. Werke.

gezogenen Reihen zu schließen! Beim Auffinden von Beziehungen braucht es somit mehr als nur die Vorstellung oder die direkte Wahrnehmung der vollendeten Beziehung: es braucht eine Folge von dem Subjekt inhärenten Handlungen. Wir können also feststellen, daß diese Kinderexperimente zur zweiten Kategorie (Typ II) gehören: ihre ausgeführten oder gedachten Experimente bestehen darin, das Resultat der Handlungen des Subjekts zu erkennen und nicht etwa die direkte Veränderung der Tatsachen.

Nun kommt aber die zweite Unterscheidung ins Spiel: Diese materiellen oder imaginären Handlungen führen noch nicht zu einer deduktiven Komposition, da sie keine Erhaltung der manipulierten Mengen beinhalten. Das Kind braucht also das Experiment, um sich der Möglichkeit einer Rückkehr zur Ausgangsfiguration zu versichern oder um den Übergang von einer Konfiguration zu einer andern zu verstehen. Es bleibt beim ersten der zwei unterschiedenen Typen in der zweiten Kategorie gedachter Experimente (II A). Wie gelangt es von hier zum zweiten Typ (II B), und worin bestehen die Experimente, die dazu führen? Zuerst die Tatsachen: Auf einem höheren Niveau als dem vorher genannten, d. h. gegen 7 Jahre, kann sich das Kind, ohne von einem realen Experiment abhängig zu sein, vorstellen, daß jede räumliche oder perzeptive Veränderung einer der beiden Scheibchenreihen die Äquivalenz 6 = 6 invariant läßt. Dies folgt daraus, daß das Kind verstanden hat, daß die eineindeutige Beziehung nicht von der optischen Entsprechung abhängig ist. Es wird sogar die Erhaltung einer Menge im Verlauf der möglichen Verschiebungen ihrer Elemente als evident, als Folge einer rationalen Notwendigkeit betrachten. Diese dauernde Äquivalenz und die Erhaltung wird zu einer Art Wahrheit *a priori*. Dieses *a priori* scheint indessen wie alle, denen wir noch begegnen werden, am Schluß und nicht am Ausgangspunkt des genetischen Prozesses zu stehen, es charakterisiert daher die Gleichgewichtsphase am Ende des genetischen Prozesses und nicht dessen Ausgangspunkt. Muß man nun einfach annehmen, daß das Subjekt, das durch eine Reihe von Experimenten gelernt hat, daß die gleiche Zuordnung immer wieder gefunden werden kann, sich auf die verinnerlichte Vorstellung von solchen Experimenten beschränkt, bis das Resultat als notwendig erscheint? Führen uns diese Tatsachen vom Gedankenexperiment Machs und Rignanos auf den Humeschen Empirismus und seine Auffassung der Notwendigkeit als ein Resultat der Gewöhnung?

Die durch die Aufeinanderfolge der beiden Phasen (II A und II B) charakterisierte Entwicklung der Handlung, die soeben in Erinnerung gerufen wurde, ist komplexer als ein einfacher Übergang von materiellen Experimenten und Versuchen zum verinnerlichten und vorgestellten Experiment.

Wenn auch der Begriff des Gedankenexperiments seinen Wert in der Ausgangsphase (II A) beibehält, d. h. solange sich das Subjekt darauf beschränkt, anschaulich sich gewisse mögliche Handlungen vorzustellen, wird er simplifizierend und unwirksam, wenn er die Fähigkeit ausdrücken soll, eine bestimmte Menge von Operationen (II B) verinnerlicht durchzuführen: in diesem Fall ist das Gedankenexperiment eine Folge dieser Operationen oder stützt sich auf sie, erklärt sie aber nicht. Ein viel wichtigerer Unterschied als die Vorstellungsmöglichkeit der durchführbaren Operationen trennt die Phase 5–6 Jahre von der Phase 6–7 Jahre in dem vorhergehenden Experiment: die zu (II A) gehörenden Handlungen sind untereinander noch ungenügend koordiniert, und mangels einer vollständigen Koordination muß sich das Subjekt dauernd auf die Vorstellung ihrer Resultate oder sogar auf die Wahrnehmung stützen. Insbesonders sind die Handlungen noch nicht reversibel, und wenn das Subjekt eine Rückkehr zum Ausgangszustand annimmt, handelt es sich nur um eine empirisch mögliche Rückkehr zum Ausgangspunkt und noch nicht um eine inverse Operation, die evident und notwendig als durchführbar empfunden wird. In der Phase (II B) glaubt man hingegen, jede Handlung sei umkehrbar, und diese Reversibilität erzeugt das Gefühl, die Erhaltung der Menge und ihrer Äquivalenzen sei eine Notwendigkeit. Es wäre somit absurd, in der Reversibilität ein Produkt der Vorstellung oder der Wahrnehmung oder gar der Gewöhnung zu sehen: Bilder oder Wahrnehmungen folgen einander gemäß eines irreversiblen Ablaufs, der im Verlauf der ersten unserer beiden Phasen noch gut sichtbar ist. Eine Gewohnheit umkehren heißt aber, eine neue Gewohnheit annehmen. Wenn ein Kind die aufeinanderfolgenden Konfigurationen in umgekehrter Ordnung oder rückwärts ablaufend wahrnimmt oder sich diese vorstellt, wird es während der Phase II A nie auf eine Reversibilität der Beziehungen schließen, gerade weil die Handlungen noch nicht reversibel, d. h. umkehrbar geworden sind. Der Übergang von der empirischen Handlung zur reversiblen Operation muß in der Koordinierung, d. h. in ihrer fortschreitenden Komposition gesucht werden und nicht in der einfachen Verinnerlichung der empirischen Handlung in Form eines „Gedankenexperiments".

Wenn dies zutrifft, wissen wir nun, worin das Experiment der ersten Phase (II A) besteht, das der operativen Koordination vorangeht. Wie wir in allen Situationen feststellen werden, in denen ein mathematischer Begriff durch ein System von Handlungen vorbereitet wird, stellt das Subjekt Experimente eher über seine eigenen Handlungen an als über das Objekt als solches. Wenn die roten und die blauen Scheibchen in Beziehung gesetzt werden, spielen die physischen Körper höchstens die Rolle von Instrumenten – man könnte fast sagen, von Nährstoffen – für die Handlung: sie sind an das Schema dieser Handlungen assimiliert, viel mehr, als sich die Handlungen an die Scheibchen akkommodieren müßten, wenn es sich um das Studium ihrer Farbe, ihrer Härte oder des Gewichts handelte. Die Scheibchen haben also eine wichtige Funktion, solange die Handlungen relativ unkoordiniert sind. Mit dem Fortschritt der Koordination verwischt sich aber ihre Bedeutung und sie könnten durch immer symbolischere Elemente ersetzt werden. Das heißt, man muß diese funktionellen Experimente, die sich auf „beliebige Elemente" beziehen (dies bezeichnete Gonseth als einen der Aspekte der Logik), sorgfältig von der materiellen Erfahrung unterscheiden, die sich auf die physikalischen Eigenschaften der speziellen Objekte bezieht.

Die Folgerung aus diesen einleitenden Bemerkungen ist die, daß die Zahl nicht durch den einfachen Begriff des allgemeinen „Gedankenexperiments" erklärt werden kann. Wenn man unter diesen Gedankenexperimenten jene unterscheidet, die die „Veränderungen der Tatsachen" (I) registrieren, und jene, welche in Gedanken die Handlungen als solche reproduzieren (II), erwächst der Zahlbegriff aus der zweiten Gruppe. Das eigentliche Problem ist aber das Verständnis des Übergangs von der Handlung zur Operation. Vom genetischen Standpunkt aus liegt der Ausgangspunkt (und das gilt für den Raum, z. T. für die Zeit und für die Zahl) nicht im Bewußtwerden der eigenen Aktivität, sondern in der Aktivität selbst als eine fortschreitende Organisation und Veränderung des Objekts durch das Subjekt. Im Falle der Zahl und der logischen und räumlichen Begriffe, die eng damit verbunden sind, bestehen diese elementaren Handlungen vorerst in der Vereinigung oder Trennung, im Ordnen oder in der Änderung der Ordnung usw., kurz, im Bilden oder Auflösen von bestimmten Gruppen von Objekten. Es müssen daher nun die erkenntnistheoretischen Züge dieser Ausgangshandlungen herausgeschält werden, die noch weit von der rationalen Operation und vom Beginn des Prozesses entfernt sind, der zu dieser hinführt:

1. Eine Handlung ist immer mit früheren Handlungen verflochten, und diese Verflechtung geht bis auf die Ausgangsreflexe und Erbmechanismen zurück (die selbst wieder eine biologische Geschichte haben, die endlos zurückverfolgt werden kann). Jede Handlung besteht vorerst darin, das Objekt, auf das sie sich bezieht, an ein *Assimilationsschema* zu assimilieren, das aus früheren Handlungen entstanden ist, die mit der gegenwärtigen Handlung in stetiger Verbindung sind[1]. Es existiert also ein Schema der Vereinigung, ein Schema der Abtrennung usw., und eine Handlung ist vorerst die Assimilation des Objekts an dieses Schema, vergleichbar mit dem Urteil, das das Objekt an Begriffe, d. h. an Operations-

[1] Einzelheiten im Werk: „Das Erwachen der Intelligenz beim Kinde", Band 1 der Ges. Werke.

schemata assimiliert. Die Handlung bezieht sich notwendig auf ein handelndes Subjekt, wie sich der Gedanke auf ein denkendes Subjekt bezieht. Andererseits aber bezieht sich die Handlung auch auf das Objekt, d. h. das Handlungsschema wird in jeder neuen Situation durch ihr Objekt differenziert. Diese Veränderung kann momentan, gelegentlich oder dauerhaft sein. Wir sagen deshalb, daß die Handlung sekundär eine *Akkommodation* an das Objekt sei, d. h. sie sei auf das Objekt bezogen und nicht nur auf das Subjekt. Die Assimilierung und die Akkommodierung sind nicht voneinander trennbar, und man wird nie eine Handlung ohne diese zwei Pole verstehen können, jedoch sind zwischen diesen polarisierten Tendenzen verschiedene Gleichgewichtszustände möglich. Am Ausgangspunkt ist dieses Gleichgewicht unstabil, denn die Assimilation ist konservativ, während die Akkommodation die Veränderungen ausdrückt, denen das Subjekt durch die Objekte unterworfen ist.

2. Geht man von der sensomotorischen Handlung zur verinnerlichten Handlung oder zur anschaulichen Vorstellung weiter, so neigt das Gleichgewicht zwischen der Assimilation und der Akkommodation zu einer größeren Stabilität unter dem Einfluß der folgenden Faktoren: dank den innerlich hervorgerufenen Bedeutungen ist die Assimilation nicht mehr unmittelbar, sie geht über die momentane Handlung hinaus und bezieht sich auf größere raum-zeitliche Distanzen, d. h. sie erweitert sich zum Urteil. So komplex der psychologische Weg von der Handlung zur vorstellungsmäßigen Assimilation auch sein mag, die erkenntnistheoretische Kontinuität ist evident. Auch die Akkommodation verinnerlicht sich, aber als vorgestelltes Zeichen: das geistige Bild, das Symbol des Objekts, resultiert aus einer Art innerlicher Nachahmung, die wie die Nachahmung selbst die Akkommodation fortsetzt[1]. Diese doppelte Verinnerlichung ermöglicht ein erweitertes und dauerhafteres Gleichgewicht zwischen der Assimilation und der Akkommodation, das aber noch unvollkommen ist, da diese zwei Tendenzen in divergierende Richtungen weisen, in eine konservative und eine vorwärtsdrängende. Das anschauliche Denken und die elementaren Gedankenexperimente bilden nicht weniger immer ausgeprägtere Systeme von gedanklich ausgeführten Handlungen, die einerseits die aufgenommene Realität abbilden (nachahmende Akkommodation) und diese andererseits an ihre verinnerlichten Schemata assimilieren. Mach und Rignano betonten jedoch nur das Element der Akkommodation an die Realität, ohne die unvermeidbare Begleiterscheinung der Assimilation an die Handlungsschemata, d. h. an eine Aktivität des Subjekts zu sehen (die allerdings noch nicht operativ ist).

3. In dritter Linie folgen die konkreten Operationen. Sie sind und bleiben noch Handlungen, effektive (gemäß 1.) oder gedachte Handlungen (gemäß 2.). Sie enthalten jedoch zwei übrigens zusammenhängende Neuerungen gegenüber den vorhergehenden Handlungen. Erstens sind sie reversibel, während die ursprünglichen Handlungen irreversibel waren. Die gesamte Kinderpsychologie zeigt, wie langsam die Eroberung der Reversibilität vor sich geht bis zum Moment, wo die inverse Handlung notwendig als mit der direkten Handlung verbunden erkannt wird: die Umkehrung einer Ordnung, die Abtrennung als Gegenteil der Vereinigung usw. Hieraus folgt die zweite Eigenschaft der Operationen: sie sind nie vereinzelte Handlungen, sondern sind gut mit anderen Handlungen koordiniert, wobei die Komposition der aufeinanderfolgenden Handlungen durch ihre Rever-

[1] Siehe J. Piaget, „Nachahmung, Spiel und Traum. Die Entwicklung der Symbolfunktion beim Kinde", Band 5 der Ges. Werke.

sibilität zusammenhängend gemacht wird. Tatsächlich sind die Reversibilität und die Koordination nichts anderes als der Ausdruck des endlich erlangten Gleichgewichtszustandes zwischen der Assimilation und der Akkommodation: Handlungen in reversibler Art koordinieren heißt, gleichzeitig die Schemata an alle Transformationen akkommodieren und jede Transformation durch das Schema der damit verbundenen Handlungen an jede andere Transformation assimilieren. Die ersten Operationen bleiben allerdings konkret, da sie noch an effektive oder gedachte Manipulationen gebunden sind.

4. Schließlich, am Ende der Organisation der konkreten Operationen, werden abstrakte oder formelle Operationen möglich, die auf reinen Annahmen und nicht mehr auf manipulierbaren Realitäten basieren: diese neuen Operationen beziehen sich auf Aussagen, die die konkreten Operationen beschreiben, und nicht auf deren Objekte. Auf diese Weise bildet sich schließlich eine Aussagenlogik, die sich gleichzeitig auf verschiedene Operationssysteme beziehen kann. Es ist hingegen klar, daß psychologisch jede Aussage nach wie vor eine Handlung darstellt, die koordinierbar und reversibel ist, aber rein symbolisch und hypothetisch aufgefaßt werden muß. Von der ursprünglichen Handlung zum System der hypothetisch-deduktiven Aussagen führt somit ein kontinuierlicher Übergang.

Um wieder auf die ganze Zahl zurückzukommen: Es ist wohl illusorisch, diese durch Experimente, selbst durch empiristisch interpretierte Gedankenexperimente erklären zu wollen. Zweifelsohne drückt sie Handlungen aus, die aber von Anfang an das Objekt ebenso an das Subjekt assimilieren, wie sie dieses an das Objekt akkommodieren. Man wird die Operationen, die zum Zahlbegriff führen, nicht verstehen können, ohne diese assimilierende Aktivität einzubeziehen; um die reversible Komposition der numerischen Operationen zu verstehen, wird man sogar Stufe um Stufe das fortschreitende, immer differenzierter werdende Gleichgewicht zwischen der Assimilation und der Akkommodation verfolgen müssen. Die Erfahrung, die sich im Laufe der ersten Stadien dieser Entwicklung ergibt, spricht psychologisch gesehen nicht für den Empirismus, sondern für eine operative Aktivität (was keineswegs dasselbe ist); diese zeigt sich schon bei den primitivsten aktiven und anschaulichen Formen der Zahl und realisiert sich vollständig in den vorerst konkreten, dann formalen und axiomatisierbaren Operationssystemen.

### *2. Die empiristischen Theorien der Zahl*
### *B. Die Erklärung der Ordinalzahl durch die innerliche Erfahrung der Bewußtseinszustände (Helmholtz)*

Die Kritik, die wir soeben der Erklärung der Zahl durch das Gedankenexperiment angedeihen ließen, führt uns zu folgendem Resultat: die Zahl wird nicht vom Objekt oder aus der Realität abstrahiert, auf der das Experiment beruht, sondern von den ausgeführten oder gedachten Handlungen, die beim Experiment auftreten und dieses möglich machen. Wird nun damit nicht bezeugt, daß die Zahl einen empirischen Ursprung hat, aber einen innerlichen und nicht einen äußeren? Und ist nicht die Abstraktion von den Handlungen dieselbe wie die Abstraktion von den Objekten, mit dem einzigen Unterschied, daß das Erfahrungsobjekt, von dem durch Abstraktion die Elemente der Zahl entnommen werden, das Subjekt selbst ist, das seiner eigenen empirischen Realität direkt bewußt ist? Die Diskussion der Helmholtzschen Theorie gibt uns Gelegenheit, sowohl den erkenntnistheoretischen Begriff des inneren Experiments zu untersuchen, mitsamt seinen Beziehungen zum operativen Gesichtspunkt, als auch die zwei Abstraktionsarten durch ihre operativen Mechanismen zu unterscheiden.

In seiner kleinen Schrift *Zählen und Messen* versuchte Helmholtz zu zeigen, daß der Ausgangspunkt der Zahl in der mnesischen Anschauung der zeitlichen Folge unserer Bewußtseinszustände liege: „Das Zählen ist ein Verfahren, welches darauf beruht, daß wir uns imstande finden, die Reihenfolge, in der Bewußtseinsakte zeitlich nacheinander eingetreten sind, im Gedächtnis zu behalten“[1]. Anders ausgedrückt: die Bewußtseinszustände, die sich gemäß einem irreversiblen Ablauf zeitlich folgen, bilden eine Reihe, und das Gedächtnis erzeugt davon die „innere Anschauung“. Es genügt nun, durch einen konventionellen verbalen Vorgang die Endglieder dieser Reihen zu „numerieren“, um eine Reihe von „Ordnungszahlen“ zu erhalten, die die Definition der ordinalen Addition durch ihre monotone Folge und durch die Gleichheit von zwei Ordinalzahlen gestatten. Die Konzeption von Helmholtz, die auf dem Empirismus des inneren Experiments beruht, verbindet sich daher zur Übersetzung der zeitlichen Folge in eine Folge von „Zeichen“ mit einer Art Konventionalismus, wobei die Zeichen durch eine Operation verbunden sind, die ihnen den homogenen (ordinalen) Einheitswert zuspricht.

Es sind somit drei Aspekte der Helmholtzschen Theorie zu diskutieren: die Hypothese, wonach die ursprüngliche Form der Zahl ordinal ist, die Konventionalität der Numerierung und den Empirismus der Quellen.

Es ist heute unnötig, auf das Ungenügen der ordinalen Theorien näher einzugehen. Einerseits zeigte L. Brunschvicg in überzeugender Weise[2], daß die Ordination die Kardination voraussetzt und umgekehrt: wenn die

[1] H. Helmholtz, *Zählen und Messen*, in: *Die Tatsachen in der Wahrnehmung*. Wissensch. Buchgesellschaft: Darmstadt 1959, S. 8.

[2] L. Brunschvicg, „Les étapes de la philosophie mathématique“, Presses Universitaires de France: Paris 1930.

sich folgenden Einheiten streng homogen sind, kann man ihre Reihenfolge nur unterscheiden, indem man sich auf die Mengen stützt, die durch diese Folge entstehen (1 + 1 + 1 unterscheidet sich z. B. von 1 + 1 nur, weil es zwei Nummern vor der letzten aufzuzählen gibt anstelle einer einzigen; umgekehrt können die Kardinalzahlen nur bestimmt werden, wenn sie geordnet sind, wenn man sicher ist, daß man denselben Term nur einmal gezählt hat. Die psychologische Entstehung des Zahlbegriffs beim Kinde bestätigt auf frappante Weise die Wechselwirkung zwischen dem ordinalen und dem kardinalen Aspekt der Zahl. Es zeigt sich, daß der Zahlbegriff die Vereinigung der Operation der Teilmengenbildung (kardinaler Aspekt) und der Reihenbildung (ordinaler Aspekt) erfordert. Wir werden dies unter 6. sehen. Da Helmholtz keine genetische Untersuchung über die spontanen Operationen anstellte, insistierte er auf dem ordinalen Aspekt und beschränkte sich auf eine künstliche psychologische Nachbildung.

Der sogenannte Helmholtzsche Konventionalismus hat dieselbe Ursache. Der Unterschied zwischen der qualitativen Folge der Bewußtseinszustände (mit oder ohne Berücksichtigung des Gedächtnisses) und der Folge der ganzen Zahlen läßt sich nur durch dazwischengeschobene Operationen überwinden. Helmholtz, der nicht genetisch nach den Operationen forschte, wie sie sich beim Kind entwickeln, das seinen Zahlbegriff erarbeitet, ersetzte die spontanen Operationen durch „konventionelle" Operationen, die sich auf die Zeichen der Numerierung beziehen.

Die Schwierigkeiten der Helmholtzschen Theorie ergeben sich daher letztlich aus seinem Ausgangspunkt, d. h. aus der Hypothese, daß die Zahl aus der inneren Erfahrung entnommen werden kann. Dieser Irrtum ist um so bedeutender, als er von einem berühmten Mann begangen wurde. Eine beträchtliche Zahl von andern großen Geistern, von Kant bis zu Brouwer, erlagen der Illusion einer direkten genetischen Verwandtschaft zwischen der Zahl und der Zeit.

Die Zeit und die Zahl erzeugen eine lineare Folge, was der obigen Hypothese Vorschub leistet, welche zweifelsohne diese Autoren dazu verführte, vermeintlich das Fundament der Zahl zu verstärken, indem sie sie mit der Zeit in Beziehung setzten. Es schien, als folge die Zeit als empfundene Dauer aus einer direkteren Anschauung als der Begriff des Raums oder der Begriff einer geordneten räumlichen Folge. Einerseits ist aber durch nichts bewiesen, daß die Anschauung der empfundenen Zeit direkter ist als die der physikalischen Zeit. Das Kleinkind erfaßt sehr wahrscheinlich, daß das Mittel dem Zweck zeitlich vorangeht (z. B. beim Ziehen einer Decke, um das darauf befindliche Objekt zu erlangen), bevor es die zeitliche Folge seiner Bewußtseinszustände zur Kenntnis nimmt, da es sich noch nicht erinnern kann. Andererseits ist das Gedächtnis viel eher eine aktive und zum Teil operative Rekonstruktion als ein automatisches Registrieren; und vor allem wird das Registrierte nicht automatisch reproduziert; um eine Erinnerung hervorzurufen, müssen wir selbst den Befehl dazu erteilen. Die Anschauung der Dauer führt nur in dem Maße zu einem klaren Begriff der zeitlichen Ordnung, wie sich die eigentlichen Operationen der Reihenbildung (vgl. Kap. IV, 3.) dieser Anschauung überlagern. Die Bildung der zeitlichen Folge ergibt sich beim Kind sogar meist erst nach derjenigen der numerischen Operationen, auf alle Fälle höchstens gleichzeitig und keinesfalls vorher[1].

Die Ordinalzahl kann deshalb nicht aus dem inneren Experiment entnommen werden, auch nicht die Idee der geordneten Folge. Man stößt auf die gleiche Schwierigkeit, wie wenn man sie aus dem äußeren Experiment entnehmen wollte: weder die Operation der qualitativen Reihenbildung noch *a fortiori* die der ordinalen Numerierung sind in der Erfahrung gegeben, in der inneren nicht mehr als in der äußeren. Diese Operationen werden der Erfahrung hinzugefügt, in derselben Art wie Handlungen auf Objekte ausgeübt werden, seien diese in der Erinnerung oder im aktuellen Bewußtsein gegeben. Aus der direkten Strukturierung der Erfahrung erfolgen sie nicht ohne weiteres.

Woher stammt nun eine Operation wie die der Aufreihung von materiellen Objekten oder von memorierten Ereignissen, wenn nicht aus einer gewissen Art von inneren Experimenten? Die Verhaltenspsychologie hat hier die Psychologie des Bewußtseins ergänzt. Die Operation folgt aus der Handlung, aber die Handlung selbst ist eine viel tiefgründigere Realität als das innere Experiment, denn dieses ist lediglich eine Kenntnisnahme, die der Handlung mehr oder weniger adäquat ist. Man soll deshalb nicht auf das innere Experiment zurückgehen, in keinem Stadium der Entwicklung, sondern auf die Entwicklung der Handlungen und vor allem auf den graduellen Übergang von der verinnerlichten Handlung zu den Operationen.

Um auf das Beispiel von Helmholtz zurückzukommen: es ist durchaus gerechtfertigt, die Bildung einer geordneten Folge (deren operativer Charakter — im Gegensatz zu einer erlebten oder einfach vorgestellten Folge — ein für allemal hervorgehoben sei) dem Verhalten anzunähern, wie wir unsere Erinnerung ordnen (deren aktiver Charakter ebenfalls ein für allemal klargestellt sei, vergleichbar mit der Rekonstruktion der Vergangenheit durch den Historiker oder mit der „conduite du récit" von P. Janet). Um aber eine Operation mit einem komplexeren Charakter (die operative Reihenbildung tritt erst beim etwa siebenjährigen Kind auf) aus einer einfacheren Operation herzuleiten (das Erinnerungsvermögen setzt ohne Zweifel mit der Sprache ein), bedarf es einer Abstraktion *sui generis*, nämlich gerade die Abstraktion von den Handlungen. Diese

[1] Siehe den Beweis in J. Piaget, „Die Bildung des Zeitbegriffs beim Kinde", Rascher: Zürich.

ist von der Abstraktion von Objekten verschieden, wie wir zu Beginn unter 3. festgehalten haben. Die Bildung einer geordneten Folge ist eine Operation, die ihre Komponenten abstrahieren kann, nicht nur vom Gedächtnis, sondern auch aus der Anordnung der Bewegungen in einer Folge von Gesten usw.; kurz, von jeder in die inneren Verhaltensformen eingreifenden Ordnung. Dies geschieht durch eine Abstraktion, deren Mechanismus präzisiert werden muß.

Der Fehler, der bei Erklärungen durch das äußere Experiment begangen wird, besteht darin, daß man glaubt, man könne eine der Anschauung oder internen Wahrnehmung entliehene Eigenschaft (z. B. eine Anschauung der Dauer oder eine kinästhetische Empfindung) abstrahieren und sie direkt in eine höhere Verhaltensform wie etwa in eine Operation eingliedern, so wie man von einer äußeren Erfahrung eine beliebige Eigenschaft abstrahieren kann, z. B. die weiße Farbe von verschiedenen Objekten, und so eine allgemeine Menge bildet, die Menge der weißen Objekte. In Wirklichkeit handelt es sich um zwei sehr verschiedene Formen der Abstraktion. Da dieses Problem in allen speziellen erkenntnistheoretischen Fragen auftaucht (Fragen des Raums, der Zeit, der Kraft usw.), ist es wichtig, gleich zu Beginn dieses Werkes darauf hinzuweisen. Einige von psychologischen Betrachtungen ausgehende Theorien wie die Theorie von F. Enriques (Einleitung unter 3.) wurden falsch, weil sie diese verschiedenen Abstraktionen nicht berücksichtigten.

Erinnern wir uns an die hauptsächlichsten (unter 1.) unterschiedenen Etappen, die von der Handlung zur Operation führen: sensomotorische Handlung, anschauliches Denken, konkrete Operation und formale Operation. Im Fall der Bildung einer geordneten Folge kann man auf jeder Stufe die Verhaltensformen bezeichnen, die diese Folge vorbereiten oder beenden. Auf dem sensomotorischen Niveau existieren schon gewisse praktische Sukzessionsschemata (z. B. eine Bewegung, die vor einer anderen ausgeführt werden muß, und zwar immer in derselben Richtung). Auf der Stufe der bildhaften Anschauung findet man andere Schemata (z. B. die Reihenfolge bei gewissen Erinnerungen). Auf der Ebene der konkreten Operationen findet man z. B. die Anordnung der Objekte nach ihrer Höhe oder nach ihrem Gewicht; schließlich existieren formale Sukzessionsschemata, wie z. B. eine Folge abstrakter Elemente. Jede dieser Stufen ist außerdem, wie wir unter 1. gesehen haben, durch ein Gleichgewicht gekennzeichnet, das demjenigen der vorangehenden Stufe überlegen ist, es zeichnet sich durch eine größere Reversibilität und durch allgemeinere Kompositionen gegenüber den vorangehenden Gleichgewichtszuständen aus. Es ist somit evident, daß jede Art von Schema dem vorangehenden gewisse verallgemeinerte Elemente entlehnt, z. B. eine gewisse Reihenfolge der Handlungen. Diese Anleihe bildet die Abstraktion von den Handlungen, deren Realität man bestätigt findet, wenn man sich die Mühe nimmt, sie zu verfolgen, ohne von den elementaren Verhaltensformen direkt auf die höheren Stufen zu springen. Worin unterscheidet sich nun diese Abstraktion von der Abstraktion von Objekten, wie sie bei der Bildung eines Begriffs vorkommt, der aus der äußeren Erfahrung herstammt?

Der wesentliche Unterschied besteht darin, daß im Falle der äußeren Erfahrung die vom Objekt abstrahierte Eigenschaft schon beim Objekt in derselben Form vor ihrer Abstraktion erkennbar ist. Die Abstraktion der weißen Farbe z. B. führt zum Resultat, daß man verschiedene Objekte vergleichen kann (z. B. bei der Bildung einer chemischen oder biologischen Gattung). Die weiße Farbe war als solche schon vor dieser Abstraktion bei jedem Objekt erkennbar. Wir sprechen natürlich von einer physikalischen Eigenschaft, d. h. einer Eigenschaft, die sich dem Subjekt durch die Wahrnehmung der Objekte von selbst aufdrängt, und nicht von einer Eigenschaft, die dem Objekt durch die darauf ausgeübte Handlung hinzugefügt wurde, wie z. B. die Eigenschaft, eine beliebige Zahl darzustellen. Im Gegensatz zur Abstraktion einer physikalischen Eigenschaft ist die Abstraktion einer geistigen Eigenschaft, die ein solches Handlungsschema auszeichnet und dazu dient, diese Eigenschaft in ein vollständigeres Schema einzugliedern (und nicht nur in einen Begriff, der die innere Erfahrung beschreibt), eine *reflektierende Abstraktion,* d. h. eine Abstraktion, die das Verhalten verändert, indem sie dieses differenziert und damit der durch die Abstraktion isolierten Eigenschaft etwas hinzufügt. Die praktische Folge von Handlungen, die sich z. B. beim sensomotorischen Verhalten ergibt, wird dem Subjekt auf dem betrachteten Niveau nicht unbedingt bewußt: abstrahiert man diese Folge der Handlungen von ihrer Umgebung, so transformiert man sie in eine vorgestellte Folge von Handlungen, was die Bildung eines neuen Schemas erfordert, das zu einem höheren Niveau gehört. (Auf dem Niveau des anschaulichen Denkens handelt es sich z. B. um eine mnesische Rekonstruktion dieser Folge von Handlungen.) Eine neue Abstraktion transformiert sie in eine eigentliche Operation, falls sie nach Belieben umgekehrt und reproduziert werden kann (und nicht nur unter gewissen für die Folge repräsentativen Umständen) usw. Ebenso erfordert die Abstraktion einer Folge von konkreten Operationen zu einer Folge formaler Operationen eine Rekonstruktion dieser Folge als Aussagen. Diese Folge von Abstraktionen (mit Übergang von der Sensomotorik zur Anschauung und zu den formaleren konkreten Operationen) dauert deshalb von ein bis zwölf Jahre, wenn nicht die ganze geistige Entwicklung über an.

Kurz, die Abstraktion von der Handlung ist notwendigerweise konstruktiv, da sie ein neues Überdenken einschließt. Sie führt nicht zu einer einfachen Verallgemeinerung, wie es die Abstraktion von physikalischen Eigenschaften tut, wenn sie eine allgemeine Menge oder einen verallgemeinerten Zusammenhang (eines festgestellten Gesetzes) schafft: die Abstraktion von Handlungen ist konstruktiv, da sie mit der Erarbeitung einer neuen Handlung verbunden ist, die von übergeordnetem Typus gegenüber demjenigen ist, von denen die betrachtete Eigenschaft abstrahiert wurde. Sie ist also im wesentlichen eine *Differenzierung* und führt zu einer Verallgemeinerung – einer neuen operativen oder präoperativen Komposition – und zu einem mobileren, reversibleren und dadurch stärker äquilibrierten Schema[1] von Elementen, die den vorhergehenden Schemata durch Differenzierung entliehen wurden.

Man sieht aus diesen Bemerkungen, daß sich eine psychogenetische Erklärung nicht auf einen einfachen Appell an die innere Erfahrung beschränken kann. Da Helmholtz zu keiner Einsicht in die Bedeutung der zur Reihenbildung und zur Konstruktion der Zahl führenden Operationen gelangte, mußte er die Lücken seines inneren Empirismus mit Hilfe von hypothetischen Operationen ausfüllen, die vom axiomatischen Standpunkt aus interessant sind, aber keine genetische Erklärung zulassen. Eine wirkliche Nachbildung der Zahl setzt voraus, daß die eingeführten Operationen diejenigen des handelnden Subjekts sind. Diese existieren, und man kann zeigen, daß die Begriffe durch das Subjekt aktiv gebildet werden und sich nicht fertig ausgeprägt in seinem Bewußtsein vorfinden. Das innere Experiment ist nur in der Hypothese der angeborenen, präformierten Begriffe die tatsächliche Quelle der Kenntnisse, die das Subjekt angeblich in einem bestimmten Moment seiner Entwicklung direkt zur Kenntnis nimmt. Wenn das Subjekt durch eine reflektierende Bewußtwerdung einige Elemente seines früheren Verhaltens abstrahiert (bis hinunter zu den vererbten Reflexen), ist diese Reflexion konstruktiv, wie wir soeben gesehen haben, und sie begnügt sich nicht damit, die fertig erarbeiteten Schemata von einer Stufe auf eine andere zu transponieren, sondern erweitert sie, indem sie sie durch die reflektive Entdeckung neu bildet. Die Abstraktion von Handlungen ermöglicht daher neue Handlungen, die zu den Operationen führen. Diesen Übergang von der Handlung zur Operation müssen wir nun studieren.

[1] Solche Abstraktionen können wohlverstanden auch im physikalischen Bereich auftreten, sie beziehen sich dann aber auf die Transformationen der Objekte und nicht nur auf ihre Eigenschaften. Allerdings handelt es sich dann um eine Verallgemeinerung durch eine mathematische Komposition, d. h. durch eine Assimilation an die operativen Verallgemeinerungen, die aus den geistigen Handlungen des Subjekts hervorgegangen sind.

### *3. Qualität und Quantität; die „Gruppierungen" der elementaren Operationen*

In seiner nur zu kurzen Studie über „La fabrication du nombre" schrieb H. Delacroix[1], ohne jeweils zu betonen, daß die Zahl eine reine Qualität sei: „Die Zahl wird aus rein qualitativen Elementen gebildet, deren ganzes Material qualitativ ist" (S. 141). A. Spaier ging sogar so weit, zu sagen[2]: die Zahl ist ein qualitativer Begriff (S. 125). Er faßte die Quantität selbst als „Resultat der Messung" (S. 33) auf, d. h. als die „gemessene Qualität" (S. 33), wobei das Maß andererseits die Anwendung der Zahl auf die Qualität sei ... Man dreht sich so im Kreis, da die Quantität die gemessene Qualität bedeutet, die umgekehrt durch die Quantität gemessen wird! Wenn die Mathematiker, wie bekannt, die numerischen und metrischen Begriffe den qualitativen Begriffen gegenüberstellen, unterscheiden sie speziell die qualitative Geometrie von der metrischen. Fraglich ist aber, ob dieser mathematische Qualitätsbegriff von derselben Art sei wie der logische Qualitätsbegriff.

In der geläufigen Terminologie ist nichts zweideutiger als die Begriffe der Quantität und der Qualität, und die Übertreibungen von Spaier zeigen, wohin diese Zweideutigkeiten führen können, da die Zahl selbst, die anerkanntermaßen als Inbegriff der Quantität betrachtet werden darf, schließlich als reine Qualität verstanden wird. Es scheint uns deshalb unerläßlich, die Kriterien zur Abgrenzung dieser Begriffe zu finden, damit die erkenntnistheoretische Bedeutung der Zahl gefunden werden kann.

Tatsächlich sind Qualität und Quantität untrennbare Begriffe, und dies sowohl vom genetischen als auch vom logistischen oder axiomatischen Standpunkt aus. Die Argumente, die dazu führen, alles als Qualität zu behandeln, können auch die Allgemeinheit der Quantität bestätigen, denn wenn man ohne weiteres die Quantität aus der Qualität extrahieren kann, muß sie evidenterweise von Anfang an darin enthalten sein. Nur die Ungenauigkeit einer philosophischen Sprechweise, die ungenügend formalisiert ist, kann eine solche Evidenz verdunkeln, während die genetischen oder logistischen Methoden hier Klarheit schaffen.

Die stabile Verbindung der Qualität und der Quantität bedeutet aber nicht, daß die beiden Begriffe identisch sind: nur sind sie beide vom genetischen Standpunkt aus gesehen gleichermaßen ursprünglich und führen in ihrem operativen Gleichgewichtszustand zu einer Solidarität, so daß man die eine nicht ohne die andere definieren kann.

---

[1] Dumas, „Traité de psychologie", Bd. 5, 2. Aufl. 1936.

[2] A. Spaier, „La pensée et la quantité", Presses Universitaires de France: Paris.

Genetisch gesehen sind beide Begriffe gleichermaßen ursprünglich, weil sie schon von der sensomotorischen Handlung an voneinander abhängig sind. Vereinigt man z. B. ähnliche Objekte, so führt diese Handlung einen qualitativen Gesichtspunkt ein (Assimilation durch Ähnlichkeit). Vereinigt man mehr oder weniger Objekte unter diesem Gesichtspunkt, so ist dies eine Quantifizierung dieser Handlung: Schon in einem sensomotorischen Handlungsschema kann man einen Umfang unterscheiden, der die Quantität enthält, und einen Inhalt, der auf der Qualität beruht. Ebenso ist ein Angriff auf ein Objekt eine Handlung, die durch eine gewisse Qualität ausgezeichnet ist, denn man kann das Objekt mehr oder weniger (schnell, stark usw.) angreifen, diese verschiedenen Intensitäten der Handlung bilden Quantitäten, die sich auch bei den asymmetrischen Beziehungen ergeben. Man wird entgegnen, daß zwei in ihrer Intensität unterschiedliche Handlungen eine verschiedene Qualität hätten: möglich, aber die Beziehung dieser Qualität zueinander ist gerade eine Quantität!

Man darf somit annehmen, daß zwischen der Qualität und der Quantität eine gegenseitige Abhängigkeit besteht, analog zur Abhängigkeit zwischen dem Inhalt und dem Umfang der logischen Begriffe. Es ist tatsächlich unmöglich, den Inhalt eines Begriffs zu verstehen, ohne sich auf die Terme zu beziehen, die den Grundstock der Eigenschaft festlegen, die diesen Begriffsinhalt definieren. Diese Terme sind nichts anders als der Umfang des betrachteten Begriffs. Umgekehrt ist es unmöglich, einen solchen Begriffsumfang abzugrenzen, ohne auf die Eigenschaften einzugehen, die der Begriff umfaßt, d. h. ohne sich auf den Begriffsinhalt zu stützen. Diese unauflösbare Verbundenheit des Begriffsinhalts und des Begriffsumfangs hängt um so mehr mit den Beziehungen zwischen dem Qualitativen und dem Quantitativen zusammen, als sich die elementarsten Formen der Qualität und der Quantität gerade mit dem logischen Begriffsinhalt und Begriffsumfang vermischen.

Man kann tatsächlich die Qualität und die Quantität wie folgt charakterisieren, je nachdem, ob man sich auf den Standpunkt der Klassen oder auf den der Relationen stellt. Bei den Klassen ergibt sich von selbst, daß die Qualität dem Begriffsinhalt und die Quantität seinem Umfang entsprechen. Das System der Inklusionen, das den Umfang der Klassen bestimmt, ist somit im wesentlichen ein quantitatives System, im Gegensatz zu den Attributen oder Prädikaten (d. h. zu den Eigenschaften, die nicht „alle" oder „einige" Objekte erwähnen), die die so quantifizierten Qualitäten ausdrücken. Was die Relationen anbelangt (und wir haben anderswo[1] gezeigt,

[1] Jean Piaget, „Traité de logique", Colin: Paris 1949, §§ 4—5.

daß zweifelsohne die Inhalte aller Prädikate Relationen bilden, sogar wenn sie in einer absoluten Form ausgesprochen und einem einzigen Objekt zugeordnet werden [*x* ist weiß bedeutet z. B., daß es „dieselbe Farbe wie" die Objekte *y* und *z* hat]), muß man ebenfalls zwischen ihrem Umfang und ihrem Inhalt unterscheiden. Der Umfang einer Relation, d. h. die durch sie verbundenen Terme (Domäne, Mit-Domäne oder Feld), bildet nichts anderes als eine Klasse, sei diese geordnet oder nicht, unabhängig von ihrer eventuellen Ordnung, die (soweit geordnet) vom Inhalt ausgeht. Diese Klasse charakterisiert somit von neuem eine Quantität, die mittels ihres Umfangs definiert werden kann. Was den Inhalt der Relation anbetrifft, muß man zwei Fälle unterscheiden, denjenigen der symmetrischen und denjenigen der asymmetrischen Relationen. Die symmetrischen Relationen drücken eine Äquivalenz aus (z. B.: *A* ist „ebenso weiß wie" *B*), eine Ähnlichkeit (z. B.: *A* ist „analog" zu *B*) oder einen nicht geordneten Unterschied (z. B. *A* „ist verschieden" von *B*). Die symmetrischen Relationen drücken somit die gemeinsame Zugehörigkeit zu einer Klasse (von ähnlichen Termen) oder eine „Verschiedenheit" oder Nicht-Zugehörigkeit zur selben Klasse aus (*A* ist aus einer andern Klasse als *B*). In beiden Fällen bestimmen die Extensionen dieser Klassen die Quantitäten, während die Qualität dem Inhalt der Relation entspricht (Ähnlichkeit oder symmetrischer Unterschied). Die asymmetrischen Relationen drücken andererseits die geordneten, zweiwertigen (*A* ist *B*), dreiwertigen (außerhalb, innerhalb oder auf der Grenze) oder mehrwertigen Unterschiede aus (*A* ist kleiner als *B*, *B* ist kleiner als *C* usw.). Ihre Qualität wird somit von neuem durch den Inhalt der Relation gebildet (z. B. breit, rot, tugendhaft usw.) und ihre Quantität durch den Umfang der entsprechenden geordneten Klasse. Indessen könnte man im Fall der mehrwertigen Relationen sagen, daß die Quantität auch durch den Unterschied bestimmt ist, da die Relationen das „mehr" oder „weniger" enthalten („mehr" oder „weniger" breit, rot, tugendhaft usw.). Man muß aber zwei Dinge unterscheiden: Sagt man: „*A* ist ‚mehr' (breit, rot usw.) als *B*", so drückt man noch einen Qualitätsunterschied aus, insofern das „mehr" oder „weniger" sich auf ein Attribut des Inhalts bezieht. Nur wenn man sich auf die Ausdehnung der Folge (oder Reihe) bezieht, kommt die Quantität vor, sei es als Intervall (oder Segment), das zwischen O und *A*, O und *B*, O und *C* größer oder kleiner ist als zwischen *A* und *B*, *A* und *C* usw. Die durch die geordneten Unterschiede der asymmetrischen mehrwertigen Relationen ausgedrückte Quantität ist somit mit der durch den Umfang der Klassen ausgedrückten Quantität identisch.

Einerseits bilden die Ungleichheiten des Umfangs zwischen den Klassen (wie die Inklusionsbeziehungen im Fall von verschachtelten Klassen) asymmetrische Relationen, und die Unterschiede der Klassenumfänge gehören zu den Beziehungen der allgemein geordneten Unterschiede. Wenn man andererseits die Elemente nach einer Folge von gleichartigen mehrwertigen asymmetrischen Relationen aufreiht, gibt es um so mehr Zwischenstufen zwischen zwei gegebenen Elementen, je größer der Unterschied zwischen den Elementen ist, was umgekehrt die Intervalle oder Segmente, die die Unterschiede ausdrücken, auf Beziehungen zwischen Umfängen reduziert (den Spezialfall auf das mehr oder weniger ausgedehnte „Feld")[1].

Wir stellen nun fest, daß die Beziehungen zwischen den Umfängen (der geordnete Unterschied) in drei verschiedenen Formen auftreten können, eine in der einfachen Logik der Klassen und der Relationen, die zwei andern in der Mathematik. Diese drei Formen entsprechen dem, was man gewöhnlich unpräzise als „qualitative" oder „quantitative" Beziehungen bezeichnet. Es handelt sich dabei um drei verschiedene Formen der Quantität, die aber alle drei nichts anderes als Beziehungen zwischen Umfängen von Mengen sind, die aus qualifizierten Elementen bestehen.

1. Um die Sache zu präzisieren, nehmen wir zwei Klassen $A$ und $B$ an, die durch eine einzige Eigenschaft ihrer Elemente definiert sind, so, daß die Elemente von $A$ auch zu $B$ gehören, aber ohne daß das Umgekehrte wahr ist (z. B.: Alle Säugetiere $A$ sind Wirbeltiere $B$, aber nicht alle Wirbeltiere $B$ sind Säugetiere $A$). Diese Inklusion oder Relation des Teils zum Ganzen bildet durch ihre Transitivität das Fundament der qualitativen Syllogismen, denn wenn alle $B$ zu $C$ gehören, gehören auch alle $A$ dazu. Außerdem gebe es Elemente von $B$, die nicht zu $A$ gehören, und Elemente von C, die nicht zu $B$ gehören. Es existiert dann eine Menge $A'$, die zu $A$ bezüglich $B$ komplementär ist, so daß $A' = B - A$ (z. B. $B$ = die Wirbeltiere, $A'$ = Nichtsäugetiere), und eine Menge $B'$, die zu $B$ bezüglich $C$ komplementär ist (z. B. wenn $C$ = alle Tiere, $B'$ = die Nicht-Wirbeltiere); usw.

Nachdem wir dies festgelegt haben, können wir durch einfache Beziehungen zwischen den Umfängen eine erste Form der Quantität oder der Größe definieren, die wir nach der Kantschen Terminologie die *intensive Quantität* nennen[2]. Wir nennen eine quantitative Beziehung intensiv,

---

[1] Wenn $A$ z. B. weniger rot ist als $B$, $B$ weniger rot als $C$ und $C$ weniger rot als $D$, ist der Unterschied zwischen $A$ und $D$ größer als zwischen $A$ und $C$, oder zwischen $A$ und $C$ größer als zwischen $A$ und $B$: die Klasse $A\ B\ C\ D$ hat einen größeren Umfang als die Klasse $ABC$, und diese hat einen größeren Umfang als die Klasse $A\ B$.

[2] Ein Begriff, den Spaier „konfus" nennt („La pensée et la quantité", S. 15), da er selbst alle Formen der Quantität vermischt, indem er sich zutraut, alle Qualitäten zu „messen", eingeschlossen die Empfindungen, und dabei Fechner vorwirft, er habe diese nur indirekt zu messen gewagt (S. 15)!

wenn man weiß, daß das Ganze größer ist als der Teil, $B > A$ und $C > B$ usw., ohne daß man aber angeben könnte, ob einer der Teile des Ganzen, z. B. $A$, größer als, kleiner als oder gleich groß ist wie das Komplement $A'$. Tatsächlich bleiben die Urteile „alle $A$ sind $B$", aber „nicht alle $B$ sind $A$" unabhängig von der Zahl der Individuen von $A$ und $A'$ wahr: ob es nur ein $A$ und eine beliebig große Zahl von $A'$ gibt oder umgekehrt, man hat immer $A < B$, unabhängig von den Beziehungen zwischen $A$ und $A'$. Dasselbe gilt für $B$ und $B'$ bezüglich $B < C$. Die Klassenlogik[1] kennt deshalb nur die Quantitäten: ein[2], alle, einige und keine („ein $A$ ist einige $B$", „alle $A$ sind einige $B$" und „kein $A$ ist einige $A'$").

Genau dasselbe gilt von asymmetrischen Relationen, die nur durch die einzigen Eigenschaften der aufgereihten Elemente definiert sind und dadurch, wie wir gesehen haben, ihre Qualitätsunterschiede ausdrücken. Seien z. B. die Relation $a$ = „$A$ ist leichter als $B$" und die Relation $a'$ = „$B$ ist leichter als $C$" gegeben. Aus diesen beiden Relationen $a$ und $a'$ kann man die Relation $b$ (= $A$ ist leichter als $C$) folgern, indem man $a$ und $a'$ in der Reihenform $a + a' = b$ vereinigt. (Ebenso kann man die Reihe mittels der Relation $b'$ = „$C$ ist leichter als $D$" fortsetzen, wobei die Relation $c$ bedeutet „$A$ ist leichter als $D$" usw.) Man weiß nun aber lediglich, daß eine größere Gewichts-Differenz zwischen $A$ und $C$ als zwischen $A$ und $B$ oder zwischen $B$ und $C$ besteht, sei $b > a$ oder $b > a'$. Umgekehrt kann man nicht sagen, ob eine größere Differenz zwischen $A$ und $B$ oder zwischen $B$ und $C$ bestehe: man weiß somit nichts über die Beziehungen zwischen den speziellen Relationen $a$ und $a'$, man kennt nur diejenige einer speziellen Relation $a$ oder $a'$ zur gesamten Relation $b$ (oder $c$ usw.), in der sie eingeschlossen ist[3].

2. Es sei nun eine neue quantitative Beziehung zwischen den komplementären Teilen eines Ganzen eingeführt, sei es zwischen den Klassen $A$ und $A'$ für die Klasse $B$ oder zwischen den Relationen $a$ und $a'$ für die

[1] J. Piaget unterscheidet eine (intensive) Klassen- und Relationenlogik von einer (extensiven oder mathematischen) Mengenlogik: „Die Mengentheorie unterscheidet sich von der (intensiven) Logik durch die Möglichkeit, die Elemente oder Teile direkt untereinander in Beziehung zu setzen, im Gegensatz zu den Beziehungen des Teils zum Ganzen, die auf dem Gebiet der intensiven Logik allein vorkommen" („Traité de Logique", S. 198, *Anm. d. Übers.*).

[2] „Ein" im Sinne der Identität, d. h. der Klasse, deren Elemente alle identisch sind (= Einerklasse).

[3] Da die Relation „$A$ ist leichter als $B$" durch das Einschieben von Zwischengliedern zwischen $A$ und $B$ in Relationen niedrigerer Ordnung unterteilt werden kann, die dieselben Kompositionseigenschaften haben, ist sie selbst intensiv: die Steigerung, die in der Beziehung „leichter" vorkommt, ist somit eine Quantität, die intensiv bleibt, solange keine neuen Spezifikationen hinzukommen.

Relation *b* (z. B. $A > A'$ oder $a > a'$). Dieser Vergleich der Umfänge unter den Teilen selbst markiert den Übergang von der intensiven Quantität zur *extensiven Quantität,* d. h. von der Klassenlogik und den qualitativen Relationen zur eigentlichen Mathematik. Diese extensive Quantität selbst kann aber unter zwei Aspekten auftreten, unter einem metrischen und einem nicht-metrischen. Man muß die Existenz dieser beiden Möglichkeiten gut verstehen, denn sie entspricht genau der Unterscheidung, die die Mathematiker zwischen dem Bereich, den sie numerisch oder „metrisch" nennen, und dem „qualitativen" Bereich treffen. Die sogenannte „qualitative" Geometrie hat in Wirklichkeit „extensiven" Charakter und nicht einfach „intensiven", bleibt aber der Metrik fremd, d. h. der Einführung der Zahl.

Es konvergiere eine Folge eingeschachtelter Intervalle gegen einen Grenzwert, jedes dieser Intervalle sei somit kleiner als das vorhergehende. Im Sprachgebrauch der Maß-Theorie sagt man, daß ein Intervall „fast alle" Elemente einer Menge enthält, wenn es „alle mit Ausnahme einer als schwach angenommenen Menge" (oder auch „alle bis auf eine endliche Anzahl") enthält. Die Folge der konvergenten Intervalle bildet somit eine Folge von Relationen „fast alle". Man sieht nun unmittelbar, daß die Relation „fast alle", die die Einführung der Numerierung nicht erforderlich macht, andererseits nicht auf die einfache intensive Qualität reduzierbar ist: Wenn *A* „fast alle" Elemente von *B* enthält, weiß man nicht nur, daß $A < B$, sondern auch, daß $A > A'$ (wenn $B = A + A'$). Sogar in der Umgangssprache führen wir mehr als eine logische Beziehung ein und appellieren an eine bereits mathematische Quantifizierung, wenn wir sagen, daß „fast alle Säugetiere (= *A*) Wirbeltiere (= *B*) sind". Die reine Logik beschränkt sich auf die Entscheidung zwischen „alle" und „einige", kann aber nichts mit diesem Zwischenzustand anfangen, der tatsächlich einen unbestimmt bleibenden Bruch darstellt (zwischen $1/2$ und $1/1$) und somit extensiv ist.

Ebenso rühren die als qualitativ bezeichneten Relationen, die man in der projektiven und in der affinen Geometrie sowie auch in der Geometrie der Ähnlichkeiten braucht (wenn die aharmonischen Beziehungen, die Affinitäten, Proportionen usw. nach rein graphischen Methoden konstruiert werden, ohne metrische Bestimmung), von der extensiven Quantität her, auch wenn sie nicht metrisch sind, denn die Teile desselben Ganzen werden immer untereinander verglichen und nie lediglich mit dem Ganzen in Beziehung gesetzt wie in der Logik. Die Abnahme des Abstandes von zwei Fluchtlinien in einer Perspektive z. B. ist regelmäßig und nicht beliebig: wenn wir durch die Symbole *A, B, C,* usw. die Parallelen bezeichnen, die den wachsenden Abstand zwischen den Fluchtlinien von einem

Punkt am Horizont aus angeben, in dem diese sich schneiden, so haben wir nicht einfach eine intensive Reihenbildung $A < B < C < D \ldots$ usw. gefunden, sondern auch eine Beziehung zwischen den Unterschieden selbst: $A'$ $(= B - A)$, $B' = (C - B)$, $C'$ $(= D - C)$ usw., so daß die Beziehung zwischen $A', B', C'$ usw. und $A, B, C$ usw. konstant bleibt. Diese Invarianz, die in der graphischen Konstruktion enthalten und unabhängig von jeder Metrik ist, erscheint z. B. in einem gewissen Alter in den perspektivischen Zeichnungen der Kinder und bezeugt schon für sich allein das Erscheinen einer gewissen extensiven Quantifizierung[1].

3. Wir sprechen schließlich von einer *numerischen* oder *metrischen Quantität,* wenn wir die komplementären Teile $A$ und $A'$ in einem Ganzen $B$ auf eine gemeinsame Einheit reduzieren können. Wenn man z. B. mit Hilfe einer Operation der eineindeutigen Zuordnung (der Substitution, der Kongruenz usw.) $A$ als äquivalent zu $A'$ betrachten darf, können wir aus dieser neuen Beziehung, die wir einfachheitshalber als $A = A'$ schreiben, auf die Gleichheit $B = 2A$ schließen, was der Komposition des Ganzen $B$ durch die Addition von Einheiten der Ordnung $A$ gleichkommt. Die numerische oder metrische Quantität ist deshalb als Spezialfall der extensiven Quantität aufzufassen. Es sind diese zwei Untergruppen, die man in der Mathematik unter dem Namen qualitativ und metrisch einander gegenüberstellt.

Wir können nach dieser Betrachtung also annehmen, daß die Qualität nie von der Quantität getrennt werden kann und umgekehrt. In der Logik sind die Qualitäten durch die intensiven Quantitätsbeziehungen verbunden, während in der Mathematik diese Beziehungen extensiv sind, mögen sie metrisch oder nicht-metrisch sein.

Diese elementare Unterscheidung hat eine große Bedeutung in bezug auf den Mechanismus der tatsächlichen Denkoperationen, insbesondere bezüglich ihrer genetischen Reihenfolge. Die mit der logischen Qualität korrelierenden intensiven Quantitäten sind offensichtlich einfacher als die Beziehungen von extensivem und metrischem Charakter, da sie nur die quantitativen Relationen des Teils zum Ganzen und nicht diejenigen der Teile untereinander umfassen. Die Anstrengung des sich bildenden Denkens konzentriert sich somit natürlicherweise auf die Bildung der ersteren dieser Relationen, während diese, einmal erarbeitet, sich mühelos durch eine Verallgemeinerung der gebildeten Schemata fortsetzen. Dasselbe gilt vom Gesichtspunkt der Hierarchie der Wissenschaften für die Gebiete, die das Niveau der intensiven Quantifizierung nicht übersteigen: z. B. die bo-

[1] Einzelheiten – siehe bei J. Piaget und Inhelder, „Die Entwicklung des räumlichen Denkens beim Kinde", Band 6 der Ges. Werke, Kap. VI.

tanischen und zoologischen Klassifikationen. Um die Entstehung der Zahl mit den tatsächlichen logischen Operationen in Beziehung zu setzen, ist es daher wesentlich, diese Unterscheidung, die verschiedenen genetischen Stufen entspricht, im Auge zu behalten.

Welches sind nun die elementaren Operationen der Vereinigung und der Trennung, die mit einer rein intensiven Quantifizierung verträglich sind? Sie haben zwei begrenzende Eigenschaften, die vom Gesichtspunkt der Denkpsychologie her bemerkenswert sind, den Mathematiker aber überraschen, der an eine unendlich größere verallgemeinernde Beweglichkeit gewöhnt ist.

1. Die zur intensiven Quantität gehörigen operativen Kompositionen können nur dichotomisch[1] sein: wenn man nur weiß, daß alle $A$ zu $B$ gehören, ohne daß die Umkehrung auch wahr wäre, können die $B$ sowohl $A$ als auch Nicht-$A$ sein (also zu $A'$ gehören). Dies ist eine erste Dichotomie. Wenn man nur weiß, daß alle $B$ zu $C$ gehören, ohne daß die Umkehrung auch wahr wäre, können die $C$ sowohl zu $B$ als auch zu Nicht-$B$ ($B'$) gehören usw. Daraus folgt die Klassenverschachtelung $A + A' = B; B + B' = C; C + C' = D$ usw. Sie entspringt aus einer Folge von dichotomischen Unterscheidungen, wie z. B. diejenige der synoptischen Tabellen, mit deren Hilfe man eine Pflanze in einer botanischen Klassifikation bestimmt.

Die aufkeimende Logik funktioniert also folgendermaßen: sie konstruiert die Klassen (oder die symmetrischen Relationen), indem sie unterscheidet, ob eine Qualität auftritt oder nicht. Die asymmetrischen Relationen erarbeitet sie nur in der Sprechweise von „mehr" oder „weniger", ohne Einheiten und ohne Beziehung unter den Teilen selbst. Sowohl bei Ähnlichkeiten (Klassen oder symmetrische Relationen) als auch bei Unterschieden (asymmetrische Relationen) geht die elementare Logik durch dichotomische Unterscheidungen vor, durch das Formulieren von einfachen quantitativen Vergleichen der Teile mit dem Ganzen und nicht der Teile untereinander.

2. Was die eigentliche Vereinigung der Klassen untereinander ($A + A' = B$) oder der Relationen untereinander anbelangt ($a + a' = b$), so können sie sich nur kontiguierlich[2] (de proche en proche) im benachbarten Bereich vollziehen, da jede Klasse oder jede Relation in die umfassendere Klasse oder Relation eingebettet ist. Man kann sie nicht frei mit andern kombinieren, ohne die Inklusionen zu berücksichtigen. Um die Verwandt-

[1] dichotomisch: zweigeteilt, aufgrund eines Gesichtspunkts unterschieden. *(Anm. d. Übers.)*

[2] Kontiguität: von lat. *contiguus* = angrenzend, benachbart. (Anm. d. Übers.)

schaft zwischen zwei Individuen in einem System genealogischer Beziehungen zu präzisieren, muß man bis zu den gemeinsamen Vorfahren zurückgehen und die daraus resultierenden Beziehungen kombinieren. In einem System von botanischen oder zoologischen Klassen wie $A + A' = B$ und $B + B' = C$ kann man ebenfalls $A$ und $B'$ nur in der Form $A + B' = C - A'$ vereinigen, während man eine beliebige Zahl zu einer beliebigen andern addieren kann, ohne sich um ihre Inklusion zu kümmern[1].

Hat man indessen einmal diese zwei durch die dichotomische Unterscheidung und die Kontiguität gegebenen Begrenzungen eingeführt, so erlauben die Operationen der qualitativen Logik, die rein intensiv quantifizieren, präzise Kompositionen nach Strukturen, deren genetische Entwicklung man beim Kinde relativ leicht verfolgen kann, ausgehend von den durch das anschauliche Denken verinnerlichten Handlungen. Wir haben diesen Strukturen den Namen *Gruppierungen*[2] gegeben, da sie mit den elementaren mathematischen „Gruppen" verwandt sind (die von den „Gruppierungen psychologisch herrühren, sich aber davon wegen den Begrenzungen durch die Dichotomie und die Kontiguität unterscheiden). Eine „Gruppierung" ist durch die fünf folgenden Eigenschaften gegeben:

1. Zwei Operationen der Menge erzeugen durch ihre Vereinigung eine neue Operation aus derselben Menge: z. B. $(A + A' = B) + (B + B' = C) = (A + A' + B' = C)$. Diese Fusion der zwei Operationen zu einer einzigen, die uns im ersten Augenblick nichts zu lehren scheint, bildet indessen die Grundlage zur Transitivität der Inklusionen: $(A = B - A') + (B = C - B') = (A = C - B' - A')$ oder abgekürzt: „Alle $A$ sind $B$, alle $B$ sind $C$, somit sind alle $A$ $C$", d. h. $A \subset B, B \subset C$, somit $A \subset C$. Diese Transitivität ist ihrerseits der Ausdruck der psychologischen Koordination der Operationen.

2. Jede Operation kann umgekehrt werden. Z. B. $(A + A' = B)$ hat eine und nur eine inverse Operation: $(- A - A' = - B)$, woraus man folgern kann: $B - A' = A$ oder $B - A = A'$. Dies ist der Ausdruck einer fundamentalen psychologischen Tatsache, der Reversibilität der Operationen, im Gegensatz zu den irreversiblen unmittelbaren Handlungen.

3. Drei verschiedene[3] Handlungen sind bei ihrer Komposition (= Zusammensetzung) assoziativ: $(A + A') + B' = A + (A' + B')$. Diese Assoziativität drückt psychologisch die Möglichkeit aus, auf verschiedenen Wegen zum selben Resultat zu gelangen (im speziellen Fall resultiert die Menge $C$ aus der einen wie der andern der beiden Folgen).

4. Die Komposition einer jeden Operation mit ihren inversen führt auf eine

[1] Über diese Begrenzung der Komposition von Klassen vgl. F. Gonseth und J. Piaget: „Groupements, groupes et lattices", *Arch. de Psychol.*, XXXI (1946), und Piaget, *„Traité de Logique"*, § 10, Nr. III.

[2] Siehe in: *„Traité de Logique"*, Kap. II, III und IV.

[3] Verschieden, im Gegensatz zu denjenigen, die sich wiederholen, d. h. den Tautologien (s. 5.), deren assoziative Komposition voraussetzt, daß sie in den beiden Gliedern der Gleichung denselben Wert haben.

„allgemeine identische Operation“, die dem Fehlen jeglicher Operation gleichkommt: $(A + A') + (-A - A') = O$, woraus folgt: $X + O = X$.

5. Endlich läßt jede Operation, die mit sich selbst zusammengesetzt wird oder mit jenen Operationen, die sie schon enthält, diese unverändert („spezielle identische Operation“): $A + A = A$, woraus folgt: $A + B = C$. In der Logistik nennt man dies eine Tautologie im Gegensatz zur Iteration der numerischen Einheiten: $A + A = 2A$.

Man stellt also fest, daß eine „Gruppierung“ die Gesamtheit der „intensiven“ Beziehungen des Teils zum Ganzen umfaßt (durch kontiguierliche Abgrenzung der komplementären Teile zu Ganzen, die sich in verschiedener Ordnung folgen). Die Inklusion der Teilmengen in Ganzen bilden in diesem Fall die fortschreitenden Kompositionen des Systems, während die dichotomen Komplementaritäten (und die daraus resultierenden Kontiguitäten) ihre Reversibilität gewährleisten. Die „Gruppierung“ verbindet sich indessen in erster Linie mit einer andern Struktur: derjenigen des „Verbands“, die eine der wenigen Formen von mathematischen Mengen darstellt, die auf rein intensive Quantitäten angewendet werden können.[1]

Die Verbände genügen indessen nicht, um in einem einzigen System alle Operationen der Logik auszudrücken, denn sie enthalten nur eine abgeschwächte Reversibilität. Die Grenzen, die sich aus der Dichotomie und der Kontiguität ergeben, gewähren hingegen die vollständige Reversibilität der Gruppierung, welche die fundamentalen logischen Operationen übersetzt[2]: $A + A' = B$ und $B - A' = A$ (oder $p \vee p' = q$ und $q . p = p' = p$). Andererseits genügt es, auf die Tautofikationen $A + A = A$ oder $A + B = B$ zu verzichten, um ausschließlich Operationen zu erhalten, die sich auf disjunkte Teilmengen beziehen: man gelangt dann zur Gruppe der disjunkten Additionen der booleschen Algebra[3]. Die „Gruppierung“ stellt somit eine Struktur dar, die zwischen den Verbänden und der Gruppe liegt: sie ist ein reversibler Verband.

Der Übergang von der einfach logischen „Gruppierung“ zu den „Gruppen“, die zur mathematischen Quantifizierung gehören, markiert somit eine entscheidende Etappe beim Aufbau der Quantität: Diese Verallgemeinerung führt vom Intensiven zum Extensiven und zum Metrischen, indem sie von der Beziehung des Teils zum Ganzen zu einer allgemei-

[1] Ein „Verband“ ist ein halbgeordnetes System, in dem zwei beliebige Elemente eine eindeutig bestimmte obere und untere Grenze haben. Die obere Grenze ist die kleinste Majorante, z. B. die kleinste Klasse, die die gegebenen Klassen beide enthält. Die untere Grenze ist größte Minorante, z. B. der Durchschnitt der gegebenen Klassen.

[2] Siehe in „Traité de Logique“, § 39.

[3] ebd., § 10, Nr. 1.

nen Beziehung der Teile untereinander übergeht. Man kann also sagen, daß die „Gruppierung" die erste Stufe auf dem Weg zu den Gruppen bildet, speziell zu der Gruppe der ganzen Zahlen (eine Stufe, auf der übrigens ganze Disziplinen verharren, wie die Teile der Zoologie und der Botanik, die mit der systematischen Klassifizierung verhaftet sind). So elementar die Struktur der „Gruppierung" als Ausdruck der intensiven Quantität und der fundamentalen Kompositionen der qualitativen Logik auch sein mag, man darf nicht glauben, daß sie als solche schon am Anfang der geistigen Entwicklung gegeben sei. Es ist im Gegenteil vom Standpunkt der genetischen Erkenntnistheorie aus wichtig, festzustellen, daß das Kind die einfachsten Beziehungen des Teils zum Ganzen im Laufe eines langwierigen Prozesses erwirbt, der mit irreversiblen Handlungen beginnt, mit tastenden Versuchen und mit Erfahrungen des Subjekts über seine eigenen Handlungen, die erst später in den Rang von reversiblen Operationen aufsteigen.

Ein in dieser Hinsicht typisches Experiment besteht darin, den Kindern eine Sammlung *B* (z. B. Holzperlen) vorzuzeigen, die aus zwei komplementären Teilen besteht. Der eine Teil *A* sei durch eine Farbe charakterisiert (z. B. braune Perlen) und enthalte fast alle Elemente der Menge *B*, der Rest *A'* sei durch eine andere Farbe gekennzeichnet und enthalte nur zwei oder drei Elemente (z. B. zwei weiße Perlen). Die Frage ist einfach die, ob es mehr Elemente *A* oder *B* in der Sammlung gebe (ob es mehr braune Perlen *A* oder mehr Holzperlen *B* gebe, wobei alle Perlen gleichzeitig sichtbar sind und das Kind nachkontrollieren kann, daß alle Perlen *A* und *A'* „aus Holz", somit aus der Menge *B* sind). Die Kinder von 5–6 Jahren reagieren folgendermaßen: Sie können sehr gut die Eigenschaft des Ganzen *B* gesondert beschreiben („sie sind alle aus Holz") sowie auch gesondert die Eigenschaften der Teile *A* und *A'* („es hat viele braune und nur zwei weiße Perlen"). Sie sind aber nicht in der Lage, gleichzeitig an das Ganze *B* und an den Teil *A* zu denken, um die Folgerung $A<B$ zu ziehen. Der Grund dafür liegt darin, daß das anschauliche Denken, das sich auf die Wahrnehmung stützt, irreversibel bleibt: Wenn das Kind seine Aufmerksamkeit auf die gemeinsamen Eigenschaften von *A* und *A'* konzentriert, bleibt das Ganze *B* unteilbar und das Subjekt vergißt die Teile; wenn das Subjekt hingegen an den Teil *A* und an seine Eigenschaften denkt, zerbricht das Ganze *B*, und es bleibt in Gegenwart des Teils *A* nur dessen Komplement *A'* übrig. Das Kind schließt deshalb auf die Absurdität $A > B$, weil es die Eigenschaft des zerstörten Ganzen *B* an den Teil *A'* delegiert („es gibt mehr braune Perlen als Holzperlen", sagt z. B. ein Kind, „denn es hat nur zwei weiße"). Es gelangt somit nicht zu der intensiven Beziehung $A < B$ mangels Beherrschung der inversen Operationen $A = B - A'$ und $A' = B - A$, die allein zur Erhaltung des Ganzen *B* führen. Die Kinder im Alter von 7–8 Jahren schließen im Gegenteil ohne Mühe auf $B > A$, da sie das Ganze *B* als invariant begreifen, welches auch immer die direkte oder inverse Komposition sei. Außerdem denken sie nicht mehr in halbperzeptiven Bildern oder Konfigurationen, sondern in reversiblen Operationen[1].

[1] Im einzelnen vergleiche man J. Piaget und A. Szeminska, „Die Entwicklung des Zahlbegriffs beim Kinde", Band 3 der Ges. Werke, Kap. VII.

Das psychologische Kriterium für die Bildung einer „Gruppierung“ ist ganz allgemein die Entdeckung der Erhaltung des Ganzen unabhängig von der Anordnung der Teile. In den Experimenten der eineindeutigen Zuordnung (zwischen den roten und blauen Scheibchen) z. B., die unter 1. beschrieben wurden, verfügen die Kleinen noch nicht über den Begriff der Erhaltung jeder Sammlung für sich (was übrigens äquivalent ist zu dem, was wir zur Nicht-Erhaltung der Menge der Perlen *B* gesagt haben), während die Kinder von 7—8 Jahren an zur Erkenntnis dieser Erhaltung gelangen, gerade dank der gleichzeitig reversiblen und assoziativen Kompositionen, die zur Identität jedes Elements und des Ganzen führen. Das Gefühl der Notwendigkeit der Invarianz des Ganzen bildet in diesem Fall wie auch in vielen ähnlichen das psychologische Indiz für die Erfassung einer operativen Gruppierung, ausgehend von den ursprünglich irreversiblen und nicht zusammensetzbaren Handlungen[2].

### 4. *Die Zurückführung der Kardinalzahl auf die logischen Klassen und der Ordinalzahl auf die asymmetrischen Relationen*

Die im vorhergehenden Abschnitt eingeführten Unterscheidungen erleichtern die genetische Untersuchung der berühmten Versuche von Frege, später von Russell und Whitehead, die Zahl auf die einfachen logischen Operationen zurückzuführen. Diese Aufsätze wurden von der Mehrzahl der Logistiker gebilligt, auch von einer großen Zahl von Mathematikern, denn die Rückführung der Zahl auf die Logik scheint auf den ersten Blick die natürlichste Lösung zu sein, wenn man einmal die empiristische Erklärung der Zahl als unwirksam erkannt hat. Eine solche Reduktion hat indessen das Mißtrauen von berühmten Mathematikern hervorgerufen. An erster Stelle muß man hier Poincaré nennen sowie die Erkenntnistheoretiker, L. Brunschvicg an der Spitze. Es stellt sich daher die Frage, ob die Bestimmungsprozesse der Zahl mit den Prozessen, die zu den Mengen und Relationen führen, identisch seien oder nicht. In dieser Hinsicht müssen die unter 3. untersuchten Typen von operativen Totalitäten unterschieden werden, denn nur die Untersuchung ihrer genetischen Entstehung gestattet, die von den Logistikern aufgeworfenen Fragen durch das Experiment zu entscheiden.

Es ist wahr, daß die logistische Wahrheit axiomatischen Charakter hat und nicht experimentellen. Man könnte also eine deduktive Verflechtung

---

Es ist festzuhalten, daß die Beziehung zwischen den Teilen $A > A'$, die in diesem Experiment vorkommt, perzeptiv gegeben ist und keine extensive Quantifikation von operativem Charakter darstellt.

[2] Zu den Beziehungen zwischen den Begriffen der Erhaltung und der Gruppierung vgl. J. Piaget und B. Inhelder, Die Entwicklung der physikalischen Mengenbegriffe beim Kinde, Band 4 der Ges. Werke, Kap. I–III; sowie Piaget und Szeminska, a. a. O., Kap. I–IV.

zwischen der Zahl und der Logik aufbauen, auch wenn das Experiment eine wirkliche Verflechtung in Abrede stellen sollte. Wenn indessen die wirklichen Operationen sich nicht derart reduzieren ließen, wäre es interessant, diese Operationen, wenn sie einmal den Gleichgewichtszustand erreicht haben, in ein logistisches Schema zu übersetzen und dieses mit demjenigen von Russell zu konfrontieren. Das von uns unternommene Experiment[1] ließ uns eine Parallelität zwischen den genetischen Fragen und den logistischen Fragen erkennen, viel eher als einen Widerspruch zwischen den beiden Methoden. Wir möchten deshalb diese zwei Aspekte des Problems hier kurz darlegen.

Jedermann kennt die Theorie von Russell: Zwei Klassen, in ihrem Umfang betrachtet, erzeugen dieselbe „Klasse von Klassen", wenn ihre Elemente in eine eineindeutige Zuordnung gebracht werden können. Diese Klasse von Klassen bildet gerade die Kardinalzahl; die Zahl 1 ist die Klasse der Klassen mit einem Element, die Zahl 2 die Klasse der Duos, die Zahl 3 diejenige der Trios usw. Die eineindeutige Zuordnung basiert ebenfalls nur auf der logischen Identität: „$x$ entspricht eineindeutig $y$" bedeutet, daß, wenn $x$ auch $y'$ entspricht, $y'$ mit y identisch sein muß und, wenn $y$ auch $x'$ entspricht, $x'$ mit $x$ identisch sein muß. Die Bildung der Klasse äquivalenter Klassen, die der Zahl entspricht, verlangt also nur rein logische Operationen. Die Ordinalzahl besteht ihrerseits in einer Menge von asymmetrischen Relationen, die „ähnlich" sind, d. h. sie ist ebenfalls das Produkt einer eineindeutigen Zuordnung, nun aber zwischen Relationen.

Eine solche Konzeption hat zwei Arten von Einwänden hervorgerufen. Die einen bezeichnen sie als Zirkelschluß, da der Zahlbegriff schon in der Idee der singulären Objekte vorkommt, die von einer Klasse zur andern in Beziehung gesetzt werden sollen; die andern insistieren auf dem funktionellen Unterschied der logischen Klasse und der Zahl.

H. Poincaré (gefolgt von P. Boutroux usw.) wies speziell auf den ersten Punkt hin, indem er annahm, daß beim Ausdruck „ein" Mann usw. das individuelle Objekt oder die singuläre Klasse schon die Zahl 1 enthält. Couturat replizierte darauf, daß das logische „ein" nicht die Zahl 1 impliziert, sondern nur die Identität: eine Klasse $A$ ist singulär, wenn in den Sätzen „$x$ ist ein $A$", „$y$ ist ein $A$" usw. eine Identität von $x$ und $y$ gegeben ist. Ebenso implizieren die Terme „einige", „alle" und „kein" keineswegs die Intervention der Zahl, sondern nur die Zugehörigkeit oder die Nicht-Zugehörigkeit von Individuen zur Klasse.

Diese Diskussion ist ohne Ergebnis, solange man sich auf den atomisti-

[1] Siehe „Traité de Logique", Kap. II—IV.

schen Standpunkt der klassischen Logik stellt, indem man glaubt, man könne eine Aussage, eine Relation oder eine Klasse isoliert betrachten. Bei einem solchen Atomismus ist es klar, daß der Ausdruck „ein Mann" je nachdem eine numerische Einheit oder ein beliebiges qualifiziertes Objekt bedeuten kann, dessen Eigenschaften es hindern, mit einem andern identisch zu sein, was ihm den logischen Wert eines einzigen Elements einer Einerklasse zuerkennt. Sowohl Russell, der über die Identitäten und die isolierten Klassen nachdachte, als auch seine Widersacher, die ihm auf dieses Gebiet folgten, um dort die implizite Bezugnahme auf den isolierten Zahlbegriff zu finden, engagierten sich in Richtung eines künstlichen Atomismus, der gestattet – ohne ein definitives Kriterium –, Zug um Zug widersprechende Thesen zu rechtfertigen, denn die Identität gehört sowohl zur Mathematik als auch zur „intensiven" Logik. Die Essenz der Erklärung von Russell ist sogar dermaßen an diesen Atomismus gebunden, daß die Zahlen jede für sich erzeugt werden, durch Intervention von voneinander unabhängigen Klassen (als Klasse von Klassen) und nicht nach einem Bildungsgesetz, das die Progression 0, 1, 2, 3 ... impliziert.

Nur die Gesamtstruktur der operativen Totalität, in die die Elemente eingeflochten sind, gestattet es, ihre Natur als logisch (intensive Qualität) oder mathematisch (extensive oder numerische Quantität) zu unterscheiden. Der Ausdruck „ein Mann" bezieht sich auf die Zahl 1, wenn er ein Element von Operationen ist, die ihn mit „zwei Männer" oder mit „*n* Männer" vergleichen. In diesem Fall spielt „ein" die Rolle der iterierbaren Einheit. Der Ausdruck ist aber unabhängig von der Zahl, wenn er zu einem Operationssystem gehört, das sich nur auf die Beziehungen der Elemente zur Klasse oder von Teilklassen zu ganzen Klassen bezieht. Es ist evident, daß die „Gruppierung" oder die „Gruppe" der betreffenden Operationen bestimmend ist, und nicht die Natur der Elemente – die isoliert betrachtet – strenggenommen nicht bestimmbar ist.

Hieraus ergibt sich eine zweite Art von Einwänden gegen die Theorie von Russell, indem man die funktionelle Rolle der Klasse derjenigen der Zahl gegenüberstellt. Die Funktion der Klasse ist eine Identifizierung, sagt L. Brunschvicg, und die der Zahl eine Diversifizierung, daher sind Klasse und Zahl von Grund auf verschieden. Was diese Argumentation ebenso wie die vorhergehende anbelangt, so bestimmt natürlich das operatorische Gesamtsystem die funktionellen Bedeutungen, diese werden nicht durch die Elemente festgelegt.

Die Frage ist also: Wenn Russell von „Klassen von äquivalenten Klassen" spricht, ist dann die Operation der eineindeutigen Zuordnung, welche die Äquivalenz erzeugt, noch einfach logischer Art, d. h. hängt sie nur von der intensiven Qualität ab, die beim Aufbau der qualitativ bestimmten

Klassen vorkommt, oder führt sie implizit die Zahl ein, nicht als eine isolierte Zahl, die mit der betrachteten Klasse verknüpft ist, sondern als Operation der Zuordnung, die selbst schon extensiver Natur ist und *ipso facto* die Logik der qualifizierten Klassen überschreitet?

Hier genügt es unserer Meinung nach nicht, zu zeigen, daß die eineindeutige Zuordnung auf der reinen Identität beruht. Sogar wenn dies wahr wäre (aber es müßte noch gezeigt werden, daß die Beziehung als solche bei der Zuordnung den Rahmen der logischen Äquivalenzen nicht überschreitet), ist dies nicht der Kern des Problems, denn eine Identität kann aus den Operationen einer mathematischen „Gruppe" (z. B.: $1 \cdot 1 = 1$ oder $1 : 1 = 1$ oder allgemein alle „identischen Operationen") resultieren, aber auch aus Operationen, die eine (intensive) logische „Gruppierung" bilden. Die eigentliche Frage ist also die, ob die eineindeutige Zuordnung als solche, d. h. als Menge von Operationen, eine Gruppierung oder eine Gruppe darstellt. Im ersten Fall wäre die Reduktion von Russell berechtigt, da die Zahl dann durch reine Klassen erzeugt würde, die durch eine „Gruppierung" von Klassen verbunden sind. Im zweiten Fall würde sie sich als Zirkelschluß erweisen, da sie in die Klassen ein numerisches Operationssystem einführt, um dann (zu leicht) daraus die Zahl zu extrahieren.

Sowohl die genetische Untersuchung der Entwicklung als auch diejenige des wissenschaftlichen Denkens in seinen verschiedenen Manifestationen und auf seinen verschiedenen Stufen liefert hier eine eindeutige Antwort. Es existieren tatsächlich zwei verschiedene Typen der eineindeutigen Zuordnung, eine „qualifizierte" oder logische (von rein „intensivem" Charakter) und eine „beliebige" oder mathematische Zuordnung. Russell verwendet aber nicht die erstere der beiden Operationen für seine Beweisführung, sondern die zweite, und dies ist der Grund für das durch seine Reduktion hervorgerufene Unbehagen. Sie enthält tatsächlich einen Zirkelschluß, denn sie reduziert die Kardinalzahl nicht auf eine beliebige, sondern auf eine bereits durch eine numerische Operation quantifizierte Klasse.

Tatsächlich existiert eine einfach logische eineindeutige Zuordnung, bei der sich die Elemente einzeln dank ihrer Qualitäten entsprechen, d. h. sie werden einander nicht als beliebige Einheiten zugeordnet. Diese Operation der qualitativen Zuordnung kennzeichnet die „Homologien" der vergleichenden Anatomie, wenn z. B. ein Skeletteil einer zoologischen Klasse mit dem homologen Skeletteil einer andern Klasse in Beziehung gebracht wird. Aber die Verwendung dieser Operation ist allgemeiner: sie tritt auf, sobald man die Ähnlichkeit zweier Objekte untersucht, indem man einen Teil des einen Objekts zum entsprechenden Teil des andern in Beziehung setzt. Vom genetischen Standpunkt aus ist die eineindeutige qualitative Zuordnung somit elementarer: Sie wird anschaulich durch die Zeichnung und sogar durch die Nachahmung vorbereitet und wird gegen 7 Jahre beim systematischen Vergleichen (das auf der Operation der logischen Multiplikation beruht) operativ.

Ganz anders ist die „beliebige" eineindeutige Zuordnung, die nicht daran gebunden ist, die Zuordnungen in Funktion der qualitativen Ähnlichkeiten zu bestimmen. Ein beliebiges Element der einen Menge ist mit einem ebenfalls beliebigen Element der andern Menge gekoppelt (mit der einzigen Bedingung, daß dieses Element nur einmal gezählt wird). Als Russell die Zahl 12 konstruierte, indem er die Apostel Christi mit den Marschällen von Napoleon in Beziehung setzte, wurden der Apostel Petrus und der Marschall Ney nicht dank ihren gemeinsamen Qualitäten zusammengefügt (wie wenn man in der Biologie die Haare der Säugetiere mit den Federn der Vögel in Verbindung bringt), sondern lediglich, weil der eine eine beliebige Einheit der ersten Menge darstellt und der andere eine ebenfalls beliebige Einheit der zweiten.

Man sieht deshalb, daß die eineindeutige qualitative Zuordnung nicht aus dem Bereich der Klassenlogik und der intensiven Quantität heraustritt. Sie bildet sogar eine genau bestimmte „Gruppierung", diejenige der eineindeutigen Multiplikation der Klassen. Hier ein Beispiel dafür:

Wenn $B_1 = A_1 + A_1'$ und $B_2 = A_2 + A_2'$ ist, ergibt die Multiplikation

$$B_1 \cdot B_2 = (A_1 + A_1') \cdot (A_2 + A_2') = \left\{ \begin{matrix} A_1 A_2 + A_1 A_2' \\ A_1' A_2 + A_1' A_2' \end{matrix} \right\} = B_1 B_2,$$

d. h. ein quadratisches Schema mit einer Zuordnung von Term zu Term unter den Elementen der zwei Zeilen und Kolonnen[1]. $A_1 A_2$ entspricht $A_1' A_2$ mittels der gemeinsamen Eigenschaft $A_2$ und $A_1 A_2'$ entspricht $A_1' A_2'$ mittels $A_2'$; $A_1 A_2$ entspricht $A_1 A_2'$ dank $A_1$, und $A_1' A_2'$ entspricht $A_1' A_2$ mittels $A_1'$.

Die qualitative Zuordnung impliziert somit keineswegs die Verwendung der ganzen Zahl, sondern lediglich diejenige der gemeinsamen Qualitäten und der dadurch definierten Klassen (die Einerklassen setzen nichts anderes als das logische „ein" voraus, d. h. die qualitative Singularität). Im Gegensatz dazu ist die beliebige eineindeutige Zuordnung eine extensive Operation: Allein dadurch, daß sie die Eigenschaft der betrachteten Elemente durch Abstraktion eliminiert, transformiert sie diese in numerische Einheiten.

Wenn Russell für die Bildung seiner Klasse von Klassen die qualitative eineindeutige Zuordnung verwendet hätte, wäre dadurch jeglicher Zirkelschluß vermieden worden. Aber die Klasse von Klassen, die auf der qualitativen Zuordnung beruht, ist genaugenommen keine Zahl. Sie gehört

[1] Siehe „Traité de Logique", § 21.

zu rein logischen Klassen von Klassen multiplikativen Charakters (z. B. die Klasse aller Wirbeltierskelette oder die Klasse $B_1 B_2$). Russell hingegen führt bei seiner Reduktion, bei der er die beliebige eineindeutige Zuordnung verwendete, den Begriff der Einheit in die Klassen ein, die er in Beziehung setzte, und es ist nicht erstaunlich, daß die solchermaßen konstruierten Klassen auf Zahlen führen: sie sind effektiv keine einfach logischen Klassen mehr, sobald ihre Elemente in beliebige Zuordnung gebracht werden, sondern sie sind Mengen von Einheiten, d. h. von numerischen Klassen geworden.

Bei der als Klasse von „ähnlichen" Relationen aufgefaßten Ordinalzahl findet sich dieselbe Schwierigkeit, nur in die Terminologie der Relationen transponiert. Welcher Art ist die hier auftretende Ähnlichkeit? Ist sie eine lediglich qualitative Ähnlichkeit, so daß die asymmetrischen Relationen, die die aufgereihten Objekte verbinden, in zwei entsprechenden Reihen dieselben sind, ohne daß jede Teilrelation als eine Einheit zählt und ohne daß sich die aufgereihten Objekte nur durch ihre Ordnungsnummer unterscheiden? Oder ist es eine verallgemeinerte Ähnlichkeit, die von neuem „beliebig" ist; die vom qualitativen Inhalt der Relationen abstrahiert und nur die Aufeinanderfolge als solche betrachtet, d. h. die Ordnungsnummern der Objekte und der Relationen, die jene nach und nach vereinen? Im ersten Fall bildet die Ähnlichkeit eine intensive „Gruppierung" (die der eineindeutigen Multiplikation von asymmetrischen Relationen). Im zweiten Fall erzeugt sie andererseits eine rein mathematisch geordnete Folge, die daher den Begriff der Ordinalzahl schon impliziert.

Weil diese genetischen Unterscheidungen, die zu einer entsprechenden Unterscheidung in der Operationenlogistik und nicht nur zu einer Unterscheidung der isolierten Klassen und Relationen führen, bei Russell fehlen, schließt er sich in zwei Zirkelschlüsse ein.

### *5. Die direkte Intuition der Zahl*

Ist die Zahl, da sie nicht ohne weiteres auf die Klassen- oder auf die Relationenlogik zurückgeführt werden kann, als Produkt einer direkten Intuition hinzunehmen, die sich nicht auf die logischen Operationen reduzieren läßt? Dies ist der Standpunkt vieler Mathematiker, die den verschiedensten Richtungen angehören, welche von der Intuition der statischen Essenz der Zahl bis zur operativen Intuition reichen. Wir beschränken uns auf die letztere. H. Poincaré, so konventionell er im einzelnen die Bildung der verschiedenen Zahlformen sah (ebenso die Beziehungen der verschiedenen Raumfassungen), nahm an, daß die ganze Zahl auf einer

Art vernunftmäßiger Intuition des Denkens beruhe, die sowohl *operativ* als auch *a priori* sei (wie der Begriff der Gruppe von räumlichen Bewegungen): diese Intuition übersetze sich in das mathematische Denken *par excellence:* es sei die Schlußweise der Rekursion. Nach Brouwer, der den Intuitionismus von Poincaré erneuerte und in den Einzelheiten des konstruktiven Schließens dem logischen Formalismus gegenüberstellte (Negierung des Prinzips vom ausgeschlossenen Dritten für unendliche Mengen), besteht das Wesen einer mathematischen Größe nicht einfach in der Widerspruchslosigkeit (was seiner Meinung nach kein Existenzbeweis ist), sondern darin, daß sie tatsächlich gebildet werden kann. Der Bereich der rationalen Intuition erstreckt sich also vom *A priori* bis zur freien operativen Konstruktion; diesen verschiedenen Interpretationen gemeinsam bleibt aber die Diskontinuität zwischen der Intuition und der einfachen Logik.

Trotz der Autorität dieser großen Gelehrten können wir ihnen schwerlich auf das Gebiet der Intuition der Zahl folgen, da wir die Hypothese der Irreduzibilität der Zahl auf die logischen Operationen nicht mit den genetischen Tatsachen vereinbaren können, d. h. mit dem, was wir über die Entstehung der Operationen wissen. Zwischen der ungenügenden operativen Reduktion von Russell und der direkten Intuition von Poincaré oder Brouwer gibt es möglicherweise ein *tertium.*

Wie charakterisierte Poincaré die Intuition der reinen Zahl? Er tat dies nicht durch die Intuition der gegebenen Zahlen, sondern durch diejenige einer „beliebigen“ Zahl: sie ist die „Fähigkeit, zu begreifen, daß eine Einheit zu einer gegebenen Menge von Einheiten hinzugefügt werden kann“[1]. Es ist also nicht die Intuition einer vollendeten Form, sondern die Intuition einer Fähigkeit des Geistes Basis der Rekursion. Nun muß man sich aber entscheiden. Entweder fügt der Ausdruck „Intuition“ zur Operation als solcher nichts hinzu, dann enthält eine sich wiederholende Operation die Intuition der Einheit nicht, und man muß die Bildung dieser Einheit im Falle der numerischen Operationen erklären. Oder aber die numerischen Operationen gehen von einer Intuition aus, die sie von Anfang an gerade dadurch in Gegensatz zu den logischen Operationen bringt, da die Intuition den Begriff der Einheit schon vorher enthält. Aus dieser zweiten Interpretation ergibt sich daher eine genetische Schwierigkeit.

Es gibt in dieser Hinsicht ein äußerst überraschendes Ergebnis der Untersuchungen über die Entstehung der mathematischen Begriffe beim Kind, das — wie uns scheint — eine Revision der üblicherweise angenommenen Beziehungen

[1] H. Poincaré, „Wissenschaft und Hypothese“, Leipzig 1904, S. 25.

zwischen der Logik und der Intuition notwendig macht: alle Begriffe von extensivem und metrischem Charakter in der Geometrie (im Sinne von 3.), wie das Maß, die Proportionen usw. sowie die Zahl selbst, bilden sich in ihrer operativen Form nur, wenn sie sich auf logische „Gruppierungen" von intensivem Charakter stützen können. Zwischen diesen intensiven Gruppierungen und ihrer extensiven Quantifizierung liegt zeitlich nicht unbedingt ein Zwischenraum, die Quantifizierung kann sich unmittelbar nach der Bildung der ersteren vollziehen; die beiden Bildungen, die intensive und die extensive, können sich sogar aufeinander abstützen. Im Falle des geometrischen Maßes geht die intensive Transitivität der extensiven und metrischen Quantifizierung klar voran: das Subjekt muß verstanden haben, daß $B$ als gemeinsames Maß für $A$ und für $C$ gemäß dem Schema dient: $A = B$; $B = C$; somit $A = C$, damit es die zu vergleichenden Ausdrücke auf gemeinsame Einheiten reduzieren kann. Im Falle der Zahl gibt es jedoch kein pränumerisches Stadium, das bereits durch logische Strukturen gekennzeichnet wäre, dem ein numerisches Stadium folgt. Daher ist die Bildung der Folge von Zahlen auf einem gewissen Niveau (gegen 6—7 Jahre) nur möglich, wenn sie sich auf das Verständnis von logischen Strukturen stützt, deren ungenügende Erarbeitung auf der vorhergehenden Stufe die Iteration der Einheit verzögerte.

Der Grund für diesen Zusammenhang zwischen der Logik und dem Numerischen besteht in einem Faktum, über das die Anhänger der Intuition der Zahl zweifelsohne zu wenig nachgedacht haben: es ist dies die Erhaltung der Mengen als logische oder numerische Ganzheit, die am Ausgangspunkt des intuitiven Denkens nicht als notwendig erscheint und deshalb operativ gebildet werden muß. Gerade bei dieser Bildung spielt aber die „Gruppierung" eine notwendige Rolle. Man beobachte z. B. ein Kind, das noch nicht 6—7 Jahre alt ist, d. h. das sich in einer Entwicklungsphase befindet, in der es durch den Sprachgebrauch bereits eine Reihe von Begriffen und auch die Namen der ersten Zahlen kennt, ohne diese logisch, durch reversible Komposition gruppieren zu können, sondern sie lediglich auf perzeptive Figuren anwendet (ein Objekt, zwei Objekte, drei Objekte usw.). Es ist weder zur Erhaltung der logischen Klassen (vom Typ $A \subset B$) noch zur Erhaltung der numerischen Mengen fähig, selbst wenn es ihm gelungen ist, eine gliedweise visuelle Zuordnung zwischen den Elementen dieser Mengen herzustellen. Wir haben diese Fakten unter 1. geschildert (Mangel einer dauernden Äquivalenz zwischen den entsprechenden Mengen) sowie unter 3. (Inklusion des Teils $A$ im Ganzen $B$), es ist also unnötig, darauf zurückzukommen. Die Frage, die sich jetzt stellt, heißt: Wie gelangt das Subjekt von der Nicht-Erhaltung zur Erhaltung der Mengen?

Die genetische Untersuchung gibt in diesem Punkt eine entscheidende Antwort: der Übergang von perzeptiven Konfigurationen oder Bildern, für die es keine Erhaltung gibt, zu den logisch-arithmetischen Mengen, die notwendigerweise erhalten bleiben, ist eine Folge der fortschreitenden Reversibilität der Handlungen der Vereinigung und der Aufreihung, und führt sowohl zu den „Gruppierungen" der Klasseninklusion, zur Aufreihung der asymmetrischen Relationen als auch zur „Gruppe", die die Folge der ganzen Zahlen charakterisiert. Die „Fähigkeit, zu verstehen, daß eine Einheit zu einer Menge von Einheiten hinzugefügt werden kann“, worin Poincaré das Wesen der Intuition der reinen Zahl sah, setzt somit ihrerseits die „Fähigkeit“ voraus, ineinander verschachtelte Mengen als invariant zu begreifen, und die „Fähigkeit“, von Anbeginn an die „hinzugefügten“ Elemente zu ordnen: die Folge der Zahlen kann daher nicht vom Privileg einer vorgängigen Intuition profitieren, da sie untrennbar mit der „Gruppierung“ der Klassen und derjenigen der asymmetrischen Relationen verbunden ist: Die Bildung des Begriffs der Einheit stellt uns ein Problem, das man nicht durch den einfachen Hinweis auf die Intuition lösen kann. Ob die einmal gebildete Folge der ganzen Zahlen eine gewissermaßen abschließende, nicht mehr vorgängige, direkte Intuition gestatte, in dem Sinne, daß die Zahl direkt durch den Geist erfaßt wird und nicht mittels einer diskursiven oder „logischen“ Überlegung, ist eine andere Frage. Diese abschließende Intuition könnte nur im Sinne, in dem Poincaré von der Intuition des Schachspielers spricht, der seine Partie spielt, verstanden werden: im gegebenen Augenblick unzählige frühere (und vergessene) Überlegungen zusammenfassend, ist diese Intuition nichts anderes als der Ausdruck des intelligenten Verständnisses selbst, wie L. Brunschvicg bemerkte, und gibt uns in keiner Weise Auskunft über seine Entstehung.

Kurz, man kann keine Intuition der reinen Zahl, die zur Folge der ganzen Zahlen führt, der künstlichen Bildung der verallgemeinerten Zahlen (gebrochen usw.) – oder einer konventionellen Bildung – gegenüberstellen. Die Bildung der Einheit als solche ist bis auf den Unterschied an Komplexität von genau derselben Natur wie die Bildung der nicht-ganzen Zahlen (gebrochene, imaginäre usw.). Der Begriff der direkten Intuition muß entweder auf die abgeleiteten Produkte ausgedehnt werden oder die Konvention auf die Erklärung der Einheit. Das Rätsel stellt sich ebenfalls bei der allgemeinen operativen Fähigkeit des Geistes bei den logischen wie auch bei den arithmetischen Formen. Der Konventionalismus kann diese Schwierigkeit bei den von den konkreten Handlungen entfernteren Konstruktionen nicht umgehen, und der apriorische Intuitionismus kann das Rätsel nicht erklären, indem er aus der Menge der logisch-mathematischen Operationen diejenigen herausgreift, die sich auf die ganze Zahl und nicht – im Gegensatz – auf die Klassen oder die logischen Relationen beziehen. Brouwer, der operativ eine Realität konstruierte, die die logische Widerspruchsfreiheit überstieg, vergaß, daß abseits vom formalen Spiel der zu einer Axiomatik kombinierten Aussagen die lebendige Logik selbst schon dieses operative Wesen erfordert und daß sich die wirkliche Widerspruchsfreiheit auf die Reversibilität gründet, die den Operationen inneliegt, welche die Klassen, Relationen und die Zahlen erzeugen.

## 6. *Klassen, Relationen und Zahlen*

Der genetische Prozeß, in dessen Verlauf die Gruppierungen der Klassen, der asymmetrischen Relationen und die Gruppe der ganzen Zahlen entstehen, bewirkt eine direkte Abhängigkeit zwischen diesen drei Bildungen. Die erkenntnistheoretische Bedeutung dieser Tatsache muß nun untersucht werden. Von einem gewissen Gesichtspunkt aus könnte man den Sachverhalt ebensogut dadurch ausdrücken, daß man sagt, die logischen Klassen und die asymmetrischen Relationen würden aus einer Auflösung der in der Zahl implizit enthaltenen Operationen resultieren, da man diese als eine Synthese der Klassen und der logischen Relationen auffassen kann, die in einem einzigen operativen Ganzen zusammengefaßt sind. Im selben Maße, wie diese Reduktion möglich ist, gibt es auch die Umkehrung, dank eines genetischen Mechanismus, der auch in vielen andern Beispielen wirksam ist.

Von den elementarsten Handlungen an, die auf die Wirklichkeit ausgeübt werden, unterscheidet die Wahrnehmung eine unendliche Vielfalt von Elementen, die durch Ähnlichkeiten und Unterschiede untereinander verbunden sind. Anders formuliert: Von Anfang an sind Qualität und Quantität unauflösbar miteinander verbunden; diese drückt lediglich die Beziehungen unter den Extensionen der qualitativen Ausdrücke durch ihre Ähnlichkeiten und Unterschiede aus. Die intellektuellen Operationen bilden durch die Verbindung der Ausgangshandlungen des Vereinigens und des Trennens sowohl die Klassen, indem sie die Objekte nach ihrer mehr oder weniger allgemeinen oder speziellen Ähnlichkeit ordnen, als auch die asymmetrischen Relationen, indem sie dieselben Objekte nach ihren geordneten Unterschieden gruppieren, und die Zahlen, indem sie sie als äquivalent und gleichzeitig verschieden betrachten. Man muß sich daher vor Augen halten, daß es am Beginn dieser Entwicklung weder Klassen im eigentlichen Sinn noch asymmetrische und transitive Relationen, noch Zahlen gibt: die logischen Gruppierungen und die numerischen Gruppen erscheinen als die abschließende Gleichgewichtsform eines kontinuierlichen Prozesses, der durch seine steigende Koordination und Reversibilität gekennzeichnet ist. Am Ausgangspunkt sind nur perzeptive Beziehungen gegeben, die mit der motorischen Aktivität zusammenhängen, d. h. Beziehungen, die untereinander nicht zusammensetzbar sind, weder vom logischen noch vom mathematischen Standpunkt aus, denn sie sind intransitiv, irreversibel, nicht assoziativ und ermangeln sogar der elementaren Identität, die allein ihre Invarianz innerhalb möglicher Kompositionen gewährleisten könnte[1]. Was ihre Extension anbelangt, d. h. die durch die qualifizierten Elemente gebildeten Mengen, im Gegensatz zu den Qualitäten selbst, so sind jene nur innerhalb eines momentanen Wahrnehmungsfeldes unterscheidbar, bilden aber nicht von vornherein „Objekte" im Sinne eines Elements, das außerhalb dieses Feldes erhalten bleibt. Überdies ist die fundamentale Relation, die die intensive Quantität der logischen Koordinationen definiert — diejeni-

[1] Siehe später Kap. II und J. Piaget: „Psychologie der Intelligenz", Rascher: Zürich 1966, Kap. III.

ge, die besagt, daß der Teil weniger groß ist als das Ganze — keineswegs konstant auf der Wahrnehmungsebene. Beim Studium der Gewichtsillusionen z. B. kann man dem Subjekt einen Metallbarren *A* geben, den man dann auf eine leere Holzbüchse *A'* von derselben Dimension stellt: das Ganze *B*, gebildet aus der Vereinigung von *A* + *A'*, scheint dann leichter als der isolierte Teil *A* (und dies sowohl beim Erwachsenen als auch beim Psychologieprofessor, der die Theorie dieser Illusion kennt!).

Die erste Etappe dieser Bildung, die vom irreversiblen Fluß der unverarbeiteten Qualitäten und Quantitäten ausgeht[1], führt gleichzeitig zu den Klassen, den Relationen und den Zahlen. Sie besteht in der Koordination der Handlungen in Form von praktischen „Schemata"; diese sind eine Art sensomotorische Vorstufe des Begriffs, die durch die Möglichkeiten der Repetition einer Handlung in Gegenwart derselben Objekte gekennzeichnet ist oder durch die Möglichkeit der Verallgemeinerung im Zusammenhang mit andern analogen Handlungen. Es sind dies elementare Schemata, die die Vergegenständlichung der physikalischen Objekte einführen und dabei die Ähnlichkeitsbeziehungen, die Beziehungen der Verschiedenheit und der ursprünglichen Quantifizierung bilden: Man kann darin die Quelle der zukünftigen logischen und numerischen Strukturen erblicken. Wenn die derart schematisierten Handlungen indessen schon in ihrer allgemeinsten Form gestatten, die unterschiedenen und konservierten Objekte zu vereinigen oder zu trennen, je nach den verschiedenen anvisierten qualitativen Zielen, dann beruhen diese Vereinigungen oder Trennungen wie auch die pränumerischen Figuren, die sie bilden, auf einem Koordinationsvermögen, dessen Schemata durch die aufeinanderfolgenden Strukturen gebildet werden, deren Mechanismus aber bis auf die Erbfaktoren und ihre unbekannten Wurzeln zurückgeht. Es gibt somit vom genetischen Standpunkt aus nie eine erste Tatsache, sondern nur eine Folge von Etappen, von denen lediglich das Folgegesetz und der Mechanismus des Übergangs von einer Stufe zur nächsten untersucht werden kann. Daher genügen sowohl die Folgen als auch die Übergänge, um uns über die gegenseitige Abhängigkeit der Mengen, der Relationen und der Zahlen zu orientieren, da der ganze Prozeß gegen einen Gleichgewichtszustand tendiert, der im Alter von 6—7 Jahren erreicht wird.

Mit der verbalen und bildhaften Vorstellung verinnerlichen sich dieselben Handlungen zu intuitiven Begriffen, die zuerst präoperativ sind, dann aber durch materielle Bewegungen und ebensosehr und mehr noch durch die in Gedanken ausgeführten und koordinierten Vereinigungen und Trennungen im Laufe von neuen Etappen zu den Gruppierungen und den eigentlich operativen Gruppen führen. Es dauert vom Beginn der Verinnerlichung der Handlung bis zur Erarbeitung der konkreten Operationen jedoch einige Jahre, denn die verinnerlichten Handlungen bleiben anfänglich wie die materiellen Handlungen der vorhergehenden Stufe längere Zeit irreversibel, bevor sie beliebige Kompositionen erlauben. Auf der sensomotorischen Ebene gelangt nur das privilegierte System der Bewegungen zu einem Anfang von Reversibilität, die zur Permanenz der praktischen Gegenstände führt, d. h. zur Möglichkeit der empirischen Rückkehr, während die anderen Formen der

[1] Spaier gesteht den Wahrnehmungsfakten in „La pensée concrète" eine begriffliche Struktur zu. Die Kriterien für die Entscheidung, ob ein Begriff vorliegt oder nicht (Denotation usw.), ermangeln aber der Genauigkeit, wenn man sich nicht auf ein endliches System von Mengen bezieht, wie auf die verschiedenen „Gruppierungen".

Handlung in Richtung ihres Ziels polarisiert bleiben. Bei der Verinnerlichung der Handlungen zu Vorstellungen dominiert diese relative Irreversibilität noch lange Zeit die geistigen Koordinationen, welche zu den praktischen Koordinationen hinzugefügt werden, da die Objekte des Denkens immer zahlreicher werden und ihre raum-zeitliche Distanz, die sie vom Subjekt trennt, proportional dazu wächst. Das Ergebnis dieser Irreversibilität ist die sehr allgemeine Erscheinung, welche die Vorstufe des logischen Denkens im Alter von 2—7 Jahren kennzeichnet: die Nicht-Erhaltung der Mengen infolge der Schwierigkeiten bei der geistigen Vereinigung und Trennung der Objekte in reversibler Form. Diese schon unter 5. erwähnte Nicht-Erhaltung ist somit das Analogon zur Nicht-Erhaltung der Objekte auf der Ebene der ursprünglichen Handlung, allerdings mit einer Verschiebung von der Handlung zum Denken und infolgedessen vom Aufsuchen der praktischen Beziehungen zum Suchen der geistigen Relationen. Nur wenn die Vereinigungen und Trennungen auf alle Objekte des Denkens ausgedehnt werden, in der allgemeinsten Form der geistigen Assimilation und Akkommodation, garantiert das erreichte Gleichgewicht zwischen diesen beiden Funktionen die Reversibilität: Die reversiblen Operationen bilden daher einen beweglichen Gleichgewichtszustand, gegen den alle Koordinationen des Denkens tendieren, im selben Maß, wie diese über die einfache bildhafte Vorstellung hinauswachsen, um sich zu immer differenzierteren Ausdrucksweisen zu organisieren. Das intuitive Denken, das den Beginn der Vorstellung darstellt, ist somit nichts anderes als das Nachvollziehen der verschiedenen wirklichen Handlungen durch das Wort und das Bild in ihrer quasi-materiellen und somit irreversiblen Form. Die Operationen sind zwar dieselben Handlungen, aber untereinander durch das Denken koordiniert. Sie können in beiden Richtungen ablaufen und zu allen möglichen Kompositionen zusammengefügt werden, da sie auf beliebige Objekte verallgemeinert sind und nicht — wie in der bildhaften Vorstellung — nur auf die an der materiellen Handlung beteiligten Objekte.

Nach dieser Wiederholung versteht man, wie die geistigen Vereinigungen und Trennungen der Objekte in dem Maße, wie sie den Zustand von reversiblen und zusammensetzbaren Operationen erreichen, auf notwendigerweise voneinander abhängige Arten die Klassen, die asymmetrischen Relationen und die Zahlen erzeugen, indem sie sich gleichzeitig auf die Qualitäten und auf die quantitativen Relationen beziehen[1]:

1. Man kann zuerst die Objekte nach ihrer Ähnlichkeit vereinen oder sie unter dem Gesichtspunkt des Fehlens solcher Ähnlichkeiten trennen; daraus ergeben sich die verschachtelten Klassen $A$, $B$, $C$, usw. Man kann sie aber auch nach immer allgemeineren Ähnlichkeiten oder nach Klassen $B - A = A'$; $C - B = B'$, usw., d. h. nach der Abwesenheit von speziellen Ähnlichkeiten vereinen. Dies ist das Prinzip der additiven „Gruppierung" der Inklusion von Klassen, die wir unter 3. als Beispiel nahmen. Treibt man die Klassifizierung bis zu den Extremen, erhält man eine Einerklasse $A$, deren einziges Element die Eigenschaft ($A$) besitzt, und eine

[1] Über das Folgende siehe „Traité de Logique", § 26, und J. Piaget, „Die Entwicklung des Zahlbegriffs beim Kinde", Band 3 der Ges. Werke.

Einerklasse $A'$, deren einziges Element die Eigenschaft ($A$) nicht besitzt, aber mit $A$ zusammen die gemeinsame Eigenschaft ($B$): daher die Klasse $B = A + A'$. Wenn die Eigenschaft ($B$) dem Element der Einerklasse $B'$ fehlt, $B$ und $B'$ aber die Eigenschaft (C) gemeinsam haben, erhält man die Klasse $C = B + B'$ oder $C = A + A' + B'$ und so fort. Von diesem rein qualitativen Gesichtspunkt aus sind $A$ und $A'$ in $B$ zueinander äquivalent (d. h. gegenseitig vertauschbar), $A$, $A'$ und $B'$ sind äquivalent oder vertauschbar in $C$ usw. Hingegen ist $A$ nicht äquivalent zu $A'$ in $A$ oder in $A'$; $B'$ ist nicht äquivalent oder vertauschbar mit $A$ oder $A'$ in $B$ usw. Es sind somit sicher die qualitativen Äquivalenzen oder Ähnlichkeiten, die immer allgemeiner werden und das Prinzip der Vereinigung aufbauen, sowie das Fehlen von gemeinsamen Eigenschaften, die immer spezieller werden, welche das Prinzip der Trennung der Klassen bilden.

Die Eigenheit der noch nicht operativen anschaulichen Stufe besteht darin, daß das Kind gewisse dieser Vereinigungen vollziehen kann, aber noch ohne Reversibilität (siehe unter 3.), während die konkreten Operationen die Verallgemeinerung dieser einfachen Inklusionen darstellen.

2. Es sei nun eine Kollektion von Individuen $A$, $A'$, $B'$ usw. gegeben (die wir für den Moment nicht von ihren Einerklassen unterscheiden), mit derselben Eigenschaft, aber in verschiedener, anwachsender Intensität (immer schwerer oder größer usw.). Man kann sie nun nach diesen Unterschieden aufreihen. Man findet eine erste Differenz $a$ zwischen $0$ und $A$, eine Differenz $a'$ zwischen $A$ und $A'$; eine Differenz $b'$ zwischen $A'$ und $B'$ usw. Dies ergibt die (additive) Gruppierung der Aufreihung der asymmetrischen Relationen: $a + a' = b$; $b + b' = c$ usw., deren inverse Operation die Addition einer entgegengesetzten Relation ist, $+ (-a)$, was mit der Subtraktion $-a$ übereinstimmt.

Diese Gruppierung, die sich durch die einfache Manipulation der Reihenbildung von geordneten Elementen in eine konkrete Operation verwandelt, ist indessen nicht durchführbar, bevor das Verständnis der Inklusion der Klassen vorhanden ist: Die Kleinen gelangen zur Einordnung nach wachsenden Größen nur durch die Bildung von Paaren und von empirischen Reihen, die weder transitiv noch reversibel zusammensetzbar sind.

Wenn diese Gruppierung vollendet ist (etwa zwischen 6–7 Jahren, wie auch die Inklusion der Klassen), so stellt man fest, daß sie – wenn auch analog zum Vorhergehenden – vom operativen Gesichtspunkt aus nicht identisch ist. Wenn tatsächlich $A$ und $A'$ gemäß der Ordnung $A \rightarrow A'$ aufgereiht werden, so bezieht sich dies auf ihren Unterschied, während bei der Vereinigung in eine gemeinsame Menge $A + A' = B$ ihre Ähnlichkeit hervorgehoben wird. Die Addition $a + a' = b$ ist somit nicht kommutativ, während die Reihenfolge bei der Addition $A + A' = B$ auch zu

*A'* + *A* = *B* vertauscht werden kann[1]. Kurz, die Gruppierung der Klassen, die sich auf die Ähnlichkeit der Elemente stützt, enthält die Ordnung bezüglich der Klassifizierung der Einerklassen *A*, *A'*, *B'* usw. nicht innerhalb von ganzen Klassen *B; C; D;*, sondern nur in bezug auf die Inklusion der Klassen von wachsender Ausdehnung *A, B, C, D* usw. Die Gruppierung der asymmetrischen Relationen, die sich auf die fortschreitende Unterscheidung der Elemente stützt, enthält hingegen notwendigerweise eine Ordnung, sobald einmal die Eigenschaft gegeben ist, die als Erzeugungsprinzip der Reihe wirkt (Gewicht usw.).

Von diesem Gesichtspunkt aus können sich die beiden Gruppierungen nicht gleichzeitig aus denselben Elementen aufbauen: Entweder werden die Objekte je nach ihrer verschiedenen Ähnlichkeit in Klassen geordnet, oder sie werden unter dem Gesichtspunkt einer Eigenschaft in eine Reihe gestellt, sie können aber nicht sowohl nach ihrer Ähnlichkeit als auch nach ihrer wachsenden Verschiedenheit gruppiert werden. Die beiden Gruppierungen sind somit „komplementär": Wenn man die Objekte nach ihrer Qualität ordnet, kann man entweder eine Eigenschaft herausgreifen, dann sind sie alle voneinander verschieden (asymmetrische Relation oder Aufreihung), oder man kann sie nach einer Hierarchie von Äquivalenzen ordnen, die immer allgemeiner werden (symmetrische Relationen oder Inklusion der Klassen); nie kann man aber die beiden Gruppierungen durch dieselbe Operation erzeugen.

3. Worin besteht nun das Wesen der Zahl? Es besteht in der Verwandlung der Elemente in Einheiten, d. h. darin, die Ausdrücke *A* und *A'* nicht einfach in *B* oder in Relationen *a* und *a'* in *b* usw. gemäß der qualitativ wahrgenommenen Ähnlichkeit oder der Verschiedenheit einzuschachteln usw. Man nimmt sich bei der Zahlbildung das Recht, *A* und *A'*, in *B'* usw. untereinander zu substituieren, auch *a* und *a'* in *b'* usw., innerhalb jeder beliebigen Klasse oder Relation, sei sie partiell oder total. Diese Beziehung der Teile untereinander bedeutet aber, daß das Prinzip der Aufreihung der Unterschiede und das Prinzip der Hierarchie der Äquivalenzen zu einem einzigen Prinzip verschmolzen werden, da die Elemente *A*, *A'*, *B'* usw. gleichzeitig ohne Einschränkung substituiert und aufgereiht werden; d. h. sie werden zu Einheiten, die sowohl äquivalent als auch verschieden sind. Diese operative Fusion kann aber nur auf Kosten einer fundamentalen Abstraktion gewonnen werden, die im Gebiet der qualitativen Gruppierungen nicht möglich ist (wo die Elemente ein für allemal verschach-

[1] Was dasselbe heißt wie: *a* ist nicht äquivalent zu oder ersetzbar durch *a'* in *b*, während *A* durch *A'* ersetzt werden kann und umgekehrt, da die beiden in *B* äquivalent sind.

telt und gemäß ihren Qualitäten aufgereiht sind): Man abstrahiert somit von den unterscheidenden Qualitäten. Läßt man diese letzteren weg, bedeutet dies eine Verallgemeinerung der Äquivalenz zwischen den singulären Elementen, die von nun an ihre Eigenschaften aufgeben: Die Elemente *A, A', B'* usw. werden untereinander innerhalb einer beliebigen Klasse vertauschbar, sogar vom Rang *A, A'* usw., und nicht nur innerhalb der allgemeinen Klassen. Gleichzeitig behält man aber das Recht, die Elemente aufzureihen: Dies wird zum einzigen Mittel, sie zu unterscheiden (da sie ja alle äquivalent geworden sind). Nun reihen wir sie mangels unterscheidender Eigenschaften nach der allgemeinsten Ordnung auf, indem wir das Prinzip des Unterschiedes verallgemeinern, wie wir soeben das Prinzip der Ähnlichkeit (oder der Äquivalenz) verallgemeinert haben: es folgt daraus, daß alle möglichen Ordnungen untereinander gleichartig werden, da es in den Folgen *A, A', B'* ... oder *A', A, B'* ... oder *B', A, A'* ... usw. immer einen Term ohne Vorgänger gibt sowie einen Ausdruck, der dem soeben definierten Term folgt, usw. Wir nennen dies eine „vikarisierende" Ordnung. Von hier aus gesehen, ist die Zahl nichts anderes als eine Sammlung von Elementen, die durch verallgemeinerte Ähnlichkeiten äquivalent geworden sind und alle dank einer vikarisierenden Ordnung oder eines verallgemeinerten Unterschieds unterscheidbar bleiben. Jedes dieser Elemente bildet tatsächlich eine Einheit, die zugleich kardinal (da $A = I$, $A + A' = 2A$; $A + A' + B' = 3A$ usw.) und ordinal ist (da es immer ein erstes Element gibt, wie auch die gewählte Ordnung heißt; in diesem ersten Rang befindet sich das Element ohne Vorgänger. Das zweite Element ist das auf das erste nachfolgende usw.).

Die additive Gruppe der ganzen Zahlen ist somit das Resultat einer operativen Fusion zwischen den qualitativen Gruppierungen der Klassen und der asymmetrischen Relationen, aber mit einer Abstraktion von den unterscheidenden Eigenschaften, auf der diese letzteren beruhen. Die Zahl ist somit bezüglich der Klassen und der asymmetrischen Relationen komplementär zu beiden, wie es die Klassen und die asymmetrischen Relationen untereinander sind: entweder trägt man den unterscheidenden Eigenschaften Rechnung, dann kann man nur nach den zunehmend allgemeiner werdenden qualitativen Unterschieden klassifizieren oder mit Hilfe der qualitativen Unterschiede eine Reihe bilden, oder man abstrahiert von den unterscheidenden Eigenschaften, dann kann man nur gleichzeitig klassifizieren und aufreihen, denn wenn man die Elemente nicht aufreiht, gibt es keine verschiedenen Elemente mehr, und wenn man sie nicht klassifiziert, können sie nicht mehr in Äquivalenzklassen vereinigt werden: klassifizieren und gleichzeitig aufreihen bedeutet somit nichts anderes als numerieren.

Tatsächlich geschieht dies auf allen Stufen der effektiven Entwicklung der Zahlen. In dem Maße, wie die qualitativen, anschaulichen Zuordnungen in „beliebige" eineindeutige Zuordnungen umgeformt werden (siehe unter 4.), entsteht im allgemeinen die Zahl: Diese Transformation setzt aber sowohl die Inklusion der Kollektionen mit wachsender Ausdehnung, d. h. die additive Gruppierung der Klassen voraus als auch die Aufreihung der Elemente, d. h. die additive Gruppierung der asymmetrischen Relationen.

Andererseits erklärt diese Bildung, warum sich der ordinale und der kardinale Aspekt der Zahl im Endlichen notwendigerweise entsprechen, wie dies in überzeugender Weise von L. Brunschvicg gezeigt wurde. Die genetische Begründung liegt darin, daß – da die Zahl sowohl auf den Klassen als auch auf den asymmetrischen Relationen beruht – jede der zwei Komponenten nur dann die entsprechende Form der Zahl erzeugen kann (kardinal für die Klasse und ordinal für die Aufreihung), wenn sie sich auf die andere abstützt. Wir werden übrigens mit dieser Frage wieder konfrontiert werden (7.).

Wir folgern also, daß sich die Zahl nicht auf die logischen Fakten reduziert, die man als isolierbare „Gruppierung" betrachtet, da sie diesbezüglich komplementär ist und deren operative Fusion in eine einzige Totalität ausdrückt, die auf der qualitativen Ebene nicht verwirklicht werden kann. Die logischen Tatbestände lassen sich ebenfalls nicht auf die Zahl reduzieren, da sie eine Aufspaltung ihrer Komponenten – der kardinalen (Inklusion) und der ordinalen (Aufreihung) – und die Rückkehr zu den unterscheidenden Qualitäten erfordern. Die Klassen, die asymmetrischen Relationen und die Zahlen bilden aber zusammen ein kohärentes Operationssystem, das durch seinen Mechanismus einheitlich, aber je nach den drei Möglichkeiten einer Koordination der Ähnlichkeiten, der Unterschiede oder der Ähnlichkeiten und Unterschiede differenziert ist. Der so beschriebene Bildungsprozeß stellt daher eine dritte Lösung dar, die sich sowohl von der Russellschen Reduktion als auch von der von den Vertretern des Intuitionismus der Zahl postulierten Irreduzibilität unterscheidet. Diese dritte Lösung ist insofern von Interesse, als sie sowohl die Zahl auf die logischen Operationen reduziert, die als komplementäre Totalitäten auftreten (da die Zahl ausschließlich aus Klassen und asymmetrischen Relationen besteht, die lediglich durch eine Fusion ihrer „Gruppierung" auf eine neue Art zusammengefaßt werden), als auch die Logik auf die Zahl zurückführt (da die „Gruppierungen" der Klassen und der asymmetrischen Relationen an „Gruppen" assimiliert werden können, deren Beweglichkeit zugunsten der Kontiguität und der Dichotomie begrenzt sind [siehe unter 3]). Diese gegenseitige Reduktion durch reziproke Assimilation entspricht genau dem Modell aller bekannten Reduktionen zwischen benachbarten Gebieten. Wir werden noch oft Gelegenheit haben, dies zu beobachten.

### *7. Die Axiomatik der ganzen Zahl*

Wir haben bis jetzt die Existenz von zwei genetischen Zirkeln festgestellt. Einerseits beruht die ganze Zahl auf logischen Operationen, die auf Klassen und qualitativen asymmetrischen Relationen ausgeübt werden, aber diese logischen Operationen setzen ihrerseits eine pränumerische Quantifizierung voraus, in Form der quantitativen Intensitäten „ein", „kein", „einige" und „alle", die numerisch werden, sobald sie die unterscheidenden Eigenschaften abstreifen. Andererseits beruht die Kardinalzahl auf der Anordnung der Einheiten, die zu ihrer Unterscheidung unerläßlich ist, während die Ordinalzahl eine Zusammenfassung der geordneten Terme voraussetzt, da sonst $n + 1$ nicht von $n$ unterschieden werden könnte. Diese Zirkel stören aber die Axiomatiker keineswegs, welche in Form von zusammenhängenden und linearen Theorien, d. h. unter Vermeidung von Widersprüchen und Zirkelschlüssen, die verschiedenen numerischen Strukturen rekonstruieren, als ob sie in einem absoluten Sinn bestehen würden, sobald einmal die Axiome, Definitionen und undefinierbaren Ausgangsbegriffe gegeben sind. Es scheint uns deshalb wesentlich, an einem speziellen Beispiel zu untersuchen, wie sich eine Übereinstimmung der axiomatischen und der genetischen Analyse finden läßt; ein Problem, das sich andauernd und unter den verschiedensten Aspekten einer psychologischen Erkenntnistheorie stellt.

Beschränken wir uns auf die ganze Zahl. Es existieren dazu eine große Anzahl von Axiomsystemen: die von Hilbert, von Padoa, von Landau usw. Es seien lediglich die fünf berühmten Axiome von Peano in Erinnerung gerufen, die genügen, um die ganze Numerierung zu erzeugen, sobald einmal die drei fundamentalen Begriffe „Null", „*n*" (eine beliebige Zahl) und „Nachfolger" gegeben sind (das fundamentale Grundgesetz $+$, das den Übergang von einer Zahl zu ihrem Nachfolger gestattet): 1. *0* ist eine natürliche Zahl; 2. ist $x$ eine natürliche Zahl, so auch der Nachfolger; 3. zwei natürliche Zahlen haben nie denselben Nachfolger (oder: natürliche Zahlen mit gleichem Nachfolger sind identisch); 4. *0* ist nicht der Nachfolger einer natürlichen Zahl; 5. wenn eine Klasse *0* enthält und eine beliebige Zahl $n$ und der Nachfolger von $n$ ebenfalls zur Klasse gehört, dann enthält diese Klasse alle natürlichen Zahlen (Prinzip der vollständigen Induktion).

Das Problem ist somit die Bestimmung der Zusammenhänge zwischen einer solchen Axiomatisierung und der vorangegangenen genetischen Analyse, sowohl der Ähnlichkeiten wie auch der Gegensätze und sowohl in bezug auf die Methode wie auch in bezug auf die Ergebnisse.

Eine erste Ähnlichkeit wird sichtbar, wie auch immer die Unterschiede in der Methode beschaffen sein mögen: Weder die axiomatische noch die genetische Analyse kann auf einen absoluten Ausgangspunkt zurückgehen, beide sind zu einer *regressio ad infinitum* verurteilt, wenn sie unbeweisbare und undefinierbare Gegebenheiten im Falle der Axiome und der axiomatischen Ausgangsbegriffe und unerklärbare Gegebenheiten im Falle der Psychogenese vermeiden wollen. Man kann durch die genetische Regression zeigen, wie die numerischen Operationen durch Operationen mit Klassen und Relationen vorbereitet werden, wie die „Gruppierung" durch reversible Komposition der in der sensomotorischen Koordination fußenden Handlung begründet ist; behauptet man aber, daß diese letztere auf organischen Koordinationen beruht, so ist dies keine präzise Aussage zur Erklärung der Zahl mehr; wollte man davon ausgehen, so würde man ins Unbekannte geführt: Die Erklärung bezieht sich auf die höheren Stadien und geht von den Elementen aus, die diese Stadien ermöglichen. Parallel zu diesem gezwungenen Anhalten der regressiven genetischen Analyse gibt sich die Axiomatik zu Beginn die Definition und Axiome vor, ohne aber je alles definieren oder sich versichern zu können, daß die – isoliert betrachtet – einfachst möglichen Axiome erreicht worden sind, noch die zusammenhängendsten. Die genetischen Zirkel könnten sich somit auf diesem Gebiet nicht nur am Ausgangspunkt, sondern auch in der vorangegangenen Organisation der Begriffe wiederfinden, welche die axiomatische Konstruktion in Gang setzten.

Was die Definitionen betrifft, so weiß jedermann, daß man nie alle Begriffe definieren kann, die in einem abstrakten System auftreten, da man einen Begriff mittels anderer Begriffe definiert. Die verwendeten Begriffe bilden somit sicherlich einen Zirkel, der sich vom formalen Standpunkt aus auch dann nicht vermeiden läßt, wenn man die Begriffe in Definierbares und Undefinierbares unterteilt. Es ist somit klar, daß kein Begriff an sich definierbar oder undefinierbar sein kann, sondern lediglich im Hinblick auf das adaptierte System. Man ist immer frei in der Wahl der undefinierbaren Größen und der Definitionen (d. h. der Begriffe, die man definiert, und in der Weise, wie man sie definiert), aber es gibt immer undefinierbare Begriffe, und sie sind ebenso wichtig wie die definierten Begriffe, denn sie können eine unerschöpfbare Folge von operativen Implikationen enthalten. Die Spielregel besteht aber (wie auch die Kunst des Axiomatisierens) gerade darin, in der formalen Entwicklung nur die definierten Begriffe zu verwenden, und diese nur so, wie man sie definiert hat, wobei man die undefinierbaren Begriffe auf ein Minimum reduziert. Man darf somit nicht danach suchen, was sie verdecken. Dies gestattet speziell, sich an die Begriffe ordinal (oder kardinal) zu halten, die man explizite einführen möchte, indem man von den andern Aspekten der Zahl abstrahiert, und es ist offensichtlich durch die Spielregeln verboten, im Laufe des Weges neu einzuführen, was man am Anfang abgestreift hat. Von einem erkenntnistheoretischen und nicht rein technischen Gesichtspunkt aus stellt sich natürlich die Frage, ob diese Begriffe wirklich von den andern Aspekten befreit wurden oder ob sie immer noch das Undefinierbare mit sich schleppen. Anders ausgedrückt: die Axiomatik hält sich gezwungenermaßen an ihre Nominaldefinitionen, die Erkenntnistheorie ist hingegen verpflichtet, die Begriffe oder die wirklichen Operationen freizulegen, die gestattet haben, die Nominaldefinitionen auszusprechen.

Die Axiomatik der natürlichen Zahlen von Peano ist darum im Hinblick auf die Wahl seiner drei grundlegenden Begriffe äußerst lehrreich. Was bedeutet tatsächlich der Begriff des Nachfolgers? Man kann ihn auf das Minimum reduzieren, als Ausdruck des Gesetzes, das „die Nummern eine nach der andern erzeugt“[1], dessen Anwendung durch das Zeichen + symbolisiert wird. Wenn man aber annimmt, daß sich diese Bildung auf einfache Nummern bezieht und daß das Zeichen + einen rein ordinalen Sinn behält, fragen wir, da wir die erkenntnistheoretische Bedeutung einer solchen Entwicklung erfassen wollen, worin diese Folge von zwei Nummern bestehe und wie man die Nummer $n + 1$ von der Nummer $n$ unterscheide. Die Definition des Begriffs der Nachfolge verlangt (sogar im Fall von zwei Zahlen) offensichtlich die gesamte Logik der asymmetrischen Relationen und die Hinzunahme von Undefinierbarem in rein operativer Form, die auf der Fähigkeit der Intelligenz (oder der Handlung) beruht, eine Ordnung aufzubauen. Was die Operation + angeht, welche die Folge (1 Nummer) + (1 Nummer) + (1 Nummer) ... erzeugt, so wird ihre Anwendung, die das Undefinierbare gerade in den Begriff „Nachfolger“ übersetzt, immer der folgenden Bedingung unterworfen sein: entweder unterscheidet sich eine beliebige Nummer von der vorhergehenden nur, weil eine Kardinalzahl existiert, welche die Zahl der bereits geschriebenen Nummern angibt, oder es muß jeder Nummer ein speziell unterscheidbares Zeichen zugewiesen werden (Name usw.). Diese unterscheidenden Zeichen können aber nur definiert werden, wenn die Nummer $n + 1$ von der Nummer $n$ dadurch unterscheiden wird, daß $n + 1$ schon eine Kardinalzahl $n$ von vorhergehenden Nummern enthält,

[1] F. Gonseth, „Les fondements des mathématiques“, Paris 1926, S. 206.

während die Nummer $n$ nur $n - 1$ vorangehende Nummern aufweist. Ist es nun unnötig, die vorangehenden Nummern (kardinal) zu zählen, da die ordinale Nachfolge sich selbst genügt und nur auf der Absenz eines Vorgängers der ersten Nummer und auf der Folge der Vorgänger für die folgenden Nummern beruht? Gerade die Abwesenheit eines ordinalen Vorgängers bedeutet eine Nullklasse oder eine Kardinalzahl Null von Vorgängern, und die ordinale Folge der übrigen Vorgänger setzt eine Kardinalzahl von Akten voraus, die nötig sind, um eine Unterscheidung der Nummern anzugeben: Im Gegensatz zu einer rein logischen Aufreihung, in der sich die Ausdrücke durch ihre inneren Eigenschaften (z. B. $A < B < C$ usw.) unterscheiden, ohne daß man sie zählen muß, um sie auseinanderzuhalten, können reine Ordnungsnummern nur durch die Kardinalzahl der Vorgänger voneinander unterschieden werden. Wenn man alles ausdrücklich formulieren will, enthält die numerische Operation + einen kardinalen Hintergrund der Ordination: diese Kardination erscheint übrigens explizit in der Aussage 5, in der die „Klasse" von Nummern vorkommt. Wenn man alles in Betracht zieht, reduziert sich die Zahl somit auf eine Synthese von Klassen und asymmetrischen Relationen, sowohl axiomatisch als auch genetisch. Der Axiomatiker behält sich aber gerade das Recht vor, nicht alles zu erklären, besonders im Hinblick auf das Undefinierbare und die beschränkte Anwendung der eingeführten Operationen, um darum nur noch strengere Forderungen an das Wesen der formalen Konstruktion zu stellen, welche dank den Operationen möglich wurde.

Wir kommen nun zu den Axiomen selbst. In der Axiomatik geht es darum, zu wissen, ob sie einfach oder zusammenhängend seien, d. h. einerseits unabhängig voneinander und andererseits widerspruchsfrei. Gonseth zeigte sehr deutlich[1], was der Axiomatiker vorkehrt, um diesen beiden Forderungen zu genügen, die zusammenhängen, denn „die Unabhängigkeit und die Widerspruchsfreiheit eines Systems können nur gleichzeitig behandelt werden" (S. 207). Man sieht, daß ein Axiom unabhängig ist, indem man Axiomensysteme „konstruiert" und dabei sukzessive ein Axiom nach dem andern vernachlässigt: Die restlichen Axiome dürfen dann nicht zu einem Ergebnis führen, das mit dem vernachlässigten in Widerspruch steht (S. 37). Nur mit dieser indirekten Methode kann man sich von der Widerspruchsfreiheit überzeugen, denn direkt kann man sie weder von einem Axiom noch zwei Axiomen in Bezug aufeinander beweisen. Um die Widerspruchsfreiheit eines isolierten Axioms zu beweisen, müßte man zuerst die Widerspruchsfreiheit der Logik beweisen: Man sieht den fundamen-

[1] F. Gonseth, „Les fondements des mathématiques", Paris 1926.

talen Zirkelschluß auftauchen, der allen genetischen und axiomatischen Untersuchungen gemeinsam ist, da man die Logik unbedingt anwenden müßte, um ihre eigene Widerspruchsfreiheit zu beweisen. Was die Widerspruchsfreiheit der Axiome untereinander angeht, so kann diese nur durch die Untersuchung ihrer Resultate erwiesen werden, denn um sie direkt zu beweisen, müßte man auf alle vorgängigen Wahrheiten eingehen, die sie implizieren, was uns wieder auf die Widerspruchsfreiheit der Logik an sich führt. Die unzähligen impliziten Elemente eines Axiomensystems bilden zusammen einen Zirkel ohne Ende, und nur eine Auswahl von Axiomen, die durch eine Konvention an den Ausgangspunkt gestellt werden, transformieren diesen in eine lineare Folge.

Diese Bemerkungen führen uns zur Folgerung, daß der axiomatische Aufbau viel mehr mit dem genetischen Aufbau gemeinsam hat, als man im ersten Moment zu glauben geneigt ist, da die Axiomatisierung die genetische Entwicklung völlig unabhängig annähert. Wenn auch die verschiedenen möglichen axiomatischen Systeme autonom erarbeitet werden, bleiben ihnen jedoch gewisse fundamentale Konnexe gemeinsam, da sie die genetischen Zirkel übersetzen. Worin bestehen nun diese Konnexe? Wir müssen hier eine wesentliche Unterscheidung einführen. In einer Axiomatik kommt einerseits eine Menge expliziter Implikationen vor, d. h. Implikationen zwischen Aussagen, die durch die Definitionen am Anfang festgelegt sind. Andererseits kommen aber, wie wir gesehen haben, implizite Bindungen vor, hauptsächlich zwischen den Operationen und den undefinierbaren Begriffen. Diese Bindungen stellen Implikationen zwischen Operationen dar und nicht einfach Implikationen zwischen Aussagen: die Operation + impliziert z. B. gleichzeitig die Operationen der Ordnung und der Vereinigung, wenn es sich um die Addition homogener Einheiten handelt usw. Diese Implikationen zwischen Operationen entsprechen den Abstraktionen, die unter 2. als Abstraktionen *sui generis* von den Handlungen oder den vorgängigen Operationen bezeichnet wurden, und beruhen daher auf der Verallgemeinerung durch operative Komposition und nicht durch einfache Inklusion der speziellen Aussagen in Aussagen, die diese implizieren. Aus diesem Grund sind die axiomatischen und genetischen Analysen in Wirklichkeit komplementär und nicht divergent. Ein Axiomensystem bezieht sich nicht direkt auf die Operationen, sondern auf die Aussagen, die ihre Resultate ausdrücken. Der Axiomatiker visiert somit nur die Implikationen zwischen diesen Aussagen an und nicht die vorgängigen Konnexe zwischen den Operationen, wovon er lediglich das Minimum verwendet, das er für jede spezielle Entwicklung benötigt. Diese Implikationen zwischen den Operationen interessieren hingegen den Genetiker, daher sind die beiden Forschungsrichtungen komplementär. Die eine Richtung bezieht sich auf die vorgängigen oder impliziten Zusammenhänge, die ohne Zweifel unerschöpflich sind, die andere auf ihre formalen und expliziten Bindungen, die zweifelsohne immer partiell bleiben. Die Geschichte zeigt nun dauernd, daß zwischen diesen beiden Haltungen, der operativen und der formalisierenden, eine mögliche Konvergenz besteht; sie zeigt aber ebensosehr eine scheinbare Divergenz, wie wir nun bei den Beispielen der von den natürlichen Zahlen abgeleiteten Zahlen sehen werden. Wir beginnen mit den negativen Zahlen.

### *8. Die negative Zahl und die Null*

Der Vergleich der Geschichte der negativen Zahlen mit derjenigen der natürlichen Zahlen ist außerordentlich lehrreich. Vom operativen Standpunkt aus erscheint nichts einfacher, als in Gedanken der ersten Menge eine zweite beizufügen oder wegzunehmen, wenn diese momentan oder definitiv die kleinere der beiden ist. Der reversible Charakter der Addition und der Subtraktion scheint die Vervollständigung der direkten Folge der natürlichen Zahlen notwendig zu machen, durch die inverse Folge der negativen ganzen Zahlen, die aus der Subtraktion $n_2 - n_1$ resultieren, wenn $n_1 > n_2$ ist. Die Bedeutung von solchen Operationen ist sogar so allgemein, daß sie nicht nur bei den Zahlen auftritt, sondern schon bei den Verneinungen und Abtrennungen von qualitativen Klassen. Wenn die Umgangssprache sagt: „Alle Säugetiere bis auf (mit Ausnahme von, außer usw.) die Wale haben Beine“, drückt dies die Operation $B$ (= Säugetiere) $-A$ (= Wale) = $A'$ (Säugetiere, die keine Wale sind) aus. Die Klasse der Waltiere wird somit in der algebraischen Übersetzung dieses Satzes mit einem Minuszeichen versehen ($-A$). Wenn man nun die Klasse der Wirbeltiere ohne Beine bildet, sagt man umgekehrt: „Alle Säugetiere sind ausgeschlossen, mit Ausnahme der Wale“, was sich folgendermaßen schreibt: $-(B - A) = -A'$, oder auch: $+A - B = -A'$, d. h. die Umkehrung der logischen Gleichung führt zum Begriff einer negativen Klasse $-A'$, die aus der Ausschließung (Subtraktion) eines Ganzen $-B$ folgt, das größer als der erhaltene Teil $+A$ ist. Im Bereich der spontanen numerischen Operationen hat jedermann bei ihrer Anwendung auf die ökonomischen Austauschhandlungen oder auf die zurückgelegten Wege von jeher begriffen, daß man Schulden erhält, wenn man mehr kauft, als man bezahlt, und daß man im ganzen rückwärts geht, wenn man mehr zurückkrebst als vorwärtskommt. Dies ist eine Anwendung der negativen Zahl, sogar schon bei wirklichen Handlungen.

Wie erklärt sich nun die außerordentliche Tatsache, daß die negativen Zahlen in der Mathematik erst seit der Arithmetik von Diophantos bekannt sind und vor allem seit den Anfängen der Algebra, somit dem Denken der Griechen fremd geblieben waren? Unabhängig von unserer Axiomatik entsprachen die beiden Handlungen, die operative und die formalisierende, schon damals zwei sehr verschiedenen Säulen des operativen Aufbaus: einerseits der Säule der konkreten Operationen, die die verinnerlichten Handlungen koordinieren, und andererseits der Säule der formalen Operationen, die sie in der Form von symbolischen oder hypothetisch-deduktiven Operationen reflektieren und in Aussagen übersetzen. Es drängt sich für den Mathematiker, der die Eigenschaften der Zahl zu formalisieren sucht, die negative Zahl nicht zwingend als naheliegende Fortsetzung der natürlichen Zahlen auf, sie tritt nicht so schnell wie die natürlichen Zahlen in sein Bewußtsein, denn das Nachdenken über die konkreten Operationen erfordert eine Richtungsänderung der Aufmerksamkeit, da man vom Ergebnis ausgeht, bevor man den Mechanismus der konkreten Operationen erfaßt (was wir unter 7. in bezug auf die Axiomatik der natürlichen Zahl gesehen haben). Das einfachste Resultat der konkreten Operationen d. h. die natürliche Zahl, wurde viel früher als die negative Zahl verstanden, da die negative Zahl stärker als die natürliche von der Einsicht in den operativen Mechanismus abhängt.

Es gibt aber noch mehr zu sagen. Infolge der Schwierigkeit beim Verständnis des inneren Mechanismus der Operationen (auf den wir in seiner allgemeinen Form im Kapitel III zurückkommen werden) konnte die negative Zahl, als sie einmal gefunden war, zu Zweifeln über ihren Erkenntniswert Anlaß geben, infolge einer realistischen Interpretation und mangels eines Verständnisses der natürlichen Zahl im operativen Sinne.

Jean d'Alembert, dessen Philosophie M. Müller in einem packenden Buch[1] dargestellt hat, fand den Begriff der negativen Größe obskur, trotz der ökonomischen (Schulden) oder geometrischen Modelle (Inversion der Richtung usw.), die ihre Anwendung in der Praxis rechtfertigen. Es lohnt sich, die Argumente des Erfinders des berühmten mechanischen Prinzips, das seinen Namen trägt, nachzuprüfen und abzuwägen. Er war der Meinung, daß die Algebra evident sei oder es zumindest sein sollte, da sie die ursprünglichen Ideen, die auf der Empfindung fußen, verallgemeinert. Von diesem Standpunkt aus besteht der Wert der Idee der natürlichen Zahl in ihrer Abstraktion von konkreten Mengen, mit denen sie nur durch das Mittel einer symbolischen Bezeichnung verknüpft bleibt. Die negative Zahl kann aber von keiner sinnlich erfaßbaren Größe abstrahiert werden, da sie einer nichtexistierenden Menge entspricht; sie bezieht sich auf eine Absenz; dies hat nichts Vergleichbares mehr mit der Art, wie eine natür-

[1] M. Müller, „Essai sur la philosophie de Jean d'Alembert", Payot 1926.

liche Zahl die Elemente einer gegenwärtigen Menge vereint: die negative Zahl entspricht einer Erwartung des Subjekts. In andern von M. Müller zitierten Bemerkungen, in denen d'Alembert eine andere Meinung auszudrücken scheint, werden die negativen Größen als „ebenso reell wie die positiven" bezeichnet; sie unterscheiden sich nur durch das „Vorzeichen, das ihnen vorausgeht", aber „dieses Zeichen dient nur der Modifikation und Korrektur einer falschen Voraussetzung" (S. 83). Dies heißt mit andern Worten, daß die negative Größe sich von der positiven relativ zur Erwartung des Subjekts unterscheidet (Entdeckung einer Absenz anstelle einer Gegenwart), ohne indessen wie die letzteren eine bestimmte sinnlich erfaßbare Größe durch die mathematische Sprache auszudrücken.

Dieses Zögern des großen d'Alembert ist außerordentlich lehrreich in bezug auf die aktive und nicht nur statische Naur der negativen Zahlen und der ganzen Zahlen im allgemeinen. Es ist tatsächlich klar, wenn man jeden mathematischen Begriff als Derivat der Wahrnehmung auffaßt, daß die negative Zahl nicht gerechtfertigt werden kann, da sie einer Absenz einer Wahrnehmung entspricht und es keine Gradskala der Nicht-Wahrnehmung gibt. Es ist indessen erstaunlich, daß dieser Widerspruch zwischen der sensualistischen Interpretation der Erkenntnis und der mathematischen Realität einen mit dem Konkreten verbundenen und mit mechanischen Betrachtungen vertrauten Geist wie d'Alembert nicht zur Einsicht geführt hat, daß die wesentliche Natur der Zahl weder statisch noch perzeptiv ist, sondern dynamisch, mit den Handlungen verbunden, die zu Operationen verinnerlicht werden. Von diesem Standpunkt aus ist die negative Zahl völlig mit der natürlichen Zahl vergleichbar: sie unterliegt denselben Handlungen, im strengsten Sinn des Wortes, die lediglich in der umgekehrten Richtung orientiert sind. Eine Einheit hinzufügen bildet die positive Zahl $+ 1$ in derselben Weise, wie das Wegnehmen einer Einheit die negative Zahl $- 1$ aufbaut. Es ist richtig, daß die Wegnahme $- 1$ von einer vorhandenen Menge (z. B. $5 - 1$) nicht mit $- 1$ die Eigenschaft der negativen Zahl zu teilen scheint, sondern auf die Zahl 1 lediglich die Operation der Subtraktion anwendet, während die Wegnahme von $- 1$ von einer Nullmenge eine unmögliche oder rein imaginative Handlung zu sein scheint (wie man später „imaginäre Zahl" für die Wurzel $\sqrt{-1}$ sagt). Es ist nun aber gerade eine wesentliche Eigenschaft der geistigen Operationen, daß sie die wirklichen, d. h. die aktuellen und materiellen Handlungen, zu zukünftigen oder vergangenen, möglichen oder sogar unmöglich zu realisierenden Handlungen fortsetzen: Solche Operationen sind nicht weniger Handlungen, da die Wegnahme – *1* von *0*, als Ausgangspunkt für die negativen Zahlen im strengen Sinn des Wortes, darin besteht, von einer momentanen Nullmenge, d. h. einem Rahmen, der gerade leer ist, — 1 wegzunehmen, sobald er sich wieder mit einem positiven Inhalt gefüllt hat. Dies vollzieht sich z. B. in der Berechnung ökonomischer Werte täglich, falls eine Börse oder ein Tresor leer ist.

Mehr noch: aus der Tatsache, daß die negative Zahl aus denselben Handlungen entsteht wie die positive Zahl, die aber in umgekehrter Richtung ausgeführt werden, ergibt sich, daß der Übergang von diesen Handlungen (Wegnehmen oder Zugeben) zu den räumlichen oder kinematischen Aspekten der Handlung ohne Einführen von neuen Konventionen vor sich geht, was nicht nur den Zahlen, sondern auch den Einheiten der linearen Metrik einen positiven oder negativen Aspekt zuordnet. Es ist nichts einfacher als Distanzen zu ordnen, wenn die Bewegungen — je nachdem — in direktem oder umgekehrtem Sinn orientiert sind. Das Kind gelangt sogar zur Inversion einer linearen Anordnung ABC zu CBA, was den Operationen + und — entspricht, bevor es das Verständnis für die Begriffe positiv und negativ hat.

Der beste Beweis für die Spontaneität der an der Quelle der negativen Zahlen liegenden Konstruktion und dafür, daß sie im Gegensatz zur Wahrnehmung, mit der Handlung selbst verbunden ist, ist die notwendige Einführung der „Vorzeichenregel": (—) · (—) gibt (+), die vom Kind verstanden wird, sobald die konkreten Operationen ihr Gleichgewicht erreicht haben (7—8 Jahre), die aber auch in der gebräuchlichen Aussagenlogik vorkommt, somit in beiden Fällen viel früher, als sie durch die Algebra der negativen Zahlen formuliert wird. Bei den konkreten Operationen genügt es z. B., den Kindern drei Elemente ABC zu zeigen, die dann auf einem starken Draht befestigt sind, um folgendes klarzumachen: Sobald die Kinder einmal begriffen haben, daß eine Rotation des Drahts um 180° (hinter einem Vorhang) die Ordnung ABC umkehrt, können sie im Alter von 7—8 Jahren voraussehen, daß zwei aufeinanderfolgende Rotationen von 180° die direkte Ordnung ABC wiederherstellen. Die Inversion einer Ordnung ist eine negative Operation, und das Kind begreift somit von allein, daß zwei Inversionen die positive Ordnung wiederbringen, was genau der Operation (—) · (—) = (+)[1] entspricht. Auf der Ebene der Aussagenlogik aber findet sich die Vorzeichenregel in ihrer pränumerischen Form im Kalkül der doppelten Verneinung (Regel von Morgan): „es ist falsch, daß es falsch ist = es ist richtig" oder „das Gegenteil des Gegenteils" sind Beziehungen, die jedes normale Subjekt versteht, sobald es auf dem Niveau der formalen Operationen angelangt ist.

Nun beweisen aber diese Tatsachen nicht nur auf evidente Weise den aktiven Charakter der negativen Zahl, die nicht aus der Wahrnehmung allein herstammt, sondern sie verifizieren darüber hinaus auch die Hypothese eines operativen Charakters der positiven Zahl. Es wäre unannehmbar, den Ursprung der positiven Zahl in der Wahrnehmung von Objekt-

[1] Siehe J. Piaget, „Les notions de mouvement et de vitesse chez l'enfant", Presses Universitaires de France: Paris 1946, Kap. I.

mengen zu sehen, d. h. diese als „Abstraktion“ von den Objekten aufzufassen, wenn das Fehlen dieser Wahrnehmung keinen Hinderungsgrund für die Bildung der negativen Zahlen darstellte. Zweifelsohne erleichtert die Wahrnehmung von numerierten Mengen die Vorstellung der Handlung und infolgedessen das Bewußtwerden der positiven Zahl, was man d'Alembert zugestehen kann; die stützende Funktion der Anschauung ist aber nicht mit der Koordination der Handlungen identisch, und die Bewußtwerdung fällt nicht mit der eigentlichen Bildung der Zahlbegriffe zusammen, da sie sogar gelegentlich die genetische Ordnung dieser Bildung umkehrt. Die verspätete historische Entdeckung der negativen Zahl – verglichen mit dem primitiven Gebrauch der positiven Zahl und der inversen Operationen, die in der Handlung selbst das Äquivalent der negativen Zahl vorwegnehmen – bestätigt somit keineswegs den Empirismus oder den „Sensualismus“: sie führt nur dazu, sowohl aus dem psychogenetischen Gesichtswinkel als auch aus dem Gesichtswinkel des historischen Ablaufs der Ideen die Rolle der Vorstellung und der Koordination bei den operativen Handlungen und die der Bewußtwerdung und der reflektierten Formulierung auseinanderzuhalten. Man könnte somit einfach sagen, daß die positive Zahl viel früher als die negative auftauchte, weil eine direkte Operation leichter zu verallgemeinern ist als ihre Umkehrung. Diese Erklärung bleibt indessen zweideutig, da keine Operation als solche schon invers ist: es wäre ebenso legitim, die Trennung oder Subtraktion als direkte Operation und die Vereinigung oder Addition als Umkehrung zu bezeichnen; so würde man sich in einem streng kontinuierlichen Universum ausdrücken. Wenn man den gegenteiligen Sprachgebrauch verwendet und wenn die historische Folge der reflektierenden Entdeckungen mit derjenigen der positiven Zahl beginnt, dann deshalb, weil die Bewußtwerdung des Handlungsablaufs von der Peripherie zum Zentrum fortschreitet. Die Aufmerksamkeit konzentriert sich vorerst auf die Objekte, auf die sich die Handlung bezieht, mehr als auf die Handlungsphasen: es ist somit auf dem Gebiet der Diskontinuitäten leichter, über die vereinigten Objekte nachzudenken als über die Handlung des Vereinigens. Dies erklärt auch das Primat der positiven Zahl, da die periphere Vorstellungsweise, welche die Bewußtwerdung erleichtert, von separierten oder negativen Mengen absieht.

Kurz, die negative Zahl attestiert – mehr noch als die positive Zahl – die operative Natur der Zahlen: man kann von den Objekten nicht ihre Abwesenheit abstrahieren, wie man sich vorstellt, man könne bei einer Handlung der Vereinigung nur das äußere Resultat betrachten und so von den bereits zusammengefaßten Mengen ihre positive Vielfalt extrahieren. Die negative Zahl erscheint somit als Modellfall einer Abstraktion von den

Operationen und nicht von den Objekten, und dieser Schluß bestätigt, was wir schon von den natürlichen Zahlen gelernt haben. Es gibt aber eine Zahl, die uns mehr noch als die negativen Zahlen als entscheidendes Kriterium hätte dienen können: Es ist dies die Zahl Null, die als Prototyp sowohl einer verspäteten Bewußtwerdung als auch einer unmöglichen Abstraktion vom Objekt aufgefaßt werden kann. Es ist tatsächlich eine der großen Entdeckungen in der Geschichte der Mathematik, aus der Null eine Zahl zu machen, denn wenn die logische Null („kein") zweifelsohne ebenso alt ist wie die Sprache (und das „nein" vielleicht immer dem „ja" voranging), mußten dieselben Schwierigkeiten wie bei der negativen Zahl überwunden werden, um sich über die arithmetische Null klarzuwerden. Der Grund für diese Schwierigkeiten erscheint hier völlig klar: Wenn die Bewußtwerdung von der Peripherie zum Zentrum vorstößt, ist sicherlich ihre letzte Etappe die Feststellung, daß das Fehlen einer Operation immer noch eine Operation ist. Solange man die Zahl im Objekt sucht, beginnt die Folge der Zahlen mit der *1*. Macht man aus der Null die erste aller Zahlen, so verzichtet man dagegen darauf, die Zahlen von den Objekten zu abstrahieren – die logische Null hätte genügt, um das Fehlen einer solchen Zahl zu entschuldigen –, und abstrahiert sie daher von den Operationen, da jede additive Operation, die mit ihrer inversen zusammengesetzt wird, schließlich zur fundamentalen Operation führt, die der Abwesenheit irgendeiner Operation gleichkommt, d. h. zur „identischen Operation" *0*.

## *9. Die gebrochenen und die irrationalen Zahlen*

Die gebrochene Zahl stellt, wie auch die negative, die Frage nach der Beziehung zwischen der operativen Handlung und der wahrnehmenden Vorstellung und infolgedessen nach der Beziehung zwischen den beiden Arten der Abstraktion, derjenigen von der Handlung und derjenigen vom Objekt. Obschon die natürliche Zahl früher ins Bewußtsein tritt, wird auch die Bildung der gebrochenen Zahl durch perzeptive Betrachtungen begünstigt, in diesem Fall sowohl durch die Teilung kontinuierlicher als auch durch diejenige diskontinuierlicher Mengen. Die Teilung war für ihre Entdeckung entscheidend, und die Vormachtstellung der kontinuierlichen Objekte, wie ein Feld oder ein Kuchen, brachte gewisse Autoren dazu, der gebrochenen Zahl einen mehr räumlichen als arithmetischen Ursprung zuzuschreiben und (was übrigens keineswegs auf das gleiche herausläuft) einen mehr perzeptiven als operativen Ursprung. Wir müssen somit herausfinden, wie die Betrachtung der Beziehung zwischen den Teilen innerhalb eines und desselben Ganzen den Begriff der gebrochenen Zahl nötig macht: Ist es die operative Koordination, analog zu derjenigen, die wir soeben bei der Konstruktion der positiven oder negativen Zahl angetroffen haben, oder sind die Wahrnehmung oder die anschauliche Vorstellung unerläßlich, da sie allein die Abstraktion von den Objekten ermöglichen?

In einem interessanten Abschnitt seiner *Etapes* widersetzt sich L. Brunschvicg der Anstrengung von Riquier, die Unabhängigkeit der gebrochenen Zahl vom arithmetischen Fundament im Hinblick auf physikalisch-mathematische Überlegungen zu rechtfertigen: „Für uns ist schon die Arithmetik der ganzen Zahlen eine physikalisch-mathematische Disziplin, und dies gibt ihr den Wert als Wissenschaft. Wenn wir ihren Wert bewahren wollen, müssen wir auf dem Gebiet der Brüche dieselbe Ordnung beibehalten wie im Bereich der ganzen Zahlen und annehmen, daß den geistigen Transformationen, die auf die gebrochenen Ausdrücke angewendet werden, die auf die Dinge ausgeübten Transformationen entsprechen"[1]. Wenn man unter „physikalisch-mathematisch" die Operationen versteht, die gestatten, „Transformationen auf die Dinge selbst auszuführen", übernehmen wir die zwiefache Brunschvicgsche These einer Kontinuität zwischen der ganzen und der gebrochenen Zahl und einer Kontinuität in der operativen Natur dieser beiden Arten von Zahlen. Man darf daraus aber weder schließen, daß die gebrochene Zahl von physikalischen Objekten abstrahiert sei – da sie aus Handlungen oder Operationen bestehe, die auf diese Objekte ausgeübt werden –, noch, daß das physikalische Experiment von derselben Natur sei wie die mathematische Operation. So unsichtbar die Übergänge zwischen den zwei Erkenntnisarten sind, es setzt doch die physikalische Erfahrung erst dann ein, wenn nebst den aus der allgemeinen Koordination der Handlungen gewonnenen Operationen auch eine Abstraktion von den Objekten stattfindet: die physikalische Erkenntnis setzt tatsächlich eine Menge spezieller Handlungen voraus und beschränkt sich nicht nur auf diejenigen des Vereinigens und des Abtrennens, des „In-Beziehung-Setzens" oder des Unterscheidens usw., d. h. auf die Verwendung der allgemeinsten Aspekte der Koordination der Handlungen, sondern sie bezieht sich auf spezielle Qualitäten (Geschwindigkeit, Zeit, Kraft usw.), welche die Objekte unterscheiden. Von diesem Gesichtspunkt aus ist es evident, daß die gebrochene Zahl wie die ganze Zahl auf die operative Koordination bezogen bleibt und keine speziellen Handlungen mit einbezieht.

Dies bleibt auch so, wenn im Fall der gebrochenen Zahlen wie im Fall der positiven oder negativen ganzen die Bewußtwerdung zuerst an die

---

[1] L. Brunschvicg: „Les étapes de la philosophie mathématique", Presses Universitaires de France: Paris, 2. Aufl., S. 492.

perzeptiven oder bildhaften Vorstellungen anknüpft, bevor sie das eigentliche aktive oder operative Element erfaßt, das den wirklichen Antrieb zu dieser Verallgemeinerung der Zahl darstellt. Man ordnet deshalb den Ursprung der gebrochenen Zahlen sowohl dem physikalischen Experiment der Teilung zu (im Gegensatz zur Handlung des Teilens selbst) als auch metrischen Betrachtungen: daher die Hypothese, die gebrochene Zahl ergebe sich mehr aus räumlichen Betrachtungen als aus numerischen.

Das häufigste Argument zugunsten des räumlichen Ursprungs der Brüche ist die Unteilbarkeit der numerischen Einheit, während die metrischen Einheiten teilbar sind, sobald es sich um die Messung des räumlichen Kontinuums oder von physikalischen Objekten handelt. Diese Frage der Teilbarkeit der Einheit führt nun aber gerade auf das genetisch interessante Problem der Beziehungen zwischen dem räumlichen Maß und der Zahl, das die Frage des Ursprungs der gebrochenen Zahl dominiert. Es ergibt sich, wie wir in Kapitel II sehen werden, daß das Maß selbst einen Entstehungsmodus aufweist, der genau mit demjenigen der Zahl vergleichbar ist, was für sich allein schon ein gewichtiges Argument für die unter 6. verteidigte Interpretation darstellt. Jedermann wird zugeben, daß die Bildung der metrischen Einheit aus einer operativen Synthese zwischen der Teilung und der Verschiebung resultiert: Ein Ganzes mittels eines seiner Teile zu messen bedeutet, den als Einheit ausgewählten Teil sukzessive auf die anderen Teile zu verschieben, so daß eine Folge von kongruenten Teilen das Ganze egalisiert und das gemessene Ganze auf ein Vielfaches der iterierten Einheit reduziert wird. Man stellt unmittelbar fest, daß die Teilung im Gebiet der kontinuierlichen Quantitäten das Äquivalent zur Addition von Elementen im Gebiet der verschachtelten Klassen darstellt und daß die sukzessive Verschiebung der Seriation im Gebiet der asymmetrischen Relationen gleichkommt. Wenn man diskontinuierliche Objekte dichotomisch und durch kontiguierliche Abgrenzung zu Klassen zusammenfaßt, wie dies unter 3. und 6. beschrieben wurde, und diese elementaren Klassen nach der Struktur der qualitativen oder intensiven „Gruppierung" zu Klassen höherer Ordnung usw. vereinigt, lassen sich ebensogut die durch einfache Unterteilung erhaltenen Elemente (z. B. die Segmente einer Geraden) zueinander addieren, als benachbarte Paare, die sich qualitativ nach derselben Struktur verschachteln ($A + A' = B$, $B + B' = C$ usw.). Sowohl bei der Inklusion von elementaren Klassen zu Klassen höherer Ordnung als auch bei der Vereinigung von angrenzenden Teilen zu Totalitäten wachsender Ordnung sind sich die beiden Arten von Operationen ähnlich und erscheinen auf dem gleichen genetischen Niveau des Kindes. Der einzige Unterschied liegt darin, daß das Ergebnis der ersten der beiden Arten von Operationen eine Klasse von diskontinuierlichen Elementen ergibt, während aus der zweiten Art ein aus einem Stück bestehendes Element resultiert. Die Ähnlichkeit als das Bildungsprinzip der Klassen wird durch die Nachbarschaft ersetzt: man kann die erste Menge von Operationen „logisch" nennen, weil sie das Objekt als Ausgangspunkt wählen und schließlich zur Klasse gelangen, und den zweiten Typ, der schließlich das Objekt aufbaut, „infralogisch", als Endpunkt eines Prozesses, der von seinen Elementen oder Teilen ausgeht. Ebenso bildet die Seriation der asymmetrischen Relationen eine „Gruppierung" von logischen Operationen, welche die (direkte oder inverse) Ordnung der aufgereihten Elemente beibehält, während die Verschiebung genetisch zuerst (d. h. vor jeder Metrik) als eine Änderung der Ordnung oder des Platzes erscheint, d. h. als eine infralogische Operation, die eine neue Ordnung erzeugt. Unter diesem qualitativen Aspekt erscheint das System von Verschiebungen, wie es vom Kind erfunden wird, das noch nicht messen kann, ebenfalls zuerst als eine einfache qualitative Gruppierung. Durch gleichzeitige Unterteilung und Verschiebung gelangt das Subjekt (durch konkrete Kongruenz) zum Vergleich eines gegebenen Teils mit den übrigen Teilen desselben Ganzen und somit zur Reduktion des letzteren auf das Vielfache einer gewählten Einheit, wie dies bei der Zahl durch die Fusion der Inklusion der Klassen mit der Seriation der asymmetrischen Relationen unumgänglich ist: Das Maß entsteht daher genetisch auf dieselbe Art wie die Zahl, die beiden Konstruktionen sind in allen Stücken ähnlich, außer daß die eine logisch-arithmetisch, die andere infralogisch ist.

Was wird nun aus den Fragen der Teilbarkeit der Einheit und des Ursprungs der gebrochenen Zahlen? Die genetische Untersuchung liefert in dieser Hinsicht drei Resultate.

Erstens ist es nicht sicher, daß der Begriff des Bruchs auf dem infralogischen Gebiet der kontinuierlichen Objekte früher entdeckt wurde als auf dem Gebiet der diskontinuierlichen logisch-arithmetischen Mengen. Beide Arten von Brüchen entstehen sicherlich gleichzeitig. Tatsächlich bleibt auf dem Niveau der konkreten Operationen die Einheit auf die numerierte oder gemessene Wirklichkeit bezogen, so daß bei einigen Kugeln oder Scheibchen die Einheit ebensogut die Gesamtheit als Ganzes sein kann (der „Haufen" usw.) wie das individuelle Objekt: das Kind erfaßt ebenso leicht einfache Brüche, wie die Hälfte ($^1/_2$), das Viertel oder sogar das Drittel, wenn es die Ansammlung in zwei Hälften oder vier Viertel usw. unterteilen will wie z. B. die beiden Hälften oder die vier Viertel eines Kuchens. Wenn es auch von sich aus auf einem bestimmten Niveau seiner Entwicklung leicht zum Verständnis dieser Brüche gelangt, sind die Schwierigkeiten auf den vorhergehenden Stufen doch gleich und liegen im mangelnden Verständnis der Beziehungen zwischen einem Bruchteil und den andern Teilen und zwischen dem Bruch und dem Ganzen; „die Hälfte der Hälfte" gibt z. B. beim Kuchen zu denselben anfänglich tastenden Versuchen Anlaß wie bei der Verteilung einer Kollektion, da in beiden Fällen ein Schema der Inklusionen und des Vergleichs zwischen den Teilen fehlt.

Zweitens: Sogar in den Fällen, wo der Begriff des Bruchs im Gebiet der kontinuierlichen Objekte und des Raumes vor den Anwendungen auf numerische Kollektionen auftaucht, bringt der enge Isomorphismus zwischen den infralogischen Operationen und den logisch-mathematischen Operationen, d. h. zwischen der Bildung des Maßes und der Bildung der Zahl, jeden erkenntnistheoretischen Gegensatz zwischen dem metrischen und dem numerischen Bruch zum Verschwinden, beide verlangen denselben Übergang von der Handlung, die von der perzeptiven Anschauung begleitet ist, zur konkreten Operation, und in beiden Fällen ist die durch die Teilung ausgedrückte Beziehung eine Verallgemeinerung von Operationen, die die Zahl begründen (mag sie sich in Form von metrischen Einheiten oder von Einheiten schlechthin darbieten).

Drittens: Jeder Unterschied zwischen den infralogischen und den logisch-mathematischen Operationen verschwindet auf der formalen Ebene, denn die zwei Arten von Operationen werden in Aussagen übersetzt, und die Beziehungen der Teilung, der Verschiebung und der Messung reduzieren sich dadurch auf logische oder logisch-mathematische Beziehungen, analog zu den übrigen. Die vollständige Homogenität der gebrochenen und der ganzen Zahl wurde auf der formalen Ebene in der Theorie der Paare gezeigt, die von Weierstraß entwickelt und von Hankel auf die komplexen Zahlen ausgedehnt wurde: Jede Zahl wird in diesem Schema durch ein Paar dargestellt, und es existieren daher keine Unterschiede zwischen den gebrochenen Zahlen und den andern Zahlkategorien mehr.

Die Entdeckung der irrationalen Zahl erneuerte das Problem des scheinbaren Gegensatzes und des wirklichen Isomorphismus zwischen den arithmetischen und den geometrischen Operationen. Ob die Entdeckung dieser Zahlen nun der Entwicklung der Wurzeln aus den ganzen Zahlen, die keine reinen Potenzen sind, zugeschrieben wird, wie sie angeblich Theodor von Cyrene untersucht hat, oder der Feststellung, daß die Seite und die Diagonale des Quadrates inkommensurabel sind (in einem Quadrat mit der Seite 1 ist die Diagonale nach dem Satz von Pythagoras gleich $\sqrt{2}$, was nicht mit 1 kommensurabel ist), sie stand jedenfalls, wie man weiß, am Anfang der Krise der pythagoräischen Schule. Zwischen den numerischen Beziehungen und den elementaren räumlichen Relationen mußte die Scheidung ausgerufen werden: Die Kontinuität der räumlichen Relationen schien weder auf die ganzen Zahlen noch auf die „rationalen" Brüche reduzierbar zu sein. Die Vokabel „rational" gibt das Werturteil genügend zum Ausdruck, in dessen Namen nur einige Beziehungen zur Ausschöpfung der Zahl zugelassen wurden. Die Krise fand erst durch die infinitesimale Analysis ein vorläufiges Ende und wurde dann durch die doppelte, arithmetische und geometrische Konstruktion des Kontinuums endgültig behoben. Einerseits lieferte Weierstraß sowohl den Ausdruck des geometrischen Kontinuums als auch den Beweis, daß die rationalen Zahlen nicht Term für Term der Menge der reellen Zahlen entsprechen können, da die ersteren nicht genügen, um das Intervall zwischen zwei beliebigen Zahlen abzugrenzen. Andererseits untersuchten Dedekind und Cantor das geometrische Kontinuum durch die Methode der Schnitte und der konvergenten Intervallschachtelungen, wobei sie parallel dazu die irrationale Zahl definierten, Dedekind durch analoge Schritte und Cantor durch die Reihen, deren Grenzwerte sie bilden. Man weiß übrigens, daß die irrationalen

Zahlen von mehrfacher Art sind: die einen sind „algebraisch", während andere, wie die Zahlen $\pi$ und $e$, „transzendent" sind, mit einer bekannten geometrischen Bedeutung, aber trotzdem keine Lösung einer endlichen algebraischen Gleichung darstellen (sondern unter die von Abel und Galois vorhergesehenen Fälle gehören, wo die Lösung einer ganzen Gleichung nicht aus einfachen algebraischen Kombinationen besteht). Man einigte sich deshalb auf die Folgerung: Wenn die irrationalen Zahlen auch durch geometrische Betrachtungen nahegelegt wurden und das arithmetische Kontinuum, das sie ermöglichen, mit dem Ziel konstruiert wurde, das räumliche Kontinuum zu übersetzen, so entstammen dennoch die irrationalen Zahlen einer autonomen Konstruktion. Sie bilden eine Vereinigung von Operationen, die genetisch aus den beiden parallelen Gebieten der Infralogik und des Logisch-Arithmetischen stammen, und erhalten bis in diese Vereinigung hinein den Isomorphismus der numerischen und der räumlichen Konstruktionen aufrecht.

Kurz, wie die gebrochenen Zahlen bezeugen die irrationalen Zahlen sowohl die Unabhängigkeit als auch die Parallelität zwischen den arithmetischen und den geometrischen Operationen, obwohl diese Parallele im Fall der zweiten Operationen zu mangeln scheint, während sie im ersteren Fall von vornherein in die Augen springt (und obwohl diese Unabhängigkeit in beiden Fällen bestätigt werden kann). Vom genetischen Gesichtspunkt aus zeigt das Gleichgewicht dieser beiden operativen Systeme, unabhängig von den Umständen, die die Entdeckungen hervorriefen oder die Bewußtwerdungen motivierten, zur Genüge, wie sehr sich die operative Koordination von den Objekten befreit hat, auf die sie sich zu Beginn stützen mußte, da sie aus den Handlungen des Subjekts hervorging, im Gegensatz zu der Wahrnehmung oder den bildhaften Vorstellungen.

### *10. Die komplexen Zahlen, die Quaternionen und die Operatoren*

Bei der Konstruktion der imaginären oder komplexen Zahlen, die im Gegensatz zu den negativen, gebrochenen oder irrationalen Zahlen in der Antike noch nicht bekannt waren, begegnen wir einer Verallgemeinerung der Zahl, die von Anfang an operativ war, ohne ein ursprüngliches Dazutun von sinnlich wahrnehmbaren oder gar geometrischen Berührungspunkten. Das Problem besteht nun darin, den Sinn dieser reinen Operationen zu präzisieren: sind sie auf der Stufe des einfachen, formalen Symbolismus geblieben, oder wurden sie im nachhinein und daher anfänglich nicht voraussehbar mit geometrischen oder gar physikalischen Betrachtungen ausgefüllt?

Als Anwendung der Operation der Quadratwurzel auf negative Zahlen (diese Verallgemeinerung ergibt sich unter anderem aus der Lösung der quadratischen Gleichung) liefert der Begriff der imaginären Zahl $\sqrt{-1}$ das Modell eines „Gedankenexperiments", das kein Objekt hat, da es keine negativen Quadrate gibt und weil eine negative Quantität ein vom betrachteten experimentellen Gebiet ausgeschlossenes oder subtrahiertes Objekt ist! Das Gedankenexperiment, das von den Empiristen als Beweis der Unterwerfung des Geistes unter die Wirklichkeit angeführt wird, hat hier somit dieselbe Bedeutung wie schon bei der Bildung der ganzen Zahl: Es bedeutet die geistige Reproduktion einer Handlung oder einer Operation, unabhängig von den Eigenschaften des Objekts, auf die sie sich bezieht, und nicht die Reproduktion einer von der Handlung unabhängigen Realität, da gerade die imaginäre Zahl anfänglich nur das Schema einer objektlosen Operation darstellt. Gewiß bildet dieses Schema die Fortsetzung der ursprünglichen, wirklichen Operationen ins Virtuelle; wie könnte aber eine in ihrem Ausgangspunkt wirkliche Handlung wie das Ziehen der Quadratwurzel (Spezialfall der Division) sich ohne Anwendungsobjekt fortsetzen, wenn nicht von Anfang an die Operation darin bestand, dem Objekt etwas hinzuzufügen und keineswegs etwa zu extrahieren oder zu abstrahieren? Das operative Schema muß in einem Assimilationsschema bestehen (dieses fügt *per definitionem* zum Objekt etwas hinzu) und nicht in einer einfachen Akkommodation. Wenn in der Physik die Begriffe, die auf einer Abstraktion von den auf unserer Größenordnung beobachteten Eigenschaften beruhen, auf eine andere (größere oder kleinere) Dimension angewendet werden, führt diese illegitime Extrapolation auf Schwierigkeiten (die absolute Zeit ist bei großen Geschwindigkeiten nicht anwendbar, der Begriff der permanenten Korpuskel wird auf der mikrophysikalischen Stufe unmöglich usw.): Dies ist der Fall, weil es sich um Abstraktionen vom Objekt handelt, die außerhalb ihres Beobachtungskontexts nicht mehr gelten. Wenn das Ziehen der Quadratwurzel aus einer Abstraktion wie derjenigen einer physikalischen Eigenschaft vom Experiment hervorginge, würde ihre Anwendung einfach absurd, sobald sie die Grenzen der Wirklichkeit überschreitet. Als Verallgemeinerung einer Handlung, die ihre Wirkung dem Objekt hinzufügt und daher auf das Objekt verzichten kann, ist das Symbol $\sqrt{-1}$ vollständig verständlich, mit dem gleichen Recht wie das Symbol $+1$. So „imaginär" die Zahl $i = \sqrt{-1}$ auch sein möge, da sie keine reelle Lösung als Wurzel einer Gleichung darstellt, sie bedeutet $i^2 = -1$. Zweifelsohne ist es kein Widerspruch, diese Aussage auf einer beliebigen Konvention beruhen zu lassen. Wie es L. Brunschvicg deutlich zum Ausdruck brachte, bleibt aber zu erklären, daß die Quantität $-1$, verstanden als Produkt von zwei Symbolen $(i \cdot i)$, mit der Quantität –1 identifiziert werden kann, die für uns das natürliche und wahrhafte Resultat einer Operation wie 1 – 2 darstellt, ohne daß diese Identifikation das Gleichgewicht und die Homogenität des Wissenschaftssystems beeinflußt („Etapes", S. 543). Nun zeigten aber Weierstraß und Dedekind, daß die Existenz von komplexen Zahlen notwendig ist, um die Algebra zu vervollständigen, während Gauß diese Zahlen in die Zahlentheorie einführte. Man bildete also eine Algebra der komplexen Zahlen von der Form $(a + bi)$, welche die Gesetze der Kommutativität erhält und in zwingender Weise die gewöhnliche Algebra ergänzt.

Nun ist aber folgendes bemerkenswert: Die objektlose Operation, die durch die imaginäre Zahl anfänglich ausgedrückt wird, hat sich nicht nur in engster Weise in die operativen Systeme der Arithmetik und der Algebra eingegliedert, die sich auf Mengen von Objekten beziehen, sondern hat überdies eine geometrische Bedeutung erlangt: Sie kommt daher unter den Operationen vor, die das Objekt erzeugen; denn die Struktur des Objekts ist vorerst räumlich. Sie geht sogar über die Geometrie hinaus, dank der Vektorrechnung und dem Quaternionenkalkül, und ihre Anwendung reicht bis zur Bildung von „Operatoren", deren Verwendung verallgemeinert wurde und eine fundamentale Bedeutung in der modernen Physik erlangte. Man kann somit sagen, daß das „Imaginäre" das Reelle einholte, wie wenn ein System von objektlosen Operationen ein operatives Schema bildete, das auf spezielle Eigenschaften der Objekte angewendet werden kann, die mit den ursprünglichen, wirklichen Operationen nicht erfaßbar waren.

Das Prinzip der analytischen Geometrie besteht, wie jedermann auf der Schulbank gelernt hat, darin, die Distanzen entlang einer festen Geraden in einer Richtung durch positive Zahlen auszudrücken und die Distanzen in der Gegenrichtung durch negative Zahlen. Die geometrische Darstellung der positiven oder negativen Natur der Zahl besteht somit im wesentlichen in der Richtung, während die Zahlen selbst, unabhängig von ihren Vorzeichen, durch die Länge übersetzt werden. Wallis schlug allerdings schon am Ende des XVII. Jahrhunderts vor, die unmöglichen oder, wie man damals sagte, „vorgetäuschten" Wurzeln einer quadratischen Gleichung außerhalb der Geraden darzustellen, auf die man die Werte dieser Wurzeln bezogen hätte, wenn sie reell gewesen wären. Es folgt daraus, daß sich für zwei rechtwinklige Achsen die Quantitäten im Verlaufe einer Rotation im positiven Drehsinn (= Gegenuhrzeigersinn) gemäß der folgenden Reihe folgen: $+1$; $\sqrt{-1}$; $-1$; $-\sqrt{-1}$. „In dieser Reihe", sagte P. G. Tait[1] (ein Schüler Hamiltons), „folgt jeder Ausdruck aus dem vorangehenden durch die Multiplikation dieses letzteren mit dem Faktor $\sqrt{-1}$. Wir können somit annehmen, daß $\sqrt{-1}$ ein Operator ist, dessen Anwendung in einer analogen Art wirkt wie eine Kurbel, die jede Gerade der Ebene, die durch den Ursprung geht, in der $xy$-Ebene im positiven Sinn um 90° dreht" (S. 2). Man stellt mit

[1] P. G. Tait, „Handbuch der Quaternionen", Leipzig 1880.

Überraschung fest, daß die objektlose Operation, die zum Symbol der imaginären Zahlen gehört, an die Wirkung einer Kurbel assimiliert wird, die diese Gerade drehen macht, sobald man sie einmal durch Terme von Quantitäten ausgedrückt hat, die „außerhalb“ einer gegebenen Zahlenachse liegen. Vom genetischen Gesichtspunkt aus könnte man die ursprünglich inhaltslose Operation fast mit der embryonalen Skizze eines Organs vergleichen, das im Leben eines organischen Wesens erst viel später zu funktionieren beginnt.

Es gibt aber noch mehr zu sagen. Im Anschluß an Arbeiten von Moivre, Argand, Warren und Servois gelang es W. Hamilton, den geometrischen Gebrauch des Ausdrucks $\sqrt{-1}$ zu verallgemeinern. Während seine Vorgänger eine spezielle Richtung des Raumes auswählten, um die reellen Quantitäten darzustellen, und die Richtung senkrecht zur ersten imaginär nannten, kam Hamilton dazu, „alle Richtungen ohne Ausnahme“ imaginär zu nennen (Tait, a. a. O., S. 7), was gestattete, diese Richtungen geometrisch homogen zu behandeln und eine Rechenmethode zu bilden, die von den Koordinatenachsen unabhängig ist. Dies ist der Quaternionenkalkül, der darin besteht, zwei Biradiale (oder Beziehungen zwischen zwei Vektoren mit gemeinsamem Ursprung) zu multiplizieren, der sich daher auf eine Menge von vier Ausdrücken bezieht, von denen einer reell und drei imaginär sind ($Q = Q_0 + Q_1 i_1 + Q_2 i_2 + Q_3 i_3$). Tatsächlich ist ein Vektor das Symbol einer Strecke mit einer gewissen Länge und einer gewissen Richtung (was somit drei Zahlen impliziert); einer der beiden parallelen Vektoren kann als die Multiplikation des andern mit einem numerischen Faktor betrachtet werden (wobei die Beziehung ihrer Längen mit den Zeichen + oder — versehen ist, je nachdem, ob sie gleichgerichtet sind oder umgekehrt). Wenn sie nicht parallel sind, ist der Multiplikator, der für die Überführung des einen Vektors in den andern nötig ist, von vier Zahlen abhängig. Dieser Quaternionenkalkül und der von Graßmann erweiterte Kalkül haben die bemerkenswerte Eigenschaft, daß sie das kommutative Gesetz der gewöhnlichen Multiplikationen nicht erfüllen (da die sphärische Addition nicht kommutativ ist, kann es die Multiplikation der Biradialen ebenfalls nicht sein). Sie bilden somit eine neue Algebra, die komplizierter ist als die Algebra der komplexen Zahlen.

Sowohl die Nicht-Kommutativität dieser Rechenformen als auch der operative Charakter der Quaternionen und anderer Strukturen, deren Entstehung auf die Theorie der Quaternionen folgte, haben auf die Entwicklung der Physik einen wichtigen Einfluß ausgeübt, da heute die nicht-kommutativen Algebren in der Mikrophysik vorkommen und da die Operatoren und Matrizen eine beträchtliche Rolle bei der Formulierung der Quantengesetze spielen (s. Kap. VII, 4.). Die heutige Mikrophysik schöpft somit aus operativen Strukturen, die vor längerer Zeit von Mathematikern vorbereitet wurden, eine Anzahl Begriffe, deren moderne, gruppentheoretische Entwicklung den unter dem Einfluß der komplexen Zahlen verallgemeinerten Algebren sehr viel verdankt. Natürlich kommt die imaginäre Zahl nicht nur bei den mikrophysikalischen Operatoren vor, sie kann in jeder Transformation vorkommen, die ein System von Vektoren einführt. Die Beschreibung eines Wechselstroms durch die Projektion der Phasen erfordert z. B. gewöhnlich die Anwendung von komplexen Zahlen. Diese werden allgemein dann verwendet, wenn es darum geht, eine Verbindung zwischen Elementen anzugeben, von denen eines außerhalb des von den andern Elementen erzeugten Systems bleiben muß, aber trotzdem auf dieses einwirkt.

Die geometrische und später eigentlich physikalische Bestimmung einer Operation, die ursprünglich ohne Objekt war, aber in der Folge die Bedeutung eines Operators erlangte, der mit den räumlichen Richtungen und Drehungen verbunden ist und schließlich sogar für die wichtigen Operatoren der zeitgenössischen Physik notwendig wurde, zeigt in der eindrücklichsten Weise die Rolle der Operationen bei der allgemeinen Bildung der Zahl. Im Gegensatz zu den natürlichen und gebrochenen Zahlen, in denen die Handlungen des Vereinigens oder des Teilens durch die sinnlich wahrnehmbare Realität angeregt zu sein schienen, die durch ihre Aufhäufungen oder Unterteilungen die entsprechende menschliche Operation nachbildet, ist die imaginäre Zahl ohne irgendeine Anregung seitens der perzeptiven Erfahrung entstanden. Während sich die Folgen der immer größer werdenden ganzen Zahlen oder der kleiner und kleiner werdenden Brüche immer mehr von der unmittelbaren Realität in Richtung $\infty$ oder 0 entfernen, was sie übrigens keineswegs hindert, die Anpassung an die physikalische Erfahrung zu ermöglichen, erwarb die imaginäre Zahl ihre Rolle als Instrument der Anpassung ohne jegliche offensichtliche Verbindung mit den Umständen, die ihre Entstehung veranlaßten. Worin besteht nun die eigentliche Verbindung zwischen dieser Operation $\sqrt{-1}$ und der Wirklichkeit, die durch dieses scheinbare Fehlen einer Beziehung verdeckt wird?

Es ergibt sich von selbst, daß die Operation des Wurzelziehens aus einer negativen Einheit als isolierte Handlung unverständlich bliebe, da diese Handlung materiell unmöglich ausgeführt werden kann: eine solche Operation hat somit keine Bedeutung, außer im Zusammenhang mit der Gesamtheit der numerischen Operationen, was gleichkommt zu sagen, daß sie von der Koordination der Handlungen abhängt und keine isolierbare Handlung ist. Das Geheimnis der Anpassung der mathematischen Operationen an die Wirklichkeit muß nun aber gerade in dieser Koordination gesucht werden. Wie könnte man sonst erklären, daß eine Operation, die im gewissen Sinn aus Symmetriegründen erfunden wurde (in der Art der falschen Fenster, die man an Orte placierte, wo man eigentlich wirkliche erwarten würde), im gegebenen Moment für geometrische und sogar physikalische Berechnungen notwendig wird? Wenn diese im nachhinein entstandene Notwendigkeit dadurch erklärt werden soll, daß die Division – wovon das Wurzelziehen nur einen Spezialfall darstellt – aus der physikalischen Erfahrung hervorgegangen sei, hieße dies, daß die bei der Teilung eines Feldes oder eines Kuchens erworbene Anpassung genügend klar zutage trete, um aus diesen Handlungen Regeln abzuleiten, welche die Vektorrechnung und die Operatorentheorie vorbereiten, sogar in jenen Fällen, wo weder genau angebbare Trajektorien noch permanente Objekte existieren, wie in der Mikrophysik. Neigt man jedoch zur Auffassung, daß die Einbettung der imaginären Zahlen in die Wirklichkeit, die erst sehr viel später als ihre Bildung erfolgte, von derselben Art sei wie die unmittelbare Übereinstimmung der natürlichen Zahlen mit den elementaren Realitäten, weil sowohl die natürlichen als auch die imaginären Zahlen aus der Übereinstimmung der Koordination der Operationen mit den fundamentalen physikalischen Transformationen hervorgehen, so setzt man lediglich voraus, daß die Struktur der reversiblen Komposition, die von den Gruppierungen und den Operationsgruppen angenommen wird, gleichzeitig die allgemeinsten Koordinations-Gesetze der subjektiven Handlungen und die direktesten Wechselwirkungen des Subjekts mit der Wirklichkeit ausdrückt. Diese Koordination und die Wechselwirkungen, die sich im Laufe der Erfahrung unterscheiden, sind jedoch nicht als Derivat des äußeren Experiments entstanden, da sie dieses erst ermöglichen, sondern aus den Gegebenheiten der psychobiologischen Organisation.

Das Nachdenken über die imaginären Zahlen führt daher zu einer hervorragenden Verifikation der operativen Interpretation der Zahl, nicht nur, weil diese Zahlen mit der totalen Koordination des Systems verbunden sind, sondern auch weil sie die Natur der Operationsschemata freilegen, die sich von der konkreten Realität entfernt haben: Sie sind „Operatoren" geworden. Es wird jedoch die Frage unausweichlich, von welchem Moment an die Zahlen Operatoren sind. Es ist klar, daß es sich dabei nicht nur um die Fähigkeit handelt, gewisse geometrische oder physikalische Transformationen auszudrücken, denn der Operatoren- oder Matrizenkalkül hat einen Anwendungsbereich, der in seiner Allgemeinheit über die Geometrie und vor allem über die Physik hinausgeht. Auch wenn der Begriff des Operators technisch gesehen auf die Operationssysteme höherer Ordnung beschränkt bleiben muß, d. h. auf Schemata, die in abstrakter Weise auf eine Menge von übergeordneten Operationen einzuwirken gestatten, können die elementarsten numerischen Operationen als Operatoren aufgefaßt werden. Genauer gesagt: jede Zahl kann entweder als statisches Resultat einer Operation betrachtet werden oder aber als dynamischen Operator: Im Ausdruck $n + 1$ z. B. kann man $n$ als statisch gegebene Zahl und $+ 1$ als den Operator betrachten, der $n$ in seinen Nachfolger verwandelt. Es existiert also ganz allgemein nur ein gradueller Unterschied oder ein Unterschied an Komplexität zwischen den elementaren Operationen und den Operatoren, aber die ersteren sind so automatisch geworden, daß sie ihren aktiven Aspekt verloren haben. Erst im Fall der Operatoren höherer Ordnung, die genügend abstrakt sind, um den Unterschied zwischen dem Gegebenen und der operativen Transformation in jedem Augenblick hervortreten zu lassen, erhält dieser zentrale Begriff seine wahre Bedeutung. Genetisch gesehen, bestätigt er jedoch die wesentlich operative Natur der Zahl, eine Natur, die sich schon bei der Fusion der Inklusion von Klassen mit der Folge der asymmetrischen Relationen zeigt, die mit ihrer Synthese die natürliche Zahl erzeugen.

### *11. Das Unendliche und die operative Natur der Zahl*

Das Problem des Unendlichen hat schon immer aufs radikalste die realistischen von den operativen Interpretationen der Zahl unterschieden. Nicht daß es etwa widersprüchlich wäre, einen Realismus des Endlichen zu schaffen, wie man das von Pythagoras bis zu Renouvier gesehen hat; wenn man aber das Unendliche in die wirkliche Welt oder in eine Ideenwelt einbettete, in der Art, wie der Realismus die endlichen Zahlen auffaßt, so traten jedesmal, wenn sich dieses Problem im Laufe der Geschichte stellte, eine Reihe gleichartiger Schwierigkeiten auf. Diese Probleme konnten jeweils nur durch einen impliziten oder expliziten Appell an den intellektuellen Dynamismus der Operationen vermieden werden, die einzige legitime Unterstützung der verschiedenen Formen des Unendlichen, weil anstelle der aktuellen Realisierung ein virtuell unbegrenzter Ablauf substituiert wird.

Man weiß zur Genüge, wie in der Infinitesimalrechnung im Laufe des XVII. und XVIII. Jahrhunderts bei den unbegrenzt abnehmenden Reihen das Problem des Unendlichen aufgeworfen wurde. Kommt eine Reihe, wie $1/2 + 1/4 + 1/8 + \ldots$, die schließlich die Einheit annähert, jeweils zu dieser Gleichheit $\ldots = 1$, obwohl sie als unendliche Reihe – strenggenommen – unerschöpflich ist? Zenon, der über die „operierte" Wirklichkeit und nicht über Operationen nachdachte, kam zum Schluß, daß der Pfeil sein Ziel nie erreichen könne, da die Abmessung einer Distanz nach dieser Reihe eine ganze Ewigkeit dauern würde. Das Wesentliche einer intellektuellen Operation wie der fortgesetzten Halbierung ist aber das Vermögen, die ursprünglichen, wirklichen Operationen durch virtuelle Operationen fortzusetzen, deren Gültigkeit nur von ihrer möglichen Verknüpfung abhängt: es ist also gerechtfertigt, die Gesamtkomposition dieser Operationen in einen totalen Akt zu vereinen, der die Operation unendlich oft wiederholt und auf die Gleichheit $1/2 + 1/4 + 1/8 + \ldots = 1$ führt. Wo muß dagegen das unendlich Kleine gesehen werden? Kann man dem Bruch $\frac{1}{n}$

einen gewissen statischen Wert zuweisen, so daß dieses das letzte Element vor 0 ist, d. h. das kleinste Element, das man noch zur Reihe hinzufügen muß, damit diese gleich 1 wird? Anders ausgedrückt: existiert ein aktuelles unendlich Kleines? Es ist klar, daß diese Hypothese bei einer operativen Konzeption der Zahl widersprüchlich ist, denn wenn dieses aktuelle unendlich Kleine mittels einer ebenfalls aktuellen Operation zu erzeugen ist, die als eine Operation ausgeführt werden muß, welche sich von den vorangehenden unterscheidet, wird man diese letzte Operation nie finden, und man muß sich mit einer virtuellen Operation begnügen, d. h. gerade mit der Art von Operationen, die man auf legitime Weise zu einem Ganzen vereinen kann, um die Reihe zu ergänzen. Das unendlich Kleine bleibt daher ebenfalls virtuell: dies bedeutet, daß es streng genommen nicht gerechtfertigt ist, von der Reihe $^1/_2 + {^1/_4} + {^1/_8} + \ldots = 1$ auf diese virtuelle Operation zu schließen, da ihre Gültigkeit nur von der Kompositionsfolge abhängt. Wollte man eines dieser aufgereihten Elemente aktualisieren, wäre man verpflichtet, auch alle andern zu aktualisieren, was eine endlose Folge ergäbe. Das unendlich Kleine kann also in einer aktuellen Form nur isoliert werden, wenn man sich auf einen realistischen oder extra-operativen Glauben stützt, der außerdem gezwungen ist, die immer endliche physikalische Wirklichkeit durch ideale Zahlen zu vervollständigen, die ihre Wurzeln in sich selbst haben. Das Zufällige einer solchen Hypothese ließ zuerst die Gelehrten die Infinitesimalrechnung durch das pragmatische Argument ihres Erfolges rechtfertigen, aber die Notwendigkeit einer solchen Rechtfertigung deutet sicherlich auf einen enttäuschten Realismus, vergleichbar mit demjenigen von d'Alembert bei seiner Suche nach einer Realität, die der negativen Zahl entsprechen könnte. Tatsächlich kommt im Begriff des Differentials, das anstelle der endlichen Größen $\frac{Dx}{Dy}$ die Beziehung $\frac{dx}{dy}$ substituiert, nie das unendlich Kleine im Sinne eines statischen oder aktuellen Werts vor, sondern nur als Beziehung zwischen zwei unendlich abnehmenden Größen. Es gibt somit nur eine Möglichkeit, die Sackgassen zu vermeiden, in die sich der Realismus des unendlich Kleinen verirrt: indem man, zusammen mit Leibniz, hervorragend interpretiert von L. Brunschvicg, das Unendliche als Ausdruck der Dynamik der operativen Konstruktion betrachtet

Das Problem stellt sich neuerdings bei der Untersuchung unendlich anwachsender Funktionen, d. h. auf dem Gebiet des unendlich Großen. In seiner Untersuchung über die „allgemeine Theorie" von Funktionen, die sich einer Reduktion der Analysis auf das Schema der ganzen Zahl widersetzen, versuchte Du Bois-Reymond die gemeinsame Konvergenz- und Divergenz-Bedingungen der verschiedenen unendlichen Operationen hervorzuheben. Indem er die verschiedenen Wachstumsgeschwindigkeiten untersuchte, kam er schließlich zu einer „infinitären Rechnung", die Reihen vom anwachsenden Typus oder von unendlich fortschreitenden Ordnungen definiert. Hier aber stellte sich von neuem das operative Problem: erreicht die Größenordnung der Funktionen ein oder mehrere aktuelle Unendliche, die selbst die Operationen übersteigen, welche gestattet haben, diese Unendliche zu bilden, oder reicht diese Größenordnung nur bis zu den Operationstypen?

G. Cantor, der von der Betrachtung der Operationen zu ihren Resultaten überging, begründete einen „transfiniten" Kalkül, indem er die Zuordnungsrelationen zwischen Mengen betrachtete. So entspricht die Menge der ganzen Zahlen eindeutig denjenigen der Quadratzahlen oder der Mengen der geraden Zahlen usw. Die Menge all dieser Mengen ist also die Klasse der numerierbaren Mengen. Diese Klasse entspricht aber nicht der Menge der reellen (rationalen oder irrationalen) Zahlen; diese hat eine höhere, kontinuierliche Mächtigkeit. Die Folge der ganzen Zahlen ist unendlich, d. h. es ist unmöglich, ihr ein Ende zuzuschreiben und es ist absurd, innerhalb dieser Menge eine aktuelle unendliche Zahl zu finden, welche die letzte Zahl der Reihe bildet. Hingegen kann man dieser Folge ein Limit geben, das sich *per definitionem* außerhalb der Reihe befindet, das aber den Beginn einer neuen Folge anzeigt: diese erste „ordinale Transfinität" $\omega$ ist somit die erste Zahl, die auf die Reihe der ganzen Zahlen folgt, ohne ihr anzugehören. Mit einer Wiederholung des Verfahrens erhält man die Transfinitäten $\omega+1$; $\omega+2$, $\omega+n$, $2\omega$; $2\omega + 1$, $2\omega+2$, $3\omega$, $n\omega$, $\omega\omega$, $\omega\omega^{\omega}$; usw.

Diese ordinalen Transfinitäten bilden daher Ordnungstypen. Auch kardinale Transfinitäten gibt es, und die erste ist die Klasse der numerierbaren Mengen $\aleph_0$. Eine andere bemerkenswerte kardinale Transfinität ist die Klasse aller Klassen, die man aus $\aleph_0$ durch Kombination ihrer Elemente erzeugen kann usw.

Die eigentliche Bedeutung dieser Realisierung des Unendlichen, die die konstruktiven Operationen ständig übersteigt, um eine Folge von verschachtelten aktuellen Unendlichen zu bilden, liegt allerdings darin, daß der spezifisch numerische Charakter der Konstruktion abgeschwächt wird und eine teilweise Rückkehr auf die logischen Komponenten der Zahl stattfindet. Tatsächlich gehorchen die kardinalen Transfinitäten nicht mehr dem Gesetz der arithmetischen Iteration, sondern den Regeln der Tautologie und der Absorption: $\aleph_0 + \aleph_0 = \aleph_0$, und $\aleph_0 \times \aleph_0 = \aleph_0$. Dies versteht sich von selbst, da diese Zahlen nicht mehr gleichzeitig kardinal und ordinal sind wie die endlichen Zahlen, sondern die Kardination von der Ordination abgelöst ist: Die Mengen aller abzählbaren Mengen sind in Wirklichkeit eine logische Klasse, die durch „alle" abzählbaren Unterklassen gebildet wird, sie ist somit eine qualifizierte Klasse, die aus der einfach logischen Zusammenfassung der Unterklassen hervorgegangen ist.

Es ist somit keine Zahl, die durch ein Bildungsgesetz entsteht, das z. B. zum Bildungsgesetz der Folge der ganzen Zahlen analog wäre. Tatsächlich ist die eineindeutige Zuordnung, die jedes einzelne Element einer zur Menge gehörenden Unterklasse mit einem bestimmten Element einer andern dieser Unterklassen verbindet (z. B. jede ganze Zahl mit ihrem Quadrat usw.), eine „reflektive“ Entsprechung, die gestattet, einen Teil dem Ganzen gleichzusetzen (z. B. die Menge der ganzen Zahlen der Menge ihrer Quadrate, die indessen nur einen Teil der ersten Menge ausmachen): diese Beziehung führt allerdings nicht zu einer additiven Äquivalenz zwischen dem Ganzen und dem Teil, sondern zu einer multiplikativen Äquivalenz, die mit den gemäß dem logischen Schema einer Tabelle mit doppeltem Eingang miteinander multiplizierten Klassen vergleichbar ist. Es seien z. B. zwei Folgen gegeben:

| | | | | | | | | | | |
|---|---|---|---|---|---|---|---|---|---|---|
| 1 | 2 | 3 | 4 | 5 | 6 | 7 | 8 | 9 | 10 | . . . |
| 1 | 4 | 9 | 16 | 25 | 36 | 49 | 64 | 81 | 100 | . . . |

Es ist klar, daß für eine endliche Zahl $n$ von Elementen die zweite Folge nicht als ein Teil der ersteren betrachtet werden kann, denn die Quadratzahlen übersteigen die Folge der ganzen Zahlen, die ihnen entsprechen. So sind unter den zehn ersten Quadratzahlen nur die drei kleinsten (1, 4 und 9) Teilmenge der ersten zehn ganzen Zahlen, die andern Quadratzahlen übersteigen die Menge (1 ... 10). Betrachtet man die Menge der Quadratzahlen als Teilmenge der Menge der ganzen Zahlen, so stellt man sich auf dem Standpunkt des Unendlichen, denn je größer die Zahl $n$ im Endlichen ist, um so mehr übersteigt Quadrat $n^2$ die Folge $1 \dots n$. In dieser Aussage, in der die Menge der Quadratzahlen sowohl ein Teil (eine Teilmenge) der ganzen Zahlen ist als auch ein zum Ganzen äquivalenter Teil, muß der Sinn des Wortes „äquivalent“ und „Teil“ wie folgt präzisiert werden: Es handelt sich erstens nicht mehr um eine Äquivalenz, die zu derjenigen zweier endlichen Mengen mit derselben Anzahl von Elementen analog ist, da nicht mehr dieselbe „Nummer“ zur Folge $1 \dots n$ gehören kann, denn es handelt sich um „alle“ Ganzen und um „alle“ Quadratzahlen, d. h. um zwei unausschöpfbare Klassen, die abzählbar sind, aber nie abgezählt wurden; ihre Äquivalenz bedeutet somit einfach, daß sich diese zwei Klassen von Term zu Term entsprechen, da ihre Elemente dieselbe Eigenschaft der „Abzählbarkeit“ haben, d. h. sie bilden zwei Reihen der Form $1 \dots n$ (wobei jede Quadratzahl als eine Einheit gezählt wird). Die Relation des Teils zum Ganzen zwischen der Reihe der Quadratzahlen und der der ganzen Zahlen bedeutet zweitens, daß die Reihe der Quadrate $1^2\, 2^2 \dots n^2$ nicht allein in den Genuß dieser Eigenschaft gelangt, sondern daß auch andere Reihen in einer Form $1 \dots n$ abzählbar sind. Es ergibt sich also, daß die Reihe der ganzen Zahlen zweimal in der Überlegung auftritt, einmal als eine der Reihen oder Unterklassen, die mit andern verglichen werden (mit derjenigen der Quadratzahlen, mit derjenigen der geraden Zahlen usw., kurz: mit allen unzählbaren Unterklassen), und das andere Mal als Ausdruck der Eigenschaft, die allen diesen Reihen gemeinsam ist, d. h. die Eigenschaft der Klasse, die durch alle diese Unterklassen gebildet wird. Sowohl die Äquivalenz zwischen dem Teil und dem Ganzen als auch diese Beziehung des Teils und des Ganzen haben somit multiplikativen Charakter (im Sinn der logischen Multiplikation) und sind also mit den Entsprechungen und Unterteilungen vergleichbar, die im multiplikativen Schema der logischen Tabellen mit doppeltem Eingang vorkommen (z. B. die Klassen, die durch die Skeletteile der Säugetiere gebildet werden, entsprechen von Term zu Term den Klassen, die durch die Skeletteile der Wiederkäuer gebildet werden usw. Dieser logische Zusammenhang ist ebenfalls „reflexiv", da er multiplikativ ist)[1]. Bei der transfiniten Ordinalzahl sind dies lediglich **„Ordnungstypen"**, d. h. multiplikative Systeme von asymmetrischen Relationen, so wie die infiniten Kardinalzahlen Klassen sind. Daraus folgt, daß einer transfiniten Kardinalzahl eine unendliche Zahl von Ordinalzahlen entsprechen, da man die Elemente innerhalb einer unendlichen Klasse auf eine unendlich große Zahl verschiedener Arten ordnen kann.

Kurz, die transfiniten Zahlen von Cantor spalten die beiden fundamentalen Strukturen der logischen Klasse und der asymmetrischen Relation, die bei der Bildung der ganzen endlichen Zahl zu einem einzigen Ganzen fusioniert wurden, voneinander ab. Wenn die Reihe der endlichen Ordinalzahlen eindeutig derjenigen der Kardinalzahlen entspricht – da jede endliche ganze Zahl unvermeidlich sowohl kardinal als auch ordinal ist–, nimmt die Zuordnung im Gebiet des Transfiniten ein Ende. Diese transfinite Dissoziation des ordinalen und des kardinalen Aspekts der ganzen Zahl führt zu einer Rückkehr zu den getrennten operativen Schemata der asymmetrischen Relation und der logischen Klasse, was die operative Interpretation der endlichen ganzen Zahl, die unter 6. verteidigt wurde, aufs beste bestätigt. Es genügt, daß man vom Bildungsgesetz der endlichen Zahlen, das die unbeschränkte Reihe 1 ... *n* bildet, zur transfiniten Betrachtung ihrer totalen Gesamtheit übergeht, damit sich die mittels „aller" dieser Zahlen konstruierte Klasse *ipso facto* von den asymmetrischen Relationen ablöst, die zu ihrem Aufbau beigetragen haben: Die Iteration der Einheit +1 ist somit ein kombiniertes Resultat der Inklusion von Klassen und der Aufreihung von asymmetrischen Relationen, da die Kardinalzahlen, sobald die eine der Komponenten von der andern abgetrennt wird, sich nicht mehr unbedingt iterieren lassen und nicht mehr eindeutig den Ordinalzahlen entsprechen.

### *12. Schlußfolgerung: Das erkenntnistheoretische Problem der Zahl*

Von den elementarsten Handlungen, die dem Kind oder dem Primitiven gestatten, kleine Mengen abzuzählen, bis zu den negativen, komplexen oder transfiniten Verallgemeinerungen der Zahl, die keinen Bezug zu den

[1] Siehe „Traité de Logique", S. 21.

konkreten Handlungen aufzuweisen scheinen, findet man also denselben operativen Mechanismus wieder, der sich gemäß seiner inneren Logik in der kontinuierlichsten und äquilibriertesten Weise entwickelt, trotz seiner oft unregelmäßigen Erscheinung, die mit der Schwierigkeit der Bewußtwerdung zu erklären ist.

Die Beziehungen zwischen dem Subjekt und den Objekten zeugen von den ursprünglichen Handlungen an von Verwicklungen, die komplizierter sind, als dies die geläufigen empiristischen, aprioristischen oder konventionalistischen Interpretationen berücksichtigen. Gehen wir deshalb auf die Quelle zurück, um sie anschließend mit den im abschließenden mobilen Gleichgewicht beobachtbaren Orientierungen zu vergleichen.

Die Handlung des Zählens kann sicherlich nicht durch die Objekte allein bestimmt werden, da sie sich nach einem operativen Schema strukturiert, das die Dinge an die doppelte Handlung des Vereinigens und des Ordnens assimiliert. Assimilieren bedeutet aber das Hinzufügen von neuen Eigenschaften zu den Objekten, die vor der Handlung des Subjekts in diesen nicht enthalten waren: So fügt die elementare Vereinigung $1 + 1 = 2$ jedem als Einheit gezählten Objekt 1,1, die neue Eigenschaft hinzu, zu einem Ganzen 2 zu gehören. Ist nun aber das Subjekt der alleinige Ausgangspunkt für solche Handlungen, oder setzen diese eine Akkommodation des Subjekts an die Objekte voraus und, wenn ja, welche Art von Akkommodation? Um dieses erkenntnistheoretische Problem der Beziehungen zwischen dem assimilatorischen Aufbau und der möglichen Erfahrung zu lösen, muß man gleichzeitig die psychologischen Wurzeln und den historischen Ablauf des Verallgemeinerungsprozesses des Zahlbegriffs untersuchen.

Vom psychologischen Gesichtspunkt aus sind zwei sehr verschiedene Fragen zu unterscheiden, die man nur zu oft miteinander vermischt: die Frage, ob die Erfahrung notwendig ist, damit sich die Handlungen oder die Operationen des Klassifizierens, Aufreihens oder Zählens organisieren können; und das Problem der Bedeutung des Objekts in dieser eventuellen Erfahrung.

Es scheint uns mit allen bekannten Gegebenheiten übereinzustimmen, daß die Erfahrung für das Kind (und den Primitiven) unerläßlich ist, um die elementaren arithmetischen Beziehungen zu entdecken. Die Tatsache, daß $2 + 2$ immer 4 ergibt (und nie 3 oder 5), ist für ein Kind nicht unabhängig von jeder konventionellen oder nominalen Definition evident, bevor es verstanden hat, daß $4 - 2 = 2$ und daß $\frac{4}{2} = 2$ ist, d. h. bevor sich die Handlungen zu reversiblen Operationen organisiert haben. Die empirische Entdeckung, daß die in einer gewissen Ordnung gezählten 10 Kieselsteine immer noch 10 ergeben, auch wenn man sie in einer andern Anordnung zählt, überraschte einen für seine erkenntnistheoretischen Arbeiten sehr bekannten Mathematiker als Kind derart, daß er sein Interesse für die Zahlen dieser frühzeitigen Erfahrung zuschreibt. Dieser Satz von der Ähnlichkeit der verschiedenen möglichen Ordnungen der Numerierung der Elemente einer Menge wird ebenfalls erst durch die Reversibilität deduktiv (Reversibilität der logischen Aufreihung oder der Ordnung). Die Erfahrung ist somit im Verlauf einer anschaulichen und präoperativen Phase des Denkens für die Entdeckung und Verifizierung der arithmetischen Wahrheiten notwendig. Erst in einer operativen Phase beginnt die Deduktion sich selbst zu genügen.

Wenn nun aber psychologisch die Erfahrung für die Bildung des Zahlbegriffs unerläßlich ist, so beweist dies keineswegs, daß der Zahlbegriff von den Objekten abstrahiert wird, sei es in der einen Form oder in einer andern; denn empirisch zu handeln ist etwas anderes, als eine Beziehung zwischen den Objekten zu abstrahieren: Die zwischen den Objekten bestehende Beziehung kann ihnen durch die Handlung hinzugefügt worden sein, selbst wenn diese Handlung mit einer Phase von tastenden Versuchen beginnt. Anders ausgedrückt: ein empirisch handelndes Subjekt kann die Objekte zur einfachen Unterstützung der Handlung verwenden, als Gelegenheit dazu, aber in Wirklichkeit über sich selbst experimentieren, d. h. über die Koordination seiner eigenen Handlungen, mehr als über die Objekte, auf die sich seine Handlungen stützen.

Welches ist nun die Rolle der Objekte $A, B, C, \ldots J$, wenn das Subjekt, nachdem es $A, B, \ldots J = 10$ numeriert hat, entdeckt, daß bei einer andern Ordnung, wie etwa $J, I, H, G, \ldots A$, die Folge immer noch 10 ergibt? Es ist sicher evident, daß ihre Rolle eine andere ist, als wenn es sich darum handeln würde, zehn Farben oder zehn Gewichte aneinanderzureihen, da in diesem Fall die Qualitäten der Objekte die Reihenfolge bestimmen würden. Bei der einfachen Zählung ist das Objekt im Gegenteil völlig beliebig, in dem Sinne, daß keine speziellen Eigenschaften ins Spiel gebracht werden, da die einzige auftretende Ordnung diejenige der Numerierung ist. Natürlich ist das Abzählen einfacher, wenn es sich um unterscheidbare Körper handelt, aber man könnte sich auch zehn Elemente denken, die von einem kontinuierlichen Körper oder sogar von einer Flüssigkeit oder von einem Gas abgesondert werden: Die Kennzeichnung wäre dann schwierig, und die Erfahrung käme vielleicht erst etwas später zum Abschluß, aber die Handlung des Zählens wäre trotzdem möglich, mindestens innerhalb eines gewissen momentanen Wahrnehmungsfeldes. Kurz, das Objekt spielt in dieser Art von Erfahrungen nur die Rolle einer Unterstützung der Handlung. Man könnte sogar von einem eigentlichen Indikator sprechen: Wenn auch die Erfahrung mittels Nummern gemacht werden könnte, d. h. mit reinen Zahlen oder mit symbolischen Objekten, wird sie jedoch mit wirklichen Objekten ausgeführt, deren Bedeutung für das Subjekt allerdings diejenige eines Wahrnehmungsindizes für seine eigenen Handlungen des Zählens und nicht die eines Zahlelements ist.

Die Zahl wird also zu den Objekten hinzugefügt und nicht von diesen extrahiert, obwohl die Zahl auch in ihren anschaulichen Quellen experimentell entstanden ist: Sie tritt im operativen Assimilationsschema bereits völlig fertig auf. Was die Akkommodation betrifft, so ist sie nicht weniger wirklich, aber sie ist für die unterscheidenden Eigenschaften der betrachteten Objekte nicht spezifisch: Sie führt lediglich dazu, daß die empirische Handlung oder die reversible Operation für jede Kollektion diskreter oder beliebiger Objekte, die (durch die Handlung oder in Gedanken) künstlich unterteilt werden, zu Kombinationen gelangt, die schließlich mit den Objekten selbst übereinstimmen. So heben im vorher besprochenen Beispiel die Objekte als solche die Koordination der Handlungen nicht auf, da zehn in einer Ordnung gezählte Objekte wieder zehn ergeben, wenn sie in einer andern Ordnung gezählt werden. Es gibt also ein ständiges Gleichgewicht zwischen der Assimilation der Objekte an die operativen Schemata und der Akkommodation dieser Schemata an die beliebigen Objekte; in der definitiven Struktur des zu betrachtenden Schemas wird jedoch nichts vom Objekt „abstrahiert", denn um die Zahl aus einer Menge von Objekten zu abstrahieren, müßte man diese Objekte klassifizieren und ordnen können, was aber Handlungen des Subjekts sind, die auf diese Mengen ausgeübt werden. Das Schema der Zahl reduziert sich aber gerade auf diese Handlungen des Klassifizierens und des Ordnens, die lediglich auf eine neue Art gruppiert werden.

Was das „innere Experiment" anbelangt, so haben wir schon (unter 2.) gesehen, daß daraus nicht die Zahl in der Art von Maine de Biran abgeleitet werden kann, der glaubte, man könne aus der „Lektüre der Bewußtseinszustände" eine völlig fertige Kausalität ableiten, die mit der eigentlichen Handlung verbunden ist. Weder die Seriation noch die Klassifizierung oder die Zahl entstehen ohne weiteres im inneren Bewußtsein: Sie folgen aus der sukzessiven Koordination der Handlungen, d. h. aus ihrer Gruppierung, und diese Gruppierungen werden auf die Gegebenheiten der inneren Experimente und der äußeren Erfahrungen ohne Unterschied angewendet, ohne daß die ersteren bessere Resultate als die letzteren erzielen würden, da es auf die Umwelt ausgeübte Handlungen sind und nicht erste Anschauungen. Kurz, wenn man die Koordination der Handlungen durch die des Denkens ersetzt, so ist diese Koordination immer eine Aktivität, und das Wichtige daran ist nicht der Widerhall dieser Aktivität im Bewußtsein: Wichtig ist der aktive Charakter dieser Koordination als

Vorbedingung jeglicher Erfahrung und als Quelle von Transformationen, die die Objekte der inneren Erfahrung und der äußeren Realität bereichern.

Die spezielle Natur der in der Mathematik (zuerst empirisch, dann deduktiv, aber in beiden Fällen unabhängig von den Objekten) vorkommenden Handlungen oder Operationen erklärt die Tatsache, daß diese Handlungen und ihre Kompositionen repetiert und auf unbestimmte Weise verallgemeinert werden können. Wir stellten schon in psychologischer Hinsicht fest, daß, sobald die Stufe der konkreten Operationen überschritten ist und sobald die formalen Mechanismen die möglichen Handlungen fortsetzen, die Reihe der dem Kind von 11–12 Jahren zugänglichen Zahlen jede Wahrnehmung und sogar jede spezielle Vorstellung überschreitet, um sich in Richtung der reinen Konstruktion weiterzuentwickeln. Sagt ein Kind zum Beispiel, daß „man nie ans Ende der Zahlen gelangt", wie dies eine Versuchsperson von elf Jahren ausdrückte, so hat es die unbegrenzte Möglichkeit der Iteration der Operation +1 entdeckt, die mit einem endlichen Schema vergleichbar ist, das man sich wie eine gegegebene Zahl vorstellen kann und das effektiv die Terme einer konkreten Kollektion von Objekten vereinigt. Anders ausgedrückt: da die Zahl ausschließlich aus einem System von Handlungen oder Operationen besteht, die auf die Objekte ausgeübt werden, aber von den speziellen Eigenschaften dieser Objekte nicht abhängt, kann sie auf unbegrenzte Weise und über die Bereiche der Wahrnehmung und jeder bildhaften Vorstellung der Objektmengen hinaus gebildet werden und liegt somit bestimmt jenseits der Grenzen des Objekts. Die Verwendung von verschiedenen Formen des Unendlichen, die für den Zahlentheoretiker, für den Geometer oder die Analyse unerläßlich sind, ist somit täglich Zeuge für diese Befreiung der numerischen Gegebenheiten vom Objekt, das als Erfahrungsobjekt notwendig war.

Bei der Verallgemeinerung der Zahl in Richtung des Negativen, des Imaginären usw. haben wir gesehen, um wieviel paradoxer ihre psychologische Natur ist, als Operation, die mit einer immer differenzierteren Genauigkeit auf die Objekte ausgeübt wird, ohne daß man jedoch verstehen könnte, wie sie von diesen abstrahiert worden sei. Diese Doppelnatur der Zahl wird von keiner der geläufigen Lösungen des Problems der Anpassung der Zahl an die physikalische Realität gelöst. Die aprioristischen Lösungen, die die Zahl als eine Struktur auffassen, die innerhalb des Geistes entstanden ist (oder als eine konventionelle Sprechweise, die durch den Verstand erarbeitet wurde) und der äußeren Realität aufgezwungen wird, erklärt nicht, warum die Zahl mit dieser Realität konvergiert. Die empiristischen Lösungen, die trotz allem vorgeben, die Zahl direkt aus dem Experiment abzuleiten, erklären weder ihre Fruchtbarkeit noch ihre Notwendigkeit. Sagt man jedoch, daß die Zahl von den Operationen oder den durch das Subjekt auf die Objekte ausgeübten Handlungen herrührt, ohne von den Objekten selbst abzustammen, so gestattet dies, die verschiedenen Zahlbegriffe als Ergebnis einer fortschreitenden Koordination zu verstehen, ohne daß die Zahl im vornherein als im Geist oder in den Dingen liegend aufgefaßt werden muß. Obwohl die Quelle der Koordinationen in der Aktivität des Subjekts zu suchen ist, sind die verschiedenen Zahlformen durch diese nicht vorgebildet, sondern stellen die Endzustände der Koordination dar, die notwendigerweise Gleichgewichtszustände sind, deren Aufbau schon in der Organisation der sensomotorischen und perzeptiven Schemata beginnt. Über die Mechanismen dieser ursprünglichen psychologischen Schemata hinaus gehen diese Koordinationen bis auf die elementaren biologischen Koordinationen zurück. In diesem Fall kann die Anpassung der Zahl an die Realität weder durch den äußeren Druck der Realität auf einen vollendeten Geist noch durch eine vorgängige innere Ausbildung im betrachtenden Geist als „Akt" oder als „Potenz" erklärt werden, sondern allein durch die Tatsache, daß die für die Entwicklung des Geistes verantwortlichen Aufbaumechanismen ihre Wurzeln in der biologischen Organisation und somit in der physikalischen Realität haben. Die Übereinstimmung der logisch-arithmetischen Operationen und der Dinge ist somit nur durch den Einbezug des Organismus und seiner inneren Mechanismen zu verstehen und nicht als direkte Einwirkung der Umgebung. Es ist also, anders gesagt, das Geheimnis des Einklangs der fundamentalen intellektuellen Konstruktionen (logische Gruppierung und arithmetische Gruppe) mit der Realität durch die psychobiologischen Koordinationen – die die Handlung ermöglichen – und nicht durch die von den Philosophen als *a priori* bezeichneten Strukturen des Denkens zu erklären noch durch die äußere oder durch innere Erfahrung[1].

Die beiden Hauptschwierigkeiten einer solchen Lösung bestehen darin, zu erklären, wie die graduelle Ausbildung als Folge der Aktivität des Subjekts zu notwendigen und abschließenden Organisationen führt, ohne daß

[1] Wir halten von vornherein fest, daß eine solche Lösung nichts „Realistisches" und vor allem nichts Materialistisches im dogmatischen Sinn des Ausdruckes enthält, denn wenn sich die Psychologie bemüht, die Zahl auf die Koordinationen der Intelligenz zu reduzieren, und die Biologie diese auf organische Koordinationen zurückzuführen versucht und die vitalen Organisationen wiederum auf die Gesetze der physikalischen Chemie, so bringt die Mathematik die physikalischen Realitäten mit den Kategorien des Geistes in Einklang. Es gibt somit immer einen Kreisprozeß zwischen dem Subjekt und dem Objekt, aber im Fall der Mathematik dehnt sich dieser Kreis aus, bis er den Kreis der gesamten Wissenschaft umfaßt, statt sich nur auf das äußere Experiment zu beziehen. Dieser Wissenschaftszirkel

diese im Geist oder im Organismus präformiert sind, und wie sich die Entwicklung in vielfältige Strukturen differenziert, die gewissermaßen im voraus an das Objekt angepaßt sind, obwohl sie sich aus ursprünglich sehr einfachen und wenig zahlreichen Koordinationen ergeben. Man kann in dieser Hinsicht die höheren Formen der Zahl nicht von ihren elementaren Formen abtrennen. Kronecker schrieb die Schöpfung der natürlichen Zahlen Gott zu und den Rest der menschlichen Erfindungsgabe. Dies drückt auch der traditionelle Sprachgebrauch aus, wenn er die Folge der positiven ganzen Zahlen „natürlich" nennt, wie wenn die anderen Zahlen künstlich wären. In Wirklichkeit gibt es aber keinen Gegensatz zwischen den operativen Verfahren, welche die ganze Zahl erzeugen, und den verallgemeinerten Operationen, die zu den übrigen numerischen Strukturen führen. Hingegen zeigen diese verallgemeinerten Formen der Zahl explizit die geistigen Eigenheiten, die im Aufbau der ursprünglichen Zahlen implizit enthalten sind: Sowohl diese wie auch die höheren Zahlen ergeben sich aus ein und demselben operativen Mechanismus, dessen sukzessive Manifestationen lediglich die Phasen einer graduellen Koordination darstellen. Daraus ergeben sich die beiden schon formulierten Probleme: Warum führt diese Entwicklung zu unvermeidbaren Strukturen, und wie erklärt man ihre Fruchtbarkeit, wenn die Wurzeln lediglich in den elementaren psychobiologischen Koordinationen liegen? Noch anders ausgedrückt: wie kann man die finale Notwendigkeit der numerischen Entwicklungen mit dem Fehlen einer Präformation vereinbaren und wie ihre sowohl schöpferische als auch vorwegnehmende Vielfältigkeit mit der Ärmlichkeit ihrer Quellen in Einklang bringen?

Die Frage der schließlichen Notwendigkeit der numerischen Strukturen ist einfacher zu lösen. Der genetische Gesichtspunkt gestattet, der im voraus in der Form von *a priori*-Strukturen gegebenen Notwendigkeit eine am Ende stehende Notwendigkeit entgegenzustellen, die die mobilen und reversiblen operativen Gleichgewichtszustände, zu denen die Entwicklung der Handlungen tendiert, charakterisiert, ohne daß die Form dieses Gleichgewichts von Anfang an in Erscheinung tritt. In dieser Hinsicht ermöglicht die Interpretation der ganzen Zahl als Resultat einer Fusion zwischen den Operationen, die von der qualitativen Logik auf der Stufe der isolierten Gruppierungen verwendet werden (Inklusion der Klassen

---

ist das Studienobjekt des ganzen vorliegenden Werks, es ist nicht der Ort, ihn hier darzustellen. Es muß aber festgehalten werden, daß die Einheit des Geistes mit der Realität, die mittels der psycho-biologischen Koordination gewährleistet ist, nur die Hälfte dieses Zirkels beschreibt und daß die andere Hälfte darin besteht, umgekehrt die Wirklichkeit durch die Physik und die Mathematik mit dem Geist zu verbinden.

und Aufreihung der asymmetrischen Relationen), sowohl das Verständnis der rationalen Notwendigkeit der letzten Synthese als auch der Kontinuität, mit der diese letzte Synthese aus den elementarsten Koordinationen herausgewachsen ist. Tatsächlich sind die logischen Gruppierungen einerseits nichts anderes als das verinnerlichte und äquilibrierte Resultat der Koordinationen von Handlungen, die von ihren bescheidensten Formen an Beziehungen zwischen aufeinanderfolgenden Bewegungen schufen; Rück- und Umwege, die zur Komposition, zur Reversibilität und zur operativen Assoziativität führten. Die Logik ist somit von den Schemata der sensomotorischen Aktivität und der Wahrnehmung an in Entwicklung begriffen und stellt die endgültige Gleichgewichtsform dieser Koordinationen dar[1]. Anderseits beobachtet man von den frühesten Formen der geistigen Aktivität an eine Art anschauliche und perzeptive Numerierung, welche die übrigen Koordinationen zwischen der Klassifizierung und der Aufreihung ankündet und schließlich in die elementaren Koordinationen zwischen den klassifizierenden und den ordnenden Schemata von motorischem Charakter einmündet. Otto Köhler zeigte auf diese Weise, daß Vögel Mengen von 2 bis 6 Objekten unterscheiden können und daß man die Hühner darauf dressieren kann, jedes zweite Korn aus einer langen Reihe mit Dutzenden von Elementen zu picken. Diese anschaulichen oder figurhaften Zahlen findet man beim Kleinkind schon vor der Bildung der operativen Folge der ganzen Zahlen. Hier ist es deshalb noch leicht, den Übergang von den elementaren, noch nicht rationalen Koordinationen zu den schließlich notwendigen Formen durch einen fortschreitenden Gleichgewichtsprozeß zu erklären, der die Endformen als notwendig erscheinen läßt, ohne daß jedoch eine strukturale Präformation eingeführt werden muß: Die fortschreitende Ausbildung der aktiven und anschaulichen Konfigurationen und die daraus folgende Reversibilität genügen für die Erklärung, ohne daß zu einem *A priori* Zuflucht genommen werden müßte.

Bei der wachsenden Fruchtbarkeit des Zahlbegriffs trotz der Elementarität seines Ursprungs besteht die frappierende Eigenschaft dieser Entwicklung darin, daß sich die Zahl, von den direkt auf die Objekte ausgeübten Handlungen des Vereinens und des simultanen Ordnens ausgehend, gleichzeitig in zwei divergierenden und komplementären Richtungen entwickelt: Einerseits entfernt sie sich immer mehr von der experimentellen Handlung des Subjekts, um sich in operative Kompositionen ohne Zusammenhang mit der unmittelbaren Handlung zu engagieren (das Unend-

---

[1] Vgl. J. Piaget, „Die Psychologie der Intelligenz", Rascher: Zürich, 2. Aufl. 1966.

liche, das Imaginäre usw.), andererseits aber entfernt sie sich von der empirischen Erscheinung der Objekte nur, um letzten Endes den Mechanismus ihrer inneren Umformungen noch besser zu erreichen (z. B. die Anwendungen des Unendlichen auf die Variationsrechnung oder des Imaginären auf die Vektorrechnung).

Diese doppelte Evolution, durch Verinnerlichung der Handlungen des Subjekts einerseits und durch Eindringen in den Kern der möglichen Veränderungen des Objekts andererseits, spielt sich weder im einen noch im andern Aspekt in regelmäßiger Weise ab. Bei der Verinnerlichung der Operationen wurden die Fortschritte in der Bildung und der Theorie der Zahlen nicht durch eine einfache und geradlinige Deduktion erreicht: Dieser Fortschritt ergab sich aus Zufallsentdeckungen und aus tastenden Versuchen, wie wenn ein System von objektiven Gesetzen nach und nach vom Geist erfaßt worden wäre; es waren aber Entdeckungen von inneren, nicht von äußeren Realitäten. Verschiedene Geheimnisse wurden übrigens von dieser sowohl tastenden als auch konstruktiven Forschung noch nicht erfaßt, wie das Folgegesetz der Primzahlen. Andererseits haben wir im Hinblick auf die Anpassung der Zahl an das Objekt gesehen, wie wenig sie eine graduelle Unterwerfung des Geistes unter das physikalische Experiment bezeugen, da es sich im Gegenteil immer wieder um lange vorher erarbeitete Schemata handelt, die in völlig unvorhergesehenen Situationen im Nachhinein zur Anwendung gelangen. Wenn die Bildung der Zahl eine doppelte Befreiung von den direkten Handlungen des Subjekts und den unmittelbaren Strukturen des Objekts darstellt und eine doppelte Entwicklung in Richtung auf die interne Koordination der Handlungen und die innerste Umwandlung der Strukturen, so erweist sich diese doppelte Evolution sowohl als tastend im Fall der Handlungen als auch als vorwegnehmend im Fall der Strukturen, d. h. in beiden Fällen wird sich das Subjekt nach und nach eines Elements bewußt, entweder seiner eigenen Koordinationen oder der Konvergenz mit der Wirklichkeit, die über seine augenblickliche konstruktive Aktivität hinausgehen.

Anders ausgedrückt: diese doppelte Erweiterung vollzieht sich zugunsten eines universaleren Subjekts und auch zugunsten eines verallgemeinerten Objekts: Das Geheimnis der Zahl besteht hauptsächlich darin, daß sie, wenn sie sich von der elementaren Handlung entfernt, aus der sie erzeugt wurde, sich trotzdem nicht in die Welt der Chimären verirrt, wie dies bei physikalischen Begriffen der Fall wäre, die aus ihren ursprünglichen Umgebungen der experimentellen Handlung herausgelöst und ohne Einschränkung verallgemeinert würden; die Zahl stimmt mit den Operationen des Geistes immer besser überein, je mehr sie sich entwickelt, und sie paßt sich immer besser an das Universum an, je mehr sie ihr scheinbares

Gesicht wechselt. Das außerordentliche Interesse der Erkenntnistheorie an dieser inneren Übereinstimmung und äußeren Angleichung ergibt sich daraus, daß sich die Übereinstimmung und die Angleichung aus einer Wechselwirkung zu entwickeln scheinen, die durch die elementare Handlung des Subjekts auf die Objekte festgelegt ist, trotz der Sprünge und Stockungen des psychologischen und historischen Ablaufs.

Der Schlüssel des Geheimnisses scheint in erster Linie darin zu bestehen, daß die Zahl nicht aus speziellen Handlungen hervorgeht, d. h. aus einem speziellen Handlungstyp unter anderen, sondern daß sie die eigentliche Koordination dieser Handlung in einer Form ausdrückt, die sowohl vergeistigt ist (d. h. verinnerlicht) als auch zu einem mobilen Gleichgewichtszustand gelangt. Vereinigen und Ordnen sind keine speziellen Handlungen, vergleichbar mit den Handlungen des Wägens, des Stoßens, des Aufhebens usw.: Es sind Handlungen, die sich untereinander koordinieren, da sie von Anfang an eine Koordinationsforderung übersetzen, d. h. aus der Koordination aller anderen Handlungen resultieren. Daß diese Koordinationen zuerst Objekte brauchen, um angewendet zu werden, bedeutet in keiner Weise, daß sie ihre Strukturen aus dem Objekt als solchem beziehen, im Gegenteil, sie bilden diese Strukturen im selben Maße aus, wie sie funktionieren, von den organischen und psychobiologischen Rhythmen über die perzeptiven und anschaulichen Regulationen bis zu den logisch-arithmetischen Operationen, dem konkreten Endergebnis dieses Gleichgewichtsstrebens (und Ausgangspunkt der übrigen Formalisierungen), die den Endzustand eines Koordinationsprozesses darstellen, der mit der psycho-biologischen Organisation und Assimilation beginnt. Die Zahl ist somit, zusammen mit den logischen Operationen, die sie voraussetzt und deren Synthese sie realisiert, die wesentlichste und zentralste Form der geistigen Assimilation, da sie die psycho-biologische Assimilation mittels der sensomotorischen und anschaulichen Formen fortsetzt. Dies ergibt die Möglichkeit ihrer Ablösung von den direkten Handlungen und der unmittelbaren Realität, ohne jedoch die Beständigkeit ihrer Übereinstimmung mit allen Operationen des Geistes und allen Transformationen der Wirklichkeit zu erschüttern. Die Akkommodation, die zu dieser allgemeinen Form der Assimilation gehört, kann nur vorwegnehmend sein, da sie nicht aus den verschiedenen Qualitäten der Objekte resultiert und erhalten bleibt, sobald sie einmal realisiert ist, da die Koordinationen der Handlungen immer mit der Realität übereinstimmen, falls sie nicht aus einem speziellen Experiment resultieren, sondern aus der Handlung auf ein beliebiges Objekt. Die Bildung der Zahl ist somit als Ganzes der Prototyp dieser Assimilation der Wirklichkeit an den Geist, die jede mathematische Wissenschaft bewirkt und die darin besteht, die Transformationen der Wirklichkeit in die Koordinationen der subjektiven Handlungen einzubetten, seien diese effektiv oder virtuell.

Zweitens: Wenn die logisch-arithmetischen Operationen aus der Koordination der Handlungen und nicht aus dem spezialisierten Detail dieser Handlungen hervorgehen, bezeugt die wachsende Vielfalt der numerischen, spätentwickelten geistigen Strukturen, die nicht als *a priori* verstanden werden, einen Bildungsmodus, dessen genetische Erklärung als *tertium* sowohl vom Präformismus als auch vom Appell an empirische Faktoren abweicht: die Koordination der Handlungen enthält von vornherein weder die Logik noch die Zahl, sondern die Koordination liefert, da die logisch-arithmetischen Operationen das Ergebnis einer Abstraktion von den Handlungen und nicht vom Objekt sind, die Elemente zu diesen möglichen Differenzierungen. Tatsächlich sind die Abstraktion und die Verallgemeinerung bezüglich der Handlungen, wie wir (unter 2.) gesehen haben, sowohl konstruktiv als auch reflexiv, im Gegensatz zur Abstraktion und der daraus folgenden Verallgemeinerung. Anders ausgedrückt: Wenn man die Eigenschaften der Objekte abstrahiert und verallgemeinert, so erhält man schließlich nur, was man ihnen zu Beginn entliehen hat, außer man fügt ihnen die operativen Eigenschaften hinzu, die man aus der Aktivität des Subjekts bezieht. Wenn die Zahl und die Logik nur Schematisationen des Objekts wären, könnte man kaum verstehen, warum sie wie die logisch-arithmetischen Schemata so weit über das Objekt hinauszugehen vermögen. Hat man hingegen einmal ein funktionelles *A priori* angenommen (funktionell und nicht strukturell, d. h. keine *a priori*-Struktur enthaltend), das die Koordination der Handlungen des Subjekts bildet (das Fehlen dieser Koordination würde aus dem Organismus eine *tabula rasa* gegenüber der Einwirkung der Umgebung machen, was allem widerspricht, was wir aus der Biologie gelernt haben), so bilden sich die logischen und numerischen Operationen sowohl durch Abstraktion von der sensomotorischen Organisation aus als auch durch verallgemeinernde Zusammensetzung der so abstrahierten Eigenschaften zu einer Komposition, die immer mobiler und reversibler wird, da sie immer besser äquilibriert ist.

Tatsächlich sind die sensomotorischen Schemata, die aus der aktiven Repetition der Verhaltensformen resultieren – und auf dem Gebiet der Wahrnehmung und der motorischen Gewohnheit die einfachsten geistigen Assimilationen der Wirklichkeit durch das Subjekt bilden –, selbst aus einer ersten Abstraktion von den organischen Reflexzyklen hervorgegangen, von denen sie ihre Fähigkeit der Repetition und der verallgemeinernden Ausweitung entliehen. Die sensomotorischen Schemata führen wiederum zu einer Art Handlungslogik, deren spezielle Kohärenz z. B. darin besteht, nicht gleichzeitig mit einer Handlung eine mit der Zielsetzung im Widerspruch stehende Handlung auszuführen, oder darin, ein Handlungsschema auf eine analoge, aber neuartige Umgebung anzuwenden oder Mittel und Ziele zu ordnen usw. Die Bildung dieser sensomotorischen Logik geht aber aus den vorangegangenen Koordinationen durch die Abstraktion der Fähigkeit hervor, eine Folge oder praktische Klassifikation zu ordnen (wiedererkennende Unterscheidungen oder Verallgemeinerung durch Übertragung). Das anschauliche Denken entleiht ebenfalls den sensomotorischen Schemata durch neue Abstraktionen ihre Fähigkeit, die Realität nach dem doppelten Mechanismus der Sukzession und der Klassifizierung zu assimilieren; sie übersetzt diese aber in die Form von Vorstellungen, d. h. von verinnerlichten Handlungen, die ausgeprägtere und weiter vorangetriebene Vorwegnahmen und Rekonstruktionen ermöglichen. Die konkreten Operationen abstrahieren vom anschaulichen Denken diese Ausprägungen, verallgemeinern sie aber in eine mobile und reversible Form. Die formalen Operationen schließlich abstrahieren diese Operationen von ihrer begrenzten Umgebung, um sie in Aussagen zu verwandeln, die unabhängig von jeder konkreten Handlung sind. Die logischen und numerischen Operationen entstehen somit etappenweise, wobei sie sich auf jeder Stufe auf Elemente stützen, die von den Koordinationen des vorangehenden Niveaus abstrahiert sind. Auf diese Weise reichen die Wurzeln der logisch-arithmetischen Strukturen in die elementarsten Koordinationen hinunter, ohne präformiert zu sein, und entwickeln sich durch einen doppelten Prozeß der reflexiven Abstraktion (Differenzierung) und der Verallgemeinerung, die in neuen Kompositionen besteht, die sich die Elemente der vorangegangenen Strukturen einverleiben.

Drittens: Die stufenweise Strukturierungen, die Differenzierung und korrelative Integration auf jeder Stufe bilden nicht nur eine Bereicherung und graduelle Verfeinerung der aufeinanderfolgenden Koordinationsformen, sondern auch in gewisser Hinsicht eine erweiterte, zeitlich verschobene Wiederholung derselben Bildungsprozesse auf einer jeden Stufe. Es zeichnen sich in der Tat schon auf der sensomotorischen Stufe, skizzenförmig und wenig differenziert, dieselben Organisationsformen ab, die sich später im großen auf der operativen Stufe entfalten. Die sensomotorischen Schemata enthalten also das funktionelle Äquivalent zu den Klassen (Anwendung eines Schemas auf verschiedenartige Situationen) und den Relationen (Beziehungen des Unterschieds oder der Ähnlichkeit, die in der Handlung verwendet werden), sogar eine gewisse pränumerische Quantifizierung durch die kombinierte Handlung der Ähnlichkeit und der Ordnung (kumulative Wiederholung, z. B. mit verschiedenartiger Nachahmung, je nachdem, ob es sich um eine 1–2malige Reproduktion oder eine 4–5malige Wiederholung derselben Bewegung handelt).

Geht man von der sensomotorischen Stufe auf die instinktive Stufe zurück, so findet man analoge Prozesse in noch elementareren und strengeren Formen und so fort; es ergibt sich eine vollständige funktionelle Kontinuität zwischen dem Organischen und dem Geistigen.

Die Zahl resultiert aus der Koordination der Handlungen und nicht aus den speziellen Handlungen als ein Produkt von reflexiven Abstraktionen, auf die sich die neuen Kompositionen auf jeder neuen Stufe ohne funktionelle Diskontinuität stützen, ist also mit den fundamentalsten Aktivitäten des Subjekts verbunden, ohne jedoch von vornherein in den Ausgangskoordinationen enthalten zu sein, sie ist auch durch diese Koordinationen ständig an die Realität angepaßt, ohne indessen von den Objekten abstrahiert zu sein.

# KAPITEL II

## *Die operative Konstruktion des Raums*

Je mehr in den letzten Jahren die mathematische Untersuchung der Beziehungen zwischen der Zahl und dem Raum vorwärtsgetrieben wurde, desto deutlicher zeigte es sich, daß diese zwei Realitäten zueinander parallel sind. Die Konvergenz ist um so erstaunlicher, als es lange Zeit üblich war, die Zahl als Repräsentant der reinen Mathematik zu betrachten, sie also ausschließlich intellektuell aufzufassen, und den Raum als ersten Bereich der mathematischen Anwendung, als von sinnlicher oder wahrnehmbarer Natur. Von diesem Gegensatz ist nichts mehr übriggeblieben; für die genetische Erkenntnistheorie jedoch sind die Gründe ihres Verschwindens äußerst lehrreich.

Seit den Arbeiten von Weierstraß, G. Cantor und Dedekind schien eine Übersetzung des geometrischen ins sogenannte analytische Kontinuum, in die Menge der reellen (rationalen und irrationalen) Zahlen, möglich zu werden und umgekehrt. Die „Mächtigkeit des Kontinuums" ist jene numerische Charakteristik, die im Sprachgebrauch der Mengentheorie den Eigenschaften des räumlichen Kontinuums entspricht. Cantor bestimmte z. B. die Häufungspunkte von konvergenten Reihen, auf denen das geometrische Kontinuum aufgebaut ist (jeder dieser Punkte wird als Grenzwert einer Reihe verschachtelter Intervalle verstanden), durch dieselbe Art, wie er auch die irrationalen Zahlen definierte, die die Lücken zwischen den rationalen Zahlen ausfüllen.

Die Fortschritte der Topologie führten andererseits in verschiedenen Punkten zu einer Wiederbegegnung mit der Zahl. So führt das Studium der Topologie von Polyedern zu einer kombinatorischen und algebraischen Topologie, die sich kaum mehr von einer reinen Algebra unterscheidet. Gewisse diskrete und kommutative Gruppen, die kürzlich von Pontrjagin entwickelt wurden, realisieren eine Synthese zwischen der Topologie und der Algebra, die so streng ist, daß ihre Elemente – je nachdem – als Material für algebraische Berechnungen oder als Punkte betrachtet werden können, die durch ein Umgebungsprinzip miteinander verbunden sind. Die Theorie der abstrakten Räume gestattet ihrerseits, im räumlichen Sprachgebrauch von beliebigen Mengen zu sprechen, unter der Bedingung, ein Umgebungsgesetz zu bestimmen, wobei sich dieses sogar stark vom gewöhnlich mit dieser Vokabel verbundenen Begriff entfernen kann: so gibt es den „Raum der rationalen Zahlen"[1]. Umgekehrt spricht die Mengentheorie von offenen und abgeschlossenen Mengen, von Grenzen, von außen und innen usw., sowohl im geometrischen als auch im abstrakten Sinn. Schließlich ist es in gewissen Grenzgebieten eine Frage der Konvention, ob man den Gesichtspunkt der räumlichen Umgebung oder den analytischen Sprachgebrauch der Mengen und der Zahlen verwendet.

B. Eckmann, ein junger Mathematiker, betrachtete kürzlich den Dualismus von Zahl und Raum nicht als Beispiel einer statischen Dualität von zwei qualitativ verschiedenen Gegenständen, sondern als eine „Komplementarität" im Sinn der Mikrophysik, d. h. als Dualität der Gesichtspunkte im Hinblick auf zwei ebenso notwendige Aspekte derselben Realität[2].

Psychologisch gesehen läßt sich im ersten Moment ein wesentlicher Unterschied zwischen dem Raum, der auf den Wahrnehmungen und der elementarsten Motorik beruht, und der Zahl als Produkt von später auftretenden und schnell formalisierbaren Operationen denken. Dieser Kontrast ist sogar dermaßen täuschend, daß zum Beispiel Kant den Raum und die Zeit als *a priori*-Formen der Empfindung auffaßte, die Zahl jedoch als ein verbindendes Schema zwischen der Zeit und dem logischen Verstehen.

Als Bestätigung dessen, was wir über die logisch-arithmetischen Operationen gesagt haben — daß sie in den ursprünglichsten Koordinationen der Handlung wurzeln —, wird sich zeigen, daß die genetische Konstruktion des Raumes auf den verschiedenen perzeptiven, sensomotorischen, anschaulichen und operativen Stufen parallel zu derjenigen der Zahl verläuft, bis auf den einzigen Unterschied, daß die logisch-arithmetischen Schemata von Handlungen auf diskontinuierliche Elemente der Wirklichkeit ausgehen, die räumlichen Schemata hingegen von Handlungen auf kontinuierliche Elemente. (Die beiden Schematismen finden sich schließlich immer näher zusammen.) Wenn man sich effektiv die Mühe nimmt, die Wahrnehmung beim Kind und nicht nur beim Erwachsenen zu untersuchen (wo sich alle Arten von Rückwirkungen der operativen Intelligenz einstellen), so stellt man fest, daß die Wahrnehmungsmechanismen genauso wenig ausreichen, um für sich allein einen zusammenhängenden Raum zu konstruieren, wie zur Bildung von Klassen, von logischen Relationen und von Zahlen. Wenn man die Bildung des Raumes im anschaulichen Denken und auf der Ebene der konkreten, noch nicht formalen Operatio-

---

[1] Siehe Kuratowski, „Topologie".

[2] B. Eckmann, „Topologie und Algebra", Vierteljahresschrift d. Naturf. Ges. Zürich 1944, S. 26.

nen verfolgt, so stellt man fest, daß diese Entwicklung Schritt für Schritt der Bildung der logisch-arithmetischen Operationen entspricht, mit dem einzigen Unterschied, daß es sich um infralogische Operationen handelt, die sich auf die Erarbeitung des Objekts beziehen oder auf die Erarbeitung von Objekten verschiedener Ordnung, und nicht um logische oder numerische Operationen, die sich auf die verschiedenen Arten der Vereinigungen von diskontinuierlichen Objekten beziehen (Vereinigung in Klassen, in aufgereihte Relationen oder Zahlen).

Die Gegebenheiten der genetischen Konstruktion konvergieren also mit den Resultaten der theoretischen Konstruktion statt zu divergieren, und die Übereinstimmung ist sogar so groß, daß im Gegensatz zur geläufigen Meinung – die die euklidische Metrik als primär betrachtet – sich die topologischen Beziehungen als erstes organisieren, daher die Parallelität zwischen den räumlichen Inklusionen (wie auch den Ordnungs- oder Placierungsrelationen) und den logischen Klassifizierungen (sowie den Separierungen).

## *1. Klassifikation der erkenntnistheoretischen Interpretation des Raums*

Die Ausbildung des Raums entspricht nicht nur der geistigen Entwicklung auf jeder ihrer Stufen, sondern zweifelsohne auch der ganzen biologischen Evolution, eingeschlossen die elementaren Prozesse der vitalen Morphogenese. Auf dem Gipfel dieser Entwicklung wird der Raum durch die deduktiven Operationen der Geometrie erzeugt. Diesen formalisierten Operationen gehen jedoch die konkreten Operationen voran, die ihrerseits in den verschieden ausgeprägten Anschauungen wurzeln. Diese Anschauungen gehen von einem sensomotorischen und perzeptiven Raum aus, der seinerseits aus einem posturalen und reflexiven Raum hervorgegangen ist, der „erhandelt" wurde, bevor er gesehen oder begriffen werden konnte. Jeder tierische Instinkt setzt bereits eine Geometrie voraus (z. B. die regulären Zellfiguren eines Bienenkorbs oder eines Spinngewebes), und jede Morphogenese (die durch den Instinkt teilweise fortgesetzt wird) ist eine kontinuierliche Schöpfung von Gestalten, die in Verbindung mit der Umgebung entstehen. Es ist somit klar, daß dieselben erkenntnistheoretischen Fragen auf jeder dieser Stufen gestellt werden können, wobei sich im übrigen dieselbe Zahl von Lösungen anbieten. Speziell existieren ebenso viele Unterschiede zwischen den verschiedenen Interpretationen der Wahrnehmung des Raumes wie zwischen den Erkenntnistheorien, die den

Raum als eine „Art der Empfindung" auffassen, und zwischen den vielfältigen Theorien der geometrischen Deduktion, die ihn als Produkt der Aktivität des Intellekts betrachten.

Von diesem Gesichtspunkt aus ist schon die geschichtliche Folge der Erklärungen des Raums für sich allein äußerst bedeutungsvoll. Man kann in der Tat sagen, daß die Interpretation der modernen Geometrie in großen Zügen von einer Konzeption, die den Akzent auf die perzeptive oder „sinnliche" Natur des Raums legte, zu einer Konzeption überging, die die Geometrie auf eine Art Logik reduziert: Bei beiden extremen Standpunkten findet man jedoch dieselben Schwankungen zwischen nativistischen und empiristischen Interpretationen — und dieselben Anstrengungen, um den zwei entgegengesetzten Übersteigerungen zu entgehen und die Wechselbeziehungen zwischen dem Subjekt und dem Objekt zu finden.

Descartes, der sich auf seine Entdeckung der analytischen Geometrie stützte, nahm eine Art von Parallelität zwischen der Algebra und der Geometrie an wie bei den Kurven, die den Gleichungen der algebraischen Rechnung entsprechen und umgekehrt: diese Parallele aber, die auf dem metaphysischen Dualismus des Ausgedehnten und des Gedachten beruht, führte in seinem System zu keiner wirklichen Einheit der operativen Bildung und der räumlichen Anschauungen. Bei Kant verschärfte sich der Gegensatz zwischen dem Raum, der (wie die Zeit) als *a priori*-Form der „Sensibilität" begriffen wird, und dem logischen Verständnis; wobei die Zahl als Schematismus zwischen den Extremen liege, da sie auf dem zeitlichen Ablauf und nicht auf dem Ausgedehnten basiere. Während fast des gesamten 19. Jh.s konzentrierten sich die Interpretationen des Raumes auf den perzeptiven Kontakt des Subjekts mit dem physikalischen Objekt und schwankten zwischen dem „Nativismus" oder Apriorismus einerseits und verschiedenen Formen des „Empirismus" oder der Entwicklungstheorie andererseits, wobei aber die Idee eines Gegensatzes zwischen dem sinnlich wahrnehmbaren, anschaulichen Charakter des Ausgedehnten und dem logischen oder kombinatorischen Aspekt der Analysis und der Algebra immer spürbar blieb. Im Gegensatz dazu bereitete sich schon im Laufe des 19. Jh.s die Krise der Geometrie vor, die in unserer Zeit die Rauminterpretationen hervorbrachte, welche versuchen, den Raum von der perzeptiven oder bildhaften Anschauung loszulösen und als Funktion einer deduktiven Bildung zu verstehen, die nicht mehr einfach und im nachhinein auf die durch die Sensibilität vorgegebenen Formen angewendet wird, sondern diese tatsächlich erzeugt (dank einer Verallgemeinerung, die vom sensomotorischen Kontakt mit dem physikalischen Objekt an möglich ist).

Diese Krise war, wie jedermann weiß, eine Folge der graduellen Erarbeitung der nicht-euklidischen Geometrie, die die Existenz einer Pluralität von Modellen offensichtlich werden ließ, von denen nur eines direkt mit der Art übereinstimmt, wie wir den nahen und praktischen Raum erfassen. Zwei entscheidende Ereignisse zeigten, wohin die Kontroversen führten, die durch diese fundamentale Entdeckung hervorgerufen wurden, und lösten gemeinsam die Interpretation des Raumes von der sinnlichen Anschauung los: es sind dies die Entdeckung der Relativitätstheorie und der Erfolg der axiomatischen Methode in der Geometrie. Tatsächlich zeigt die Einsteinsche Mechanik, daß der Raum der physikalischen Welt aufhört, euklidisch zu sein, sobald gewisse Geschwindigkeiten überschritten werden, was zeigt, daß der Raum unserer Wahrnehmung mit Grenzbedingungen verbunden ist, die ihn seinen Wert als Kategorie *a priori* oder als adäquater Ausdruck des Objekts verlieren lassen. Gleichzeitig bewies die freie deduktive Bildung einer Vielzahl von räumlichen Modellen, daß der anschauliche Raum weder erlaubt, die subjektive operative Aktivität noch die Eigenschaften des räumlich konzipierten Objekts auszuschöpfen.

Will man die verschiedenen möglichen Interpretationen des Raumes klassifizieren, so findet man vorerst eine Verschiedenheit von Auffassungen vor, die – je nachdem – den ganzen Akzent auf die Erklärung des perzeptiven Raums oder auf den deduktiv konstruierten Raum legen. Da aber die Rollen der sinnlichen Anschauung oder der Deduktion beträchtlich variieren, je nach den betrachteten Perioden der Geschichte, die wir schematisch in Erinnerung gerufen haben, besteht das interessante Problem nicht darin, den Gegensatz zwischen einer Theorie der räumlichen Wahrnehmung und einer Theorie der geometrischen Deduktion herauszuarbeiten, sondern in der erstaunlichen Tatsache, daß man auf jeder der Ebenen, die von den verschiedenen Erkenntnistheorien nacheinander im Laufe der Zeit erforscht wurden, dieselben Konvergenzen und Divergenzen wiederfindet, gelegentlich in der Sprechweise der Sensibilität und gelegentlich im Sprachgebrauch der logischen Deduktion ausgedrückt. Diese Vergleiche sind um so eindrücklicher, je mehr die Stufen, die in der historischen Folge der Doktrinen studiert werden, den Abschnitten der psychologischen Entwicklung des Raumes entsprechen, die ebenso wirklich und aktuell sind. Es ist tatsächlich nicht falsch, mit Kant zu sagen, daß der Raum eine Form der Sensibilität ist: Es existiert, wie jedermann zugeben wird, ein perzeptiver Raum, und dieser wirft seinerseits alle erkenntnistheoretischen Fragen auf; es fragt sich lediglich, ob damit der Raum der modernen Geometrie erklärt sei und ob die Geschichte allein schon genüge, um diesbezüglich die richtigen Perspektiven zu finden. Es existieren außerdem ein organischer Raum, ein posturaler Raum, ein sensomotorischer Raum, ein Raum der bildhaften Vorstellung, ein Raum der konkreten Operationen, ein Raum der formalisierten Operationen und ein axiomatischer Raum. Es ist nun wesentlich, diese Theorien, die sich alle auf eines dieser Niveaus beziehen, nicht kunterbunt einander gegenüberzustellen, sondern auf jeder oder wenigstens auf den wichtigsten dieser Stufen die möglichen Variationen der erkenntnistheoretischen Interpretation klarzumachen.

In dieser Hinsicht beziehen sich die hauptsächlichsten historischen oder modernen Doktrinen entweder auf anschauliche Quellen oder auf die deduktive Erarbeitung oder auf beides gleichzeitig. Es ist somit wesentlich, unsere Klassifikation im Zusammenhang mit diesen extremen Positionen zu sehen. Bei der Wahrnehmung oder der elementaren Motorik und bei intellektuellen Konstruktionen findet man dieselben möglichen Kombinationen zwischen dem Rückgriff auf interne Faktoren und demjenigen auf externe Faktoren vor, Kombinationen von begrenzter Zahl, aber auch mit allen Übergängen.

Ein grundsätzlicher Gegensatz unterscheidet jedoch auf jeder Ebene die Theorien, die den anschaulichen oder begrifflichen Raum als eine vollendete Wirklichkeit begreifen, ohne Werden oder Entwicklung, von den Theorien, die den Raum als ein System von anwachsenden Beziehungen auffassen: Wir nennen diese beiden Klassen die nicht-genetischen Theorien und die genetischen Interpretationen. Der absolute Raum von Newton oder Clark, der als ein *sensorium Dei* verstanden wurde, oder der Raum von Kant als *a priori*-Form der transzendentalen Sensibilität des Menschen (d. h. *sensorium hominis*) sind Modelle der nicht-genetischen Konzeption, während der Raum eines Poincaré, Brunschvicg oder Enriques, der als eine fortschreitende Koordination der Bewegungen und der Handlungen, später der intellektuellen qualitativen oder metrischen Relationen, verstanden wurde, im wesentlichen eine genetische Realität darstellt.

Ein anderer Gegensatz fügt sich an den soeben genannten an: Man kann den Raum der Geometrie als durch die äußere Realität vorgegeben betrachten, d. h. durch einen physikalischen Raum, der unabhängig von uns in einer Objektwelt existiert, deren Bezugssystem oder Inhalt er darstellt; oder man kann ihn als eine Form der Wahrnehmung oder des subjektiven Intellekts interpretieren, die den objektiven Phänomenen vom elementarsten Wahrnehmungskontakt an durch die rationale Interpretation aufgeprägt wird. So ist unter den nicht-genetischen Gesichtspunkten derjenige von Newton im wesentlichen realistisch, während derjenige von Kant sich auf eine endogene Erarbeitung gründet; ebenso ist unter den genetischen Gesichtspunkten derjenige von Enriques auf die physikalischen Gegebenheiten gegründet, die auf empiristischer Weise interpretiert werden, während sich Brunschvicg auf die Aktivität des Subjekts stützt.

Aus dem Vorangegangenen resultiert eine Tabelle mit doppeltem Eingang, deren eine Dimension zur dichotomischen Unterscheidung der nicht-genetischen und genetischen Theorien dient. Die letzteren können in verschieden starker Ausprägung auftreten, es gibt aber keinen Standpunkt, der den Gegensatz des Genetischen und des Nicht-Genetischen leugnet, denn wollte man diesen unterdrücken, würde man die Existenz einer Entwicklung leugnen. Die andere Dimension der Tabelle umfaßt hingegen drei Möglichkeiten: die Interpretation, die auf dem Objekt oder auf dem Subjekt gegründet sind, und – dazwischen – die Interpretationen, die auf jeden radikalen Dualismus zwischen den endogenen und den exogenen Faktoren verzichten und sich diese entweder als von Anfang an zu einem Ganzen verschmolzen vorstellen (nicht-genetischer Standpunkt) oder als durch ein System von unauflösbaren Wechselwirkungen verknüpft (genetischer Gesichtspunkt). Man gelangt somit zu sechs grundsätzlichen Möglichkeiten, in denen man die sechs allgemeinen erkenntnistheoretischen Positionen wiedererkennt, die in der Einleitung unter 4. beschrieben wurden, die sich hier aber auf das spezielle Problem des Raumes beziehen.

Auf der Ebene des perzeptiven und sensomotorischen Raums wurden die nicht-genetischen und die genetischen Lösungen längere Zeit als Apriorismus oder „Nativismus“ bzw. als „Empirismus“ bezeichnet. Es sind aber in diesen beiden Klassen zahlreiche Schattierungen zu unterscheiden, und in den letzten Dekaden wurden neue Haltungen eingeführt, die nicht auf diesen klassischen Rahmen zurückgeführt werden können. Der Ausdruck „Nativismus“ verdeckt in Wirklichkeit zwei verschiedene Lösungen (zumindest vom erkenntnistheoretischen Standpunkt aus): die eine macht aus der räumlichen Wahrnehmung eine angeborene „Fähigkeit“, den in der Außenwelt vollendet vorliegenden Raum direkt zu ergreifen, und die andere führt die Wahrnehmung des Raums auf ein Bewußtsein unserer eigenen Organisation zurück, wobei diese in ihrer inneren Struktur an die äußeren Gegebenheiten assimiliert wird. Nur die zweite Form des Nativismus kann mit dem kantschen Apriorismus verglichen werden, den sie psychologisch und physiologisch übersetzt; während die zuerst genannte Form des Nativismus zu einem erkenntnistheoretischen Realismus führt. Als dritte wurde in den letzten Jahren eine nicht-genetische Theorie der Raumwahrnehmung unter dem Namen Gestalttheorie geboren (in Verbindung mit der phänomenologischen Erkenntnistheorie), die eine räumliche Organisation annimmt, welche die internen und externen Faktoren in einem Ganzen umfaßt. Bei den lange als „empirisch“ bezeichneten Theorien muß man ebenfalls zwei verschiedene Typen unterscheiden, die voneinander so verschieden sind, daß sie zu einem eigentlichen erkenntnistheoretischen Gegensatz führen: Wenn auch beide genetisch sind, so ist vom Gesichtspunkt der Erkenntnis aus nur die erste „empirisch", während die zweite zur Anerkennung der Existenz einer relativistischen Wechselwirkung zwischen dem Subjekt und dem Objekt führt. Die erste gründet den Raum auf „Empfindungen", die untereinander assoziiert sind, während die zweite sich auf die Handlung stützt (von der Motorik und der sensomotorischen und wahrnehmenden Aktivität an). Dazwischen schiebt sich außerdem der im 19. Jh. unbekannte Gesichtspunkt des Konventionalismus, den Poincaré durch eine Untersuchung, die ebenfalls bis auf die sensomotorischen Koordinationen zurückgeht, zu begründen suchte.

Kurz, die genetischen Theorien des Wahrnehmungsraumes führen entweder zu einem Primat des Objekts (Empirismus im eigentlichen Sinn) oder zu einem Primat des Subjekts (Konventionalismus), oder zu einer Wechselwirkung zwischen Objekt und Subjekt (Relativismus der Handlung). Diese drei Gesichtspunkte entsprechen genau den nicht-genetischen Lösungen: Primat des Objekts (realistischer Nativismus), Primat des Subjekts (Apriorismus) und Wechselwirkung (Phänomenologie der Gestalttheorie). Diese Entsprechung ist so evident, daß man verschiedene Zwischenstufen zwischen den beiden Termen jedes Paares finden kann: die Theorie von Wundt z. B. liegt halbwegs zwischen dem Nativismus von Hering und dem Empirismus von Hemholtz, der Konventionalismus von Poincaré stützt sich auf eine sensomotorische Interpretation der „Verschiebungsgruppen", die nicht sehr weit vom aprioristischen Nativismus entfernt ist, und von der Gestalttheorie bis zu derjenigen des aktiven und motorischen Raums kann man alle Übergänge finden, die eine statische Interpretation mit dem Dynamismus der Handlung verbinden.

Bei den deduktiven Interpretationen des Raumes und, vor allem, bei den verschiedenen Formen der axiomatischen Geometrie findet man ebenfalls diese sechs Möglichkeiten, aber mit einer wichtigen Übertragung der verwendeten Ausdrücke. Während im Fall des Wahrnehmungsraumes das Subjekt im wahrnehmenden Ich besteht und das Objekt in den Formen und Figuren, wird im Fall des deduktiven Raumes, vor allem in der verfeinerten Deduktion, die für die zeitgenössische Axiomatik typisch ist, das Subjekt durch die formalisierte deduktive Aktivität repräsentiert: das Objekt ist somit alles, was außerhalb (oder – je nach dem Gesichtspunkt – in Wechselwirkung mit) dieser formalen Aktivität betrachtet wird, d. h. das Objekt ist der vom Geometer als „anschaulich" bezeichnete Raum, mag man nun diese anschauliche Wirklichkeit als den Ausdruck einer möglichen physikalischen Erfahrung oder einfach als eine Gegebenheit betrachten, die außerhalb der axiomatisierten Deduktion liegt. Daraus ergeben sich die sechs folgenden Kombinationen:

In erster Linie muß man einerseits die nicht-genetischen Konzeptionen der geometrischen Axiomatik, d. h. die Auffassungen, die davon ausgehen, daß die Aussagen der deduktiven Geometrie eine dauerhafte Konsistenz erlangen können, unabhängig von ihrer historischen Entdeckung und unabhängig von den psychologischen Operationen, die bei ihrer Erarbeitung im Spiel waren, und andererseits die genetischen Konzeptionen unterscheiden, welche die Axiomatik als in Wandlung befindlich betrachten, so daß sie nicht von der subjektiven geistigen Entwicklung getrennt werden kann.

Unter den nicht-genetischen Konzeptionen findet man das Primat des Objekts, des Subjekts und der Wechselwirkung zwischen den beiden, wobei das Objekt und das Subjekt soeben definiert wurden. Der Realismus des Objekts besteht im Fall des axiomatischen Denkens darin, die als Axiome angenommenen Prinzipien oder die aus diesen konstruierten Aussagen als Ausdruck einer Fähigkeit zu betrachten, die direkt (vernunftmäßig oder experimentell) die Dinge ergreift, welche außerhalb dieser Fähigkeit liegen. So waren für die Griechen die Axiome, die sie als evidente Wahrheiten betrachteten, die Übersetzung von in der Außenwelt existierenden Formen. Gemäß Russell drücken sie *a priori*, jedoch analytisch (und ohne synthetische Konstruktion des Subjekts) die Möglichkeit des Experiments aus und sind, mit den logischen Begriffen vergleichbar, eine unmittelbare Erkenntnis des Universums[1] usw. Die Konzeptionen mit einem Primat des Subjekts bestehen dagegen in der Annahme einer Axiomatik, die von jeder Anschauung gereinigt ist, sich selbst genügt und der (anschaulichen oder experimentellen) Wirklichkeit nur im Sinn von notwendigen Kategorien entspricht, die dem Geist und den Dingen gemeinsam sind. So betrachtete D. Hilbert in einem interessanten Artikel über die Beziehungen zwischen der Logik und der Wirklichkeit die Axiome der Ordnung und der Kongruenz als wirklichkeitsbezogen (zum Beispiel auf die vererbten oder biologischen Gesetze); nicht nur, weil sie aus den Dingen extrahiert sind, sondern auch, weil sie daraus hervorgehen nach einer „prästabilierten Harmonie“, d. h. nach einer synthetischen Präformation *a priori*, die sowohl den denkenden Geist als auch die durch ihn gedachte Wirklichkeit bedingt[2]. Schließlich wird die Verquickung des Geistes mit den Dingen in den phänomenologischen Interpretationen

[1] B. Russell, „An Essay on the Foundations of Geometry“, Cambridge 1897 und „Sur les axiomes de la géométrie“, „Revue de Métaph. et de Morale“ 1899, S. 687. — „Was man mittels einer Operation entdecken kann, muß unabhängig von dieser Operation existieren: Amerika existierte schon vor Christoph Columbus.“

[2] D. Hilbert, „Die Kenntnis der Natur und der Logik“, Naturwissenschaften 1930, S. 956—963.

dargestellt, die in der geometrischen Konstruktion den Ausdruck der rationalen Intuition in verschiedenem Grade sehen, von der gewöhnlichen Intuition bis zu dem, was M. Winther so glücklich als „transitive" Erkenntnis bezeichnet hat.

Bei den genetischen Interpretationen findet man die drei Möglichkeiten eines Primats des Objekts, des Subjekts und der Wechselwirkung zwischen den beiden. Der erste dieser drei Gesichtspunkte wird von den Autoren dargestellt, die die axiomatische Konstruktion durch eine fortschreitende Abstraktion von den sinnlichen Gegebenheiten und vom physikalischen Experiment erklären. In der geometrischen Philosophie eröffnete Enriques diese Richtung, und Gonseth entwickelte eine Theorie des Schematismus, die wir später untersuchen werden (unter 11.), in der das „Schema", das einerseits das Knochengerüst der Axiomatik darstellt, andererseits sowohl Ausdruck für das Verhalten des Subjekts als auch für die vereinfachte oder „summarische" Sicht der Eigenschaften der Objekte ist, aber mit einer Tendenz, den zweiten Aspekt hervorzuheben. Das Primat des Subjekts wird dagegen in den konventionalistischen Theorien bestätigt, deren bestimmteste diejenige von Poincaré ist, die teilweise in gewissen Konzeptionen der nominalistischen Erkenntnistheorie des Wiener Kreises neu erstand, wo der Begriff der Konvention als logischer „Sprachgebrauch" oder als „Tautologie" bezeichnet wird. Schließlich stellt die Wechselwirkung zwischen dem Subjekt und dem Objekt den zentralen Begriff der operativen Interpretationen der räumlichen oder geometrischen Deduktion dar, wie man sie teilweise bei Enriques und vor allem bei Gonseth findet (trotz des Akzents, den die beiden auf das Objekt legen, mehr als auf die Handlungen) und wie wir sie im zweiten Teil dieses Kapitels entwickeln werden.

Nachdem diese verschiedenen Gesichtspunkte klassifiziert sind, ist es nun wichtig, sukzessive (und ohne sie zu verschmelzen) die Probleme des perzeptiven oder des sensomotorischen Raumes und diejenigen des als operativ bezeichneten Raumes zu untersuchen und dabei die heute bekannten psycho-genetischen Gegebenheiten den soeben untersuchten Hypothesen gegenüberzustellen.

## 2. *Der Wahrnehmungsraum*

### *A. Der „Nativismus" und der „Empirismus"*
### *Erbeigenschaft und Empfindung*

Wir nehmen in der äußeren Welt Formen, geordnete Folgen, Projektionen, Ähnlichkeiten und Distanzen wahr (vor allem in der Tiefe), zwei- oder dreidimensionale Größen usw. Das heißt, der Raum scheint in der Wahrnehmung oder im wahrgenommenen Objekt zu existieren, und nichts überzeugt im ersten Augenblick mehr als die empiristische These, es genüge, die räumlichen Eigenschaften von den anderen Eigenschaften der sinnlichen Realität zu trennen, um durch Abstraktion den sowohl experimentellen als auch anschaulichen Raum zu erhalten (soweit das Bild die Empfindung fortsetzt). Trotzdem führte auf dem Gebiet der kritischen Philosophie die reflexive Untersuchung von Berkeley in seinem berühmten „Versuch einer neuen Theorie des Sehens" zum Nachweis, daß man weder den Raum noch die Objekte im Raum „sieht". Nachdem der Phänomenismus von Hume den äußeren Raum vollständig von der substantiellen Grundlage abgelöst hatte, kehrte Kant die ursprünglich vom Empirismus eingeführte Beziehung zwischen dem wahrnehmenden Subjekt und den Dingen um und verlegte den Raum in die *a priori* gegebene Sensibilität des Subjekts.

Kann der Konflikt zwischen dem Empirismus und dem philosophischen Apriorismus auf dem Gebiet der genetischen Psychologie gelöst werden? Gewiß streift diese die räumliche Wahrnehmung nur in Situationen, in denen das Subjekt eine Erfahrung tätigt, und die Untersuchung dieser Wahrnehmungen kann nur in einer gewissen Reihenfolge erfolgen, woraus sich scheinbar ein Vorurteil zugunsten der Erfahrung und der fortschreitenden Entwicklung ergibt. Dies scheint aber nur so, und wenn der Raum eine Form *a priori* wäre, die schon vor der Betätigung unserer Sinnesorgane und vor jeglichem motorischen, perzeptiven oder intellektuellen Kontakt des Subjekts mit den Dingen existierte, müßte dies mindestens im Moment der Betätigung oder des Kontakts erkennbar sein. Die Biologen sind daran gewöhnt, über gewisse Veränderungen zu diskutieren, die nur in einer bestimmten Umgebung vor sich gehen, die jedoch durch die Aktualisierung einer latenten endogenen Eigenschaft verursacht sind: Nichts würde einer analogen Erklärung auf rein geistiger Ebene entgegenstehen, um perzeptiven Organisationen Rechnung zu tragen, die dem Subjekt nicht von der Erfahrung aufgezwungen, sondern im Gegenteil von ihm selbst hervorgebracht werden. Wahr ist aber, daß jeder Appell an die Vererbung das erkenntnistheoretische Problem lediglich aufschiebt und daß diese Frage schon bei den ersten Wahrnehmungskontakten zwischen den Urorganismen und der wahrgenommenen Umgebung gestellt werden müßten. Die psychobiologische Untersuchung könnte sehr wohl einen induktiven Beweis von hohem Wahrscheinlichkeitsgrad zugunsten des Apriorismus geben, wenn dieser wahr wäre. Wenn hingegen dieselben wiederholten Experimente bei Subjekten von verschiedenem geistigen Alter (oder besser noch auf den sukzessiven Entwicklungsstufen desselben Subjekts) Wahrnehmungsreaktionen auslösen, die von sehr verschiedenen räumlichen Organisationen zeugen, kann daraus der Apriorismus nur geschwächt hervorgehen. Es wäre auch bei einer Hypothese der endogenen Reifung von *a priori*-Strukturen die Unterscheidung von internen und externen Faktoren, nämlich der Reifung und der Übung, möglich, wie dies auch einer aktuellen Aufgabe der genetischen Psychologie entspricht.

Johannes Müller, Helmholtz, Hering, Kundt, Panum, Wundt und viele andere haben durchaus zu Recht die Frage des Empirismus und des Apriorismus auf das Gebiet der Psychophysiologie verlagert, und ebenso zu Recht wurden gewisse Abarten des „Nativismus" als physiologische oder psychologische Übersetzungen der Kantschen These betrachtet, welche die Existenz einer Gestalt der transzendentalen Sinnlichkeit vorgibt. Kant hat tatsächlich nie geleugnet, daß der Raum nur anläßlich von Erfahrungen bewußt werden kann: Er hat lediglich behauptet, daß diese Erfahrung den Raum nicht erklärt, sondern eine Aktualisierung der vorgegebenen virtuellen Formen provoziert (diese Überlegung kann auch auf der Ebene des *Sensorismus* der biologischen Vorfahren wiederholt werden). Gewisse Arten von nativistischen Theorien sagen nichts anderes, stimmen aber, wie wir unter 1. gesehen haben, untereinander in diesem Gesichtspunkt nicht völlig überein, denn wenn Joh. Müller und Hering der Netzhaut die angeborene Fähigkeit zuschreiben, Distanzen und Dimensionen wahrzunehmen, kann dies im kantschen Sinn verstanden oder im Gegenteil auf die Hypothese einer vererbten Fähigkeit bezogen werden, die gestattet, unmittelbar (ohne Übung oder Erfahrung) die Gegebenheiten der äußeren Welt zu lesen. Helmholtz, der große Widersacher der nativistischen Theorien, sagte, „daß sie die Lokalisierung der Eindrücke im Gesichtsfeld von einer angeborenen Einrichtung ableiten, entweder so, daß die Seele eine direkte Kenntnis der Ausdehnung der Netzhaut haben soll, oder so, daß infolge der Reizung bestimmter Nervenfasern gewisse Raumvorstellungen vermittelst eines angeborenen Mechanismus entstehen"[1]. Er betrachtete die Theorie von Johannes Müller als eine „Erweiterung der Ansicht von Kant" und zitierte daraus diesen überraschenden Text: „Die Anschauung des Raums und der Zeit ist eine notwendige Voraussetzung für alle Empfindungen. Sobald empfunden wird, wird auch in jenen Anschauungsformen empfunden. Was aber den erfüllten Raum betrifft, so *empfinden* wir überall nichts, als nur uns selbst räumlich, wenn lediglich von Empfindungen, von Sinn die Rede ist, und soviel unterscheiden wir von einem objektiv erfüllten Raum durch das Urteil, als Raumteile unserer selbst im Zustand der Affektion sind, mit dem begleitenden Bewußtsein der äußeren Ursache der Sinneserregung. Die Netzhaut sieht in jedem Sehfeld nur sich selbst in ihrer räumlichen Ausdehnung im Zustand der Affektion"[2] usw. Bei anderen Psychologen, vor allem bei Hering, der die globale These seines Vorgängers durch eine detaillierte Untersuchung der physiologischen Regulationen ergänzte, die bei diesem angeborenen Mechanismus auftreten, wird die Wahrnehmung des Raumes zur Fähigkeit reduziert, die äußeren Begebenheiten direkt zu ergreifen.

Unabhängig von diesen verschiedenen aprioristischen oder realistischen Schattierungen wurde der Nativismus durch die offensive Rückkehr des Empirismus verdrängt, der die Notwendigkeit der Erfahrung und vor allem der motorischen

[1] H. Helmholtz, „Physiologische Optik", Voss: Hamburg und Leipzig, Bd. III, S. 440.

[2] Joh. Müller, „Zur vergleichenden Physiologie des Gesichtssinns", S. 54, zitiert in: Helmholtz, a. a. O., S. 440.

Übung (Bewegung der Augen für die visuelle Wahrnehmung usw.) bei der Ausbildung des Wahrnehmungsraumes vertrat. Der „Empirismus" selbst erschien jedoch vom erkenntnistheoretischen Gesichtspunkt aus in den verschiedensten Formen, die sich sehr oft von derjenigen entfernten, die diesem Begriff in der eigentlichen Theorie der Kenntnis entspricht. Die Rückkehr zur Erfahrung und zur Motorik kann allerdings zu einer Interpretation führen, die ausschließlich auf den (visuellen, taktilen usw. oder motorischen, d. h. kinästhetischen) Empfindungen fußt wie auch auf ihren Assoziationen, die passiv erlebt werden; dies liegt in der klassischen Linie des Empirismus. Bei den „lokalen Zeichen" von Lotze und den „komplexen lokalen Zeichen" von Wundt, und vor allem bei den lokalen Zeichen, die von vornherein als unbewußte Überlegungen interpretiert werden wie bei Helmholtz, entfernen wir uns aber immer mehr vom erkenntnistheoretischen Empirismus. Wenn Helmholtz schreibt, „die Sinnesempfindungen sind für unser Bewußtsein Zeichen, deren Bedeutung verstehen zu lernen unserem Verstande zugewiesen ist"[1], und jede räumliche Wahrnehmung als mit der ganzen vorgängigen Erfahrung des Individuums verbunden betrachtet, die er ständig dadurch interpretiert, daß er sich an die Motorik anlehnt: „Die gesetzmäßige wiederkehrende Assoziation zweier Vorstellungen, die schon oft miteinander verbunden gewesen sind, wird um so zwingender, je öfter die Wiederholung stattgefunden hat"[2], wird dies zur Formel, die trotz der Beibehaltung ihrer klassischen, auf den Assoziationen aufbauenden Form auch andere Entwicklungen als die des Empirismus denkbar macht. Bei Wundt, der sich selbst als Anhänger des Apriorismus und des Empirismus bezeichnete, den Helmholtz aber als Empiristen klassifizierte, weiß man, daß er an Stelle der „unbewußten Überlegungen" des großen Physiologen eine Synthese oder Verschmelzung der Empfindungen setzte, von denen die einen von der Netzhaut herrühren (aber ohne angeborene Lokalisierung, die lediglich auf die Existenz von verschiedenen Positionen hinweisen) und die andern von den Rotationsbewegungen des Auges[3]. Diese der Bewußtwerdung vorangehende Verschmelzung wird von Wundt als eine Tatsache betrachtet, die eine „Entstehung" des Raumes impliziert, die sich auf komplexe sensomotorische Prozesse stützt: Er postulierte eine erbliche Basis der Empfindungen, aber ohne räumliche Bedeutung der Elemente, und eine unbewußte Synthese, die in Abhängigkeit von der motorischen Übung entsteht. Man sieht, daß die „Empirismen" von Wundt oder Helmholtz einen breiten Raum für erkenntnistheoretische Interpretationen offenlassen.

Die historischen Konflikte zwischen dem „Nativismus" und dem „Empirismus" scheinen zwei fundamentale Probleme aufzuwerfen: das Problem der Vererbung der räumlichen Wahrnehmungskategorien und die Frage der erkenntnistheoretischen Bedeutung der „Empfindung"; diese zwei Probleme hängen übrigens zusammen. Bezüglich des ersten Punktes müssen noch zwei Fragen unterschieden werden: die Frage der biologischen Entwicklung der vererbten Formen und das Problem der Beziehung zwischen den möglichen angeborenen Strukturen und der gegenwär-

[1] H. Helmholtz, a. a. O., S. 433.
[2] H. Helmholtz, a. a. O., S. 434.
[3] W. Wundt, „Grundzüge der physiologischen Optik", Kröner: Leipzig.

tigen Kenntnis des individuellen Subjekts (= Erkenntnis, wie sie sich im Laufe der Psychogenese manifestiert). Die Diskussion der zweiten Frage führt zum Problem der erkenntnistheoretischen Rolle der Empfindung.

Der Appell an die Vererbung wirft somit zwei sehr verschiedene Fragen auf. Bei der Ausbildung der vererbten Strukturen bedeutet es vom erkenntnistheoretischen Standpunkt nichts Entscheidendes, wenn man einer Struktur die Eigenschaft zuschreibt, sie vererbe sich. Das Problem hat sich nur verlagert, und alle Fragen stellen sich auf einem biologischen Gebiet wieder. Wenn die Netzhaut die angeborenen Fähigkeiten hat, wie dies Joh. Müller glaubte, die Distanzen durch eine direkte Bewußtwerdung der ihnen überlagerten Bilder wahrzunehmen[1], und wenn jede Erregung der Netzhaut, wie Hering hinzufügte, eine Empfindung der Höhe, der Breite und sogar der Tiefe enthält (durch eine Kombination von entsprechenden Punkten auf beiden Netzhäuten, die dieselbe Lokalisierung ergeben und „identisch" genannt werden), stellt sich für die erkenntnistheoretische Deutung dieser angeborenen Fähigkeiten die Frage, wie die Netzhaut im Verlaufe der Artentwicklung des Menschen entstanden ist. Wenn z. B. die Lösung von Lamarck, die eine langsame Anpassung der Organe als Folge der Gewöhnung und des Drucks der Umgebung annimmt, zufällig wahr wäre, so ergäbe die Vereinigung der Hypothesen der erwerbbaren Vererbung und des räumlichen Nativismus eine Rechtfertigung des erkenntnistheoretischen Empirismus, selbst wenn sich der angeboren gewordene Raumbegriff des Menschen dem Individuum *a priori* aufdrängt. Nur wenn der Nativismus auf einem biologischen Präformismus oder eine Mutationstheorie, d. h. eine rein endogene Erklärung der Erbveränderungen gegründet wird, führt die These des Angeborenseins zur Negierung der empiristischen Interpretationen im erkenntnistheoretischen Sinn. Was wir von der Netzhaut gesagt haben, gilt natürlich auch für alle andern Organe, die bei der Entstehung des Raumes beteiligt sind, für die Augenmuskeln, deren Bewegungen gemäß der Auffassung von Lotze, Helmholtz und Wundt bei der Schätzung der Distanzen mitwirken (die nach Lotze durch erbliche, an lokale Zeichen gebundene Reflexe bestimmt werden), oder für Gleichgewichtsorgane, die von Cyon eingeführt wurden usw.

Kurz, wenn man die Entwicklung des Raumes auf die angeborene Struktur eines beliebigen Organs oder des gesamten Organismus zurückführt, verschiebt sich das erkenntnistheoretische Problem, das sich sonst bei

[1] „E. Hering und A. Kundt haben sogar angenommen, die Seele schaute die Entfernung zwischen zwei Netzhautpunkten direkt, nicht nach dem Bogen auf der Netzhaut, sondern nach der Sehne an", H. Helmholtz, a. a. O., S. 440.

der Frage der Beziehung zwischen der Aktivität des Subjekts und den Objekten der Erfahrung stellt, auf das Gebiet der Beziehung zwischen der organischen oder morphogenetischen Aktivität und der umgebenden Umwelt. Wie wir später bei der Behandlung der biologischen Erkenntnistheorie im einzelnen sehen werden, vermeidet diese Verschiebung der Fragen die Probleme keineswegs, schwächt sie auch nicht ab, und dieselben Lösungswege (gemäß den sechs Kombinationen, die unter 2. in Kap. II oder unter 4. in Kap. I aufgezählt wurden) gestatten auch die Interpretation der Evolution und der organischen Veränderungen. Man mag so weit zurückgehen, wie man will, auch auf den völlig hypothetischen Standpunkt des ersten lebenden mikroskopischen Körpers, der sich von der physikochemischen Wirklichkeit unterschied, die ihm dann als Umgebung diente, man kann diese Umgebung dahin interpretieren, daß sie den äußeren Druck ausübte, der durch den Empirismus eingeführt wird; man kann aber dieses lebendige Wesen auch als ein Wesen auffassen, das durch den Mechanismus seiner Entstehung (und der in diesem Fall notwendigen Relationen, die die Rolle des *a priori* bezüglich der übrigen Austauschfunktionen spielen) den andern Körpern seine endogenen Strukturen aufprägt. Man kann schließlich diesen entstehenden Organismus und seine Umgebung zu einem System von Wechselwirkungen vereinigen, die seine Evolution erklären, nachdem sie von der eigentlichen Entwicklung Zeugnis ablegten. Der Appell an die Vererbung führt somit lediglich zu einer vollständigen Verschiebung des erkenntnistheoretischen Problems auf die biologischen Ebene und nicht zu einer Lösung der gestellten Aufgabe.

Wenn der Appell an die Vererbung die Lösungen aufschiebt, statt sie vorwärtszubringen, stellt sich eine zweite Frage, in der die genetische Psychologie schon jetzt gewisse Auskünfte geben kann, ohne eine Lösung des biologischen Problems der Evolution und der Organentwicklung abzuwarten: Es ist die Frage, wie sich eine ererbte räumliche Struktur auf die Wahrnehmung oder die Intelligenz des Subjekts auswirkt. Diese zweite Frage, die wir oben von der Frage der Vererbung unterschieden, weicht von dieser stark ab und ist in gewisser Hinsicht für die Erkenntnistheorie ebenso wichtig wie die Lösung des biologischen Vererbungsproblems: die Frage der Ontogenese im Gegensatz zur Philogenese, obwohl sie, wie man weiß, in gewissen Aspekten mit dem zweiten Problem verknüpft ist.

In diesem zweiten Punkt gibt der Konflikt des „Nativismus" und des „Empirismus" am meisten Aufschluß, wenn man ihn rückblickend untersucht und mit der aktuellen Problemstellung vergleicht. Bei der Lektüre von Joh. Müller, Hering oder von neueren Nativisten wie Stumpf oder Duman, scheint es, daß der vererbte Anteil der räumlichen Wahrnehmung den ganzen Raum erklären könne, wie wenn diese Stufe der angeborenen

Strukturen die breite und feste Basis einer Art Pyramide wäre, deren Dimension und Wichtigkeit von Etage zu Etage mit zunehmender Höhe abnähme, bis zum knappen und zerbrechlichen Gipfel, der den begrifflichen oder deduktiven Raum darstellt. So sind die Distanzen nach Joh. Müller und Hering als vererbte Beziehungen auf der Netzhaut gegeben und schon in Richtung der drei Achsen des Koordinatensystems des euklidischen Raums organisiert, was das Fundament der ganzen übrigen Wahrnehmung und der vernunftsmäßigen Konstruktion der Längen usw. abgibt. Das Bild, das sich aus dem aktuellen Stand der psychogenetischen Kenntnisse im Bereich des Raumes ergibt, ist jedoch gerade umgekehrt. Vorausgesetzt, man könne eine vererbte Wahrnehmung der Distanzschätzung in drei Dimensionen annehmen (halten wir diese Hypothese für einen Augenblick aufrecht), so könnte es sich nur um einen beschränkten Sektor des nahen Raumes handeln: Auf diese kleine Ausgangsstufe müßte man die schon etwas breitere Stufe der im Laufe der sensomotorischen Aktivität erarbeiteten Distanzen stellen, danach käme eine noch wichtigere Stufe, die durch die bildhafte Vorstellung der Distanzen gegeben wäre usw. Kurz, man käme so zu einer umgekehrten Pyramide, die auf ihrer Spitze steht und sich mit zunehmender Höhe erweitert, d. h. gegen die höheren Entwicklungsstufen hin, die sich mehr und mehr von den erbbedingten Gegebenheiten entfernen. Genauer genommen, müßte man eine Art Spiraloid einführen, das sich immer weiter ausdehnt und die vorangegangenen Windungen umschließt, deren Ausgangspunkt den Kontakt mit den angeborenen organischen Strukturen aufrechterhält.

Nehmen wir ein Beispiel auf einem Gebiet, auf dem die Rolle der Vererbung viel sicherer ist als bei den Distanzen zwischen den lokalen Zeichen der Netzhaut. Es existiert eine posturale Einrichtung, die die Lagen des eigenen Körpers bestimmt: wie auch immer der Mechanismus der Vererbung beschaffen sein möge, wir sind — und zwar vor der Bewußtwerdung — fähig, uns in eine gerade oder vertikale und in eine liegende oder horizontale Lage zu bringen. Das Kleinkind kann seinen Oberkörper oder seinen Kopf heben, lange bevor es die ersten Schritte unternimmt, und diese äquilibrierte Haltung unterscheidet sich von einer Reihe anderer möglichen Haltungen. Man kann somit mit gutem Recht von einem posturalen Raum sprechen, um damit die Gesamtheit der Koordinationen zwischen den Bewegungen und Positionen zu bezeichnen, die diese Art der organischen Aktivität charakterisieren (die sogar, wie Wallon gezeigt hat, eine wichtige Rolle in den Anfängen des geistigen Lebens spielen), und von diesem Gesichtspunkt aus kann die praktische Kenntnis der Vertikalen und der Horizontalen als vererbt bezeichnet werden. Muß man nun aber aus der Annahme eines angeborenen Verhaltens, das die beiden Beziehungen impliziert, schließen, daß diese sich auf allen andern Stufen des Verhaltens wiederfinden, daß ein Kleinkind die Objekte wahrnehmen, später vorstellungsmäßig reproduzieren und schließlich sogar nach denselben Relationen der Vertikalität und der Horizontalität zu Operationen kombinieren kann? Anders ausgedrückt, zieht die vererbte Fähigkeit der Einnahme der vertikalen Lage die Existenz einer angeborenen Wahrnehmung der Vertikalen nach sich, später eine angeborene Vorstellung und schließlich eine angeborene „Idee“ dieser Vertikalen? Die Beobachtung zeigt, daß dies nicht der Fall ist. Das Kind kann sich von der zweiten Hälfte des ersten Jahres an gut aufrecht halten und es liegt seit seiner Geburt horizontal, trotzdem muß man bis gegen sieben oder acht Jahre warten, bis es fähig ist, sich die Horizontalen und Vertikalen anschaulich vorzustellen und, vor allem, die einen in einem operativen Bezugssystem mit den andern zu koordinieren: wenn man z. B. von ihm verlangt, vertikale Kamine auf ein Dach zu zeichnen oder vertikale Pfähle auf einen Hügelabhang, oder das horizontale Niveau des Wassers in einem geneigten Gefäß usw. (oder, ohne sie zu zeichnen, lediglich Kartons zu placieren, die diese Objekte darstellen), so stellt man fest, daß es nicht fähig ist, die Objekte in Funktion der perzeptiv gegebenen Referenzelemente (des Tisches, des Fußes, des Pokals, der Wände, des Zimmers usw.) in Beziehung zu setzen. Sein anschaulicher Raum ist noch nicht nach den Koordinatenachsen strukturiert, die durch die vertikalen und horizontalen Objekte gegeben sind[1]. Mehr noch, wenn man die Wahrnehmung von Neigungswinkeln beim Alter von 3 bis 7 Jahren untersucht, findet man einen analogen Mangel der Gesamtstrukturierung (s. später unter 3.). Die praktische Erkenntnis der eigenen horizontalen oder vertikalen Lage erzeugt somit beim Kind keineswegs von vornherein die Wahrnehmungsstrukturen, seien sie anschaulich oder operativ, die man erwarten würde.

Das Ganze geschieht so, als ob eine größere Zahl von aufeinanderfolgenden Stufen der Aktivität existieren würden, die untereinander in dem Sinne relativ unabhängig sind, daß auf jeder Stufe eine neue Rekonstruktion notwendig ist, die von den vorangehenden Stufen Elemente entlehnt, diese aber in eine neue Ganzheit integriert, die durch die vorangehenden Stufen nicht gegeben ist. Die vererbten Elemente des Ausgangspunkts sind somit weit davon entfernt, Vorstellungen oder angeborene Begriffe zu bilden, die für alle Stufen Gültigkeit besitzen; sie führen im Gegenteil nur zu Strukturen, die schon und ausschließlich auf der speziellen und begrenzten Stufe angelangt sind, die nicht als statische Basis, aber sozusagen als Abschußrampe für die übrigen Konstruktionen dient. Wenn nun, um auf die nativistischen Hypothesen zurückzukommen, die sich auf die Distanzschätzung in den drei Dimensionen beziehen, die Netzhaut der Sitz einer angeborenen Schätzung der Längen wäre, so würde dies keineswegs bedeuten, daß dieser vererbte Kern der Wahrnehmung allein die Ausbildung aller Wahrnehmungen und aller übrigen Anschauungen der Distanz bestimmte. Es würde dies lediglich bedeuten, daß das Neugeborene von vornherein gewisse Größen, die feststellbar verschieden sind, zu unterscheiden vermag, aber ohne die weitere Entwicklung der Wahr-

[1] Vgl. J. Piaget und B. Inhelder, „Die Entwicklung des räumlichen Denkens beim Kinde“, Band 6 der Ges. Werke, Kap. XIII.

nehmung zu präjudizieren, vor allem nicht die anschauliche und später die operative Bildung der Begriffe von Größen, die viel später erarbeitet werden: Die operative Bildung könnte in keiner Weise als System von angeborenen Begriffen betrachtet werden, nur weil sich die Existenz eines vererbten Kerns der Wahrnehmung bei einer gewissen Größenordnung des naheliegenden Raumes nachweisen ließ.

Es ist natürlich eine ganz andere Problemstellung, wenn man annimmt, daß jede dieser Stufen der Entwicklung zwischen den postnatalen Wahrnehmungen und den formalen Konstruktionen, die etwa mit 11–12 Jahren beginnen, der Reihe nach durch die Aktivierung gewisser Erbfunktionen ausgelöst werde; denn wenn die Fähigkeit der Bildung von gewissen Vorstellungen oder formalen Begriffen usw. an gewisse vererbte nervliche Funktionen gebunden ist, bedeutet dies noch keineswegs, daß die Einzelheiten dieser Bilder oder Begriffe angeboren seien. Die Hypothese des Angeborenseins kann nur in bezug auf die Wahrnehmungen und die elementaren Bewegungen verteidigt werden, aber wir werden sehen, daß diese ursprünglichen Elemente für sich selbst nicht das ganze Gewicht der übrigen Konstruktionen tragen könnten: Sie bilden ein Sprungbrett und nicht eine Stufe, deren Struktur die Strukturen aller folgenden Stufen festlegt.

Dies führt uns zum zweiten großen erkenntnistheoretischen Problem, das der historische Konflikt des Empirismus und des Nativismus aufwirft: das Problem der Bedeutung der „Empfindung". Liest man heute die berühmten Diskussionen von Helmholtz und Hering usw. wieder, so kann man nur überrascht sein, welche Rolle diese Autoren den elementaren Empfindungen zuwiesen, den visuellen Empfindungen, die man der Netzhaut allein zuschrieb, oder ihrer Kombination mit den verschiedenen kinästhetischen Empfindungen. Wenn für die Anhänger des Angeborenseins in den Empfindungen, die aus den vererbten Strukturen hervorgehen, die ganze Bildung des Raumes enthalten ist, so scheint andererseits der sensomotorische Raum (einmal mit Hilfe der Erfahrung gebildet) für die „Empiristen" ebenfalls den ganzen übrigen rationalen Raum zu enthalten, der als eine einfache Abstraktion vom Empfindungsraum betrachtet wird. Anders gesagt: sogar die Autoren, die wie Lotze, Helmholtz und Wundt gegen das illegitime Primat der visuellen Empfindung protestierten und dieses zu einem Teilaspekt der zur Bildung des Raumes führenden Aktivität machten, begrenzten die Aktivität auf ein noch viel stärker eingeschränktes Gebiet (das Gebiet der okularen Bewegungen für den visuellen Raum usw.): wie wenn die Handlungen und Verschiebungen des ganzen Körpers nicht in ihrer Gesamtheit zu betrachten wären, wie dies später H. Poincaré voraussetzte.

Der reine Nativismus ist bei Hering mit dem verbunden, was man eine Theorie der Empfindungskopie nennen könnte: Die auf der Netzhaut erzeugten Empfindungen haben dank ihrer angeborenen Organisation die Fähigkeit, die verschiedenen Arten räumlicher Ausdehnung direkt zu übersetzen (da sich die entsprechenden Empfindungen der beiden Netzhäute dann zu einer einzigen vermischen). Das Angeborensein der Fähigkeit, welche die Netzhaut angeblich besitzt, eine direkte Bewußtnahme ihrer eigenen Ausdehnung zu gestatten, verdoppelt sich derart zu einer Art Realismus der Empfindung, die sich vom Realismus des Sensualismus nur durch das Hinzufügen eines Begriffs der prästabilierten Harmonie zwischen die vererbte Fähigkeit der Wahrnehmung des Raums und die wahrgenommene Realität unterscheidet.

Helmholtz kommt das Verdienst zu, diesen Realismus der Empfindungskopie einer Konzeption der Empfindungszeichen (Zeichen, deren Interpretation unserer Intelligenz überlassen ist) gegenüberzustellen. Aber woraus bestehen sie, und in welcher Hinsicht werden diese Zeichen gebraucht? Wenn man von Zeichen spricht, so heißt dies, daß ihre Bedeutung an ein beliebiges Handlungsschema assimiliert ist: Um welche Aktivität handelt es sich nun, wenn es „lokale Zeichen" sind oder es sich allgemein um räumliche Empfindungen als Zeichen handelt?

In einem sehr eindrücklichen Text äußerte J. J. Ampère die folgende Meinung seines Vaters, A. M. Ampère, des großen Physikers:

„Unter dem vorstellungsmäßigen Teil einer Empfindung (im Gegensatz zum „affektiven Teil") soll man weder die Vorstellung eines äußeren Objekts verstehen noch die seiner Eigenschaften, denn die Empfindung stellt nichts dar, sie entsteht in uns durch eine außerhalb von uns liegende Ursache. Diese Ursache ist jedoch eine gewisses Disposition der materiellen Moleküle und kann nicht dem Eindruck gleichen, den unsere Seele erhält, nicht mehr, als eine Glocke ihrem Ton gleicht. Die moderne Philosophie verwarf mit Grund diese angeblichen Bilder der Dinge, die sich von diesen ablösen, um unsere Sinne zu beeindrucken und unsern Seelen die Ähnlichkeit der Objekte zu übermitteln, die Lucrez Götterbilder oder „Membrane" nannte. Unsere Empfindungen stellen keineswegs ihre Ursachen als Bilder dar, sondern sind lediglich Zeichen ihrer Wirkung."

„Es ist einer der häufigsten Fehler des Menschen, der nicht nachdenkt, das Zeichen und das bezeichnete Ding zu verwechseln. Mein Vater sagt: ‚Der Bauer kann nicht verstehen, daß der Name, der ein Zeichen ist, nicht mit der bezeichneten Sache übereinstimmt, und daß Eisen sich nicht notwendigerweise Eisen nennt.' Dasselbe geschieht mit unseren Empfindungen, den Zeichen der Gegenwart eines Wesens, das diese produziert und das wir oft von diesem Wesen nicht unterscheiden"[1].

---

[1] J. Barthélemy-Saint-Hilaire, „Philosophie des deux Ampère", Didier: Paris, 2. Aufl. 1866, S. 34.

Sowohl für Ampère wie auch für Maine de Biran aber reduzierte sich jede Aktivität, die diese Zeichen anzuwenden vermochte, auf eine willentliche Anstrengung des „Ichs" mit dem doppelten Realismus des als unmittelbare Ursache verstandenen Subjekts und des widerstrebenden Objekts. Hieraus entstanden die Begriffe einer „Übertragung" der „inneren Kausalität" auf die Dinge und einer „analogen Übertragung" der „kontinuierlichen Nebeneinanderstellung" unserer visuellen oder taktilen Empfindungen auf die Körper, die derart den „wirklichen Raum" durch Analogie zur „phänomenalen Ausdehnung" erzeugen[1]. Viel tiefgründiger ist unserer Meinung nach die Aktivität, die an der Quelle der Entstehung des Raums ist: sie besteht in Bewegungen, deren unbewußte und vorerst automatische Koordination, die dann absichtlich wird, sich wohl zuerst auf die „Zeichen" stützt, die durch die Empfindungen erzeugt werden, aber so, daß die bezeichneten Objekte immer mehr in ein noch komplexeres Bezugssystem eingegliedert werden, das gestattet, die Objekte zu verfolgen und wiederzufinden.

Hier zeigt sich auch das Ungenügen der ersten „empiristischen" Theorien, so wahr auch im zu engen Gebiet der Motorik, das ihre Verfasser im Auge hatten, die Tatsachen waren, auf die sie sich stützten. Nach Lotze provoziert die Erregung in einem gegebenen Punkt der Netzhaut eine Reflexbewegung mit bestimmter Richtung, die dazu dient, das Bild in der zentralen Zone des scharfen Sehens zu fixieren: die elementarsten Bewegungen, die den verschiedenen Punkten der Netzhaut zugeordnet sind, führten also dazu, diesen Punkten eine Funktion als „lokales Signal" zuzuweisen, woraus sich eine allgemeine Anschauung des Raums entwickelte. Ebenso gestatten nach Helmholtz „die Innervationsgefühle" der Augenmuskeln, d. h. die Verschiebung der Bilder, welche die Innervationen hervorbringen, die Lage der gesehenen Objekte relativ zu unserem Körper zu beurteilen[2]. Nach Wundt resultiert, wie wir gesehen haben, die Bewußtwerdung aus einer „Fusion" zwischen den Empfindungen der Netzhaut und den mit den Augenbewegungen verbundenen Empfindungen, und die elementaren Wahrnehmungen, die aus dieser Synthese hervorgehen, bilden die „komplexen lokalen Zeichen", an die dieser Autor glaubte. Ebbinghaus, der bezüglich der Höhe und der Länge Nativist war, appellierte an analoge Konstruktionen bezüglich der Tiefe usw.

So exakt der Begriff einer notwendigen Verbindung zwischen der Netzhaut und den Augenbewegungen auch sei, es sind doch zwei grundsätzliche Vorbehalte gegenüber jeder Erklärung der Entwicklung des Raums

[1] ebd., S. 82.
[2] „Physiologische Optik", S. 436.

anzubringen, die im wesentlichen auf Teilmechanismen fußt; und diese Vorbehalte gestatten, das erkenntnistheoretische Problem zu präzisieren, das durch diese Entwicklung aufgeworfen wird.

Der erste Vorbehalt ist folgender: in der Periode, in der sich der *sensomotorische* Raum am stärksten entwickelt, d. h. während des ersten Jahres, ist das Sehen mit einer umfassenden Aktivität verquickt, von der es nur ein spezielles Element darstellt. Ein Städter, der die Alpen nie von nahe gesehen hat, fragte eines Tages, als er einen Berg von ziemlich regulärer Pyramidenform sah, der wahrhaftig eine imposante Spitze aufwies, wie die Touristen, die vom Berg hinunterstiegen, auf dem Gipfel Platz gefunden hätten, und wie sich ein einzelner Mensch hätte hinsetzen können, ohne sich das Hinterteil zu zerstechen. Jedermann, der auch noch so wenig geklettert ist, nimmt die Berge indessen anders wahr als ein Mensch, der zu diesem Objekt kein entsprechendes Verhaltensschema entwickelt hat. Es ist offensichtlich, daß es sich im Fall des Kleinkindes *a fortiori* gleich verhält: die visuellen Bilder, von denen es umgeben ist, bilden in keiner Weise einen Raum, bevor die wahrgenommenen Figuren in Handlungsobjekte transformiert sind und bevor sich zwischen diesen Objekten ein System von praktischen Koordinationen ausgebildet hat. Der Grund dafür ist der, daß ein Wahrnehmungsfeld allein nicht genügt, um einen Raum zu bestimmen, da der Raum im möglichen Übergang von einem Feld zum andern besteht. Die speziellen visuellen Wahrnehmungen, wie die eines Spielzeuges, einer Lampe oder eines Gesichts, können sich nur im Anschluß an Handlungen der Manipulation, der Verschiebung usw. räumlich organisieren: auch hier resultiert der Raum nicht allein aus momentanen Wahrnehmungen, sondern vor allem aus den möglichen Koordinationen der aufeinanderfolgenden Wahrnehmungen, und diese Koordinationen sind durch die Bewegungen der Augenmuskeln allein nicht gewährleistet, sondern erst durch die gesamte Aktivität. Gewiß existiert schon auf der Ebene der Wahrnehmung eine Wahrnehmungsaktivität, nämlich die Blicke zu lenken, zu vergleichen und zu analysieren usw. (siehe auch unter 4.), aber die Ausbildung des Raumes ist weit davon entfernt, allein davon abzuhängen, und setzt eine Beziehung mit der Gesamtheit der übrigen Handlungen voraus.

Daraus folgt der zweite Vorbehalt. Wenn die Möglichkeit der Rückkehr zu einem Objekt notwendig ist, um es seiner permanenten Form in drei Dimensionen zu versichern, und wenn die Verschiebungen um ein festes Objekt herum unerläßlich sind, um zu einer Koordination der Perspektiven des Objekts zu gelangen, wenn schließlich die Bewegungen des Blicks für die Bewertung einer Länge Bedingung sind usw., wie muß man dann die wesentliche Erkenntnisfunktion der Bewegung oder — genauer gesagt — der sensomotorischen Aktivität charakterisieren? Bilden die kinästhetische „Empfindung", der muskuläre Eindruck, das „Innervationsgefühl" (wenn es existiert!) usw. die in dieser Hinsicht wichtigen Instrumente der Erkenntnis? Wenn die Empfindung ein „Signal" ist, ist dies offensichtlich nicht der Fall, denn die motorische „Empfindung" ist nur ein Indiz, ebenso die visuelle „Empfindung" usw.: Man entkleidet die Bewegung ihres Erkenntniswerts zugunsten des Signals, das ihre Gegenwart oder ihren Ablauf bezeugt, wenn man sie auf ihre durch die Empfindung erbrachten Indizien zurückführt.

Der Kern der sensomotorischen Aktivität ist somit in den „Schemata" des „Gesamtverhaltens" zu suchen, die eine Ankündigung dessen darstellen, was wir später, im Gegensatz zu den bildhaften oder symbolischen Vorstellungen, als Denkoperationen bezeichnen werden. Wenn auch die Bewußtwerdung der Handlung immer vom Resultat ausgeht, um sie sodann im Gegensinn zu ihrem natürlichen Ablauf zu rekonstruieren, so erklärt allein das Handlungsschema dieses Resultat und stellt das operierende Element des Wissens dar, im Gegensatz zu den signalartigen Merkzeichen. Es handelt sich also darum, eine Theorie der Wahrnehmung und der wahrnehmenden Aktivität zu finden, die es vermeidet, das Objekt, worauf sich die Handlung bezieht, auf seine sensoriellen Indizien zu reduzieren, und die sensomotorische Aktivität, die darauf ausgeübt wird, einzig und allein auf die internen Empfindungen zu beschränken, die die Existenz des Objekts bezeugen.

### *3. Der Wahrnehmungsraum*
### *B. Die gestaltspsychologische Interpretation der geometrischen Formen*

Im Verlauf des gesamten 17. Jh.s glaubten die Autoren der experimentellen Arbeiten, deren Thesen wir soeben diskutiert haben, an die Existenz von zumindest theoretisch isolierbaren „Empfindungen", sowohl die „Nativisten" als auch die „Empiristen". Überdies stimmten alle darin überein, daß bei der Interpretation des visuellen Raumes den Bildern der Netzhaut eine ausgezeichnete Bedeutung zukomme. Die reinen Nativisten, wie Joh. Müller und Hering, gingen sogar so weit, der Netzhaut ein Bewußsein ihrer eigenen Ausdehnung zu verleihen, wie wenn die Wahrnehmung des Raumes in einem direkten Lesen der Distanzen, Richtungen und Formen mittels der Netzhaut bestünde. Die durch die Gestaltpsychologie entwickelte Theorie der räumlichen Wahrnehmung begann jedoch mit einer Verneinung der Existenz von isolierten Empfindungen und einer Aufhebung des Privilegs der Netzhaut. Andererseits erneuerte sie das Problem der Wahrnehmung, indem sie es in Ausdrücken formulierte, die eine Erkenntnistheorie implizieren, die ihrerseits von evidentem Interesse ist. Es lohnt sich deshalb, hier etwas zu verweilen, diese Auffassung kritisch zu würdigen und bei dieser Gelegenheit die Stellungnahme der genetischen Erkenntnistheorie gegenüber der räumlichen Wahrnehmung zu präzisieren.

Man weiß, daß vom Gesichtspunkt der Gestalttheorie aus eine Wahrnehmung nicht aus Elementen besteht, die von vornherein gegeben sind (dies wären die „Empfindungen" des atomistischen Assoziationismus), sondern daß diese Elemente von Anfang an eine totale Struktur bilden, die mit dem Gleichgewicht des betrachteten Wahrnehmungsfeldes in seiner Gesamtheit verknüpft sind. Sogar die Wahrnehmung eines einzigen isolierten Punktes hat eine Gesamtstruktur, denn der Punkt ist eine „Figur", die sich vom ebenen oder räumlichen „Hintergrund" abhebt. Die totalen Strukturen oder „Gestalten", die jedes Wahrnehmungsfeld als Ganzes, aber auch jede spezielle, innerhalb dieses Feldes wahrgenommene Figur charakterisieren, sind im wesentlichen nach geometrischen Gesetzen organisiert: Ordnung, Symmetrie, Regelmäßigkeit, Proportionen usw. Die Gestalttheorie liefert so eine neue Konzeption einer Wahrnehmungstheorie, die schon zu Beginn des geistigen Lebens einsetzt, ohne an eine nativistische Hypothese gebunden zu sein — eine Garantie, die ebenfalls die Motorik einschließt, ohne auf die empirische Erfahrung zurückzugehen. Tatsächlich ergeben sich nach dieser Ansicht die räumlichen Gesamtstrukturen, die jede visuelle Wahrnehmung bestimmen, aus einem Gleichgewicht, das sich fast augenblicklich zwischen den wahrgenommenen Objekten, den von diesen ausgehenden Lichtstrahlen, die die Netzhaut treffen, und den dadurch mobilisierten Nervensträngen einstellt. Die Netzhaut ist daher lediglich ein Glied in diesem ganzen Kreis, und die wahrgenommenen Gestalten resultieren aus der Struktur dieses unauflöslichen Ganzen, sobald das Gleichgewicht einmal erreicht ist, und sind weit davon entfernt, sich mit den Bildern der Netzhaut zu vermischen. Die Gestalttheorie, die gleichzeitig der Gefahr des Apriorismus und des Empirismus entgeht, führt zu einer Art Phänomenologie des Raumes, die sich auf eine eindrückliche Gesamtheit von experimentellen Arbeiten stützen kann.

Man muß in dieser Hinsicht sorgfältig die gefundenen Tatsachen und die Interpretationen unterscheiden. Im Hinblick auf die Tatsachen besteht die wesentliche Entdeckung der Gestaltpsychologie in der Entdeckung eines Gesetzes der „Prägnanz", das ausdrückt, daß jede Strukturierung sich nach den „besten" Gestalten ausbildet, d. h. nach den am besten äquilibrierten und den einfachst möglichen Formen. Diese Gestalten, deren Studium auf dem Gebiet der Wahrnehmungsstrukturen schon weit vorgetrieben wurde, sind durch eine Menge von räumlichen — im wesentlichen euklidischen — Kriterien bestimmt. Unter den logisch äquivalenten Möglichkeiten, diskontinuierliche Elemente, die man sich gleichzeitig vorstellt, mittels virtueller Linien untereinander zu verbinden, wählt die Wahrnehmung ihre Figuren als Folge der Nähe der betrachteten Punkte aus (der fundamentale Begriff der Proximität wird von den Gestalttheoretikern mehrheitlich im Sinne der euklidischen Relativdistanz verstanden und nicht im Sinn einer topologischen „Umgebung"). Ebenso prägen sich symmetrische Figuren leichter ein als asymmetrische, Figuren mit einfacher metrischer Beziehung besser als unregelmäßige, wohlproportionierte mehr als disproportionierte usw. Es folgt daraus, daß die primitivsten Wahrnehmungen erlauben, elementare euklidische Figuren wie den Kreis, das Quadrat, das Dreieck usw. direkt — im Sinne von Gesamtformen — wahrzunehmen und nicht durch eine fortschreitende Zusammensetzung der vorgängigen isolierten Empfindungen. Ein wichtiger Punkt ist das Postulat des Wiedererkennens von geometrischen Figuren innerhalb einer Menge durch Tiere von verschiedenem Intelligenzniveau (Säugetiere, Vögel, bis zu den Insekten), mit einer mehr oder weniger weit getriebenen „Abstraktion" der Formen, je nach dem Entwicklungsgrad der betrachteten Tierart.

Andererseits wird jedes perspektivisch oder dreidimensional gesehene Objekt von vornherein gemäß gewissen allgemeinen Strukturierungen wahrgenommen wie der Formkonstanz (z. B. ein Wagenrad, das projektiv als Ellipse erscheint, wird trotzdem von vornherein als rund erkannt) und der Konstanz der Größen (das entfernte Objekt wird bis zu einer gewissen Distanz in seiner wirklichen Größe gesehen). Es existieren somit auf jedem Niveau eine gewisse Koordination der wahrgenommenen Perspektive und eine gewisse Wahrnehmungsmetrik. Da andererseits jedes Objekt als mit anderen Objekten oder mit seinem Hintergrund verbunden wahrgenommen wird, enthält die Wahrnehmung auch ein einfaches Koordinatensystem, das durch die Vertikale und die Horizontale (in der Breite und in der Tiefe) erzeugt wird. Schließlich bilden die „Übertragung" der Gestalten (Wiedererkennen der verkleinerten oder vergrößerten Figuren) und die Wahrnehmung der Proportionen ein Prinzip der Ähnlichkeit. Kurz, die Wahrnehmung enthält von Anfang an eine gewisse Geometrie, die gleichzeitig euklidisch und projektiv ist.

Wäre diese Beschreibung der Tatsachen exakt, ohne Retuschen oder Abschwächungen, so existierte also auf allen Stufen der Entwicklung ein schon organisierter Wahrnehmungsraum, analog zu dem Kants und dem der resolutesten Nativisten, der aber nicht angeboren, sondern nur durch die Gleichgewichtsgesetze bestimmt ist, die den totalen Zirkel der äußeren Einflüsse und der Nervenstränge regieren. Worin bestehen nun diese Gleichgewichtsgesetze? Hier beginnt die Interpretation.

Es sei (aus der Beobachtung oder der Erfahrung) die Tatsache gegeben, daß jede Wahrnehmung eine Einheit bildet und keine Assoziation zwischen den vorher isoliert gegebenen Elementen. Die Gestalttheorie schließt daraus, daß diese Einheit nicht auf die Summe ihrer Elemente reduziert werden kann und daß sie sich somit jeder additiven Komposition widersetzt. Wenn nun aber ein Kreis, ein Quadrat, ein Koordinatensystem oder eine Menge von proportionalen Beziehungen usw. von diesem Modell der additiven Komposition abzustammen scheinen, das wir von den geometrischen Gruppen her kennen (Verschiebungsgruppe, Drehgruppe, Gruppe der Ähnlichkeiten usw.), so sind die Strukturen, die den rationalen, vom Geometer beobachteten Elementen entsprechen, weit davon entfernt, den Wahrnehmungsraum auszuschöpfen, und bilden sozusagen Ausnahmefälle in der Gesamtheit der normalerweise wahrgenommenen Formen oder Gestalten. Die auf dem Gebiet der Organisation der Wahrnehmung bestehende Regel ist aber die Verformung der Teile in Funktion des Ganzen: die Organisationen der Wahrnehmung ist daher das Gebiet der von der klassischen Psychologie fälschlicherweise als „Illusion" der Wahrnehmung bezeichneten Gegebenheiten, d. h. gerade die Manifestation der Einflüsse, die von der Totalität der Figur auf gewisse seiner Teile ausgeübt werden. Wenn die Gestalten in den großen Linien mit den einfachen und regelmäßigen Figuren des euklidischen Raumes verschmelzen, findet sich nun in paradoxer Weise, die man unterstreichen muß, daß sich die überwiegende Mehrheit der wahrgenommenen Gestalten gewöhnlich unter den Formen befindet, deren Komposition nicht auf die Gesetze der Geometrie reduziert werden kann. Die Gestalttheoretiker mußten diese Tatsachen in ihre Theorie einbeziehen und bei ihrer Argumentation zugunsten des Primats der „Totalitäten" die bekannten „Illusionen" oder räumliche Deformation der Wahrnehmung verwenden: eine Gerade, die von Schraffierungen unterbrochen wird, scheint länger als dieselbe Gerade ohne Schraffierungen (Illusion von Oppel-Kundt); eine Strecke, an die Federstriche angesetzt werden, scheint länger, wenn diese gegen außen gerichtet sind (Müller-Lyer); ein konzentrisch in einen etwas größeren Kreis eingeschriebener Kreis erscheint größer als ein Kreis, der einen etwas kleineren konzentrischen Kreis umfaßt (Delbœuf); die spitzen Winkel werden durch die Wahrnehmung als zu groß wahrgenommen, weite Winkel unterschätzt; die kleine Seite eines Trapezoids wird überschätzt usw. Vor allem sind zwei fast gleich große Längen nur von einer gewissen Wahrnehmungsschwelle an unterscheidbar, die ihrerseits proportional zu den verglichenen Längen ist (Gesetz von Weber): in diesem Fall führen die Transposition und die Wahrnehmungsproportionalität zum Irrtum und nicht zur objektiven Realität. Jeder spürbare Unterschied von Größen wird ebenso durch Kontrasteffekte verschärft usw. usw.

Wenn von vornherein ein organisierter Wahrnehmungsraum existiert, weist er insofern den ersten großen Unterschied zum geometrischen Raum auf, als er eine beträchtliche Menge von systematischen Deformationen erleidet. Nun hat aber die Gestalttheorie den paradoxen Ehrgeiz, die geometrischen Formen und die Deformationen des Wahrnehmungsraumes nach demselben Prinzip der nicht-additiv verknüpfbaren Einheiten erklären zu wollen, während gerade der Gegensatz dieser zwei Arten von Realitäten die vielleicht bedeutungsvollste Tatsache darstellt, die eine Erkenntnistheorie der Wahrnehmung betrachten sollte.

Bevor wir in diese Diskussion eintreten, muß noch ein Vorbehalt gegenüber den experimentellen Gegebenheiten angebracht werden, auf die sich die Gestalttheorie stützt: Wenn diese auch nicht auf der Endstufe der Wahrnehmungsentwicklung, derjenigen der erwachsenen Menschen, bestritten werden können, sind sie doch unvollständig und unexakt im Hinblick auf die Entwicklungsstufe des Kindes. Beim größten Problem, dem der Wahrnehmungskonstanzen, das die gesamte Interpretation der Strukturen der räumlichen Wahrnehmung beherrscht, ist es nicht erwiesen, daß die Konstanz der Größen unabhängig von der Entwicklung gegeben sei[1]. Ebenso entsteht die Konstanz der Formen im Verlaufe des ersten Jahres als Folge der Fortschritte der Manipulationen (Umkehrung des Objekts usw.)[2]. Das Schema des permanenten Objekts entsteht ebenfalls durch eine Entwicklung, als deren Folge dem Objekt die Konstanz der Form und der Größe zugeschrieben werden, was die Bedeutung der Handlung bei diesen Ausbildungen zu Genüge beweist[3]. Bei der allgemeinen Organisation des

---

[1] Siehe J. Piaget und Lambercier, „Arch. de Psychol." XXIX (1943), S. 255–308, und Lambercier, ebd. XXXI (1946).

[2] J. Piaget, „Der Aufbau der Wirklichkeit beim Kinde", Band 2 der Ges. Werke, Kap. I und II.

[3] J. Piaget, „Psychologie der Intelligenz", Rascher: Zürich, 2. Aufl. 1966.

Wahrnehmungsfeldes existiert im Hinblick auf das Koordinatensystem ein großer Unterschied zwischen dem Kind und dem Erwachsenen: wenn außer Zweifel steht, daß jede Wahrnehmung ein Referenzelement voraussetzt, so werden diese keineswegs von vornherein nach allgemeinen Achsen ausgerichtet, sondern man sieht auf diesem Gebiet wie auch in den andern Sektoren der Wahrnehmungsaktivität eine graduelle Verallgemeinerung, die bis etwa 9—10 Jahre dauert[1]. Bei den Gestalten zeigen der fortschreitende Charakter ihrer Abstraktion beim Tier und beim Kleinkind wie auch die langsame Evolution ihrer Erkenntnis innerhalb der verwickelten oder unvollständigen Figuren[2] ebenfalls eine Entwicklung an.

Wenn wir nun von den so korrigierten Tatsachen zur Interpretation übergehen, stellt sich uns ein Problem, das über viele der vorhergehenden Fragen hinausgeht und — ohne den präzisen Bereich der räumlichen Wahrnehmung zu verlassen — zum allgemeinen Problem der Erkenntnistheorie der Wahrnehmung vorstößt.

Für die Gestalttheorie, deren eigentliche psychologische Untersuchungen sich sehr rasch in eine erkenntnistheoretische Gesamtkonzeption ausweiten, übersetzen die Organisationsgesetze der Wahrnehmung eine Geometrie, die sowohl die Geometrie der physikalischen Welt in einigen bestimmten Aspekten als auch diejenige des Organismus umfaßt: Die Gestalten drücken tatsächlich die Gleichgewichtsgesetze aus, die alle Systeme von nicht-additiver Komposition regieren (d. h. so, daß die Teile von der Struktur des Ganzen abhängen), wie die elektromagnetischen Felder oder die „Felder" der Nervenströme usw.[3]. Es existieren also physische Gestalten[4] wie auch physiologische und psychologische Gestalten, und man könnte in der allgemeinen Konformität dieser Gestalten das Geheimnis der Objektivität unserer Wahrnehmungsgeometrie finden; ihre Deformationen würden also den effektiven Charakter des wirklichen Raums in Gebieten übersetzen, wo die Natur der Kraftfelder die Existenz von nicht-additiven Kompositionen bedingt, im Gegensatz zu den einfachen Relationen, die zwischen nebeneinandergestellten Objekten gegeben sind.

Eine solche Lösung ist im wesentlichen von phänomenologischer Art, da die angeborenen Gleichgewichtsformen von jedem Entwicklungsvorgang unabhängig bleiben und das Subjekt und die Objekte gleichzeitig regieren, wie hoch auch das subjektive Entwicklungsniveau sei. Diese Interpretation wirft aber zwei Arten von Einwänden auf, die eine vom

[1] H. Wursten: „L'évolution des comparaisons de longueurs de l'enfant à l'adulte", Arch. de Psychol. XXXII (1946), S. 1—144.

[2] P. A. Osterrieth: „Le test de copie d'une figure complexe", Arch. de Psychol. XXX (1945), S. 205—353.

[3] Z. B. die poly-synaptischen Felder; vgl. Segal, Journ. de Psych., Bd. 36 (1939), S. 21—35.

[4] W. Köhler: „Die physischen Gestalten", Erlangen 1920.

Gesichtspunkt aus, den wir (Einleitung, unter 7.) der speziellen genetischen Erkenntnistheorie zugeschrieben haben, und die andere vom Gesichtspunkt der allgemeinen genetischen Erkenntnistheorie aus.

Vom „speziellen" Gesichtspunkt aus ist klar, daß die Reduktion der geometrischen Wahrnehmungsformen auf Gleichgewichtsformen von universellem Charakter ihren Wert nur in dem Maße behält, wie sich solche psychologischen Gestalten unabhängig von der Entwicklung aufdrängen; in Maße jedoch, wie eine genetische Konstruktion existiert, erhält die Aktivität des Subjekts ihren Wert zurück, die in der Gestaltinterpretation unnötig war, was zu einer andern Konzeption der Beziehung zwischen dem Subjekt und den Objekten führt als bei einer radikalen Gleichschaltung. Umgekehrt verliert die Rolle der physikalischen Gestalten um so mehr an Gewicht, je stärker die entsprechenden Wahrnehmungsformen durch die Aktivität des Subjekts erarbeitet sind.

Vom „allgemeinen" Gesichtspunkt aus gesehen, ist der Begriff der physikalischen Gestalten am meisten diskutabel. Behauptet man, daß die vom Subjekt wahrgenommenen Geraden, Kreise und Quadrate usw. diesem durch Gleichgewichtsgesetze aufgedrängt werden, die alle Phänomene von nicht-additiver Komposition regieren, so nimmt man tatsächlich an: 1. das Primat der Systeme nicht-additiver Komposition in der physikalischen Wirklichkeit (nach Köhler z. B. die Verteilung der elektrischen Ladung in einer homogenen und isolierten Leiter) im Gegensatz zu den additiven Systemen (nach Köhler z. B. die mechanische Komposition der Kräfte); 2. die vom Geist des Physikers unabhängige Existenz von physikalischen Gestalten in der Wirklichkeit.

Beim ersten Punkt kann man sich fragen, ob die Unterscheidung von zwei Kompositionstypen, des additiven und des nicht-additiven, auf die sich die Gestalttheorie stützt, nicht auf einer Verwechslung von zwei Kriterien beruht. Das eine ist die Verbundenheit zwischen den Teilen und dem Ganzen, d. h. die Tatsache, daß das Element nicht ohne die Totalität existieren kann und umgekehrt. Dieser Begriff der Totalität kann jedoch auch auf Systeme von additiver Komposition angewendet werden, wie auf die „Gruppen": In der „Gruppe" der Verschiebungen z. B. kann eine spezielle Verschiebung nur in der Gesamtheit definiert werden (d. h. durch die sechs Parameter, die diese bestimmen), ohne daß dies ausschließen würde, daß zwei Verschiebungen zu einer totalen Verschiebung zusammengesetzt oder voneinander subtrahiert werden können[1]. Das zweite

[1] Die Sache ist noch klarer in der additiven „Gruppe" der ganzen positiven und negativen Zahlen: eine Zahl existiert nicht unabhängig von den anderen, und trotzdem sind die Zahlen untereinander addierbar.

Kriterium ist die Deformation der Teile in Funktion des Ganzen. Dieser zweite Begriff einer Ganzheit, die den Wahrnehmungstotalitäten entspricht, im Gegensatz zu den „Gruppen" und den operativen „Gruppierungen", findet tatsächlich in gewissen physikalischen Systemen Verwendung, aber hauptsächlich in Systemen, die ein Durcheinander enthalten, d. h. den Zufall. Wenn sich tatsächlich ein Durcheinander zwischen den verschiedenen Teilen einer Totalität einstellt, dann erscheint diese Totalität nicht mehr als eine einfache Resultierende der Teile, sondern als eine eigene Realität, die die letzteren verändern kann (vgl. die Austauschenergien usw.). Die Eigenwirklichkeit des Ganzen ist dann mit einem System von wahrscheinlichen Kompositionen verbunden, so daß keine der partiellen Komponenten unabhängig vom Gesamtsystem erhalten bleibt. In einer Totalität von additiver Komposition, wie in einer geometrischen Gruppe, sind die Elemente ebenfalls mit dem Ganzen verbunden, sie werden jedoch durch dieses nicht deformiert, wie dies beim Durcheinander der Fall ist.

Es gelingt der Gestalttheorie nun, durch die Verwechslung dieser zwei Kriterien im Namen derselben Prinzipien gleichzeitig die geometrischen Gestalten zu erklären, die tatsächlich Produkte von additiver Komposition sind, und die Deformationen, die aus den Wahrnehmungsillusionen hervorgehen: diese resultieren wie die physikalischen Gestalten, mit denen man sie vergleicht, aus nicht-additiver Komposition, allerdings (wie wir unter 4. sehen werden) durch Intervention des Zufalls. Die Gestalttheorie schließt aus der Tatsache, daß in allen dieser Fälle (d. h. egal, ob die Komposition additiv ist oder nicht) die Teile mit dem Ganzen verbunden sind, daß sie *ipso facto* die Möglichkeit der Deformation einschließt: dies ist die Ursache der Leichtigkeit, mit der sie vom Wahrnehmungsraum zum geometrischen Raum übergeht und umgekehrt. Allerdings wird das Problem dadurch nicht erledigt, und wir werden unter 4. darauf zurückkommen müssen.

Bei den physikalischen Strukturen, wie wir sie heute kennen, ist die Verbundenheit der Elemente und des Ganzen eine allgemeine Tatsache, bestimmt jedoch nicht für sich allein die Existenz von „physikalischen Gestalten", da sie sich ebensogut auf additive wie auf nicht-additive Kompositionen anwenden läßt. Während die additiven Systeme in der Mechanik vorkommen, implizieren die nicht-additiven Systeme einen Faktor des Durcheinanders, somit der Irreversibilität und der Deformation, wie bei den „nicht-kompensierten Transformationen" in der Thermodynamik. Der große Graben, der die physikalische Welt teilt, liegt zwischen den reversiblen Phänomenen und den irreversiblen Prozessen, und diese letzteren, die den „physikalischen Gestalten" von Köhler entsprechen, bilden somit keine erste Tatsache, wie dies die Gestalttheorie möchte, sondern werfen die ganze Frage der Beziehungen zwischen dem Zufall und der mechanischen Kausalität auf[1].

Wie nun immer die Lösung dieses Problems aussieht, man sieht kaum, wie die nicht-additiven Kompositionen die Entwicklung der geometrischen Gestalten erklären könnten: Wenn eine einfache und reguläre Form aufhört, aus einem zufälligen Durcheinander zu resultieren, so tut sie dies dank eines Zusammenspiels von Kompensationen zwischen den Deformationen, das die geometrische Ordnung imitiert, aber nicht erzeugt.

Wie aber auch diese Diskussion (die wir unter 4. in bezug auf die Wahrnehmung im allgemeinen wiederaufnehmen werden) ausgehen wird, das große erkenntnistheoretische Problem, das die Interpretation der Gestaltstheorie aufwirft, ist die Frage, ob die „physikalischen Gestalten" in der objektiven Realität existieren und somit unabhängig vom Geist des Physikers sind oder nicht. Man muß in dieser Hinsicht zwei Fragen unterscheiden, die von neuem der additiven und der nicht-additiven Komposition entsprechen. Warum läßt im Fall der Totalitäten, die aus einem Durcheinander resultieren, das Ganze sich nicht durch Addition der Teile berechnen? Es ist dies entweder, weil der Zufall objektiv existiert, oder aber, weil er unsere Unwissenheit über die Einzelheiten der Ursachen ausdrückt. In beiden Fällen kann man ihn aber nur relativ zu unseren Operationen mit kombinatorischer Komposition verstehen. Die Annahme, daß man zuerst die nicht-additiven physikalischen Strukturen wahrnehmen muß, um daraus eine Erklärung unseres Geistes zu gewinnen, führt daher auf Schwierigkeiten; man würde besser versuchen, die physikalischen Formen aus den Formen unserer geistigen Struktur zu erklären und umgekehrt. Was uns aber im Moment interessiert, ist die Frage, ob es legitim ist, die geometrischen Formen im Sinne von allgemeinen Gleichgewichtsformen der Dinge aufzufassen, um daraus die Erklärung der Gestalten unserer Wahrnehmung zu finden. Hier scheint nun offensichtlich ein Zirkelschluß vorzuliegen. Wie will man behaupten, die Natur sei im Besitz der Geraden, des Kreises oder anderer spezieller geometrischer Formen? Es ist sicher, daß sie dort nicht im Zustand einer vollständigen Verwirklichung existieren, da sowohl die Energieemission als auch die Struktur der Materie diskontinuierlich sind: Die Horizontale, die das Niveau eines ruhigen Wassers darstellt, hat auf der mikroskopischen Stufe nichts mit einer Ebene oder einer Geraden zu tun usw. Können jedoch die Geraden oder die Ellipsen usw. durch die Kraftlinien oder Bahnen von Korpuskeln be-

[1] Wir werden diesem Problem ein spezielles Kapitel bei der Behandlung der physikalischen Erkenntnistheorie widmen (s. Kap. VI).

schrieben werden, die selbst keine einfache geometrische Struktur mehr haben? Je mehr sich die mikrophysikalische Untersuchung des Raums entwickelt, um so komplizierter wird die Geometrie der Elemente der Wirklichkeit: Diese Geometrie ist z. B. nicht-archimedisch, d. h. die elementaren metrischen Formen sind gerade nicht vertreten. Die „einfachen" metrischen Formen, wie die Ebene oder die durch eine Seifenblase realisierte Kugel, die verschiedenen durch die Kristalle gebildeten Polyeder usw., die wir in der Natur entdecken, beziehen sich immer auf eine gewisse Größenordnung der Beobachtung und übersetzen im selben Maß die Geometrie des Beobachters wie die Eigenschaft der beobachteten Materie. Wenn die Erklärung der Wahrnehmungsformen durch die Hypothese der physikalischen Gestalten vom Gesichtspunkt einer speziell „genetischen Erkenntnistheorie" schon beträchtliche Schwierigkeiten aufwirft, schließt sie sich vom Standpunkt der allgemeinen genetischen „Erkenntnistheorie" in einen eigentlichen *circulus vitiosus* ein.

## *4. Der Wahrnehmungsraum*
## *C. Die „Wahrnehmungsaktivität" und die genetische Erkenntnistheorie der Wahrnehmung*

Die Forschungen, die wir über die Wahrnehmung beim Kind machen konnten, führten uns dazu, der Gestaltinterpretation ein anderes System von erklärenden Begriffen gegenüberzustellen, deren erkenntnistheoretische Bedeutung im Hinblick auf den Wahrnehmungsraum einerseits und den Erkenntniswert der Wahrnehmung andererseits wir hier herausfinden möchten.

Jede Wahrnehmung ist ein System von Beziehungen; kein Element wird je in einem isolierten Zustand wahrgenommen: Dies ist die fundamentale Tatsache, an der die Gestalttheorie festhält und die wir als Ausgangspunkt des Folgenden annehmen wollen, unabhängig von den im vorgängigen Abschnitt zurückgewiesenen Interpretationen.

Worin besteht nun diese erste Relativität der Wahrnehmung? Sie ist gleichzeitig sehr nahe und sehr verschieden von derjenigen der Intelligenz. Sie ist ihr sehr nahe, da auch sie ein Kompositionsprinzip bildet, verschieden wiederum, weil eine Wahrnehmungsbeziehung in der Regel die in Beziehung gesetzten Werte deformiert, im Gegensatz zu einer logischen Relation wie $A < B$, die die Werte von A und B durch den Vergleich nicht verändert: die Wahrnehmung der Beziehung $A < B$[1] hat gewöhnlich die

[1] Zum Beispiel in der Form eines Vergleichs von zwei Linien oder zwei Drähten A und B.

Wirkung, daß B leicht überbewertet und A leicht unterschätzt oder, anders gesagt, der Unterschied $A < B$ betont wird, außer wenn dieser Unterschied objektiv sehr klein ist; in diesem Fall wird der Unterschied unterbewertet, und die Beziehung wird in der Form einer illusorischen Gleichheit $A = B$ wahrgenommen (in Übereinstimmung mit dem Gesetz von Weber). Nur gerade beim Übergang von einer Wahrnehmungsbeziehung, welche die Differenz $A < B$ betont, zur illusorischen Beziehung $A = B$ erhält man eine exakte Wahrnehmung von $A < B$ ohne Überschätzung oder Unterschätzung der Ungleichheit, aber diese korrekte Wahrnehmung wird die Ausnahme bleiben, da sie den Übergang oder den Kompensationspunkt zwischen den beiden entgegengesetzten Deformationen darstellt.

Der Grund für die systematischen Deformationen der Wahrnehmung ist allein schon von großer erkenntnistheoretischer Bedeutung. Die operative oder rationale Erkenntnis versucht eine vollständige Beschreibung der untersuchten Objekte zu geben, aber unter dem durch die Operation herausgegriffenen Gesichtspunkt, was zu einem vereinfachten oder exakten Verständnis führt, da sie auf ein gewisses operatives System bezogen ist. Die Wahrnehmung dagegen ist im wesentlichen probabilitistisch und verfährt durch eine Art Auslosung (daher die Bedeutung des Vergleichs mit den Zufallsphänomenen des Durcheinanders, auf dem wir unter 3. insistierten). Wenn wir also zwei Strecken A und B perspektiv miteinander vergleichen, ist die Schätzung nicht dieselbe, sondern hängt von den Segmenten oder Punkten ab (Extremitäten, Mitte usw.), die der Blick fixiert, da die zentrierten Elemente relativ zu den andern vergrößert und die nichtfixierten Elemente relativ verkleinert werden. Alle Punkte (oder gleichen Segmente) einer der beiden Strecken A und B könnten als Fixierungszentrum des Blicks gewählt und mit allen andern Punkten (oder gleichen Segmenten) der andern Strecke assoziiert werden. Wenn dieser Vergleich nach allen möglichen Assoziationen und dazu noch gleichzeitig durchgeführt werden könnte, würde dies zu einer objektiven Beziehung zwischen den beiden Strecken führen. Man findet aber, daß sowohl auf der einen wie auch auf der anderen Strecke nur gewisse Punkte fixiert werden und daß die Strecken mittels einer Art Auslosung unter den möglichen Fixierungspunkten untereinander verglichen werden, was die Deformationen hervorruft, wenn diese vergleichenden Strecken nicht übereinstimmen (und dieser Effekt ist sogar dann vorhanden, wenn die auf den beiden Strecken zentrierten Punkte sich in relativ äquivalenten Positionen finden: Mitte usw.).

Eine solche Auslosung gehorcht nun aber den Gesetzen der Wahrscheinlichkeitstheorie, deren Prinzipien in großen Zügen die folgenden sind: Einerseits führt die Zentrierung[1] zur Überschätzung der zentrierten Zone und zur Unterschätzung der peripheren Elemente: beim Vergleich eines festen Musters mit variablen Größen genügt es, die Vergleichsstrecke in ihrer Eigenschaft als Muster öfters oder besser zu betrachten, um sie dadurch zu überbewerten. Andererseits ergibt sich aber von selbst, daß die Erweiterungen[2] und Verkleinerungen der

[1] sowohl taktil als auch visuell usw.

[2] Vgl. Piaget und Lambercier, Arch. de Psychol. XXIX (1943), S. 173.

zentralen und peripheren Zonen fortwährend untereinander abwechseln, da die zentralen Zonen peripher werden können und umgekehrt, je nach den Verschiebungen des Blicks: Die Dezentrierung, d. h. die Herstellung einer Beziehung zwischen den verschiedenen und aufeinanderfolgenden Zentrierungen wirkt also korrigierend und regulierend, nach einem allgemeinen Gesetz, das wir in anderen Formen und auf verschiedenen andern Gebieten, nicht nur bei der Wahrnehmung, wiederfinden werden. Wenn die verglichenen Strecken A und B gleich sind, folgt daraus, daß jede durch die Zentrierung gleichermaßen überschätzt wird, da kein Grund vorliegt, eine der beiden Strecken vorzuziehen (indem z. B. eine als Muster gewählt würde), und die abwechselnden Verformungen sich somit zur Dezentrierung kompensieren. Wenn hingegen die Strecken ungleich sind, $A < B$, und genügend voneinander verschieden, so gehört mit großer Wahrscheinlichkeit der Teil von B, der A übersteigt, zu den fixierten Punkten, und daraus ergibt sich eine Vergrößerung der Differenz $A < B$[1]. Wenn die Differenz zwischen A und B hingegen klein ist verglichen mit der objektiven Beziehung $A < B$ (und wenn sie kleiner ist als die Ausdehnung der Strecke A, die sich ergibt, wenn man diese Strecke zentriert, woraus sich die widersprechenden Eindrücke $A > B$ und $A < B$ ergeben), so ist es, je mehr die Differenz abnimmt, um so weniger wahrscheinlich, daß Punkte auf dem unterscheidenden Teilstück fixiert werden, woraus sich die illusorische Gleichheit $A = B$ (resultierend aus dem Gleichgewicht zwischen den aufeinanderfolgenden Eindrücken $A > B$ und $A < B$) ergibt, die eine sogenannte Wahrnehmungsschwelle darstellt. Da nun die Wahrscheinlichkeit eine Folge der Relation ist, in der die betrachtenden Größen zueinander stehen, stellt die Wahrnehmungsschwelle eine Ausdehnung dar, die zu diesen Größen proportional ist: Diese Proportionalität wird durch das sogenannte Gesetz von Weber — Flechner ausgedrückt, das somit einen Spezialfall des Gesetzes der relativen Zentrierung darstellt und wie das letztere eine Erklärung einschließt, die auf die Wahrscheinlichkeit zurückgeht, wie sie sich aus der Berechnung der Kombinationen zwischen den Punkten (oder den Segmenten) ergibt, die für diese Zentrierung möglich sind[2].

Hieraus folgt unmißverständlich, daß die Wahrnehmungsbeziehungen in der Regel wegen ihrer statistischen Natur deformierend wirken und strenggenommen den objektiven Gegebenheiten nicht adäquat sind, die sie übersetzen. Sie können also untereinander nicht nach den Gesetzen der Logik zusammengesetzt werden: Ihre Komposition folgt ebenfalls aus Wahrscheinlichkeitskombinationen und nicht aus operativen Kombinationen. Untersuchen wir zuerst, worin diese Komposition besteht, um hernach die Natur der perzeptiven kombinatorischen Aktivität zu finden, die deren Verwirklichung garantiert.

Wenn wir uns, um die Struktur der Operationen der qualitativen Logik zu charakterisieren, auf die „Gruppierungen" beziehen, die in Kapitel I unter 3. beschrieben wurden, so stellen wir tatsächlich fest, daß keines der

---

[1] Diese Vergrößerung kann in Funktion des Mechanismus der „relativen Zentrierung" berechnet werden.

[2] Vgl. J. Piaget, „Essai d'interprétation probabiliste de la loi de Weber et celle des centrations relatives", Arch. de Psychol. XXX (1944), S. 95—138.

Kriterien der Gruppierung sich auf die Kompositionen der Wahrnehmungsbeziehungen anwenden läßt, was genau das ausdrückt, was immer von der Gestalttheorie behauptet wurde: daß die Kompositionen der Wahrnehmung nicht „additiv" sind. Die Wahrnehmungsbeziehungen sind tatsächlich nicht transitiv, d. h. die Zusammensetzung von zwei unter ihnen bestimmt nicht in eindeutiger Weise eine dritte: Wenn z. B. A und B, dann B und C gemäß dem Gesetz von Weber verschmolzen werden, kann dies auf die Folge $A = A$, $B = C$ und $A < C$ führen. Die Wahrnehmungsbeziehungen sind nicht reversibel, da ihre Deformationen fortwährend die „nicht-kompensierten Transformationen" implizieren[1]: eine Folge von abgestuften Elementen führt zu verschiedenen Wahrnehmungsschätzungen, je nachdem, ob sie in aufsteigender oder in absteigender Ordnung verglichen werden. Die Wahrnehmungsbeziehungen sind ebensowenig assoziativ, da die schließliche Wahrnehmung einer Folge von sukzessiven Wahrnehmungen vom durchlaufenen Weg abhängt. Es gibt unter ihnen keine allgemeine Identität, da man eine anfängliche Wahrnehmung nicht unverändert wiederfinden wird: die Temperatur eines Zimmers erscheint z. B. höher oder niedriger, wenn man nach einem kleinen Aufenthalt in der Kälte zurückkehrt usw. Schließlich gibt es bei der Wahrnehmung keinen Unterschied zwischen der Tautologie und der Iteration, da die Wiederholung ein und derselben Wahrnehmung diese deformiert, aber ohne daß dabei eine einfache Beziehung existieren würde.

Man sieht, daß die wahrnehmende Kenntnis, auch wenn sie auf ihrem eigenen Bereich, den direkten Kontakt mit dem Objekt, beschränkt bleibt, nicht nur deformierend wirkt, sondern auch in ihren elementarsten Kompositionen von Grund auf irrational ist. Es ist unter diesen Bedingungen klar, daß die Wahrnehmung der geometrischen Gestalten, wie die eines Kreises, eines Quadrats usw., kein primäres Faktum darstellt, sondern einen Spezialfall, in dem die Wahrnehmungsmechanismen zu Beziehungen führen, die dem Objekt adäquat sind, weil die objektiven Beziehungen, die bei diesen Figuren vorkommen, privilegiert sind: die Gleichheit der Radien des Kreises, der Seiten des Quadrats oder der rechten Winkel ergibt eine vollständige Dezentrierung oder führt zu Kompensationen, während bei der Wahrnehmung eines Rechtecks oder einer Ellipse die wahrgenommene Länge die Breite abwerten kann usw.

Es bleibt aber die Frage, wieso trotz dieser Deformationen und der Widersprüchlichkeit ihrer Komposition die Wahrnehmung dazu gelangt, gut strukturierte Formen zu begreifen. In diesem Punkt setzt die genetische Analyse eine bemerkenswerte Dualität der Ebenen in den Mechanismen

[1] Siehe J. Piaget, „Psychologie der Intelligenz", Rascher: Zürich, 2. Aufl. 1966.

der Wahrnehmung fest, eine Dualität, die dem Forscher entgeht, der sich darauf beschränkt, mit Erwachsenen zu experimentieren. Wenn man die Wahrnehmungen auf den verschiedenen aufeinanderfolgenden Altersstufen vergleicht, stellt man fest, daß sich gewisse Effekte mit der Entwicklung im Sinn einer fortschreitenden Abschwächung wandeln, andere sich in konstanter Weise verstärken oder sogar erst im Laufe der Entwicklung ausbilden, im qualitativen Gegensatz zu den vorangehenden.

Die Faktoren, deren Gewicht mit zunehmendem Alter abnimmt, stehen in einer Beziehung zur einfachen oder relativen Zentrierung. Diese Deformationen sind eine Folge der Zentrierung und im Prinzip auf jeder Altersstufe gleich, schwächen sich aber mit zunehmender Entwicklung ab, wie wenn die Dezentrierung an Gewicht gewinnen würde. Man könnte auch sagen (da die Zentrierungseffekte sich in eine nicht-kompensierte Transformation übersetzen), daß sich die Kompensationen, die sich aus der Dezentrierung ergeben, mit zunehmendem Alter verstärken, und daß sich die Wahrnehmung ein wenig in Richtung der operativen Reversibilität entwickelt.

Im Gegensatz zu den Primärfaktoren der Zentrierung gibt es jedoch eine große Zahl von Effekten, deren Bedeutung mit zunehmendem Alter wächst und die für eine eigentliche Aktivität charakteristisch sind, im Gegensatz zum rezeptiven Charakter der ursprünglichen Wahrnehmung. Der Begriff „rezeptiv" muß übrigens in einem relativen Sinn verstanden werden, da die (visuelle, taktile usw.) Zentrierung selbst schon eine Handlung darstellt, die der Kenntnisnahme dient, eine Wahl der Punkte einschließt und gestattet, die größtmögliche Zahl von Beziehungen gleichzeitig festzuhalten. Wenn sie aber schon aktiv genannt werden muß, so ist sie es nicht im selben Maße wie die Wahrnehmungsaktivitäten, die mit der Dezentrierung einsetzen und in (räumlichen oder zeitlichen) Verschiebungen, Vergleichen (doppelte Verschiebung, die auf jeden der beiden zu vergleichenden Ausdrücke die wahrgenommenen Eigenschaften des andern anwendet), Transpositionen (= Übertragung von Beziehungen), Antizipationen usw. bestehen, d. h. aus sensomotorischen Aktivitäten, die immer mehr in die Mechanismen der Intelligenz selbst integriert werden. Es sind also die eigentlichen Handlungen der Wahrnehmung, die die kombinatorische Aktivität von wahrnehmender Ordnung bilden und zur Komposition von Formen führen, d. h. zu Strukturierungen der Beziehungen im Hinblick auf mehr oder weniger zusammenhängende Gesamtheiten[1].

Kurz, es ist über jede aktuelle Wahrnehmung hinaus notwendig, die gegenseitige Beeinflussung der aufeinanderfolgenden Wahrnehmungen zu unterscheiden: diese Einwirkungen (actions) vereinen wir unter dem Namen „perzeptive Aktivität". Wenn wir nun diese Unterscheidung zwischen der relativ rezeptiven Wahrnehmung und der perzeptiven Aktivität selbst auf die Konstruktion des Wahrnehmungsraumes anwenden, so ist es

[1] Für Einzelheiten dieser „perzeptiven Aktivität" siehe J. Piaget, „Das Erwachen der Intelligenz beim Kinde", Kap. III; J. Piaget und B. Inhelder, „Die Entwicklung des räumlichen Denkens beim Kinde", Kap. I (Bände 1 und 6 der Ges. Werke); Piaget und Lambercier, Arch. de Psychol. XXX (1944), S. 139.

klar, daß diese letztere die fortschreitende Strukturierung des Raumes erzeugt, im Gegensatz zu den elementaren Beziehungen, die schon von der unmittelbaren Zentrierung her gegeben sind. Wenn man im Wahrnehmungsraum und im operativen Raum die topologischen Beziehungen unterscheidet (Kontinuum, Umgebung und Trennung, mit Beziehung der Exteriorität, der Interiorität und der Grenze, und schließlich lineare oder zyklische Ordnungen), die projektiven Beziehungen (Perspektiven usw.) und die euklidischen Beziehungen (Ähnlichkeiten, Distanzen oder Längen, Koordinaten und Maße), so ergibt sich folgendes: 1. Nur die einfachsten topologischen Beziehungen (Berührung usw.) sind schon bei der perzeptiven Zentrierung gegeben, da sie in den zentrierten Elementen erhalten bleiben und allmählich dank den primitivsten Faktoren der Perzeption wahrgenommen werden (die Nähe erzeugt die Umgebung usw.). 2. Die projektiven Beziehungen ergeben sich dagegen aus der Koordination aufeinanderfolgender Gesichtspunkte, die eine perzeptive Aktivität voraussetzt, die sehr eng mit den allgemeinen Handlungen und der Motorik des Subjekts verbunden ist. 3. Die euklidischen Beziehungen schließlich implizieren eine Koordination der Figuren oder der Objekte, die die kombinatorische Aktivität der Verschiebungen, Transpositionen usw. voraussetzt, die ihrerseits mit den Manipulationen und den Verschiebungen des Subjekts verbunden sind.

Um von hinten zu beginnen: Es läßt sich leicht zeigen, daß die Wahrnehmungskoordinaten (Horizontale und Vertikale), von denen wir bereits gesehen haben, daß sie weit davon entfernt sind, schon am Ausgangspunkt gegeben zu sein, sich nach und nach ausbilden, bis gegen 8—9 Jahre, und daß sie von einer Aktivität des Vergleichens und des In-Beziehung-Setzens (zwischen den betrachteten Objekten und den Referenzelementen) abhängen, die in vielen Dingen die rein rezeptive Wahrnehmung übersteigt. Jede Wahrnehmung eines beliebigen Elements setzt tatsächlich auf allen Stufen ein Bezugssystem voraus, das durch die anderen Objekte des „Feldes“ gegeben ist, wenn nicht sogar durch den „Hintergrund“ selbst. Bis man von diesem momentanen Bezugssystem aber zu einem stabilen System gelangt, das die Permanenz der horizontalen und der vertikalen Achsen einschließt, gilt es eine ganze Reihe von Stufen zu überwinden, die von der immer reicher werdenden perzeptiven Aktivität abhängen und schließlich in die Intelligenz selbst integriert werden (unter 5. beschrieben). Ebenso wird die Konstanz der Größen, die ohne Zweifel die typischste perzeptive euklidische Beziehung bildet, erst etwa mit 9—10 Jahren definitiv erworben und setzt von Anfang an eine perzeptive Aktivität voraus, die durch gewisse Regulationen und Dezentrierungen charakterisiert ist. Wenn die Kinder die Größen in der Tiefendimension unterschätzen, werden diese durch die Mehrzahl der Erwachsenen durch Überkompensation überschätzt. Es ist dies der Beweis, daß hier eine regulierende Aktivität auftritt, im Gegensatz zur relativen Passivität der reinen Wahrnehmung. Die Konstanz der Gestalten, wie übrigens auch die Konstanz der Größen, entsteht in ihren groben Zügen im Laufe des ersten Jahres, als Folge der Ausbildung des Schemas der permanenten Objekte, d. h. in Funktion der gesamten sensomotorischen Intelligenz, von der die perzeptive Aktivität nur einen Spezialfall darstellt.

Was die projektiven Beziehungen anbelangt, die durch die Wahrnehmung gebildet werden, so ergibt sich von selbst, daß auch sie von einer komplexen perzeptiven Aktivität abhängen, da sie mit den soeben betrachteten Beziehungen verknüpft sind: Sowohl die Schätzung der Größen, die Kompensation der verkleinernden projektiven Sicht auf Distanz als auch die Konstanz der Gestalten innerhalb der variierenden perspektivischen Deformationen setzen in der Tat eine Strukturierung voraus, die sowohl euklidisch als auch projektiv ist und die mit der Gesamtheit der Handlungen des Subjekts (Verschiebungen und Manipulationen), d. h. mit seiner sensomotorischen Intelligenz verbunden ist wie auch mit seiner perzeptiven Aktivität.

Jedoch sind gewisse elementare topologische Beziehungen in der unmittelbaren Wahrnehmung gegeben, unabhängig von einer komplexeren Aktivität. Die „Umgebung" entspricht der Nähe, einem der primitivsten Faktoren der Wahrnehmung; die „Trennung" entspricht den sinnlichen Unterscheidungen und das Kontinuum dem Fehlen von Unterscheidungen von Ort zu Ort ($A = B, B = C$, aber $A < C$). Dies bedeutet allerdings nicht, daß die wesentlichen räumlichen Beziehungen unabhängig von jeder Aktivität gegeben seien, d. h. daß die rezeptivsten Wahrnehmungen, von denen sie erzeugt werden, absolut passiv seien: sie sind dies nur im relativen Sinn, verglichen den weiter vorangetriebenen Aktivitäten, die die projektiven und euklidischen Beziehungen erzeugen. Die Proximitäten, Unterscheidungen und Kontinuitäten, die die fundamentalen räumlichen Beziehungen begründen, hängen ebenfalls von ursprünglichen Handlungen ab, wie der Zentrierung des Blicks oder der Berührung usw., und infolgedessen von der Größenordnung der Phänomene, verglichen mit den Sinnesorganen. Die primitivsten räumlichen Beziehungen bezeugen daher schon eine unauflösliche Wechselwirkung zwischen dem Subjekt und den Objekten und nicht eine reine Wahrnehmung der Objekte durch das Subjekt.

Dies führt uns zur allgemeinen Erkenntnistheorie der Wahrnehmung. Wenn wir die Beziehung der Wahrnehmung in ihrem rezeptiven Aspekt mit der perzeptiven Aktivität in ihrem sensomotorischen Aspekt betrachten, müssen wir daraus schließen, daß die Wahrnehmung keine sich selbst genügende Erkenntnis ist. Zwei Fälle sind übrigens zu unterscheiden: die Wahrnehmung von sogenannt „signifikativen" Objekten (im Sprachgebrauch der Gestalttheoretiker), d. h. von Objekten mit einer „äußeren" Beziehung, deren Bedeutung sich auf eine beliebige Handlung bezieht (z. B. ein Hammer oder ein Stock), und die Wahrnehmung von Figuren oder Gestalten mit innerer Bedeutung, d. h. die nicht über den Bereich der einfachen räumlichen Beziehungen hinausgehen.

Es ergibt sich von selbst, daß die Wahrnehmung im ersten Fall das Niveau eines einfachen Indizes nicht übersteigt: die Kenntnis des Hammers oder des Stockes ist nicht im einfachen perzeptiven oder sinnlich erfaßbaren Bild dieser Objekte gegeben, sondern in der Handlung, bei der sie in der einen oder andern Art verwendet werden, und die Wahrnehmung hat gegenüber diesen Handlungen nur die Funktion eines Indizes.

Das perzeptive Element spielt im Hinblick auf die Handlung dieselbe Rolle wie das Bild im Hinblick auf den Begriff, d. h. die eines Zeichens im Hinblick auf seinen Bedeutungsinhalt. Im Fall des Bildes aber ist das Zeichen von der Bedeutung verschieden und bildet somit ein Symbol, während im Fall der Wahrnehmung das perzeptive Element weniger vom motorischen Element getrennt ist und zum selben Schema des wahrgenommenen und verwendbaren Objekts gehört: die Wahrnehmung ist somit nur ein Indiz und kein Symbol, wobei das Indiz als ein relativ undifferenziertes Zeichen zu verstehen ist, das zu einem einfachen Aspekt des dargestellten Objekts gehört, als Teil des Objektschemas.

Im Fall von Gestalten mit einer inneren Bedeutung gilt dasselbe, was schon Ampère und Helmholtz bemerkten (siehe unter 3.), als sie die Empfindung als ein „Zeichen" betrachteten, vielleicht ohne daraus alle Konsequenzen zu ziehen, die diese Behauptung enthält. Der einzige Unterschied ist der, daß die signifikative Handlung hier nicht mehr eine beliebige Handlung der Anwendung, sondern eine perzeptive oder eine sensomotorische Aktivität darstellt. Bejaht man aber das Vorangegangene in bezug auf die Unterschiede zwischen der einfachen Wahrnehmung, die an jede Zentrierung gebunden ist, und der perzeptiven Aktivität, die in Dezentrierungen, Verschiebungen, Vergleichen, Transpositionen und Antizipationen besteht, so ist klar, daß diese Aktivität im wesentlichen die Möglichkeit des Übergangs von Wahrnehmungen ineinander gewährleistet oder – anders ausgedrückt – die Ähnlichkeiten und die Unterschiede zwischen den sukzessive wahrgenommenen Beziehungen herausarbeitet. Sie führt somit zu etwas anderem als zur einfachen Wahrnehmung: zur Bildung von „Wahrnehmungsschemata", die schon Schemata von Transformationen sind und nicht nur Lektüren von statischen Beziehungen. Es ist klar, daß diese Wahrnehmungsschemata auf die Wahrnehmung selbst zurückstrahlen, in dem Sinn, daß jede Wahrnehmung, die den primitivsten Kontakt mit dem Objekt übersteigt[1], virtuelle Beziehungen enthält, die die aktuellen oder wirklichen Beziehungen vervollständigen. Die gewöhnliche Wahrnehmung ist somit eine Wahrnehmung von Schemata und nicht lediglich von Objekten, wobei diese Schemata gerade die Gesamtheit der virtuellen Beziehungen bilden, die von der perzeptiven Aktivität im wahrgenommenen Objekt wiedergefunden oder bei Gelegenheit aktualisiert werden könnten. Man versteht daher, in welcher Hinsicht die Wahrnehmung im wesentlichen ein Indiz bildet: Sie ist das Zeichen eines Wahr-

[1] und sogar den primitiven sinnlichen Kontakt, der von Anfang an an Reflexe gebunden ist, d. h. von neuem an die Motorik (siehe v. Weizsäcker, „Der Gestaltkreis", 1941).

nehmungsschemas, das die Bedeutung des wahrgenommenen Objekts ausmacht, eine Bedeutung, die die sinnlichen Elemente übersteigt, da sie sich an die virtuellen Beziehungen anlehnt, die die perzeptive Aktivität im Hinblick auf die betrachtete Wahrnehmung ausbilden könnte.

Bei der Wahrnehmung eines Würfels in Perspektiven z. B. (und man kann ihn nicht anders als perspektivisch wahrnehmen) müssen wir, um die Gleichheit der Seiten, der geradlinigen Kanten oder der Winkel zu „sehen“, diese keineswegs aufeinander „verschieben“ oder ihre paarweise Gleichheit „übertragen“, noch die Lage des Würfels verändern (oder uns um ihn herumbewegen, um eine Seite nach der andern zu zentrieren) usw. Die direkte Wahrnehmung des Würfels liefert von vornherein die Gesamtheit der möglichen Beziehung, die man aktualisieren könnte, wenn man das Objekt durch sukzessives Fixieren in seine Einzelheiten unterteilte: Sie ist somit ein Indiz, das das Schema des Würfels hervorruft (auf dieselbe Weise, wie der Teil das Ganze hervorruft, da das Indiz ein Aspekt seiner eigenen Bedeutung ist), und dieses Schema ist nichts anderes als die Gesamtheit der möglichen Wahrnehmung, d. h. der Beziehungen der Gleichheit usw., die sukzessive wahrgenommen werden könnten. Dieses Schema ist unabhängig vom Sprachgebrauch, vom Bild und von der eigentlichen Vorstellung: Es bildet sich allein in Funktion der perzeptiven Aktivität aus und schafft die Gesamtheit der Dezentrierungen, Verschiebungen, Übertragungen, Erkennungsakte usw., die möglich sind. Deshalb verändert sich dieses Schema als Folge der geistigen Entwicklung — im Gegensatz zu den einfachen Wahrnehmungen —, d. h. den Wahrnehmungen, die in aktueller Form in der Zentrierung gegeben sind.

Diese Eigenschaft der Wahrnehmung als Indiz in bezug auf das Wahrnehmungsschema ist um so evidenter, als die Wahrnehmung als solche, wie wir gesehen haben, in einer einfachen Auslosung besteht, da nur einige Punkte aus der Gesamtheit der möglichen Fixierungen zentriert werden, wobei die Fixierung einer andern Auswahl zu abweichenden Beziehungen führen würde. Erkenntnistheoretisch ist die Wahrnehmung also weit davon entfernt, eine photographische Kopie der Objekte abzugeben, wie sich dies der Empirismus vorstellt, sie bleibt auch ebenso entfernt von der Gestalt, welche nach den Vorstellungen der phänomenologischen Gestalttheorie der physikalischen, physiologischen und psychologischen Realität gemeinsam sein sollte: Sie ist nur ein Kennzeichen im Hinblick auf die wirkliche Handlung des Verbindens der wahrgenommenen Formen, d. h. im Hinblick auf die perzeptive Aktivität. Was diese Aktivität anbelangt, so zeigt allein die Tatsache, daß sie durch Schemata fortschreitet, daß sie eine Assimilation der Objekte an diese Schemata und eine Akkommodation einschließt wie jede Handlung: Die Wahrnehmungsschemata sind übrigens nur Spezialfälle der sensomotorischen Assimilationsschemata, auf die wir unter 5. zurückkommen werden, und setzen wie diese eine Wechselwirkung des Subjekts und des Objekts voraus und nicht eine einfache Kopie des Objekts durch das Subjekt.

Kurz, vom erkenntnistheoretischen Gesichtspunkt aus besteht die Wahrnehmung in einem System von Indizien, die aus einer Art Verlosung hervorgehen und die sich auf die Zusammenhänge beziehen, die durch eine sensomotorische Aktivität gebildet wurden, die diese Indizien verbindet und ihnen dabei eine schon schematisierte Bedeutung zuordnet. Die Motorik ist also das Wesentliche bei der Kontaktnahme mit der Wirklichkeit; das sensorielle Element ist nur ein Zeichen bezüglich der aktiven und motorischen Bedeutung, d. h. ein statisches Indiz der wirklichen oder möglichen Transformationen, gegeben durch die sensomotorische Aktivität.

Man versteht nun die wirkliche Bedeutung der Raumwahrnehmung, die den gesunden Menschenverstand Opfer zahlreicher Illusionen werden läßt, denen sogar gewisse Mathematiker unterlagen: Der Empfindungsraum ist weit davon entfernt, wirklicher zu sein als der intellektuelle Raum, und beruht nur auf Indizien der Realität und nicht auf deren unmittelbarem Ausdruck, und diese Indizien übersetzen sich nur mittels einer sensomotorischen Aktivität in Kenntnisse – auch in vereinfachte perzeptive Kenntnisse –, die von vornherein über die Empfindung hinaus und auf die Motorik zurückgeht, d. h. sich geradewegs in Richtung der Intelligenz engagiert.

Tatsächlich ist dies die wichtigste Lehre, die sich aus der Untersuchung des Wahrnehmungsraums ergibt: Dieser Raum bildet sich analog zum intellektuellen Raum aus, abgesehen von zwei Unterschieden, die beide damit verknüpft sind, daß die Wahrnehmung eine Kenntnis des gegenwärtigen Objekts ist und daß die Intelligenz über verschiedene räumliche und zeitliche Distanzen zwischen dem Subjekt und dem Objekt funktioniert. Der erste Unterschied ergibt sich daraus, daß das sinnliche Indiz und seine motorische Bedeutung weniger differenziert sind auf der perzeptiven als auf der intellektuellen Ebene, obwohl sie die Stelle einnehmen, die auf einem höheren Niveau einerseits vom anschaulichen Raumbild, das der Vernunft als konkretes Symbol dient, und andererseits von den begrifflichen Beziehungen eingenommen werden, die die motorischen Beziehungen fortsetzen. Der zweite Unterschied liegt darin, daß der Wahrnehmungsraum im wesentlichen unvollständig und deformiert ist, im Gegensatz zum intellektuellen Raum, der immer komplexer wird und sich auf eine Kenntnis gründet, die immer weniger deformierend wirkt.

Der Wahrnehmungsraum ist im wesentlichen unvollständig und deformiert (d. h., wie man oft bemerkt hat, heterogen, anisotrop, mit falschen Absolutheiten verbunden, statt relativ zu sein), weil er nie sich selbst genügen wird. Bei der Erarbeitung eines komplexen Bildes oder Objekts fixiert die Wahrnehmung einen Punkt, dann einen andern, einen dritten usw. Jede dieser Zentrierungen verursacht einerseits eine Verstückelung der Wirklichkeit und ihre Deformation infolge des statischen Gesetzes, das im Mechanismus der relativen Zentrierung liegt. Mehr noch, um diese verschiedenen Zentrierungen untereinander zu verbinden, ist es unerläßlich, über die Wahrnehmungen selbst hinauszugehen, da diese nicht gleichzeitig, sondern zeitlich nacheinander stattfinden und da die in einem zeitlichen Ablauf erfolgende Handlung der Wahrnehmung nicht mehr eine einfache Wahrnehmung ist, sondern eine Aktivität des Verbindens. Die Existenz einer perzeptiven Aktivität läßt daher die der Wahrnehmung auferlegte Bedingung deutlich werden, über sich selbst hinauszugehen und sich mit andern zu verbinden. Die perzeptive Aktivität ist aber kurz und mangels eines differenzierten Symbolismus und eines eigentlichen operativen Mechanismus ungenügend. Es ist wahr, daß sie sich in Richtung der vorstellungsmäßigen Anschauung und der operativen Intelligenz entwikkelt. Von der sensomotorischen Ebene an integriert sie sich in eine praktische oder sensomotorische Intelligenz, mit der wir uns nun beschäftigen wollen. Da das Handlungssystem mit dem erweiterten und verfeinerten Raum, den es charakterisiert (seine charakteristische Ausprägung ist die praktische „Gruppe" der Verschiebungen), durch das Vorstellungsvermögen vervollständigt wird, integriert sich der Wahrnehmungsraum schließlich in einen intellektuellen Raum, der sich ihm nicht als ein Abbild der Wirklichkeit überlagert, das zu ihr hinzugefügt wird, sondern so, wie sich ein vollendeter Organismus aus der embryonalen Organisation entwikkelt, die jenen vorbereitet, ohne ihm gleich zu sein.

## *5. Der sensomotorische Raum*
## *Die Interpretationen von H. Poincaré des „a priori"-Charakters des Begriffs der Gruppe und der konventionellen Natur des euklidischen dreidimensionalen Raums*

Zwischen den Wahrnehmungsraum, von dem wir soeben gesehen haben, daß er nicht sich selbst genügt, und den Vorstellungsraum, der zu einer eigentlichen operativen Organisation führt, schiebt sich eine Form des Raums, die allgemeiner als die Wahrnehmungsstruktur ist, von dem diese nur einen Spezialfall darstellen: es ist der sensomotorische Raum, der hauptsächlich durch die subjektiven Manipulationen und die Verschiebungen gebildet wird. Diese elementaren Handlungen, deren Organisation bis auf die zwei ersten Lebensjahre zurückgeht, werden wohl durch die Wahrnehmungen gesteuert, liefern aber eine praktische Kenntnis des Raumes, die die Wahrnehmungen übersteigt und die Substruktur der zukünftigen Operationen bildet.

Wir haben schon festgestellt (3.), wie der Aufbau der Wahrnehmungskonstanzen der Größe und der Form die Erarbeitung eines Handlungsschemas voraussetzt, das die Wahrnehmung übersteigt: das Schema der permanenten Objekte, die außerhalb des aktuellen Wahrnehmungsfeldes wiedergefunden werden können und die ihre Dimensionen und die ihnen eigene Form innerhalb dieses Feldes beibehalten. Das permanente Objekt als erstes Beispiel dieser „invariablen Größen", deren Bedeutung für die Entstehung unserer Geometrie durch die Geometer erkannt wurde, bildet das authentische Ergebnis einer sensomotorischen Intelligenz, die der Sprache und den Vorstellungen vorangeht und die man bei den Menschenaffen und beim Kleinkind untersucht hat[1]. Andererseits ist es klar, daß die perzeptive Aktivität, von der wir soeben gezeigt haben, daß sie die Quelle für die Konstruktion der Wahrnehmung ist, deren Kategorien übersteigt und von der sensomotorischen Intelligenz abhängt, die auch die Bewegungen und die Wahrnehmungen ausrichtet und die — bevor die vorstellungsmäßige Intelligenz entwickelt ist — die gesamte Aktivität reguliert, um sich schließlich auf der speziellen Ebene der Wahrnehmung und der Motorik des älteren Kindes und sogar des Erwachsenen fortzusetzen.

Wenn der Wahrnehmungsraum für sich allein im wesentlichen unvollständig ist, da er wohl in jedem sukzessiven Wahrnehmungsfeld enthalten ist, ohne daß es jedoch zu einer Koordination zwischen diesen Feldern käme, so hat die sensomotorische Intelligenz die Aufgabe, diese aufeinanderfolgenden Felder untereinander zu verbinden, noch nicht durch einen Gesamtüberblick (der erst mit dem Auftreten der symbolischen Funktion auftritt), aber durch einen motorischen Mechanismus, der den Übergang von einem Feld zum andern reguliert und die Kontinuität der Handlung gewährleistet. Im selben Maße, wie diese Wahrnehmungsschemata (von denen keines für sich allein einen Gesamtraum bildet, der allen wahrgenommenen Phänomenen gemeinsam wäre) durch die Verschiebungen des Subjekts verbunden sind, d. h. durch sensomotorische Schemata vervollständigt werden, die nicht nur die Bewegungen der Wahrnehmungsorgane (Bewegungen des Auges, des Kopfes oder der Hand, des Armes usw.), sondern des ganzen Körpers in bezug auf die wahrgenommenen Objekte umfassen, bildet sich ein praktischer Raum, der allgemeiner ist und auf den sensomotorischen und perzeptiven Schemata des Subjekts aufbaut. Es existiert offensichtlich dieselbe Kontinuität zwischen diesem sensomotorischen Raum und dem Raum der Wahrnehmungsschemata wie zwischen den letzteren und der Wahrnehmung als solcher, aber der sensomotorische Raum bildet nicht weniger eine umfassende Realität, dessen schließliches Gleichgewicht auf der Grundlage der Gesetze der Wahrnehmung und der perzeptiven Aktivität allein unerklärbar ist.

Die erkenntnistheoretische Bedeutung der Notwendigkeit dieses Systems von sensomotorischen Schemata für die Koordination des Raums zu einem einzigen Ganzen — noch handelt es sich um eine Totalität von aufeinanderfolgenden Handlungen und nicht von gleichzeitigen Vorstellungen — ist die, daß der Raum weder als gemeinsame Umgebung von

[1] Siehe W. Köhler, „Intelligenzprüfungen an Menschenaffen", Springer: Berlin 1921, und J. Piaget, „Das Erwachen der Intelligenz beim Kinde", Band 1 der Ges. Werke.

Handlungsobjekten noch als gemeinsame Umgebung von Wahrnehmungsobjekten in sich selbst wahrgenommen werden kann: Er integriert die Wahrnehmungen in ein System, das sie allein nicht aufbauen könnten, gibt aber selbst zu keiner eigentlichen Wahrnehmung Anlaß, da er eine Gestalt des Verhaltens und nicht der Empfindung ist. Es ist das große Verdienst von H. Poincaré, im voraus gezeigt zu haben, was die genetische Psychologie verifizieren kann: daß weder die Sinne noch die Erfahrungen genügen, um ohne die Existenz eines ausrichtenden Schemas einen Raum zu bilden, ein Schema, das gestattet, zwischen verschiedenen möglichen Interpretationen der Wahrnehmung zu wählen (diese Wahl ist nicht ein für allemal durch die wahrgenommenen oder experimentellen Gegebenheiten festgelegt).

Worin besteht nun dieses Schema? Es ist nötig, hier aus der Gesamtheit der tiefen und richtungweisenden Konzeptionen von Poincaré diejenigen auszusondern, die wesentlich und unbestreitbar bleiben, wenn man sie einmal in die Begriffe der realen Entwicklung des Verhaltens oder des Geistes übersetzt, und jene Dinge wegzulassen, die einer veralteten Psychologie oder einem durch die Fortschritte der Physik überholten Konventionalismus entsprechen. Die verschiedenen Aufsätze von Poincaré über den Raum sind übrigens kaum zu übertreffen in ihrer Feinheit, in ihrem Reichtum an Schattierungen und Implikationen, die oft nicht erkannt wurden; und die vielfältigen Retuschen, die er ununterbrochen anbrachte, zeigen zur Genüge, daß man seine geometrische Philosophie keineswegs auf die definitiven Formen eines pragmatischen Nominalismus reduzieren darf, wie man dies gelegentlich tun wollte[1]. Es ist vor allem klar, daß eine gewisse Parallele zwischen seinen Ideen, die sich auf die Zahl oder die mathematische Überlegung im allgemeinen beziehen, und seinen geometrischen Ideen im eigentlichen Sinn besteht. In beiden Fällen nahm er eine komplexe Stellung ein, die einerseits wenig vom eigentlichen Apriorismus entfernt ist und anderseits stark gegen den Konventionalismus tendiert. So ist für ihn „der allgemeine Gruppenbegriff präexistent in unserem Verstand, zumindest virtuell"[2]. Dieser Behauptung entsprechen auf geometrischem Gebiet seine arithmologischen Hypothesen, die die rationelle Intuition der „reinen Zahl" (s. Kap. I, 15) betreffen: Dies ist um so selbstverständlicher, als man weiß, daß die Menge der ganzen, positiven und negativen Zahlen eine Gruppe bildet, deren Element die Operation $+1$ ist. Zwischen dem rekursiven Schließen, das auf dieser Intuition *a priori* basiert (wor-

[1] Vgl. L. Rougier, „La philosophie géométrique de Henri Poincaré", Alcan: Paris 1920, und Ph. Frank, „Das Kausalgesetz und seine Grenzen", Springer: Wien 1932.

[2] H. Poincaré, „Wissenschaft und Hypothese", Teubner: Leipzig 1904, S. 73.

in Poincaré die mathematische Begründung *par excellence* sah), und der Rolle, die der berühmte Geometer dem Gruppenbegriff in der fortschreitenden räumlichen Strukturierung zuwies, existiert daher ein enger Zusammenhang, aber bei der Zahl und beim Raum ist die Intuition, die in den *präformierten* Kategorien wurzeln soll, ebenfalls in der Lage, sich in operative Kombinationen fortzusetzen, die immer freier werden: in dieser zweiten Hinsicht wird der Konventionalismus von Poincaré sichtbar, der im Hinblick auf seine geometrische Philosophie öfters zitiert wurde, obwohl er auf demselben Apriorismus beruht wie seine Zahlentheorie.

Poincaré kommt nun letzten Endes bei der Entwicklung seiner Hypothesen über das Angeborensein des Gruppenbegriffs wie auch über die Entstehung des dreidimensionalen euklidischen Schemas immer auf die Untersuchung des sensomotorischen Raums zurück. Auf diesem Gebiet, dessen Bedeutung am Ende des letzten Jahrhunderts zu erkennen sein Verdienst ist – im Gegensatz zum zu engen Feld der reinen Wahrnehmung (auf dem sie sich die Nativisten und Empiristen während fast des ganzen 19. Jh.s bekämpften) –, müssen wir nun die Probleme der erkenntnistheoretischen Bedeutung des „Gruppenbegriffs" wie auch die Rolle der Erfahrung oder der Konvention bei der Erarbeitung des euklidischen Raums diskutieren.

Bei Poincaré geht die geistige Entdeckung des Raumes in der Tat auf die sensomotorische Organisation der Verschiebungen zurück und nicht auf die Wahrnehmung der Ausdehnung oder der Formen. Jeder Veränderung in der äußeren Umgebung kann eine Reaktion des Subjekts entsprechen, die dahin zielt, die vorgängige Situation wiederzufinden oder wiederherzustellen. Es gibt nun eine Anzahl von Veränderungen, die man durch eine einfache Verschiebung des eigenen Körpers korrigieren kann: so kann man ein Teilchen, das aus dem Gesichtsfeld entschwunden ist, durch eine einfache Drehung des Kopfes wiederfinden; und ein Gegenstand, der seine scheinbaren Dimensionen mit zunehmender Entfernung ändert, erhält seine Größe zurück, wenn man sich ihm wieder nähert. Diese Veränderungen bilden die „Ortsveränderung". Im Gegensatz dazu gibt es Transformationen, die durch eine entsprechende Bewegung des eigenen Körpers nicht rückgängig gemacht werden können: so die Verbrennung eines Stücks Holz oder die Auflösung des Zuckers im Wasser. Dies sind „Zustandsänderungen". Poincaré läßt nun den Beginn der Entwicklung des Raums auf diese Unterscheidung zurückgehen, die er als eine Art Ausgangstatsache betrachtet: Der Raum hängt als System der Ortsveränderungen von den elementarsten sensomotorischen Verhaltensformen ab. Trotz der psychologischen Schwierigkeiten, die diese These enthält, werden wir sehen, daß sie ungeachtet ihrer Einfachheit sehr interessant ist, da sie von vornherein das Problem auf die Ebene der Handlung und der Bewegung reduziert und nicht mehr auf die Ebene der Wahrnehmung. „Für ein vollständig unbewegliches Wesen", sagte Poincaré mit Nachdruck, „würde es weder einen Raum noch eine Geometrie geben"[1].

[1] H. Poincaré, „Der Wert der Wissenschaft", Teubner: Leipzig 1906, S. 61.

Wie gelangt nun aber das Subjekt dazu, seine Bewegungen so zu organisieren, daß es die Bewegungen des Objekts korrigieren kann? Unabhängig von der ein wenig engen Art, wie Poincaré sich die Rolle der Motorik in der Erkenntnis vorstellte, führte er hier eine fundamentale Hypothese ein: die Hypothese, daß die Verschiebungen des eigenen Körpers selbst eine „Gruppe" bilden. Tatsächlich können zwei Verschiebungen des Körpers als Ganzes zu einer einzigen koordiniert werden; jede unter ihnen kann durch eine inverse Verschiebung annulliert werden, und das Produkt einer direkten Verschiebung mit seiner inversen ist eine Verschiebung Null; außerdem sind diese Verschiebungen assoziativ. Woher stammt nun dieser Gruppenbegriff? Sicherlich nicht aus der äußeren Erfahrung, denn um herauszufinden, daß die Bewegungen der festen Körper eine Gruppe bilden, muß man gerade die eigene Bewegung einer solchen Struktur gemäß koordinieren können: Durch die Koordination dieser beiden Arten von Verschiebungen unterscheiden wir Ortsveränderung und Zustandsänderung. Dieselbe Argumentation könnte auch gegen Interpretationen angewendet werden, die auf dem Gedankenexperiment fußen, da die Elemente der fraglichen Gruppe gerade die Verschiebungen des Körpers als „Ganzes" sind, daran erkenntlich, daß sie mit den Bewegungen des äußerlichen Körpers korrelieren. Die Gruppe der Verschiebungen, auf die Poincaré die Organisation des Raumes zurückgehen läßt, muß daher als eine Art Gesetz oder Kategorie unserer eigenen Aktivität betrachtet werden, die gemäß der oben zitierten Formel zumindest virtuell präexistent ist. Kurz, um den Bewegungen der äußeren Welt folgen zu können, muß das Subjekt die eigenen Bewegungen koordinieren, und diese Koordination schließt die Struktur der „Gruppe" schon ein.

Aus dieser Annahme ergeben sich drei fundamentale Konsequenzen: Die Gruppe der Verschiebungen des eigenen Körpers bewirkt die Strukturierung der äußeren Bewegungen nach einem korrelativen Modell durch eine Mischung von Konventionen und Erfahrungen und gestattet anschließend, nach demselben Verfahren diesem äußeren Raum drei Dimensionen und eine euklidische Struktur zuzuordnen.

Es ist klar, daß die Gruppe der eigenen Bewegungen die Bildung einer Gruppe der Verschiebungen des Objekts nach sich zieht, da sich die beiden Strukturen gleichzeitig organisieren. Sobald aber die Ortsveränderungen und die Zustandsänderungen unterschieden sind und sobald die von den ersteren dieser äußeren Veränderungen gebildete Gruppe strukturiert ist, gelangt nach Poincaré eine Mischung von „präexistenten" Formen mit der Konvention und der Erfahrung ins Spiel, deren Verschmelzung seine subtile Doktrin kennzeichnet. Die Rolle des Experiments manifestiert sich durch die Existenz von „bemerkenswerten Körpern", die wir in der Natur entdecken, die feste Körper genannt werden und die ihren Ort durch Translationen, Rotationen usw. ändern können, wobei sie aber ihre Formen und Dimensionen beibehalten. Diese experimentelle Feststellung ist allerdings nicht rein. Es existiert in der Wirklichkeit keine Verschiebung ohne Deformation, wie dies für einen idealen euklidischen Festkörper gefordert werden müßte: Die Wärme oder das Gewicht können das Objekt verändern. Wir kommen somit durch eine erste konventionelle Unterscheidung überein, einerseits die reinen Verschiebungen zu betrachten, die eine Gruppe bilden, und andererseits die physikalischen Veränderungen des Objekts. Wenn diese Konvention möglich ist, so heißt das, wie wir soeben gesehen haben, daß wir selbst die prästabilierte Fähigkeit besitzen, den Begriff der Gruppe zu konstruieren.

Die Strukturierung des wirklichen Raums erfolgt also nach drei Dimensionen. Man weiß, wie oft Poincaré auf diese Frage zurückgekommen ist, wobei er seine Ansicht jedesmal berichtigte, denn die Abgrenzung, die er zwischen der Erfahrung, den Konventionen und — bei den präexistenten Begriffen — zwischen der Bedeutung unserer vererbten Organe und den *a priori*-Intuitionen unseres Verstandes zu treffen versuchte, ist heikel. Der Begriff der Dimension wird zuerst durch die topologische Betrachtung des Kontinuums und der Schnitte eingeführt: ein Kontinuum hat nur eine Dimension, wenn es durch einen Schnitt diskontinuierlich gemacht werden kann (z. B. eine Linie, die durch Punkte unterbrochen wird). Es hat zwei Dimensionen, wenn es durch Schnitte, die ein Kontinuum von einer Dimension bilden, unterteilt werden kann (z. B. eine Oberfläche, die durch eine Linie geschnitten wird) usw. Wieviel Dimensionen enthält demnach der Raum unserer praktischen Aktivität? Man muß zuerst beachten, daß das wahrgenommene oder physikalische Kontinuum widersprüchlich ist (s. unter 4., die Formel von Weber: $A = B$, $B = C$, aber $A < C$) und daß die Mathematiker, um diesen Widerspruch aufzuheben, das Kontinuum durch eine Skala ersetzten, die eine unendliche Zahl inkommensurabler Stufen enthält. Dieses mathematische Kontinuum ist aber nicht vorstellbar: „Wir können uns nur ein physikalisches Kontinuum und nur endliche Objekte vorstellen" („Wert der Wissenschaften", S. 74). Andererseits ist der absolute Raum ein Unsinn, und man muß damit beginnen, ihn auf ein „Achsensystem zu beziehen, das unveränderlich mit unserem Körper verbunden ist" (ebd., S. 74). Einen Gegenstand lokalisieren heißt daher: „sich die Bewegungen vorstellen, die man machen müßte, um ihn zu erreichen" (S. 59), denn „das einzige, was wir unmittelbar kennen, ist die relative Lage der Objekte in bezug auf unseren Körper" (ebd., S. 59). Um die Zahl der Dimensionen des Raumes, der die uns umgebenden Objekte charakterisiert, zu bestimmen, sollte es genügen, die Gegebenheit des physikalischen Experiments zu lesen, die Verfahren der visuellen oder taktilen Lokalisierung usw. sowie auch unsere eigenen Verschiebungen zu untersuchen, wobei wir auf jeden dieser Fälle das topologische Kriterium anwenden, das wir soeben erwähnt haben, das die Bestimmung der Dimensionszahl gestattet. Man bemerkt nun aber zwei Arten von wesentlichen Umständen: Weder unsere Organe noch die Erfahrung geben uns eine entscheidende Antwort. Würden z. B. unsere Empfindung der Konvergenz und der Akkommodation nicht immer übereinstimmen, hätte der visuelle Raum vier Dimensionen. Die Erfahrung gibt nur Hinweise und würde sich auch an andere Modelle akkommodieren als an die Modelle, die wir darauf anwenden. Kurz, der Geist konstruiert das mathematische Kontinuum von drei Dimensionen, „aber er schafft es nicht aus nichts, er braucht Materialien und Vorbilder. Dieses Material und die Vorbilder sind im Geist präexistent. Er hat aber nicht nur ein einziges Vorbild, das sich ihm aufzwingt, er hat die Wahl; er kann z. B. zwischen dem dreidimensionalen und dem vierdimensionalen Raum wählen. Welche Rolle spielt nun dabei die Erfahrung? Sie gibt ihm die Hinweise, nach denen er seine Wahl trifft" („Wert der Wissenschaft", S. 100).

Die euklidische Struktur des praktischen Raumes führt auf eine analoge Erklärung. Der sensomotorische Raum hat von Anfang an einen „qualitativen Charakter" infolge „der Rolle, welche die Reihen der muskulären Empfindungen bei seiner Entstehung spielen. Es sind Reihen, die *sich wiederholen* können, und aus ihrer Wiederholung entsteht die Zahl; weil sie sich endlos wiederholen können, ist der Raum unendlich" (ebd., S. 101). Diese Wiederholung ist die Ursache sowohl der „wesentlichen Relativität des Raumes" (ebd., S. 89) als auch der

Metrik. Warum ist aber unsere spontane Metrik euklidisch? Auch hier enthält unser Geist mehrere Modelle: Sie sind alle äquivalent und können ineinander übergeführt werden, da man die nicht-euklidischen Beziehungen durch euklidische Figuren ausdrücken kann und umgekehrt. Aber auch hier geben die Erfahrung einerseits und unsere Organe andererseits ihre Hinweise ab: die Verschiebungen der natürlichen festen Körper setzen sich in der Art der Substitutionen der euklidischen Gruppe zusammen, und unsere einfachsten Handlungen haben dieselbe Struktur. Das einfachste Modell ist das euklidische Schema, während uns nichts daran hindern würde, einen andern Sprachgebrauch zu verwenden.

Man sieht, wie von der Erarbeitung des sensomotorischen Raums an gemäß Poincaré die Reihe der Wahlakte und der „Verbesserungen" auftritt, deren Notwendigkeit er anschließend einführte, um seinen Konventionalismus zu rechtfertigen, wobei die sensomotorische Organisation der Verschiebungsgruppe übrigens schon auf diesem elementaren Niveau die Intervention von Begriffen beweist, die sowohl in unseren Organen als auch in unserem Geist „präexistent" sind. Das dreifache Problem, das die geometrische Erkenntnistheorie von Poincaré aufwirft, sind somit die Frage des Angeborenseins des Gruppenbegriffs, die Frage nach der Natur der praktischen Konventionen und das Problem der Beziehungen zwischen der individuellen oder vererbten Aktivität des Subjekts und der physikalischen Erfahrung.

Die psychologische Untersuchung liefert zur ersten Frage eine in die Einzelheiten gehende Antwort. Durch das Studium des sensomotorischen Raums während der ganzen Periode, die von der Geburt bis zum Auftreten von Vorstellungen dauert (Sprache und bildhafte Vorstellung), konnten wir die Bedeutung bestätigen, die Poincaré der Gruppentheorie zuschreibt[1]. Es ist völlig richtig, daß die Verschiebungen des Subjekts (nicht nur „die Verschiebungen des Körpers als Ganzes", sondern auch die Bewegungen bei Manipulationen wie den Rotationen nach sukzessiven Translationen, die man ein Objekt ausführen läßt usw.) zu einer Gruppenstruktur führen. Man kann zum Beispiel gegen die Mitte des zweiten Jahres beobachten, wie das Kind von einem Zimmer in ein anderes der Wohnung geht oder von einem Punkt des Gartens zu einem andern, indem es seine aufeinanderfolgenden Bewegungen gemäß eines Systems von reversibler Komposition koordiniert; oder die Weise, wie es ein verstecktes Objekt wiederfindet, indem es nach derselben Struktur die vorgängigen Verschiebungen dieses Objekts rekonstruiert. Man sieht, daß der Begriff „Gruppe" keine künstliche Art der Beschreibung darstellt, deren sich der Mathematiker bedient, um das Verhalten des Objekts von außen zu untersuchen, sondern daß sie wirklich die Erreichung der Gleichgewichtsform dieser Verschiebungen oder seiner auf das Objekt ausgeübten Handlungen anzeigt, sobald einmal die Stufe der sensomotorischen Koordinationen vollendet ist. So drückt die Zusammensetzung von

[1] Vgl. J. Piaget, „Der Aufbau der Wirklichkeit beim Kinde", Band 2 der Ges. Werke, Kap. II.

zwei Verschiebungen zu einer einzigen die Fähigkeit zur Koordination aus, wie auch die inverse Operation das fundamentale Verhalten der Rückkehr ausdrückt, die Assoziativität das andere wesentliche Verhalten, nämlich die Möglichkeit des Umwegs und die identische Operation schließlich die Erhaltung des Ausgangspunkts während der Zusammensetzung eines Hin und Zurück übersetzt. Kurz, die Gruppe drückt die eigentliche Natur der reversiblen und assoziativen Kompositionen aus, zu denen das Subjekt gelangt, sobald es einmal die Koordination seiner Verschiebung erreicht hat.

Wenn also Poincaré mit einer tiefgründigen Einsicht die wichtigste formale Struktur des Raumes gefunden hat, die vom genetischen Gesichtspunkt aus ebenso wichtig ist wie vom mathematisch-abstrakten Standpunkt, so hat er sich unserer Meinung nach allerdings geirrt, als er diese Gruppenstruktur an den Ausgangspunkt des sensomotorischen Verhaltens setzte, da sie die Erreichung des schließlichen Gleichgewichts darstellt. Es ergibt sich von selbst, daß man von einem genialen Mathematiker nicht erwarten kann, daß er die Zeit findet, seine Hypothesen der experimentellen psychologischen Kontrolle zu unterwerfen; auch beschränkte sich Poincaré darauf, eine mutmaßliche Entwicklung logisch (oder introspektiv, was auf das gleiche herauskommt) zu rekonstruieren, wenn man so sagen darf, statt eine wirkliche Entwicklung zu beschreiben: Er setzte also die Existenz eines elementaren Unterschieds zwischen den Ortsveränderungen und den Zustandsveränderungen als selbstverständlich voraus und baute seine Theorie auf dieser Hypothese auf. Die Handlungen des Kindes (speziell des Kleinkindes) sind aber immer reichhaltiger und unvorhergesehener als die abstrakten genetischen Rekonstruktionen. Man findet daher, daß der Säugling weit davon entfernt ist, von vornherein Ortsänderungen und Zustandsänderungen zu unterscheiden; er braucht dazu einige Monate, ja fast ein Jahr, und dies aus einem Grund, der sowohl vom geometrischen wie auch physikalischen Gesichtspunkt aus fundamental ist: Sein ursprüngliches Universum besteht nicht aus permanenten Objekten, und jede Verschiebung erscheint ihm zuerst als eine Zustandsänderung. Es ist aber klar, daß die Verschiebungsgruppe mit dem Begriff des Objekts zusammenhängt, nicht nur, weil die euklidische Gruppe sich physikalisch in die Bewegung von invariablen Festkörpern übersetzt, sondern auch, weil das permanente Objekt, d. h. ein Objekt, das wiedergefunden werden kann, der einzige Garant der Reversibilität ist. Die Bildung der Verschiebungsgruppe hängt also mit der Ausbildung des Objektschemas zusammen. Ohne Objekte gäbe es nur egozentrische und deformierende Koordinationen, d. h. Handlungssysteme ohne Umkehr.

Wie gelangt nun der Säugling dazu, gleichzeitig die praktische Gruppe der Verschiebungen (seiner eigenen Bewegungen und derjenigen der manipulierten Objekte) und das sensomotorische Schema des permanenten Objekts zu finden, das „hinter“ Schirmen“, „unter“ andern Objekten usw. wiedergefunden werden kann (ohne auf die Wahrnehmungsschemata der Konstanz der Form und der Dimensionen dieser Objekte zurückzukommen)? Hier stellen sich alle Fragen im Hinblick auf die Rolle von eventuell „präexistenten“ Begriffen und von Erfahrungen, von „Verbesserungen“ oder praktischen Konventionen und des Einwirkens der beiden vorher unterschiedenen Arten der Abstraktion: Abstraktion vom Objekt und Abstraktion von der Handlung oder von der Koordination dieser Handlung.

Wenn wir Poincaré bei seiner Hypothese einer „Intuition der reinen Zahl" nicht folgen konnten, da die genetischen Gegebenheiten uns eine aktive Konstruktion der Klassen, Relationen und Zahlen zu beweisen scheinen, ist es uns ebenso unmöglich, eine Präformation des Gruppenbegriffs anzunehmen. „Dieser Begriff existiert im voraus, oder besser gesagt, die Fähigkeit, diesen Begriff zu bilden, ist im Geist präexistiert. Die Erfahrung ist für uns nur die Gelegenheit, diese Fähigkeit auszuüben", behauptete Poincaré[1]. Wenn es sich nur um die Fähigkeit handelte, diesen Begriff auszubilden, würde man übertreiben, wollte man diesen als präexistent bezeichnen, da es sich um eine Notwendigkeit des Ziels und nicht des Ausgangspunkts handelt (wie wir weiter oben gezeigt haben). Wenn man umgekehrt „präexistent" der Eigenschaft „empirisch" oder „experimentell" entgegensetzt, was wäre dann darunter zu verstehen? Müßte man den Gruppenbegriff als *a priori* auffassen? Dies wird aber allein durch die Tatsache seiner genetischen Entwicklung widerlegt, denn er ist gegen ein bis zwei Jahre noch keineswegs vollendet, da diese reversiblen Kompositionen, sobald sie auf der Ebene der praktischen Operationen erreicht sind, auf den Ebenen der konkreten Operationen (7–8 Jahre) und der formalen Operationen (11–12 Jahre) rekonstruiert werden müssen. Andererseits kann man annehmen, daß die Gruppenstruktur, statt aus der Erfahrung durch eine einfache Abstraktion vom Objekt hervorzugehen, im Laufe der Erfahrungen, d. h. im Laufe der auf das Objekt ausgeübten Handlungen entdeckt wird, aber durch eine konstruktive Abstraktion von den Koordinationen der Handlung.

Die genetische Untersuchung scheint uns die letztgenannte Lösung nahezulegen, in Übereinstimmung mit dem, was wir in bezug auf die Klassen, Relationen und Zahlen gesehen haben. Man muß verstehen, daß auf dem Gebiet des sensomotorischen Verhaltens — wovon Poincaré scharfsinnig gesehen hat, daß es eine räumliche Organisation enthält, die dank der Rolle der Bewegung den operativen und eigentlich intellektuellen Raum ankündet — der Schematismus der Gruppe nur in einer begrenzten Form vorkommt, die noch keineswegs das Niveau der auf denselben Stufen befindlichen rein praktischen Schemata übersteigt, die die Klassen, die Relationen und die numerischen Quantitäten vorbereiten. Poincaré sieht die Quantität und sogar „die Zahlen" in den „Reihen der Muskelempfindungen", die aus der Repetition einer Bewegung hervorgehen oder — anders ausgedrückt — aus der Iteration der Handlung. Er hat psychologisch gesehen recht, aber es ist klar, daß diese motorische Quantifikation von derselben Ordnung ist wie z. B. das Verhalten, das schon einem Huhn durch eine Dressur beigebracht werden kann, das darin besteht, nur die geradzahligen oder die ungeradzahligen Körner aus einer Reihe von zwanzig aufgereihten Elemente zu picken: Die „Zahl" ist so-

[1] „Revue de Métaph. et de Morale", 1917, S. 647.

mit mit einem gewissen motorischen Rhythmus verbunden. Diese sensomotorische Zahl enthält jedoch sicherlich noch nicht die unendliche Reihe der ganzen Zahlen präformiert (hier übertreibt Poincaré ein wenig, wenn er das Unendliche in bezug auf die Muskelempfindungen anwendet), nicht mehr als die sensomotorischen Schemata von vornherein die Klassenlogik oder die der Relationen enthalten. Wie wir aber im ersten Kapitel festhielten, sind die Klassen, die asymmetrischen Relationen und ihre numerische Synthese, wenn sie sich auch im Laufe der auf das Subjekt ausgeübten Handlungen nach und nach ausbilden, keineswegs vom Objekt unter Abstraktion seiner Eigenschaften extrahiert, sondern hängen im Gegenteil von der Koordination der Handlungen ab: Es handelt sich also um eine Abstraktion von den koordinierten Handlungen, die auf den vorgängigen Stufen vorkommen, die durch eine Reihe von Konstruktionen zu den Klassen, Relationen und den Zahlen führen, eine Abstraktion, die auf jeder Stufe erneuert werden muß, von den elementarsten organischen Koordinationen bis zu den höchsten und formalsten Koordinationen. Die Klassen, Relationen und Zahlen sind also das Produkt von sukzessiven Koordinationen, ohne präformiert oder empirischen Ursprungs zu sein, deren Material von den vorangegangenen Koordinationen herstammt, die eine neue Komposition auf der folgenden Koordinationsstufe gestatten.

Die gleichzeitige Ausbildung des Schemas des permanenten Objekts und der praktischen „Gruppe" der Verschiebungen ergibt sich aus einem gleichartigen Prozeß, und die Situation dieser praktischen Gruppe ist im Hinblick auf die vorgängigen organischen Koordinationen oder die nachfolgenden operativen Koordinationen genau die gleiche wie bei den Klassen, den Relationen und Zahlen. Einerseits genügt die Koordination der eigenen Bewegung allein nicht, trotz Poincaré, um eine „Gruppe" zu bilden. Das Subjekt konstruiert durch das Einwirken auf die Objekte gleichzeitig den Begriff des Objekts und die komplementären Gruppen der Verschiebungen des Objekts und der eigenen Verschiebungen: Eine lange Folge von Dezentrierungen von der unmittelbaren Handlung ist nötig, um den eigenen Körper in eine Welt der Objekte und der objektiven Verschiebungen zu stellen, die ein Bezugssystem für die Gruppierung der Eigenbewegungen des Körpers abgeben. Andererseits sind diese Gruppen aber nicht von den Objekten abgeleitet, trotz der Bestätigung, die ihnen die Erfahrung zuteil werden läßt: sie sind von den Koordinationen der Handlungen abstrahiert, obwohl diese Koordinationen notwendigerweise im Verlaufe der auf die Wirklichkeit ausgeübten Handlungen erzeugt werden. Das Schema des permanenten Objekts resultiert, auch wenn es auf physikalische Objekte angewendet wird, aus der Organisation der durch das Subjekt ausgeführten Verschiebungen; und diese Organisation, obwohl sie sich auch auf die physikalischen Bewegungen anwenden läßt, bildet die Gleichgewichtsform der Koordinationen, deren Material von der eigentlichen Handlung entlehnt wird. Es folgt daraus, daß die praktischen Gruppen der Verschiebungen, ohne durch die vorangehenden organischen Koordinationen präformiert zu sein, eine neue Synthese (oder Gleichgewichtsform) von Elementen bilden, die durch Abstraktion von der Handlung abgeleitet wurden[1], und daß sie den Koordinationen, ohne die übrigen operativen Gruppen zu präformieren, die Elemente liefert, die diese auf der Ebene der Vorstellung und der begrifflichen Operationen reorganisieren, indem sie sie der sensomotorischen Gruppe durch eine neue Abstraktion von der Handlung entnehmen.

[1] Siehe im einzelnen Piaget, „Der Aufbau der Wirklichkeit", Kap. I und II.

Dies führt uns zum Problem der „Konvention", denn nach der Bildung der praktischen Verschiebungsgruppe führte Poincaré die „Verbesserungen" ein, die gestatten, eine Ortsverschiebung von einer Zustandsänderung zu unterscheiden, und die somit den bewegten Objekten das Verschiebungsschema der „unveränderlichen Festkörper" zuordnen, obwohl tatsächlich die Körper ein wenig variieren. Worin besteht nun eine solche „Konvention"? Sie vermischt sich mit dem Prozeß der Assimilation der Wirklichkeit an die Schemata der Handlung. Auf ein Objekt einzuwirken bedeutet tatsächlich, ihm neue Eigenschaften zuzuordnen. Poincaré fügt hinzu, daß die Wahl der Konventionen immer durch die „Bequemlichkeit" diktiert wird. Es ist jedoch klar, daß eine Konvention nur in dem Maße bequem ist, wie sie den Erfolg der Handlung erleichtert. Es ist demnach gestattet, den Begriff der bequemen Konvention in einen andern Begriff zu übersetzen: den der wirksamen Handlung. Die Verschiebung der unveränderlichen Festkörper ist z. B. ein Schema, an das wir die wirklichen Bewegungen assimilieren, ein Schema, das aus der Koordination der auf die Festkörper ausgeübten Handlungen abgeleitet ist und nicht aus den Körpern selbst. Dieses Schema wird auf die Objekte angewendet, wobei es sie durch neue Eigenschaften bereichert, unter denen die Reversibilität am meisten auffällt. Dieses Hinzutun des Subjekts vom Objekt kann, wenn man will, als bequeme Konvention bezeichnet werden, es ist aber in erster Linie die Manifestation einer erfolgreichen Handlung. In ihrem Ausgangspunkt reduziert sich die „Konvention" kurzerhand auf die Abstraktion von der Handlung.

Der Ausdruck der Konvention erhält aber vor allem hinsichtlich der drei Dimensionen des praktischen Raumes eine neue Bedeutung, was seinen euklidischen Charakter anbelangt, den Poincaré als einfachen Sprachgebrauch abwandelte, der den nicht-euklidischen „Sprechweisen" äquivalent ist, aber „bequemer" ist als diese.

Bei den drei Dimensionen ist es trotz der Subtilität von Poincaré schwierig, die dominierende Bedeutung der äußeren Erfahrung zu leugnen. Wenn wir einen rechten Handschuh in einen linken umwandeln oder ein Objekt aus einer Büchse entnehmen könnten, ohne den Deckel zu heben, oder einen Ring anders über einen Stiel schieben könnten als vom Ende her, würde uns das Experiment die vierte Dimension vorschreiben. Indessen lernt das Kind durch die Erfahrung, daß ein Objekt nicht aus seiner Büchse herauskommen kann und daß ein Ring nicht durch einen festen Stiel hindurchgehen kann (wir haben ein Kleinkind beim Versuch beobachtet, den Stiel mit dem Ring zu umgeben, indem es diesen einfach gegen jenen drückte; oder Kinder von 4–6 Jahren stellen sich vor, daß bei drei Objekten, die in der Ordnung ABC durch einen Eisendraht verbunden werden, das Objekt B durch eine einfache Drehung des Drahtes an die Spitze gestellt werden könnte, sei es BAC oder ACB)[1]. Es scheint uns deshalb psychologisch evident, daß die Erfahrung die drei Dimensionen vorschreibt, während sie nicht ohne weiteres die Gruppe der Verschiebung erzeugt. Worin besteht aber dieser Zwang durch die Erfahrung? In einer einfachen Begrenzung: Die Koordination der Handlungen erzeugt die Dimensionen, sie könnten indessen zu 1, 2 ... *n* Dimensionen führen. Die Erfahrung läßt uns aber bei drei Dimensionen anhalten, und in dieser Begrenzung besteht ihr Einfluß auf diesem Gebiet. Von derselben Ordnung ist der eventuelle Einfluß der vererbten Organe.

Die Frage der euklidischen Eigenschaften unseres praktischen Raumes und der Gruppe der physikalischen Verschiebungen ist ein wenig verschieden, denn hier beginnt eine engere Zusammenarbeit zwischen den Erfahrungen und der Handlung. Wir leben in einer Umgebung von makroskopischer Größenordnung, die zwischen der mikrophysikalischen und der astronomischen Größenordnung liegt; und unsere gewöhnlichen Handlungen beziehen sich in der Regel auf Objekte mit einer kleinen Geschwindigkeit gegenüber unserer Erde, die als unser unbewegliches Referenzsystem aufgefaßt wird. Wenn ein „intraatomarer Beobachter" existieren würde, wie dies L. de Broglie vorschlug, oder ein Organismus mit interstellarischen Aktivitäten, würden deren Handlungen mit Geschwindigkeiten ablaufen, die nahe bei der Lichtgeschwindigkeit liegen. Wir können annehmen, daß die Koordinationen, die diesen verschiedenen Handlungen gemeinsam sind, genügten, um eine allgemeine Metrik zu erzeugen. Diese spaltete sich aber – je nachdem – in eine euklidische oder nicht-euklidische Metrik auf. Die Größenordnung unserer Handlung legt uns eine euklidische Metrik nahe, was aber nicht bedeutet, daß diese konventionell, sondern daß sie angepaßt und wirksam ist. Die Größenordnung der Einsteinschen Mechanik schreibt eine Riemannsche Metrik vor: Diese ergibt sich ebenfalls nicht aus einer Konvention, denn man weiß sogar, daß Poincaré zweifelsohne von seinem Konventionalismus daran gehindert wurde, seinerseits die Relativitätstheorie zu entdecken, der er sehr nahekam. Hier diktiert das Experiment eine Wahl, aber anstatt durch begrenzende Ausschließung vorzugehen, wie im Fall der Dimensionszahl, handelt es sich eher um eine Betrachtung der Größenordnung in bezug auf unsere gewöhnliche Aktivität: diese Aktivität wäre zur Ausbildung einer beliebigen Metrik fähig, aber sie entwickelt sich durch sukzessive Approximationen infolge der Bedürfnisse der Handlung, und wenn die euklidische Metrik für

[1] Piaget: „Les notions de mouvement et de vitesse chez l'enfant", Presses Universitaires de France: Paris, Kap. I.

die Aktivitäten zwischen dem Steinzeitalter oder besser dem Zeitalter der Pfeile mit Kieselsteinspitze und dem Zeitalter des Automobils ausgereicht hat, benötigt das Atomzeitalter vielleicht noch andere Metriken.

Wir sind nun am Ende einiger genetischer Bemerkungen angelangt, die in bezug auf den Wahrnehmungsraum und den sensomotorischen Raum angebracht waren. Um die Untersuchung des Vorstellungsraums zu beginnen, stellen wir das Problem der „Anschauung" an den Anfang und nehmen den Standpunkt von Hilbert als Ausgangsbasis.

## *6. Der Standpunkt von D. Hilbert und das Problem der geometrischen „Anschauung"*

Wir haben bereits in Erinnerung gerufen, wie die Mehrzahl der Autoren, die in diesem Punkt dem gesunden Menschenverstand folgten, den logisch-arithmetischen Operationen — als authentischer Ausdruck der Aktivität des Geistes verstanden — die wahrnehmungsmäßige und anschauliche Kenntnis des Raumes gegenüberstellten, die mit der Erfahrung und mit der „Empfindungsfähigkeit" verbunden sein soll. Zuerst das Nachdenken über die nicht-euklidischen Geometrien, hernach die zwei Eroberungen der Geometrisierung der Gravitation durch die Relativitätstheorie und der Entwicklung der axiomatischen Methode führten dazu, den Raum in zwei verschiedene Realitäten zu unterteilen: in den physikalischen Raum, der nicht von den energetischen „Feldern" unterschieden werden kann, deren Verbindung er ausdrückt, und in den intellektuellen Raum als ein System von logischen Koordinationen, das mit jedem abstrakten System verglichen werden kann, z. B. mit den Systemen der numerischen oder analytischen Gegebenheiten. Es stellen sich aber drei Fragen: zu wissen, wie der physikalische Raum und der axiomatische Raum verbunden sind, die Frage nach den Beziehungen zwischen diesem intellektuellen Raum und dem Wahrnehmungsraum oder dem sensomotorischen Raum, und schließlich die Frage, welche Relationen zwischen dem Raum und den logisch-arithmetischen Operationen existieren.

H. Poincaré hat diese drei Fragen auf seine Art beantwortet: der deduktive oder axiomatische Raum und die formalen numerischen und analytischen Konstruktionen sind eine freie „konventionelle" Bildung, die sich in ihrem Ausgangspunkt auf die praktische und sensomotorische Aktivität stützt, um sich nachher davon zu befreien; ihre Übereinstimmung mit dem physikalischen Raum erfolgt durch ein fortschreitendes Abstimmen der Intuitionen unseres Geistes auf die Gegebenheit der Erfahrung. Die Einheit wird so zwischen diesen beiden Räumen, dem intellektuellen und dem empfindungsgemäßen, wie auch zwischen diesen und dem physikalischen Raum wiederhergestellt, überdies wird die Parallelität zwischen den geometrischen und den numerischen Konstruktionen bestätigt, da auch die Zahl von elementaren Aktivitäten begründet wird, um sich in konventionellen Erarbeitungen auszuweiten.

Es ergab sich nun aber, daß der Mathematiker, der am tiefsten die geometrische Axiomatik begründete, David Hilbert, selbst in bezug auf diese Probleme Stellung bezog, aber in deutlich verschiedener Weise[1]. Durch eine merkwürdige Umkehrung des Standpunktes der Autoren, die den anschaulich gegebenen Raum der Zahl und der Logik gegenüberstellen, begriff Hilbert die geometrische Axiomatik als eine rein logische Konstruktion *a priori*, um die nicht-axiomatische Geometrie in die Physik zu verweisen. Anders ausgedrückt: die Aufspaltung, die Poincaré zu vermeiden suchte, wurde bei D. Hilbert vollständig aufrechterhalten.

Die Wechselwirkung zwischen dem Geist und der Wirklichkeit ist in erster Linie durch eine „prästabilierte Harmonie" zu ersetzen. So scheinen die Wirklichkeit und die axiomatische Konstruktion denselben Gesetzen zu gehorchen. Bis in die Mendelschen Studien der Biologie hinein „stimmen die linearen euklidischen Axiome der Kongruenz und die Axiome über den geometrischen Begriff „zwischen" auf die experimentell gefundenen Zahlen, und so kommen als Anwendung der linearen Kongruenzaxiome, d. h. der elementaren geometrischen Sätze über das Abtragen von Strecken, die Gesetze der Vererbung heraus"[2]. Ebenso stellen sich für Hilbert die Probleme des Endlichen und des Unendlichen für das Universum und für das Denken in analogen Ausdrücken. Die Relativitätstheorie zeigt die Gleichheit zwischen der Riemannschen Geometrie und der Erfahrung usw.

Woher kommt nun aber diese „prästabilierte Harmonie"? Sie kommt, weil „außer der Deduktion und außer der Erfahrung eine dritte Quelle der Kenntnisse" existiert, das Kantsche *a priori*. „Ich gebe zu, daß schon zum Aufbau der theoretischen Fachwerke gewisse apriorische Einsichten nötig sind und daß dem Zusammenkommen unserer Erkenntnis solche stets zugrunde liegen. Ich glaube, daß auch die mathematischen Erkenntnisse letzten Endes auf einer Art solcher anschaulichen Einsicht beruht und daß wir sogar zum Aufbau der Zahlentheorie eine gewisse anschauliche Einstellung *a priori* nötig haben. Ich meine, daß dies im wesentlichen in meinen Untersuchungen über die Prinzipien der Mathematik geschehen ist. Das *a priori* ist darin nichts mehr und nichts weniger als eine Grundeinstellung oder der Ausdruck für gewisse unerläßliche Vorbedingungen des Denkens und der Erfahrung[3]." Hilbert setzt die Grenzen zwischen dem *a priori* und der Erfahrung jedoch anders als Kant: Kant hat den Raum und die Zeit zu Unrecht unter die *a priori*-Kategorien gezählt: „Die Geometrie ist nichts anderes als derjenige Teil des gesamten physikalischen Begriffsfachwerks, der die möglichen Lagebeziehungen der starren Körper gegeneinander in der Welt der wirkli-

[1] D. Hilbert, „Naturerkenntnis und Logik", Die Naturwissenschaften, 1930, S. 959.

[2] ebd., S. 960.

[3] ebd., S. 961.

chen Dinge abbildet. Daß es beweglich starre Körper überhaupt gibt und welches die Lagebeziehungen sind, ist lediglich Erfahrungssache. Der Satz, daß die Winkelsumme im Dreieck zwei Rechte beträgt und das Parallelaxiom gilt, ist eben, wie schon Gauß erkannte, lediglich durch das Experiment festzustellen oder zu widerlegen[1]." „Wir können sagen: In der neuen Zeit ist die von Gauß und von Helmholtz vertretene Anschauung über die empirische Natur der Geometrie zu einem sicheren Ergebnis der Wissenschaft geworden. Sie muß heute für alle philosophischen Spekulationen, die Raum und Zeit betreffen, als fester Anhaltspunkt dienen[2]."

Man sieht also einen der wichtigsten Schöpfer der geometrischen Axiomatik dem räumlichen Empirismus von Gauß anhängen, hingegen die Zahl und die Logik auf ein *a priori* abstützen, das den Raum ausschließt! Die geometrische Axiomatik transformiert sich somit einerseits in eine reine Logik, während andererseits der anschauliche und praktische Raum mit der Erfahrung allein verbunden ist. Daraus folgt, daß der axiomatische Raum mit den logisch-arithmetischen Operationen zusammenhängt, aber um den Preis einer Abspaltung des wirklichen Raums, der in die Physik verlegt wird, und um den Preis eines Bruchs einer jeglichen Verbindung zwischen dem axiomatischen Raum und dem perzeptiven, sensomotorischen oder sogar anschaulichen Raum. Zweifelsohne besteht eine enge Verbindung zwischen dem Denken und der Natur: „Wir können diese Übereinstimmung zwischen Natur und Denken, zwischen Experiment und Theorie nur verstehen, wenn wir das formale Element und den damit zusammenhängenden Mechanismus auf beiden Seiten der Natur und unseres Verstandes berücksichtigen[3]." Da aber dieses formale Element auf ein *a priori* gegründet ist, ist diese Verbindung „prästabiliert" in der Form einer gegebenen „Harmonie" und ergibt sich nicht als Folge unserer Aktivität.

Die Probleme, deren genetische Lösung wir suchen, sind klar gestellt, und die Divergenzen der von den Mathematikern geäußerten Meinung zeigen zur Genüge, daß die drei Fragen, die der Beziehung zwischen dem anschaulichen und dem intellektuellen Raum, des Problems der Beziehungen zwischen diesen beiden und dem physikalischen Raum wie auch die Frage des Zusammenhangs zwischen diesen beiden Räumen und den logisch-arithmetischen Operationen, nicht von der Logik und den Beziehungen zu den Gesetzen der Physik allein abhängen, sondern eine genaue Analyse der geistigen Entwicklung voraussetzen.

Es ist wichtig, hier zwei schon gemachte Bemerkungen über die geometrischen Anschauungen zu wiederholen und darauf mit einem gewissen

[1] ebd., S. 961—962.
[2] ebd., S. 962.
[3] ebd., S. 961.

Nachdruck zu insistieren, um nicht in die unausweichliche Schwierigkeit zu geraten, die die Mehrzahl der Diskussionen über die Beziehungen der Axiomatik und des „anschaulichen" Raumes belasten.

Den ersten Punkt, den es zu erhellen gilt, ist der, daß der Begriff der „räumlichen oder geometrischen Anschauung", den auch die Mathematiker verwenden (speziell, wenn sie ihn den axiomatisierenden oder formalen Begriffen gegenüberstellen), nichts Definierbares enthält und im Gegenteil ein im wesentlichen heterogenes Feld verdeckt, wie auch die Verwendung des Wortes „anschaulich" oft widersprüchlich ist. Die Sache ist übrigens leicht erklärbar: die Mathematiker, die alles mit Genauigkeit definieren, betrachten mit Recht das Anschauliche als das Gebiet, auf dem die formale Strenge fallengelassen werden kann; aber aus dieser legitimen Voraussetzung leiten sie die illegitime Forderung ab, daß der Bereich des Anschaulichen eine positive Größe bildet, wie wenn man eine positive Realität durch negative Eigenschaften abgrenzen oder sogar charakterisieren könnte. Daraus ergibt sich die ernste Konsequenz, daß man etwas auszusagen glaubt, indem man die anschaulichen und die axiomatischen Begriffe einander gegenüberstellt, während diese Dichotomie lediglich darauf herausläuft, die axiomatischen und die nicht-axiomatischen Begriffe zu unterscheiden, wobei dieser zweite Begriff effektiv eine Reihe von genetisch verschiedenen Realitäten verdeckt, die oft sogar in qualitativem Gegensatz stehen. Auch Gonseth, der die Abstufung der möglichen Niveaus zwischen den niedrigeren anschaulichen Formen des Raums und dem axiomatischen Schema voll bedacht hat, gab von der Anschauung eine dermaßen „summarische" Definition (gemäß einem Ausdruck, den er liebte), daß diese eine schwache Hilfe darstellt (siehe unter 11.). Es ist somit unerläßlich, wenn man die Beziehung zwischen dem perzeptiven oder sensomotorischen Raum und dem axiomatischen Raum behandeln will, über eine Klassifizierung und eine präzise Reihenfolge der sukzessiven Stadien der wirklichen Entwicklung zu verfügen, sei es die historische oder die genetische. Nur das Fehlen eines solchen Bildes der wirklichen psychologischen Strukturen des Raumes gestattete Hilbert, die von ihm zitierten Antithesen aufrechtzuerhalten. Das ganze Problem der Beziehungen zwischen dem konkreten Raum und der Axiomatik in Begriffen der Evolution muß somit neu formuliert werden. In dieser Hinsicht unterscheiden wir drei Stufen zwischen dem sensomotorischen und dem axiomatischen Raum: 1. Einen anschaulichen Raum im begrenzten Sinn, der durch die bildhafte und statische Vorstellung charakterisiert ist, der auf der präoperativen Stufe zwischen 2 und 7 Jahren auftaucht und bis zur Erwachsenenstufe weiterexistiert, z. B. in der Vorstellung von Punkten oder Linien, in der Art von kleinen kreisförmigen Flächen oder geraden Bändern. 2. Der Raum der konkreten Operationen, die eine reversible und kohärente Komposition gestatten, aber lediglich in bezug auf die manipulierbaren Objekte. Diese Vorstellungsform, die sich auf Veränderungen bezieht, die aus der Handlung herrühren, erscheint auf dem geistigen Niveau zwischen 7–8 und 11–12 Jahren. 3. Der Raum der formalen Operationen, der einer Geometrie entspricht, die schon in deduzierbaren Sätzen formuliert werden kann, deren Inhalt aber in der Vorstellung bleibt (es ist der charakteristische Raum der geistigen Stufe, die auf die Stufe von 11–12 Jahren folgt und dem Denkmodus entspricht, der in den Elementen von Euklid Verwendung findet). Diese drei verschiedenen Stufen entsprechen zusammen mit dem sensomotorischen Raum dem, was die Mathematiker „anschaulich“ nennen, wenn sie das „Anschauliche“ der Axiomatik entgegensetzen. Wenn man allerdings lediglich die Anschauung von der Deduktion unterscheidet, so nennt man die ersten beiden dieser Stufen zusammen mit dem sensomotorischen Raum „anschaulich“. Wir für unseren Teil wollen nur die erste der drei Stufen als bildhaft anschaulich bezeichnen, indem wir diese sowohl vom sensomotorischen Raum (5.) als auch vom operativen Raum (Stufe 2 und 3) unterscheiden.

Die zweite Bemerkung, die vor jeder Analyse der geometrischen „Anschauung“ unerläßlich ist, bezieht sich darauf, daß dieselben genetischen Stufen, die „anschauliche“ genannt werden und zwischen dem sensomotorischen und dem axiomatischen Raum liegen, bei den logisch-arithmetischen Formen der bildhaft-sukzessiven Vorstellungen und später auch bei den Operationen ihre Entsprechung haben. Dieser Punkt ist übrigens ebenso wichtig wie der vorgängige. Man verfälscht die Perspektiven vollständig, unter denen man die verschiedenen Formen räumlicher „Anschauung“ betrachtet, wenn man diese auf das sensomotorische Gebiet spezialisiert. Man stellt derart eine „Anschauung“ des Raums, die im wesentlichen sinnlich oder bildhaft ist (außer wenn sie bei den höheren und rationaleren Formen „transanschaulich“ wird), der reinen „Anschauung“ der Zahl oder dem logischen Mechanismus gegenüber, die von vornherein als intellektuell oder operativ verstanden werden. Es gibt jedoch keinen größeren psychologischen Irrtum als diese Antithese, die fast die ganze geometrische Philosophie des 19. Jh.s verdorben hat. Die einigermaßen genaue Beobachtung der geistigen Entwicklung liefert drei komplementäre Einsichten, die hinsichtlich der erkenntnistheoretischen Untersuchung des Raums alle ebenso bedeutungsvoll sind:

1. Die konkreten Operationen, die zwischen die einfache bildhafte Anschauung und die formalen Operationen gehören (d. h. die Operationen der zweiten der drei soeben unterschiedenen Stufen), beziehen sich nicht auf einen unabhängig

von ihnen gegebenen Raum, sondern sie erzeugen den Raum (in seiner bekannten Form der Anschauung des Erwachsenen). Jedermann (außer den Platonikern) gibt zu, daß die logischen und numerischen Operationen keine Operationen sind, die sich auf logische Verknüpfungen oder auf Zahlen beziehen, die von vornherein gegeben sind, sondern daß sie die Quelle dieser Verknüpfungen (Klassen oder Relationen) und der Zahlen darstellen. Wenn es sich hingegen um räumliche Operationen handelt, wie die Operationen des Vereinigens oder des Unterteilens, des Placierens oder des Messens, so argumentiert man, als ob sich diese Operationen auf einen Raum beziehen würden, der schon vorher gegeben ist: Dies ist aber eine Illusion, die daraus hervorgeht, daß der „anschauliche" Raum des Erwachsenen vollendet ist und daß wir wie von außen auf ihn einwirken. Beim Kind hingegen erzeugen diese Operationen den „anschaulichen" Raum (im Sinn der Mathematiker) auf dieselbe Weise, wie die Operation des Klassifizierens die logischen Klassifikationen und die Operation +1 die Folge der ganzen Zahlen erzeugen.

2. Diese konkreten Operationen, die eigentlichen Wurzeln des sogenannten „anschaulichen" Raums, sind zu den logisch-arithmetischen Operationen isomorph und entwickeln sich parallel dazu (mit synchroner Entsprechung). So entsprechen die Inklusion der Klassen der Unterteilung, die Aufreihung dem Placieren und dem Deplacieren, wobei diese Operationen des Teilens und der Ordnung auf der räumlichen und auf der logischen Ebene zuerst qualitativ bleiben (im Sinn einer Intensität). Ebenso, wie die Synthese der Inklusion der Klassen und der Seriation die Zahl erzeugt, entsteht andererseits die Operation des Messens aus einer Fusion des Unterteilens und des Deplacierens usw.

3. Schließlich und in exakter Parallele zur präoperativen räumlichen Anschauung (Stufe I) existiert eine prälogische und pränumerische Anschauung, bevor sich die logisch-arithmetischen Operationen ausbilden. Die Existenz des perzeptiven sowie des sensomotorischen Raums, und vor allem des Raums der bildhaften Vorstellung, die gewisse einfache und statische Figuren verallgemeinert (aber noch keine Transformationen erlaubt), erweckt den Anschein, als ob sich die konkreten räumlichen Operationen auf einen von vornherein gegebenen Raum bezögen: Sie werden, wenn man so sagen will, auf Wahrnehmungs- oder Vorstellungsformen angewendet; diese „Anwendung" besteht aber in Wirklichkeit darin, jene in neue Strukturen umzuwandeln, die neue Eigenschaften aufweisen und qualitativ nicht auf die vorhergehenden Strukturen reduzierbar sind. Dies gilt auch für die logisch-arithmetischen Operationen: Diesen gehen vorerst (wie wir schon gesehen haben) die sensomotorischen Schemata voran, die zu den praktischen Begriffen oder den motorischen Quantitäten führen, dann aber auch die eigentlich präoperativen „Anschauungen" im Sinne der vorgestellten räumlichen Anschauungen. Bevor das Kind die Zahlen durch die Operation +1 bilden kann, operiert es mit Gesamtkonfigurationen (s. Kap. I, 1.), die zu eindeutigen optischen Zuordnungen führen, die aber nicht intellektuell, d. h. dauerhaft äquivalent sind, da die Zuordnungen nicht mehr weiterexistieren, sobald die visuellen Kontakte unterbrochen sind. Ebenso stellt sich das Kind Mengen von Objekten vor, bevor es mit den logischen Klassen umzugehen versteht, die reversibel verschachtelt und entschachtelt werden können; ohne aber zu einer Erhaltung dieser Totalitäten zu gelangen, indem es diese mit elementarsten anschaulichen Beziehungen versieht (Analogien usw.). Kurz, das ganze prälogische und pränumerische Denken ist „anschaulich", sowohl auf der logisch-arithmetischen wie auch auf der räumlichen Ebene, bevor die konkreten Operationen diese zwei Bereiche gleichzeitig transformieren. Wie sich nun die logisch-arithmetischen Operationen

nicht auf eine einfache „Anwendung“ dieser anschaulichen Gegebenheiten beschränken, sondern diese völlig rekonstruieren und ihnen neue Strukturen aufprägen, erarbeiten sich auch die konkreten räumlichen Operationen, die sich mit etwa 7—8 Jahren bilden, mittels vorgängiger perzeptiver und bildhaft „anschaulicher“ Gegebenheiten einen neuen Raum, den der Erwachsene schließlich fälschlicherweise der Wahrnehmung selbst zuschreibt, doch ist die Strukturierung des Raums durch vertikale und horizontale Achsen das Werk der konkreten Operationen und keineswegs das Werk der Wahrnehmung allein, noch das der bildhaften Vorstellung, und wird erst gegen 9—10 Jahre abgeschlossen: Erst im nachhinein ergibt sich eine Fusion dieser operativen Systeme der natürlichen Koordination und des Wahrnehmungsraums, doch stammen die operativen Systeme nicht von diesem Wahrnehmungsraum ab.

Die genetische Untersuchung führt also dazu, die Auffassung in Frage zu stellen, die D. Hilbert hinsichtlich der Beziehungen zwischen dem Formalen und dem Anschaulichen vertrat. Im Gegensatz zu den *a priori* von Hilbert, die das Formale und das Experimentelle mittels einer prästabilierten Harmonie in Beziehung setzten, zeigt das Studium der Entwicklung alle Übergänge zwischen dem anschaulichen und dem formalisierten Raum: Es ist daher unnütz, eine Präformation oder eine angeborene Vernunft anzunehmen, um dem Formalen gerecht zu werden, denn die Übereinstimmung der rationalen Formen und des Experiments erklärt sich durch die Übereinstimmung zwischen den allgemeinen Koordinationen der Handlung — als Quelle der formalen Notwendigkeit, die am Ende der Komposition erscheint und die Materialien aus den allgemeinen Koordinationen bezieht — und den speziellen Handlungen, die die eigentliche Erfahrung darstellen. Dieser graduelle Übergang vom Anschaulichen zum Formalen wurde von Gonseth sehr gut wahrgenommen, aber statt in diesem Fall die „Anschauung“ als eine komplexe Menge von Übergängen zwischen dem Sensomotorischen und dem „Theoretischen“ zu betrachten, setzte dieser Autor das Anschauliche auf dieselbe Ebene wie das Experimentelle und das Formale. In einer seiner letzten Publikationen[1] setzte er diese „drei Aspekte der Geometrie“ tatsächlich in exakte Parallele: „Die dominierende Idee der Doktrin, die der elementaren Geometrie vorausgeht, ist die Äquivalenz der drei Aspekte“ (ebd., S. 84). Wenn man sich, statt die heterogenen Stufen der Evolution und der Hierarchie der geistigen Mechanismen zu vermischen, auf den Standpunkt der psychologischen und historischen Entwicklung stellt und deshalb von der wirklichen Konstruktion des Raumes ausgeht, gibt es keinen Zweifel, daß sich der Bereich des „Anschaulichen“ im selben Maß verengt, wie die Konstruktion des Raums

[1] F. Gonseth, „La géométrie et le problème de l'espace II.“ Les trois aspects de la géométrie. Le Griffon: Neuchâtel 1946.

Fortschritte macht, während sich die Bereiche des Experimentellen (des physikalischen Raums) und des „Formalen“ (der Axiomatik) immer vollständiger vom Anschaulichen ablösen: Dies ist der beste Beweis dafür, daß die „Anschauung“ nur eine Menge von Übergangsbegriffen ist, ein ursprünglich undifferenzierter Komplex, dessen Differenzierung einerseits zur reflexiven Komposition der formalen Strukturen führt, die auf der Koordination der Handlungen oder der Operationen beruhen, und andererseits auf eine Beziehung zwischen den physikalischen Objekten mittels der speziellen Handlungen, die dazu die Erfahrung liefern.

### *7. Die bildhafte Anschauung und die konkreten räumlichen Operationen von „intensivem“ Charakter*

Um zu verstehen, was die geometrische Wahrheit ist, auch in ihrer rein axiomatischen Form, genügt es nicht, vom Wahrnehmungsraum oder vom „anschaulichen“ Raum zu den formalisierten Konstruktionen überzuspringen: es ist wichtig, die Etappen der wirklichen Entwicklung Stufe um Stufe zu verfolgen. Wir wollen nun unter 7. und 8. die Entstehung der drei unter 6. unterschiedenen Stufen beschreiben: die Stufe der bildhaften Vorstellung, diejenige der konkreten Operationen und schließlich die Stufe der formalen Operationen.

Wir haben (unter 4. und 5.) auf der Tatsache insistiert, daß der Wahrnehmungsraum im wesentlichen unvollständig ist, da er immer mit den gegenüberwärtigen Nahfeldern des Subjekts verbunden ist, ohne daß eine Möglichkeit existiert, diese verschiedenen Felder zu einem einheitlichen und allgemeinen Raum zu vereinen. Der sensomotorische Raum umfaßt teilweise diese Möglichkeit, aber in rein praktischer und motorischer Art, d. h. dank kurzen Antizipationen der Totalität von Verschiebungen oder von durchlaufenen Wegen, aber ohne sie in einer Gesamtvorstellung zu vereinen. Der „Raum“ als eine geeignete Umgebung, die allen Ereignissen gemeinsam zugrunde liegt, ist somit eine Eroberung der repräsentativen Intelligenz und ist nicht in der Wahrnehmung und der Bewegung als solcher enthalten. Wir wollen deshalb jetzt den Mechanismus seiner Entstehung zu verstehen suchen.

Für den Empirismus, der an die Wahrnehmungskopie, an die einfache Reproduktion der äußeren Welt glaubt und der im Vorstellungsbild eine direkte Fortsetzung der Wahrnehmungen sieht, ist der anschauliche Raum nichts anderes als die Vereinigung der verschiedenen Bilder, die als Erinnerung an die aufeinanderfolgenden Wahrnehmungen gespeichert werden.

Die sinnlichen Elemente der Wahrnehmung bilden indessen nur ein System von Indizien, die den verschiedenen Wahrnehmungsaktivitäten und motorischen Aktivitäten als Zeichen dienen, und ebenso bilden auch die räumlichen Bilder (Formvorstellungen, Längenvorstellungen usw.) Symbole, deren Bedeutungsinhalt nicht mehr nur lediglich in Wahrnehmungsaktivitäten oder effektiven Bewegungen besteht, sondern auch in möglichen, auf die Objekte ausgeübten Handlungen. Die Natur der räumlichen-bildhaften Vorstellung ist also von vornherein komplex: Sie ist sowohl in ihrem Ausdruck symbolisch als auch in ihrem Inhalt aktiv, bezieht sich aber anfänglich auf kurze, isolierte Handlungen, die noch nicht zu Operationen gruppiert sind, welche man in kohärenter Weise zusammensetzen könnte.

Was muß man nun unter einem Vorstellungsbild verstehen? Es ist eine verinnerlichte Nachahmung, welche die Handlungen oder ihre Objekte symbolisiert. Ein auditives Bild, ein Wort oder eine Melodie, die innerlich gehört werden, sind nichts anderes als eine verinnerlichte Nachahmung („innerer Sprechakt") oder die Skizze einer Nachahmung, die noch nicht in Form eines Worts oder eines Gesangs veräußerlicht ist. Ein visuelles Bild ist ähnlich beschaffen: Sich eine Form vorstellen heißt die Möglichkeit zur Reproduktion haben, nicht nur, weil sich diese Reproduktion auf eine bildhafte Erinnerung stützt, sondern weil diese Erinnerung selbst schon der Beginn einer motorischen Reproduktion darstellt[1]. Die Nachahmung setzt aber in ihren Wurzeln die Akkommodation der sensomotorischen Schemata fort, und die visuellen Bilder können, wie man leicht sieht, als aus der perzeptiven oder sensomotorischen Aktivität hervorgegangen betrachtet werden. Diese Aktivität und nicht die Wahrnehmung schlechthin ist die eigentliche Quelle der Nachahmung. Überdies hat das Bild eine symbolische Bedeutung, da es aus der Akkommodation der sensomotorischen Schemata (Nachahmung) hervorgeht und nicht aus ihrer gesamten Aktivität, während die sensomotorische Assimilation, die das Wesentliche dieser Aktivität bezeichnet, Ausgangspunkt der begrifflichen Assimilation ist, weil sie sich sowohl auf die vorgestellten Symbole als auch auf die verbalen Zeichen stützen kann.

Es ist demnach nicht bestreitbar, daß sich die elementare räumliche Anschauung auf Bilder stützt, wie jedes anschauliche und präoperative Denken, aber es ist nicht weniger klar, daß diese Vorstellungsbilder für sich allein nichts bedeuten, außer wenn sie sich auf mögliche Handlungen beziehen, an die die Objekte assimiliert sind und die ihnen ihre räumlichen Bestimmungen zuordnen. Verlangt man z. B. von Kindern im Alter von 4–6 Jahren, sich einen Körper aus Modellierteig (wie z. B. einen Zylinder), der quer oder längs durchschnitten wird, oder die aus einer Abwicklung der Seiten eines Würfels resultierende Fläche vorzustellen oder auch lediglich die Form eines Knotens, wenn man diesen ein bißchen verzieht usw., so stellt man fest, daß die Kleinen nicht fähig sind, durch die Vorstellung auch nur das mindeste vorwegzunehmen, bevor die wirkliche Handlung skizziert oder begonnen wird. Sobald der Zylinder aber aufgeschnitten, das Volumen abgewickelt oder der Knoten geschlungen ist, kann schon die skizzierte Bewegung zu einer

[1] Vgl. J. Piaget, „Nachahmung, Spiel und Traum – Die Entwicklung der Symbolfunktion beim Kinde", Band 5 der Ges. Werke.

Vorstellung verlängert werden. Anders ausgedrückt: das Vorstellungsbild geht der Handlung nicht voran, sondern die wirkliche Handlung kann durch Vorstellungen fortgesetzt werden, sobald sie einmal skizziert ist[1].

Die geometrische Anschauung hat ihre Anfänge somit in einer Gesamtheit von verinnerlichten Handlungen, von denen die Vorstellung nur ein Symbol darstellt, das durch nachahmende Akkommodation gebildet wird. Da aber die Handlungen, die durch die aufblühende Anschauung geistig ins Werk gesetzt werden, reicher sind als die sensomotorischen Aktivitäten (von denen sie eigentlich abstammen) – sie können symbolisch vervollständigt werden –, führen sie rasch zu Koordinationen, die den Nahraum überschreiten, und werden damit zum Ausgangspunkt des vorgestellten Raumes als gemeinsame Umgebung für verschiedene Ereignisse. Es ist nun aber interessant, daß diese Koordinationen von neuem, aber auf dieser erweiterten, durch das Denken gebildeten Ebene, die im Kleinen, jedoch nur im Nahfeld von Wahrnehmungsraum erreichten Etappen durchlaufen. Anders ausgedrückt, die ersten Anschauungen sind von topologischer Ordnung, wie es die ersten Wahrnehmungen des Raumes waren, erst anschließend bilden sich gleichzeitig die projektiven und die euklidischen Anschauungen wie auch die räumlichen Wahrnehmungen aus, die durch die Wahrnehmungsaktivität entwickelt und im nachhinein projektiv und euklidisch werden.

Wenn man die Entwicklung der Zeichnung untersucht (in der Brunschvicg den Beginn der Konstruktion von geometrischen Formen sieht), so bemerkt man, daß die ersten Beziehungen, die den Kleinen zugänglich sind, die topologischen Beziehungen der Umgebung und der Inklusion sind (mit der Unterscheidung von offenen und geschlossenen Formen; von innerhalb, außerhalb oder beidseitig der Grenzen liegenden Elementen): In einem Alter, in dem das Kind Vierecke und Dreiecke nur kreisförmig kopiert (d. h. lediglich durch einfach geschlossene Kurven), kann es schon sehr gut unterscheiden, ob ein kleiner Kreis beidseits, außerhalb oder innerhalb einer andern Figur liegt. Die anschaulichen Ordnungsbeziehungen sind ebenfalls frühzeitig (aber in einer noch nicht operativen Form, d. h. noch ohne die Möglichkeit der Inversion und ohne Verständnis für die Symmetrie der Relation „dazwischenliegend" im Fall der Umkehrung) usw.[2].

Die euklidischen Beziehungen (Größen, Proportionen sowie die Strukturierung nach einer Koordinatenachse) und die projektiven Beziehungen (Wahl und Koordination der Perspektiven, im Gegensatz zur Vermischung der Gesichtspunkte) erscheinen dagegen erst später und in gegenseitiger Korrelation[3].

Im Bereich der bildhaften Anschauung, wie auch im Bereich der Wahrnehmung, setzen die topologischen Beziehungen nur eine Relation von Ort zu Ort

[1] Siehe J. Piaget und B. Inhelder, „Die Entwicklung des räumlichen Denkens beim Kinde", Band 6 der Ges. Werke, Kap. IV, IX und X.

[2] ebd., Kap. III.

[3] ebd., Kap. VI–XIV.

voraus und bleiben innerhalb der Figuren oder der gegebenen Konfigurationen erhalten, während die projektiven und euklidischen Koordinationen voraussetzen, daß jede Figur mit allen andern verglichen wird, was einer Gesamtstrukturierung des Raums gleichkommt. Wenn nun die einfachsten euklidischen Beziehungen, die in der Zeichnung (z. B. eines Quadrats oder eines Dreiecks) vorkommen, der bildhaften Anschauung zugänglich sind (wenn auch die Kopie eines Rhombus z. B. schon infolge der Neigung viel größere Schwierigkeiten bietet), so übersteigt die Gesamtkonstruktion bereits die Möglichkeiten der einfachen bildhaften Anschauung, da sie die Bildung eines Koordinatensystems oder eine Koordination der Perspektiven voraussetzt.

Kurz, die räumliche Anschauung als Stufe, die zwischen dem sensomotorischen Raum und den ersten konkreten Operationen liegt (im Mittel zwischen 2 und 7 Jahren) besteht in Handlungen, deren Ergebnis man sich vorstellt, die aber kurz und am Anfang wenig komponierbar sind. Auch erlaubt sie während längerer Zeit keine Konstruktion eines Gesamtraums, wie auch die aufeinanderfolgenden Wahrnehmungen dazu nicht ausreichen, ohne daß eine perzeptive und sensomotorische Aktivität dazukommt. Dieselbe Erscheinung wiederholt sich auf einer höheren Stufe, derjenigen der Vorstellung: Es sind indessen die konkreten Operationen, die in diesem Fall koordinierend und strukturierend wirken. Worin bestehen aber diese Operationen?

Die wirklichen oder geistigen Handlungen, die an der Wurzel der Raumanschauung stehen, bleiben auf der ursprünglichen Stufe der Anschauung in einer Einbahnrichtung gegen ihr Objekt gerichtet und sind noch nicht zur reversiblen Komposition gelangt. Der Fortschritt dieser Handlungen führt aber zu einer graduellen Ausprägung der Anschauungen und in Richtung der Reversibilität. Die verinnerlichten Handlungen bilden sich zu Operationen aus, sobald ihre Koordination das Niveau der reversiblen Komposition erreicht hat: Die konkreten räumlichen Operationen stellen daher die mobile Gleichgewichtsform dar, gegen die die ursprünglichen verinnerlichten Handlungen (= Anschauungen) tendieren, die sie aber erst erreichen, wenn sie die nötige Beweglichkeit und die Fähigkeit der Koordination erreicht haben, und dies in beiden Durchlaufsrichtungen. Sobald diese Stufe der reversiblen Komposition erreicht ist, der Endpunkt der Ausprägung der kurzen und starren ursprünglichen Handlungen, unterscheiden eine Anzahl von qualitativ neuen Eigenschaften die Operationen von den „Einbahn"-Handlungen der vorherigen Stufe: sie begründen eine gewisse Logik des Raumes oder – präziser ausgedrückt –: Der Raum wird zu einer Logik des Objekts, nachdem er bisher lediglich eine statische Vorstellung war; er hört auf, einfache Beschreibung von Zuständen zu sein, um in den Rang eines Transformationssystems aufzurücken.

Ein gutes Beispiel, das gleichzeitig die Verflechtung der räumlichen Operationen mit den anschaulichen Handlungen und den qualitativ neuen Eigenschaften der Gruppierung dieser Operationen zeigt, ist die spontane Entwicklung der Verhaltensformen, die das Maß ankünden. Wenn man Kindern von verschiedenen Altersstufen die Aufgabe stellt, einen Turm zu konstruieren, der ebenso hoch wie ein Modell sein soll, das um eine gewisse Distanz entfernt auf einer etwas höheren Stufe steht, so stellt man fest, daß die Kleinsten sich mit perzeptiven Vergleichen des Auges begnügen oder sich mit Stöcken behelfen, um die Turmspitzen miteinander zu verbinden (ohne dem Höhenunterschied der Basen Rechnung zu tragen). Anschließend — nachdem sie versucht haben, die zu vergleichenden Objekte einander materiell zu nähern — bedienen sie sich nachahmender Bewegungen, um die Höhe wiederzugeben (Gesten mit den Armen, Kennzeichen auf dem eigenen Körper), und noch größere Kinder entwickeln die Idee, einen dritten Turm zu bauen, der als bewegliches Mittel dient. Schließlich (erst mit etwa 7 Jahren) gelangen sie dazu, Stöcke oder Lineale als gemeinsames Maß zu verwenden. Dieses Verhalten aber führt die vorangegangenen Handlungen dadurch, daß sie transitive, assoziative und reversible Kompositionen vom Typ A = B; B = C, d. h. A = C gestatten, in Operationen über.

Man sieht somit, worin sich diese operative Gruppierung qualitativ von den einfachen perzeptiven und anschaulichen Vergleichen unterscheidet: Sie ist die mobile Gleichgewichtsform, die am Ende der Entwicklung der vorhergehenden Anschauungen steht[1].

Vom erkenntnistheoretischen Gesichtspunkt aus sind es diese ersten eigentlich operativen Strukturen des Raumes, die am besten den Zusammenhang des anschaulichen Raumes mit dem formalisierten Raum erklären, da diese ersten operativen Gruppierungen den wahrgenommenen oder vorgestellten Raum vervollständigen und durch ein System von intellektuellen Transformationen zu ersetzen trachten, wobei sie die speziellen statischen Anschauungen koordinieren, bis diese in eine Gesamtstruktur eingebettet werden (in analoger Art, wie bereits die sensomotorischen Schemata ein praktisches System erarbeiteten, indem sie sich die einfachen Wahrnehmungsschemata integrierten [s. unter 4.]).

Eine doppelte Feststellung scheint uns bei dieser Frage besonders wichtig. Einerseits erscheint der Raum keineswegs von Anfang an als eine mathematische Struktur, da er zuerst durch qualitative Operationen von „intensivem“ Charakter (s. Kap. I, 3) gebildet werden muß, bevor er eine mathematische, d. h. „extensive“ oder „metrische“ Quantifizierung ermöglicht. In dieser Hinsicht ist die Bildung des Raumes exakt parallel zu derjenigen der Zahl: Auch die Entstehung der Zahl wird durch logische, nicht-numerische Operationen vorbereitet, und erst deren Fusion in neue Synthesen führt zu den arithmetischen Operationen; und genauso geht auch der mathematische, extensive oder metrische Raum aus einem „inten-

[1] J. Piaget, B. Inhelder und A. Szeminska, „Die natürliche Geometrie des Kindes“, Band 7 der Ges. Werke, Kap. II.

siven" Raum hervor, den erst die qualitativen Transformationen in mathematisierte Operationen eingliedern. Die intensiven Operationen, die zuerst den operativen Raum bilden, sind andererseits nicht mit den logischen Operationen der Klassen und der asymmetrischen Relationen identisch, deren Synthese zur Bildung der Zahl führt, sondern bleiben auf der konkreten Ebene verschieden, obwohl sie zu den logischen Operationen isomorph sind: wir wollen sie „infralogisch" nennen. Erst wenn sie formalisierbar werden, d. h., wenn sie durch einfache hypothetisch-deduktive Aussagen ausgedrückt werden können und als solche dem System der formellen Operationen und nicht mehr den konkreten Operationen unterworfen sind, werden sie an logische Operationen assimilierbar. Auf der konkreten Ebene unterscheiden sie sich hingegen von diesen, und die Bedeutung dieser Unterscheidung zwischen den infralogischen Operationen und den logisch-arithmetischen Operationen wird dadurch bezeugt, daß ein einziger Raum ein einziges Schema bildet, d. h. einen einzigen Zusammenhang oder ein Kontinuum, im Gegensatz zu einer Folge ganzer oder rationaler Zahlen oder zu einem System von Klassen oder Relationen, deren Glieder nicht an diese Bedingung gebunden sind. Es ist gerade diese Eigenschaft, die lange Zeit zur Illusion führte, der Raum sei mehr „sinnlich" als die Zahl. In Wirklichkeit ist er von einer intellektuellen und operativen Natur, die exakt mit derjenigen der Zahl übereinstimmt (mit vorangehenden präoperativen anschaulichen Stadien, die einander entsprechen) mit dem Unterschied, daß diese Operationen „infralogisch" und nicht „logisch" sind.

Worin bestehen nun diese infralogischen Operationen, die sowohl den intellektuellen Raum als auch, wie wir sehen werden, die Zeit und die elementaren physikalischen Begriffe bilden? Sie sind zu den logischen Operationen isomorph; während diese aber von den Objekten im Sinn von invarianten Größen ausgehen und sich darauf beschränken, diese zu vereinen (additive und multiplikative Gruppierung der Klassen) oder sie aufzureihen (additive und multiplikative Gruppierung der Relationen), beziehen sich die infralogischen Operationen auf die Konstruktion des Objekts und haben die Aufgabe, die Elemente dieses Objekts zu vereinen und aufzureihen und nicht die Objekte als solche: da sich ein Objekt von einer Menge von Objekten gerade dadurch unterscheidet, daß es zum System eines einzigen Trägers führt, beruhen die infralogischen Operationen nicht auf den Ähnlichkeiten (wie die Klassen und die symmetrischen Relationen von „logischer" Natur) oder den Unterschieden (wie die asymmetrischen „logischen" Relationen), sondern auf den Beziehungen der Umgebung oder der Lageunterschiede. Es sind somit die Handlungen oder Operationen, die die Objekte erzeugen, welche den Raum (und die Zeit) bilden: Der Raum ist nichts anderes als die Gesamtheit der Beziehungen, die sich aus den Lagetransformationen der Elemente des betrachteten Objekts ergeben (wobei von der Geschwindigkeit der Verschiebungen abstrahiert wird, die ihrerseits die Zeit festlegt), während die logischen Klassen oder Relationen darin bestehen, die Objekte untereinander zu verbinden, unabhängig von diesen Transformationen. Es sei wiederholt und sollte klar sein, daß dieser Unterschied auf das Gebiet der konkreten Operationen beschränkt ist: Auf der formellen Ebene hindert uns nichts daran, eine „Menge von Punkten" als eine logische Klasse zu behandeln, eine Reihenfolge als ein System von asymmetrischen Relationen usw.

Es ist andererseits klar, daß wir, wenn wir die konkreten infralogischen Operationen den konkreten logisch-arithmetischen Operationen gegenüberstellen, keineswegs beabsichtigen, den Raum deduktiv zu erzeugen, da es offensichtlich zu einem Zirkelschluß führen würde, wollte man alle räumlichen Strukturen durch die inneren Transformationen des Objekts erklären und dieses bereits das Ausgedehnte implizit enthält. Wir wollen lediglich beschreiben, wie die Dinge in der Wirklichkeit der psychologischen Entwicklung ablaufen, und diesbezüglich auf zwei Aspekten dieser wirklichen Entstehung insistieren: 1. Die infralogischen Operationen setzen die Konstruktion des Objekts fort, die schon durch die Wahrnehmung und die sensomotorische Intelligenz eingeleitet wurde (s. unter 4.), da sie sich auf die Transformationen des Objekts beziehen. 2. Die operative Konstruktion des Raumes kündet im Bereich, den die Mathematiker global als geometrische „Anschauung" bezeichnen und als Vorläufer der Axiomatisierung betrachten, in Wirklichkeit bereits die Formalisierung an und führt durch intellektuelle Organisationsgesetze und eine graduelle Äquilibration zu den Gesetzen, die vergleichbar sind mit denjenigen, die die Bildung der Zahl bestimmen.

Die genetische Untersuchung zeigt nun, daß auf der Stufe zwischen 4 und 6—7 Jahren, auf der sich die nach und nach ausgebildeten bildhaften räumlichen Vorstellungen zu Operationen im eigentlichen Sinn, d. h. zu Gruppierungen wandeln, die sich durch ihre reversible Zusammensetzbarkeit auszeichnen, drei große Systeme von räumlichen Operationen unterscheiden lassen: Das sich zuerst ausbildende System (6—7 Jahre) bezieht sich auf die Transformationen der Umgebung (topologische Beziehungen); das zweite (das erst mit etwa 8—9 Jahren vollendet ist) bezieht sich auf die Koordinationen der Gesichtspunkte, nach denen die Figuren transformiert sind (projektive Beziehungen); das dritte (das mit dem zweiten korreliert und erst mit diesem zusammen vollendet wird) bezieht sich auf die Transformationen, die aus den Verschiebungen hervorgehen und auf die Koordinatenachsen bezogen sind (euklidische Beziehungen; eingeschlossen die Ähnlichkeiten). Jedes dieser drei Systeme besteht zuerst in Operationen, die (im Sinne des Kap. I, 3.) rein „intensiv" sind, bevor sie zu extensiven oder metrischen Quantifikationen führen.

Wir wollen hier diese verschiedenen infralogischen Operationen, die vom genetischen und nicht vom mathematischen Gesichtspunkt aus interessant sind, nicht in den Einzelheiten beschreiben, da wir sie anderswo beschrieben haben[1]. Wir begnügen uns mit einigen Beispielen, die auf den „intensiven" Charakter dieser Gruppierungen und ihren Isomorphismus zu den Gruppierungen der Klassen und der logischen Relationen hinweisen sollen.

Die beiden fundamentalen Gruppierungen der elementaren topologischen Operationen beziehen sich auf die Teilung und die Ordnung. Die Teilung impliziert zwei Operationen, die zueinander invers sind; die eine besteht in der Trennung der Elemente eines Wahrnehmungskontinuums (z. B. einer Linie oder einer Oberfläche) durch beliebige Schnitte, die andere in der Vereinigung der unterschiedenen Teile in Funktion ihrer Umgebung. Diese zwei einfachen Operationen sind keineswegs in reversibler Art in der präoperativen bildhaften Anschauung gegeben: im Gegenteil, die Kleinen stellen sich vor, daß ein Quadrat oder ein Dreieck nicht in immer kleiner werdende Teile aufgeteilt werden könne, so daß die letzten Elemente immer noch quadratisch oder dreieckig bleiben, und daß, wenn man über diese letzten Elemente hinausginge und zu den „Punkten" (im Sinn von kleinen wahrnehmbaren Oberflächen) vorstoßen würde, die Vereinigung dieser letzteren sich nicht zu einer kontinuierlichen Figur aufsummiert. Während diese Operationen der Zerlegung und der Neukomposition sich mit etwa 7 Jahren in ihrer reversiblen Form ausbilden und zur Erhaltung des räumlichen Ganzen führen, was als ein fundamentales Ergebnis zu betrachten ist (siehe später), ergibt sich einerseits von selbst, daß es sich weder um unendliche Transformationen handeln kann, die eine extensive Quantifizierung enthalten (wie die mathematischen Begriffe des Grenzwerts, des Häufungspunkts, des Schnitts usw.), noch um metrische Transformationen (durch die Entsprechung der Segmente mit den rationalen und irrationalen Zahlen): Die Teilung und die Addition der Teile bleiben daher lange auf der endlichen „intensiven" Stufe, deren „Gruppierung" zu derjenigen der Inklusionen der Klassen isomorph ist: $A + A' = B$, $B + B' = C$ usw. (s. Kap. I, 3.); der einzige Unterschied ist der, daß die Elemente A, A', B' usw. nicht mehr Objekte sind, die in Funktion ihrer qualitativen Ähnlichkeit zu Klassen vereinigt werden können, sondern endliche „Teile" des Objekts, die in Funktion ihrer Umgebungen zu „Teilen" von höherer Ordnung vereinigt werden (bis zum ganzen Objekt)[2]. Die Ordnungsoperationen, die wir „Placierung" nennen wollen[3], entsprechen auch den elementaren Anschauungen, die aber erst mit etwa 6—7 Jahren gruppiert werden: der Übergang von der direkten Ordnung zur inversen und das Verständnis der Relation „dazwischen", die bei einer Umkehrung erhalten bleibt, setzen wie die Teilung denselben Mechanismus der reversiblen Komposition voraus, sind aber isomorph zur logischen Gruppierung der Aufreihung der asymmetrischen Relationen (mit nichtkommutativer Addition der Relationen, im Gegensatz zur Addition der Teile oder Klassen, die beide kommutativ sind). Die Operationen der Placierung sind übrigens nicht nur auf die Elemente linearer Folgen anwendbar, sondern auch auf aufeinanderfolgende

[1] J. Piaget und B. Inhelder, „Die Entwicklung des räumlichen Denkens beim Kinde", Band 6 der Ges. Werke.

[2] J. Piaget und B. Inhelder, a. a. O., Kap. V.

[3] J. Piaget und B. Inhelder, a. a. O., Kap. III, sowie J. Piaget, „Les notions de mouvement et de vitesse chez l'enfant", Presses Universitaires de France: Paris, 1946, Kap. I und II.

Einschließungen (geschlossene Kurven, die sich in der Ebene umschließen, oder räumlich verschachtelte Behälter). Es sei darauf hingewiesen, daß der Begriff der Einschließung die psychologisch einfachste Anschauung der Raumdimension liefert, vor jeglicher euklidischen Strukturierung der Koordinaten[1].

Das Subjekt geht von diesen intensiven Operationen, die sich auf die topologischen Zusammenhänge beziehen, zur Konstruktion des projektiven Raumes über, sobald jene in Funktion eines als solchen verstandenen „Gesichtspunkts", d. h. in Funktion der Koordination der möglichen „Gesichtspunkte" verwirklicht sind. Es gibt in dieser Hinsicht nichts Interessanteres als die konkrete operative Konstruktion der projizierenden oder punktförmig erscheinenden Geraden. Klar ist, daß im Wahrnehmungsraum die Gerade eine der frühesten erkennbaren Formen ist, sobald die ersten synkretischen Wahrnehmungen überschritten sind, die sich nur auf die Zusammenhänge der Umgebung und der Aufreihung beziehen. Wenn aber die perzeptive Gerade sehr frühzeitig erscheint, braucht es dennoch viel, damit das Kind eine Gerade zwischen zwei Punkten hindurchlegen kann, ohne ein perzeptives Reverenzsystem als Hilfe zu verwenden, oder sogar im Widerspruch zu den Geraden des Reverenzsystems. Wenn man zwei Merkzeichen an den Rand eines rechteckigen Tisches legt und einem Kind die Aufgabe stellt, zwei andere Merkzeichen in gerader Linie dazwischenzulegen, kann es diesen Versuch leicht durchführen, wenn die Gerade parallel zu den Tischkanten verläuft, aber es hat sogar noch im Alter von 4—6 Jahren die größten Schwierigkeiten, wenn die zu konstruierende Gerade nicht parallel zu den Tischkanten verläuft. Man sieht hier in der klarsten Weise, daß die präoperativen bildhaften Anschauungen nicht vorhanden sind: Die räumliche Vorstellung kann daher von sich aus keine gerade Linie vorwegnehmen, wenn diese im Widerspruch zu der perzeptiven Konfiguration ist. Das Problem wird (erst mit etwa 7 Jahren) operativ gelöst, wenn das Kind die Kennzeichen derart zwischen die begrenzenden Merkzeichen „placiert", daß es bei korrektem Anvisieren nur ein Kennzeichen sieht, das die anderen verdeckt. Diese spontane Operation des Visierens, die die projizierende Gerade erzeugt, entspricht der berühmten Definition von Platon im Parmenides (137 E): „Man nennt eine Linie Gerade, wenn deren Mitte zwischen den beiden Enden davor ist[2]."

Die projizierende Gerade ist also eine Linie, die topologisch so geordnet ist, daß ihre Elemente hintereinanderliegen, wenn sie von einem bestimmten „Gesichtspunkt" aus betrachtet werden (vom Gesichtspunkt, den man als „von vorn" bezeichnet). Die Intervention der „Gesichtspunkte" charakterisiert jede konkrete projektive Operation, unter anderem auch diejenigen, die zur korrekten Perspektive in den spontanen Zeichnungen führen. Am wichtigsten ist zweifelsohne die Operation, welche die Gesichtspunkte reziprok koordiniert (daher der Begriff der Symmetrie zwischen entgegengesetzten Gesichtspunkten) und so eine qualitative Gesamtkoordination des prämathematischen projektiven Raums erzeugt.

In strenger Entsprechung zu diesem projektiven Raum, der durch die Dezentrierung der ursprünglichen egozentrischen Anschauungen gekennzeichnet ist (dieser ursprüngliche Egozentrismus folgt aus der Unkenntnis der Unterschiede zwi-

---

[1] J. Piaget und B. Inhelder, a. a. O., Kap. IV.

[2] Zitiert von L. Brunschvicg, in: „Les étapes de la philosophie mathématique", 2. Aufl., S. 504, im Hinblick auf eine Operation, die der täglichen Erfahrung entnommen ist.

schen dem eigenen Gesichtspunkt und demjenigen der anderen Beobachter) und durch das Auffinden der Beziehungen zwischen Relationen, die diesen verschiedenen Gesichtspunkten inhärent sind, entsteht auch der euklidische Raum: Dieser setzt nicht nur die Koordination der Gesichtspunkte voraus, sondern auch eine Koordination der Objekte, die als Teile eines einzigen totalen Objekts betrachtet werden, als Teile des Systems, das aus mit den Koordinationsachsen in Beziehung gesetzten Elementen besteht.

Der euklidische Raum vollendet also den operativen Raum auf der Ebene der konkreten Operationen und ist nicht dessen Ausgangspunkt. Eine solche Behauptung mag merkwürdig erscheinen, so sehr ist die Gewohnheit verankert, die elementaren Relationen der euklidischen Metrik als genetisch ursprünglich zu betrachten. Diese Illusion ergibt sich aus zwei Gründen, von denen man leicht feststellt, daß sie nicht der Wirklichkeit entsprechen. Der erste Grund ist die Vorstellung, daß der historische Ablauf der reflexiven Entdeckung die wirkliche Entwicklung nachahme, während diese Entwicklung jedoch oft in umgekehrter Reihenfolge verläuft und der theoretischen Rekonstruktion und sogar der Axiomatisierung des Raums näher steht, als man denkt. Obwohl der Begriff der eineindeutigen Zuordnung erst spät in der Wissenschaft auftauchte (mit dem Cantorschen Begriff der „Mächtigkeit" in der Mengenlehre), kommt er, wie L. Brunschvicg gezeigt hat, schon im Austausch eins gegen eins vor, der die praktische Zahl bildet. Ebenso sind die topologischen Begriffe sowohl genetisch als auch axiomatisch die Grundlage der euklidischen Operationen. Der zweite Grund, der erklärt, warum dem euklidischen Raum ein Primat eingeräumt wurde, folgt aus der Verwechslung des Wahrnehmungsraums mit dem Vorstellungsraum, die beide unpräzise als „Anschauungsraum" bezeichnet wurden, wobei man in diesem Punkt vielleicht mehr als in anderen bemerkt, wie heterogen und widersprüchlich die Realitäten sind, die von diesem Anschauungsraum verdeckt werden. Die euklidischen Beziehungen entstehen wahrnehmungsmäßig recht frühzeitig, aber sicher nicht als erste, da sie sich erst mit der Organisation der perzeptiven Größenkonstanz stabilisieren (in der zweiten Hälfte des ersten Jahres). Auf der vorstellungsmäßigen Ebene (bildhafte Vorstellung und später konkrete Operationen) müssen die durch die Wahrnehmung und die sensomotorische Intelligenz konstruierten Schemata (vor allem das Schema des permanenten Objekts, das sowohl mit der perzeptiven Konstanz der Größen wie der praktischen Gruppe der Verschiebung verknüpft ist) völlig neu rekonstruiert werden, und ihre Rekonstruktion erfolgt in derselben Art wie auf der ursprünglichen Ebene: Die euklidischen Operationen bilden sich in Korrelation mit den projektiven Operationen erst dann aus, wenn die topologischen Anschauungen vollendet und operativ gruppiert sind.

Der beste Beweis für das späte Auftreten der euklidischen Operationen und auch für den fundamentalen qualitativen Gegensatz, der die anfänglich bildhaften Vorstellungen von den operativen Mechanismen der konkreten Operationen trennt, die mit ihnen unter den Namen der vorgestellten „Anschauung" verschmolzen werden — und dafür, daß das Subjekt während der ganzen Periode des anschaulichen Denkens, die von 2—3 bis gegen 6—7 Jahre dauert, die evidente Erhaltung der fundamentalen Distanz-, Längen- und Oberflächenbeziehungen usw. nicht versteht —, ist folgendes: Es nimmt an, daß sich die Distanz zwischen zwei Objekten ändert, wenn man ein drittes Objekt dazwischenschiebt (wobei die zwei ersten unbeweglich bleiben), daß zwei Stäbe, deren gleiche Länge durch Aufeinanderlegen festgestellt wurde, nicht mehr gleich sind, wenn man den einen um einige Zentimeter verschiebt; daß eine Oberfläche ihren totalen Wert ändert, wenn man ihre Elemente verschieden anordnet; daß die verbleibenden Oberflächen nicht mehr äquivalent sind, wenn man in verschiedenen Regionen von gleicher Gesamtfläche zwei gleiche Teilflächen wegnimmt usw. Erst mit etwa 7—8 Jahren werden diese verschiedenen Formen der Erhaltung als evident erkannt[1].

Es ist nun aber klar, daß diese Erhaltung der Längen, Oberflächen usw. kein Ergebnis des Messens ist, sondern, im Gegenteil, die Vorbedingung einer jeden Meßoperation: Es ist tatsächlich unmöglich, zwei Größen dadurch zu vergleichen, daß man die eine durch Verschieben mit der anderen in Beziehung setzt, wenn die Bewegung jene verändert und die durch Überlagerung festgestellte Gleichheit nichts mehr bedeutet, sobald die Größen getrennt werden; es ist noch unmöglicher, sie mit einem gemeinsamen Maß zu vergleichen, wenn sich die als Meßstrecke dienende Größe im Laufe der Verschiebung ausdehnt oder zusammenzieht. Man muß also annehmen, daß sich die Erhaltung der euklidischen Größen vor jeglicher Metrik mit Hilfe von „intensiven" infralogischen Operationen allein ausbildet. Dies zeigt auch die Beobachtung: Die Erhaltung der Größen beruht auf dem Vermögen, die Teile durch eine reversible Komposition zu einem Ganzen zu vereinen, die nur auf den Beziehungen des Teils zum Ganzen beruht, z. B. $A + A' = B$, woraus $A < B$ und $A' < B$ folgt, aber ohne quantitative Beziehung zwischen A und A', und dies, bevor ihre Mathematisierung möglich wird, d. h. bevor die Teile (A und A') untereinander verglichen werden (in der Form $A > A'$, $A < A'$ oder $A = A'$), d. h. vor jeder „extensiven" oder metrischen Quantifizierung.

Die Notwendigkeit einer vorgängigen Bildung der verschiedenen Erhaltungsgrößen ist der beste Beweis für die genetische Wirklichkeit der intensiven infralogischen Operationen. Auf euklidischem Gebiet (d. h. auf dem Gebiet der Koordination der Objekte, im Gegensatz zur Koordination der Gesichtspunkte) bestehen diese intensiven infralogischen Operationen im wesentlichen im Vereinen der Elemente zu (additiven oder multiplikativen) Totalitäten und im Anordnen nach einer Reihenfolge (oder gemäß mehrerer sich überschneidender Ordnungen), wobei sich aber diese

[1] Siehe J. Piaget. B. Inhelder und A. Szeminska, „Die natürliche Geometrie des Kindes", Band 7 der Ges. Werke.

Vereinigungen oder Ordnungsrelationen ebenso auf unbewegliche Stellungen (auf als fest angenommene Referenzelemente) wie auf bewegliche Größen beziehen. Daraus entstehen in erster Linie die elementaren Koordinatensysteme, die vor jeder Metrik in einfachen Beziehungen der in zwei oder drei Dimensionen geordneten Unterteilungen bestehen; und in zweiter Linie die Komposition der „Verschiebungen", die vor ihrer metrischen Quantifizierung als einfacher Wechsel der Ordnung oder der „Placierung" auftreten[1].

### *8. Die Entwicklung des Messens und die Mathematisierung des Raums durch extensive und metrische Quantifizierung*

Die konkreten infralogischen Operationen, die wir soeben beschrieben haben und die teilweise dem entsprechen, was die Mathematiker die „Anschauung" des Raumes nennen, die dem Raum seine definitive Form geben, sind also mit den konkreten logischen Operationen vergleichbar, die sich auf die Klassen und die Relationen beziehen; der einzige Unterschied ist der, daß sich die infralogischen Operationen auf die Transformationen des Objekts beziehen und nicht auf die Vereinigung oder Aufreihung von diskreten Objekten. Die Addition der Klasse entspricht demnach der Unterteilung und der Addition der Teile, und die Addition der asymmetrischen Relationen entspricht den Operationen der Placierung und der Verschiebung. Wir haben (Kap. I, 6.) gesehen, wie die ganze Zahl aus der operativen Fusion der „Gruppierung" der Klassen und der asymmetrischen Relationen zu einer einzigen „Gruppe" resultiert, die letzten Endes einen sowohl kardinalen als auch ordinalen Aspekt aufweist. Wenn die Entsprechung der beiden logischen und infralogischen Systeme gilt, kann man somit erwarten, daß das Maß (das im räumlichen Bereich äquivalent ist zur Zahl) ebenso aus einer Fusion der Operationen des Teilens und des Verschiebens resultiert. Man kann ebenfalls erwarten, daß die „extensive" „Quantifizierung" aus einer Verallgemeinerung von Relationen zwischen den Teilen eines Ganzen entsteht, die durch die „intensiven" Operationen zwischen den Teilen und dem Ganzen etabliert wurden.

I. Was versteht man vom genetischen Gesichtspunkt aus unter der Messung einer Länge? Gehen wir von einem metrischen Axiom aus, das anschaulich evident ist und seit Eudoxus das Postulat des Archimedes genannt wird. Es seien

[1] J. Piaget und B. Inhelder, „Die Entwicklung des räumlichen Denkens beim Kinde", Band 6 der Ges. Werke; J. Piaget, B. Inhelder und A. Szeminska, „Die natürliche Geometrie des Kindes", Band 7 der Ges. Werke, und J. Piaget, „Les notions de mouvement et de vitesse chez l'enfant".

eine Strecke der Geraden *AB* und ein Punkt *C* außerhalb, auf der Seite von *B*, gegeben: Wo auch *C* liegen mag, man kann immer über diesen Punkt hinausgehen, indem man nacheinander eine gewisse Anzahl von Längen *AB* hinzufügt. Wir fragen uns jetzt, ob ein Subjekt, das nur über die bildhaft räumlichen und präoperativen Vorstellungen oder nur über die konkreten Operationen von „intensivem" Charakter verfügt, wie sie unter 7. beschrieben wurden, ein solches Axiom begreift. Auf der Stufe der einfachen bildhaften Anschauungen ist dies nicht der Fall: Die Kleinkinder glauben nicht nur, daß eine verschobene Länge nicht mehr erhalten bleibt, sondern sie bilden auch beim Abtragen einer gewissen Zahl von Segmenten *AB* in der Regel $A'B' > AB$ und $A''B'' > A'B'$, indem sie von der Idee ausgehen, daß die neuen Intervalle selbst größer werden, da sie ja zu den vorangehenden hinzugefügt werden. Auf der Stufe der intensiven konkreten Operationen können die Kinder hingegen durch Superposition die Kongruenz von beliebigen Längen feststellen (die nicht aufeinanderfolgen) $A_1B_1 = A_2B_2$ und $A_2B_2 = A_3B_3$, um daraus den Schluß zu ziehen $A_1B_1 = A_3B_3$. Diese zwei Entdeckungen der Gleichheit durch Kongruenz und der Transitivität der Kongruenzen genügen psychologisch noch nicht, um das Maß zu bilden: Es handelt sich immer noch um „intensive" infralogische Operationen, die mit den einfachen logischen Operationen vergleichbar sind, solange nicht die Iteration einer Einheit vorkommt wie im Axiom von Archimedes: $AB + AB = 2AB$; $2AB + AB = 3AB$ usw. Die Erfahrung zeigt nun aber, daß ein beachtlicher zeitlicher Abstand zwischen dem Moment verstreicht, in dem die Anwendung eines gemeinsamen qualitativen Maßes (Transitivität der Kongruenz) möglich wird, und dem Moment des Abtragens eines gegebenen Teils auf den anderen Teil desselben Ganzen, bis dieses ausgeschöpft ist und als Vielfaches des als Einheit gewählten Teils betrachtet werden kann.

In den vorgängig beschriebenen infralogischen Operationen kommt nur eine quantitative Beziehung vor: es ist dies die „intensive" Beziehung des Teils zum Ganzen[1]. $A \subset B$ und $A' \subset B$, wenn $B = A + A'$, aber ohne die Quantifizierung der Relation zwischen einem Teil (*A*) und dem anderen (*A'*). Läßt man es bei dieser „intensiven" Beziehung bewenden, so gibt es nur zwei mögliche Ausgangsoperationen (dazu noch die direkt — durch Multiplikation usw. — daraus abgeleiteten Operationen): die Unterteilung, die darin besteht, *B* in *A* und *A'* zu zerlegen (oder *B* wiederherzustellen, indem man *A* und *A'* vereinigt), und die Placierung, indem man *A* vor oder auf *A'* usw. legt (oder die Verschiebung, die *A* hinter oder unter *A'* usw. verlegt). Es existiert aber keine „intensive" operative Gruppierung, deren Operationen gleichzeitig eine Teilung und Verschiebung erzeugen können, da die Addition der Teile darin besteht, die Elemente eines Objekts unabhängig von ihrer Reihenfolge untereinander zu vereinen, und die Verschiebung (vor jeder Metrik) gerade darin besteht, die Ordnungsrelationen zu modifizieren. Mißt man hingegen das Ganze *B* mittels des Teils *A*, so muß man gleichzeitig das Ganze in Elemente (wovon der Teil *A* eines ist) unterteilen und den Teil *A* auf den restlichen Teil *A'* verschieben, so daß das Element *A*, das als Einheit gewählt wurde, mit der Differenz $B - A$ verglichen werden kann: es resultiert daraus die Beziehung $B = nA$ (z. B. $B = 2A$, wenn $A = A'$), was effektiv eine Unterteilung und eine damit verknüpfte Verschiebung impliziert, wobei diese beiden Operationen zu einer neuen fusioniert werden. Diese neue Opera-

[1] In folgenden bedeuten das Symbol *A* z. B. eine Strecke und das Symbol *B* eine größere Strecke, die *A* enthält.

tion ist nichts anderes als der Vergleich der Teile *A* und *A'* durch die Verschiebung des einen auf den anderen, und ein solcher Vergleich unterscheidet sich sowohl von der einfachen Relation der Inklusion $A \subset B$ als auch von der einfachen Verschiebung von *A* auf *A'*, d. h. von der intensiven Unterteilung und der Placierung. Der metrische Vergleich erzeugt die Einheit und die Iteration, im Gegensatz zu der unbeweglichen Inklusion bei einer reinen Unterteilung und der Verschiebungen ohne Unterteilung; die Iteration bezeugt die verwirklichte Synthese zwischen den beiden Operationen, die schon immer komplementär waren, aber bis dahin ununterscheidbar blieben. Die Bildung eines Teils, der eine Iteration erlaubt und so als Einheit dient, merzt indessen gerade die unterscheidenden Eigenschaften aus, die den — vorher nicht aufeinander bezogenen — Teilen entsprachen und von der „intensiven" Unterteilung herrührten.

Man sieht so, daß die Bildung des Maßes sowohl logisch als auch genetisch parallel zu derjenigen der Zahl verläuft, obwohl sie nicht aus einer einfachen Anwendung der Zahl auf die räumlichen Größen resultiert. In beiden Fällen bedarf es zuerst der Erarbeitung der qualitativen intensiven Operationen: Addition der Klassen und der asymmetrischen Relationen einerseits, Addition der Teile und der Verschiebungen andererseits. Hieraus ergibt sich die Möglichkeit zu transitiven und reversiblen Kompositionen, die sich im logischen Bereich durch die ersten konkreten zusammenhängenden Deduktionen ausdrücken (mit Erhaltung der betrachteten Mengen) und im infralogischen Bereich durch die Verwendung von Mitteln, die zum Vergleich durch einfache Kongruenz dienen ($A = B; B = C;$ d. h. $A = C$). Sind die logischen Gruppierungen einmal gebildet, resultieren aus ihrer Synthese ohne weiteres die operativen numerischen Entsprechungen (im Gegensatz zu den anschaulichen Zahlen, die von 1 bis 5 oder 6 Jahre verwendet werden, die, solange sie auf rein bildhaften einfachen Konfigurationen beruhen, keine operativen Transformationen erlauben). Im Bereich der Messung dauert der Übergang von der Transitivität der Kongruenzen zur Iteration und Unterteilung der Einheit noch eine gewisse Zeit, die gerade für die fortschreitende Fusion der Unterteilung und der Verschiebung benötigt wird: Die — verglichen mit der Bildung der operativen ganzen Zahl — um 1–2 Jahre verspätete Vollendung der eigentlichen metrischen Operationen ist eine Folge der größeren anschaulichen Schwierigkeit, sich ein Kontinuum als durch die Iteration eines seiner eigenen Teile entstanden zu denken, da dieser Teil nicht von vornherein durch einen wahrnehmbaren Schnitt abgegrenzt ist. Dieser Abstand zwischen den Endstadien der Entwicklung der ganzen Zahl und des Maßes läßt die Parallele zwischen ihren Entwicklungsmechanismen um so deutlicher hervortreten und zeigt gleichzeitig die relative Unabhängigkeit und ihre schließliche Konvergenz.

II. Die Mathematisierung des Raumes besteht allerdings nicht nur in der Bildung der metrischen Quantität. Zwischen den Teilen *A* und *A'* desselben Ganzen *B* kann ein Vergleich stattfinden, ohne daß *A'* auf ein Vielfaches von *A* reduziert, d. h. zur iterierbaren Einheit wird. Es genügt, daß die Relationen $A < A'$ oder $A' < A$ existieren und daß dieser Unterschied zwischen *A* und *A'* auf den Fall der folgenden Inklusionen (zwischen *B* und *B'* innerhalb *C*, dann zwischen *C* und *C'* innerhalb *D* usw.) übertragen oder regulär transformiert werden kann: wir sprechen in diesem Fall von allgemeiner „extensiver" Quantifizierung (die metrische Quantität ist lediglich ein Spezialfall der extensiven Quantität).

Die genetische Analyse zeigt jedoch, daß die extensive Quantität zusammen mit der metrischen Quantifizierung des Raumes entsteht, oft sogar ein wenig früher (zwischen der Vollendung der intensiven Gruppierung und der Bildung des Maßes). Das einfachste Beispiel ist die Zeichnung von Vertikalen derselben Höhe in gleichen Abständen, die aber in der Tiefe gesehen werden. In diesem Fall weisen die Elemente die folgenden Beziehungen auf (wenn wir mit *A* den am weitesten entfernten Turm bezeichnen und *A'*, *B'*, *C'* usw. die Unterschiede zwischen *A* und *B*, *B* und *C*, *C* und *D* usw.): $A < B < C < D \ldots$ und $A' = B' = C'$ usw., oder sogar $A' < B' < C'$ usw. (mit z. B. Gleichheit der Unterschiede zwischen den Differenzen). Wir haben auf derselben genetischen Stufe das Erscheinen der extensiven Quantifizierung bei den Reaktionen auf die Fragen der Ähnlichkeit, der affinen Transformationen des Rhombus usw.[1] festgestellt.

Die Zweige der Geometrie, in denen die Bewegung nicht vorkommt (Topologie, projektive und affine Geometrie, Ähnlichkeit) werden bekanntlich „qualitativ" genannt, denn die auftretenden Relationen können unabhängig von jeglicher Metrik erzeugt werden. In Wirklichkeit sind sie im Sinne der einfach logischen oder infralogischen Operationen – deren Quantifizierung sich auf die „intensive" Beziehung zwischen dem Teil und dem Ganzen reduziert – keineswegs qualitativ, denn sie erfordern eine extensive Quantifizierung zwischen den Teilen desselben Ganzen, deren genetische Bildung wir besprochen haben. Bei den anharmonischen Beziehungen, die in der projektiven Geometrie vorkommen, oder den Affinitäten, Ähnlichkeiten oder Proportionen usw. ist es nun evident, daß ihre Bildung schon rein graphisch präzise Beziehungen zwischen den Teilen voraussetzt, im Sinne, wie v. Staudt die qualitativen graphischen Methoden den metrischen Methoden gegenüberstellte. So genügt es in einer Proportion wie $A_1/B_1 = A_2/B_2$ nicht, zu wissen, daß die Teilstrecken $A_1$ und $A_2$ kleiner sind als die entsprechenden Ganzen $B_1$ und $B_2$, sondern es muß genau angegeben werden, um wieviel sie kleiner sind. Entweder übersetzt man die Aussagen in metrische Beziehungen, oder man konstruiert die Strahlen $B_1$ und $B_2$, ausgehend von ihrem Schnittpunkt, wie auch die aufeinanderfolgenden Strecken $A_1$ und $A'_1$ ($= B_1 - A_1$); $A_2$ und $A'_2$ (=

[1] J. Piaget und B. Inhelder, Die Entwicklung des räumlichen Denkens beim Kinde", Band 6 der Ges. Werke, Kap. XI und XII.

$B_2 - A_2$): Das Segment $A_1$ befindet sich alsdann in derselben Beziehung im Hinblick auf $B_1$ wie $A_2$ im Hinblick auf $B_2$, sofern die Differenzen $A'_1$ und $A'_2$ ebenfalls proportional sind, und diese Gleichheit der Beziehungen ist graphisch daran erkenntlich, daß die Verbindungsgerade der Enden $A_1$ und $A_2$ zu derjenigen von $A'_1$ und $A'_2$ parallel ist. Die graphische Konstruktion der Proportionen setzt also *ipso facto* die Teile $A_1$ und $A_2$ in Beziehung zu ihren komplementären Teilen $A'_1$ und $A'_2$: was die „extensive" Natur der Proportionen bezeugt[1], im Gegensatz zu einem intensiven logischen „Korrelat", das nur die Beziehungen des Teils zum Ganzen kennt, wie z. B. „die Île de France verhält sich zu Frankreich wie das Latium zu Italien". Es ist klar, daß diese extensive Quantifizierung in der Topologie bei der Definition der Häufungspunkte ebenfalls vorkommt (im Postulat von Weierstraß bedeutet „noch so kleine Umgebung" eine Umgebung, die immer kleiner und kleiner wird) oder im Postulat der eingeschachtelten Intervalle von Cantor usw.

### 9. *Die formalen Operationen und die axiomatische Geometrie*

Wir haben (unter 7. und 8.) gesehen, daß der unbestimmte mathematische Begriff „räumliche Anschauung" mindestens zwei sehr unterschiedliche Wirklichkeiten verdeckt: die bildhaften Vorstellungen, die keine Transformationen übersetzen können, und die konkreten Operationen, d. h. verinnerlichten Handlungen, die transitiv, reversibel und assoziativ zusammengesetzt werden können, seien sie infralogisch und intensiv (wie die logischen Operationen) oder extensiv und metrisch. Zwischen diese beiden „anschaulichen" Stufen der Erkenntnis des Raums (präoperativ und operativ, aber konkret) und die axiomatische Geometrie im modernen Sinn des Ausdrucks schiebt sich noch eine dritte Stufe, die, wie wir gesehen haben (6.), der deduktiven und formalen Geometrie der Griechen entspricht, die aber heute als eine anschauliche Geometrie bezeichnet werden muß, wenn auch in einem höheren Sinn. Diese dritte Stufe ist genetisch durch die Bildung der „formalen" Operationen gekennzeichnet, im Gegensatz zu den „konkreten" Operationen, die bisher untersucht wurden.

Die konkreten Operationen beziehen sich direkt auf die manipulierbaren Objekte oder auf die ihr entsprechenden Symbole, wie etwa die Figuren, die gezeichnet und in verschiedenem Grade schematisiert werden kön-

[1] Diese extensiven Beziehungen entdeckt das Kind spontan auf der Stufe der konkreten Operationen, sobald die Erarbeitung der intensiven Operationen abgeschlossen ist. Siehe J. Piaget und B. Inhelder, a. a. O., Kap. XII.

nen. Sie sind nicht weniger Handlungen oder Operationen des Subjekts, und die erkenntnistheoretische Frage bleibt, welches der Anteil des Subjekts und welches der Anteil der Erfahrung sei, und ob diese Erfahrung mit der physikalischen Erfahrung vergleichbar sei oder ob sie andere Beziehungen zwischen dem Subjekt und dem Objekt enthalte (siehe unter 12.). Die konkreten Operationen sind Handlungen im eigentlichen Sinne – materielle oder verinnerlichte –, was ihnen die zweideutige Qualifikation „anschaulich" einträgt. Die formalen Operationen beziehen sich hingegen auf Aussagen, d. h. auf Hypothesen, und nicht mehr auf Objekte, was im ersten Moment ein totaler Bruch zu sein scheint, der historisch dem Gegensatz zwischen der deduktiven griechischen Geometrie – von Pythagoras bis zu Euklid und seinen Nachfolgern – und der „empirisch" genannten Geometrie der ägyptischen Vermesser entspricht.

Sowohl die genetische als auch die axiomatische Untersuchung tendieren dazu, die Unterscheidung zwischen den konkreten Operationen und den ursprünglichen formalen Operationen so weit abzuschwächen, daß sich dieser Bruch zu verschieben scheint und heute die Axiomatik der Antike von der zeitgenössischen Axiomatik grundsätzlich trennt. Diese Veränderung der Perspektive muß übrigens eine genetische Erkenntnistheorie auf den relativen und veränderlichen Wert dieser Antithesen aufmerksam machen, die zuerst als definitiv betrachtet wurden, wie wir bald sehen werden. Im Moment handelt es sich darum, zu verstehen, warum die Kontinuität zwischen den konkreten und den formalen elementaren Operationen im nachhinein festgestellt wurde. Vom Gesichtspunkt der zeitgenössischen Axiomatik ist die formale Deduktion von Euklid noch anschaulich, aus dem einfachen Grund, weil die Ausagen, die als Teile des deduktiven Mechanismus der Überlegungen figurieren, in Funktion ihrer konkreten Bedeutung, d. h. ihres Inhalts ausgewählt wurden, bezogen auf wirkliche oder mögliche Figuren. Einer der Schöpfer der modernen Axiomatik, Pasch, forderte dagegen seit 1882 Denkverfahren, die von der Bedeutung der geometrischen Begriffe unabhängig sind, in denen nur die Relationen zwischen den Begriffen vorkommen dürfen: Die deduktive Geometrie der Griechen lehnte sich, obwohl sie in ihrem operativen Mechanismus formal war, im Gegensatz zu dieser Forderung an die Bedeutung der Begriffe an, weshalb sie halb-anschaulich genannt werden muß.

Vom genetischen Gesichtspunkt aus ist der kontinuierliche Übergang von den konkreten zu den formalen Operationen nicht weniger evident, als er es historisch ist, und er erklärt die vorangegangenen Bemerkungen. Jede der konkreten Operationen, die unter 7. und 8. untersucht wurde, kann gegen Ende der Kindheit (mit ungefähr 12 Jahren) in eine einfache Aussage übersetzt werden. Dies heißt aber nicht, daß diese Operationen auf der Stufe der konkreten Systeme (von 7 bis 11 Jahren) nicht schon in Urteilen bestünden, die mit Hilfe von Aussagen mögliche äußerliche Handlungen ausdrücken, die in einfachen operativen Schemata verinnerlicht sind. Es handelt sich jedoch dabei um Urteile oder Aussagen, die nur in Zusammenhang mit einer wirklichen Manipulation, einer graphischen Konstruktion oder einer bildhaften Vorstellung, auftreten, die die Wirklichkeit symbolisiert. Die Aussagen, auf die sich die formalen Operationen beziehen, unterscheiden sich dagegen von den möglichen Handlungen oder, genauer gesagt, sie beginnen, in unbestimmter Art darüber hinauszugehen: So führt die Aufteilung eines Kontinuums auf der konkreten Ebene zu endlichen Elementen („Punkte" in begrenzter Zahl usw.), während das Kind gegen 12 Jahre die Möglichkeit einer endlosen Unterteilung erkennt. Diese formale Operation ist aber unmöglich zu realisieren, und an die Stelle der vorstellbaren Objekte tritt eine Hypothese. Auf der formalen Ebene verschwindet deshalb jede Unterscheidung zwischen den infralogischen Operationen, die sich auf das kontinuierliche Objekt beziehen, und den logisch-arithmetischen Operationen, die sich auf diskontinuierliche Objekte beziehen, welche zu Klassen vereinigt oder zu asymmetrischen Relationen aufgereiht sind: Das Kontinuum kann logisch-arithmetisch verstanden werden, und die räumlichen Relationen fügen sich in den Rahmen der allgemeinen Relationen ein. Alles geht vor sich, wie wenn der Mechanismus, den die konkreten Operationen aufbauen, sobald die ursprünglichen Anschauungen genügend ausgeprägt sind, dank einer neuen Beweglichkeit auf der formalen Stufe befreit würde, um so die abstrakte Formulierung der reinen Deduktion zu gestatten.

Es handelt sich also darum, die Aussagenlogik zu verstehen, die sich von der jetzigen Stufe an den konkreten (sowohl infralogischen als auch logischen) Operationen überlagert, denn sie führt durch ihre autonome Entwicklung bis zu den Axiomatisationen im eigentlichen Sinn.

Die Aussagenlogik unterscheidet sich jedoch von der Logik der konkreten Operationen dadurch, daß sie im doppelten Sinn operativ ist und also aus Operationen zweiter Stufe besteht, aus Operationen, die auf andere Operationen ausgeführt werden. Tatsächlich ist 1. der Inhalt jeder Aussage eine (intrapropositionelle) Operation, die aber verbal ausgedrückt und nicht als Handlung ausgeführt wird[1]: Die euklidischen Axiome, wie z. B.: „zwei Quantitäten, die zu einer dritten gleich sind, sind auch untereinander gleich (Ax. I); das Ganze ist größer als der Teil (Ax. VIII); zwei kongruente Größen sind gleich (Ax. XV); zwei gleiche Teile, von denselben Ganzen entnommen, lassen gleiche Reste übrig" usw., sind Wahrheiten, die das Kind mit etwa 7–8 Jahren mittels konkreter Operationen entdeckt (nachdem es diese vorher auf dem Niveau der ursprünglichen bildhaften Vorstellungen nicht gekannt oder sogar geleugnet hat), die das for-

[1] Man muß übrigens den logischen Inhalt einer Aussage — der aus logischen Operationen besteht, die sich auf die vorhandenen Klassen oder Relationen beziehen — vom extra-logischen Inhalt unterscheiden, auf den sich dieser logische Inhalt bezieht: Dies sind die möglichen Handlungen, von denen diese Klassen- oder Relationsoperationen die verinnerlichte Form darstellen.

male Denken lediglich als verbale Aussagen ausdrückt, um mit ihrer Hilfe Schlüsse zu ziehen, die vorher vom konkreten Denken ausgeführt wurden, ohne die Operationen explizit zu formulieren. 2. Die somit inhaltlich schon operativ gewordenen Aussagen werden untereinander gemäß einer Gesamtheit von interpropositionellen Operationen kombiniert (Implikationen, Widersprüche, Alternativen usw.), die sich nicht mehr auf die Klassen und die in jeder Aussage enthaltenen Relationen beziehen, sondern auf die gegenseitigen Beziehungen der Aussagen: es sind also Operationen, die sich (jedoch im zweiten Grad) auf die primären Operationen beziehen, die durch die Aussagen formuliert werden.

Es sei daran erinnert, daß diese interpropositionellen Operationen dank dem Spiel der Disjunktionen ($\vee$) und der Konjunktionen (.), d. h. der disjunktiven oder konjunktiven „Normalformen" aufeinander zurückgeführt werden können. Andererseits bilden die fundamentalen Operationen ($p \vee q$) und ($\bar{p}.\bar{q}$) die direkte und die inverse Operation des Systems (Gesetz der Dualität). Um die Implikationen zu verstehen, genügt es überdies zu bemerken, daß zwei Aussagen, die sich gegenseitig enthalten, äquivalent sind: wenn *A B* impliziert und aus *B* gleichzeitig *A* folgt, sind *A* und *B* äquivalent. Wenn somit *A B* impliziert, ohne daß das Umgekehrte wahr ist, so ist *A* nur teilweise äquivalent zu *B*: behauptet man *B*, so behauptet man somit *A* oder etwas anders. Nennen wir diese andere Aussage, die *B* auch noch nach sich ziehen könnte, *A'*: es folgt daraus, daß *B' A* oder *A'* impliziert und umgekehrt $[B \overset{\subset}{\supset} (A \vee A')]$, d. h. daß *B* zu „*A* oder *A'*" äquivalent ist. Die Aussage „*x* ist eine Ellipse" impliziert zum Beispiel „*x* ist ein Kegelschnitt", aber die Aussage „*x* ist ein Kegelschnitt" impliziert „*x* ist entweder eine Ellipse oder ein anderer Kegelschnitt". Die Implikation zwischen Aussagen setzt somit eine vorgängige Klassifikation voraus, die ihrem intrapropositionellen Inhalt entspricht. Dasselbe gilt für Inkompatibilitäten (Unverträglichkeiten) usw. und für den Widerspruch: „*x* ist gleichzeitig *A* und *A'*" ist widersprüchlich, wenn *A* und *A'* zwei Unterklassen von *B* darstellen[1].

Aus diesen Bemerkungen folgt, daß sich die Aussagen ineinander einschachteln, wie dies logische Klassen tun, d. h. durch sukzessive dichotomische Division. Ein System von Aussagen kann in einer Form von „Gruppierungen" gegeben sein: A impliziert eine Folge von verschachtelten Aussagen *B, C, D,* ... usw. und ist nicht mit den komplementären Aussagen verträglich *A'* B', C' ... usw., die ebenfalls in *B, C, D,* ... eingeschachtelt sind. Ein System von Aussagen bildet somit eine operative Menge[2], deren fundamentale Operation die Implikation $p \supset q$ ist, die immer auf die Form reduzierbar ist: $p \vee p' = q$.

Man versteht also, daß die Aussagenlogik, die das formale Denken kennzeichnet, selbst eine operative Logik vom zweiten Grad ist: Die Aussagen, auf die sie sich bezieht, sind Operationen, die zu den konkreten Operationen isomorph, aber durch eine Menge von Zeichen verallgemeinert und ausgedrückt sind, statt als Handlungen ausgeführt zu werden;

[1] Siehe F. Gonseth, „Les Fondements de la philosophie mathématique", S. 228.
[2] Vgl. J. Piaget, „Traité de Logique", § 39.

das System der Aussagen ist seinerseits eine operative Gesamtheit, da diese Aussagen durch interpropositionelle Operationen verbunden sind, d. h. durch Operationen, die mit denen vergleichbar sind, welche die Bildung der Gruppierungen der Klassen oder der Relationen gestatten.

Wieso führt jedoch der Mechanismus der formalen Operationen, der in kontinuierlicher Weise den Mechanismus der konkreten Operationen fortsetzt und sich daher lange auf Aussagen von evidentem „anschaulichem" Inhalt beziehen konnte, letzten Endes zu der Kehrtwendung, die die zeitgenössische Axiomatik kennzeichnet? Die durch die moderne Axiomatik verwendete Logik unterscheidet sich in ihrer Wirkung keineswegs grundsätzlich – nicht von der klassischen Logik (oder der Logik der Theoretiker), sondern – von der spontanen und lebendigen Logik, d. h. von der Logik der formalen Operationen, die die Logistik unter den Namen des Aussagekalküls erklärt hat, deren Zusammenhänge mit dem Konkreten wir soeben feststellen: Es gab höchstens einen Fortschritt in der Formulierung, d. h. in der logistischen Technik, diese Technik hat aber das menschliche Denken in seinem eigentlichen Mechanismus nicht verändert. Sie lieferte einen axiomatischen Ausdruck auf ihrem eigenen Gebiet, was etwas anderes ist, und hat also die logische Untersuchung stark beeinflußt, d. h. die Reflexion des logischen Denkens über sich selbst. Es gibt aber keine größere Abweichung zwischen der logistischen Technik und dem spontanen formalen Denken des Geometers als zwischen dem spontanen Denken und den konkreten Operationen. Es stellt sich nun allerdings die Frage, wie die formalen Operationen schließlich die heutige geometrische Axiomatik erzeugen konnten.

Verglichen mit der formalen und pseudoaxiomatischen Deduktion von Euklid und der klassischen Geometrie ist für die axiomatische Methode der zeitgenössischen Geometer im wesentlichen neu, daß sie sich nicht mehr darauf beschränkt, die Implikationen in ihrer fortlaufenden Entwicklung von anschaulich evidenten, ursprünglichen Aussagen an zu verfolgen, sondern sich bemüht, alles deduktiv zu beweisen, indem sie von Axiomen ausgeht, die so elementar wie möglich sind, und alles mittels der als undefinierbar angenommenen Begriffe definiert, um regressiv die ursprünglichen Implikationen zu analysieren, indem sie die als Axiome gewählten Aussagen immer besser differenziert. Indem sie so durch die systematische reflexive Untersuchung auf die Quellen zurückging, gelangte sie dazu, ihre Axiome nicht mehr nach ihrer Evidenz auszuwählen – die Evidenz ist das letzte anschauliche Überbleibsel von den vorangehenden Stufen des Denkens –, sondern nach ihrer Eignung zum Träger einer deduktiven Konstruktion, die alle Beziehungen zu formulieren vermag. Das axiomatische Denken bildet daher kein neues System von intellektuellen Operationen, sondern sammelt das Erbe der formalen Operationen, wendet diese aber in einer anderen Richtung an, in jener gegen den Ursprung und nicht mehr nur in Richtung der Konstruktion.

Vom Gesichtspunkt der Denkpsychologie und der genetischen Erkenntnistheorie aus muß nun eine wichtige Feststellung zu diesem Gegenstand gemacht werden: Diese Untersuchung der rein formalen Unterteilung der Quellen nähert sich dem psychologisch Ursprünglichen, statt sich davon zu entfernen, wie die künstlich anmutende Technik der Axiomatisierung befürchten ließ; sie nähert sich ihr sogar mehr als die euklidische Axiomatik, die auf einer Evidenz beruht, die in Wirklichkeit das Produkt einer langen Entwicklung des Denkens ist, im Gegensatz zu den wirklichen Ausgangspunkten.

Die Logik von Aristoteles (die von L. Brunschvicg mit der Geometrie von Euklid verglichen wurde) ist einerseits sehr viel weiter von den Ausgangspunkten des wirklichen Denkens entfernt als die moderne Logik (die auf ihrem eigenen Gebiet eine richtige Axiomatik bildet), da sie sich nur auf sprachliche Begriffe bezieht, während die letztere die Operationen erfaßt, die den Begriffen zugrunde liegen. Die Gesetze der „Gruppierungen", die man mit diesen Operationen bilden kann, sind somit von der Stufe der konkreten Operationen an gleichzeitig auch die Gleichgewichtsgesetze des Denkens, und dies gilt vor allem für die Reversibilität, die die Entwicklung der gesamten Intelligenz von der sensomotorischen Stufe bis zu den (formalen) interpropositionellen Operationen bestimmt.

Bei der Geometrie andererseits drücken die euklidischen Axiome logische oder metrische Wahrheiten aus, die nur auf dem Niveau der konkreten Operationen erworben werden können und in den vorangehenden Gebieten ohne allgemeine Bedeutung sind, während die moderne Axiomatik die psychologischen Wurzeln des Raumes erreicht, speziell auf topologischem Gebiet. In ihrem schönen Werk über die Topologie führten Alexandroff und Hopf z. B. sukzessive Axiome ein, die über Stufen von fundamentalen Begriffen zu einem koordinierbaren Raum führen. Es ist dabei erstaunlich, wie stark diese Folge der genetischen Ordnung entspricht: so werden in erster Linie die „Berührungspunkte" eingeführt, danach erscheint die „Nachbarschaft", aber noch ohne „Zerlegung", diese kommt später hinzu usw., wie wenn es sich darum handelte, die wirkliche Entwicklung des Raums nachzukonstruieren, sowohl auf der Wahrnehmungsstufe wie auch auf den andern Stufen. Es bleibt natürlich der wesentliche Unterschied bestehen, daß die extensive Quantifizierung dieser Begriffe unmittelbar eingeführt wird (durch die Definition der Häufungspunkte usw.), aber abgesehen von dieser Quantifizierung kann die Axiomatisierung einen Leitfaden für die genetische Forschung bilden, während die euklidischen Axiome vom psychologischen Gesichtspunkt aus höchstens dazu dienen, die Beziehungen zu beschreiben, die auf einer gewissen geistigen Stufe evident geworden sind, es am Ausgangspunkt aber keineswegs waren.

Diese relative Konvergenz der axiomatischen und der genetischen Untersuchung ergibt sich von selbst, wenn, wie wir es weiter oben zu zeigen versuchten (Kap. I, 7.), die als undefinierbar ausgewählten Begriffe und die für als unbeweisbar ausgewählten Aussagen (Axiome, auf denen die axiomatische Konstruktion beruht) tatsächlich einen irreduziblen operativen Kern bilden, der durch gewisse Implikationen zwischen den Operationen (im Gegensatz zu den Implikationen zwischen den Aussagen) gekennzeichnet ist und sich daher aus gewissen Abstraktionen von den in den Handlungen des Subjekts enthaltenen Koordinationen ableitet. Die geometrischen Axiome von Hilbert sind in dieser Hinsicht ebenso aufschlußreich wie die ordinalen Axiome von Peano, die wir bei der ganzen Zahl diskutierten. Wenn Hilbert sich z. B. ein Ordnungsaxiom gibt, wie etwa: „Wenn B zwischen A und C liegt, liegt B auch zwischen C und A", so ist sogar ohne Appell an die räumliche oder zeitliche „Anschauung" aus der Betrachtung der rein formalen Symmetrie der Relation „dazwischenliegend" – im Gegensatz zur Asymmetrie der Relationen der Aufeinanderfolge AC und CA – klar, daß das fragliche Axiom in sich einschließt, daß das Subjekt imstande ist, zwei Durchlaufsrichtungen der Folge *ABC* zu unterscheiden: Wenn aber ein „Durchlaufsinn" auch keiner zeitlichen oder räumlichen Bewegung entspricht, setzt er jedoch eine logische Operation der Numerierung voraus, d. h. eine gerichtete Handlung, von der man alle Bedingungen angeben könnte (und die, wie wir unter 7. gesehen haben, einer genau definierten konkreten Operation entspricht). Ebenso setzen die Axiome über die Kongruenz von Strecken (Ax. III) z. B. die Möglichkeit voraus, von einem bestimmten Punkt aus eine Strecke *A' B'* kongruent auf einer gegebenen Strecke *A B* abzutragen, was die Möglichkeit der Iteration dieser Handlung impliziert; sie nehmen so die gesamten Strecken A' C' und A C als gleich lang an, wenn die Teilstrecken des einen A' B' und B' C' kongruent sind zu den Teilstrecken des andern, *AB* und *BC* (Ax. IV), was eine Addition der Teile und eine eineindeutige Beziehung zwischen den Punkten *ABC* und *A'B'C'* wie auch zwischen den dadurch definierten Strecken voraussetzt. Setzt man nun die Addition der Teile zu einem Ganzen wie auch die Iteration des Abtragens einer Strecke voraus (die im Axiom von Archimedes wiedererscheint, das ebenfalls von Hilbert gewählt wurde), so gibt man sich offensichtlich von Anfang an eine Menge sehr komplexer Implikationen zwischen Operationen vor; dies ist höchst legitim und beschneidet in keiner Weise die Strenge der übrigen Aussagen, die auf den Implikationen zwischen Aussagen gegründet sind, aber es verhindert, daß man die Kompatibilität der angenommenen Axiome durch eine direkte logische Untersuchungsmethode beweisen kann, da diese Axiome schon die ganze Logik (Ordnung und Addition der Teile zu einem Ganzen) wie auch die Iteration implizieren. Es ist also evident, daß die geometrische Axiomatik auf einem vorgängigen operativen Zirkel beruht, der durch die Bildung von Metatheorien in keiner Weise unterbrochen wird, da diese von neuem Axiome einführen, die ihre eigenen logischen Implikationen enthalten: Dieser Zirkel besteht in der Gesamtheit von gegenseitigen Implikationen zwischen Operationen (vgl. Kap. I, 7.) und setzt daher eine unendliche Folge von Abstraktionen voraus, die von den vorgängigen Koordinationen der Handlungen des Subjekts ausgehen. Dies ist andererseits der Grund, warum die axiomatische Methode mit der genetischen Analyse konvergiert, viel mehr, als man erwartet hätte.

Aus diesem Hinweis ersieht man, wie sehr sich für den Genetiker das zentrale Problem der Beziehungen zwischen der axiomatischen Geometrie und dem Gebiet stellt, das die Mathematiker global als „anschaulich“ bezeichnen, d. h. die Stufen zwischen dem Wahrnehmungsraum und den ursprünglichen formalen Operationen. In dieser Hinsicht muß man die Existenz von drei Lösungsarten beachten, die von den Mathematikern selbst gefunden wurden. Für die exklusiven Anhänger der axiomatischen Methode liegt die echte Lösung am Gegenpol zur Anschauung und verdankt dieser nichts oder bemüht sich zumindest mit wachsendem Erfolg (aus dem man einen Grenzübergang extrapoliert), nicht mehr von der Anschauung abzuhängen. Für die Empiristen wie E. Borel und die Intuitionisten ist die Axiomatik eine Übersetzung im nachhinein — immer eine ein wenig künstliche Übersetzung — der durch das nichtaxiomatische Denken, d. h. durch die „sinnliche“ oder „rationale“ „Intuition“ erzielten Resultate. Für F. Gonseth schließlich ist die Axiomatik ein „Schema“, das aber die Eigenschaft aufweist, in verschiedenem Grade schon in der Anschauung enthalten zu sein, während ebenso in jeder Axiomatik in verschiedenem Grade Anschauliches enthalten ist (zumindest in jeder „wirksamen“ Axiomatik, im Gegensatz zu derjenigen von Zermolo z. B., die überhaupt keine Entsprechung mehr findet). Im allgemeinen wird jedoch die Intuition, mehr oder weniger als Ganzes betrachtet, der Axiomatik entgegengesetzt, sei es, um sie zu verteidigen, sei es, um sie unter die „abstrakten“ Wissenschaften einzureihen, im Gegensatz zu den anschaulichen oder experimentellen Methoden. Sogar Gonseth unterscheidet die verschiedenen heterogenen Stufen der Anschauung zweifelsohne zu wenig und unterstreicht den operativen Aspekt der höheren Formen dieser nicht-axiomatischen Kenntnis des Raumes nicht genügend (siehe später unter 11.).

Wir stimmen mit Gonseth darin überein, daß jede Axiomatik im Hinblick auf die entsprechende wissenschaftliche Realität die Eigenschaft eines „Schemas“ aufweist (wir haben diesen Gesichtspunkt bei den Beziehungen zwischen der Logistik und den Denkmechanismen verteidigt und werden ihn in Kap. XII wiederfinden). Wenn jedoch dieser Begriff des Schemas seinen Sinn nur relativ zu einer methodologischen Analyse erhält, verdeckt er vom genetischen Gesichtspunkt aus eine Reihe von Problemen: In dem Maße, wie nach Gonseth in der „Anschauung“ eine Reihe von verschiedenen Stufen existieren, müssen auf jeder dieser Stufen sowohl die Beziehung zwischen den Handlungen des Subjekts und den Objekten dieser Aktivität untersucht werden als auch von diesem Gesichtspunkt aus der operative Mechanismus, der jede dieser Stufen ermöglicht. Jeder Schematismus hat indessen zwei Pole, einen Pol der Assimilation an die Aktivität des Subjekts und einen Pol der Akommodation an die Wirklichkeit. Das Wesentliche bei der Bildung des assimilatorischen Mechanismus ergibt sich jedoch aus einer Abstraktion von den Koordinationen der Handlung, und es zeigte sich, daß ein axiomatisches Schema sowohl reflexiv als auch konstruktiv ist, d. h. bis zu den Quellen zurückgeht und gleichzeitig die Gesamtheit rekonstruiert. Es stellt sich deshalb das Problem, diese Konnexionen mit den vorgängigen Koordinationen zu erklären. Andererseits führt der räumliche Schematismus als Akkommodation an die Wirklichkeit zu einer immer allgemeiner werdenden Adäquation: Die ursprünglichen Schemata sind auf die Aktivität des Subjekts zentriert, und es stellt sich nun die Frage, wie das Subjekt dazu gelangt, diese Schemata zu dezentrieren, die jeder möglichen Erfahrung adäquat sind.

Um nun die Beziehungen zwischen diesen Stufen zu betrachten, die in diesem und den nachfolgenden Kapiteln untersucht werden: Es handelt sich dabei um einen doppelten Prozeß, der sich periodisch bei jedem neuen Übergang erneuert. Dieser doppelte Prozeß führt letztlich geradenwegs zur Bildung des axiomatischen „Schemas“. Einerseits bildet jedes System von Schemata einen Kreis von Handlungen oder von zusammenhängenden Operationen, dieser erweitert sich daher bei jedem Übergang von einer bestimmten Stufe auf die nächsthöhere und prägt sich beweglicher aus, da er vorher enger und starrer war. Die Erklärung der Dezentration der ursprünglichen Schemata ergibt sich aus dieser Artikulation, die gegen die vollständige Reversibilität strebt. Andererseits strahlen bei jeder Erweiterung der vorgängigen Schemata die neuen Formen, die daraus resultieren, auf die ursprünglichen Koordinationen zurück und integrieren sie in den neuen Kreis: deshalb ist der evolutive Prozeß ebensosehr reflexiv wie auch konstruktiv.

Der Ausgangspunkt jeder Stufe (ohne je ein absoluter Beginn zu sein, da die organischen Koordinationen den geistigen Koordinationen vorangehen) ist immer durch einen Kreis gegeben, der aus den Kenntnissen oder Handlungen auf der betrachteten Stufe besteht, aus dem das Subjekt nicht herausgelangen kann; es kann ihn lediglich erweitern und verfeinern, indem es ihm neue Elemente assimiliert. Dieser Kreis ergibt sich, weil die Kenntnis notwendigerweise eine Assimilation des Objekts an die Aktivitäten des Subjekts ist und diese ein geschlossenes Ganzes bilden, wie schon die Organisation der Reflexe und die des Organischen. Jede Kontaktnahme mit der Umgebung (dies gilt für die gesamte Erkenntnistheorie und nicht nur für diejenige des Raumes), von der einfachsten Empfindung bis zu den „abstraktesten" Konstruktionen, ist daher immer auf eine subjektive Handlung bezogen, und die Schematisierung dieser Handlung, die sich reproduzieren und verallgemeinern läßt, bildet die ersten räumlichen Schemata. Die Differenzierung der Gegebenheiten des Experiments ist daher nie (auf keiner Stufe) durch etwas anderes als durch eine Akkommodation dieser Assimilationsschemata gegeben, die immer präziser und allgemeiner wird, die aber am Anfang kaum von der Assimilation unterschieden werden kann.

Es ist somit klar, daß die ursprünglichen Schemata auf das Subjekt zentriert sind und daß der Wahrnehmungsraum und später der sensomotorische Raum aus einer Ablösung von diesem räumlichen Egozentrismus entstehen. Nachdem das Subjekt vorerst alles mit seinem eigenen Körper in Beziehung gesetzt hat, gelangt es später dazu, diesen „in" einen immer stärker dezentrierten Raum zu stellen. Diese Dezentrierung, die schon vom geometrischen Raum vorbereitet wurde und die die gesamte vorstellungsmäßige Erarbeitung der räumlichen Beziehungen bis zu den konkreten, später formalen Operationen beherrscht, ist das Werk der fortschreitenden Ausprägung der Schemata und der operativen Reversibilität, die deren Gleichgewicht kennzeichnet. Das Wahrnehmungsschema ist im wesentlichen fest und eng; durch das sensomotorische Schema verfeinert und erweitert, führt es zur ersten Dezentrierung: zur Konstruktion des Objekts und der praktischen Gruppe der Verschiebungen. Das bildhafte Schema ist geräumiger, aber immer noch statisch, bevor seine Ausprägung die beweglichen, transitiven und reversiblen Kompositionen des konkreten operativen Schemas ermöglicht, und dieser begrenzte Zirkel von konkreten Operationen führt schließlich zu dem der formalen Operationen, d. h. zur Schwelle des axiomatischen Schemas.

Wenn wir hier diese Folge als Ganzes in Erinnerung rufen, um die Konstruktion des abstrakten oder axiomatischen Schemas zu interpretieren, dann deshalb, weil diese Stufen der fortschreitenden Erarbeitung des operativen Mechanismus etwas wie eine Folge von proportionalen Beziehungen darstellen und weil diese Folge die vollständige Kontinuität der allgemeinen Prozesse der Zentrierung und der Ausprägung der Schemata bezeugt wie auch die graduelle Erweiterung des Zirkels, der auf jeder der aufeinanderfolgenden Stufen gebildet wird. Man kann sogar sagen, daß die axiomatischen Schemata sich zu den formalen Schemata geradeso verhalten, wie diese sich zu den konkreten Operationen verhalten; diese verhalten sich in bezug auf die Schemata der bildhaften Vorstellungen gleich wie die bildhafte Vorstellung zu den sensomotorischen Schemata[1] usw.:

---

[1] Wenn nun diese Vergleiche vom Standpunkt der Dauer aus etwas merkwürdig erscheinen, sofern man lediglich die individuelle Entwicklung der heute

Jeder erste Term dieser Beziehungen bildet ein beweglicheres und verfeinertes Gleichgewicht gegenüber der engeren und starren Totalität, die durch den zweiten Ausdruck dargestellt wird; und jeder Übergang von einer Stufe auf die nächste befreit den aktiven, später operativen Mechanismus, der aus den Koordinationen der vorangehenden Stufen resultiert.

Wenn es nun wahr ist, was wir zu Beginn dieses Abschnitts (und Kap. I, 7.) vorausgesetzt haben, daß die undefinierbaren Begriffe und die unbeweisbaren Aussagen, die als Ausgangspunkt jeder Axiomatik dienen, in einem Operationssystem wurzeln, dessen Implikationen nicht auf eine völlig explizite Formulierung reduzierbar sind, sondern auf vorausgegangenen Koordinationen beruhen (wie der Kreis der logischen Operationen, deren Verträglichkeit unbeweisbar ist, wenn der Beweis nicht durch die logischen Operationen selbst erbracht werden soll), so darf die Verbindung, die die Axiomatik mit dem konkreten Denken aufweist, nicht in ihrem Inhalt, d.h. in einer Entsprechung zwischen dem „Abstrakten" und der (in bezug auf die betrachtete Theorie) aktuellen äußeren Realität gesucht werden: Die Verbindung zwischen dem Abstrakten und dem Konkreten liegt in der Form oder im Innern des Subjekts, d. h. in der Verflechtung zwischen den axiomatisierten formalen Koordinationen und den Koordinationen, aus denen sie genetisch hervorgegangen sind, denn das „Abstrakte" resultiert in diesem Fall aus einer Abstraktion von den Koordinationen der Handlungen und nicht aus einer Abstraktion in bezug auf das Objekt.

Tatsächlich erhält der Dezentrierungsprozeß der Schemata, der zu einer reversiblen Mobilität führt, seine wahre Bedeutung daraus, daß den Stufen der soeben erwähnten genetischen Konstruktion im „reflexiven" Sinn korrelierende Stufen entsprechen, d. h. im Sinn einer Integration der Schemata der vorangehenden Stufe, aber mit einer Neuordnung ihrer eigenen Konnexionen und Abstraktionen, die aus den verallgemeinerungsfähigen Elementen ihrer eigenen Koordination resultieren. Hier zeigt sich deutlicher der Unterschied zwischen dem Begriff eines einfachen „Schemas", das als eine „summarische" Adaption an die Realität begriffen wird, und den Systemen von Schemata, die der Aktivität des Subjekts ent-

in unseren Gesellschaften lebenden Subjekte betrachtet, so genügt es, an die soziologische Geschichte zu erinnern, um die Perioden der homogenen Längen zu finden: Wenn die strenge Axiomatik noch jung ist, so datieren die formalen Operationen ohne Zweifel auf die Griechen zurück, die konkreten Operationen zeigen sich in Zivilisationen wie den der alten Ägypter, die bildhafte Vorstellung charakterisiert die „primitive Mentalität", und die sensomotorische Intelligenz findet sich in Gesellschaften, die noch keine Sprache hatten, wie die der Antropoiden.

sprechen, da die Bedeutung der Aktivität auf jeder Stufe im Sinne einer notwendigen Koordination wächst, im Gegensatz zur experimentellen Adäquation. Diese Koordination aber, die an der hypothetisch-deduktiven Notwendigkeit der Konstruktionen erkenntlich ist (diese Notwendigkeit wird von den Idealisten als *a priori* bezeichnet, obwohl sie sich durch fortschreitende Äquilibrierung im Laufe der Entwicklung bildet, ohne von Anbeginn an vorgegeben zu sein), koordiniert nichts anderes als die subjektiven Handlungen – von den primitivsten Assimilationen an –, wird aber durch den oben dargestellten Prozeß dezentriert oder reversibel gemacht und durch denjenigen, den wir nun beschreiben, „reflektiert".

Da eine Handlung nie isoliert vorkommt, kann das Subjekt unmöglich eine neue Gegebenheit an seine Aktivität assimilieren, ohne daß sich eine vorgängige Koordination dazwischenschiebt. Wir gehen in dieser Hinsicht von zwei Arten von Axiomen aus, die Hilbert für seine abstrakte Rekonstruktion des Raums verwendete: von den Ordnungsaxiomen einerseits und den Axiomen, die wir später der Addition der Teile zuordnen werden (wenn die Strecken *A'B'* und *B'C'*, die eine totale Strecke *A'C'* bilden, den Strecken *AB* und *BC* gleich sind, ist das Ganze *A'C'* auch gleich dem Ganzen *AC*)[1]. Es ist klar, daß diese Axiome — die im betrachteten System unabweisbar sind, d. h. als erste Aussagen gewählt werden — sich ihrerseits dank den „nicht-expliziten Implikationen zwischen Operationen" (die wir den Implikationen zwischen Aussagen gegenübergestellt haben) an die formalen Operationen der Logik anlehnen, zu deren Ausbildung die Begriffe der Ordnung und der Vereinigung der Teile zu einem Ganzen unerläßlich sind. Die formalen Operationen entnehmen jedoch ihre Materialien den konkreten Operationen — durch Abstraktion von den vorgängigen Koordinationen —, wobei sie diese Materialien zu einer neuen Form kombinieren. Die konkreten Operationen, die schon die Kompositionen der Ordnung und der partitiven Addition implizieren (siehe unter 7. und 8.), haben diese durch eine neue Erarbeitung von (ebenfalls durch Abstraktion von vorgängigen Koordinationen) entliehenen Elementen gebildet, die von den ursprünglichen bildhaften Vorstellungen herstammen. Die bildhaften Vorstellungen haben ihre Elemente auch nicht geschaffen, sondern ebenfalls (nach demselben impliziten Abstraktionsmodus) aus der sensomotorischen und perzeptiven Ordnung und Teilung entliehen und neu erarbeitet. Die sensomotorischen Kompositionen, die eine gewisse Ordnung kennen, z. B. in der Abfolge der Bewegung, und eine gewisse perzeptive Unterteilung, rekonstruierten Materialien, die sich aus der Koordination der Reflexe entnommen haben, auf einer neuen Ebene (wobei sich die Reflexe auf organische Koordinationen von verschiedenem Grad stützen).

Die Operationen der Ordnung und der partitiven Addition, die in einer abstrakten Axiomatik wie derjenigen von Hilbert vorkommen, wurzeln also infolge ihrer Implikationen und der Abstraktion von vorgängigen Koordinationen im elementarsten Mechanismus des geistigen und organi-

[1] Wir betrachten in folgendem die Beziehung $AB + BC = AC$ als unabhängig von den Kongruenzen.

schen Lebens. Hilbert drückte dies aus, indem er von einem irreduziblen Residuum *a priori* sprach (s. unter 6.), hat aber damit der Schwierigkeit nur einen Namen gegeben. Tatsächlich zwingt uns kein genetisches Indiz dazu, die Begriffe der Teilung und der Ordnung als präexistent oder im Ausgangspunkt der psychologischen Aktivität präformiert zu betrachten: sie entstehen nur nach und nach, und wir haben zur Genüge gesehen, wie kompliziert ihre Entwicklung beim Kind ist (7.). Diese Begriffe entstehen aber nicht aus dem Nichts, sondern aus der Neuerarbeitung von Materialien, die vorgegeben sind (elementare Formen der nicht-reversiblen Ordnung, der unpräzisen und irreversiblen Teilung usw.); außerdem sind diese Materialien nicht in derselben Art von vorgängigen Koordinationen abstrahiert, wie gegebene Eigenschaften von den Objekten abstrahiert werden: Die neuen Kompositionen entstehen in der Handlung, die auf das aktuelle Objekt ausgeübt werden; sie verwenden vorangegangene Schemata, die sie differenzieren, indem sie sie neu erarbeiten, und die Stetigkeit dieses Assimilationsprozesses verbindet die gegenwärtigen Koordinationen mit den vorgängigen Schematismen. Es gibt daher sowohl eine nichtpräformierte Entwicklung als auch eine Assimilation an eine Vergangenheit, die sich im Verlauf dieser Entwicklung erneuert, aber es gibt weder ein *a priori* noch einen wirklichen absoluten Beginn.

Man versteht daher, wie das axiomatische Denken, dessen Stellung den jetzigen Gipfel der Leiter bildet, sowohl durch einen reflexiven Fortschritt wie auch durch seine konstruktive Beweglichkeit charakterisiert werden kann. Überdies versteht man, warum die Rückkehr zu den Quellen, die sich aus den modernen axiomatischen Systemen ergibt, zwei korrelative Aspekte enthält: einerseits die Wiederentdeckung der räumlichen Relationen wie der topologischen Beziehungen, die vom Gesichtspunkt der Entwicklung sowie vom axiomatischen Standpunkt aus primitiv sind, andererseits die Bewußtwerdung der logischen Koordinationen, die in der Form eines Zirkels gegeben sind, aus dem das Subjekt nicht heraustreten kann, da man nicht die logische Verträglichkeit der logischen Axiome mit Hilfe derselben Logik beweisen kann. Wir werden unter 10. diese Rückkehr zu den ursprünglichen Begriffen nochmals untersuchen. Beim logischen Zirkel haben wir soeben gesehen, daß er sich allmählich dem Kreis der motorischen und organischen Koordinationen nähert. Wenn auch vom strukturalen Gesichtspunkt aus die Logik nicht angeboren ist (wie dies die ganze Entwicklung des Kindes beweist), so ergibt sich jedoch, daß die fortschreitende Strukturierung nicht vom physikalischen Objekt abhängt, sondern von der Aktivität des Subjekts, die sich auf ein beliebiges Objekt bezieht und eine auf allen Stufen zusammenhängende Funktion bezeugt, die mit der organischen Morphogenese und der vererbten motorischen

Koordination beginnt, um sich über die Organisation der sensomotorischen anschaulichen Schemata bis zu den konkreten und formalen Operationen fortzusetzen. Wie wir jedoch in den Abschnitten 7–8 gesehen haben, ist der Raum lediglich ein System von Handlungen und infralogischen Operationen, das sich auf das Objekt als Ganzes bezieht und nicht auf Klassen von diskontinuierlichen Objekten oder Handlungen, die zu den logischen und numerischen Handlungen und Operationen isomorph sind. Die Existenz einer zwingenden Logik, aus der herauszutreten nie möglich sein wird, obwohl ihre Strukturierung noch fortgesetzt und verbessert werden kann, ist daher an die Reflexion über die Bedingungen der subjektiven Aktivitäten gebunden: Diese Aktivitäten bilden einen Kreis von assimilatorischen Schemata, einen Kreis, der aus allen vorangegangenen Kreisen durch fortgesetzte Erweiterung hervorgegangen ist.

### *10. Die geometrische Verallgemeinerung und die Reihenfolge der historischen Entdeckungen*

Der sowohl konstruktive als auch reflexive Prozeß, der die Entwicklung des Raumes charakterisiert, gestattet die Erklärung eines Paradoxons, das man das genetische Paradoxon der Geometrie nennen könnte: die Reihenfolge der historischen Entdeckungen ist nicht eine exakt inverse, neigt aber zur umgekehrten Reihenfolge der psychologischen Etappen.

Halten wir zuerst fest, daß diese Umkehrung der Reihenfolge der Entwicklung und der Geschichte nicht allgemein ist, obwohl sie auch auf andern Gebieten vorkommt. Auf dem Gebiet der Zahl z. B. kann man sagen, daß die historische Entwicklung mit der positiven ganzen Zahl begonnen hat und daß die gebrochenen und vor allem die negativen Zahlen auf dieselbe Art entdeckt wurden, wie das Kind seine Arithmetik konstruiert. Es ist wahr, daß der Begriff der eineindeutigen Zuordnung als Ursprung der ganzen Zahl erst sehr spät zum Objekt der wissenschaftlichen Reflexion wurde, was in diesem speziellen Punkt die Reihenfolge umkehrt, die wir in der Geschichte der Geometrie vorfinden. Diese Umkehrung bezieht sich jedoch auf die operativen Koordinationen, die die Zahl bilden, und nicht auf die Zahlen selbst, während im Bereich des Raums die verschiedenen räumlichen Strukturen die Inversion verursachen. Auf einem andern Gebiet, auf dem der physikalischen Erhaltungssätze, über die wir in Kap. V sprechen werden, gibt es eine teilweise Entsprechung zwischen der Geschichte und der Entwicklung: Die Erhaltung der Substanz geht in beiden Fällen derjenigen des Gewichts voran, und diese geht ihrerseits der Erhaltung des korpuskularen Volumens voran.

Im Bereich des Raumes hingegen haben wir das Primat der topologischen Strukturen über die projektiven und euklidischen Strukturen festgestellt, sowohl auf dem Gebiet der Wahrnehmungsentwicklung als auch auf dem Gebiet der Ausbildung des Denkens: Die beiden letztgenannten Strukturen erscheinen in zweiter Linie und in gegenseitiger Verbundenheit. Historisch ging allerdings die euklidische Geometrie der Ausbildung der projektiven Geometrie um Jahrhunderte voran, und diese führte erst viel später zur Entdeckung der Topologie.

Wir haben gesehen, warum sich der euklidische Raum erst am Ende des psychologischen Prozesses ausbildet. Auf dem Gebiet der Wahrnehmung setzt er eine Art perzeptive Metrik voraus, die auf einer (qualitativ erarbeiteten) relativen Invarianz gegründet ist: die Konstanz der wahrgenommenen Größen trotz der Entfernung. Die Bildung einer solchen Invariante ist mit derjenigen des Objekts und derjenigen der praktischen Gruppe der Verschiebungen verbunden. Auf dem Gebiet des Denkens führt die euklidische Struktur zum Messen, d. h. zu einer operativen Synthese der Operationen des Teilens und des Verschiebens, sowie zur ganzen und zur gebrochenen Zahl, indem sie eine vollendete Struktur bildet, die parallel zu der Arithmetik ist.

Die euklidische Geometrie verdankt ohne Zweifel ihr historisches Primat auf der Ebene des sozialisierten formalen Denkens, das zum Aufschwung einer kollektiven wissenschaftlichen Forschung Anlaß gab, den obengenannten Umständen. Die Betrachtung des Maßes erklärt aber nicht alles, und es ist bemerkenswert, daß Euklid kein explizites Axiom formuliert hat, das der Verschiebung und (ohne von den topologischen Begriffen der Umgebung, der Ordnung, der Stetigkeit usw. zu sprechen) dem entspricht, was Helmholtz die „freie Beweglichkeit" der Figuren nannte. Die Griechen hielten sich an das Objekt und nicht an die Handlung, an die Figur und nicht an die Operation, d. h. an das Resultat der Konstruktion und nicht an die Konstruktion selbst. Daraus ergibt sich die Umkehrung der genetischen Ordnung; diese Umkehrung wird aber bei den Beziehungen zwischen der euklidischen Struktur und den topologischen Strukturen durch das Interesse an metrischen Betrachtungen aufgehoben: das Maß wird als Ausdruck der Eigenschaften des Objekts verstanden.

Die analytische Geometrie, die unter den Griechen schon bei Pappus von Alexandrien in seiner Theorie der Ordnung durchschimmerte, fand ihre systematische Form selbstverständlich erst nach der Bildung der Algebra, doch wirft die verspätete Ausbildung der Algebra ein Problem auf, das die Kategorie des Raums übersteigt. Wir werden in Kap. III bei der Bewußtwerdung der Operationen darauf zurückkommen.

Die projektive Geometrie, die genetisch mit dem euklidischen Raum verknüpft ist, hätte, wenn das Vorangegangene stimmt, durch die Griechen selbst entdeckt werden müssen, und effektiv wurde sie durch Appolonius von Pergus bei seinen Arbeiten über die Kegelschnitte vorausgeahnt. Ihre verspätete Ausgestaltung – erst zu Beginn der modernen Geometrie (16. und vor allem 17.–19. Jh.) – ist zweifelsohne eine Folge des ursprünglichen Primats des Objekts: Die Perspektive erscheint als eine Deformation des Objekts infolge des subjektiven Gesichtspunktes, und es dauerte lange, bis die mit dem Wechsel des Gesichtspunkts verbundenen Transformationen als objektiv erforschbar aufgefaßt wurden. Es schließt sich hier noch die Frage des Messens an, deren Bedeutung in einer Geometrie sekundär ist, die weder Winkel noch Distanzen erhält. Vom genetischen Gesichtspunkt hingegen wirft die Koordination der subjektiven Gesichtspunkte das Problem der konkreten Operationen auf, das ebenso wichtig ist wie die Frage der Koordination der Objekte, doch erleichtert die auf der konkreten Stufe fehlende projektive Metrik durch ihr Fehlen die Entdeckung der (intensiven und extensiven) elementaren projektiven Beziehungen.

Schließlich ist der immense Aufschwung der Geometrie während des 19. Jh.s in bezug auf die entgegengesetzte Entwicklung von Geschichte und subjektiver Entstehung bemerkenswert sowie auch in bezug auf den reflexiven Prozeß der Entdeckung (ein Prozeß, dessen Fortsetzung geradewegs zu den zeitgenössischen Axiomensystemen führt).

Die Geschichte der Entdeckung der nicht-euklidischen Geometrien wurde schon sehr oft beschrieben. Nach den Arbeiten von Wallis (1663), die zeigten, daß das Parallelenpostulat mit der Theorie der Ähnlichkeit verbunden ist, von G. Saccheri, der das Postulat durch die Konstruktion eines Vierecks zu beweisen suchte (mit drei rechten Winkeln, wobei er zeigen wollte, daß der vierte weder spitz noch stumpf sein kann), und nach den Arbeiten von Lambert (1768) über denselben Gegenstand, bewiesen Gauss, Lobatschevski, Bolyai und schließlich Riemann ungefähr um 1830, daß die Geometrien, die das fünfte Postulat von Euklid nicht einschließen, trotzdem logisch konsistent sind. Welches waren nun die Motive dieser Forschung, die ein so großes Echo hervorriefen, sowohl vom Gesichtspunkt der wissenschaftlichen Erkenntnistheorie wie auch vom Gesichtspunkt der Geometrie aus? Es gab insgesamt zwei, deren Entsprechung von großem genetischem Interesse ist. Das erste dieser Motive war das regressive Nachdenken über die Prinzipien, die am Ausgangspunkt der modernen Axiomatik stehen: Als das V. Postulat dem Beweis widerstand, obwohl es durch die Wahrnehmung in seiner vergröbernden Näherung und durch die bildhafte Vorstellung – bei welcher Unexaktheiten laufend vorkommen – nahegelegt wurde, führte dies zu einer reflexiven Umkehrung, als man nach den Resultaten zu suchen begann, die sich ergeben, wenn man vom Postulat absieht. Nach dieser Methode wurden seither Entdeckungen gemacht und nicht nur unbeweisbare Postulate, sondern auch evidente Axiome eliminiert: so z. B. eliminiert die nicht-archimedische Geometrie von G. Veronese eine elementare metrische Relation. Das zweite Motiv, das Gauss und Lobatschevski antrieb, ergänzte das erste in seiner sehr interessanten Art: Es handelte sich um den Verdacht, das Parallelenpostulat könnte an eine gewisse Aproximationsstufe unserer Wahrnehmung und unserer bildhaften Vorstellungen gebunden sein.

Dieser Verdacht veranlaßte Gauss und Lobatschevski zur Annahme, auf einer präziseren Stufe, die durch die Messung von den Triangulationen im Gebirge oder durch die Bestimmung von interstellarischen Dreiecken bestimmt werden könnte, könnte sich der Raum als nicht-euklidisch erweisen. Diese Hypothese ändert natürlich nichts am antizipierenden Charakter der nicht-euklidischen mathematischen Kategorien gegenüber der modernen Physik, zeigt aber zur Genüge, daß die reflexive Rückkehr zu den Prinzipien mit einer weitergehenden Anstrengung zur Besitznahme des Objekts einhergeht.

Die Schaffung der geometrischen Gruppentheorie (F. Klein, S. Lie usw.) und die damit verbundene Bewußtwerdung des operativen Charakters der Verschiebungen und allgemeinen Transformationen – im Gegensatz zu den statischen Figuren der Antike oder ihrer einfachen analytischen Formulierung – und vor allem die Untersuchung des Kontinuums am Ausgangspunkt der Topologie sowie die Entdeckung der elementaren qualitativen Aspekte des Raums bezeugen in überraschender Weise die Inversion der Entwicklungsrichtung der wirklichen Genesis gegenüber der historischen Reihenfolge der Entdeckungen. Es ist unmöglich zu erklären, warum der Gruppenbegriff so spät auftritt, während er doch vom Gesichtspunkt der tatsächlichen operativen Entwicklung des Raumes aus ein primärer Begriff ist, und warum die Entdeckung der topologischen Eigenschaften um Jahrhunderte später erfolgte als die Entdeckung der projektiven und euklidischen Relationen, obwohl sie psychologisch und axiomatisch ursprünglicher sind, ohne zuzugeben, daß die Ausbildungsprozesse eines wissenschaftlichen Begriffssystems gleichzeitig konstruktiv und reflexiv sind und daß jede neue Entwicklung von einer regressiven Bewußtwerdung begleitet ist, die in umgekehrter Richtung verläuft.

Es bleibt zu erklären, warum diese Umkehrung im Bereich des Raumes deutlicher ist als in andern Bereichen: Die geometrische Konstruktion verlangt (wie wir unter 9. gesehen haben) eine ständige Dezentrierung der Strukturen vom ursprünglichen räumlichen Egozentrismus. Da der Egozentrismus unbewußt ist und die Dezentrierung eine Umkehrung der Arbeitsrichtung voraussetzt, d. h. von den Beziehungen zwischen den verschiedenen Gesichtspunkten ausgeht und die scheinbaren und unmittelbaren Beziehungen in ein System von möglichen Transformationen einbettet, ergibt sich von selbst, daß dieser Übergang von den ursprünglichen falschen Absolutismen zur Relativität des Raums eine speziell wichtige Rolle im erwähnten genetischen Paradoxon spielt.

Wir können uns deshalb nicht mit einem System der genetischen Erklärung begnügen, das — wie bei Enriques — auf der Untersuchung der Empfindungen und der intellektuellen Abstraktion von diesen Empfindungsgegebenheiten allein basiert: Wenn die Topologie, wie Enriques sagte, den allgemeinen taktilomuskulären Empfindungen entspricht, die Metrik dem spezialisierten Tastsinn und die projektive Geometrie den visuellen Empfindungen, versteht man nicht, warum sich nicht sowohl genetisch als auch historisch diese drei Arten von Räumen und Geometrien gleichzeitig entwickelten. Die Erklärung ergibt sich jedoch aus der Betrachtung der aktiven und fortgesetzten operativen Erarbeitung, die mit einem gleichzeitigen konstruktiven und reflexiven Fortschritt verbunden ist, sowie mit der bei jeder Verallgemeinerung unerläßlichen Dezentrierung.

Es gibt aber noch mehr zu bemerken. Die historische Reihenfolge der großen Etappen des geometrischen Denkens beweist die doppelte Natur des genetischen Kreisprozesses, der die immer ausgedehntere und beweglichere Ausprägung der operativen Schemata mit einer Reflexion verbindet, die die Elemente immer besser und umgekehrt zur Reihenfolge ihrer Integration erreicht. Der verallgemeinernde Prozeß bei den geometrischen Operationen bezeugt die Existenz dieses Zirkels, und dies ist nicht überraschend, da die Marksteine in der Geschichte der Entdeckungen der Geometrie gerade in sukzessiven Verallgemeinerungen bestehen.

Poincaré hat unter anderem gezeigt, daß man die nicht-euklidischen Geometrien allein mit Hilfe von euklidischen Elementen konstruieren kann: die euklidische Geometrie ist daher nur ein Spezialfall dieser Gesamtheit. Das Umgekehrte ist jedoch auch wahr: Man kann, indem man sich auf die Arbeiten von Cayley und Klein stützt, den euklidischen Raum mit Hilfe von nicht-euklidischen Elementen konstruieren. „Das Paradox ist somit vollständig symmetrisch“, sagte z. B. Gonseth: „Von zwei beliebigen Geometrien scheint der Reihe nach jede in der andern enthalten zu sein oder diese zu enthalten“ (*Fondements,* S. 93). Ein solcher Zirkel wäre für die Logik untragbar, wenn er nicht gerade den Prozeß der konstruktiven Assimilation und der retroaktiven Eingliederung der vorgängigen Materialien in die neue Komposition darstellen würde, der die operative Bildung charakterisiert. Im Gegensatz zur einfachen Verallgemeinerung, die ein spezielles Gesetz in ein allgemeineres Gesetz integriert, geht die operative Verallgemeinerung folgendermaßen vor: nachdem sie ein erstes System erzeugt hat, entnimmt sie davon gewisse Elemente, um damit mittels neuer Kompositionen ein zweites System zu konstruieren, das über das erste hinausgeht und dieses als Spezialfall enthält. Das Umgekehrte kann ebenfalls wahr sein, da die Operationen des ersten Systems mittels gewisser Materialien des zweiten Systems dieses rekonstruieren können. Da es sich nicht um Implikationen zwischen Aussagen handelt, bei denen zwei Systeme, die sich gegenseitig enthalten, miteinander als äquivalent verschmelzen, sondern um Kompositionen, die mit Hilfe von Elementen ausgeführt werden, die jene Kompositionen nicht von vornherein enthalten, bilden jene einen Zirkel, der, je nach der Wahl der Axiome, erlaubt, von einem System zum andern überzugehen, ohne durch ihre gegenseitigen Inklusionen zu einer Fusion zu führen.

Der operative Zirkel umschließt übrigens zuletzt die gesamte Geometrie. Die Gruppe der Topologie (Gruppe der Homöomorphien) enthält als Untergruppe die Gruppe der projektiven Geometrie (mit Erhaltung der Geraden und der anharmonischen Beziehungen), die selbst die Untergruppe der Affinitäten enthält (mit Erhaltung der Parallelität); diese letztere enthält als Untergruppe die Gruppe der Ähnlichkeiten (mit Erhaltung der Winkel), und diese enthält schließlich die Untergruppe der Verschiebungen (mit Erhaltung der Distanzen). Die fundamentale Gruppe der euklidischen Geometrie enthält aber die der nicht-euklidischen Geometrien, und man kann von dieser Gesamtheit zur Gruppe der „allgemeinen Metrik" emporsteigen, die in direkter Weise mit der Gruppe der Topologie verschmilzt. Die operativen Gruppen, die den Raum erzeugen, bilden daher einen Zirkel, in dem man von einem System zum andern übergehen kann, sei es durch Adjunktion oder Weglassen einer der charakteristischen Invarianten der Untergruppen.

Es existiert also eine vollständige Wechselwirkung zwischen allen möglichen Transformationen des Raumes, und diese Wechselwirkung zeigt nach außen den Zirkel der Implikationen zwischen den Operationen, die jede axiomatische Konstruktion begründen. Der Zirkel selbst ist aber, wie wir gesehen haben, die höchstentwickelte Form der aufeinanderfolgenden Koordinationen, die durch die genetische Analyse erreicht wurde, die mit der Axiomatik solidarisch ist, aber von innen her und mit Hilfe der operativen Begriffe des Ausgangspunkts.

## 11. *Die geometrische Erkenntnistheorie von F. Gonseth*

Die vorangegangene Darstellung führt dazu, die Entwicklungen des Raumes und der logisch-arithmetischen Operationen auf die fortschreitende Koordination der Handlungen zu reduzieren, welche vom Subjekt auf die Objekte ausgeübt werden. Statt durch Bildung von diskontinuierlichen Objektmengen vorzugehen, die auf den logischen Schemata der Ähnlichkeiten und der Unterschiede (oder auf den numerischen Schemata, die die Klassen und die asymmetrische Relation zu einem einzigen Ganzen vereinigen) gegründet sind, gehen die räumlichen Operationen tatsächlich vom Kontinuum, dem Umgebungsbegriff und den Ordnungsunterschieden aus (und sodann vom Maß, das die Teilung und die Placierung vereinigt), um aber früher oder später die allgemeinen formalen Operationen zu umfassen, die sich gleichzeitig auf das numerische oder logische Diskontinuum und auf das räumliche Kontinuum zu beziehen. Der jede axiomatische Konstruktion begründende Formalismus löst sich nach und nach von den Handlungen und Operationen des Subjekts ab und trennt den geometrischen Raum vom physikalischen oder experimentellen Raum, weil er über die „Anschauung“ hinausgeht, mit der er durch alle Zwischenstufen verbunden ist.

Gewisse dieser Folgerungen sind mit Ansichten verwandt, die seit mehr als zwanzig Jahren von F. Gonseth entwickelt wurden. Es scheint uns unerläßlich, gegenüber der geometrischen Philosophie und der gesamten Erkenntnistheorie dieses Mathematikers Stellung zu beziehen und dabei gleichzeitig die Konvergenzen und die möglichen Abweichungen hervorzuheben. Diese Diskussion soll nicht nur die Schlußfolgerung des gegenwärtigen Kapitels vorbereiten, sie wird gleichzeitig in das Studium der allgemeineren Fragen einführen, die im Kap. III angeschnitten werden, d. h. in die Analyse des Existenzmodus der mathematischen Konnexionen.

Die Absicht von Gonseth übersteigt tatsächlich den Rahmen einer geometrischen Erkenntnistheorie. Es handelt sich um eine Theorie der allgemeinen wissenschaftlichen Erkenntnis, wie es früher der klassische Positivismus, dann die Theorie von Mach oder die Gnoseologie von F. Enriques waren, die „unitarische“ Erkenntnistheorie des Wiener Kreises oder die genetische Erkenntnistheorie, die wir hier verteidigen, die sich ausschließlich auf das Gebiet der Wissenschaften und ihre Entwicklung stützten, ohne irgendwie an vorgängige Kategorien der Schulphilosophie oder der metaphysischen Erkenntnistheorie zu appellieren: Gonseth wollte „zuerst die Beziehungen des Abstrakten und des Konkreten beim privilegierten Beispiel der Mathematik und ihrer Anwendung verstehen, anschließend diese Konzeption auf alle Ordnungen des Denkens ausdehnen[1].“

[1] „Les Mathématiques et la Réalité“, Presses Universitaires de France, Paris, S. 334—38, im folgenden: M. R. genannt.

Die Methode will zwei Arten von Vorurteilen zerstreuen: das Vorurteil der irreduziblen Tatsachen — denn die Fortschritte der physikalischen Erkenntnis erneuern ständig unsere Sichtweisen über die Objekte (M. R., S. 375) — und das Vorurteil der absoluten Wahrheit (S. 376) — denn es gibt kein Kriterium des Wahren, das nicht selbst einer Revision unterzogen werden könnte. Die Überarbeitung unserer elementarsten Anschauungen durch die Mikrophysik oder die Krise der mathematischen Wahrheit, die durch Brouwer hervorgerufen wurde, sind zwei „Lektionen", die jede Erkenntnistheorie berücksichtigen muß, indem sie sowohl gegenüber dem empirischen als auch dem platonischen Realismus vorsichtig wird. Die ursprünglichen Kenntnisse bleiben somit wesentlich „summarisch", und das Anwachsen der Kenntnisse besteht in einem Übergang vom mehr zum weniger Summarischen: es existieren nur Begriffe „im Werden", die „offen gegen ihre Zukunft sind" (M. R., S. 28). Diese Ausgangsposition ist somit z. B. mit derjenigen von L. Brunschvicg (siehe später unter 12. und Kap. VIII, 7.) und mit derjenigen identisch, die wir hier verteidigen. Seltsamerweise behauptet aber Gonseth, der selbst fortwährend auf die Geschichte der Wissenschaften und auf die Kinderpsychologie zurückgeht, er stelle sich zur historisch-kritischen Methode von Brunschvicg und der eigentlichen psychologischen Methode in Gegensatz, und dies aus zwei überraschenden Gründen, die widersprüchlich scheinen. Die historisch-kritische Methode ist ungenügend, da sie „ein augenblickliches Element enthält, das die Geschichte vorbereitet und unterstützt, aber nicht bestimmt. Es ist somit naheliegend, sich zu fragen, bevor man sich der Geschichte zuwendet, wie die Augenblicke entstehen, die in ihrem Ablauf die Geschichte ausmachen. Gerade dies wird aber von der historischen Methode nicht erklärt" (M. R., S. 47). Wenn Gonseth sich weigerte, in den „Augenblicken" das Ergebnis des historischen Ablaufs zu sehen, dachte er nicht daran, die Psychologie zur Erklärung beizuziehen, denn: „sie kümmert sich tatsächlich kaum um anderes als um Denkphänomene, die mehr oder weniger augenblicklich sind, um einfache und kurze Ideen. Sie vermeidet die großen geistigen Schöpfungen, in die eine ganze Vergangenheit von fruchtbaren Anstrengungen eingraviert ist" (ebd., S. 29). Die Methode von Gonseth besteht somit darin, von der Analyse des anschaulichen Wissens auszugehen, d. h. — wenn wir ihn recht verstehen — von elementaren Kenntnissen, die nicht zuviel und nicht zuwenig „augenblicklich" sind, und dabei zu untersuchen, wie sich die wissenschaftliche Abstraktion daraus entwickelt.

Man muß somit in der Erkenntnistheorie von Gonseth zwei Aspekte unterscheiden, deren Tragweite übrigens sehr verschieden ist: die Untersuchung der Begründung der Mathematik und des wissenschaftlichen Denkens und die Analyse des Mechanismus des spontanen oder vorwissenschaftlichen Denkens, d. h. der anschaulichen Quellen. Diese sind folgendermaßen ins Auge gefaßt: „Die Anhäufung von fundamentalem und unvollendetem Wissen, alle diese richtigen, aber lediglich angenäherten Ansichten, alle diese unvollendeten Ideen, auf die sich unsere geistige Aktivität bezieht, wollen wir *die Elemente der anschaulichen Erkenntnis nennen*" (M. R., S. 15). Die Bedeutung der geometrischen Erkenntnistheorie von Gonseth rechtfertigt allerdings eine Diskussion seiner Ideen über die geistige Entwicklung, denn in diesem Bereich sind alle Anregungen eines Mathematikers wertvoll, wie gut auch ihre psychologische Approximation sein mag, denn zu sehr hat sich die mathematische Philosophie unter dem doppelten Einfluß des platonischen Realismus und des logistischen Nominalismus vom Konkreten abgewendet.

In seinem ersten Werk[1], das der Untersuchung des mathematischen und des mathematisch-physikalischen Denkens gewidmet ist (es ist zweifelsohne das beste aus seiner Feder), gelangte Gonseth bereits zu seiner zentralen These: Einerseits gehen die Mathematiker vom Experiment aus, ein Beweis — wie derjenige des Theorems, nach dem man durch einen Punkt eine und nur eine zu einer Geraden senkrechte Gerade ziehen kann — ist „eine einfache, kaum idealisierte Beschreibung eines physikalisch realisierbaren Experiments" (F. M., S. 4). „Der experimentelle Charakter der elementaren Geometrie in ihrer Gesamtheit springt beim Nachdenken sofort in die Augen" (S. 4). Überdies „gibt es kein Gebiet der Mathematik, so klein es auch sei, in dem die Axiomatik sich selbst genügen kann" (S. 13). Andererseits kann kein Experiment ohne Bezug auf ein „Schema" interpretiert werden, in den mathematischen Wissenschaften noch weniger als anderswo. „Es ist somit unmöglich, experimentell zu beweisen, daß der Raum euklidisch ist" (S. 103), denn „man experimentiert nie ohne vorgefaßte Ideen, ebenso wie sich unser Körper nicht anders bewegen kann als gemäß den Normen der Anschauung, die in unsere Nervenzentren eingraviert sind" (S. 104). Diese Normen bestehen teilweise in der experimentellen Gruppe der Verschiebungen, die Poincaré beschrieben hat. Kurz, „an der Basis jeglicher Erfahrung gibt es einen abstrakten Entwurf, nach dem man sich ein Bild errichtet, das zur Welt ähnlich ist", aber „in jeder abstrakten Konstruktion gibt es einen anschaulichen Rest, den man unmöglich eliminieren kann" (F. M., S. 105).

Die Unterscheidung zwischen dem Abstrakten und der Erfahrung ist nur eine Tendenz, d. h. keine wesentliche Unterscheidung (F. M., S. 107), denn „unsere Anschauung ist keine kristallisierte Menge von unveränderlichen Regeln (S. 109), obwohl sich die Abstraktion Stufe um Stufe entwickelt. Worin besteht nämlich diese Evolution? „Jede abstrakte Wissenschaft kann sich nur durch die axiomatische Methode begründen ... Andererseits gehören die Axiome selbst nicht in das Reich der formalen Logik, sofern man genügend weit zurückgeht" (S. 204). Die Lösung ist somit in der Untersuchung des Schematisierungsprozesses zu suchen, der die Quelle der Axiomatisierung bildet, aber von den „Schemata" ausgeht, die schon bei der Anschauung im Spiel sind.

Hier beginnt die Untersuchung, die in „Les Mathématiques et la Réalité" enthalten ist. Die Beobachtung zeigt uns zuerst eine Reihe von aufeinanderfolgenden Stufen. Am Ausgangspunkt sind die elementaren anschaulichen Urteile „noch skizzenhaft und im Zustand des Werdens" (S. 15) und „deren letztinstanzliche Kriterien der Objektivität sind die Anpassung an unsere eigenen Ziele und der Erfolg unserer Handlung", denn „das Denken imitiert die Handlung, und die Handlung realisiert das Denken" (S. 17). Außerdem gibt es die Reflexion des Denkens über die ursprünglichen Kenntnisse, die selbst ein „Kenntnisobjekt" geworden sind (S. 18), und so fort, bis zu einer endlosen Hierarchie der Urteile, die sich aber „in anschauliche Urteile über die Gültigkeit oder Falschheit auflösen, über die es keinen Zweifel gibt" (S. 23) — natürlich in den Grenzen der Aktivität jedes Einzelnen (S. 19). Worauf stützt sich aber diese Entwicklung? Nicht auf eine Realität, die uns von außen völlig fertig gegeben ist, denn „die Realität, *wie wir sie wahrnehmen,* ist mehr oder weniger eine autonome Konstruktion unseres Geistes, dessen wesentliche Ziele die möglichen Handlungen sind" (S. 54). Sie stützt sich nicht nur auf die Strukturen *ne varietur* des Geistes,

[1] „Les Fondements des Mathématiques", Gauthier Villars: Paris 1926, im folgenden mit F. M. bezeichnet.

da diese sich in konstanter Entwicklung befinden, sondern auch auf den „geistigen Prozeß", der sie in Korrelation mit der „Konstruktion der Realität" erzeugt (S. 53). Dieser geistige Prozeß besteht allerdings in einer fortgesetzten Schematisierung, analog zu derjenigen, welche die Gerade erzeugt, die ein schematisches und provisorisches summarisches Bild darstellt (S. 59), das aus unserer Wahrnehmung der Kanten eines Kristalls entnommen ist (Kanten, deren mikroskopische Untersuchung ein ganz anderes Bild ergäbe).

Der Schlüssel zur geistigen Entwicklung ist somit in der Schematisierung zu suchen. Die elementare Schematisierung wird durch die Wahrnehmungsgestalt gebildet und Gonseth erklärt folgendermaßen die „Wahrnehmungsgestalt als auf den Raumbegriff bezogen": Stellen wir uns einen Automaten vor, der mittels einer Einrichtung leuchtende Positionen feststellen kann und der einen Motor besitzt, der „in Übereinstimmung mit dem visuellen Apparat" die Bewegung der Hand bis zur Leuchtquelle möglich macht. Fügen wir nun das menschliche Bewußtsein hinzu: „Wir haben ein Bewußtsein der Position der Lichtquelle im Raum. Die visuelle Feststellung und die muskuläre Ausführung sind miteinander in einem *Feld von Bewußtseinsmomenten* verknüpft. Dies ist eine *geistige Einheit*, die eine objektive Existenz und eine gewisse Struktur aufweist (S. 63). „Mit anderen Worten ... ist der Raum unserer Vorstellung eine rein geistige Realität: es ist etwas Ähnliches wie *die Spur, die das virtuelle Feld der Bewußtseinsmomente in unserem aktuellen Bewußtsein hinterläßt*" (S. 63). Die derart gebildete Wahrnehmungsgestalt ist nichts anderes als „der Komplex aller aktuellen oder virtuellen Bewußtseinsmomente hinsichtlich der Idee des Raumes" (S. 63). Andererseits „kann man den Komplex der Bewußtseinsmomente, die mit dem Phänomen der Farbe verbunden sind und die in ihrer Gesamtheit betrachtet werden, ebenfalls als Wahrnehmungsgestalt hinsichtlich der Farbe bezeichnen" (S. 64). Zusammengefaßt: Die Wahrnehmungsgestalt kann mit „partiellen und schematischen Vorstellungen von einer Realität verglichen werden, die uns nicht anders gegeben ist. Sie liefern uns die ersten Elemente für die Schaffung jeder Realität" (S. 65).

Demnach „markiert die Einführung von Kennzeichen den Übergang vom Anschaulichen zum Experimentellen" (S. 67), da sich die äußeren Veränderungen durch die Kennzeichen an die Veränderungen des wahrnehmenden Organismus angleichen können, unter der Bedingung, daß der Organismus „den aktuelllen Zustand dieses Organs zur Totalität seiner virtuellen Zustände in Beziehung setzen kann" (S. 70). Der „Schematisierungsprozeß", der so in Schwung gebracht wird, gestattet also die Eroberung der Realität: „Das Konkrete ist nie in sich selbst gegeben ... der Realität kann man nur mit Hilfe von Idealisierungen und schematisch nahekommen" (S. 72). Die wichtigste Schematisierung erzeugt die elementare Geometrie: „Wir bezeichnen den geistigen Prozeß, der zu den geometrischen Begriffen führt, als ‚axiomatische Schematisierung', weil die ersten Beziehungen, die man zwischen den Elementen dieses Schemas bemerkt, die Axiome der Geometrie sind" (S. 77). Demnach ist „die Einführung der logischen Relationen nichts anderes als eine neue axiomatische Schematisierung" (S. 82). So erhalten die Begriffe des Punkts, der Geraden usw., die aus der Anschauung stammen, „ihren rationalen Aspekt erst aus der Axiomatisierung, d. h. aus dem geistigen Akt, der zur Schaffung des *abstrakten Schemas* führt" (S. 88). Allgemein können „die Ideen von rationaler Ordnung und die deduktive Methode nur ideale Bindungen sein, die schematisch gewisse konkrete Bindungen, gewisse grundlegende Gesetze der Realität nachahmen" (S. 120).

Gonseth erklärt die Idee der ganzen Zahl und die Gesetze der Logik mit demselben geistigen Prozeß. Die Zahl setzt die Unterteilung der Objekte „in Klassen und Unterklassen voraus" (123) sowie „eine gewisse Reihenfolge, in der jedes Objekt nur einmal vorkommt" (S. 124) wie sie auch die Beobachtung des Kindes einzuführen gestattet. „Die Zahl ist mit jeder anderen *sinnlichen Qualität* vergleichbar, wie etwa *groß, gelb* oder *schwer,* sagt Gonseth; eine Gruppe von Objekten hat die Eigenschaft *drei,* z. B. wie eines dieser Objekte vielleicht die Eigenschaft *rot* oder die Eigenschaft *durchsichtig* hat. Kurz, *die Zahl ist in ihrer primitiven Bedeutung und in ihrer anschaulichen Rolle eine physikalische Eigenschaft der Objektgruppe*" (S. 127). Die Logik andererseits ist die „Physik des beliebigen Objekts" (S. 55). Eine nachfolgende Studie von Gonseth[1] präzisierte, daß die Logik nicht nur auf diese Weise verstanden werden kann und ebenfalls eine normative Rolle usw. enthält. In ihrer Quelle aber geht sie vom Objekt aus. Der Begriff des Objekts ist allerdings nicht von vornherein beim Kind gegeben: sie ist eine „schematisierende Abstraktion" (S. 161), d. h. eine primäre Gestalt (S. 169) der Erkenntnis, die konstruiert wird und nicht in definitiver Form gegeben ist (wie dies die Mikrophysik beweist). Demnach sind die elementaren logischen Beziehungen diejenigen der Objekte untereinander: Sie drücken „nicht die abstrakte Notwendigkeit einer von vornherein gegebenen und präformierten Logik aus, sondern die Notwendigkeit, die sich in der Welt der physikalischen Objekte ergibt und die in die allgemeine Idee der Naturgesetze eingeht" (S. 170). Außerhalb „der mathematischen Gestalten des Objekts, der Zahl und des Raumes" (S. 175) führen die Wahrnehmungsgestalten, die sich auf die Eigenschaften des Objekts beziehen, zu einer Logik des qualifizierten Objekts, zur Klassenlogik von Aristoteles, die sich „als eine abstrakte Theorie des Seins und des Wesens ausgibt, obwohl sie nur die schematische Skizze einer Theorie ist" (S. 190).

Im ganzen führt die mathematische Existenz auf das folgende Dilemma: entweder ist sie Rechtfertigung der primären Begriffe und ihrer Beziehungen durch ihre Entstehung und ihre Evolution gegeben, oder die Mathematik ist dazu verdammt, ihre Autonomie auf das Abstrakte zu begründen"; aber „wenn man das Problem der Adäquation systematisch verwischt . . ., sobald es sich normalerweise stellt, d. h. bei der Einführung der fundamentalen Begriffe, so erscheinen die verwischten, aber nicht gelösten Schwierigkeiten in einer anderen Form wieder: Die unbeantwortete Frage der äußeren Beziehungen macht lediglich einer Frage der Innenpolitik Platz" (S. 361).

Wir haben der Darstellung dieser mathematischen Erkenntnistheorie absichtlich einen breiten Platz eingeräumt, da der genetische Gesichtspunkt, auf den Gonseth zurückgeht, um die Adäquation des Raums und der Zahl mit der physikalischen Realität zu erklären, prinzipiell mit unserer Auffassung übereinstimmt. Die Frage, ob die vorgeschlagene Theorie der Schematisierung genügt, um das umrissene Programm zu erfüllen, vor allem im Hinblick auf die Entstehung des Raumes, hat deshalb eine gewisse Bedeutung.

Es ist in dieser Hinsicht wichtig, die Reflexionen, die sich auf die Begründung der mathematischen Wissenschaften im allgemeinen beziehen,

[1] „Qu'est-ce que la Logique", Hermann: Paris.

getrennt von der Bemerkung von Gonseth über den genetischen Prozeß zu betrachten. Auf dem ersten Gebiet kann man mit der sowohl subtilen als auch wirkungsvollen Art nur sympathisieren, wie Gonseth die Thesen von Poincaré und Brunschvicg aufnahm und entwickelte, die sich auf die Natur der wissenschaftlichen Grundbegriffe beziehen und die sowohl zum platonischen Realismus und zum logistischen Formalismus als auch zum Empirismus im Gegensatz stehen. Die wesentlichen Begriffe, nach denen das Abstrakte und das Konkrete immer voneinander abhängig sind wie ein Schematismus von der entsprechenden Wirklichkeit, wobei keiner der beiden Begriffe je auf einer Entwicklungsstufe vom andern isoliert werden kann noch die am besten gereinigte Axiomatik je das Resultat eines reflexiven Prozesses allein sein kann, der den geistigen Schematismus fortsetzt – diese wesentlichen Auffassungen erneuern in überraschender Art die große Tradition in der uralten Frage der Begründung der mathematischen Wissenschaften, die man die psychologische Tradition nennen könnte.

Dies sollte zur Genüge zeigen, wie vollständig wir mit Gonseth in seiner Problemstellung und dem im wesentlichen genetischen, kritischen und antimetaphysischen Geist seiner Erkenntnistheorie übereinstimmen. Kann man aber die Frage der „anschaulichen" Quellen als gelöst betrachten, wenn man die speziellen Begriffe der Schematisierung und der Wahrnehmungsgestalten einführt, die von Gonseth verteidigt werden? In diesem heiklen Punkt sind wir ein wenig in Verlegenheit, denn es ist nach allem nicht der Fehler von Gonseth, wenn 1926 und 1936, als seine Hauptwerke erschienen, die Kinderpsychologie, die er so oft anführte, ihm nicht die Fakten liefern konnte, die er bei der Entwicklung des Raums, der Zeit und der Zahl und vor allem bei den logischen Operationen erwartete. Ebenso interessant ist es, die Schwankungen seines Denkens über die Beziehungen zwischen der Psychologie und der Erkenntnistheorie festzustellen. 1926 (F. M., S. 105) hielt er hinsichtlich der Beziehungen zwischen dem Anschaulichen und dem Abstrakten fest, daß „diese Fragen, deren Wurzeln einerseits in der Psychologie hinunterreichen, von einer extremen Kompliziertheit sind". 1936, inzwischen ohne Zweifel durch das Fehlen von präzisen Hinweisen aus der Experimentalpsychologie enttäuscht, formulierte er die oben zitierte, oft mißbrauchte Aussage (R. M. S. 29): die genetischen Forschungen würden die „großen geistigen Konstruktionen" vermeiden. 1944 jedoch, durch gewisse Resultate wieder bestärkt, erteilte er den Psychologen ein Prädikat, das wertvoll ist, wenn es von einem Spezialisten der Axiomatik herstammt: „Eine Übereinstimmung der Tendenzen, eine gewisse Parallelität der Gesichtspunkte zwischen den Genetikern und Erkenntnisphilosophen wird unvorgesehen zu einer Bedingung *sine qua non* der Legitimität der philosophischen Systematik: die Genetik wird Richter über die Authentizität der Philosophie"[1]. Wir dürfen somit nicht auf der anfänglichen Psychologie von Gonseth insistieren, um so weniger, als er seinen ursprünglichen Standpunkt gründlich revidierte und man von einem Mathematiker nicht verlangen kann, daß er zugleich Experimentalpsychologe sei (jedermann weiß auch, wie sehr das Umgekehrte wahr ist). Wenn aber *amicus Gonseth, magis amica veritas,* so stellt sich in bezug auf die Methoden und sogar auf die Zukunft der wissenschaftlichen Erkenntnistheorie ein prinzipielles Problem.

Dieses Problem ist das folgende. Geht man einmal über den Rahmen der mathematischen Deduktion und der Logik hinaus, so führt die Untersuchung des anschaulichen Denkens, der Wahrnehmung, der Motorik, kurz, der Bedingungen des „geistigen Prozesses", zum Abstrakten, d. h. zur „Schematisierung". Kann man diese Untersuchung nun anders als durch die genauen Methoden der Neurologie und der genetischen Psychologie durchführen, ohne von der ethnographischen Soziologie oder der Geschichte zu sprechen? Wenn ja, verfallen wir unvermeidlich in die Diskussion von Ideen oder in eine rein reflexive Analyse, und die wissenschaftliche Erkenntnistheorie, die behauptet, sich vor der Schulphilosophie zu hüten, wird nichts mehr und nichts weniger als eine Philosophie unter anderen. (Wir fürchten, daß Gonseth in diesen Fehler verfiel, als er sich dazu verführen ließ, sein System persönlich zu taufen, denn wenn der Name „Idoneismus" das Fehlen jeglichen Systems andeutet, so erzeugt man einen gefährlichen Anschein, wenn man auch nur durch den Namen den Verdacht erweckt, ein System zu begründen). Wenn es kein System ist, darf man sich nur auf Tatsachen stützen und nicht auf begriffliche Konstruktionen, so konkret und intelligent sie auch seien. Es ist jedoch evident, daß unsere experimentellen Studien, auf die sich die genetische Psychologie stützt, nicht nur die Untersuchung der „großen geistigen Konstruktionen" anvisieren, wie die individuelle und kollektive Entwicklung des Denkens, sondern überdies und vor allem auch sowohl das „Augenblickliche" wie die Entwicklung. Ist es übrigens nicht eine etwas unkritische Haltung, das Augenblickliche isolieren zu wollen; und ist nicht ein „geistiger Prozeß" eine Abfolge von „augenblicklichen" Zuständen? Wenn man darunter Gleichgewichtszustände versteht, so ist es gerade die Aufgabe und das Objekt der genetischen Psychologie, ihre progressive Ausbildung zu beschreiben: Wenn man darunter einen beliebigen Zustand versteht, so

[1] F. Gonseth, „Psychologie et Logistique" (à propos de l'ouvrage de J. Piaget: Classes, relations et nombres), Arch. de Psychol. de Genève XXX (1944), S. 199.

findet der Erfolg der Infinitesimalrechnung über die Argumente von Zenon seine Parallelität sogar in der modernen Psychologie.

Es ergibt sich nun eine erste Feststellung in bezug auf die „schematische" Rekonstruktion der geistigen Entwicklung von Gonseth: Der Konstruktionsmodus, auf den er zurückgeht, besteht eher in einer graduellen Erklärung des impliziten Gehalts des Elementaren als in einer wirklichen Konstruktion. Was ist tatsächlich die Wahrnehmungsgestalt, die an der Quelle eines jeden Schematisierungsprozesses steht? Es ist die „Spur des virtuellen Feldes der Bewußtseinsmomente in unserem aktuellen Bewußtsein" (M. R., S. 63), die Spur eines Feldes, das die „Totalität von virtuellen Zuständen" umfaßt (S. 70). Ein Wesen jedoch, das genügend begabt ist, um in seinen Wahrnehmungen des ganzen virtuellen Wahrnehmungsfelds Rechnung zu tragen, ist von vornherein imstande, die Gesamtheit der Probleme der Deduktion und der Axiomatisierung zu lösen! Die Formel ist deswegen nicht weniger interessant, denn es ist ja gerade die Intervention des Virtuellen, die den Übergang von der reinen Wahrnehmung zur intelligenten (sensomotorischen oder reflexiven) Aktivität darstellt, nur dauert dieser Übergang eine gewisse Zahl von Jahren, statt augenblicklich zu sein, denn es handelt sich psychologisch um die Eroberung des Virtuellen durch die Handlung, die sich nach und nach vollzieht! Auf dem Gebiet der visuellen Wahrnehmung läßt sich z. B. leicht zeigen, daß die Kinder von 5–7 Jahren noch sehr wenig als Folge des Virtuellen wahrnehmen, da sie drei in einer größeren Distanz voneinander aufgestellte Objekte noch immer *sehen*, als ob sie gleichzeitig die Beziehungen $A = B$, $B = C$ und $A > C$ darstellen würden (und nicht durch Überlegungen urteilen, sondern im strengen Sinn des Worts wahrnehmen): liegt $B$ zwischen $A$ und $C$, stellen sie sowohl die Gleichheit $A = B$ wie auch die Gleichheit $B = C$ fest, vergleichen sie aber $A$ und $C$ direkt, so stellen sie die Beziehung $A > C$ fest, ohne sich um die virtuellen Verschiebungen des mittleren Terms $B$ zu kümmern! Die Koordination zwischen den visuellen Lokalisationen und der Motorik, die Gonseth übrigens mit derselben Großzügigkeit wie Poincaré behandelte, hängt in ihrer erkenntnistheoretischen Bedeutung wesentlich von der Art ihrer Entstehung ab. Je nachdem sie angeboren ist (und dann müßte man noch wissen, ob sie aus einer allfälligen Mutation oder aus einem Einfluß der Umgebung usw. hervorgegangen ist) oder als Folge der Erfahrung allein erworben wurde oder als Folge einer Wechselwirkung von angeborenen und erworbenen Elementen, führt sie zu einem völlig verschiedenen Begriff des räumlichen Schematismus. Es genügt somit nicht, diese Koordination als feststellbare Tatsache einzuführen, um daraus eine Theorie der Schematisierung abzuleiten, sondern man muß ihren genetischen Mechanismus feststellen. Alles scheint nun aber beim aktuellen Zustand der Kenntnisse darauf hinzuweisen, daß bei diesen Koordinationen der sinnliche Aspekt im wesentlichen die Rolle der Signalisation spielt, während der motorische Aspekt bestimmend ist: Der Übergang vom Motorischen zur Operation bildet somit das wirkliche Problem bei der Bildung der räumlichen Anschauung, und man wird dieses nicht als gelöst betrachten können, solange nicht die wirklichen Etappen einer solchen Entwicklung durch eine psychologische Untersuchung genau beschrieben werden.

Wir sind hier bei der zentralen Frage der geometrischen Erkenntnistheorie von Gonseth angelangt: Welches ist die Bedeutung des Begriffs des „Schemas"? Gonseth hütet sich – getreu seiner Methode der aufeinanderfolgenden Näherungen –, sich von vornherein auf eine Definition festzulegen, und wenn wir ihn fragten, warum er nie in abgrenzender Weise die Verwendung dieses Begriffs umschreibe, würde er sicher antworten, daß er die unvorhersehbare Zukunft des Schematismus respektieren und deshalb nicht durch eine begriffliche Bildung vorgehen möchte. Wir stellen uns aber ausschließlich auf das Gebiet der Entwicklung und verlangen deshalb entweder eine Entscheidung oder eine Versöhnung zwischen den beiden möglichen Bedeutungen dieses wesentlichen Begriffs, der fast auf jeder Seite des Werks von Gonseth auftritt, wobei die Bedeutungen genetisch und erkenntnistheoretisch sehr verschieden sind: Entweder ist das „Schema" ein solches im Sinne einer der sensomotorischen oder intellektuellen Aktivität des Subjekts inhärenten Struktur, oder es ist ein schematisiertes Vorstellungsbild des Objekts einer Menge von Objekten oder eines beliebigen Sektors der Wirklichkeit, oder es ist beides gleichzeitig. Wenn es aber das eine oder das andere ist, kann man nicht von einer der beiden Bedeutungen zur andern übergehen; und wenn es beides zugleich ist, so sollte man verstehen können, warum es diese beiden Richtungen vereint, und man sollte deshalb die Beziehung zwischen den Faktoren finden, die bei seiner Entstehung mitwirken.

Wir verstehen unsererseits[1] unter einem Handlungs- oder Operationsschema das Ergebnis der aktiven Reproduktion von Handlungen jeglicher Art, vom sensomotorischen Verhalten bis zu verinnerlichten Operationen, gleichgültig ob es sich um einfache Handlungen (z. B. das Schema des Greifens) oder um Koordinationen zwischen Handlungen (z. B. das Schema der Vereinigung oder des Aufteilens) handelt. Die Rolle des „Schemas", das so mit Bezug auf die Aktivität des Subjekts definiert wurde, besteht nun im wesentlichen darin, die Eingliederung oder Assimi-

[1] Siehe J. Piaget, „Das Erwachen der Intelligenz beim Kinde", Band 1 der Ges. Werke.

lation von neuen Objekten an die Handlung zu gewährleisten. Die Handlung erwirbt dabei durch ihre Wiederholung unter erneuerten und verallgemeinerten Bedingungen einen schematischen Charakter. Da das Schema notwendigerweise auf eine vorgegebene Materie angewendet wird, ist es übrigens zur Akkommodation befähigt, d. h. seine aufeinanderfolgenden Akkommodationen geben Raum für „summarische" Kenntnisse, die immer wieder erneuert werden, wie es Gonseth sehr gut ausdrückte. Der assimilatorische Schematismus kann somit allem Rechnung tragen, was Gonseth unter „Schema" versteht, aber unter der Bedingung, daß sich jede Akkommodation eines „Schemas" an eine äußere Realität auf eine vorgängige Assimilation stützt.

Wenn man jedoch im Schema die Assimilation von der Akkommodation unterscheidet, die eine als Quelle der Koordinationen und die andere als Quelle der Anwendungen auf die experimentellen Gegebenheiten, so stellt man nicht nur eine einzige, sondern zwei sehr verschiedene Arten der Abstraktion fest, und dies scheint uns alles das zu differenzieren, was das „Schema" im Sinne einer Bildskizze der wahrnehmbaren Realität vom „Schema" als Ausdruck der Aktivität des Subjekts trennt. Es besteht in erster Linie die Abstraktion seitens des Objekts darin, von diesem Objekt die mehr oder weniger allgemeinen Eigenschaften zu extrahieren (die Farbe usw.), was das Material zur summarischen und schematischen Kenntnis liefert, die sich aus der mehr oder weniger vorgetriebenen Akkommodation der Assimilationsschemata ergibt. Andererseits besteht die Abstraktion von seiten der Aktivität des Subjekts darin, von den speziellen Aspekten der betrachteten Handlung gewisse allgemeine Koordinationsmechanismen abzutrennen (z. B. zwei Handlungen zu einer einzigen zu vereinen oder die Handlungen umzukehren usw.) und mittels dieser extrahierten Elemente neue (d. h. verschiedene) Handlungsschemata zu konstruieren.

Man erkennt von vornherein die Bedeutung dieser Unterscheidung im Hinblick auf die Entwicklung des Raums, denn die Schwierigkeiten bei der Erkenntnistheorie von Gonseth entstehen zweifelsohne aus dem kontinuierlichen Übergang von der einen Bedeutung zur andern, wenn er versucht, die logischen, numerischen oder spezifisch räumlichen „Schemata" zu erklären. Wenn Gonseth z. B. sagt, daß die elementare Logik unter anderem eine „Physik des beliebigen Objekts" sei, sollte man präzisieren, daß sie in erster Linie die Handlungen koordiniert und so die Ausbildung dieser Physik ermöglicht, d. h. daß sie eher eine „Handlung auf ein beliebiges Objekt" darstellt. Die Nuance ist spürbar, denn wenn der Begriff des Objekts sich ausbildet, wie Gonseth dies festhält, anstatt von vornherein festgelegt zu sein, ist es klar, daß die Koordinationen der

Handlungen, die bei dieser Ausbildung vorkommen, einen Ausgangspunkt für die Logik bilden, der einer Kombination der Beziehungen zwischen den Objekten vorangeht, d. h. den Resultaten dieser Konstruktion. Das Objekt ist eine „schematisierte Abstraktheit", bevor es „schematisierend" wirkt, und nur die Koordination der Handlungen „schematisiert" die Wirklichkeit in Objekte, und man muß daher in erster Linie die Handlungen einführen (was uns zu den weiter oben angegebenen Schwierigkeiten in bezug auf die Entstehung der Wahrnehmungsgestalten führt).

Dies muß aber noch festgestellt werden. Offensichtlich verführte das Fehlen einer Unterscheidung der Abstraktion vom Objekt und der Abstraktion von der Handlung Gonseth zur paradoxen Assimilation der anschaulichen Zahl an eine „physikalische Qualität", wie etwa die Farbe, das Gewicht oder die Durchsichtigkeit. Diese überraschende Meinung scheint darauf hinzuweisen, daß das System von Gonseth, der von einem Begriff des „Schemas" ausging, der in der Nähe des Handlungsschemas liegt, aber ohne (auf jeder Stufe der Evolution) den aktiven und operativen Aspekt eines Schemas genügend zu unterstreichen, in Richtung eines „Schemas" abgeglitten ist, das als ein vereinfachtes Vorstellungsbild oder als eine Skizze der äußeren Realität verstanden wird. Wenn nun aber die Psychologie dem Mathematiker einen kleinen Dienst leisten kann, so ist es der, zu zeigen, daß sowohl die Handlungen des Vereinens „in Klassen und Unterklassen" wie auch die des Aufreihens, die Gonseth einführte, um die Konstruktion der Zahl zu erklären, von der Wahrnehmung einer Farbe oder eines Gewichts verschieden sind: die Handlungen extrahieren die Zahl nicht aus dem Objekt, wie das Sehen oder der Akt des Wägens die Farbe oder das Gewicht aus dem Objekt entnehmen, da die Handlungen im wesentlichen motorisch sind, im Gegensatz zu den qualitativen Bildern, die den Handlungen als Signale oder als Symbole dienen können; sie prägen der Zahl im Gegenteil das Schema des Numerierens auf, das die axiomatisierbaren Operationen erzeugt, wenn es beweglich und reversibel geworden ist.

Beim operativen Raum ist es nun klar, daß der Gegensatz zwischen dem physikalischen Realismus einerseits und der deduktiven Aktivität andererseits sich im Begriff des „Schemas" wiederfinden wird, da das geometrische Schema wie auch die numerischen und logischen Schemata der Reihe nach als summarische Bilder betrachtet werden können, die von den Objekten abstrahiert werden, oder als elementare oder axiomatisierte Operationsschemata, die aus der Koordination der auf die Objekte ausgeübten Handlungen extrahiert werden. Der große Dienst, den uns die geometrische Erkenntnistheorie von Gonseth leistete, ist der, daß sie die Heftigkeit dieses Konflikts zwischen dem Empirismus und dem Formalismus dämpfte, sogar dort, wo sie jeder Beschwichtigung entgegenzuwirken schien, d. h. auf dem Gebiet der höheren Strukturen des geometrischen Denkens. Das Problem wurde aber nur verschoben und findet sich im Bereich des „anschaulichen Denkens“ wieder, d. h. in der ganzen intellektuellen Entwicklung, die der abschließenden Phase der Axiomatisierung vorangeht.

Zusammenfassend: es scheinen uns zwei Schwierigkeiten in der Erkenntnistheorie von Gonseth übrigzubleiben. Die erste ist die, daß sein „Schematismus“ mangels eines genügend sauberen genetischen Standpunkts zu statisch bleibt und so am wesentlichen Mechanismus der sensomotorischen und intellektuellen Schemata vorbeigeht: an der Transformation der Handlungen durch das Spiel der reversiblen Koordinationen. Daraus ergibt sich sekundär die etwas rasche Assimilation der Logik und der Mathematik an die Physik, während der operative Gesichtspunkt sogar in den Handlungen, die das Subjekt auf die Wirklichkeit ausübt, zur Unterscheidung von zwei verschiedenen Ebenen führt: die der Koordinationen, welche die Logik und die mathematischen Wissenschaften erzeugen, und die der speziellen Handlungen, die nach den verschiedenen qualitativen Feldern des Objekts differenziert sind und die ersten physikalischen Kenntnisse liefern. Der beste Beweis, daß eine solche Unterscheidung nicht überflüssig ist, besteht darin, daß Gonseth selbst nicht umhin konnte, eine Dualität zwischen den mathematischen Gestalten und den physikalischen Eigenschaften anzuerkennen (M. R., S. 175–6) und vor allem eine Dualität zwischen der „Analogie“, d. h. dem Prinzip der Deduktion, und der Kausalität (S. 306). „Die Bedingung dafür, daß unsere Intervention in der natürlichen Welt wirksam sei, ist die, daß die für das Verständnis notwendigen Regeln eine äußere Bedeutung, diejenige der Naturgesetze haben“ (S. 307): Die Anerkennung eines solchen Dualismus zeigt zur Genüge, daß von den Prozessen an, die das Handlungsschema bilden, deren Erklärung notwendig ist. Wir stimmen mit der Erkenntnistheorie von Gonseth vollständig überein in dem Maße, wie er die Bildung der axiomatischen Systeme auf die Gesetze der gesamten geistigen Entwicklung zurückführt, glauben aber durch die Theorie des Handlungsschemas und des Übergangs von der Handlung zur Operation eine Erklärung dieser Entwicklung geben zu können, die dem verfolgten Ziel adäquater ist. Diese Problemstellung kann bis zu einer völligen Umkehr der gewöhnlich zwischen der Geometrie und der Realität etablierten Beziehungen führen: Je mehr die elementaren Koordinationen auf eigentliche Vererbungsmechanismen zurückgehen (und Gonseth verneint diese Möglichkeit keineswegs), kann die Beziehung zwischen den logisch-mathematischen Operationen und der äußeren Welt von innen her gewährleistet werden, mittels der

Organisation des Lebendigen, die sich von den elementaren Formen an in Wechselwirkung mit der physikalischen Realität befindet, ohne daß man die logische und mathematische Erfahrung an die individuelle physikalische Erfahrung assimilieren müßte. Es ist sogar nur die innere Verknüpfung zwischen dem Geist und dem Universum – die sich im Verlaufe der fundamentalsten Mechanismen der vitalen Morphogenese etabliert – in der Lage, den möglichen Antizipationen der logisch-mathematischen Kenntnis gegenüber der physikalischen Kenntnis Rechnung zu tragen, während diese Antizipationen willkürlich bleiben, wenn sich die mathematischen Schemata lediglich *a posteriori* ausbilden, als Folge des aktuellen und äußerlichen Kontakts der Handlungen mit den materiellen Gegebenheiten.

### *12. Schlußfolgerungen: Der Raum, die Zahl und die Erfahrung: Die Interpretation von L. Brunschvicg*

Wie wir zu Beginn dieses Kapitels in Erinnerung gerufen haben, scheint für den gesunden Menschenverstand nichts verschiedener zu sein als der Raum und die logisch-arithmetischen Dinge, da der Raum in oder zwischen die Objekte verlegt wird, während die Klassen oder Zahlen künstlich konstruierte Kollektionen von Objekten auszudrücken scheinen. Die genetische Untersuchung bestätigt jedoch, daß der Raum mit dem Objekt und die logisch-arithmetischen Operationen mit den Objektmengen verbunden sind, und die große Illusion des gesunden Menschenverstands besteht darin, zu glauben, daß man das Objekt auf direkterem Weg erfassen kann als eine Vereinigung von Objekten. Genetisch entsteht der allgemeine Objektsbegriff auf dieselbe Art wie die Kollektion von Objekten, und diese Konstruktion ist in keinem der beiden Fällen leichter oder frühzeitiger als im andern. Der Säugling kennt den Begriff des permanenten Objekts nicht besser als den der Erhaltung der Zahl von wahrgenommenen Elementen, und die Etappen der Strukturierung des komplexen räumlichen Objekts sind genau die gleichen wie bei der Strukturierung der logischen Operationen und der Zahl.

Auf der Stufe der Wahrnehmung gibt es ebensowenig einen einheitlichen Raum, als es diskontinuierliche Kollektionen gibt, die man als mehr oder weniger reichhaltige Pluralitäten wahrnimmt und die logische Klassen oder Zahlen zu bilden vermögen. Auf der sensomotorischen Stufe gestatten die Verschiebungen zusammen mit den Wahrnehmungen gewisse Koordinationen, die einen Nahraum organisieren mit einer praktischen Erhaltung des Objekts, aber ohne einen Vorstellungsraum, der die Grenzen der Handlung übersteigt. Ebenso bilden die sensomotorischen Schemata das praktische Äquivalent zu den logischen Begriffen mit einer beginnenden Quantifizierung (kumulative Repetition usw., deren Rhythmus gestattet, in der Handlung gewisse quantitative Schätzungen vorzunehmen), aber ebenfalls ohne Vorstellung. Auf der Stufe des präoperativen anschaulichen Denkens bilden sich bereits statische räumliche Vorstellungsbilder und eine Vorstellung von gewissen Handlungen, die sich auf die möglichen Transformationen des Objekts beziehen, aber weder mit einer Erhaltung noch mit einer Reversibilität. Bei der Logik und der Zahl erscheinen ebenfalls vorbegriffliche und pränumerische Anschauungen, aber weder mit der Erhaltung der Mengen noch mit einer möglichen Umkehrung der Konfigurationen. Auf der Stufe der konkreten Operationen organisieren sich im Bereich des Raumes die ersten transitiven und reversiblen Operation, in vollständiger Isomorphie zu den ersten logisch-arithmetischen Operationen. Auf der Stufe der formalen Operationen schließlich umfaßt eine formale und hypothetisch-deduktive Logik sowohl die räumlichen als auch die numerischen Transformationen.

Diese genetische Parallele läßt eine sehr einfache Interpretation zu. Der Raum ist ein System von Transformation innerhalb des Objekts, wenn man unter Objekt eine einzige Gesamtheit versteht, die in Funktion der Nachbarschaft ihrer Elemente betrachtet wird, während die Logik und die Zahl die Transformationssysteme bilden, die sich auf die Objektmengen beziehen (oder auf die Beziehungen zwischen Objekten), wobei diese als invariant betrachtet und unabhängig von ihren Nachbarschaften durch ihre Ähnlichkeiten und Unterschiede charakterisiert werden können. Von der elementaren Handlung an bestehen gewisse Kieselsteine vom Gesichtspunkt der Zahl aus gesehen in „unterscheidbaren" Einheiten, d. h. unabhängig voneinander und invariant, wobei die Einheiten durch die arithmetischen Operationen sowohl vereint als auch geordnet werden können (oder durch die Klassen lediglich vereinigt und durch die asymmetrischen Relationen aufgereiht). Dieselben Kieselsteine sind vom Gesichtspunkt des Raumes aus jedoch die Elemente eines einzigen Objekts, Elemente, die durch die in der von ihnen gebildeten Figur enthaltene Beziehung verbunden sind: Nachbarschaften, Trennungen usw. oder Distanzen, Positionen hinsichtlich des Bezugssystems usw. oder Perspektiven usw. Wenn man die Kieselsteine verschiebt, bleibt ihre Zahl dieselbe, aber das gesamte Objekt, das sie bilden, ändert die Form oder die „Gestalt", und seine Transformationen bilden die räumlichen Beziehungen. Wenn einerseits die Zahl als das Produkt von logisch-arithmetischen Operationen erscheint, d. h. als Ergebnis der Operationen, die sich entweder auf die Ähnlichkeiten beziehen (Klassen) oder auf die Unterschiede (asymmetrische Relationen) oder auf beides gleichzeitig (Klassen und asymmetrische Relationen, zu einem System numerischer Einheiten fusioniert), so ist andererseits der Raum genetisch ebenfalls als das Resultat von infralogischen Operationen zu verstehen, die sich auf die Transformation des Objekts beziehen. Diese beiden Operationssysteme, obwohl unterscheidbar und schließlich in ein einziges System von axiomatisierbaren Aussagen mündend, sind dauernd zueinander isomorph: Die Unterteilung des Kontinuums und die Vereinigung der topologischen Umhüllungen entsprechen der Inklusion der logischen Klassen; die Ordnungsoperationen (Placierung und Verschiebung) entsprechen den Operationen der logischen Aufreihung und das Maß, die Synthese der beiden vorangegangenen, entsteht parallel zur Zahl als Synthese der Gruppierungen von Klassen und von asymmetrischen Relationen.

Es ist nun aber sehr interessant, festzustellen, daß diese strenge genetische Verwandtschaft völlig mit der Parallelität der mathematischen Begriffe übereinstimmt. Die ganze Zahl einerseits und das räumliche Kontinuum andererseits bilden die beiden Pole des mathematischen Denkens, zwischen denen eine Reihe wachsender Wechselwirkungen eine unentwirrbare Folge von Symmetrien und Wechselbeziehungen schafft. Die Zahl hat dem Raum die Einzelheiten seiner Metrik geliefert, aber der Raum selbst hat die irrationale Zahl gegeben, die dazu bestimmt ist, auf numerische Art ein Kontinuum zu konstruieren, das dem räumlichen Kontinuum entspricht. Die Infinitesimalrechnung wurde von den räumlichen Transformationen her inspiriert, kurz nachdem der analytischen Geometrie durch die Algebra das Mittel gegeben wurde, die Kurven in Gleichungen umzusetzen. Das Gebiet der Zahl hat der Topologie die Verwendung der Mengenlehre ermöglicht, aber die Topologie hat durch das Versprechen geantwortet, die Funktionentheorie zu topologisieren. Was die mathematischen Fundamente anbelangt, so gibt es eine Schule, die von Kronecker über Brouwer bis zu Weyl führt, dessen Ideal in der Arithmetisierung der mathematischen Wissenschaften besteht, während andere das räumliche Kontinuum als die Quelle jeglichen Fortschritts betrachten. Kurz, das Kontinuum und die ganze Zahl erscheinen als unabhängige Realitäten, deren Relationen zu einer engen Wechselwirkung führen.

Es ist dies also eine fundamentale Gegebenheit sowohl vom Standpunkt der Embryologie der Wissenschaften aus wie auch vom Standpunkt einer provisorischen Vollendung der Wissenschaften in der Periode, in der wir heute leben – eine Gegebenheit, die sowohl die Einheit des mathematischen Denkens bei der Eroberung des Objekts und der möglichen Mengen von Objekten bezeugt als auch die wesentliche operative und assimilatorische Natur sowohl des Raums als auch der Zahl. Die Parallelität zwischen diesen beiden Arten von operativen Schemata erleichtert daher die Schlußdiskussion, die sich auf die Stellung des Raumes in den Wechselwirkungen zwischen dem Subjekt und den Objekten – oder zwischen der aktiven und deduktiven Erarbeitung und der Erfahrung – bezieht, zu der wir nun kommen müssen.

Wir können in diesem Punkt von Folgerungen ausgehen, zu denen L. Brunschvicg in seiner berühmten Analyse der „Wurzeln der geometrischen Wahrheit"[1] gelangte. Wir haben uns bis jetzt zu wenig mit der Stellung befaßt, die dieser Philosoph bezogen hat, dessen genetische und historisch-kritische Gedanken nur von seinen mathematischen Überlegungen übertroffen werden. Der Grund dafür ist der, daß wir zu sehr mit seinen Thesen übereinstimmen, als daß wir sie als Gegensatz zu unseren Theorien betrachten könnten. Die fundamentale Bedeutung, die unser Lehrer L. Brunschvicg bei der Entwicklung des Raumes sowohl in den konkreten Operationen wie auch in den praktischen Zeichnungen — die den Begriff des Umrisses der Objekte und die Figuren im allgemeinen erzeugen —, im Visieren, das die Gerade bestimmt, sowie in den Rotationen und Translationen usw. erblickte, hatte keinen geringen Einfluß auf unsere systematischen Untersuchungen über die Entwicklung der räumlichen Vorstellungen beim Kind. Die Ansichten von Brunschvicg über diesen Punkt stimmen erstaunlich mit den Resultaten des Experiments überein. „Es ist klar, daß es keine andere wirkliche Wahrnehmung des Raumes gibt als diejenige der Körper, die ihn ausfüllen", sagt Brunschvicg zuerst (S. 498). Daraus ergibt sich die entscheidende Rolle der Handlung: „Es ist unsere Handlung, die den Bewußtseinszuständen ein Netz der Objektivität unterlegt" (S. 499). Die Handlung bildet also ein „Bündel von Empfindungen", die zur Bewegung in Beziehung stehen „und deren Ziel das *Objekt* ist, im Gegensatz zu den ins Werk gesetzten Mitteln, den freiwilligen ausgeführten Bewegungen" (S. 500). Worin bestehen nun diese Handlungen, die den Raum bilden? Sie bestehen zuerst in Zeichnungen, die „die Unverformbarkeit der Konturen" festhalten (S. 501): „So paradox ein Ausdruck sein mag, man gelangt nicht zum Gesetz der Unveränderlichkeit der Konturen, indem man das Objekt betrachtet, sondern nur, indem man etwas unternimmt, also handelt, um den Aspekt künstlich wiederherzustellen" (S. 502). Sie bestehen außerdem im Visieren, das die geradlinige Abmessung erzeugt (S. 503—5). Schließlich sind es vor allem Verschiebungen: Wenn die Radien der Kreise, wie Montesquieu sagte, einander gleich sind, bevor die Kreise gezeichnet werden, so heißt dies lediglich, daß „die Gleichheit der Radien der Rotationsbewegung der erzeugenden Geraden inhärent ist, die den Kreis bildet (S. 505). Ebenso werden die Parallelen durch die Translation eines geraden Drahts erzeugt, der normal zu seiner Länge bewegt wird usw." (S. 506). „Wir sehen nun, in welchem Grad der Geist fähig ist, arithmetisch-geometrische Experimente durchzuführen, die aus der Wissenschaft des räumlichen Messens die Basis einer universellen Wissenschaft machen" (S. 507).

Worin bestehen nun diese „Erfahrungen"? Die Anregung der Erfahrung ist für die Bildung des Raumes notwendig, sie genügt aber nicht, um allein den Raum zu erzeugen, denn: „was wir sehen, ist im Raum, wir sehen aber den Raum selbst nicht. Der Ort jeder Anschauung ist keineswegs das Objekt einer Anschauung. Der Raum hat seine Wurzeln in der Erfahrung; er erhält seine Vollendung im Denken" (S. 514). Der Raum ist also „das Ergebnis der Zusammenarbeit zwischen dem Geist und den Dingen" (S. 502), einer Zusammenarbeit jedoch, „deren Mitarbeiter nicht außerhalb der Zusammenarbeit gesucht werden dürfen" (S. 521).

Diese Formulierungen, denen wir uns nur vollständig anschließen können, werden schließlich durch L. Brunschvicg im Sinne einer vollständigen

---

[1] L. Brunschvicg, „Les étapes de la philosophie mathématique", Kap. XXII.

Assimilation der geometrischen Erfahrung an das physikalische Experiment aufgefaßt. Die Diskussion muß, so scheint es uns, auf diesen Punkt gelenkt werden, und wir müssen uns fragen, ob die Handlungen und die räumliche Erfahrung notwendigerweise zur realistischen Konsequenz führen, die man gelegentlich als brunschvicgschen Idealismus bezeichnete.

Wir nahmen im Kapitel I an, die logischen und numerischen Strukturen würden nicht vom Objekt abstrahiert in der Art der physikalischen Beziehungen, sondern von der Koordination der subjektiven Handlungen, die auf die Objektmengen ausgeübt werden. Auf allen Stufen des Verhaltens setzen tatsächlich die ausgeführten Handlungen eine vorgängige Koordination zwischen den Assimilationsschemata voraus, ebenso wie der Organismus das äußerliche Milieu nicht assimilieren, d. h. auf dieses einwirken kann, ohne selbst einen zyklischen Prozeß zu bilden, der seine Gestalt den äußeren Substanzen und Energien aufprägt, die mit ihm in Wechselwirkungen stehen. Von den sensomotorischen Schemata bis zu den reversiblen Operationen gestattet daher nur die Koordination der Handlungen die Klassifizierungen und das Auffinden von Relationen, d. h. die Quantifizierung und die Numerierung, die aus der Synthese der beiden ersten Strukturen entstehen. Dies bedeutet keineswegs, daß die Logik oder die ganze Zahl als *a priori*-Struktur in der geistigen Ausbildung des Subjekts präformiert seien: Es gibt keine *a priori*-Strukturen, denn alle Strukturen sind in Entwicklung begriffen. Jede Strukturierung impliziert aber einen vorgängigen Mechanismus, denn ohne einen stetigen Mechanismus, der seinen Ausgangspunkt in der biologischen Organisation hat, gibt es keine Handlung (diese Organisation stellt ihrerseits ein erkenntnistheoretisches Problem dar, das wir hier nicht verfolgen können, sondern in den Kapiteln IX und X untersuchen werden). Dieser Mechanismus setzt sich durch die sukzessiven Strukturen fort, die alle ihre Elemente durch eine Art Abstraktion aus den vorangegangenen Strukturen entnehmen, wobei sie diese nach einer höheren Gleichgewichtsform regruppieren. Diese Abstraktion, aus der die logischen und arithmetischen Dinge entnommen sind, ist somit eine Abstraktion von der Handlung oder eher von der Koordination der Handlung, und man muß sie sorgfältig von der Abstraktion vom Objekt unterscheiden, denn sie bedeutet nicht, daß man die Handlung als ein Objekt betrachtet, sondern sie beschränkt sich (wegen der Stetigkeit des assimilatorischen Prozesses) darauf, aus der Koordination ihre operativen Elemente zu extrahieren und nicht die beliebigen Eigenschaften: So entnehmen die höheren sensomotorischen Schemata den ursprünglichen Schemata (Reflexe und Wahrnehmungsschemata) die Möglichkeit der Antizipation und der teilweisen Wiederbildung, um diese Elemente fortzusetzen und sie zum Umweg und zur Rückkehr zu regruppieren; die anschaulichen Schemata entnehmen den sensomotorischen Schemata ihre Assimilation und nachahmende Akkommodation, um die bildhaften Vorstellungen zu verlängern, die mehr oder weniger ausgeprägt sind; die operativen Schemata abstrahieren davon ihre Ausprägungen, um sie zu reversiblen Kompositionen fortzusetzen usw. Kurz, die Logik und die Zahl folgen aus den Koordinationen der subjektiven Handlungen und nicht aus dem Objekt, wenn sich auch die Koordinationen nur bei Handlungen auf Objekte manifestieren: die Konstruktionen der sukzessiven logischen und numerischen Strukturen ergeben sich sowohl aus einer einfachen Abstraktion vom vorgängigen Handlungsmechanismus als auch aus einer operativen Verallgemeinerung, die die Komposition der so abstrahierten Handlungselemente (Vereinigungen, Aufreihungen usw.) immer beweglicher und reversibler macht.

Die physikalischen Kenntnisse ergeben sich dagegen aus differenzierten und speziellen Handlungen: den Handlungen des Wägens, Stoßens, Beschleunigens, Bremsens usw., im Gegensatz zur allgemeinen Koordination der Handlungen; und sie abstrahieren so ihre Elemente von den Handlungsobjekten (selbstverständlich sind diese Objekte nur durch ihre Assimilation an die speziellen Handlungen gekennzeichnet) und nicht von den Koordinationen dieser Handlungen, wie dies die Logik und die Arithmetik tun. Da jedoch diese als Folge der Akkommodation an die verschiedenen Objekte differenzierten speziellen Handlungen und die allgemeine Koordination von Handlungen, die ständig an beliebige Objekte akkommodiert sind, immer untrennbar zusammengehören, ergibt sich von selbst, daß die logisch-arithmetischen Operationen ständig mit den physikalischen Operationen verbunden sind, ohne sich allerdings mit ihnen zu vermischen.

Wie verhält es sich nun mit den räumlichen oder geometrischen Strukturen? Hängen sie wie die Logik und die Zahl von den Koordinationen der Handlungen ab oder vom speziellen Inhalt dieser Handlungen, wie die physikalischen Kenntnisse? Zwei Tatsachen sind hier entscheidend: einerseits die strenge genetische Parallele zwischen der Entwicklung des Raumes und derjenigen der Zahl, vor allem zwischen den räumlichen Operationen und den logisch-arithmetischen Operationen, und andererseits die historische Kontinuität einer deduktiven Geometrie, die unendlich fruchtbar war, im Gegensatz zur dauernden Abhängigkeit der physikalischen Deduktion vom Experiment.

Schon vom genetischen Gesichtspunkt aus zeigen die Handlungen und Operationen, die den Raum bilden, zur Genüge, daß sie wie die logisch-arithmetischen Operationen aus den allgemeinen Koordinationen der Handlung herstammen, im Gegensatz zu den speziellen Handlungen. Der einzige Unterschied zwischen den elementaren topologischen Beziehungen der Umhüllung oder der Ordnung und den logischen Klassen oder Zahlen ist der, daß im zweiten Fall die Elemente unabhängig von ihrer Nachbarschaft und infolgedessen in diskontinuierlicher Art verbunden sind, während im ersten Fall die Elemente dank ihrer geordneten Nachbarschaft durch stetige Relation zu einem einzigen Objekt verbunden werden. Das Prinzip der Nachbarschaft und die Stetigkeit sowie die Inklusion, die auf den Ähnlichkeiten gründet, oder die Aufreihung der Unterschiede, die beide die elementarste Assimilation charakterisieren, sind jedoch allgemeine Eigenschaften der Handlung. Die Handlung geht in der Tat allmählich und in kontinuierlicher Weise vor, sowohl wenn sie Elemente zu Totalitäten vereint als auch wenn sie diskontinuierliche Stellungen der Elemente in Beziehung setzt. Die räumlichen und logisch-arithmetischen Aspekte der Handlung, d. h. die Eigenschaft der Nachbarschaft und der Nicht-Nachbarschaft, lösen sich nur sehr langsam von den andern ab: tatsächlich geschieht dies erst von der Stufe der konkreten reversiblen Operationen an (7–8 Jahre), während sich alle bildhaften präoperativen Vorstellungen auf Konfigurationen beziehen, die zum Teil räumlich sind, sogar wenn es sich um prälogische oder pränumerische Mengen handelt (s. Kap. I, 12.). Andererseits ist die psychologische Quelle der topologischen „Homöomorphien" in der qualitativen Entsprechung zu suchen, die gestattet, die formalen Ähnlichkeiten unabhängig von der Konstanz der Dimension und der Formen zu unterscheiden; diese Entsprechungen sind eng mit den Assimilationen verwandt, die die logischen Klassen bilden. Die Koordination der Gesichtspunkte, die zur projektiven Geometrie führt, und die Koordination der Bewegungen als Quelle der euklidischen Metrik sind ebenfalls allgemeine Koordinationen, wenn auch weniger allgemein als die ursprünglichen topologischen Assimilationen. So hängen der Raum wie auch die Logik und die Zahl von den elementarsten Koordinationen der Handlung ab, und ihre Evolution vollzieht sich durch sukzessive Neustrukturierungen und Abstraktion von diesen Koordinationen: dies erklärt die Eigenschaft der räumlichen Operationen, eine unendliche Deduktion zu ermöglichen, sobald sie einmal gebildet sind.

Historisch weist der relative Gegensatz zwischen der Geometrie und der Physik in dieselbe Richtung. Während jede rein physikalische Deduktion zu Unklarheiten führt, die eine Rückkehr zum Experiment notwendig machen, und die einfache Verallgemeinerung, die sich auf die abstrahierten Eigenschaften des Objekts beziehen, früher oder später zu abstrusen Theorien und zu Widersprüchen mit den Tatsachen führt, ist die geometrische Deduktion unendlich fruchtbar und ihrer Wahrheit sicher. Man wird einwenden, daß eine empirische Phase der Deduktion voranging, sowohl in der Geometrie wie auch in allen Kapiteln der Physik. Wir haben aber gesehen (Kap. I, 1.–2.), daß das Experiment nicht notwendigerweise eine Abstraktion vom Objekt bedeutet und daß das Subjekt mittels beliebiger Objekte in bezug auf seine eigenen Handlungen experimentieren kann, um die notwendigen Koordinationen seiner Handlungen zu entdecken, im Gegensatz zu den speziellen Eigenschaften der Objekte. Man wird auch sagen, daß die Geometrie in ständiger Übereinstimmung mit dem Experiment ist, was ihr einen physikalischen Charakter höherer Stufe als der Physik selbst zuspricht. Es führen nun gerade die am stärksten verallgemeinerten Koordinationen der Handlung zu einer ständigen Akkommodation an ein beliebiges Objekt, sobald sie einmal reversibel zusammengesetzt werden können, weil sich die Handlung immer auf Objekte bezieht und weil sich die stabile Akkommodation von den speziellen Akkommodationen unterscheidet, wie sich auch die Koordinationen zwischen den Handlungen von den Koordinationen unterscheiden, die unter dem Gesichtswinkel ihrer Verschiedenheiten betrachtet werden.

Wenn jedoch der Raum mit der Logik und mit der Zahl vergleichbar ist, so gibt es vom Gesichtspunkt der Beziehungen zur Erfahrung einen wichtigen Unterschied zwischen den logisch-arithmetischen und den räumlichen Operationen. Der Unterschied entsteht geradewegs und ausschließlich aus der Existenz von Nachbarschaftsbeziehungen in den räumlichen Relationen, im Gegensatz zu den Ähnlichkeiten, Unterschieden und Äquivalenzen zwischen unterscheidbaren Einheiten, welche die Logik und die Zahl charakterisieren. Die physikalischen Objekte sind – relativ zu einer gewissen Größenordnung der Beobachtung – als physikalische Objekte mehr oder weniger zueinander benachbart, genauso wie sie mehr oder weniger ähnlich, verschieden oder häufig usw. sind. So ähnlich, verschieden oder abzählbar sie nun auch sein mögen, sie bilden doch immer erst Klassen, Reihen oder numerierte Mengen, wenn sie durch das Subjekt klassifiziert, aufgereiht oder gezählt wurden (der Ausdruck „abzählbar“ deutet diese Eigenschaft des Objekts an, eine mögliche Handlung des Abzählens zu gestatten, ohne jedoch von sich aus eine aktuelle numerische Eigenschaft aufzuweisen). Zwei physikalische Objekte können allerdings eine Beziehung der Nachbarschaft (oder der Entfernung usw.) aufweisen, die physikalisch bleibt, unabhängig von den mathematischen räumlichen Strukturen, die wir erarbeiten, wenn wir darauf einwirken. Der Grund dafür ist der, daß die Objekte aufeinander eine Nahwirkung ausüben als Funktion der Nachbarschaft, während sich die Ähnlichkeiten und Unterschiede nicht auf Distanz beeinflussen (im Gegensatz zu dem, was die magische Kausalität annimmt!), um unabhängig vom räumlichen Kontakt die Klassen usw. zu bilden. Es existiert also neben dem mathematischen Raum, der aus den subjektiven Koordinationen entsteht, ein physikalischer oder experimenteller Raum, der sich auf die Objekte bezieht, die sich durch ihre Kennzeichen unterscheiden. Anders ausgedrückt: unter den verschiedenen Formen, die dank der Aktivität des Subjekts erarbeitet wurden, passen die einen besser als die andern in ein System von spezifischen Objekten, die durch ihre physikalischen Eigenschaften bestimmt sind, d. h. durch die speziellen Handlungen, die auf sie ausgeübt werden (im Gegensatz zu den allgemeinen Koordinationen der Handlung)[1].

Wenn allerdings ein physikalischer Raum existiert, obwohl es keine physikalische Logik oder physikalische Zahl gibt, weil in den Kausalbeziehungen die „Nachbarschaft" vorkommt, die Ähnlichkeiten, Unterschiede oder Äquivalenzen aber nicht auf Distanz wirken, darf man daraus jedoch keineswegs schließen, daß der physikalische Raum in allen Belangen dem mathematischen exakt entspricht. Einerseits ist der physikalische Raum ärmer als der vom Subjekt konstruierte Raum, andererseits und vor allem (dieser zweite Grund erfordert zweifelsohne den ersten) ist jede Eigenschaft des wirklichen Raumes mit den andern physikalischen Tatsachen verknüpft. So besteht die Messung einer physikalischen Distanz darin, einen Meter tatsächlich, und nicht nur im Denken zu verschieben, und diese Verschiebung hängt von der Masse der Objekte, vom Gravitationsfeld usw. ab: sie bildet daher eine wirkliche Bewegung, die die Zeit und die Geschwindigkeit einschließt. Der physikalische Raum ist also nicht eine Eigenschaft der Objekte, die ohne weiteres von ihrem Zusammenhang getrennt betrachtet werden könnte, er ist kein getrennter und homogener Behälter, sondern zusammen mit seinem heterogenen Inhalt eine Einheit. Da alle Operationen, die die Aktivität des Subjekts kennzeichnen, mögliche Transformationen des Objekts bestimmen, können sich die Eigenschaften des physikalischen Raums in einem mathematischen Raum übersetzen. Das Umgekehrte ist aber nicht wahr, der mathematische Raum bleibt daher reichhaltiger als der physikalische, denn nicht jede logisch mögliche Transformation ist physikalisch realisierbar.

Der Begriff der Dimension erscheint (wie wir unter 7. gesehen haben) genetisch im Zusammenhang mit den Handlungen des Umschließens, da ein System von Umschließungen der Befreiung eines eingeschlossenen Elements in Richtung einer neuen Dimension einen Widerstand entgegen-

[1] Wenn z. B. die Vereinigung von zwei Mikroobjekten mit zwei andern Mikroobjekten 3 oder 5 Mikroobjekte ergäbe, würde man eher den Objektbegriff als die Relation $2 + 2 = 4$ ändern, wenn jedoch die Summe der drei Dreieckswinkel nicht 180° ergäbe, würde man einen nicht-euklidischen Raum dieser physikalischen Feststellung anpassen.

setzen könnte, so daß dieses Element einen Punkt, eine Linie, eine Ebene usw. überqueren müßte, um ins Äußere zu gelangen. Das physikalische Experiment lehrt uns also, daß in der wirklichen Welt der Handlungen auf unserer Größenordnung der Raum nur drei Dimensionen hat. Man kann in der Tat weder ein Objekt aus einer geschlossenen Schachtel entfernen noch einen linken Handschuh in einen rechten Handschuh umformen usw. (was zur Genüge zeigt, daß der physikalische Raum ärmer ist als der mathematische!). Die drei Dimensionen sind also eine physikalische Eigenschaft der Objekte, auf die sich unsere speziellen Handlungen beziehen, und keine Eigenschaft der allgemeinen Koordination der Handlungen. Es ist möglich, daß außerdem ein Erbfaktor auftritt, da wir uns einen vierdimensionalen Raum nicht einmal vorstellen können (obwohl wir ihn wahrnehmen oder verstehen können). Es handelte sich allerdings um einen Fall „spezieller" Vererbung, d. h. um eine chromosomische Eigenschaft des Menschen oder der höheren Säugetiere, im Gegensatz zur allgemeinen Vererbung (zytoplasmische Vererbung) der Lebewesen: In bezug auf die Koordinationen, die allen Organismen gemeinsam sind, handelt es sich von neuem um spezielle Handlungen. Wenn der physikalische Raum auf der Stufe unserer gewöhnlichen Handlungen euklidisch ist, dann deshalb, weil unsere gewöhnlichen Meßinstrumente für die Winkelsumme eines Dreiecks 180° anzeigen. Die Messung der Winkel in einer anderen Größenordnung, wie die berühmte Messung von $ds^2$ in der relativistischen Physik, könnte zu anderen räumlich-physikalischen Formen führen. Wenn wir, anstatt in einer Welt von kleinen Geschwindigkeiten zu leben, gewöhnlich in der Welt der großen Geschwindigkeiten handelten, wären die Krümmungen des Raum-Zeit-Kontinuums, an die sich unsere Handlungen akkommodieren müßten, ohne Zweifel für unsere Organe spürbar.

Hinsichtlich der Beziehungen zwischen der Aktivität des Subjekts und der Wirklichkeit resultiert aus dieser Unterscheidung zwischen dem physikalischen und dem mathematischen Raum, daß neben den räumlichen Relationen, die dank den Koordinationen der Handlung entdeckt wurden, eine große Zahl geometrischer Kenntnisse durch die physikalische Erfahrung angeregt wurde, d. h. durch eine Abstraktion vom Objekt und von den speziellen Handlungen, die darauf ausgeübt werden. Bemerkenswert ist aber, daß diese Erfahrung eher eine Erkenntnis anregte als einen Zwang ausübte, anders ausgedrückt, daß die Akkommodation an die äußeren Gegebenheiten leichter fällt als bei einem physikalischen Gesetz, da wir in der Geometrie die Anregung der Erfahrung (logisch) rekonstruieren können. In einem berühmten Abschnitt schrieb Poincaré: „... das einzige natürliche Objekt für das mathematische Denken ist die ganze Zahl. Erst die äußere Welt hat uns das Kontinuum aufgezwungen, das wir zwar erfunden haben, das sie uns aber zu erfinden gezwungen hat" („Wert der Wissenschaft", S. 114). Wir glauben übrigens nicht, daß das Kontinuum ohne innere Wurzeln in der Koordination der Handlungen sei, denn die Verschiebungsgruppe folgt aus der subjektiven Aktivität, wie Poincaré ebenfalls postulierte, denn diese ist auf der sensomotorischen Ebene ohne Kontinuität nicht denkbar (andererseits hat uns die Gestalttheorie die elementare Bedeutung des Kontinuums in den perzeptiven und motorischen Gestalten gelehrt). Wenn daher die Formulierung von Poincaré für das Kontinuum zu restriktiv ist, so ist sie in einer großen Zahl anderer Fälle gültig: Es existieren zahlreiche geometrische Erfindungen, die das Experiment uns aufgezwungen hat; wenn wir sie auch aus den Schemata der Koordination unserer Handlungen hätten ableiten können. Für diese Fälle gilt, daß die Entdeckungen im physikalischen Raum den Erfindungen des mathematischen Raums vorausgingen, während in einer nicht weniger großen Zahl anderer Fälle das Umgekehrte wahr ist. Dies ist übrigens nicht das Wesentliche: wesentlich ist die notwendige Konvergenz zwischen den zwei Arten von Strukturen. Dies ergibt sich von selbst, da wir die physikalischen Objekte nur durch die speziellen Handlungen kennen, die auf sie ausgeübt werden (wobei der physikalische Raum immer zur Größenordnung dieser Handlungen relativ ist), und da die allgemeinen Koordinationen der Handlung, die den mathematischen Raum erzeugen, ständig mit diesen speziellen Handlungen übereinstimmen, obwohl sie darüber hinausgehen.

Die Dualität und die Konvergenz des physikalischen und des mathematischen Raums sind im Vergleich zur Einmaligkeit des Systems der logisch-arithmetischen Operationen äußerst aufschlußreich, vor allem hinsichtlich der Wechselwirkungen zwischen dem Subjekt und den Objekten. Wir haben die räumlichen Operationen von den logisch-arithmetischen Operationen insofern unterschieden, als die ersteren das Objekt selbst bilden, während die andern Vereinigungen von oder Relationen zwischen diskontinuierlichen Objekten betreffen. Da sich der Raum auf das Objekt als beliebige Totalität eines einzigen Trägers bezieht, ist evident, daß er mit den physikalischen Objekten verbunden ist, während er gleichzeitig die Koordination der auf das Objekt ausgeführten Handlungen darstellt, denn das physikalische Objekt ist immer in Funktion der speziellen, darauf angewendeten Handlungen gegeben, und diese speziellen Handlungen können nicht von ihrer allgemeinen Koordination getrennt werden. Für die logisch-arithmetischen Konstruktionen würde dies auch gelten, wenn die Ähnlichkeiten, Unterschiede oder Äquivalenzen zwischen den Elementen der Objektmengen unabhängig vom Raum (der Nachbarschaft, den Distanzen usw.) eine physikalische Bedeutung hätten; sie haben dies aber nicht, zumindest nicht mehr in der – verglichen mit der logisch-physikalischen Ontologie von Aristoteles – modernen Physik, da die verschiedenen physikalischen Objekte (bis hinauf zum physikalischen Universum, als totales Objekt betrachtet) gerade aus den objektbildenden Operationen herstammen und nicht von Operationen herrühren, die unabhängig vom Raum sind (außer an der Grenze der speziellen Handlungen, d. h. in der Mikrophysik). Es folgt daraus, daß die räumlichen Operationen, obwohl sie in ihrer Entwicklung und ihrer Vollendung zu den logisch-arithmetischen Operationen isomorph sind, in einer sehr strengen Weise den Kontakt zwischen dem Subjekt und dem Objekt gewährleisten, da sowohl die „objektbildenden Operationen", die den Raum erzeugen, aus der Koordination der Handlungen des Subjekts entstehen wie auch das physikalische Objekt zusammen mit dem physikalischen Raum aus den speziellen Handlungen des Subjekts auf die Objekte hervorgeht.

Die enge Wechselwirkung zwischen dem Subjekt und den Objekten wird bezeugt durch die logisch-arithmetischen Operationen, den dazu isomorphen mathematischen Raum und den physikalischen Raum (der mit dem physikalischen Objekt in allen seinen Aspekten verknüpft ist) und erklärt aufs einfachste sowohl die genetische als auch die historische Entwicklung des Raumes hinsichtlich der Beziehungen zwischen der Deduktion und der Erfahrung. Wie wir weiter oben gesehen haben (Ende des 6. Abschnittes), ist es kaum möglich, mit Gonseth eine Parallelität zwischen dem anschaulichen, dem deduktiven und dem experimentellen Aspekt des Raums aufrechtzuerhalten, da der anschauliche Raum genetisch und historisch zuerst alles einschließt, sich dann aber nach und nach in zwei Bereiche aufspaltet, deren Bedeutung auf seine Kosten anwächst: den Bereich des formalen Raums und den des experimentellen Raums. Dieses Problem klärt sich allerdings auf, wenn man es als Beziehung zwischen den speziellen Handlungen – den Quellen der physikalischen Kenntnis (eingeschlossen den physikalischen Raum) – und der allgemeinen Koordination der Handlungen – Quelle der logisch-mathematischen Kenntnisse (eingeschlossen den geometrischen Raum) – neu formuliert: Am Verzweigungspunkt der kaum differenzierten Handlungen und der elementarsten Koordinationen ist der Raum vorerst sowohl physikalisch als auch mathematisch, d. h. sowohl mit dem Objekt als auch mit dem Subjekt verknüpft (die Anschauung verschmilzt beide in einen undifferenzierten Block); dagegen bezeugt die Evolution der räumlichen Begriffe, die für eine genetische Erkenntnistheorie allein maßgebend ist, eine graduelle Aufspaltung in die räumlichen Operationen einerseits (d. h. die Operationen, die das allgemeine Objekt bilden, die von den operativen Koordinationen des Subjekts herrühren und immer besser formalisiert und gereinigt werden) und in den experimentellen Raum andererseits (d. h. in den mit dem Erfahrungsraum verknüpften Raum des physikalischen Objekts, der sich durch Akkommodation an die Verschiedenheit der Objekte und an die Vielfalt ihrer physikalischen Eigenschaft aus den immer differenzierteren Handlungen herausentwickelt). Historisch gilt genau dasselbe: Während die euklidische Geometrie sowohl eine logische als auch eine physikalische Deduktion sein wollte (wie übrigens auch die aristotelische Logik), bezeugen die logische Axiomatik von Hilbert und die Geometrie des Gravitationsfeldes von Einstein die Trennung und teilweise Konvergenz des mathematischen und des physikalischen Raums, wobei sich Trennung und die partielle Konvergenz aus der Unterscheidung der allgemeinen oder logisch-arithmetischen Koordinationen der Handlung und der speziellen Handlungen ergeben, die sich auf die physikalische Erkenntnis stützen.

# KAPITEL III

## *Die mathematische Erkenntnis und die Wirklichkeit*

Nachdem wir die Entwicklung der numerischen und räumlichen Beziehungen untersucht haben, müssen wir nun die Gesamtrichtung finden, der die Entwicklung der mathematischen Kenntnis folgt. Da die genetische Erkenntnistheorie es sich ein für allemal verbietet, zwischen dem Geist und der Wirklichkeit zu unterscheiden, kann sie die Beziehungen zwischen den mathematischen Wissenschaften und der Realität nur untersuchen, indem sie versucht, die von der mathematischen Erkenntnis im Verlaufe ihrer historischen Evolution eingeschlagene Richtung herauszukristallisieren, wobei sie sich ausschließlich auf die verschiedenen Realitäten beziehen kann, die das wissenschaftliche Denken sukzessive auf jeder seiner hauptsächlichen Stufen behauptet hat. Der wesentliche Mechanismus aber, der sich aus der historischen Untersuchung der mathematischen Wissenschaften ergibt, ist sicherlich die graduelle Bewußtwerdung der Operationen. Die griechischen Geometer glaubten, das „Betrachten" sei keine Operation, umgekehrt gehen die moderne Analysis und Geometrie ausschließlich vom Studium der „Transformationen" aus. Das daraus resultierende Problem der tatsächlichen Bedeutung der Operationen führt uns auf die Frage des mathematischen Schließens und schließlich zum Problem der Beziehungen zwischen Subjekt und Objekt bei der operativen Konstruktion der mathematischen Fakten.

### *1. Die historische Bewußtwerdung der Operationen*
### *A. Die mathematischen Wissenschaften der Griechen*

Man hat oft festgestellt, daß sich der gesunde Menschenverstand oder, man könnte fast sagen, das „kollektive Bewußtsein" der Mathematiker über die individuellen Pilosophen hinaus, die mehr oder weniger dessen Spiegelbild darstellen, in bezug auf die Eigenart oder das Objekt ihrer Wissenschaft von einem Jahrhundert zum andern einzigartig wandelte. Nichts ist in dieser Hinsicht interessanter als der fundamentale Gegensatz, der die mathematische Konzeption der Griechen von der modernen trennt, selbst wenn die Platonische Metaphysik, die das griechische

Genie konstruierte, um den Realismus der Formen zu rechtfertigen, periodisch im Verlauf der Geschichte wiederauftauchte. Dieser Gegensatz könnte gut aus der ungenügenden Kenntnis der Bedeutung der Operationen herrühren, die die griechische Konzeption der Mathematik charakterisierte, und aus der Bewußtwerdung des operativen Mechanismus des Denkens seit dem 17. Jh. Wenn diese These zutreffen würde, wäre die Geschichte der mathematischen Wissenschaften der Griechen das interessanteste Beispiel der erkenntnistheoretischen Erfahrung: die Erfahrung eines Denkens, das konstruierte, obwohl es seine Konstruktivität verleugnete, und das dann mangels dieser Kenntnis seiner eigenen Stärke zu konstruieren aufhörte. Man kennt das Schicksal der antiken Wissenschaft tatsächlich zur Genüge, die nach dem „Wunder" ihres Erscheinens (denn es war ein Wunder) und nach der Fülle einer kulminativen Periode merkwürdigerweise aufhörte, fruchtbar zu sein, um in der Dekadenz der alexandrinischen Periode zu versanden. Die sozialen Umstände allein können dieser historischen Kurve nicht Rechnung tragen, sie könnten höchstens zeigen, daß das Fehlen einer genügenden Verbindung mit den technischen Wissenschaften (mit Ausnahme der Architektur) die griechischen Geometer in ihrer kontemplativen und antioperativen Haltung ermutigte. War diese schließliche Sterilität, die zahlreiche Autoren zu erklären versuchten, nicht im Prinzip, wenn man so sagen kann, die Folge eines Realismus, der sich weigerte, die Aktivität des Subjekts anzuerkennen, während sich die Fruchtbarkeit der modernen Wissenschaft durch den Dynamismus des operativen Mechanismus erklärt, der sich seiner inneren Möglichkeiten bewußt geworden ist?

So verschiedenartig die durch die griechischen Mathematiker angeschnittenen Probleme waren, in deren Arbeiten man fast alle großen modernen Entdeckungen im Kern finden kann, so ist der Teil ihrer Wissenschaft, in dem sie übereinkamen, sich ihm zu weihen und ihn zu kodifizieren, nicht weniger eng bemessen, verglichen mit der modernen Mathematik: Er umfaßt nur die Arithmetik und jene geometrischen Gebiete, die wir heute euklidisch nennen (im Gegensatz zur projektiven Geometrie und zur Topologie), ohne von der Archimedischen Statik zu sprechen, deren Methode in mancher Hinsicht das wissenschaftliche Ideal der Griechen erklärt, die aber nicht zur reinen Mathematik gezählt werden kann. Allerdings kannten die Griechen eine Art Algebra (Diophant von Alexandrien verwendete abgekürzte Zeichen, um die Potenzen auszudrücken usw.) sowie eine Art „Logistik" oder einen Kalkül, den sie aber als eine utilitaristische Technik betrachteten und nicht als eine Wissenschaft (wie auch die Geodäsie oder die konkrete geometrische Messung). Andererseits kamen sie der Infinitesimalrechnung nahe, durch die „Exhaustionsmethode" von Antiphon und Eudoxus und vor allem durch die subtilen Verfahren, die Archimedes in seinen Forschungen über die Berechnung der Flächen und Volumen anwandte, die er aber nachträglich durch eine geometrische Methode rechtfertigte. Ebenso hat man oft die berühmten Paradoxa von Zenon mit der Erfindung der unendlichen Reihe in der modernen Mathematik in Verbindung gebracht. Jedoch wollte Zenon die rationale Unmöglichkeit der Bewegung beweisen oder die Unmöglichkeit ihrer Reduktion auf eine diskontinuierliche Pluralität; seine Absicht war wesentlich negativ und kritisch, im Gegensatz zur konstruktiven Bedeutung des modernen Begriffs des Unendlichen.

Überdies beschränkte sich die griechische Geometrie in der merkwürdigsten Weise freiwillig auf eine Anzahl von Begriffen und Figuren, die begrenzter war als die Menge der Begriffe, von denen die Geometer effektiv Kenntnis hatten. Man weiß z. B., daß die sogenannten „mechanischen" Kurven wie die Quadratur von Hippias, die Konchoide von Nikomedus, die Cissoide von Diokles usw., nicht unter den durch die euklidische Geometrie betrachteten Formen figurierten, als ob es rationale Formen gäbe und andere, die der geometrischen Überlegung fremd sind (in der Art, wie Aristoteles die „natürlichen" und die „widernatürlichen" oder „gewaltsamen" Bewegungen unterschied). Die einzigen Figuren, die diese Geometrie anerkannte, waren tatsächlich nur die mittels Zirkel und Lineal konstruierbaren Figuren, d. h. die man durch Geraden und Kreise (oder Rotationen um eine Gerade) erzeugen kann, im Gegensatz zu andern Formen, die aus „mechanischen" Verfahren hervorgingen und infolgedessen der Irrationalität verdächtigt waren. Aus demselben Grund findet man in der griechischen Geometrie keine Theorie der Verschiebungen, trotz der effektiven Verwendung dieser Operation, die sich Euklid bei der Zerlegung und Neuzusammensetzung der Figuren gestattete. Man kann daher nicht mehr von einer systematischen Analyse des Kontinuums sprechen, trotz des sogenannten Archimedischen Axioms (in Anlehnung an seine Exhaustionsmethode), und dieses Zögern im Hinblick auf das Kontinuum ist von einer allgemeinen Vorsicht begleitet, was das Unendliche in allen seinen analytischen oder geometrischen Formen anbelangt[1].

Wie fundamental auch der Gegensatz sei, der das griechische formale Denken von den konkreten Operationen trennt, die in der utilitaristischen Wissenschaft der Ägypter vorkam, so bleibt doch das deduktive Schlie-

---

[1] L. Brunschvicg bemerkte berechtigterweise („Étapes", S. 155), daß die merkwürdigen Übergänge, die Moritz Cantor bei Aristoteles in bezug auf das Kontinuum und das Unendliche feststellte, nur metaphysische Bedeutung haben und keine Anwendung in wissenschaftlichen oder technischen Sinn gestatten.

ßen bei den Griechen im wesentlichen statisch. Die Beschränkung auf Zirkel und Lineal bei der Konstruktion von Figuren zeigt zur Genüge, daß die Figur nichts mit der Operation zu tun hat, durch die sie erzeugt wird, und daß daher diese Operation nicht das logische Vermögen zur Verallgemeinerung besitzt: nur die Figur bildet eine objektive mathematische Realität, während die Konstruktion subjektiv und infolgedessen ohne wissenschaftlichen Erkenntniswert bleibt. Als die Pythagoräer die irrationalen Zahlen durch Verallgemeinerung der Operationen des Wurzelziehens entdeckten (im Fall der Diagonale $\sqrt{2}$ des Quadrats mit der Einheit als Seite), schlossen sie daraus nicht auf die Legitimität dieses Begriffs als eine operative Verallgemeinerung der Zahl, sondern betrachteten diesen als intellektuellen Skandal und als eine Art Gotteslästerung: Es bedurfte der Platonischen Reflexion über die Beziehung zwischen dem Kommensurablen und dem Inkommensurablen, damit dieser Begriff in die Geometrie aufgenommen wurde. Die Griechen hätten aber, auch ohne die Zahl zu verallgemeinern, bis sie dem räumlichen Kontinuum entspricht (eine Idee, die der operativen Wissenschaft der modernen Zeit seit der universellen Arithmetik von Newton vorbehalten blieb), aus der Reflexion über das Inkommensurable ein quantitatives Studium der geometrischen Figuren ableiten können. Die Griechen versuchten aber im Gegenteil, wie L. Brunschvicg und P. Boutroux gezeigt haben, die Schlußweise immer auf Eigenschaften zu beschränken, d. h. die Quantität qualitativ zu „untersuchen“[1], um einerseits die Berechnung von konkreten Größen zu vermeiden[2] und andererseits auf die Berechnung der abstrakten Größen zu verzichten, indem sie z. B. das Messen der Winkel durch eine Konstruktion ersetzten, die die qualitative Form der Figur beibehält[3].

Wie uns die Spezialisten der Wissenschaftsgeschichte zeigten, ist das Ideal der griechischen Mathematik ein kontemplatives, d. h. es ist realistisch im Sinn eines Primats des Objekts und der Abwertung oder sogar beinahe absichtlichen Verleugnung der Aktivität des Subjekts. Für Pythagoras war die Zahl in den Dingen enthalten, d. h. die ganze Zahl wurde bis zur Enddeckung der Inkommensurabilitäten als das Prinzip der räumlichen Realität betrachtet (diese ist die am meisten von uns entfernte Realität). Demnach beruhte die Zahl in der Welt der Ideen oder der Formen auf sich selbst, wie die Figuren, deren innere Schönheit und Harmonie das eigentliche Objekt der rationalen Kenntnis sind. Das „Theorem“ war eine rationale Sicht, die sich vom „Problem“ und den Konstruktionen unterschied,

---

[1] L. Brunschvicg, „Les étapes de la philosophie mathématique“, S. 97.

[2] P. Boutroux, „L'idéal scientifique des mathématiciens“, S. 70.

[3] ebd., S. 75—76.

die seinen Beweis ermöglicht. Kurz, das statische und qualitative Denken des griechischen Mathematikers war in allen seinen Aspekten der Realität des Objekts untergeordnet, die von uns unabhängig ist.

Wie man nun ebenfalls bemerkt, ist dieses Ideal der theoretischen Perfektion ein Grund für die Schwäche und die schließliche Dekadenz der griechischen Mathematik. Die Sterilität, zu der sie nach Jahrhunderten des Erfolges gelangte, war also eine Folge von inneren und nicht von äußeren Gründen, d. h. eine Folge der Grenzen, die sie sich selbst gesetzt hatte. Muß man wie A. Reymond[1] in dieser bedeutenden Tatsache den Ausdruck einer Logik sehen, die mehr fordert als die unsere, indem sie auf die Begriffe der Bewegung, des Unendlichen und der unerschöpflichen Untersuchung des Kontinuums verzichtet, weil sie diese Begriffe infolge der *Aporien* von Zenon als widerspruchsverdächtig empfindet? Warum aber konnte der Elatismus diesen Hemmungseffekt hervorrufen, während sowohl in unserer Zeit wie auch am Beginn der Infinitesimalrechnung die mathematischen „Krisen“ nur die Diskussion der Grundlagen beeinflußten, ohne die Technik zu sterilisieren? Diese Tatsache könnte uns sogar veranlassen, die griechische Logik als weniger reichhaltig als die moderne Logik zu betrachten, da sie statischer und weniger fähig ist, die realen Gegebenheiten zu assimilieren, weil sie weniger bewußt operativ ist.

Das psychologische und genetische Problem, das durch die Struktur der griechischen Mathematik aufgeworfen wird, ist demnach die Frage, wie diese Logik einerseits mit den konkreten Operationen des „utilitaristischen“ Kalküls zusammenhängt, die ihr vorangingen, und andererseits mit der Logik des 16. und 17. Jh.s. Es ist nun aber sehr wahrscheinlich, daß die formalen Operationen bei den Griechen und in der Moderne die gleichen waren und sich von den konkreten Operationen (Messen und empirische Berechnung) der vorherigen Stufe unterschieden wie auch von konkreten Operationen, die bei der Konstruktion der Figuren auftreten. Anders ausgedrückt: Es ergibt sich vom Gesichtspunkt der formalen Struktur aus ohne weiteres, daß die Logik der griechischen Mathematiker eine Logik der rein deduktiven[2] Aussagen und Implikationen war, wie übrigens auch die Logik der Geometrie des 17. Jh.s (und unabhängig von der Tatsache,

[1] A. Reymond, „Histoire des Sciences exactes dans l'antiquité gréco-romaine“, Blanchard: Paris.

[2] Es ist allerdings festzuhalten, daß man in den Dialogen von Platon oft den Eindruck gewinnt, die Gesprächspartner hätten eine sozusagen frische und kürzlich erworbene Kenntnis vom formalen Schließen. So verwendete Sokrates große Sorgfalt darauf, z. B. zu erklären, daß der Bruder eines Bruders immer der Bruder von jemandem sei oder daß die Intelligenz keinen Widerspruch darin sehe, daß die Zahl sechs sowohl größer als vier als auch kleiner als acht sei!

daß der Inhalt der Prämissen oder Axiome anschaulich blieb, im Gegensatz zur zeitgenössischen Axiomatisierung). Man hat aber den Eindruck, die Antike habe bei der Entdeckung des formalen Schließens noch nicht seine konstruktive oder operative Natur erkannt und mangels einer Reflexion über die Aktivität des Subjekts nicht dieselbe Demarkationslinie zwischen dem Objekt und der subjektiven Aktivität abgegrenzt wie die Begründer der analytischen Geometrie oder der Infinitesimalrechnung. Ihr formales Denken erreichte also infolge dieses Mangels an Bewußtwerdung und der daraus hervorgehenden, vom Realismus gesetzten Grenzen keineswegs die unbegrenzte Entwicklung, die man eigentlich hätte erwarten können.

Die Frage der Bewußtwerdung des Mechanismus der intellektuellen Konstruktion und das psychologische Problem der Abgrenzung der Aktivität des Subjekts und seines Objekts durch das spontane Denken sind für jede Erkenntnistheorie von großer Bedeutung. Wenn der Realismus viel stärker im gesunden Menschenverstand verwurzelt ist als der Idealismus, folgt dies zweifelsohne aus den elementaren psychischen Mechanismen, die zu erreichen man versuchen sollte. Das historische Faktum der griechischen Auffassung ist eine entscheidende Tatsache, die man untersuchen muß, unter Zuhilfenahme der größtmöglichen Zahl von Referenzen.

Das Studium der geistigen Entwicklung zeigt nicht nur mit jeder wünschbaren Klarheit, daß die gewöhnlich vorgenommene Abgrenzung zwischen dem Subjekt und dem Objekt von einer Entwicklungsstufe zur andern veränderlich ist, sondern auch, daß sie von einer konstanten oder ständig erneuerten Erscheinung abhängt: der Schwierigkeit, über die inneren Mechanismen der intellektuellen Aktivität Klarheit zu erlangen, speziell, wenn es sich um kürzlich erworbene Formen handelt.

Man muß kaum daran erinnern, wie langsam und arbeitsintensiv auf der Wahrnehmungs- und sensomotorischen Stufe die Bildung des praktischen Objekts vor sich geht, da dieses selbst eine Entwicklungsphase voraussetzt, in deren Verlauf keine Abgrenzung zwischen dem Subjekt und dem Objekt existiert, d. h. kein permanentes Objekt und infolgedessen kein Subjekt, das von sich selbst als Subjekt Kenntnis nimmt. Das Universum ist also „adualistisch", wie dies J. M. Baldwin sehr treffend ausdrückte, d. h. alles, was empfunden und wahrgenommen wird, ist auf dieselbe und einzige Ebene gesetzt, ohne Unterscheidung zwischen einer äußeren und einer inneren Welt. Erst mit der Konstruktion der Objekte beginnt das ursprünglich undifferenzierte Universum sich in eine eigene Aktivität und in die äußeren Objekte aufzulösen, wobei vor dem Erscheinen des Denkens das Bewußtsein dieser eigenen Aktivität zweifelsohne sehr relativ ist.

Mit dem Einsetzen des Denkens in seiner anschaulichen und voroperativen Form dokumentiert die Unterscheidung der kollektiven oder individuellen Bedeutungsträger (verbalen Zeichen oder Bilder) und der Bedeutungen selbst einen beträchtlichen Fortschritt, sowohl im Sinn der Verinnerlichung des Subjekts als auch der Veräußerlichung des Objekts. Das Objekt ist also mehr vom Ich gelöst, da es auch ohne jegliche eigene Handlung ein Objekt des Denkens bleibt. Das Denken andererseits ist stärker verinnerlicht als die sensomotorische Intelligenz, da es von der unmittelbaren Handlung unabhängig wird und sich infolgedessen von der Reibfläche zwischen der Handlung und den Dingen entfernt. Dieser doppelte Fortschritt muß aber unmittelbar durch eine Rückkehr des Realismus bezahlt werden, wenn wir den Realismus als eine Verwechslung des Subjekts mit dem Objekt definieren, und diese Umkehr ergibt sich auf dem Gebiet, das sogar erst neuerdings vom Denken erobert wurde, d. h. auf dem Gebiet der Zeichen und der Bedeutung. So stellen sich die Kinder und die Primitiven vor, daß der Name in den Dingen ist und unabhängig vom sprechenden Subjekt eine äußere Existenz hat (daraus ergeben sich die Tabus, die mit gewissen heiligen Namen verbunden sind, usw.); die Träume sind materiell gegebene Bilder, die man betrachtet, wie man die Objekte „sieht"; das Denken selbst besteht in Atem und in Luft[1] usw. Kurz, das Subjekt und das Objekt sind anders abgegrenzt als beim zivilisierten Erwachsenen.

Auf dem Niveau der konkreten Operationen bezeugt die Eroberung der operativen Systeme, die sich auf die Klassen, Relationen und Zahlen beziehen, sowohl eine neue Stufe der Verinnerlichung des Denkens, da das Subjekt seine Fähigkeit des Klassifizierens, des Verbindens und des Zählens entdeckt, als auch einen neuen Fortschritt in der Veräußerlichung, da die so koordinierten Realitäten um so stabiler und objektiver werden. Es entsteht aber mangels einer genügenden Unterscheidung zwischen dem Subjekt und den Objekten eine neue Form des Realismus daraus: die Klassifizierung und die Aneinanderreihung werden als ein für allemal durch das Objekt gegeben betrachtet, ohne einen genügenden Spielraum der Freiheit oder der Wahl, und die Zahlen sind mit den Dingen verbunden, wie wenn sich das Subjekt beim Numerieren darauf beschränken würde, die völlig fertigen Ziffern zu lesen, in der Art, wie man die Eigenschaften der Realität feststellt.

Beim Erscheinen der formalen Operationen schließlich gibt es keinen Grund, warum es sich nicht ebenso verhalten sollte. Es ist etwas anderes, wenn man die Urteile oder die hypothetischen Aussagen durch Operationen verbindet, die sich in der Form von Implikationen, Alternativen, Inkompatibilitäten usw. ausdrücken, als wenn man von der Relativität solcher Konnexionen Kenntnis nimmt — relativ hinsichtlich des angenommenen Systems von primären Begriffen und hinsichtlich der ausgewählten Axiome, d. h. in bezug auf die Konstruktionen der formalisierenden Aktivität des Denkens. Die verschiedenen Stufen der Axiomatisierung, die in Kap. II (9.) angegeben wurden, hängen vom Grad dieser Bewußtwerdung ab — die ein reflexiver Prozeß ist — wie auch der Gegensatz zwischen der ungenügenden, zu anschaulichen Axiomatisierung der Griechen und der immer weiter getriebenen Formalisierung unserer Zeitgenossen. Die pythagoräische Projektion der ganzen Zahl in die Dinge kann von der Stufe

[1] Vgl. J. Piaget, „La représentation du monde chez l'enfant", Presses Universitaires de France: Paris, 2. Aufl., 1948, Kap. 1—3.

der konkreten Operationen geerbt sein. Der allgemeine, obwohl formale, Realismus der übrigen griechischen Mathematiker erhält jedoch die natürlichste Erklärung, wenn man sich auf die ständigen Transformationen der verschiedenen Arten des Realismus im Laufe der vorangegangenen Stufen bezieht: Da der Realismus den Ausdruck einer Nicht-Unterscheidung zwischen dem Subjekt und dem Objekt darstellt und sich die Differenzierung zwischen den beiden nur nach und nach vollzieht, bemerkt das denkende Subjekt nicht von vornherein, daß es durch sein Denken handelt, wenn es auf eine neue Stufe der intellektuellen Erarbeitung gelangt, sondern es nimmt anfänglich immer von den Ergebnissen des Denkens Notiz, bevor es in reflexiver Art die abgelaufenen Mechanismen begreift. Die ganze Erkenntnisphilosophie der Griechen bezeugt das Primat des Objekts im Gegensatz zum *cogito,* das die moderne erkenntnistheoretische Reflexion eröffnete: Vom angeblich vorsokratischen „Materialismus" bis zur Platonischen Reminiszenz der *veritas supra sensibilitas* in der logischen Ontologie von Aristoteles und in der Platonischen Anschauung hörte das griechische Denken nicht auf anzunehmen, man könne völlig fertige Realitäten betrachten oder ergreifen: es fehlte die Einsicht, daß das Denken Operationen über diesen Realitäten ausführt. Nur die Skeptiker und die Sophisten erkannten, daß das Subjekt im Erkenntnisprozeß aktiv wird, beschränkten sich aber darauf, den Konstruktionen des Denkens eine Deformation der Realität oder die Möglichkeit des Irrtums zuzugestehen und nicht eine notwendige Kohärenz oder Objektivität.

Man versteht nun den wahren psychologischen Grund für den statischen Charakter des griechischen mathematischen Schließens, dem seine Schöpfer frönten, deren intellektueller Dynamismus in überraschender Weise mit der Starrheit kontrastierte, die sie in den Dingen sahen. Für die Griechen waren die „Logistik" oder die Algebra keine eigentlichen Wissenschaften, da sie mit den geistigen Haltungen des Subjekts verknüpft sind, während sich ihrer Meinung nach die arithmetische und geometrische Erkenntnis auf ideale Objekte bezieht, die vom konstruktiven Denkprozeß getrennt existieren. Die geometrischen Konstruktionen reduzierten sich auf den Kreis und die Gerade, weil diese Objekte als unabhängig von der Konstruktion empfunden wurden, in der Art, wie die Meisterwerke der Architektur zum Reich der ewigen Schönheit gehören, sobald sie sich einmal vom Zirkel und vom Lineal befreit haben, die zur Planung notwendig sind. Die mechanischen Kurven, die mit der aktiven Konstruktion verknüpft bleiben, haben jedoch keine eigene unabhängige Existenz. Die unendlichen Reihen von Zenon gelangten zu keiner positiven Bedeutung, da der operative Dynamismus, den sie manifestierten, nicht genügte, um ihre Objektivität zu garantieren, denn der Dynamismus wurde in seiner Allgemeinheit nicht genügend bewußt, und das Kontinuum erschien als eine Eigenschaft des Objekts, die diesem Dynamismus selbst fremd ist. Das Inkommensurable wurde zuerst als illegitim betrachtet, da es mit der Operation in Beziehung steht, durch die man es erzeugte, und wurde erst legitim, als man es davon abtrennte. Die Bewegung gehört nicht in die Welt der mathematischen Beziehungen, da sie zur Handlung des Subjekts gehört; die projektiven Relationen gehören auch nicht zur geometrischen Welt, da sie mit dem Gesichtspunkt in Beziehung stehen, den man dem Objekt gegenüber einnimmt, und sich nicht auf das Objekt als solches beziehen. Kurz, in dem Maße, wie man gewisse operative Aspekte der intellektuellen Konstruktion erkannte, wurde das als operativ Empfundene vom Objekt getrennt und entwertet, während im selben Maße, wie diese Erkenntnis unvollständig blieb, das Resultat der Operationen vom Subjekt abgelöst und in ein Objekt projiziert wurde, das man als unabhängig in sich selbst bestehend auffaßte.

Dieser Dualismus entstand aus einer ungenügenden Bewußtwerdung des operativen Charakters des formalen Denkens und erklärt sowohl den statischen Realismus der griechischen Mathematik auf ihrem Kulminationspunkt wie auch die Gründe ihres schließlichen Niedergangs.

### *2. Die historische Bewußtwerdung der Operationen*
### *B. Die modernen mathematischen Wissenschaften*

In einem schönen Buch über das wissenschaftliche Ideal der Mathematiker unterschied P. Boutroux nach der „kontemplativen Periode" der griechischen Mathematiker zwei große Perioden in der Geschichte der modernen Mathematik: In der ersten Epoche triumphierte die operative Synthese, während die zweite Epoche unter dem Zeichen einer Art Rückkehr zum Objekt steht, in einer Form, die dieser Autor in sehr anregender Weise als „innere Objektivität" bezeichnete. Hinsichtlich der „synthetischen Periode", die sich durch die Konstitution der Algebra als theoretische Wissenschaft und die Entstehung der analytischen Geometrie sowie der Infinitesimalrechnung auszeichnete, können wir die Ausführungen von P. Boutroux nur bejahen: Das mathematische Wahrheitsideal, dem in dieser Periode nachgestrebt wurde, besteht seiner Ansicht nach in einer unendlichen und autonomen operativen Konstruktion, was uns gestattet, von einer historischen Bewußtwerdung der Operationen zu sprechen, im Gegensatz zu ihrer mangelhaften Bewußtwerdung in der kontemplativen Haltung der Griechen. Hingegen scheint uns die Art, wie der bedeutende Historiker des mathematischen Denkens die letzte der drei auseinandergehaltenen

Perioden begreift, einige Zurückhaltung aufzuerlegen. Diese Periode, die schon im Laufe des 19. Jh.s deutlich wird und in der wir uns heute noch befinden, ist durch die Bewußtwerdung der wachsenden Kompliziertheit und durch die Notwendigkeit einer Wahl und einer eigentlichen Erforschung gekennzeichnet. Es stellt sich aber die Frage, ob dieses Beharrungsvermögen oder sogar wachsende Widerstreben der mathematischen Wirklichkeit gegen eine einfache operative Synthese eine Art transoperativen Bereich impliziert, um es so auszudrücken, oder ob die wachsende Komplexität der durch die Mathematiker entdeckten Dinge nicht lediglich die unbestimmte Vielfalt der möglichen Operationen darstellt. Das Problem ist nicht nur ein theoretisches: Es enthält einen historisch-kritischen und infolgedessen genetischen Aspekt, dessen Evidenz schon aus der Art hervorgeht, wie die „analytische Periode", wie sie P. Boutroux bezeichnete, mit der vorangehenden „synthetischen Periode" verknüpft ist. Muß man, wie dieser Autor, die Machtergreifung der Gruppentheorie sowie die logistische oder „algebraisch-logische" Bewegung als direkte oder indirekte Wirkung des „synthetischen" Ideals betrachten oder bereits als aufschlußreichen Ausdruck der „inneren Objektivität", die die dritte Periode kennzeichnet? Gerade dies muß untersucht werden, denn je nachdem, ob man die Verflechtung der Ideen auf die eine oder auf die andere Art bestimmt, erscheint die „innere Objektivität" als eine Rückkehr zum Realismus oder als Endpunkt der ausgedehnten historischen Entwicklung, die von der relativen Unbewußtheit der Operationen zu ihrer Entdeckung und schließlich zu einer Koordination in widerstandsfähige Totalitäten führte, welche sich dem Geist mit derselben Objektivität aufdrängen wie eine vollendete und organisierte Realität.

Die vom Orient geerbte Algebra, obwohl von den Griechen aus der Wissenschaft ausgeschlossen, wurde sozusagen seit dem 16. Jh., vor allem aber seit dem 17. Jh. wieder in die Wissenschaft eingegliedert, als Descartes ihr endlich die theoretische Stellung zuwies, auf die sie ein Anrecht hat. Die algebraische Technik kann aber sicherlich nur dann als eine mathematische Disziplin betrachtet werden — im Gegensatz zu einer Menge von einfachen Rezepten —, wenn man den Operationen einen eigentlichen Erkenntniswert zugesteht. In der Arithmetik der Antike ist die Zahl eine Realität, die an sich existiert, unabhängig von den Operationen, die zu ihrer Bildung führen; die Operationen der Addition, der Verdoppelung oder der Halbierung usw. werden als Ausdruck von Beziehungen betrachtet, die ewig zwischen den Zahlen existieren. Diese Relationen gestatten dem Mathematiker, die Zahlen zu entdecken, und entsprechen also einem subjektiven Konstruktionsverfahren, analog zu den Verfahren, die bei den geometrischen Figuren vorkommen. Die Operation wird aber weder im einen noch im andern Fall als konstruktiv im strengen Sinn des Wortes erkannt, sondern vielmehr als eine Konstruktion ohne Schöpfung bei der Aktivität des Subjekts und als Schöpfung ohne Konstruktion bei den Relationen zwischen den Objekten. Die Algebra hingegen ersetzt die Zahl durch eine abstrakte Quantität, die beliebigen Zahlen entspricht, und der Akzent wird damit auf die Transformationen dieser Quantitäten gelegt, d. h. auf die Operationen selbst. Die Verwendung der algebraischen Methoden impliziert also die Bewußtwerdung der Operationen; diese werden nicht mehr so verstanden, als ob sie entweder Relationen zwischen Objekten wären, unabhängig vom Denken, oder eine Aktivität des Denkens, die indessen lediglich zum Objekt führt, ohne dieses zu transformieren: Die algebraische Operation ist beides gleichzeitig, da sie eine objektive Relation ist, die aber zwischen Objekten besteht, die von ihrer eigenen Konstruktion abhängig sind. Man weiß zur Genüge, wie stark die reflexive Philosophie von Descartes diese Bewußtwerdung der Aktivität des Subjekts in den Vordergrund stellte.

Es gibt aber mehr zu bemerken. Die Entdeckung der analytischen Geometrie dehnt diesen operativen Mechanismus auf den Raum aus, indem sie den präzisen Parallelismus zwischen der algebraischen Quantität und der geradlinigen Länge hervortreten läßt. Diese Idee wurde von den Griechen geahnt, aber nicht systematisch erforscht, gerade wegen einer Geringschätzung der Operationen: Descartes begriff hingegen die Algebra als Vorläufer der Geometrie und die analytische Geometrie als eine Anwendung der Algebra auf die Geometrie. Die geometrische Konstruktion wird daher durch das kartesische Koordinationssystem ebenfalls operativ, was schlagartig die Restriktionen aufhebt, die die griechische Wissenschaft der Konstruktion der Figuren auferlegte, wie auch die Begrenzung der Begriffe, die in der Mathematik verwendet werden dürfen. Speziell die Bewegung, die dadurch definiert ist, „daß die Körper von einem Ort zum andern hinüberwechseln und sukzessive alle Zwischenräume belegen“[1], wird zu einem wesentlichen geometrischen Begriff, sogar zu einem der beiden fundamentalen Begriffe der universellen Mathematik, auf die Descartes die gesamte Wissenschaft reduzieren wollte.

Wenn Descartes weiterhin im Einklang mit den Griechen eine anschauliche Natur der mathematischen Wahrheiten annahm, so war diese Anschauung nun nicht mehr kontemplativ: es handelte sich im Gegenteil darum, die von der Anschauung herstammenden Totalitäten zu zerlegen und sie auf einfache Elemente zu reduzieren, die durch die Algebra wieder operativ zusammengesetzt werden: „Von nun an wurde die Wissenschaft eine Konstruktion des Geistes, statt, wie die Antike glaubte, die Kontemplation idealer Objekte zu sein“, sagte P. Boutroux (S. 109).

Die Geometrie der Indivisiblen von Cavalieri, die von Pascal verteidigt wurde, und die Infinitesimalrechnung von Leibniz und Newton wurden von P. Boutroux — übrigens wie auch von Newton, Euler und Lagrange — gewiß mit einigem Recht als eine Algebra des Unendlichen interpretiert, welche die endliche Algebra fortsetzt. Der folgende Text von Lagrange ist deshalb sehr interessant: „Die Funktionen stellen die verschiedenen *Operationen* dar, die man auf die bekannten Quantitäten ausüben muß, um die Werte derjenigen zu erhalten, die man sucht, und diese sind eigentlich nichts als das Resultat einer Rechnung“ (zitiert von P. Boutroux, S. 129). Man muß aber hinzufügen, daß, bei den unendlich oft wiederholten Kombinationen des algebraischen Kalküls, diese Erweiterung der Algebra zu einer Theorie der unendlichen Reihe und zu einer

---

[1] Franz. Gesamtausgabe der Werke von Descartes (Adam-Tannéry) XI, S. 39.

infinitesimalen Analysis der Bewußtwerdung der Operationen eine erneute Bedeutung hinzufügt: die des intellektuellen Dynamismus, der das Unendliche und die Kontinuität erreicht; „die letzte Realität ist bei Leibniz die Vernunft, die als unbeschränkter Fortschritt einer geordneten Entwicklung verstanden wird, und mit dieser Konzeption vollendet der Intellektualismus seine eigene Bewußtwerdung" (L. Brunschvicg: „Etapes", S. 139).

Wenn nun aber die Perspektiven zwischen einer realistischen, statischen Mathematik, die mangels einer Bewußtwerdung der Operationen zur Kontemplation führte, und einer operativen Mathematik, deren Dynamismus sich sogar in den Traum einer universellen Kombinatorik erweiterte, zu der Leibniz seine genialen Entdeckungen zu verallgemeinern hoffte, sich vollständig entgegenlaufen, wie erklärt man dann, daß die spätere Entwicklung der mathematischen Wissenschaft dieser Richtung, die durch die Entwicklung der endlichen und unendlichen Operationen vorgegeben war, wie sie im 17. Jh. formuliert wurden, nicht folgen konnte? Dies ist das interessante Problem, das P. Boutroux aufwarf und dessen Lösungsvorschlag wir kurz diskutieren wollen.

P. Boutroux verflicht schrittweise die Entwicklung der komplexen Zahlen, die aus der formalen Kombination der algebraischen Operationen resultieren, die Entdeckung von Substitutionsgruppen der nichteuklidischen Geometrien, die zeitgenössische axiomatische Bewegung und schließlich die logistische Bewegung mit dem Ideal, das er „synthetistisch" nennt, d. h. das die mathematischen Wissenschaften als Ausdruck einer operativen Konstruktion von „algebraisch-logischer" Natur interpretiert. Neuerdings sieht er in der historischen Entwicklung dieser verschiedenen Strömungen keine Erweiterung, sondern einen Niedergang: „Um den mathematischen Theorien eine solide Struktur zu geben, haben wir uns entschieden, ihr die Form logischer Systeme zu geben, da wir aber feststellten, daß diese Systeme künstlich sind und übrigens unendlich diversifiziert werden können, glauben wir, daß sie weder die ganze Mathematik noch das Wesen dieser Wissenschaft ausmachen können. Hinter der logischen Form gibt es etwas anderes. Das mathematische Denken beschränkt sich nicht auf die Deduktion und die Konstruktion" (S. 170).

Nach P. Boutroux würde die Entdeckung dieses „anderen" die dritte der großen Perioden in der Geschichte der mathematischen Wissenschaften kennzeichnen, die durch ein „Ideal" charakterisiert ist, dessen Ankündigungen schon zu Beginn des 19. Jh.s wahrgenommen werden konnten und dessen typische Manifestationen heute erfolgen. Die sogenannte „transoperative" Qualität, wenn man so sagen darf, die P. Boutroux in diesem Ideal zu sehen scheint, ist für uns jedoch gerade der schlagende Beweis für die Realität der Operationen.

Die Entwicklung der Funktionstheorie, so sagt uns P. Boutroux, führte zu einer Komplexität, die die algebraische Analyse herausforderte (z. B. bei einer unendlichen Zahl konvergenter Reihen) und die Konstruktion „wenn man sagen will, nur ‚in der Potenz' gestattet" (S. 17). Verglichen mit der Mathematik der führenden Epochen, habe die heutige Mathematik ihre schöne Einfachheit verloren, um sich auf unvorhergesehene Umwege und wechselnde Grenzen festzulegen. Schon Abel hat die Unmöglichkeit gezeigt, die Wurzeln der Gleichung fünften Grades als eine algebraische Funktion ihrer Koeffizienten auszudrücken, woraus sich die Galoissche und die Abelsche Gleichungstheorie entwickelte, die „in eine neue Richtung umschlug und eine größere Wichtigkeit als je erreichte" (S. 186). Im Gebiet der Differenzialgleichungen vervielfachten und diversifizierten sich ebenso die Methoden in der am wenigsten voraussehbaren Weise: „Man fand darauf in einem von den Differentialgleichungen weit entfernten Teil der Mathematik ein neues Recheninstrument: die *automorphe*, *Fuchssche* oder *Kleinsche* Funktion", deren Existenz von Poincaré im Jahre 1881 bewiesen wurde usw. (S. 188–9). Daraus ergab sich das Bild, das sich Galois von den Analytikern machte: „Sie deduzieren nicht, sie kombinieren und vergleichen, und wenn sie zur Wahrheit gelangen, dann durch Zufall und zu andern Wahrheiten, als sie sie suchten" (S. 191). Der moderne Analytiker habe daher mehr Mühe, die Wahrheit auszuwählen als sie zu konstruieren (S. 192): Die mathematische Realität widerstrebt seinen Bemühungen und kann — nach P. Boutroux — nicht mehr „als das reine und einfache Resultat seiner Konstruktionen" betrachtet werden" (S. 193).

Daraus zieht er die Schlußfolgerung: Um „diesen Widerstand der mathematischen Materie zu erklären, die sie dem Willen des Gelehrten entgegensetzt, müßten wir die Existenz von mathematischen Tatsachen voraussetzen, die unabhängig von der wissenschaftlichen Konstruktion sind. Wir sind gezwungen, dem mathematischen Begriff eine wirkliche Objektivität zuzuordnen, eine Objektivität, die wir innere Objektivität nennen, um anzudeuten, daß sie sich nicht mit der Objektivität des experimentellen Wissens vermischt" S. 203).

Diese bemerkenswerte Untersuchung, deren Folgerungen gewiß mit den Überzeugungen der Mehrheit der Mathematiker übereinstimmen, wenn sie nicht versucht sind, ihre Wissenschaft auf einen einfachen Sprachgebrauch oder sogar auf eine „Syntax" zu reduzieren, scheint uns nun aber ein wesentliches erkenntnistheoretisches Problem aufzuwerfen: Liegt der „Widerstand", den der „Wille der Gelehrten" bei der Handhabung und in der Wahl seiner Operationen antrifft, jenseits der Operationen, wie dies P. Boutroux zu glauben scheint, oder innerhalb des operativen Feldes? Wir haben von einer Bewußtwerdung der Operationen gesprochen, um die Bildung der Algebra, der analytischen Geometrie und der Analysis in ihren Anfangsformen zu charakterisieren. Diese Bewußtwerdung verwirklicht sich aber etappenweise, indem sie von der Oberfläche zum Zentrum vordringt: Das Resultat der geistigen Aktivität wird zuerst bemerkt, unabhängig von dieser Aktivität, von der es losgelöst ist (man vergleiche die hellenische Kontemplation); dann werden die einfachsten und direktesten Manifestationen dieser Aktivität bemerkt, sofern sie beweglich und frei sind, wie die elementaren Operationen, die der Algebra, und die unendlichen Reihen, die diese fortsetzen. Wenn auch diese Operationen dem

„freien" Willen unterworfen zu sein scheinen, bleiben sie doch nahe an der Grenze des operativen Feldes, statt in sein Inneres einzudringen: Der Beweis dazu folgt daraus, daß sie nicht von vornherein als Erzeugende von geschlossenen und in der Form der „Gruppe" dargestellten Mengen betrachtet werden. Es ist aber nicht erstaunlich, daß auf diese zweite Stufe eine dritte folgt: die Stufe der Bewußtwerdung der Gesamtsysteme, die von den Operationen, d. h. den notwendigen Verbindungen zwischen den operativen Transformationen gebildet werden, im Gegensatz zur Handhabung gewisser isolierter Operationen, die scheinbar lediglich dem Willen des Gelehrten unterworfen sind. Diese dritte Phase der historischen Bewußtwerdung der Operationen scheint uns die letzte der von P. Boutroux unterschiedenen Perioden zu charakterisieren, wenn man die von diesem Autor eingeführten Kriterien ein wenig näher untersucht.

Um die Anfänge dieser letzten Periode zu charakterisieren, führte P. Boutroux die von Galois bewirkte Revolution bei der Lösung der Gleichungen an, die den vierten Grad überschreiten. Diese Lösung beruht aber gerade auf der Gruppentheorie, und dasselbe gilt für die automorphe Funktion, die der Autor zitierte. Alle Spezialisten auf diesem schwierigen Gebiet stimmen jedoch in der Behauptung überein, daß der Geist in der Gruppentheorie nicht mehr „nach Belieben" konstruieren, sondern nach der Beschreibung von Galois nur noch erforschen könne und sich einer inneren Objektivität gegenübergestellt sehe, wie dies P. Boutroux sehr glücklich formulierte. Es genügt in dieser Hinsicht, die schönen Zeilen von G. Juvet zu lesen, die er der inneren Harmonie der Gruppen gewidmet hat, wobei nach ihm der Gruppenbegriff eine Unterstruktur der Gesamtheit der mathematischen Dinge darzustellen scheint: „Der Felsen, den der Geist gefunden hat, um seine Konzeptionen zu begründen, ist noch immer die Gruppe, die sogar der Archetypus der mathematischen Dinge zu sein scheint"[1].

Warum verlegte Boutroux jedoch die Konstruktion der Gruppentheorie in die „synthetistische" Periode, d. h. in die zweite und nicht in die dritte Periode, obwohl die Lösungsmethode der Gleichung höheren als vierten Grades als erstes Beispiel des Erscheinens dieser dritten Periode gegeben wird? Hier liegt offenbar eine gewisse realistische Parteinahme von P. Boutroux vor: Da die operative Natur der Substitutionsgruppen nicht geleugnet werden kann, verlegt er ihre Entdeckung in die zweite Periode und trennt sie so künstlich von der Lösung der Gleichung fünften Grades, d. h. von einer „mathematischen Tatsache", deren innere Objektivität der dritten Periode zugehört. Alles scheint jedoch anzudeuten, daß das

[1] G. Juvet: „La structure des nouvelles théories physiques", 1933, S. 60.

Reich der „inneren Objektivität" gerade mit der Entdeckung der Transformationsgruppen einsetzt. Dasselbe gilt von der Schaffung der nichteuklidischen Geometrien, deren innere Objektivität ebenfalls auf bestimmten Gruppen beruht. Bei den axiomatischen Techniken, die als spezielle Forschungstechniken weit in Richtung dieser Objektivität vorangetrieben wurden, nahm G. Juvet ebenfalls – wie ein sehr bemerkenswerter posthumer Artikel zeigt – an, daß ihre Nicht-Widersprüchlichkeit durch ihre Unterordnung unter die „Gruppen" bedingt ist: „Es gibt keine deduktive Theorie, die nicht die Darstellung einer gewissen Gruppe ist."[1] Dies gilt bis zur Logistik, von der man nicht bestreiten kann, daß gewisse Schulen (z. B. die polnische) an ihre innere Objektivität glaubten. Wenn nun aber die (im intensiven Sinn) einfachsten und reinsten qualitativen Formen der logischen Operationen bereits, wie wir zu zeigen versuchten (Kap. I, 3. und 6.), wohldefinierte Gesamtsysteme bilden, die durch ihre reversible Komposition charakterisiert sind, so findet man sogar auf dem Gebiet der logischen Operationen scheinbar den der dritten Periode zugehörigen gemeinsamen Mechanismus: die operative Koordination in Form von Gesamtsystemen, deren logischer Zusammenhang (Kohärenz) dem „Willen des Gelehrten" widersteht. Wir fanden speziell im Schoße der Aussagenlogik die bekannte „Gruppe" der „vier Transformationen" wieder[2]. Kurz, nachdem man geglaubt hat, man könne die Gesamtheit der mathematischen Wissenschaften mittels gewisser beliebig manipulierbarer Operationen frei konstruieren, entdeckte der Geist die Existenz von operativen Totalitäten, die eine Eigengesetzlichkeit haben, d. h. durch eine gewisse innere Objektivität gekennzeichnet sind. Dies ist eine Tatsache von entscheidender Bedeutung für die Erkenntnistheorie. P. Boutroux untersagte sich, zu präzisieren, worin diese Objektivität in bezug auf die geistige Aktivität bestehe. Es liegt in der Logik des Operationsbegriffs, zu dieser Objektivität zu führen, da die Operationen notwendigerweise untereinander verknüpft sind und Totalitäten bilden, von denen der Geist nicht direkt, sondern durch sukzessive Versuche von außen nach innen, d. h. von den Resultaten zu ihren Quellen vorstoßend, Kenntnis nehmen kann, nach dem Gesetz, das jeglicher Bewußtwerdung zugrunde liegt.

Man würde aber die Dinge nicht fördern, wenn man behaupten wollte, daß diese Totalitäten die eigentliche Struktur des Geistes abbilden, denn nichts beweist, daß die Aktivität des Subjekts vollendet ist, oder, besser gesagt, daß sie lediglich darin besteht, endlos aus einer unerschöpflichen

[1] „Actes du Congrès International de Philosophie Scientifique", Paris 1936, VI, S. 31.

[2] Vgl. J. Piaget, „Traité de Logique", § 31, théorème VI.

Quelle zu schöpfen, die schon im Subjekt enthalten ist. Die Bewußtwerdung, und darauf muß man aufbauen, bildet an sich eine Konstruktion: man nimmt von einem inneren Mechanismus nur Kenntnis, wenn man ihn in einer neuen Form rekonstruiert, die ihn entwickelt, indem sie ihn erklärt, und zu jedem reflexiven Prozeß wird dadurch ein konstruktiver Prozeß hinzugefügt, der den inneren Mechanismus fortsetzt, von dem er Kenntnis genommen hat, indem er ihn rekonstruiert. Diese Rekonstruktion ist nun aber nicht nur analog zur Aktivität, mit der wir ein äußeres Experiment interpretieren, sondern sie ist nur möglich, wenn eine Beziehung zwischen der Aktivität des Subjekts und den Objekten besteht.

Das Problem der inneren Objektivität der mathematischen Schemata ist deshalb schwer zu lösen. Eine erste Etappe besteht darin, es auf die operative Koordination zu zentrieren, die gestattet, sowohl die empiristische Reduktion dieser Art von Objektivität auf das Objekt zu vermeiden als auch ihre aprioristische Reduktion auf völlig fertige transzendentale Strukturen. Es bleibt aber zu zeigen, wie die operativen Totalitäten, deren kohärenter Reichtum genügt, die Widerstände zu erklären, die diese innere Objektivität charakterisieren, bei ihrer reflexiven Erarbeitung entstehen, ohne vorher in einer vollendeten Form zu existieren und ohne daß diese Konstruktion deshalb zufällig (d. h. abhängig vom individuellen Willen des Gelehrten) wäre oder von außen durch ein experimentelles Geleise vorbestimmt.

Die Untersuchung der Operationsbegriffe, d. h. des Modus der Notwendigkeit, die in den operativen Totalitäten enthalten ist, führt daher zum Kern des Problems. Wir müssen auf das Studium des mathematischen Schließens zurückgehen, um diese Diskussion fortzusetzen, da die Strenge und die Fruchtbarkeit, die diese Art des Schließens vereinigt, alle Relationen einschließt, die zwischen dem Subjekt und dem Objekt gefunden werden müßten.

## 3. *Das mathematische Schließen*

### A. *Von Poincaré bis Goblot*

Die Strenge und die Fruchtbarkeit sind die beiden untrennbaren Aspekte des mathematischen Schließens, die alle Autoren zu bestätigen versuchten. Will man sie aber richtig aufeinander abstimmen, ohne sich darauf zu beschränken, ihre gegenseitige Abhängigkeit festzustellen, besteht die Gefahr, daß man die Fruchtbarkeit der Strenge opfert, indem man einen Teil der Leistung des Subjekts betont, oder die Strenge der Fruchtbarkeit unterordnet, weil man einen überbordenden Anteil des Objekts annimmt.

Das Problem des mathematischen Schließens umfaßt insofern alle Fragen in sich, die die Natur der logischen oder mathematischen Operationen betreffen, als die Operationen ein handelndes Subjekt voraussetzen und Objekte, auf die sich die Operationen beziehen. Man kann übrigens das mathematische Schließen in zwei Hinsichten untersuchen: seine Ähnlichkeiten oder Unterschiede gegenüber dem logischen, nicht-mathematischen Schließen (Poincaré, Goblot und die Logistiker faßten in erster Linie diesen ersten Aspekt ins Auge) oder das Abwägen zwischen den Beiträgen des Geistes und der Realität (E. Meyerson diskutierte vor allem diese Frage). Da wir das erste dieser beiden Probleme bereits studiert haben[1], kommen wir hier nur in dem Maße darauf zurück, wie seine Lösung die des zweiten Problems bestimmt.

*I. Die Lösung von H. Poincaré.* – Seit 1894 stellt Poincaré die Struktur des mathematischen Schließens derjenigen des nicht-mathematischen Schließens in den folgenden Ausdrücken gegenüber: Das letztere besteht aus zwei Arten: aus dem Syllogismus, der streng, aber steril ist, der in seinen Schlüssen nichts entdeckt, was nicht auch in seinen Prämissen implizit enthalten war, und aus einer experimentellen Induktion, die fruchtbar ist, da sie zur Entdeckung von neuen Schlüssen führt, aber nicht streng, da sie unvollständig ist. Das mathematische Schließen ist dagegen sowohl streng als auch fruchtbar: Die Folgerungen, zu denen es führt, sind immer neu und reicher als die Prämissen, trotzdem sind sie gesichert und nicht nur wahrscheinlich. Der Grund liegt darin, daß es rekursive Schlüsse gibt, nach dem Prinzip der vollständigen Induktion, das wir Maurolico verdanken: Wenn eine Eigenschaft für $n = 0$ (oder $n = 1$) wahr ist und wenn man zeigen kann, daß seine Gültigkeit für $n$ auf die Gültigkeit von $n + 1$ führt, gilt sie für alle ganzen Zahlen. Russell oder Goblot erhoben hierauf gemeinsam den Vorwurf, daß das Schließen durch Rekursion selbst auf einfacheren Begriffen beruht. Nach Russell resultiert es direkt aus der Definition der induktiven oder ganzen Zahlen: die „Vererbung", die die Übertragung der Eigenschaften einer Zahl auf die andern gewährleistet, ist daher auch das Erzeugungsprinzip dieser Zahlen. Goblot andererseits wirft ein, daß das Schließen durch Rekursion einen vorgängigen Beweis einschließt (die Übertragung der Eigenschaft, die für $n$ gilt, auf $n + 1$) und daß dieser Beweis eine Konstruktion sei. Poincaré hingegen betrachtete die Intervention der Konstruktion als evident, ja als notwendig, aber nicht als hinreichend, denn man muß die aufeinanderfolgenden Konstruktionen durch eine Formalisierung zusammenfas-

[1] Vgl. J. Piaget, „Traité de Logique", Kap. VIII.

sen, in der gerade das Schließen durch Rekursion besteht. Wie Daval und Guilbaud sehr richtig bemerkten, betrachtete er die Rekursion als eine Art Überlegung in bezug auf das Überlegen oder Schließen vom zweiten Grad[1] (was in die Definition des formalen Denkens eingeht, die wir im Kap. II, 9. gaben: ein Operationssystem, das sich auf Operationen bezieht). Das Schließen durch Rekursion ist also eine operative Konstruktion, die mit der Konstruktion der Zahlen verbunden ist, danach aber in die Form von formalen Operationen gebracht wird und gestattet, diese Konstruktion in ein Ganzes zusammenzufassen, ohne daß man verpflichtet wäre, sie sukzessive in jedem neuen Fall zu wiederholen. Die Fruchtbarkeit des mathematischen Schließens hängt daher letzten Endes insofern an der Intuition der reinen Zahl, als sie nicht auf die logische Klasse reduziert werden kann und infolgedessen nicht auf den Syllogismus; und ihre Strenge ergibt sich aus der Tatsache, daß die – ursprünglichen oder formalisierten – konstruktiven Operationen nicht durch eine endliche Folge, sondern durch eine unendliche Zahl von Syllogismen verknüpft sind (was, wie Daval und Gilbaud im Hinblick auf Goblot bemerkten, nicht dasselbe ist), d. h., daß sie von neuem auf die Intuition einer Fähigkeit der Repetition zurückgreifen, die den Syllogismus übersteigt und sich der reinen Zahl nähert.

Der Wert der Lösung von Poincaré hängt also vom Wert der Hypothese einer Intuition der reinen Zahl ab. Diese Hypothese wirft aber zwei Fragen auf, die gerade den Fragen entsprechen, die dem Problem des mathematischen Schließens zugrunde liegen: Ist die Zahl auf die Logik reduzibel, und wie ist der Akt beschaffen, der uns gestattet, die reine Zahl zu begreifen, d. h. eine beliebige Zahl als Resultat der unbeschränkten Iteration aufzufassen, zu der unser Geist fähig ist?

Zum ersten Punkt haben wir schon Stellung bezogen (Kap. I, 6.): Die Zahl bildet, ohne auf eines ihrer speziellen logischen Elemente reduzierbar zu sein, deren Synthese, d. h. sie hat mit ihren Elementen mehr gemeinsam, als Poincaré wahrhaben wollte. Man kann ebensogut die Klassen und die asymmetrischen Relationen als Folge einer Zerlegung der Zahl in ihre Komponenten betrachten, wie man die ganze Zahl als eine Synthese der Klassen und der asymmetrischen Relationen begreifen kann, jedoch gibt es in keinem der beiden Fälle eine Intuition der Zahl, die von der Intuition der Klassen oder der Relationen grundsätzlich verschieden wäre. Um zu verstehen, warum das mathematische Schließen fruchtbarer ist als der Syllogismus, muß man die Struktur der Zahlen oder

[1] R. Daval und G. T. Guilbaud, „Le raisonnement mathématique", Presses Universitaires de France: Paris 1945, S. 18.

der mathematischen Gegebenheiten mit der Struktur der Klassen und der logischen Relationen vergleichen: Die extensive und numerische Quantifizierung vermag den Unterschied der Fruchtbarkeit in bezug auf die intensive Quantifizierung der Logik erklären (man vergleiche diese drei Arten der Quantifizierung in Kap. I, 3.). Wenn nämlich in einer Folge von Inklusionen die Teile untereinander ebensogut verglichen werden können wie mit den sukzessiven Totalitäten, so sind die Kombinationen unendlich zahlreicher, als wenn man nur die Beziehungen der Teile zum Ganzen betrachtet. Die numerische Struktur, die durch die Rekursion eingeführt wird, hat keinen anderen Sinn. Das Prinzip ist aber auch für das extensive geometrische Schließen gültig; daraus folgt dessen ebenso große Fruchtbarkeit.

Was die Intuition der reinen Zahl anbelangt, die Fähigkeit zur Vorstellung, „daß eine Einheit immer zu einer Menge von Einheiten hinzugefügt werden kann“[1], so ist das Problem, das sie aufwirft, offensichtlich die Frage des operativen Schemas. Ist die ursprüngliche Operation $+ 1$ gegeben – ein Element der additiven Gruppe der ganzen Zahlen – so bedeutet der Hinweis auf die Intuition der reinen Zahl, daß man behauptet, die Folge der gruppierten Operationen bilde ein antizipierendes Schema und es sei nicht nötig, die aufeinanderfolgenden Operationen im einzelnen festzulegen, man dürfe deren mögliche Folge nicht als ein statisches Ganzes, sondern müsse sie als einen Dynamismus begreifen, der aus virtuellen Operationen besteht. Die Hypothese einer Intuition der reinen Zahl führt in dieser Hinsicht auf die zweite fundamentale Voraussetzung von Poincaré: die Behauptung, der Gruppenbegriff sei *a priori* im Geist gegeben und erzeuge somit auch eine rationale Intuition (der Verschiebungen für den Raum und der Addition einer Einheit für die Zahl): Dies erkläre den Parallelismus zwischen dem geometrischen und dem analytischen Schließen, ohne daß man die Unendlichkeit der Zahlen einführen müsse, um in strenger und fruchtbarer Weise Aussagen über die Figuren zu machen. Aber warum muß man von einer Intuiton sprechen oder von einem *a priori*? Einerseits gibt es eine genetische Konstruktion sowohl der Zahlengruppe wie auch der Verschiebungsgruppe, und andererseits wird der Intelligenzakt in seinem wesentlichsten operativen Kern als intuitiv bezeichnet, im Gegensatz zum Abrollen der speziellen Operationen im einzelnen. Wir sind also in diesem Punkte im Kern der Frage nach der Natur der mathematischen Objekte angelangt. Nennt man die Besitznahme ihrer inneren Objektivität eine Intuition, so verschleiert dies eher die Schwierigkeit, als daß es ihr Geheimnis lüftet.

---

[1] H. Poincaré, „Der Wert der Wissenschaft“, Teubner: Leipzig 1906, S. 16.

*II. Die Lösung von E. Goblot.* – Der Interpretation des mathematischen Schließens durch Poincaré wurde von zwei Gruppen widersprochen: von der Gruppe der Logistiker und von E. Goblot. Die Untersuchungen der ersten, die tiefgründiger sind als die des zweiten, erfordern ein aufmerksames Studium, das wir später durchführen werden (5.). Sie führt tatsächlich dazu, die Fruchtbarkeit uneingeschränkt der Strenge zu opfern, in solchem Maße, daß es heute aus der Mode gekommen ist und sogar gewissen Leuten als überflüssig und bedeutungslos erscheint, die Frage nach der Produktivität des mathematischen Schließens aufzuwerfen. Vorausgesetzt aber, daß sich die Frage der Fruchtbarkeit hinsichtlich der formalen Struktur der Deduktion wirklich nicht mehr stellt, so taucht sie wieder auf, sobald man die Beziehungen zwischen dieser Struktur und der Realität zu bestimmen sucht. Andererseits genügt es zu versuchen, eine solche Struktur in operativen Begriffen auszudrücken, sogar rein aussagenmäßig, um von neuem den Unterschied zwischen den spezifischen mathematischen Folgerungen und der allgemeinen zweiwertigen Deduktion zu erleben. Es ist deshalb wichtig, auch die Lösung von Goblot in Erinnerung zu rufen, deren Mängel selbst in bezug auf die Forderungen an eine vollständige operative Lösung lehrreich sind: Wenn die Logistiker der Wiener Schule die Fruchtbarkeit zugunsten der Strenge eliminierten, zielt die Anstrengung von Goblot im wesentlichen auf die Erklärung der Fruchtbarkeit, und man kann sich fragen, ob er hier nicht die Strenge geopfert hat.

„Deduzieren heißt konstruieren", entdeckte E. Goblot (eines Morgens im Februar 1906 präzisierte er sogar, so entscheidend erschien ihm diese Erleuchtung). Konstruieren heißt aber: 1. Konkrete Operationen ausführen, wie die graphischen Konstruktionen usw., die nach Goblot das wesentliche Merkmal des Schließens bilden. 2. Die Aussagen kombinieren, die diese konkreten Operationen ausdrücken. Wie erklärt man sich jedoch, daß die Konstruktion streng und nicht nur approximativ ist, wie die Konstruktionen der experimentellen Wissenschaften? Dies folgt daraus, daß diese Konstruktion durch vorgängig angenommene Aussagen geregelt ist, die den Syllogismus verwenden, während bei der Induktion die vorgängigen Aussagen einen mehr oder weniger großen Spielraum der Unbestimmtheit offenlassen, der eine Rückkehr zur empirischen Kontrolle erforderlich macht. Die Regeln der Konstruktion sind nicht mit den Regeln der Logik identisch, sonst wären die Folgerungen von vornherein in den vorgängigen Aussagen enthalten: Sie reduzieren sich auf die Aussagen in ihrem Inhalt und insofern, als dieser Inhalt gewisse restriktive Bedingungen für diese Konstruktionen aufstellt, die im übrigen neu sind.

Zwei andere talentierte Autoren, Daval und Guilbaud, haben kürzlich gezeigt[1], daß der Konstruktionsbegriff, den Goblot verwendete, ungenügend erarbeitet war und daß er, einmal untersucht, nichts Neues zur Lösung von Poincaré hinzufügt, die von seinem Nachfolger schlecht verstanden wurde. In der Theorie von Poincaré gibt es ebenfalls eine ursprüngliche operative Konstruktion als Quelle der Ausgangsüberlegungen, danach eine Art Überlegung zweiten Grades, die diese Konstruktion verallgemeinert, indem sie sie neu überdenkt. Während aber die Überlegung zweiten Grades bei Poincaré den Mechanismus der Rekursion darstellte, ist es die Eigenart der Konzeption von Goblot, zu versuchen, die Erklärung der speziellen Strenge der Deduktion, die von den primären Operationen ausgeht, einer Gesamtheit von Regeln zu unterwerfen, die durch die „vorgängig angenommenen Aussagen" gebildet werden. Ist diese Bestimmung nun ausreichend?

Wir machen Goblot nicht den Vorwurf, die konkreten Operationen – materiell oder geistig ausgeführt – und die Aussagen, die diese Handlungen übersetzen, undifferenziert als „Konstruktionen" bezeichnet zu haben. Es sind dies, wie wir im Verlaufe des Kapitels II zur Genüge gesehen haben, zwei aufeinanderfolgende Stufen des mathematischen Denkens, die beide gleich wesentlich sind[2], und es existiert eine Logik der konkreten Operationen, genauso wie es eine Aussagenlogik gibt. Goblot befindet sich in einer Hinsicht mit gewissen neueren logistischen Thesen im Einklang, wenn er behauptet, daß die Fruchtbarkeit des mathematischen Schließens eine Folge der Konstruktionen der ursprünglichen Beziehungen sei und nicht eine Folge der Anordnung der Aussagen, die jene ausdrücken. Diese logistischen Thesen behaupten, daß die Arithmetik und das Schließen durch Rekursion nicht auf den Aussagenkalkül reduzierbar seien, und sie lassen von diesem Gesichtspunkt aus einen extra-logischen Mechanismus der Schlußfolgerung zu. Sowohl die vollständige Induktion von Poincaré wie auch die konkreten „Konstruktionen" von Goblot ergäben sich also aus der Klassenlogik, der Logik der Relationen und der Zahlen, und nicht aus der Logik der reinen Deduktion. Anders ausgedrückt: Es wäre legitim, mit Goblot anzunehmen, daß die Konstruktionen durch den Inhalt der „vorgängig angenommenen Aussagen" geregelt werden und nicht durch die Gesetze der Logik, der formalen Struktur der Deduktion mittels Aussagen.

---

[1] R. Daval und G. T. Guilbaud, „Le raisonnement mathématique", Presses Universitaires de France: Paris 1945, Kap. III.

[2] „In der Mathematik, und nur in der Mathematik, kann man sagen, daß die Selbstreflexion des Denkens eine mathematische Operation sei", sagen Daval und Guilbaud dazu (S. 73), eine Behauptung, die wir unter der Bedingung akzeptieren, daß auch die Logistik einbezogen wird.

Ein wesentliches Problem bleibt aber bestehen, und in diesem Punkt, so scheint uns, besteht ein überraschender Fehler in der Theorie von Goblot. So konkret die Operationen auch seien, die in der „Konstruktion" der Ausgangsbeziehungen enthalten sind, sie setzen selbst eine Logik voraus: nicht eine eigentliche Aussagenlogik, sondern gerade die Logik des Inhalts der Aussagen, wenn man so sagen darf, da dieser Inhalt sich immer auf ein System von Klassen, Relationen oder Zahlen reduziert. Mögen die konkreten Operationen materiell oder geistig sein, sie sind tatsächlich nicht von außen und durch beliebige „vorgängig angenommene Aussagen" geregelt, sondern von innen, durch eine operative Logik, die sich auf die Gruppierungen der Klassen und der Relationen oder auf die räumlichen oder numerischen Gruppen reduziert. Diese innere Regulierung der Operationen fehlt bei der Lösung von Goblot, während sie in derjenigen von Poincaré durch den Mechanismus der Rekursion gegeben ist, d. h. effektiv durch die Gruppe der iterierten Additionen der Einheit, die die Folge der Zahlen bilden.

Wenn die vorgängigen beliebigen Aussagen die einzige Regulation der neuen Konstruktionen bildeten, würde folgende Alternative bestehen: Entweder sind die so erhaltenen Folgerungen schon in den vorgängigen Aussagen eingeschlossen, dann gibt es eine vollständige Regulation – die Folgerungen sind dann nicht neu, und die Deduktion ist nicht konstruktiv –; oder die Folgerungen sind neu, d. h. nicht in den vorgängigen Aussagen enthalten, dann regeln diese Aussagen die Konstruktion nur unvollständig. Genauer ausgedrückt: die vorgängigen Aussagen können die Konstruktion nur in dem Maße regulieren, wie die Resultate nicht neu sind, und in dem Maße, wie die Konstruktion Neues enthält, bilden die Aussagen höchstens äußerliche Barrieren, die man nicht überqueren kann, aber innerhalb derselben bleibt die Konstruktion ungewiß und erlaubt keine Regulation. So würde es sich jedenfalls bei beliebigen Aussagen verhalten, d. h. bei Aussagen, die nicht absichtlich im Hinblick auf das reziproke Abstimmen der Operationen ausgewählt wurden.

Nun bilden aber die ersten „angenommenen Aussagen", d. h. die Definitionen und Axiome, ein System von operativen Regeln, die bestimmen, wie sich die Operationen untereinander kombinieren lassen. So führen die Axiome von Peano in bezug auf die ganze Zahl (s. Kap. I, 7.) die Begriffe des ‚Nachfolgers' oder ‚nachfolgend' ein, die Null und die Gleichheit von zwei Zahlen, und erzeugen so die Folge, die durch die Addition $+ 1, + 1 \ldots$ charakterisiert ist: Die Konstruktion ist also geregelt, weil die Operationen selbst an eine Komposition gebunden sind, die kein Schwanken gestattet. Das heißt, die Regulation ist intern und nicht extern: Sie folgt aus einem Kombinationsgesetz und nicht aus einem System von beliebigen vorgängigen Aussagen. Dies ist der Fall, weil die anfänglichen Aussagen gerade mit dieser Absicht ausgesucht wurden: Weil die Operationen + 1, − 1 und 0 untereinander eine „Gruppe" bilden und also durch ihre eigene Transitivität und ihre eigene Reversibilität geregelt sind, werden die Axiome am Anfang der Konstruktion so formuliert, daß sie wieder auf eine derartige Struktur führen und diese explizit und nicht nur implizit regulieren.

Kurz, wenn sogar auf der Ebene der konkreten Operationen die „Konstruktion", die die Schlußweise erzeugt, von vornherein reguliert ist, so ist sie dies dank der Gesetze der reversiblen Komposition, die die Operationen kennzeichnet, und diese interne Regulation legt die Wahl der Ausgangsaussagen fest. Die Lösung von Goblot vermag deshalb die Fruchtbarkeit nicht mit der Strenge zu vereinen, da sie die Existenz einer reversiblen Komposition der Operationen vernachlässigt und so dazu führt, die Operationen mit den gewöhnlichen materiellen (oder verinnerlichten) Handlungen zu verwechseln.

Wenn wir nun auf die Logik zurückkommen, so stellen wir fest, daß sie nicht anders vorgeht, und dies bereits vor der Formalisierung durch die Aussagenlogistik. Die Deduktion durch Syllogismen ist ebensosehr eine Konstruktion wie das mathematische Schließen, und die Regeln dieser Konstruktion folgen ebenfalls den Gesetzen der operativen Komposition und nicht aus beliebigen vorgängigen Aussagen. Jeder Syllogismus setzt ein vorgängiges System von verschachtelten Klassen oder Relationen voraus, und dieses System erfordert eine Konstruktion, die den Gesetzen der „Gruppierungen" gehorcht. Die von Goblot in Anlehnung an Poincaré gestellte Frage, ob das mathematische Schließen fruchtbarer sei als das logische, hat sich nun auf das Gebiet der inneren Regulation verschoben: Warum sind die geregelten Kompositionen, die zur Mathematik gehören, zahlreicher als die der Logik? Warum führt eine logische Gruppierung nur zu einigen begrenzten Kompositionen, während die algebraischen geometrischen „Gruppen" zu einer unerschöpflichen Zahl von Kompositionen führen können? Die Antwort kann nur von der Struktur der operativen Totalitäten abhängen, die die Möglichkeit und die Strenge der Kompositionen gewährleisten, und nicht vom viel zu unbestimmten Begriff der einfachen „Konstruktion".

## 4. *Das mathematische Schließen*
## B. *Die Interpretation von Emile Meyerson*

Die Gesamtinterpretation, die E. Meyerson vom mathematischen Schließen gab, verdient eine spezielle Untersuchung, einerseits wegen der schneidenden Schärfe seiner Analyse, andererseits wegen des Nachdrucks, mit dem er ohne Unterlaß den Geist — der durch die Identifikation definiert ist — und die Realität — die er auf das „Verschiedene" reduziert — einander gegenüberstellte. Diese, wie er selbst sagt, ein wenig „strenge" Antithese hat den großen Vorteil, eine einfache und klare Lösung anzubieten, auf die die psychologischen Tatsachen mit Ja oder Nein antworten können, und dies um so besser, als E. Meyerson die Diskussion immer auf das Gebiet des gesunden Menschenverstandes und des realen Denkens verlegte, auf das „Vorgehen (cheminement) des Denkens", was unmittelbar nach einer genetischen Überprüfung verlangt.

Warum ist das mathematische Schließen sowohl streng als auch fruchtbar? fragte sich E. Meyerson. Man kann die Mathematik als apriorisch verstehen, was ihre Strenge erklärt, doch schafft das rationale Denken in seiner reinen und logischen Form nichts Neues, da es sich auf die Identität reduziert: für sich allein bleibt es untätig (quiescent). Man kann die mathematischen Wissenschaften auch als eine Konsequenz der Erfahrung betrachten, was dann ihre Fruchtbarkeit erklärt, aber ihrer Strenge widerspricht. Es „scheint sich der Schluß aufzudrängen, daß weder das *a priori* noch das reine *a posteriori* ihr Wesen angeben können, sondern daß sie eher ein Mittelding zwischen dem einen und dem andern ist, oder eventuell eine Mischung des einen mit dem andern, die nur schlecht getrennt werden kann" (C. P.[1], S. 328).

In Wirklichkeit „ist die Zahl ein aus der Realität abstrahierter Begriff" (C. P., S. 322) und die mathematische Gleichheit in den Gleichungen ist keine reine Identität, sondern eine Identifizierung, d. h. eine partielle Identität (S. 333—35). Die numerische Operation $7 + 5 = 12$ ist eine Synthese, wie Kant hervorgehoben hat, da „etwas Neues geschaffen wird" (S. 335): Man muß sagen, „sieben und fünf machen zwölf", wobei der Ausdruck „machen" ausdrückt, daß „ein wirklicher Akt vollendet wurde" (S. 336). Ebenso „ist das algebraische Zeichen das Symbol einer Operation, eines *Akts*" (S. 338). Goblot hat also gegenüber Poincaré recht, wenn er in der Operation das Wesen des Schließens sieht (S. 339—341), und wenn auch Brandley die Operationen des Geistes erwähnt, „scheint die Konzeption von Goblot in ihrem kräftigen Realismus befriedigender" (S. 341): Sie appelliert an wirkliche, aber vorgestellte Handlungen, wie die Gedankenexperimente von Wundt und von Kroman (S. 343—44), die sich aus der Erinnerung an die früher durchgeführten, wirklichen Experimente ergeben (S. 346—47).

Wenn auch die Wirklichkeit bei der Bildung der Zahl beteiligt ist (und dies ist *a fortiori* bei der Entstehung des Raums mindestens wahrscheinlich, S. 308), erzeugt die Erfahrung die Zahl nicht allein, im Gegenteil. In der Operation — so

---

[1] Wir bezeichnen im folgenden das Werk „Cheminement de la Pensée", Alcan: Paris 1931, als C. P.

aktiv Meyerson diese auch sieht — „operiert der Geist nur mittels abstrakter Begriffe, die er selbst geschaffen hat; die Operation selbst kann er aber nur in der Wirklichkeit beobachten, sie dort entleihen. Es folgt daraus, daß die logische Operation einen wirklichen Akt in das Denken übersetzt, einen Akt, der aber nicht von wirklichen Objekten, sondern von Begriffen oder Ideen ausgeht" (C. P., S. 349). Dies ist der Schlüssel des Rätsels, so „paradox" dieses Hin und Her zwischen der Wirklichkeit und dem Geist auch sei: 1. Der Geist schafft abstrakte Begriffe, „allerdings mit Hilfe von Materialien, die von außen kommen, durch die Sinne" (S. 370). 2. „Der Intellekt besitzt die merkwürdige Fähigkeit (die gleichzeitig eine fast unwiderstehliche Neigung voraussetzt), die Dinge, die er geschaffen hat, nach außen zu projizieren ... und so die wirklichen Dinge und die Dinge des Denkens zu vermischen" (S. 370). Kraft dieser Fähigkeit wird die Zahl in die Wirklichkeit projiziert, da der Begriff der Zahl ebenfalls vom Wirklichen *abstrahiert* ist (S. 370). 3. Wenn wir also numerisch auf Objekte — Kieselsteine z. B. — einwirken, „haben wir, um genau zu sein, nur auf ihre Anzahl eingewirkt ..., denn die wirklichen Objekte, die Kieselsteine, stellen nur den abstrakten Begriff dar, nämlich die Zahl" (S. 350). Kurz, wir haben eine Gattung geschaffen (S. 351), die Zahl, und wir haben sie als Objekt projiziert: Wir haben diesen Begriff in Erscheinung gerufen, das Abstrakte wieder in die Realität zurückversetzt, dort vorgetäuscht, wenn man so will, als ob er wirklich wäre, damit wir darauf auch effektiv einwirken und beobachten können, wie es sich in der Realität verhält (S. 353). Wir machen es übrigens gleich wie bei der Wahrnehmung eines beliebigen Objekts, eines Stuhls z. B. (S. 357), der die Projektion eines Begriffs in die Empfindung ist, da „wir in allen Momenten unseres Lebens nur damit beschäftigt sind, die äußerlichen Ursachen unserer Empfindungen zu suchen, d. h. *die Empfindungen vorerst in Begriffe zu fassen und anschließend in Objekte*" (S. 362) (die Hervorhebung ist von Piaget). „Diese augenblickliche Metamorphose eines Begriffs in eine Realität, die außerhalb des Ichs placiert wird, ist sicherlich wundervoll, paradox" (S. 361).

Alle Zahlen, von den natürlichen zu den gebrochenen und negativen bis zu den irrationalen und sogar imaginären Zahlen (S. 370—77), gehen ebenfalls von unbestimmt ausgedehnten Operationen aus und führen zu abstrakten Begriffen, die wieder in die Realität projiziert werden. Dasselbe gilt für die hyperdimensionalen Räume (S. 308), die den durch das Zusammenwirken des Geistes und der Realität geschaffenen Dingen gleichen, „jedoch immer weniger denen, die dem gesunden Menschenverstand bekannt sind" (S. 386).

Man versteht also letzten Endes die doppelte Natur des mathematischen Schließens: Es ist fruchtbar, weil es auf Gattungen beruht, die aus der Realität abstrahiert wurden und auf die aktive Operationen ausgeübt werden können; es ist aber streng, weil von der ursprünglichen Abstraktion an bis zu den komplexesten Operationen die Identität am Werk ist. Die Mathematik ist also nichts als eine ausgedehnte Identifikation, die durch Abstraktionen vorgeht und mittels Operationen, die auf diese abstrakten Begriffe ausgeübt werden, welche in die Wirklichkeit projiziert werden. Genauer ausgedrückt: die Strenge ergibt sich aus der Tatsache, „daß wir in der Lage sind, einen Akt zu vollenden, ohne die Identität zwischen dem vorangegangenen und dem daraus folgenden zu stören" (S. 396). Dies ist bei den räumlichen Operationen wie auch bei der ursprünglichen Vereinigung sichtbar, die zur Bildung der konkreten Zahl führt, weil in beiden Fällen der „Akt eine *Verschiebung* ist, die daher die Identität der verschobenen Objekte nicht verändert" (S. 396).

Es sei uns gestattet, jetzt den Wert dieser verschiedenen Hypothesen zu untersuchen und dabei mit der letzten zu beginnen, um schließlich zur Entstehung zu gelangen. Die Meyersonsche These ist logisch derart zusammenhängend, daß die ersten Vorbehalte, die wegen der psychologischen Tatsachen in bezug auf die von Meyerson angenommene Entstehung der Objektschemata angebracht werden müssen, auch für die räumlichen Schemata und die Zahl gelten, entsprechend den Schwierigkeiten, die man bis in die Synthese der rationalen Identität und der verschiedenen Realität wiederfindet, die dem mathematischen Schließen zugeschrieben werden. Man kann daher von dieser Konzeption ausgehen, um den Rest zu erhellen.

Die Antithese zwischen der logischen Identität und der experimentellen Realität deckt tatsächlich mit einer einzigartigen Klarheit die Gründe der Alternative auf, zu der die soeben beschriebene Theorie von Goblot führt: Wenn man nicht eine innere Regulierung der dem Schließen zugrunde liegenden Operationen annimmt, sind die Folgerungen aus einer mathematischen Konstruktion nur in dem Maße streng, wie diese von vornherein in den Aussagen des Ausgangspunkts enthalten sind; während sie in dem Maße jeglicher Strenge entbehren, wie die Folgerungen neu sind. Meyerson nimmt wohl eine innere Regulierung der Operationen an, aber er reduziert sie auf die Identifikation allein. Es resultieren daraus eine Verschiebung des Problems in das Innere der operativen Konstruktion und eine Verstärkung der Schwierigkeit, die schon bei der These von Goblot auftrat. Einerseits sind die Operationen streng, und dies stimmt in dem Maße, wie sie sich darauf beschränken, etwas zu „verschieben", das im Laufe der Transformationen, die sich von der ursprünglichen Abstraktion bis zu den höchsten Gipfeln der Deduktion erstrecken, identisch bleibt: Wenn aber die Strenge, d. h. die Regulierung der Operationen, an der Identität allein hängt, ist das, was die Strenge im operativen Mechanismus ausmacht, notwendigerweise unfruchtbar. Andererseits schaffen die Operationen Neues, da 12 nicht in 7 und 5 enthalten ist und das Hypotenusenquadrat nicht gänzlich „dasselbe" ist wie die Quadrate über den beiden andern Seiten, und ein Raum mit 34 Dimensionen nicht identisch ist mit einem dreidimensionalen Raum. Wenn aber dank einer „teilweisen Identität" die Konstruktion nur zum Teil streng ist, so ist sie dies nur in dem Maße, wie sie nicht über die reine Identität hinausgeht: In dem Maße, wie Neues auftaucht, fügt die Wirklichkeit etwas hinzu, etwas „Diverses" oder „Irrationales", und es gibt keine Strenge mehr.

Gewiß ist der eingeführte Mechanismus sehr viel subtiler, da er die Wirklichkeit dauernd mit dem Geist verwebt: Der Geist macht Anleihen bei der Wirklichkeit, um ideale Dinge zu erzeugen, die er aber der Wirklichkeit zurückgibt, um sie dort wiederzufinden usw. Bevor wir dieses heikle Spiel im einzelnen untersuchen, müssen wir zwei wesentliche Fragen aufwerfen: die Frage, ob die Elemente der Konstruktion im einen oder andern Sinn „verschoben" seien, und die Frage, woher sie stammen und ob sie sich im Laufe des Weges bereicherten. Wenn die Strenge durch die Identität gewährleistet ist, können diese Elemente nur aus einer Quelle herstammen, die diese Strenge nicht erfüllt – die Realität –, und sie können sich im Laufe des Weges nur auf Kosten der Strenge bereichern. Wenn sich die Vernunft auf die Identifikation reduziert, kommt man aus dieser Schwierigkeit nicht heraus: Entweder ist das mathematische Schließen eine Folge reiner Identitäten, dann ist es vollständig streng, aber steril; oder es ist fruchtbar, d. h. es ist mehr als eine simple Identifikation und schließt auch anderes ein, ohne sich auf die reine Identität zu reduzieren, dann ist es aber nicht mehr vollständig streng und hört in dem Maße auf, streng zu sein, wie es über die reine Identität hinausgeht.

E. Meyerson hat diese Schwierigkeit erkannt und versuchte, die numerischen Operationen auf die Verschiebungen zu reduzieren, die bei der Vereinigung oder bei der Trennung der Einheiten vorkommen: „Diese Verschiebung ist das Grundprinzip einer rationalen Erklärungsweise, da sie die Natur der verschobenen Elemente nicht ändert" (C. P., S. 396). Anders gesagt: die mathematische Konstruktion entnimmt ihre Elemente der Realität, bleibt aber trotzdem streng, da diese Elemente lediglich „verschoben" werden. Es bleibt aber, unabhängig von der Frage, ob jede Operation auf eine Verschiebung reduziert werden kann, die Tatsache bestehen, daß sich die Teile selbst im Laufe der Verschiebung bereichern. Das Problem der Strenge stellt sich daher von neuem beim Hin und Her zwischen dem Geist und der Wirklichkeit: Wenn 7 Objekte, denen 5 andere hinzugefügt werden, eine Neuheit erzeugen, die durch die Zahl 12 dargestellt wird, dann ist die Konstruktion dieser Zahl 12 nur in dem Maße streng, wie die 12 Elemente der Zahl 12 mit den 12 Elementen, die in Kollektionen von 7 und 5 Elemente aufgelöst werden können, identisch sind. In dem Maße jedoch, wie die Zahl 12 etwas anderes ist als die Zahlen 7 und 5, d. h. im Maße, wie die Verschiebung etwas Neues zur reinen Erhaltung der Elemente hinzufügt, verliert dieser Beginn einer Fruchtbarkeit schon die Strenge, da er über die reine Identität hinausgeht (und tatsächlich müßte man auch verstehen, warum 12 durch 2, 3, 4 und 6 teilbar ist, während die „Verschiebung" von 7 und 6 Einheiten die Zahl 13 ergibt, somit eine Primzahl).

Um ein weniger elementares Beispiel zu nehmen, das jedoch um so aussagekräftiger ist: Man weiß, daß die nicht-euklidischen Geometrien mit Hilfe von euklidischen Materialien konstruiert werden können: einmal gebildet, enthalten sie indessen die euklidische Geometrie als einen Spezialfall. Wenn die Strenge nur auf der Identifikation beruhte, müßte man sagen, daß nur diejenigen euklidischen Elemente mathematisch streng deduziert werden, die im Laufe der Transformation identisch geblieben sind, während die neuen Kombinationen dieser Elemente zufällig bleiben. Das Paradox ist aber um so stärker, als sich die Situation tatsächlich umgekehrt verhält: Jede dieser Geometrien kann mit Materialien gebildet werden, die aus einer der andern Geometrien entliehen wurden, und kann diese andern als Spezialfall enthalten (s. Kap. II, 10.). Das Resultat einer solchen Bildung ist also nie mit ihren Ausgangsmaterialien identisch, und es ist klar, daß die Identifikation allein nie die Strenge gewährleisten kann, da sie immer durch Neubildungen aufgehoben wird.

Präziser ausgedrückt: wenn sich das Rationale auf die Identität reduzierte und wenn das Verschiedene aus einer Realität stammte, die ebenso irrational wie auch divers ist, könnte die Strenge des mathematischen Schließens höchstens angenähert werden. Meyerson hat übrigens diese evidente Konsequenz seiner zentralen Hypothese zugegeben: „Das Schließen kann nicht vollständig rational sein" (C. P., S. 180, 169). Wenn dies aber der Fall ist, ist eine Schlußfolgerung um so weniger streng, je mehr sie fruchtbar ist, und diese umgekehrte Proportionalität zwischen der Fruchtbarkeit und der Strenge ist die zentrale Schwierigkeit der Meyersonschen These. Eine zweite Schwierigkeit kommt nun notwendigerweise zur ersten hinzu: Wenn die Fruchtbarkeit der Mathematik aus den Anleihen entstammt, die sie bei der Realität macht, müßte diese Fruchtbarkeit um so größer sein, je näher die betrachteten Begriffe beim Ausgangsexperiment stehen, und proportional zu ihrer Entfernung abnehmen. Ist dies jedoch der Fall? Das Beispiel der Verallgemeinerungen der Geometrie ist in dieser Hinsicht interessant. Nehmen wir an, daß die euklidische dreidimensionale Geometrie aus der wahrgenommenen Realität entnommen ist, durch Abstraktion und Verallgemeinerung mit Hilfe von Identifikationen: Die derart gebildeten „Gattungen" werden nach der Meyersonschen Beschreibung von neuem in die Realität projiziert, aus der sie abstrahiert wurden, dann einer operativen Zerpflückung unterworfen, um zu sehen, „wie sie sich in der Realität verhalten"; und diese Kombinationen gestatten schließlich, über die Realität hinauszugehen, um immer abstraktere Schemata zu konstruieren. Je mehr man sich aber von der Realität entfernt, um so mehr verarmt das formale Schema, da die Vernunft nicht schöpferisch ist und sich darauf beschränkt, gewisse ursprüngliche Gegebenheiten im Laufe der Operationen zu transformieren, „ohne dabei die Identität zwischen dem Vorangegangenen und dem Nachfolgenden zu zerstören": je „abstrakter" das Schema ist, um so weniger enthält es noch wirkliche, ursprüngliche

Gegebenheiten. Man findet nun aber, daß das schließliche Schema im Gegenteil viel reichhaltiger ist als das ursprüngliche, da dieses in den Rang eines Spezialfalls zurückversetzt wird: der operative Akt schafft somit Neues auch als Folge der Distanzen und nicht nur durch seine Verbundenheit mit der Realität; anders gesagt, einmal mehr ist er nicht auf eine einfache identifizierende Abstraktion reduzierbar.

Wir stoßen hier wieder auf das Problem, das wir anderswo[1] kennengelernt haben: Kann man die Abstraktion, durch die wir der Realität die ganzen Zahlen oder die geometrischen Formen zu entnehmen glauben, auf eine einfache Abstraktion vom Objekt zurückführen? Die Bejahung dieser Frage scheint uns einer der geläufigsten Fehler der realistischen Erkenntnistheorien, die sich an der aristotelischen Kategorienlehre inspirieren, zu sein. Unabhängig von den genetischen Tatsachen, auf die wir zurückkommen werden, kann diese Frage direkt auf mathematischem Gebiet gelöst werden, wenn man sie in der folgenden Form stellt: Ist ein abstrakter Begriff ärmer oder reicher als die entsprechende Wirklichkeit? Die Antwort scheint keinen Zweifel offenzulassen: wenn der abstrakte Begriff ärmer ist, in dem Sinn, daß er sich von einem speziellen Gesichtspunkt aus ausbildet und die anderen vernachlässigt (indem man sich z. B. auf den Gesichtspunkt der Form einstellt und den Gesichtspunkt des Gewichts, der Farbe usw. vernachlässigt), ist er andererseits in bezug auf diesen speziellen Gesichtspunkt *unmittelbar* reicher als die konkrete Realität, da die sogenannte Abstraktion dem Objekt etwas *hinzufügt* und nicht etwas wegnimmt, nämlich den ausgewählten Gesichtspunkt. Wenn man einige Kugeln zählt, so fügt man ihnen einen Zusammenhang bei, der zwischen ihnen noch nicht bestanden hat, es handelt sich also nicht um eine Extraktion der Zahl aus ihrer Kollektion; und wenn man eine Gerade aus der Kante eines Kristalls abstrahiert, so verbindet man die diskontinuierlich und regelmäßig angeordneten Moleküle längs dieser Kante durch eine idealisierte Linie, die sie nicht enthalten. Die Abstraktion ist demnach eine Artikulation oder, wenn man so will, eine Strukturierung, die auf die Realität abgestimmt ist, die aus *neuen Relationen* besteht, die in der konkreten Gegebenheit noch nicht enthalten waren. Die „abstrakten" mathematischen Dinge sind deshalb unendlich reicher als die konkreten mathematisierbaren Dinge: diese sind endlich, jene aber übersteigen diese Endlichkeit mit der ganzen Potenz der verschiedenen Arten des Unendlichen.

E. Meyerson sah übrigens diese Schwierigkeit, und das subtile Spiel der in der Wirklichkeit „in Erscheinung gerufenen" Begriffe, die zuerst dar-

[1] Siehe weiter oben, Kap. I, 2. und 12.

aus entnommen werden, kann keinen anderen Grund haben, als diese Bereicherung der Realität zu erklären, zu der schließlich die sogenannte „Abstraktion“ vom Objekt führt. Da sich jedoch die Struktur und die neuen Relationen, die der Realität durch den Geist hinzugefügt werden, nach der Meinung von Meyerson auf die reine und einfache Identität reduzieren lassen, die sich mit den vom Objekt extrahierten Gegebenheiten vermischt, ergibt sich von selbst, daß diese Mitgift vom Gesichtspunkt der Fruchtbarkeit aus Null ist und daß sie nur vom Gesichtspunkt der Strenge aus etwas wert sein kann.

Was wir soeben gesehen haben, führt zur Annahme, daß in den mathematischen Wissenschaften (und auch in der Logik, aber auf merkbar niedrigerer Stufe) die Operationen sowohl Quelle der Neuheit als auch der Strenge sind, ohne daß diese sich auf die einfache Identität reduzieren läßt. Anders gesagt, das vom Geist zur Realität Hinzugefügte übersteigt den Rahmen der Identifikation. Die wesentlichen Strukturen des logischmathematischen Denkens sind die Klassen, die asymmetrischen Relationen und die Zahlen. Eine Klasse wird durch die Ähnlichkeit zwischen ihren Elementen charakterisiert, also in ihrem Inhalt durch ihre gemeinsamen Eigenschaften festgelegt: hier spielt die Identifikation als Quelle der qualitativen Äquivalenz usw eine Rolle. Dasselbe gilt von den symmetrischen Relationen, die die gemeinsame Zugehörigkeit zur selben Klasse ausdrücken: Die asymmetrischen Relationen drücken dagegen die geordneten Unterschiede zwischen den Objekten aus, die man nur dank diesen Unterschieden der Größe, der Stellung usw. aneinanderreihen kann. Darf man aber den Unterschied als „Kategorie“ bezeichnen, was bedeutet, daß der Geist das Gemeinsame der verschiedenen Unterschiede identifiziert, um daraus den Begriff des Unterschieds zu prägen? Dies ist sicher wahr, und in dieser Hinsicht ist der Unterschied ein Begriff wie alle anderen auch und gestattet, eine Klasse zu definieren: die Klasse der Unterschiede, welche als untereinander äquivalente Elemente verstanden werden (insofern sie zur selben Klasse gehören). Der Unterschied spielt bei den asymmetrischen Relationen und den Operationen der qualitativen Aneinanderreihung dieselbe formale Rolle wie die Ähnlichkeit bei den Klassen oder den symmetrischen Relationen in ihrer Inklusion. Die additiven und die multiplikativen „Gruppierungen“ der asymmetrischen Relationen sind sogar exakt isomorph zu den „Gruppierungen“, die den Klassen entsprechen; bis auf den einzigen Unterschied, daß die Addition nicht kommutativ ist, weil sie geordnete Unterschiede vereint und keine Ähnlichkeiten. Kann man nun sagen, daß die Ähnlichkeit die identifizierende Aktivität des Geistes ausdrückt, während die Differenzen von der Realität herstammen, wie dies aus der Meyersonschen Antithese entnommen werden könnte?

Beim Mechanismus des Geistes ist es ebenso wesentlich zu unterscheiden wie zu identifizieren, und diese beiden Aktivitäten haben nur dann eine Bedeutung, wenn sie sich gegenseitig aufeinander abstützen. Es ist klar, daß beide eine Realität voraussetzen, die sowohl vereinheitlicht als auch diversifiziert werden kann; sie sind jedoch auch beide im Subjekt enthalten und werden parallel ausgeübt, wobei sie zu zwei Strukturen führen, die sich von Term zu Term entsprechen.

Die ganze Zahl stellt, wie wir gesehen haben (Kap. I, 6.), eine Synthese der Klasse und der asymmetrischen Relation dar, d. h. eine Synthese der Ähnlichkeit und des Unterschieds, da die Einheiten, die der Zahl zugrundeliegen, sowohl äquivalent als unterscheidbar sind. Ist nun die Zahl ein Produkt des Geistes, in dem Maße, wie die Äquivalenz vorherrscht, oder eine Realität, in dem Maße, wie diese Einheiten verschieden sind? Anders ausgedrückt: ist die Einheit der Ausdruck des Geistes, obwohl die Zahl zwei (1 + 1) aus der Realität herstammt, da die Einheit zu sich selbst addiert wurde und es daher einen Unterschied zwischen diesen Einheiten gibt?

Vom genetischen Gesichtspunkt aus resultiert jede Relation, die zwischen den Objekten besteht, aus einer Aktivität des Geistes, die ebenso sehr differenziert, wie sie vereinigt. Daher ist jedes System von Operationen als „Gruppierung" von Relationen sowohl konstruktiv als auch streng, dank dem Kompositionsmodus, den es darstellt. Das genetische Äquivalent zur Funktion, die E. Meyerson der Identität zuweist, ist in dieser Einsicht die Reversibilität, die er oft auf die Identität zurückzuführen versuchte, die aber sehr viel mehr ist als eine Identifikation: sie bedeutet, daß ein Akt in beiden Richtungen ablaufen kann, so daß dieser konstruktive Akt durch die Garantie, daß sein Ausgangspunkt wiedergefunden werden kann, einen logischen Zusammenhang erhält. Die Identität ist das Produkt einer direkten Operation mit der Inversen und ist mit der Reversibilität im eigentlichen Sinn nicht identisch.

Der Geist ist also eine Aktivität oder eine Fähigkeit zur Operation, und wenn jede Handlung oder Operation in ihrem Ausgangspunkt eine unauflösliche Verbindung zwischen dem Subjekt und dem Objekt voraussetzt, ist es eine künstliche Aufteilung, wenn man die Identität dem Subjekt zuweist und den Unterschied der Realität allein. Zweifelsohne wäre die Addition bei der Vereinigung zweier konkreter Elemente nicht möglich, wenn diese Elemente nicht in der Realität gegeben wären. Sind sie aber im unterschiedenen Zustand gegeben, oder mit allen Unterschieden, die wir zwischen ihnen einführen? Und genügt dann die Realität, um die Operation zu erklären, oder setzt die Operation einen Akt voraus, der die Elemente verbidet? Möge nun dieser Akt eine Subtraktion sein, die auflöst, oder eine Aneinanderreihung, die die Unterschiede festlegt, die Intervention des Subjekts ist dabei ebenso notwendig wie bei der Identifikation.

Wo befindet sich nun aber die exakte Grenze zwischen dem Subjekt und dem Objekt, wenn man auf das klare Kriterium der reinen Identität verzichtet? Hier erscheint mit Notwendigkeit der genetische Gesichtspunkt, der eine kontinuierliche Neufestlegung der Grenzen verlangt, während die philosophischen Gesamtsysteme eine festgelegte Unterscheidung einzuführen wünschen. Es existiert indessen keine statische — oder ein für allemal gegebene — Grenze zwischen dem Subjekt und dem Objekt, da sich der Geist nach und nach ausbildet und die Abgrenzung auf den verschiedenen Stufen seiner Entwicklung neu festgelegt werden muß (wir werden übrigens in bezug auf das physikalische Denken sehen, daß dasselbe vom Realen gilt und daß gerade Meyerson die besten Argumente zugunsten eines gewissermaßen vikarisierenden Realismus liefert). Auf der Stufe der Reflexe und der ersten sensomotorischen Manifestationen kann man unter „Subjekt" nur die angeborenen oder erworbenen Reflexbewegungen verstehen, und durch sie manifestiert sich die Aktivität des Subjekts, wenn man sie unter dem Gesichtswinkel des Verhaltens betrachtet. Vom Gesichtspunkt des Subjekts aus, der diesem Verhalten entspricht, gibt es noch keine Unterscheidung zwischen dem Subjektiven und dem Objektiven, da es weder äußere Objekte noch ein Subjekt gibt, das sich dauernd von der erlebten Wirklichkeit unterscheidet. Auf der Stufe der sensomotorischen Intelligenz entstehen die ersten Objekte, und im selben Augenblick beginnt sich das Subjekt von diesem zu unterscheiden. Auf den verschiedenen anschaulichen und operativen Stufen wird die Erarbeitung der Realität fortgesetzt, aber mit subjektiven Instrumenten, die gleichzeitig mit der Realität erarbeitet werden, so daß auf jeder nachfolgenden Stufe die Abgrenzung zwischen dem Subjekt und dem Objekt erneuert werden muß. Die Aktivität des Subjekts nimmt mit der Ausdehnung der Operationen zu, während sich die Realität objektiviert und organisiert. Es ist also ausgeschlossen, dem Subjekt oder dem Objekt ein für allemal eine in statischen Begriffen definierte Struktur zuzuweisen, so daß die Identität definitiv dem einen und das Verschiedene dem andern zugeordnet werden könnte. Wenn man sie in einer für alle Stufen gültigen Formel festhalten will, so kann dies nur funktionell und nicht strukturell geschehen. Die Meyersonsche Identifikation muß dann durch eine Assimilation des Objekts an das Subjekt ersetzt werden, eine Assimilation, die zuerst sensomotorisch, dann vorstellungsmäßig und operativ ist, die aber die Operationen der Differenzierung und der Identifikation umschließt. Die Realität kann umgekehrt nur in Funktion von verschiedenen Akkommodationen definiert werden, die die Assimilationsschemata modifizieren, ohne sich jedoch ein für allemal auf irrationale „Verschiedenheiten" zu reduzieren.

Der wahre Grund für die Schwierigkeiten der Meyersonschen These ist seine antigenetische Einstellung, die sich vor allem in seiner Interpretation der elementaren Begriffe (oder „Kategorien") manifestiert und in seiner Interpretation des Schemas der permanenten Objekte. Man beachte die erstaunliche Kompliziertheit (selbst im Stil dieses gewöhnlich so luziden Autors) im Kern der Beweisführung, die zu Beginn dieses Abschnittes zusammengefaßt wurde (siehe das Zitat der S. 349 von C. P.): „Der Geist schafft abstrakte Begriffe, die er der Realität entzieht, transformiert sie durch eine Projektion *sui generis* wieder in Dinge und operiert erst nachher mit diesen wieder konkret gewordenen Abstraktionen, woraus sich ergibt, daß sich die Operationen nicht nur auf die Realität, sondern auch auf die in der Realität vergegenständlichten „Kategorien" bezieht. Das einfachste Beispiel dieses Prozesses ist der Begriff des Objekts: Er entsteht aus einer Identifikation der Empfindungen („Kategorie"), die zur Idee der permanenten Substanz führt. Dieser Begriff wird in der Wirklichkeit durch eine unmittelbare und „paradoxe" Vergegenständlichung ersetzt und bildet den wichtigsten kausalen „Zement". Sowohl diese allgemeine These wie auch ihre Anwendung auf den Begriff des Objekts (und den Begriff des Raums, der Zahl usw.) werfen die größten genetischen Schwierigkeiten auf, sobald man die Aktivität des Subjekts auf die Identifikation reduziert.

Der Grund dieser Schwierigkeiten ist klar. Er ergibt sich aus der Tatsache, daß Meyerson, wie fast alle Autoren, von denen wir uns bisher distanziert haben, den Geist als eine Zusammensetzung von Empfindungen oder Wahrnehmungen einerseits mit einer vollendeten Intelligenz andererseits versteht, wobei die beiden Pole höchstens durch ein Gedächtnis oder ein bildhaftes Erinnerungsvermögen verbunden sind: Man vergißt die Handlungen und die Motorik, deren grundlegende erkenntnistheoretische Bedeutung bei der Ausbildung des Geistes Poincaré voraussah. Im Werk von E. Meyerson fehlt die Motorik sozusagen vollständig (außer einigen Bemerkungen in bezug auf Bergson), während die verschiedensten Aspekte des Denkens diskutiert werden (eingeschlossen eine Diskussion über die Metaphysik). Jedoch, weit davon entfernt, einen utilitaristischen Pragmatismus wie den „radikalen Empirismus" von James oder Bergson einzuschließen, verschiebt der Einbezug der Handlung das Problem, das man auf einer tieferen Ebene wiederfindet und leichter analysieren kann: Die Handlung ist eine Form der Intelligenz unter anderen, eine Form, die das Denken vorbereitet, da es zwischen der Wahrnehmung und der reflektierenden Intelligenz eine sensomotorische Intelligenz, eine anschauliche Intelligenz oder vorstellungsmäßige Verinnerlichung der Handlung gibt und das ganze System der Operationen mit der konkreten operativen Intelligenz verbunden ist.

Wenn man sich auf den Gesichtspunkt der Handlung und, vor allem, der sensomotorischen Intelligenz stellt, ohne den der Mechanismus der Wahrnehmungen unverständlich bliebe, so vereinfachen sich die Dinge deutlich. Man stellt dann fest, daß im Schema von Meyerson die auf die Realität projizierten Abstraktionen, die der Einwirkung der Intelligenz unterliegen, einem wesentlichen Prozeß entsprechen (wie alle Meyersonschen Schemata), der gestattet, sich das zu komplizierte Webspiel zu ersparen, das sich der Philosoph zwischen der Realität und dem Geist vorstellt.

In der Tat: 1. Jede Handlung führt zu Schematisierungen, d. h. die Bewegungen und die koordinierten Wahrnehmungen bilden untereinander „sensomotorische Schemata", die auf neue Situationen angewendet werden können; diese Schemata sind das aktive Äquivalent zu den Begriffen oder „Kategorien", es sind aber praktische, nicht reflektierte Begriffe. 2. Diese Schemata strukturieren die Gegebenheiten, indem sie sie an die Handlung des Subjekts assimilieren, ohne dabei das Gebiet der auf das Objekt ausgeübten Handlung zu verlassen und ohne sich also im Denken zu lokalisieren, um dann wieder in die Realität projiziert zu werden. Sie drücken dem Objekt einen gewissen Stempel auf, wobei sie es in die eigenen Aktivitäten eingliedern und es dadurch um eine Reihe von neuen Relationen bereichern. 3. Die Handlungen bilden, indem sie diese Schemata untereinander koordinieren, andererseits das Äquivalent zu den späteren Operationen; diese stammen von der Handlung ab, und wenn sie, wie dies Meyerson sagt, auf die im Objekt vergegenständlichten Kategorien ausgeübt werden und nicht auf das Objekt selbst, so heißt dies, daß das Objekt von Anfang an – schon vor den Operationen – durch die Handlung strukturiert und vervollständigt wurde. Meyerson hat also recht, wenn er in der Ausübung der Operationen mehr sieht, als in der Realität enthalten ist. Die Wechselwirkung des Subjekts und des Objekts erklärt sich jedoch durch einen kontinuierlichen Prozeß, der sich von der einfachsten Handlung bis zur formalsten Operation fortsetzt, ohne daß es notwendig wäre, an ein vorgestelltes Webspiel zu appellieren, um durch die Identifikation das Ungenügen der Definition der eigenen Aktivität auszugleichen.

Das permanente Objekt entsteht nach einem aktiven und nicht-noetischen Modus. Wenn die Meyersonsche These wahr wäre, müßte es überall dort Objekte geben, wo eine Wahrnehmung stattfindet, so versteht es auch der Autor. Das Kleinkind hat allerdings keinen Objektbegriff, bevor es 8–10 Monate alt ist, d. h. bevor es sehr gut wahrnimmt und die Personen und die Dinge wiedererkennt. Es sieht lediglich Figuren oder perzeptive Bilder, ohne ihnen eine substantielle Permanenz zuzuordnen. Ein Hund, der einem Hasen nachrennt, hat noch keinen Objektbegriff, trotz E. Meyerson, da er sich den Hasen nicht vorstellen und ihn gewissermaßen außerhalb des Aktes der Verfolgung in den Raum setzen kann, sosehr auch olfaktische und visuelle Wahrnehmungen mit ihm verbunden sind. Dagegen gestattet eine komplexere Koordination der Handlungen, die die ursprünglichen praktischen Schemata fortsetzt, die Bildung des Objektbegriffs von dem Moment an, in dem die Verschiebungen zu einem Gesamtsystem „gruppiert“ sind, das durch seine reversible Komposition gekennzeichnet ist. Dies zeigt die Verflechtung der übrigen räumlichen Operationen mit der Handlung und der sensomotorischen Intelligenz. Ohne vom physikalischen Aspekt der Frage zu sprechen, auf den wir zurückkommen werden (Kap. V, 1.), illustriert dieses Beispiel die Schwierigkeit einer These, in der die Handlung nicht vorkommt, die deshalb von der ersten Wahrnehmung an den Übergang von der Motorik zur Operation durch ein kompliziertes Spiel von rationalen Identifikationen und Projektionen ersetzen muß.

### *5. Die logistische Interpretation des mathematischen Schließens*

Die Verwendung des bewundernswerten Instruments zur axiomatischen Aufgliederung und sogar zur erkenntnistheoretischen Kritik, nämlich des logischen Kalküls, führt in bezug auf die Interpretationen des mathematischen Schließens zu drei wesentlichen Positionen, die drei verschiedenen Phasen in der Geschichte der Logistik entsprechen. Die erste und die dritte dieser Positionen sind durch technische Entdeckungen gekennzeichnet, die unser logisches und damit auch unser erkenntnistheoretisches Wissen bereicherten; die zweite ist vor allem interessant, weil sie dazu führt, eine Theorie der logisch-mathematischen Erkenntnis zu formulieren, ohne daß diese Theorie notwendigerweise mit der Verwendung logistischer Techniken verbunden wäre.

Man kann also sagen, daß in der ersten Phase der Logistik das rekursive Schließen auf eine Formel gebracht wurde, die gestattete, ein spezielles Prinzip wie das Prinzip von Poincaré zu sparen, welches das Axiom der vollständigen Induktion mit der Konstruktion der induktiven Zahlen verknüpft. Man kann die erste Periode durch die Namen von Morgan (im Sinn eines Vorläufers), von Peano und von Russell (in seinen ersten Schriften) kennzeichnen. Im Verlauf der zweiten Phase führte die Assimilation der Logik an die Mathematik durch v. Wittgenstein und die Wiener Schule zu einer rein tautologischen Konzeption des mathematischen Schließens, das dadurch zur Syntax einer Sprache wurde, die lediglich dazu bestimmt ist, die (physikalischen oder experimentellen) „Tatsachen“ auszudrücken. In der dritten Phase, die mit der Beweistheorie von Hilbert begann, führten die Fortschritte der Aussagenlogik zur Gödelschen Entdeckung der Irreduzibilität der Arithmetik (eingeschlossen das Schließen durch Rekursion) auf die (zweiwertige) Struktur des Aussagenkalküls wie auch zu einer Erforschung einer mehrwertigen und allgemeinen Logik durch Heyting und durch die polnische Schule (Lukasiewicz, Tarski usw.), die auf die durch die verschiedenen Standpunkte in der Frage der mathematischen Grundlagen aufgestellten Forderungen antworten kann. Ohne auf den technischen Teil der logistischen Arbeiten einzugehen, die zu diesen drei Phasen gehören, ist es allerdings wichtig, knapp deren Tragweiten in bezug auf die eigentliche Erkenntnistheorie darzustellen.

I. „Die Verwendung der mathematischen Induktion bei Beweisen", so schreibt B. Russell[1], „war in der Vergangenheit eine Art Mysterium. Man konnte scheinbar keinen ernsthaften Zweifel an der Gültigkeit dieser Beweismethode hegen. Aber niemand wußte, warum sie gültig war... Poincaré hielt sie für ein Prinzip von größter Wichtigkeit, durch das man eine unendliche Zahl von Syllogismen in ein einziges Argument zusammenziehen könne. Wir wissen heute, daß diese Art von Betrachtungen ein Irrtum sind. Die mathematische Induktion ist eine Definition und kein Prinzip. Es gibt gewisse Zahlen, für die sie gilt, und andere (die kardinalen Transfinitäten), für die sie nicht gilt. Wir *definieren* die „natürlichen Zahlen" als diejenigen, auf die man die mathematische Induktion bei Beweisen anwenden kann, d. h. als diejenigen, die alle induktiven Eigenschaften besitzen. Daraus folgt, daß solche Beweise auf die natürlichen Zahlen angewendet werden können. Dies ist nicht irgendeine mysteriöse Intuition oder irgendein Axiom oder Prinzip. Es folgt vielmehr einfach aus dem Satz selbst. Wenn „Vierfüßler" definiert sind als Tiere mit vier Füßen, so folgt daraus, daß Tiere, die vier Füße haben, Vierfüßler sind. Ganz ähnlich liegt der Fall bei den Zahlen, die der mathematischen Induktion genügen".

Dieser aufschlußreiche Abschnitt von Russell gründet sich auf die Definition der „hereditären" Klassen (wenn $n$ ein Element ist, gehört auch $n + 1$ dazu) wie auch auf die Begriffe des Nachfolgers oder des Vorgängers, der Null oder der „Posterität von Null" usw. (s. Kap. I, 7. die ersten Begriffe von Peano, die von Russell verwendet und durch die Reduktion der ganzen Zahlen auf die Klassen präzisiert werden). Dies bedeutet, und darin liegt die wesentliche Vereinfachung, die die Logistik im Laufe ihrer ersten Phase einführte, daß das Prinzip der mathematischen Induktion geradewegs aus der Konstruktion der (endlichen) ganzen Zahlen resultiert. Das Schließen durch Rekursion wird so zum eigentlichen Ausdruck der Konstruktion der endlichen ganzen Zahlen, gleichgültig, ob man die

[1] B. Russell, „Einführung in die mathematische Philosophie", München 1930, S. 27.

Kardinalzahlen auf die logischen Klassen reduziert und die Ordinalzahlen auf die asymmetrischen Relationen oder ob man sich mit Peano darauf beschränkt, das Axiom der Induktion zu den Axiomen über die Reihenfolge der Zahlen hinzuzufügen.

Wenn dies auch einen Fortschritt gegenüber der Interpretation von Poincaré darstellte, so übertrieb B. Russell allerdings, als er die Folge der Zahlen mit der Klasse der Vierfüßler verglich ... Definiert man die Zahlen, so erzeugen diese ein operatives Kompositionsgesetz, das von der Gruppenstruktur herrührt, während die „Definition" der Vierfüßler nur eine einfache Vereinigung von Individuen und nicht von iterierten Einheiten voraussetzt. Ohne auf die „Anschauung der reinen Zahl" zurückzukommen, bleibt das spezielle Prinzip der vollständigen Induktion nicht auf die Klassenlogik reduzierbar. Dies ist der Grund, weshalb das Schließen durch Rekursion fruchtbarer ist als der Syllogismus: es gestattet die Verallgemeinerung von Eigenschaften, die von vornherein nicht allen Zahlen zugeordnet sind, von Null oder von „eins" auf „alle", während sich der Syllogismus darauf beschränkt, die einen Klassen in die anderen einzuschließen, Klassen, deren Teile wie das „Ganze" aus derselben einfachen Inklusion resultieren. Die im rekursiven Schließen enthaltene Fruchtbarkeit wurde auch von der Mehrzahl der Logistiker erkannt und hervorgehoben.

II. Der gelungene oder mißlungene Versuch (s. Kap. I, 4) einer Reduktion der mathematischen Gegebenheiten auf Klassen und logische Relationen trägt einen Kern der Vereinheitlichung in sich, der zur zweiten Phase der logistischen Untersuchung führte. Daraus, daß sich die logischen Gegebenheiten, isoliert betrachtet (im Gegensatz zu den „Gruppierungen", auf denen wir in Kap. I, 3. insistierten), auf die Identität reduzieren lassen und die Mathematik selbst auf die reine Logik reduzierbar schien, folgerte man, daß jegliches logisch-mathematische Schließen „tautologisch" sei. Die Logik und die mathematischen Wissenschaften beschränkten sich demnach darauf, die Syntax einer Sprache zu bilden, die ausschließlich dazu dient, „Tatsachen" auszudrücken, d. h. experimentelle Feststellungen, und sie wären somit als reine Syntax im wesentlichen unfruchtbar.

Ausgehend von den „elementaren Aussagen" – z. B. „dieser Baum ist grün" –, die keine Verallgemeinerung enthalten und sich darauf beschränken, einem Objekt eine Eigenschaft zuzuordnen, kann man innerhalb dieser Aussagen die von Russell als „atomar" bezeichneten unterscheiden – d. h. Aussagen, die nicht in einfachere zerlegt werden können (die „Sachlagen" von Wittgenstein) – von den Aussagen, die lediglich in der Verneinung von gewissen unmittelbaren Gegebenheiten bestehen („dies ist nicht rot“). Es existieren daher molekulare „Aussagen“ oder Aussagen, die aus der Anwendung von Operationen der Inkompatibilität auf die atomaren Aussagen resultieren. Die „elementaren Aussagen“ reduzieren sich definitionsgemäß auf atomare und molekulare Aussagen. Eine elementare Aussage kann demnach in die Form einer Aussageform gebracht werden: „*X* ist grün“ oder „*X* ist *f(a)*“ kann auch von anderen Objekten wie „dieser Baum“ erfüllt werden; andererseits kann „dieser Baum“ auch andere Prädikate als *f* erfüllen. Ohne das Gebiet der „Tatsachen“ zu verlassen, kann man also, indem man die Gegebenheiten innerhalb der Aussagen vertauscht, einen Kalkül der Klassen und Relationen erzeugen und den Aussagenkalkül durch Kombination der Aussagen untereinander entwickeln.

Die „Klasse“ wird also in der tautologischen Konzeption zur einfachen „Nebeneinanderstellung von Argumenten“, die denselben „Ausdruck“ befriedigen. Es ist in dieser Hinsicht interessant, die Evolution der abstrakten Dinge in der Logistik festzustellen. 1911 noch konnte B. Russell ein Kapitel über „die Welt der Universalien“[1] schreiben, in dem die Theorie „zum großen Teil die platonische ist, nur mit solchen Abänderungen, wie sie sich im Laufe der Zeit als notwendig erwiesen haben“ (S. 92). Er war ebenfalls der Ansicht, daß „alle Wahrheiten Universalien enthalten und jedes Wissen um Wahrheiten die Bekanntschaft mit Universalien voraussetzt“ (S. 94), und nahm höchstens an, daß die Existenz der aus „Relationen“ bestehenden Universalien mit größerer Sicherheit beweisbar sei als die Existenz von Qualitäten, d. h. von Universalien, die durch Adjektive und Substantive dargestellt werden (S. 96). Er schloß daraus, daß eine Relation wie „nördlich von“ „weder im Raum noch in der Zeit, weder körperlich noch geistig“ sei (S. 100): sie „bestehe“ anstatt zu existieren“ (S. 101). 1919 hingegen versuchte er zu beweisen[2], „warum die Mengen nicht als ein Teil der letzten Grundlagen der Welt zu betrachten sind“ (S. 183), und dachte, daß wir „eher zu einer befriedigenden Theorie kommen, wenn wir die Mengen mit den Satzfunktionen zu identifizieren versuchen“ (S. 184).

Eine Aussageform ist nun aber ein einfaches Schema möglicher Ausdrücke: *f(x)* oder *(y) f(x)*. Wenn sie durch zwei Variable erfüllt ist, stellt sie eine Relation dar, und wenn sie nur durch eine erfüllt ist, bilden die Werte, die die Funktion in eine wahre Aussage verwandeln, eine Klasse. In diesen Relationen jedoch, wie auch in den Klassen, gibt es nur virtuelle Ausdrücke, die den konkreten und direkt verifizierbaren Gegebenheiten entsprechen: den experimentellen „Tatsachen“. Der Kalkül der Klassen und Relationen ist somit nur die Syntax einer Sprache, die Tatsachen ausdrückt. Bei den Kardinalzahlen oder „Klassen von Klassen“ und den Ordinalzahlen oder „Klassen von Relationen“ und den verschiedenen Arten von mathematischen Gegebenheiten fügen diese zu den Tatsachen nur die logischen Verknüpfungen hinzu und beschränken sich trotz ihrer scheinbaren Komplexität darauf, die Schemata der möglichen Feststellung tautologisch untereinander zu verbinden.

---

[1] B. Russell, „Die Probleme der Philosophie“, Humboldt: Wien 1950.

[2] B. Russell, „Einführung in die mathematische Philosophie“, München 1930.

Beim Aussagekalkül, der zwei Aussagen, als Ganzes genommen, untereinander kombiniert, gilt genau dasselbe. Eine Implikation wie $p \supset q$ bedeutet lediglich, daß ein beliebiges Objekt, das die durch die Aussage $p$ ausgedrückte Eigenschaft aufweist, auch die durch die Aussage $q$ ausgesprochene Eigenschaft hat. Die quantitativen Beziehungen der klassischen Logik, die das „alle" dem „einige" und „kein" gegenüberstellt, reduzieren sich für eine Aussagefunktion, die durch gewisse Klassen von Variablen erfüllt ist, auf „immer" wahr, „manchmal" wahr oder „nie" wahr. Der Kalkül, der auf den Kombinationen des Wahren und des Falschen beruht, führt keine wirkliche Konstruktion ein und beschränkt sich ebenfalls auf eine völlig tautologische zweiwertige oder mehrwertige Kombination, je nach dem Modus des mathematischen oder physikalischen Schließens, reduziert sich aber immer auf eine einfache formale Syntax.

Die logisch-mathematischen Strukturen, die überhaupt nicht mehr fruchtbar sind, liegen sogar im eigentlichen Sinne außerhalb der Wahrheit. In den Rang von reinen Ausdrucksmitteln versetzt, gestatten sie das Ausdrücken von wirklichen Wahrheiten, die fruchtbar sind, weil sie physikalisch oder experimentell sind, aber diese Strukturen übertreffen die physikalische Realität nur in dem Maße, wie eine Syntax den leeren Raum der wahrhaften Ausdrücke bildet, deren sich die betreffende Sprache früher oder später bedient. Es ist wahr, daß diese Syntax kraft der ersten Aussagen und dank eines Spiels von symbolischen Bedeutungen festgelegt wird. Nach v. Wittgenstein aber sind die ersten Aussagen evident, da sie aus der Ausschöpfung der möglichen symbolischen Kombinationen resultieren. Die Symbole selbst sind Bilder, d. h. „Tatsachen, die zu anderen ähnlich sind", und der Sinn dieser „psychologischen Bilder" ergibt sich aus einer einfachen Feststellung.

Nachdem nun die logistische Erkenntnistheorie die Fruchtbarkeit der mathematischen Wissenschaften auf ein quasi-platonisches Universum der allgemeinen Ideen gründete, kam sie dazu, diese Fruchtbarkeit radikal zu leugnen: Indem sie den logisch-mathematischen Symbolismus auf eine ausgedehnte Tautologie reduzierte, ergänzte sie diesen Nominalismus durch eine Assimilation der wirklichen Erkenntnis an die einfache Feststellung der Empfindungsgegebenheiten und kam letzten Endes zu dem, was v. Wittgenstein selbst als eine Art von Solipsismus bezeichnete, als eine unvermeidliche Konsequenz des „logischen Empirismus".

Es ist jedoch klar, daß die Verwendung des logistischen Kalküls, so genau und in gewisser Hinsicht zweifelsohne definitiv seine technischen Entdeckungen auch sein mögen, *ipso facto* keine Übernahme der Wiener Erkenntnistheorie enthält. Es sei hier freiwillig zugegeben, daß dessen Verwendung eine gewisse metaphysische Mode des Denkens in nicht formulierbaren Begriffen verunmöglicht, und wir folgen sogar völlig der Bewegung des Wiener Kreises, wenn er die effektiven Erkenntnismöglichkeiten auf zwei Typen beschränkt: das Experiment und die Formalisierung. Allerdings tritt zwischen die physikalische Realität und die logistische Deduktion notwendigerweise eine Wirkung des Geistes. In dem Maße, wie man auf den ursprünglichen Platonismus von B. Russell verzichtet, muß man den logischen Formalismus durch die intellektuelle Aktivität begründen, und es ergibt sich dann die Frage, ob die Psychologie von v. Wittgenstein und des Wiener Kreises genügt, um diese Entsprechung zu finden.

Vorerst muß unmißverständlich hervorgehoben werden, daß der Wiener Kreis am Rande seiner logistischen Formulierung eine gewisse Psychologie der intellektuellen Mechanismen übernommen oder konstruiert hat: Der Kontakt zwischen dem Symbolismus und den „Tatsachen" wird nur durch zwei Behauptungen aufrechterhalten. Die eine bezieht sich auf die Erkenntnis (Wahrnehmung und Intelligenz), die andere auf die symbolische Funktion (Rolle des Zeichens und der Syntax oder des Sprachgebrauchs im allgemeinen). Wenn auch die logische Formulierung eine Angelegenheit des reinen Kalküls oder der reinen Axiomatisierung ist, so rühren diese psychologischen Behauptungen jedoch von der Erfahrung her, d. h. von der psychologischen Experimentation, und keine logistische Deduktion genügt, um über eine solche Frage der Tatsachen einen Entscheid zu fällen. Man muß sich also auf das Gebiet der geistigen Tatsachen begeben, um den Wert der „Wiener" Erkenntnistheorie abzuschätzen, und diese Frage sorgfältig von der Frage nach dem Wert der Logistik an sich unterscheiden.

Wenn man also herauszufinden versucht, welchen psychologischen Sachlagen diese „Ausdrücke" entsprechen, die durch die „atomaren" Aussagen und die formalen Strukturen verschiedener Ordnungen formuliert werden, so muß man anerkennen, daß man – weit davon entfernt, auf einfache Feststellungen zu stoßen, womit das Subjekt selbst passiv die äußeren Gegebenheiten registrierte – ständig eine wirkliche Handlung des Subjekts vorfindet, das auf die Gegebenheiten einwirkt, statt diese als Fakten hinzunehmen: Es folgt daraus, daß die „Ausdrücke" sowohl den psychologischen Operationen wie auch den physikalischen Sachlagen entsprechen und daß daher der operative Mechanismus, der durch die logische „Tautologie" verdrängt wird, entweder in die Wirklichkeit als Ausdruck integriert oder in die Interpretation der logistischen Symbole als „ausdrückend" reintegriert werden muß.

Was ist tatsächlich die Lektüre einer unmittelbaren Gegebenheit? Wenn es sich um eine Wahrnehmung handelt, so ergibt sich sofort eine zentrale Schwierigkeit: Wie wir früher zu zeigen versuchten (s. Kap. II, 3.—4.), kann die Wahrnehmung auf keine logische Form reduziert werden, da die Wahrnehmungsbeziehungen untereinander nicht transitiv zusammensetzbar sind: sie sind irreversibel, nicht assoziativ und genügen keinem Erhaltungssatz der Teile und des Ganzen. Sie werden durch jeden Vergleich modifiziert und enthalten nur einen Modus der statistischen, nicht der rationalen Komposition; die Wahrnehmungsbeziehungen können daher für sich allein keine Basis einer logischen Konstruktion bilden. Damit sie zu „Ausdrücken" führen, die eine syntaktische Komposition gestatten, müssen sie zuerst durch sensomotorische Schemata wie das Schema des permanenten Objekts strukturiert und anschließend durch die Integration in ein symbolisches und repräsentatives System verbegrifflicht werden. Diese beiden Transformationen der Wahrnehmung in einen logizierbaren Schematismus setzen jedoch die Handlung oder die Operation voraus.

Beim Begriff des Objekts, der für die Aufstellung der elementarsten Aussagen wesentlich ist, liegt ein offensichtlicher psychologischer Fehler vor, wenn man glaubt, daß es von der Wahrnehmung an Objekte gebe: der Objektbegriff bildet das einfachste Erhaltungsschema, aber diese Erhaltung resultiert keineswegs aus einer reinen intellektuellen Identifikation (s. unter 4.), sondern setzt eine Koordination der Verhaltensweisen des Umweges und der Rückkehr und eine räumliche Organisation der Verschiebungen voraus (die die Struktur der operativen Gruppe ankündigen). Im Hinblick auf das Objekt spielt die Wahrnehmung also nur die Rolle eines Indizes, und bei der Wiedererkennung eines Objektes durch das Auge oder den Tastsinn braucht man zur Wiedererkennung nur einen Teil des Objekts zu sehen oder zu berühren, der im Hinblick auf das Ganze als Indiz dient und sich damit auf ein vorher konstruiertes und nicht gegebenes Gesamtschema bezieht. Der logisch einfachste „Ausdruck", die „atomare" Aussage wie „dieses... ist rot" usw., drückt also eine Reihe von virtuellen Handlungen aus und nicht eine Wahrnehmungsgegebenheit. Im übrigen geht die oft erstaunliche logistische Intuition von v. Wittgenstein viel tiefer als seine Psychologie: Wenn dieser Autor die ursprünglichsten „Ausdrücke" durch die Negation kennzeichnet („nicht rot", „nicht grün" usw.), gibt er damit zu, daß den sogenannten Sachlagen operative Konstruktionen zugrunde liegen, die die Bedeutung dieser Ausdrücke ausmachen.

Bei komplexeren „Ausdrücken" (obwohl diese immer noch „elementare Aussagen" mit individuellem Argument ausdrücken, wie etwa „dieser Baum ist grün") kommt eine Verbegrifflichung und eine Symbolisierung dazu, deren psychologisch operative Natur noch viel leichter erkennbar ist, so daß man sofort sieht, daß sie nicht einfach „gegeben" ist. Beginnen wir mit der Untersuchung des Prädikats „grün" (oder „weiß" usw.). Zur Zeit, als B. Russell noch Platoniker war, schrieb er: „Der Denkakt des einen ist notwendigerweise verschieden vom Denkakt des anderen, der Denkakt einer Person zu einer bestimmten Zeit ist notwendigerweise verschieden von dem Denkakt derselben Person zu einer anderen Zeit. Wenn daher das Weiß der Gedanke im Gegensatz zu seinem Gegenstand wäre, könnten nicht zwei verschiedene Menschen daran denken, und niemand könnte zweimal daran denken. Das, was viele verschiedene Gedanken an das Weiß gemeinsam haben, ist ihr *Gegenstand,* und dieser Gegenstand ist verschieden von allen Gedanken daran. Somit sind die Universalien keine Gedanken, obwohl sie, wenn sie erkannt werden, Gegenstände der Gedanken sind[1]. Es ist klar, daß diese Einwände von Russell im Hinblick auf die Wahrnehmung der weißen Farbe, die sowohl unmittelbar wie jeder Erhaltung oder geistigen Reversibilität bar ist, unumstößlich sind. Diese Einwände können aber auch gegen die Permanenz der physikalischen Farbe „Weiß" erhoben werden, da nie dieselben Lichtwellen zweimal und unter denselben Umständen auftreten. Denkt man sich die weiße oder grüne Farbe usw., so bildet man einen Begriff: wenn man diesen stabilisieren will, damit er in logischen „Ausdrücken" vorkommen kann, muß man entweder auf den Platonismus, auf die göttliche Intelligenz usw. zurück-

[1] „Probleme der Philosophie", Humboldt: Wien 1950, S. 100.

gehen oder, wenn man nicht Metaphysiker ist, dem Denken die Fähigkeit zuschreiben, die Ideen durch reversible Operationen zu erhalten und durch soziale Zusammenarbeit auszutauschen, d. h. ebenfalls durch reversible Operationen, aber mit interindividueller Entsprechung. Nur in diesem Fall hat der Ausdruck „dieser Baum ist grün" eine logistische Bedeutung.

Beim Subjekt oder Argument der Aussage ist es klar, daß man, wenn man einem Objekt die Eigenschaft zuschreibt, „ein Baum" zu sein, dieses ebenfalls in ein operatives Schema einreiht, außerhalb desselben der Ausdruck jegliche Bedeutung verliert. Bezeichnet man mit *f (a)* die Aussagen „dieser Baum *(a)* ist grün *(f)*", so setzt die Bezeichnung des Arguments *(a)* mehr noch als die Stabilität des Prädikats *(f)* eine Konstruktion voraus. Nennt man das Objekt *(a)* einen Baum, so heißt dies, daß man es mit andern Objekten (*b, c* usw.) in Beziehung setzt, die mit ihm gewisse Aussagefunktionen gemeinsam haben, d. h. gewisse seiner Qualitäten aufweisen, die den Begriff Baum definieren (lebendig zu sein, einen Standort zu haben usw.). Außerhalb dieser impliziten oder expliziten Bezugsnahme hat es keinen Sinn, das Objekt *(a)* als „Baum" zu behandeln, und eine solche Bezeichnung übersteigt daher die aktuelle Gegebenheit, um sie mit einer Gesamtheit von anderen „Tatsachen" zu verbinden, die untereinander verglichen werden können. Diese Vergleiche oder Relationen reduzieren sich vom logistischen Standpunkt aus auf die Möglichkeit der Substitution *(b)* oder *(c)* anstelle des Arguments *(a)* in der Aussage *f (a)*, was in keiner Weise den operativen Charakter des psychologischen Aktes ausschließt, der diese Substitution gestattet: eine Operation der Vereinigung oder des In-Beziehung-Setzens kommt in jeder Aussagefunktion vor, die eine Klasse oder eine Relation bestimmen kann, und jeder Ausdruck, der sich auf ein begrifflich erfaßtes Objekt bezieht, setzt solche Beziehungen voraus.

Das zentrale Problem bei einer nominalistischen oder „syntaktischen" Interpretation der logisch-mathematischen Strukturen ist die Frage: Was ist ein Symbol, und wie bezeichnen die auf den rein symbolischen Sprachgebrauch reduzierten Aussagen die entsprechende Realität? Mag man nun das Symbol mit v. Wittgenstein als „Bild" definieren oder übereinkommen, im Bild eine „Tatsache" zu sehen, die dargestellten Tatsachen „gleicht", nichts ändert die im wesentlichen geistige Natur des Sachverhalts, der durch die Symbole ausgedrückt wird. Auch wenn man behauptet, daß die Logik lediglich ein Sprachgebrauch sei, bleibt sie eine Sprache, die sich ausbildet und nicht durch äußere Feststellungen entdeckt wird — und eine Sprache setzt psychologische Subjekte voraus, die miteinander sprechen und sich unter den so erarbeiteten Zeichen etwas vorstellen können. Psychologisch mag die symbolische Funktion das Denken erklären (oder die Fähigkeit, sich mittels Zeichen oder Bilder etwas vorzustellen), aber sie setzt umgekehrt auch etwas voraus; genauer gesagt, sie erklärt es nur unter der Bedingung, die wesentlichen Attribute darin einzuschließen. Wenn das Denken nur eine Sprache ist, dann deshalb, weil die Sprache ein begriffliches Instrument ist, ein exaktes symbolisches System, weit davon entfernt, die Operation zu unterdrücken. Dieses System ist in doppelter Hinsicht operativ: es stellt durch seine symbolischen Operationen keine völlig fertige Realität dar, sondern ein Spiel von wirklichen Operationen. Wenn man also die logisch-mathematischen Strukturen auf eine Syntax reduziert, schließt dies keineswegs ihre operative Fruchtbarkeit aus. Es bleibt vor allem der überraschende Gegensatz bestehen, daß der eigentlich mathematische Sprachgebrauch, dessen tautologischen Charakter man uns glauben machen will, unendlich reichhaltiger ist als die ausschließlich logische

Syntax: Warum sind die Tautologien der formalen Logik trotz allem so kurz, während die „Tautologien", die sich aus der Zahlentheorie, der Analysis oder der Geometrie ergeben, ganze Bände erfordern, um darin beschrieben, und Jahrhunderte von ununterbrochenen Entdeckungen, um entwickelt zu werden?

Im ganzen scheint es daher unmöglich, zu leugnen, daß die operative Konstruktion, die durch die Erkenntnistheorie des Wiener Kreises von der reinen Logik und von den mathematischen Wissenschaften abgetrennt wurde, im Verlauf der zweiten Periode der Geschichte der logistischen Theorien notwendigerweise auf dem psychologischen Gebiet auftritt, was, ebenso unvermeidlich, neuerdings auf das Problem ihrer logistischen Formalisierung führt. Zwischen dem logistischen Symbol und der „physikalischen Tatsache" steht eine Handlung des Subjekts, und die Operation erscheint so als unerläßliche Verbindung zwischen dem ersteren und dem letzteren. Dies geben die „Wiener" übrigens teilweise zu, wenn es sich um das Bewußtsein handelt: Obwohl die mathematischen Wissenschaften logisch „Tautologien" sind, werden sie psychologisch als konstruktiv und fruchtbar erlebt. Muß man dieses Gefühl aber als eine subjektive Illusion betrachten, oder ist es erkenntnistheoretisch notwendig, dem Subjekt eine wirkliche Aktivität zuzuordnen, um so die „Tatsache" mit ihren „Symbolen" zu vereinen?

Drei Gründe scheinen diese zweite Betrachtungsweise zu rechtfertigen. Der erste Grund ist die fortschreitende Konvergenz zwischen den psychologischen und den logischen Untersuchungen; die ganze Entwicklung der Intelligenz nähert sich einem Übergang von der irreversiblen Handlung zu den reversiblen Operationen, und diese Operationen bilden sich psychologisch in Form von genau definierten Gesamtsystemen aus: Diese entsprechen jedoch, je nach den vorkommenden Operationen, entweder mathematischen „Gruppen" (die Folge der Zahlen, die Verschiebungen im Raume usw.) oder elementareren „Gruppierungen" der Klassen und der Relationen, deren Struktur wir untersucht haben (Kap. I, 3.). Diese Neigung des lebendigen Denkens und der konkreten intellektuellen Prozesse zur Konstruktion von Systemen, die deren Gleichgewichtsformen bilden und übrigens direkt axiomatisierbar sind – in logische Strukturen –, ist eine Tatsache, deren erkenntnistheoretische Bedeutung nicht vernachlässigt werden darf: Diese genetischen Gegebenheiten müssen einbezogen werden, wenn man wirklich von einer „Einheit" der Wissenschaft sprechen will, im Gegensatz zur etwas rudimentären Psychologie, mit der sich der „logische Empirismus" zufriedengibt.

Man kann zweitens vom streng logistischen Gesichtspunkt aus die mathematischen Wissenschaften und die Logik nur auf eine ausgedehnte Tautologie reduzieren, wenn alle bei den logisch-mathematischen Strukturen vorkommenden Beziehungen an eine reine Identität assimilierbar sind. Dies ist aber nun nicht der Fall, und die gegenteilige Illusion hat sich aus der im wesentlichen atomaren Untersuchungsmethode ergeben: Wenn Russell z. B. die eindeutige Zuordnung zwischen zwei Termen auf die Identität reduziert, vernachlässigt er die verschiedenen möglichen Modi der Entsprechung, als Gesamtsystem betrachtet[1] (daraus folgt seine Assimilation der Kardinalzahlen an eine Klasse von Klassen). Wenn man allerdings die Totalitäten als solche untersucht, bildet nicht die Identität die fundamentale logische Beziehung, sondern die Reversibilität, und die Identität reduziert sich auf das Produkt der direkten mit der inversen Relation. Die Reversibilität ist aber ein operativer Begriff, der, wie wir gesehen haben, gegen die Gleichgewichtsform der entsprechenden geistigen Prozesse konvergiert.

Ein dritter Grund verbietet, die Logik und die mathematischen Wissenschaften auf eine reine und einfache Tautologie zu reduzieren. Er folgt aus der Entwicklung der logistischen Arbeiten, die in der zweiten Periode, die wir hier betrachten, ihren Anfang nahm. Die erkenntnistheoretische Hypothese der allgemeinen Tautologie, die den logisch-mathematischen „Syntaxen" zugrundeliegt, setzt die Möglichkeit einer Reduktion des Folgerns oder des Schließens auf das rein logische Schema des Aussagekalküls voraus. Sie impliziert zumindest, die mathematischen Wissenschaften ließen sich als eindeutiges formales System rekonstruieren. Nun ist aber gerade diese Eindeutigkeit durch die Arbeiten in der dritten Periode, vor allem durch diejenigen von Hilbert und von Gödel, erschüttert worden, deren Rückwirkung wir nun untersuchen wollen.

III. Die dritte Periode der Logistik erneuerte sowohl den Gesichtspunkt der Reduktion der mathematischen Wissenschaften auf die Logik als auch die Ansicht über die tautologische oder nicht-tautologische Natur der Mathematik und der Logik: Durch die Arbeiten von Hilbert über die Axiomatisierung der Arithmetik vorbereitet, wurde die eigentliche Krise durch die Entdeckungen von Gödel im Jahre 1929 ausgelöst und zwang die alten Mitglieder des Wiener Kreises, ihre Position abzuschwächen, bis sie aus der Logik eine Syntax aller Syntaxen machen mußten (wie dies heute Carnap behauptet), im Gegensatz zur elementaren Sprache, in deren Namen man zuerst alle Probleme zu eliminieren und die axiomatischen Systeme zu „schließen" trachtete.

Nachdem Hilbert die Widerspruchsfreiheit der Geometrie bewiesen hatte, indem er sich auf die Arithmetik stützte, versuchte er von 1904 an, die

[1] Vgl. Kap. I, 4.

Widerspruchsfreiheit der Arithmetik zu beweisen. Die Widerstände, denen er begegnete, führten ihn aber dazu, in zwei wichtigen Punkten die ursprüngliche Position von Russell, die durch die Wiener entwickelt worden war, zu modifizieren: 1. Er verzichtete auf eine reine und einfache Reduktion der Mathematik auf die Logik. Im Gegenteil, als er von der Logik zur Arithmetik und von dieser zur Analysis überging, führte er jedesmal neue Variablen und neue Axiome ein. Um die Arithmetik zu formalisieren, gab er sich z. B. den Aussagenkalkül, die Axiome der Gleichheit, der Rekursion für die Addition und die Multiplikation vor sowie ein Axiom, das dem „Auswahlaxiom" benachbart ist. Es gibt somit nicht mehr eine Reduktion des Höheren auf das Tiefere, z. B. von der Zahl zur Klasse, von der Schlußweise durch Rekursion zu der rein logischen Verkettung der Inklusion oder der asymmetrischen Relationen, sondern im Gegenteil eine Unterordnung der reinen Mathematik unter die „Metamathematik", d. h. unter eine Disziplin, die sowohl die Logik als auch die Mathematik umfaßt und deren Objekt es ist, die Widersprüchlichkeit und Vollständigkeit der Axiome der formalisierten Mathematik zu beweisen. 2. In zweiter Linie und *a fortiori* verzichtete Hilbert auf jede tautologische Interpretation der Logik und der mathematischen Wissenschaften und fand sich gegen seinen Willen von neuem mit dem Problem der Fruchtbarkeit konfrontiert. Tatsächlich sind es drei Kriterien, die er von jeder vollständigen Axiomatik forderte, die Unabhängigkeit der Axiome, ihre Widerspruchsfreiheit und ihre Vollständigkeit, d. h. die Beweismöglichkeit aller Konsequenzen, die man daraus ziehen kann. Nun zeigte sich aber die Unabhängigkeit der Axiome als so groß, daß Hilbert sogar auf dem Gebiet der reinen Arithmetik weder zum Beweis der Widerspruchsfreiheit noch der Vollständigkeit gelangte. Dies sollte zur Genüge zeigen, daß man auf dem rein axiomatischen Gebiet nicht mehr in legitimer Art von einer tautologischen Natur der logisch-mathematischen Konnexionen sprechen kann: die Operationen, von denen wir (unter II.) gesehen haben, daß sie sich notwendigerweise zwischen die „Tatsachen" und die logischen Ausdrücke schieben, erweisen sich als so reichhaltig, daß die „unabhängigen" Axiome der arithmetischen Axiomatik noch nicht als widerspruchsfrei bewiesen werden konnten ...[1].

Tatsächlich erwies sich das von Hilbert aufgeworfene Problem als noch viel komplexer, als der berühmte Erfinder der metamathematischen

[1] Dies hindert gewisse Vertreter der Wiener Logistik nicht daran, ihre tautologische Konzeption aufrechtzuerhalten. 1948 schrieb M. Boll sogar („Manuel de Logique scientifique", S. 523), daß die Arithmetik eine „immense Fortsetzung der Logik" sei, die als Tautologie begriffen werden könne!

Methode dies vermutete. Wie immer zeigte sich auch in diesem Punkt die ausgebrochene Krise als fruchtbarer als alle Dogmatismen. Von 1929 bis 1934 wurden die Anstrengungen, um die Widerspruchsfreiheit der Arithmetik und vor allem das allgemeine Axiom der vollständigen Induktion zu beweisen, durch die Arbeiten von Herbrand, von Gödel und Gentzen bereichert, die die Frage in verschiedenen Hinsichten erneuerten, ohne allerdings zu ihren Zielen zu gelangen. Der Versuch von Herbrand[1] bestand darin, die Operationen seines Beweises auf immer einfachere Operationen und schließlich auf eine direkt verifizierbare Form zurückzuführen. Indem er durch endliche Disjunktion von Termen, die keine Variablen mehr enthalten, bis zur Entscheidung vorging, ob diese Disjunktion eine logische Identität sei, gelang es ihm schließlich, eine gewisse Zahl von Kompatibilitäten zu beweisen, aber nicht das allgemeine Axiom der vollständigen Induktion, das nicht auf diese Methode reduzierbar ist.

1929 gelangte Gödel zum entscheidenden Wendepunkt, indem er den positiven Grund für diese Widerstände angab. Aus einem berühmt gewordenen Theorem, das sich auf ein System von rekursiven Relationen bezieht, leitete er das wichtige Resultat ab, daß die Widerspruchsfreiheit einer Theorie sich weder allein aus den Elementen dieser Theorie beweisen noch auf die Widerspruchsfreiheit einer einfacheren Theorie reduzieren lasse. Die Widerspruchsfreiheit der Arithmetik ist also nicht logisch beweisbar, und beim gegenwärtigen Stand der Wissenschaften kann sie nur auf einem metamathematischen Beweis beruhen, der auf transfinite Instrumente zurückgreift. Es folgt daraus, daß die Legitimität des rekursiven Schließens nicht durch die Logik begründet werden kann, nicht nur, weil keine Herleitung direkt möglich ist, sondern weil überdies die Möglichkeit fehlt, das System der arithmetischen Wahrheiten zu „vervollständigen“. Anders ausgedrückt: die Verallgemeinerung einer Eigenschaft, die für Null oder für den Nachfolger einer gegebenen Zahl als wahr oder falsch verifiziert wurde, kann nicht für alle Zahlen als wahr oder falsch bewiesen werden, wenn man auf die Logik allein zurückgeht.

Gentzen gelang es 1934, durch ein der Herbrandschen Methode benachbartes Vorgehen die Widerspruchsfreiheit der Arithmetik zu beweisen und das allgemeine Axiom der Induktion in den Beweis einzuschließen, aber nur unter Einbezug des Transfiniten in seine Überlegung und, wie er selbst sagte, unter Rückgriff auf Mittel, die die Arithmetik übersteigen[2].

---

[1] J. Herbrand, „Recherches sur la théorie de la démonstration“, Thèse: Paris 1930.

[2] Zitiert von Lautman in: „Les schémas de genèse“, Hermann: Paris 1938, S. 148.

Diese Entwicklungen der Hilbertschen Metamathematik sind reich an logischen und erkenntnistheoretischen Einsichten. Wenn man die Widerspruchsfreiheit der Arithmetik nicht beweisen kann, indem man das klassische Kriterium anwendet ($p \cdot \bar{p} = 0$), ohne sich dabei auf Wahrheiten höherer Ordnung als die der arithmetischen anzulehnen (Wahrheiten, die die Arithmetik voraussetzen), so beweist dies entweder eine ungenügende Kohärenz der mathematischen Wissenschaften oder das Ungenügen der Verfahren, über die gegenwärtig die logistische Formalisierung verfügt. Es ist äußerst bemerkenswert, daß niemand im entferntesten daran denkt, die logische Kohärenz der mathematischen Wissenschaften zu bezweifeln, obwohl es gegenwärtig unmöglich ist, sie auf ein einziges formales System zu reduzieren. Es bleibt also nichts anderes übrig, als die Logik zu verfeinern, da das für die Arithmetik charakteristische operative System nicht durch die operativen Systeme der klassischen Logik allein als widerspruchsfrei bewiesen werden kann.

Diese Berichtigung der Logik wurde auf drei Arten unternommen oder kann auf drei Arten verstanden werden, die übrigens eines Tages verschmelzen könnten. Man hat in erster Linie versucht, die klassische, zweiwertige Logik als Spezialfall einer allgemeineren, dreiwertigen Logik (durch Annahme eines nicht-ausgeschlossenen Dritten), einer vierwertigen oder sogar unendlichwertigen Logik aufzufassen: Die Anstrengung der Erweiterung geht vom Prinzip des ausgeschlossenen Dritten bis zu einem Prinzip des ausgeschlossenen $n^{\text{ten}}$, mit der mehr oder weniger expliziten Idee, auf diese Weise zu einer Logik des Unendlichen zu gelangen, die den mathematischen Wissenschaften besser angepaßt ist als die Logik der endlichen Mengen. Als zweites könnte man die Metatheorie perfektionieren, bis sie formale Systeme bildet, die immer präziser die mathematischen Theorien nachahmen, was letzten Endes dazu führt, der Mathematik ihre eigene Logik anzupassen. Schließlich könnte man aber – und diese dritte Lösung ist bisher anscheinend noch nicht versucht worden – das Prinzip der Widerspruchsfreiheit erweitern: Warum genügt der Ausdruck $p \cdot \bar{p} = 0$, der auf der einfachen Komplementarität von $p$ und $\bar{p}$ beruht, im Universum der Abhandlungen nicht, um die Widerspruchsfreiheit der Arithmetik zu gewährleisten? Wäre es nicht möglich, daß ein System von Inklusionen, das eine vollständige Induktion gewährleistet und auf den Gruppen und dem Körper der reellen Zahlen beruht, in ein System von lediglich intensiven Inklusionen eingeschlossen, d. h. durch reine Komplementaritäten definiert werden könnte? Diese drei Lösungen sprengen auf drei verschiedene Arten den Rahmen der zweiwertigen Logik, von der man erkannt hat, daß sie weder die mathematischen Wissenschaften zu absorbieren vermöchte noch ein Kriterium der Widerspruchsfreiheit angeben könnte, falls sich die logischen und die mathematischen Strukturen vermischten.

Die ersten Angriffe gegen die zweiwertige Logik gingen aus dem Brouwerschen Intuitionismus hervor. Nachdem Brouwer entschlossen war, nur wirklich konstruierte mathematische Gegebenheiten zuzulassen, kam er dazu, den Wert des Schließens, das sich auf unendliche Mengen und indirekte Beweise (durch Rückführung auf die Absurdität) stützt, neu zu untersuchen. Indem er so die Logik auf eine einfache verbale Klassifizierung der endlichen Mengen reduzierte, bezweifelte er entschieden die Möglichkeit der Anwendung des Prinzips des ausgeschlossenen Dritten im Unendlichen, indem er ein *tertium* als möglich erachtete: das Unbeweisbare, das zwischen dem Wahren, tatsächlich Konstruierten und dem Absurden liegt. Nachdem Wavre die Möglichkeit der Formalisierung eines solchen Gesichtspunkts bewiesen hatte, konstruierte Heyting eine dreiwertige Logik, die sich an den Intuitionismus anpassen ließ. Außer der mehrwertigen Wahrscheinlichkeitslogik von Reichenbach und mehreren anderen Versuchen (Gonseth usw.) verallgemeinerten die Mitglieder der polnischen Schule, vor allem Lucasiewicz und Tarski, diese Versuche, bis sie zur Bildung eines Prinzips des ausgeschlossenen $n^{\text{ten}}$ und einer Logik einer unendlichen Zahl von Werten gelangten. Dies ist eine sehr interessante Anstrengung, deren effektive Tragweite man sicherlich noch nicht ausgeschöpft hat. Allerdings wurde sie bis jetzt durch zwei Umstände eingeschränkt. Wenn sie auch neue Kategorien vorbereitet, die eines Tages den Problemen der Rekursion gerecht werden könnten, so hat einerseits bis jetzt noch keine entscheidende Anwendung diese Erweiterung in den Augen aller gerechtfertigt, und viele Autoren sind immer noch der Auffassung, daß eine Rückführung der Mehrwertigkeit auf die einfache Zweiwertigkeit möglich sei. Andererseits ist eine Logik mit einer unendlichen Zahl von Wertigkeiten noch nicht eine Logik des Unendlichen, und da eine „allgemeine Logik" noch nicht gefunden wurde, besteht das Problem nach wie vor zu wissen, ob sie überhaupt möglich ist.

Als zweites wurde die Logik innerhalb der metamathematischen Theorien erweitert. Neben der rein intensiven Logik der Klassen und der von der Zahl unabhängigen Relationen sowie der Logik der zweiwertigen Aussagen kann man sich eine Logik der mathematischen Wissenschaften denken, die streng logische Axiome mit Axiomen vermischt, die aus der Arithmetik, der Analysis oder vor allem aus den transfiniten Strukturen entliehen sind. Solche Aggregate, die gerade die metamathematischen Theorien kennzeichnen, können unendlich verbessert werden, und von ihnen erwartet man im allgemeinen die Vollendung der mathematischen Formalisierung. Aber selbst wenn man derart über die reine Logik hinausginge und nicht auf das illusorische Ideal einer Reduktion der Mathematik auf die Logik zurückkäme, gelangte man nicht zum Beweis der Widerspruchsfreiheit der arithmetischen Systeme, außer man stützte sich, wie wir gezeigt haben, auf Axiome höherer Ordnung: Dieser Widerstand gegenüber der „Vollendung" der Formalisierung zeigt mehr noch als der Mißerfolg der Russellschen Reduktion des Höheren auf das Tiefere die Verschiedenartigkeit der Logik und der Mathematik. Es gibt also eine relative Autonomie der höheren Stufen, und es ist deshalb nötig, eine spezifische Logik zu bilden, die sich durch sukzessive Eingliederung neuer, der reinen Logik fremder Axiome immer besser an diese höheren Stufen anpaßt. Je mehr sich aber diese gemischte Logik auf der metamathematischen Ebene entwickelt, desto mehr ahmt sie die eigentliche Mathematik nach, bis sie diese mit wachsender Anpassungsfähigkeit schließlich kopiert. Wenn man dabei von einer progressiven Assimilation der Logik und der Mathematik sprechen kann, so ist diese Assimilation reziprok und läuft immer darauf heraus, das Niedrige durch das Höhere zu bereichern, wie auch das Höhere in die Strukturen des Niedrigeren zu übersetzen. Ein Beispiel möge dies verdeutlichen. Hilbert bewies das Prinzip des ausgeschlossenen Dritten, indem er sich auf ein gewisses Axiom der transfiniten Wahl stützte: $A(tA) \supset A(a)$ bedeutet, daß wenn die Eigenschaft *A* dem ausgewählten Objekt *(tA) zukommt, sie auch allen andern (a)* zukommt. Das Beispiel, das er im Endlichen gab, ist das folgende: Wenn *A* die Eigenschaft hat, bestechlich zu sein, und das ausgewählte Objekt (*tA*) der unbestechlichste Mensch ist, dann sind alle Menschen (*a*) bestechlich. Wenn man sich die Möglichkeit gibt, in der Menge der Menschen den unbestechlichsten herauszufinden, ist aber klar, daß man sich dadurch die Fähigkeit zuschreibt, alle Menschen aufzureihen und sie untereinander oder von „Klasse zu Klasse" unter dem Gesichtspunkt der transitiven asymmetrischen Relation „mehr (oder weniger) bestechlich" zu vergleichen. Wendet man diese Fähigkeit auf die transfiniten Mengen an, so bedeutet dies, daß man sich das Recht anmaßt, alle zu ordnen (nicht notwendigerweise nach der Beziehung der „Wohlordnung", sondern nach einer einfachen Ordnung oder nach vorgängigen Unterteilungen). Kurz, die Einführung eines solchen Axioms läuft darauf heraus, sich mehr vorzugeben, als man braucht, um einen speziellen mathematischen Sektor zu logifizieren. Indem man sich aber zuviel vorgibt, bereichert man das Niedrigere, statt das Höhere auf dieses zu reduzieren: Insofern verdoppelt die erweiterte Logik der Metatheorien die mathematischen Wissenschaften, indem sie eher die Logik in eine Metalogik einbaut als umgekehrt, bis die mathematischen Wissenschaften selbst ihre eigene Logik bilden. Das Prinzip der vollständigen Induktion ist auch in diesem Fall als ein spezifischer Modus des

Schließens aufzufassen, der nicht auf die einfache zweiwertige Logik reduziert werden kann.

Als drittes könnte man sich eine Lösung vorstellen, die den Begriff der Widerspruchsfreiheit erweitert, bis die Widerspruchsfreiheit der zweiwertigen Logik zu einem einfachen Spezialfall jener Widerspruchsfreiheit wird, welche die Logik der reversiblen Operationen im allgemeinen kennzeichnet. Was bedeutet nämlich der klassische Ausdruck $p \,.\, \bar{p}$, Symbol des Widerspruchs zwischen Aussagen? Er bedeutet, daß man das Universum der Abhandlungen (nennen wir es $z$) in zwei Wertklassen unterteilt, deren eine die Aussage $p$ und die andere die Aussage $\bar{p}$ bestätigen, und daß diese beiden, $p$ und $\bar{p}$ entsprechenden Klassen, in $z$ komplementär sind. Man hat damit als Definition:

(1) $p \,.\, \bar{p} = 0$ (2) $p \vee p = z$

(3) $\bar{p} = z \,.\, \bar{p}$ (3) $p = z \,.\, \bar{\bar{p}}$

Wenn z. B. $p$ bedeutet „$x$ ist lebendig“, so gehören die $x$ entweder zu den lebendigen oder zu den nicht-lebendigen ($\bar{p}$) Wesen, und die Nichtwidersprüchlichkeit ($p \,.\, \bar{p} = 0$) reduziert sich auf die Behauptung, daß kein $x$ sowohl lebendig als tot sein kann, da definitionsgemäß „nicht lebendig“ komplementär zu „lebendig“ ist. Daraus folgt, daß die Lebendigen alle z sind, die nicht tot sind (4), und daß die Toten jene z sind, die nicht lebendig sind (3).

Dieses Kriterium ergibt sich aber nur aus einer einfachen Komplementarität, d. h. es ist von rein intensivem Charakter[1] und setzt nur die Beziehung der Inklusion des Teils im Ganzen voraus: Die einzige bekannte Beziehung zwischen einem der Teile ($p$) und dem andern Teil ($\bar{p}$) ist tatsächlich eine Relation der Komplementarität, d. h. eine Relation, die sich auf das Ganze bezieht: $p = z \,.\, \bar{\bar{p}}$. Ist es nun erstaunlich, daß diese ausschließlich intensive Definition der Widerspruchsfreiheit nicht genügt, um dem logischen Zusammenhang der extensiven und numerischen Systeme Rechnung zu tragen? Es ist im Gegenteil klar, daß diese Systeme den intensiven Rahmen überschreiten und ein feinfühligeres Kriterium der Widerspruchsfreiheit benötigen.

Nehmen wir z. B. an, daß man in einem arithmetischen System durch die ausgewählten Axiome, aber bei Beibehaltung der gewöhnlichen Definitionen der Zahlen 2, 4 und 5, eine Aussage erhält wie $2 + 2 = 5$. Wenn wir $2 + 2$ sowohl der Aussage $p$ und 5 der Aussage $\bar{p}$ entsprechen lassen, so stellt sich die Frage, warum diese zwei Aussagen widersprüchlich sind. Sind sie es lediglich, weil sich die (unendliche) Menge der ganzen Zahlen in

---

[1] Für die Definition von „intensiv“ und „extensiv“ siehe Kap. I, 3.

zwei komplementäre Teilmengen aufspaltet, deren eine die Beziehungen $0 + 4 = 4; 1 + 3 = 4; 2 + 2 = 4 \ldots$ usw. enthält, und die andere alle andern wahren Relationen, die 5, 6 und 7 betreffen, aber so, daß keine Gleichung entsteht, die auf der einen Seite $2 + 2$ enthält und auf der andern Seite eine andere Zahl als 4? Es ist klar, daß man auf diese einfache Art weder zu einem Beweis noch zu einer anschaulichen Versicherung der Widerspruchsfreiheit des Systems gelangt. Dies ist aber ungefähr der Weg, den man einschlägt, wenn man die Arithmetik der Logik unterstellen will. Die arithmetische Widerspruchsfreiheit ergibt sich dagegen daraus, daß die verallgemeinernden Operationen der ganzen positiven und negativen Zahlen eine Gruppe bilden, so daß die direkte Operation $+ 1$ durch die inverse Operation $- 1$ in der Form $+ 1 - 1 = 0$ annulliert wird. Diese Komposition der direkten Operation $+ 1$ und der inversen $- 1$ zur Identität 0 ist die der logischen Gleichung $p \,.\, \bar{p} = 0$ auf der Ebene der ganzen Zahlen entsprechende Realität. Es sind also alle numerischen Gleichungen widersprüchlich, in denen sich die direkten und indirekten Operationen nicht gegenseitig aufheben: sei $+ n - n \lesseqgtr 0$. Daraus folgt, daß die arithmetische Widerspruchsfreiheit auf ein anderes Kriterium zurückgeht, das viel feiner ist als die rein logische oder intensive Widerspruchsfreiheit, die aus der Komplementarität herstammt.

Welches ist aber die Beziehung zwischen diesen zwei Arten von Widerspruchsfreiheit? Sie ergibt sich aus dem Spiel der direkten und der inversen Operationen, und man kann die Widerspruchsfreiheit allgemein durch die Reversibilität definieren, wobei man die verschiedenen Stufen der Widerspruchs freiheit differenziert, je nach den operativen Systemen, die durch ihre reversible Komposition gekennzeichnet sind. Vor allem ist die logische Widerspruchsfreiheit $p \,.\, \bar{p} = 0$ eine spezielle reversible Komposition, die darin besteht, eine direkte Operation (oder Behauptung) durch ihre inverse Operation (oder ihre Negierung) zu annullieren, was auf die identische Operation $A$ führt.

Wir haben anderswo[1] gezeigt, daß die ganze Aussagenlogik auf eine einzige „Gruppierung" reduziert werden kann: zum Begriff der „Gruppierung" (s. Kap. I, 3.), deren direkte Operation die Disjunktion $p \vee q$ und deren inverse Operation die konjunkte Negation $\bar{p} \,.\, \bar{q}$ ist, wobei wir uns auf die bekannte Regel der Dualität $\overline{p \vee q} = \bar{p} \,.\, \bar{q}$ und $\overline{\bar{p} \,.\, \bar{q}} = p \vee q$ stützen. Aus der allgemeinen identischen Operation (v) 0 und den speziellen identischen Operationen $(p \vee p = p)$ und $(p \vee z = z)$ kann man die Aussagenlogik der Gleichungen (1) bis (4) entnehmen:

$p \,.\, \bar{p} = 0; p \vee \bar{p} = z; p = z \,.\, \bar{\bar{p}}$ und $\bar{p} = z \,.\, \bar{p}$.

[1] „Traité de Logique", § 39.

Eine „Gruppierung“ ist nun aber das einzige System von reversibler Komposition, das mit den rein intensiven Beziehungen der Inklusion des Teils im Ganzen und der Komplementarität verträglich ist; daraus folgt, daß die logische Widerspruchsfreiheit $p \,.\, \bar{p} = 0$ lediglich die Reversibilität dieses Systems ausdrückt. Es ist deshalb klar, daß sie nicht genügen kann, um die Widerspruchsfreiheit der Arithmetik zu beweisen, da dieser Beweis darauf hinausliefe, die extensiven Beziehungen von Teil zu Teil und, vor allem, die numerischen Beziehungen (Iteration der Einheit und vollständige Induktion) auf intensive Beziehungen (der Komplementarität und der Inklusion) allein zu reduzieren!

Wenn sich die allgemeine Widerspruchsfreiheit dagegen auf die allgemeine Reversibilität bezieht, schafft sich jedes System von Gruppen seine Widerspruchsfreiheit selbst und enthält ein spezielles Kriterium des Widerspruchs, das mit der identischen Operation des Systems in Beziehung steht. Von diesem Gesichtspunkt aus reduziert sich die Logik der mathematischen Wissenschaften auf die mathematischen Strukturen.

IV. Aus den vorangegangenen Betrachtungen kann eine Interpretation des mathematischen Schließens abgeleitet werden, das dessen Fruchtbarkeit und Strenge vereinigt, sich aber vom rein logischen Schließen unterscheidet.

Schon das logische Schließen ist fruchtbar, da zwei beliebige logische Operationen, die untereinander kombiniert werden, eine neue Operation ergeben, die nicht in den Komponenten enthalten ist. Es sei z. B. die Konjunktion $(p \,.\, q)$ gegeben: sie behauptet, daß die Kombination von $p$ und $q$ wahr ist, wenn $p$ und $q$ jede für sich wahr ist (z. B. $p$ = „$x$ ist ein Säugetier“ und $q$ = „$x$ ist ein Wirbeltier“). Wenn wir andererseits $(\bar{p} \,.\, q)$ behaupten, nehmen wir die mögliche Konjunktion von $q$ mit „nicht-$p$“ an (z. B. wenn $x$ ein Vogel ist, ist $x$ sowohl Nicht-Säugetier als auch Wirbeltier, d. h. $(\bar{p} \,.\, q)$. Die Vereinigung von $(p \,.\, q)$ und von $(\bar{p} \,.\, q)$ in der Form $(p \,.\, q) \vee (\bar{p} \,.\, q)$ enthält aber mehr als $(p \,.\, q)$ und $(\bar{p} \,.\, q)$, jede für sich genommen: Diese disjunktive Vereinigung bedeutet, daß $q$ wahr ist, unabhängig von der Wahrheit oder Falschheit von $p$. Fügen wir noch die Wahrheit von $\bar{p} \,.\, \bar{q}$ (weder Säugetier noch Wirbeltier) hinzu und leugnen wir die Wahrheit von $p \,.\, \bar{q}$ (Säugetier und nicht Wirbeltier): diese Vereinigung $(p \,.\, q) \vee (\bar{p} \,.\, q) \vee (\bar{p} \,.\, \bar{q})$ mit Ausschließung von $p \,.\, \bar{q}$ bedeutet, daß $p$ $q$ impliziert (sei $p \supset q$), d. h. wir behaupten eine wesentliche Beziehung zwischen $p$ und $q$, die weder in $(p \,.\, q)$ noch $(\bar{p} \,.\, q)$ noch sogar in $(p \,.\, q) \vee (\bar{p} \,.\, \bar{q})$ enthalten ist. Die Fruchtbarkeit der Logik folgt also aus ihren operativen Kompositionen, die von jeder Deduktion, so tautologisch sie auch zu sein scheint, vorausgesetzt wird.

Die Strenge des logischen Schließens ergibt sich aus der Reversibilität der möglichen Kompositionen, die (wie wir soeben gesehen haben) das eigentliche Kriterium der Widerspruchsfreiheit ($p \cdot \bar{p} = 0$) ist. Die Strenge der Aussagenlogik rührt also von der Tatsache her, daß ihre Kompositionen nicht nur einen Verband bilden, sondern darüber hinaus eine „Gruppierung", d. h. einen Verband, der durch seine hierarchischen Komplementaritäten reversibel geworden ist und dessen fundamentale „identische Operation" gerade ($p \cdot \bar{p} = 0$) ist. Die Strenge folgt daher weder aus der reinen Identität $p = p$ noch aus der als eine statische, unabhängige Form begriffenen Widerspruchsfreiheit, sondern aus der Reversibilität des Gesamtsystems, dessen nicht-identische Zusammensetzungen übrigens seine Fruchtbarkeit erklären[1].

Wenn wir nun von der Logik zum mathematischen Schließen übergehen, verstehen wir, warum seine Fruchtbarkeit viel ausgeprägter ist, obwohl seine Strenge auf einem äquivalenten Prinzip beruht, aber mit einer stark verfeinerten Anwendung.

Die Fruchtbarkeit des mathematischen Schließens übersteigt diejenige des logischen Schließens aus dem folgenden Grund: Anstatt die Teile ohne weiteres in das Ganze einzuschachteln oder die Teile untereinander nur durch die Komplementarität oder Unterteilung zu verbinden (was von neuem eine Inklusion darstellt), konstruiert das mathematische Schließen eine immer reichhaltigere Menge von Relationen unter den Teilen, die untereinander verglichen werden, ohne das Ganze einzubeziehen (Produkte, eineindeutige Zuordnung usw.). Wenn es sich als unmöglich erwiesen hat, das allgemeine Prinzip der vollständigen Induktion allein durch logische Mittel zu „begründen", so heißt dies, anders ausgedrückt, daß jede numerische Rekursion direkte Relationen zwischen den Teilen des betrachteten Ganzen voraussetzt und daß es ausgeschlossen ist, solche Relationen auf die Beziehung des Teils zum Ganzen zu reduzieren (Inklusion und Komplementarität). In dem Maße und aus denselben Gründen, wie die Zahl die intensive Klasse übersteigt, kann das Schließen durch Rekursion nicht mehr auf die operativen Kompositionen der zweiwertigen Aussagenlogik reduziert werden. Die beträchtliche Ausweitung der Fruchtbarkeit, die den Übergang von der Logik zur Mathematik darstellt, folgt daher aus dem Unterschied zwischen der einfachen „Gruppierung" (oder reversiblen Komposition der Relationen des Teils zum Ganzen) und den numerischen,

[1] Dies entspricht den Anstrengungen der gegenwärtigen, sogenannten dialektischen Disziplinen der Logik, über den Gesichtspunkt der Identität oder der einfachen Widerspruchsfreiheit hinauszugehen und zu Transformationen vorzustoßen, die mit einem Gesamtsystem verknüpft sind.

algebraischen und geometrischen Gruppen, die auf die direkten Relationen zwischen den Teilen gegründet sind.

Es ist nun aber gerade diese fundamentale Gruppenstruktur, die die Strenge des mathematischen Denkens gewährleistet (sobald die elementaren Beziehungen des Teils zum Ganzen überschritten sind, die sich in der Mengenlehre wiederfinden). Wenn die Widerspruchsfreiheit auf der Reversibilität beruht, findet man also, ausgehend von der logischen Widerspruchsfreiheit, eine Stufenfolge der Widerspruchsfreiheit, die mit den Formen der sich durch die Differenzierung der Systeme verfeinernden Reversibilität verbunden ist. Wie dies schon G. Juvet betonte, ist man erst sicher, daß eine Theorie logisch konsistent ist[1], wenn man ihre „fundamentale Gruppe" entdeckt hat, auf der sie beruht. Dies sollte genügen, um zu zeigen, daß die Strenge des mathematischen Schließens nicht von seiner Fruchtbarkeit getrennt werden kann: die Fruchtbarkeit folgt aus dem unbegrenzten Charakter der operativen Kompositionen, deren Strenge durch die Reversibilität gewährleistet wird.

Die Untersuchung des mathematischen Schließens bereitet die Lösung vor, die beim Problem der abstrakten Dinge gegeben werden muß: In dem Maße, wie die Mathematik die Logik übersteigt, erweist sich die operative Existenz als um so wirksamer, als sie in doppelter Hinsicht nicht mehr auf die reine Tautologie reduziert werden kann.

## 6. *Die Thesen von J. Cavaillès und A. Lautman*

Die Entwicklung der Beziehungen zwischen der Logistik und den mathematischen Wissenschaften während der dritten der drei unterschiedenen Perioden führte zwei philosophische Mathematiker, J. Cavaillès und A. Lautman, zu einer Gesamtreflexion über die Natur der Operationen und der mathematischen Dinge. Die beiden Werke dieser Autoren[2], die im selben Jahr (1938) erschienen, sind um so interessanter zu vergleichen, als sie – obwohl im ersten Augenblick in sehr verschiedene Richtungen weisend – in Wirklichkeit in den wesentlichen Behauptungen über die mathematische Zukunft konvergieren, wie auch über die operative Dialektik, die von einem dieser Autoren auf der Ebene der Bewußtseinsentwicklung und

[1] G. Juvet, „L'axiomatique et la théorie des groupes", Actes du Congrès intern. de Philos. scientifique VI., Hermann: Paris 1936.

[2] J. Cavaillès, „Méthode axiomatique et formalisme", Hermann: Paris 1938, und A. Lautman, „Essai sur les notions de structure et d'existence en mathématique", Hermann: Paris 1938.

vom andern auf den beiden entsprechenden Ebenen der Geschichte und der Platonischen Essenzen eingeführt wurde, um den Zusammenhang der genetischen Konstruktion mit den Formen des globalen Gleichgewichts zu erklären.

„So fruchtbar die operative Dialektik auch sein mag, und so eng sie mit dem eigentlichen mathematischen Denken verbunden ist — kann sie mit der axiomatischen Methode begründet werden? Obwohl sie für einen operativen Prozeß charakteristisch sind, können die Axiome eines Systems diesen Prozeß nur beschreiben", sagt Cavaillès (S. 79), und trotz der Analogien zwischen der Anstrengung von Hilbert und derjenigen des Logizismus können sie nicht als gleich betrachtet werden, da dies von den Widerständen verhindert wird, denen wir beim Problem der Erfüllbarkeit begegneten. „Die Axiomatisierung bezieht sich jedenfalls zweifach auf eine Gegebenheit: äußerlich auf das System, dem es seine Begriffe entnimmt, und innerlich auf eine operative Einheit, die sie lediglich charakterisiert" (S. 88). Diese innere Gegebenheit sei nur reduzierbar, wenn man ihre Vollständigkeit beweisen könne, jedoch „bemerkt man in der gewöhnlichen Logik kein Mittel, um sie zu beweisen und ihr einen wirklichen Sinn zu geben; der Sinn, den sie hat, ist in Wirklichkeit der Anschauung der Einheit des operativen Prozesses entliehen, den die Axiome charakterisieren" (S. 89).

Seit aber Hilbert die Unmöglichkeit erkannte, die Arithmetik auf die Logik zu reduzieren, und nur noch versuchte, zu einer „simultanen Neuauflage der Mathematik und der Logik" zu gelangen (S. 90); seit Carnap auf die einheitliche Syntax verzichtete und zugab, daß „die Mathematik eine unendliche Folge von immer reicher werdenden Sprachen erfordert" (S. 166), kann man nicht mehr auf eine reine und einfache Reduktion der Mathematik auf die Logik hoffen: „Das enge Korsett der Regeln der klassischen Logik zerrt unbequemer an den unvorhersehbaren Erfahrungen, die man mit den Formeln gemacht hat . . . die vollständige Formalisierung führt paradoxerweise dazu, die operativen Unabhängigkeiten zu eliminieren, welche die axiomatische Methode retten wollte" (S. 17). Die Logik, wie sie Brouwer endgültig formulierte, bezieht sich nach Cavaillès nur auf den Diskurs und nicht auf die Verknüpfungen. Die Beweise der Widerspruchsfreiheit versagen „ebenfalls vor dem allgemeinen Axiom der vollständigen Induktion" (S. 143). Sowohl die Resultate von Gentzen (mit seinem Rückgriff auf eine transfinite Induktion) wie die von Gödel (S. 164—5) hindern die Logik daran, die mathematischen Wissenschaften zu „begründen". Auch vom Logizismus in der neuen Art von Carnap „kann keine Lösung der Grundprobleme erwartet werden" (S. 169).

Daher kann weder das Experiment im physikalischen Sinn noch irgendein logisches *a priori* die mathematischen Wissenschaften begründen (S. 179—180). Zum Brouwerismus: „Die Frage nach dem Sinn einer Operation, wie sie die Intuitionisten stellen, geht aus einem Vorurteil hervor — aus einer nicht-kritischen Ontologie —, daß das Objekt vor der Operation definiert werden muß, während es davon nicht getrennt werden kann" (S. 178). Worin besteht nun das wirkliche Fundament? In einer Dialektik, die sich aber mit dem allgemeinen Werden des Bewußtseins vermischt, d. h. mit seiner operativen Entstehung und Geschichte.

Diese Entstehung ist nicht durch die Untersuchung der ursprünglichen Stadien zu finden. „Was die Anwendung der mathematischen Wissenschaft auf die Realität anbetrifft, d. h. auf die Systeme der lebendigen Wechselwirkungen zwischen den Menschen und den Dingen, so sieht man nach dem vorangegangenen, daß diese Anwendung das Problem der Grundlagen der Mathematik nichts mehr angeht: das Kind vor seinem Zählrahmen ist Mathematiker, und alles, was es damit machen kann, ist nichts als Mathematik" (S. 180). Man muß auf die übrige operative Geschichte zurückgehen, wie z. B. auf die „dreifache Rolle der Verallgemeinerung . . .: Befreiung der Operationen von Bedingungen, die außerhalb ihrer Vollendung liegen, Trennung oder Identifizierung der zufällig vereinigten oder unterschiedenen Prozesse und schließlich Aufstellen von neuen Objekten, als Korrelat zu den als autonom erkannten Operationen. In allen Fällen ergibt sich die Fruchtbarkeit der effektiven Arbeit aus den Brüchen im mathematischen Gewebe, dem dialektischen Übergang von einer Theorie, die ihren Ursprung in sich selbst einschließt, zu einer höheren Theorie, die diese Theorie verkennt, obwohl und weil sie daraus hervorgeht" (S. 172). Und weiter: „Die Erweiterung des Bewußtseins und die dialektische Entwicklung der Erfahrung fallen zusammen. Sie veranlassen eine unbestimmte Erzeugung von Objekten im sogenannten *„thematischen Feld"*: einige dieser Erzeugungsprozesse sind die verschiedenen Arten der Verallgemeinerung, die Formalisierung, zu der sich die *Thematisierung* im eigentlichen Sinn hinzugesellt: die Transformation einer Operation in ein Element eines höheren operativen Feldes, wie z. B. die Topologie der topologischen Transformationen (in der Gruppentheorie wichtig). Drei Arten von dialektischen Momenten . . .: Die Notwendigkeit der Erzeugung eines Objekts ist nur durch die Feststellung eines Erfolges greifbar, die Existenz im thematischen Feld hat nur einen Sinn in Beziehung mit einem effektiven Akt" (S. 177).

„Der Motor des Prozesses scheint sich jeder Erforschung zu entziehen. Dies ist der volle Sinn der Erfahrung des Dialogs zwischen der bewußten Aktivität, die Versuche unter Bedingungen anstellt, und diesen Bedingungen selbst" (S. 178). Das thematische Feld liegt also nicht außerhalb der Welt, sondern es ist eine Transformation dieser Welt: Das effektive Denken (das ein vollständigeres Bewußtsein erfordert) der Dinge ist ein Denken ihrer Objekte (das adäquate Denken einer Pluralität ist das Denken ihrer Zahl). Wenn ein unvermeidbares Element der Unsicherheit bleibt . . ., wirkt es nicht nach rückwärts, die vollendeten Gesten bleiben gültig (definitive Validität der Ausdrücke), sondern vorwärts, gegen eine Transformation des Dargelegten (Modifikation der Begriffe)" (S. 179).

Man sieht, wie sehr diese Thesen mit den genetischen Auffassungen konvergieren. Nur in einem Punkt werden wir Tatsachen gegen Cavaillès anführen, aber dies zugunsten der Absicht von Cavaillès: Wenn das Kind mit seinen Zählrahmen schon ein Mathematiker ist, dann deshalb, weil es beschäftigt ist, sowohl die Zahl als auch die gesamte Logik zu konstruieren; und dies, weil sein thematisches Feld bereits in der Transformation einer Welt besteht. „Man sieht überhaupt keinen Grund", schrieb Fraenkel 1928, „warum die Gesetze der formalen Arithmetik den Erfahrungen des Kindes vor seinem Zählrahmen exakt entsprechen" (S. 168). Die Antwort auf dieses Problem ist nicht nur im Laufe der operativen Geschichte der höheren Stufe zu suchen, sie kann auch durch die Untersuchung der bescheidensten Formen der Aktivität gefunden werden. Die einzig wahre dialektische Methode ist daher die genetische Methode.

So platonisch sich A. Lautman gebärdet, er widersetzt sich keineswegs dem operativen Genetismus von Cavaillès, wie seinerzeit Russell (in der Zeit, als er an die Universalien glaubte) sich von L. Brunschvicg distanzierte: Er fügt lediglich zur Anerkennung des Werdens des Bewußtseins — ebenfalls als eine wesentlich operative Entstehung — die Betrachtung der Gleichgewichtsformen hinzu; und weil er nicht weiß, wo er diese in der Interpretation der Entwicklung placieren soll, gleicht er sie an etwas wie ein suprahistorisches Werden an, statt ihre Erklärung im Mechanismus des genetischen Prozesses zu suchen, bis zu dessen eigentlichen infrahistorischen Wurzeln hinunter.

Die Entwicklung der mathematischen Wissenschaften bezeugt, daß eine gewisse Realität existiert (S. 7), und „Brunschvicg entwickelte mehr als jeder andere die Idee, daß diese Objektivität ... das Werk einer Intelligenz mit ihrer Anstrengung zur Überwindung der Widerstände ist, die ihr von der Materie entgegengesetzt werden, die sie bearbeitet" (S. 9). Die mathematische Philosophie von Brunschvicg, auf die sich Lautman ausdrücklich bezieht, reduziert sich keineswegs auf eine Psychologie der Erfindung. Sie verneint lediglich jede Deduktion *a priori:* „Zwischen der Psychologie des Mathematikers und der logischen Deduktion muß eine innere Charakterisierung der Wirklichkeit Platz finden. Es ist notwendig, daß das Reale sowohl an der Bewegung der Intelligenz als auch an deren logischer Strenge teilhat, ohne weder mit dem einen noch mit dem andern zu verschmelzen, und es wird unsere Aufgabe sein, diese Synthese zu vollziehen" (S. 10). „Das gestellte Problem besteht also darin, eine Konzeption der mathematischen Realität zu entwickeln, bei der sich die Starrheit der logischen Begriffe mit der Bewegung verbindet, aus der die Theorien leben" (S. 12). In der Tat „können die mathematischen Theorien auf zwei Arten charakterisiert werden: Die eine bezieht sich auf die Bewegung dieser Theorien, die andere auf die Ideenverbindung, die in dieser Bewegung enthalten sind. Die Vereinigung dieser zwei verschiedenen Elemente bildet unserer Ansicht nach die Realität, die den mathematischen Wissenschaften zugrunde liegt" (S. 147).

Diese Dualität wird speziell vom gegenwärtigen Stand des Problems der Formalisierung bezeugt. „Um die Untersuchung zu formulieren, muß man das Auswahlaxiom nicht nur auf die numerischen Variablen, sondern auf eine höhere Kategorie von Variablen anwenden können, in der die Variablen Funktionen der Zahlen sind. Die mathematischen Wissenschaften sind also sukzessive Synthesen, bei denen keine Stufe auf die vorgängige Stufe reduzibel ist. Überdies, und dies ist von kapitaler Bedeutung, ist eine so formalisierte Theorie unfähig, ihren logischen Zusammenhang zu beweisen; man muß ihr eine Mathematik überlagern, die die formalisierte Mathematik als Studienobjekt wählt und vom doppelten Gesichtspunkt der Widerspruchsfreiheit und der Vollständigkeit aus betrachtet" (S. 11). Lautman betont aber, „daß dies nur ein Ideal ist .. und man weiß, wie schwierig es gegenwärtig erscheint, dieses Ideal zu erreichen" (S. 12—13). Es besteht also eine Dualität zwischen der Mathematik und der Metamathematik, wobei die letztere gewisse vollständige Strukturen betrachtet, die eventuell in gewissen effektiven mathematischen Theorien realisierbar sind, unabhängig davon, ob Theorien existieren, die diese fraglichen Eigenschaften aufweisen (S. 13). Es ist nun aber gerade der Gegensatz zwischen der im Werden begriffenen Realität und dem übergeordneten Ideal, der nach Lautman die Dialektik der mathematischen Bewegung und der logischen Unbeweglichkeit rechtfertigt. Man muß sowohl „die Irreduzibilität der Mathematik auf die Logik *a priori* als auch ihre Organisation in Anlehnung an solche logische Schemata anerkennen" (S. 147; 148). „Man könnte sogar sagen, daß eine Dialektik, die sich dahin festlegen würde, die Lösung dieser logischen Probleme zu bestimmen, eine Menge von subtilen und künstlichen Unterscheidungen des Schließens erzeugen müßte, die die mathematischen Wissenschaften imitieren, bis sie sich mit ihnen vermischen. Dies ist der Ausgangspunkt für die neuesten Entwicklungen der mathematischen Logik. Es ist unmöglich, das Problem der Widerspruchsfreiheit der Arithmetik zu verstehen, ohne die gesamte Arithmetik neu zu erarbeiten. Sobald man aber versucht, einen wirklichen Beweis der Widerspruchsfreiheit der Arithmetik zu finden, muß man in diesem Beweis mathematische Mittel verwenden, die in ihrer Reichhaltigkeit die Theorie übersteigen, deren Gültigkeit man zu zeigen versucht. Die Resultate, zu denen K. Gödel gelangte, zeigten endgültig, daß sich die Widerspruchsfreiheit der Arithmetik nicht auf diejenige einer einfacheren Theorie zurückführen läßt und daß beim gegenwärtigen Stand der Wissenschaften jeder metamathematische Beweis der Widerspruchsfreiheit der Arithmetik transfinite Mittel anwenden muß. Es erweckte daher den Anschein, daß dieses Problem jedes logische Interesse verloren hätte, bis es durch M. Gentzen unter einem anderen Aspekt neu aufgegriffen wurde: „Es ist unbedingt denkbar, daß man die Widerspruchsfreiheit der Arithmetik mit Mitteln beweisen kann, die die Arithmetik übersteigen, die aber trotzdem besser gesichert sind als die diskutablen Teile der Arithmetik. Man sieht, daß das Problem der Widerspruchsfreiheit einen Sinn hat, obwohl man die zur Lösung notwendigen mathematischen Mittel noch nicht kennt" (S. 148—49).

Die Unterordnung des operativen Werdens unter ein Ideal, das über dieses Werden hinausgeht, ist also das Grundschema der Interpretation von Lautman. Bevor er aber auf einen Platonismus schließt, gibt sich Lautman einer tiefgründigen Untersuchung über die allgemeinsten Aspekte der mathematischen „Strukturen" hin, und diese strukturelle Charakterisierung gibt seiner Schlußfolgerung ihren wirklichen Sinn.

Zuerst existiert eine Dualität der Gesichtspunkte zwischen einer „lokalen" oder „atomaren" Methode, die vom Element zum Ganzen führt, und der „globalen" Methode, die vom Ganzen auf den Teil schließt. „Die globale Untersuchung sucht eine Ganzheit unabhängig von ihren Elementen zu kennzeichnen; sie wagt sich von vornherein an eine Gesamtstruktur, die so den Elementen einen Platz zuweist, bevor deren Natur überhaupt bekannt ist; sie neigt vor allem dazu, die mathematischen Dinge durch ihre funktionellen Eigenschaften zu definieren und ihre Rolle abzuschätzen, die ihnen eine besser gesicherte Einheit zuordnet als die Einheit, die aus der Versammlung der Teile resultiert" (S. 19). Die Rolle der operativen Gesamtheiten ist also im gegenwärtigen mathematischen Denken fundamental, weil sich dauernd das Problem stellt, einerseits von der totalen Struktur auszugehen, um die Bedingungen zu bestimmen, die die Elemente erfüllen müssen, damit sie in der Struktur vorkommen, oder andererseits von den Eigenschaften der Elemente auszugehen und zu versuchen, aus diesen lokalen Eigenschaften die Struktur der Gesamtheit herauszulesen, in die sich diese Elemente anordnen lassen (S. 29). Hieraus ergibt sich in beiden Fällen eine Manifestation eines „organisatorischen Einflusses des Ganzen" (S. 29). Lautman gesteht in dieser Hinsicht seine Voreingenommenheit ein, die sowohl in bezug auf die Implikation seines Systems als auch in bezug auf die Rolle der Totalität im zeitgenössischen mathematischen Denken äußerst aufschlußreich ist: „Wir finden in der Mathematik Betrachtungen, die im ersten Augenblick der Mathematik fremd erscheinen, die wie ein Widerschein gewisser Konzeptionen der Biologie oder der Soziologie anmuten können. Es ist evident, daß das mathematische Denken, wie wir es verstehen, nicht ohne Analogie zu einem lebendigen Wesen ist, wir glauben aber, daß die Idee der „organisatorischen" Wirkung einer Struktur auf die Elemente einer Menge in den mathematischen Wissenschaften vollständig intelligibel ist, auch wenn sie, auf andere Bereiche übertragen, ihre rationale Durchsichtigkeit verliert" (S. 29). Diese Verknüpfung des Ganzen und der Teile findet sich vor allem in den Begriffen der Gruppe und des Körpers wieder[1]: „gibt man sich die Axiome vor, welchen die Elemente einer Gruppe oder eines Körpers gehorchen, so gibt man sich gleichzeitig die oft unendliche Totalität der Gruppen- oder Körperelemente vor"[2]. Es existiert in diesem Fall eine eigentliche „Implikation des Ganzen im Teil" (S. 30).

Die fundamentale Rolle der operativen Totalitäten (wie auch die Unterscheidung zwischen den „inneren Eigenschaften" eines mathematischen Dings und den durch das umgebende System „induzierten Eigenschaften") erneuert die Frage der Beziehung zwischen der Logik und den mathematischen Wissenschaften und gestattet, definitiv über den Logismus hinauszugehen. Die Logistiker wollten (seit der Entdeckung des Russellschen Paradoxons) die nicht-prädikative Definition verbieten, d. h. eine Definition untersagen, bei der die Eigenschaften eines Elements mit der Menge verknüpft sind, der dieses Element angehört. Die Mathematiker wollten die Legitimität dieses Verbots nie zugeben, indem sie zu Recht auf die Notwendigkeit hinwiesen, gelegentlich an die globalen Eigenschaften einer Menge zu appellieren, um gewisse Elemente aus dieser Menge zu definieren (S. 39): Die Logik ist in der Tat nur eine mathematische Disziplin unter anderen, und ihre Entstehung ist mit anderen Disziplinen vergleichbar (S. 83).

Die Beziehungen zwischen der Logik und der Mathematik präzisieren sich vor allem im Prozeß, den Lautman „Aufstieg gegen das Absolute" nennt (Kap. III), nachdem er ihn durch den präziseren Ausdruck „Aufstieg gegen die Vollendung" (S. 14) angekündigt hatte. Es handelt sich z. B. bei den algebraischen Gruppen von Galois darum, daß sich die „Unvollendetheit" eines Basiselements in bezug auf den gegebenen Körper auf die operative Gesamtstruktur bezieht, die allein vollendet ist. Nur diese „Versuche der strukturalen Organisation ... erteilen den mathematischen Dingen eine Bewegung gegen die Vollendung, durch die man sagen kann, daß sie existieren. Diese Existenz manifestiert sich aber nicht nur darin, daß die Struktur dieser Dinge die idealen Strukturen nachahmt, mit denen sie sich vergleichen lassen; sie zeigt sich daran, daß die Vollendung einer Gegebenheit gleichzeitig Ursprung anderer Dinge ist und daß sich das Schema neuer Schöpfungen in die logischen Relationen zwischen der Essenz und der Existenz eingraviert" (S. 80). „Die mathematischen Theorien entwickeln sich durch ihre eigene Kraft, in einer engen gegenseitigen Verbundenheit und ohne jede Beziehung zu den Ideen, denen ihre Bewegung nahekommt" (S. 139). In der Tat „existieren die logischen Schemata, die wir beschrieben haben, nicht vor ihrer Realisierung in einer Theorie" (S. 149). „Der Ausgang des Problems der Be-

[1] Ein Körper ist ein System von zwei Gruppen, einer additiven und einer multiplikativen Gruppe.

[2] A. Lautman, „Essai sur l'unité des sciences mathématiques", S. 9.

ziehungen des Ganzen und des Teils, der Reduktion der äußeren Eigenschaften auf innere Eigenschaften, des Aufstieges gegen die Vollendung, der Bildung von neuen Entwicklungsschemata, hängt vom Fortschritt der mathematischen Theorien ab; der Philosoph kann weder die Gesetze finden noch eine zukünftige Entwicklung voraussehen" (S. 149). „Jeder logische Versuch, der vorgibt, die Entwicklung der mathematischen Theorien *a priori* zu beherrschen, verkennt die eigentliche Natur der mathematischen Wahrheit, denn diese ist mit der schöpferischen Aktivität des Geistes verbunden und hat an deren zeitlichem Charakter teil" (S. 147).

Man könnte also nur ein einziges *a priori* akzeptieren: „Es ist die Möglichkeit, den Zweifel am Modus der Verbindung zwischen zwei Ideen auszudrücken und diesen Zweifel phänomenologisch zu beschreiben, unabhängig von der Tatsache, daß die gesuchte Verbindung operierbar sein kann oder nicht" (S. 149). Darin besteht jedoch die Existenz jeder Realität oder mathematischen Objektivität, die über die Zeit und die Bewegung hinausgeht. Lautman, der in diesem Punkt mit P. Boutroux übereinstimmte, distanzierte sich allerdings von diesem in einem wesentlichen, anderen Punkt: „Das Problem der mathematischen Realität stellt sich weder auf der Stufe der Tatsachen noch auf derjenigen der Dinge, sondern auf der Stufe der Theorien. Auf dieser Stufe spaltet sich die Natur der Realität auf" (S. 146—47), in eine Bewegung der Theorie und in die Ideenverbindungen, die den Theorien inhärent sind; es sei aber wiederholt, daß diese Inkarnation nicht aus einer Präformation resultiert.

Hier präzisiert sich der Platonismus von Lautman zu einem gewissermaßen dynamischen und dialektischen Platonismus: „Über die zeitlichen Bedingungen der mathematischen Aktivität hinaus, aber im Schoße dieser Aktivität, erscheinen die Umrisse einer idealen Wirklichkeit, die die mathematische Materie beherrscht, sie durchdringt, ohne diese Materie jedoch nicht den ganzen Reichtum ihrer formalisierenden Kraft enthüllen könnte" (S. 150). Diese ideale Realität kann sich aber nicht endlos weiterentwickeln: „Die Metamathematik, die sich in der Erzeugung der Ideen und der Zahlen inkarniert, kann ihrerseits nicht zu einer Meta-Metamathematik führen; die Regression kommt zu einem Stillstand, sobald der Geist die Schemata gefunden hat, nach der sich die Dialektik konstituiert" (S. 153).

Mit Ausnahme dieses letzten Inhalts akzeptieren wir vollständig den scheinbaren Neuplatonismus von Lautman, da er dem operativen Genetismus nicht nur kaum widerspricht, sondern überdies zur Idee einer zeitlichen Konstruktion komplementär ist. Es ist klar, daß jede genetische oder historisch-kritische Untersuchung eine ständige Dualität der Ebenen enthüllt, die wir am Anfang hervorgehoben haben (siehe Einleitung, unter 5.), sowohl beim Raum als auch bei der Zahl: Die wirkliche oder zeitliche Entwicklung der Operationen und die Gleichgewichtsformen, gegen die sie tendieren, umschließen selbst eine Menge von immer reicher werdenden virtuellen Transformationen. Daß man nun diese ideale Realität, die in jedem operativen Gleichgewicht enthalten ist, im Vokabular des Platonismus beschreibt, ist wenig bedeutsam, solange man die beiden von Lautman selbst hervorgehobenen Bedingungen respektiert: kein strukturelles *a priori* und kein Abseitsstehen des Ideals in bezug auf die wirkliche Entwicklung.

Es ist sehr überraschend, festzustellen, wie sehr die Argumentation von Lautman die doppelte Bedeutung der operativen Totalitäten bei der Entwicklung in eine andere Sprache übersetzt. Einerseits bilden diese Totalitäten die Bedingung der wirklichen Strukturierung der logisch-mathematischen Operationen und stellen so auf allen Stufen, von den konkreten Stufen an, die unvermeidbaren Gleichgewichtsformen dar – der Vergleich der mathematischen Relation des Teils zum Ganzen mit den organischen Totalitäten ist deshalb mehr als ein einfaches Bild und drückt eine fundamentale Verbindung zwischen der lebendigen und der operativen Organisation aus –, andererseits üben aber diese Totalitäten eine normative Funktion aus: die des Idealen oder des Virtuellen, das erst vollendet ist, wenn es sich real verkörpert.

Wenn nun die These von A. Lautman so nahe an das Ergebnis unserer genetischen Untersuchungen heranführt (von den elementarsten Stufen bis zu den metamathematischen Formalisierungen), warum dann dieses schließliche Anhalten, der einzige Rest eines metaphysischen Platonismus, der sich mit dem „genetischen Platonismus" des Autors vermischt? Zwei fundamentale Platonische Anschauungen sind die „Reminiszenz" und die „Partizipation". Wenn die operativen Totalitäten den organischen Totalitäten gleichen, könnte man die Reminiszenz in der genetischen Sprache als eine endlose Regression auf immer ursprünglichere Koordinationen bezeichnen, deren Elemente die Operation abstrahieren, was auch Lautman herausgespürt hat. In diesem Fall gibt es aber keinen Grund, die Partizipation durch eine unbewegliche Vollendung zu begrenzen: Der Zug gegen das Ideale kann im Gegenteil nur dank der aufeinanderfolgenden Konstruktionen von wachsenden Gleichgewichten verstanden werden. Die Vollendung wäre daher nichts anderes als eine sowohl regressive als auch progressive Schließung des Zirkels der Erkenntnis, aus dem sich A. Lautman zu brüsk herauswinden wollte. Dies bleibt uns noch zu beweisen.

### 7. *Folgerungen: Die Natur der mathematischen Gegebenheiten und Operationen*

In Übereinstimmung mit dem Prinzip der genetischen Erkenntnistheorie kann die Frage der Natur der mathematischen Dinge nur in Funktion ihrer Entwicklung gelöst werden und durch den Vergleich mit dem physikalischen oder biologischen Denken. Man kann die Ergebnisse der Untersuchung dieser Evolution und ihrer Richtung wie folgt zusammenfassen:

1. Die logisch-mathematischen Operationen gehen ursprünglich aus den allgemeinsten Handlungen hervor, die wir auf die Objekte oder auf Kollektionen von Objekten ausüben können: Handlungen, die im Vereinigen oder Trennen bestehen, im Ordnen oder im Wechseln einer Ordnung, im Auffinden von Entsprechungen usw. usw. Von dieser Ausgangsstufe an kann man in diesen Handlungen zwei Pole unterscheiden, die vom Gesichtspunkt des Subjekts aus undifferenziert bleiben. Einerseits enthalten diese Handlungen, die mehr oder weniger in Funktion der Objekte spezialisiert sind, einen physikalischen Aspekt. Die Handlungen des Vereinigens, des Trennens, des Ordnens oder des Auswechselns bestehen zuerst in wirklichen Bewegungen, die materiell oder gedacht ausgeführt werden usw. Andererseits führen diese Handlungen ebenfalls zu allgemeinen Koordinationen, die die soeben erwähnten Akte untereinander verbinden: Um Objekte zu vereinen oder zu trennen, zu ordnen oder zu verschieben usw., ist es notwendig, daß diese Handlungen, die auf diese Objekte ausgeführt werden, selbst miteinander vereint, getrennt, geordnet oder in Beziehung gesetzt werden usw. In dieser koordinierenden Aktivität der physikalischen Handlung liegt die Wurzel der logisch-arithmetischen Operationen, und wenn die allgemeinen Koordinationen der Handlung und die spezialisierten Handlungen anfänglich nicht differenziert sind, beweist dies nicht, daß man die ersteren aus den letzteren ableiten kann.

2. Die übrigen Phasen der genetischen Entwicklung zeigen eine wachsende und schnelle Differenzierung zwischen den physikalischen Operationen, die sich mehr und mehr in Funktion des Objekts spezialisieren, und den logisch-mathematischen Operationen, von denen das Subjekt immer besser deren notwendigen Charakter herausfindet, in dem Maße, wie es sie durch Elemente erarbeitet, die von den ursprünglichen Koordinationen der Handlung abstrahiert wurden. Schon auf der Stufe der konkreten Operationen (mit etwa 7–8 Jahren) fügen sich die logischen Gruppierungen und die numerischen und räumlichen Strukturen zu deduktiven Systemen zusammen, die sich von den physikalischen Operationen unterscheiden, mit denen sie auf der Stufe des anschaulichen Denkens teilweise zusammenfielen.

3. Von der Stufe der formalen Operationen an differenzieren sich die logisch-mathematischen Strukturen nicht nur von den physikalischen Operationen, sondern gehen nach allen Seiten über die experimentelle Wirklichkeit hinaus. Einerseits führen sie operative Verallgemeinerungen der Zahl usw. ein, andererseits – und indem sie die konkreten Operationen fortsetzen – führen sie vom Beginn ihrer Formalisierung an zu einer Ausdehnung ins Unendliche, die von vornherein und in der klarsten Art die Befreiung dieser Strukturen vom Experiment bezeugt.

4. Schließlich werden die axiomatischen Konstruktionen, die die formale Konstruktion verallgemeinern, unabhängig vom Experiment erarbeitet. Sie bestehen teilweise darin, jene operativen Eigenschaften oder Verpflichtungen aufzuheben, die durch die experimentelle Realität gegeben schienen (z. B. das fünfte Postulat von Euklid oder das Axiom von Archimedes), so daß die gewöhnlichen Koordinationen zum Spezialfall der möglichen Koordinationen werden. Es kommt aber häufig vor, daß dieser Verfeinerungsprozeß zur Bildung von Strukturen führt, die nicht mehr dem Experiment entsprechen, wie es am Anfang der Erarbeitung der wissenschaftlichen Begriffe steht, sondern verfeinerten und unvorhergesehenen Erfahrungen, die erst durch die höchstentwickelten physikalischen Techniken möglich werden.

Die Entwicklung der mathematischen Dinge, die durch diese vier Stufen bestimmt ist, folgt somit einer sowohl klaren als auch paradoxen Richtung: ausgehend von der Koordination der durch das Subjekt auf das Objekt ausgeübten Handlungen, entfernt sie sich mehr und mehr vom unmittelbaren Objekt, ohne jedoch die Möglichkeit preiszugeben, wieder mit diesem Objekt in Kontakt zu gelangen, und sie findet es tatsächlich auf allen Stufen der Vertiefung oder der Ausdehnung wieder, zu der die physikalische Untersuchung führen kann. Daraus folgen die zwei wesentlichen Probleme, die das mathematische Denken aufwirft: warum ist dieses Denken konstruktiv, und warum ist es in ständigem Kontakt mit der Wirklichkeit, obwohl es sie ununterbrochen übersteigt?

Untersuchen wir, um diese zwei Fragen zu lösen, (I.) nochmals die ursprünglichen Stadien, (II.) die übrigen Stadien, um dann (unter III.) die Beziehung der Mathematik zur Physik und zur Biologie zu untersuchen.

I. Das mathematische Denken ist fruchtbar, weil es eine Assimilation der Wirklichkeit an die allgemeinen Koordinationen der Handlungen darstellt und im wesentlichen operativ ist.

Es ist in erster Linie fruchtbar, weil die Kompositionen von Operationen zu neuen Operationen führen und weil diese Kompositionen, deren Struktur vom mathematischen Denken klargelegt wird, anfänglich mit der Koordination der Handlungen selbst verschmelzen. Es ist in dieser Hinsicht bemerkenswert, daß die abstrakten Strukturen, die durch die mathematischen „Gruppen“ und die logistischen „Gruppierungen“ gebildet werden, den elementarsten Formen der psychologischen Koordination der Verhaltensformen entsprechen. Welches sind tatsächlich die Gleichgewichtsbedingungen eines Systems von Verhaltensformen, seien es vom Subjekt wirklich ausgeführte Bewegungen oder beliebige Handlungen, die auf die Objekte ausgeübt werden? Es ist zuerst das Kombinationsvermögen von zwei Handlungen oder Bewegungen zu einer einzigen, sodann das Vermögen, zum Ausgangspunkt zurückzukehren (Rückkehr); es ist auch die Möglichkeit, das Handeln zu unterlassen (diese Abstinenz entspricht dem Produkt einer Verschiebung und ihrer Umkehrung); es ist das Vermögen, zwischen verschiedenen Wegen, die zum selben Ziel führen, zu wählen (Umweg); es ist schließlich die Unterteilung in Handlungen mit kumulativem Effekt (z. B. zwei aufeinanderfolgende Schritte) und in Handlungen, deren Repetition nichts Neues zur ursprünglichen Handlung hinzufügt (z. B. zweimal eine Zeitung lesen oder dieselben Worte sprechen). Es ist klar, daß die vier ersten dieser fünf allgemeinsten Eigenschaften der Handlung den Gruppen und den Gruppierungen gemeinsam sind: die Komposition von zwei Operationen zu einer einzigen, neuen Operation, die zum selben System gehört, die Umwandlung von direkten Operationen in inverse Operationen (Rückkehr), die allgemeine identische Operation (Operation O), die Assoziativität (Umweg): Die kumulativen Operationen (speziell die Iteration) und die Tautologie (spezielle Identität) machen gerade den Unterschied zwischen den mathematischen Gruppen und den logischen Gruppierungen aus. Die Reversibilität, die die charakteristischste Eigenschaft der operativen, mathematischen und logischen Transformationen darstellt, ist übrigens das wesentliche Gleichgewichtsgesetz, das die Intelligenz von der Wahrnehmung oder von der elementaren Motorik der Gewöhnung unterscheidet. Die gesamte Entwicklung der Intelligenz ist daher durch einen Übergang von der Irreversibilität – die zu den primitiven Handlungen gehört – zur operativen Reversibilität gekennzeichnet, die den Endzustand der intellektuellen Prozesse angibt. Es ist sehr interessant, den logisch-mathematischen operativen Mechanismus mit seiner wirklichen genetischen Umgebung zu vergleichen und diese Konvergenz zwischen den psychologischen Koordinationen der Handlung (mit der Reversibilität als Gleichgewichtskriterium) und den wesentlichen logischen und mathematischen Strukturen zu beobachten.

Eine Operation ist aber schon eine Schöpfung des Subjekts, da sie eine auf die Dinge ausgeführte subjektive Handlung darstellt. Es ist somit unrichtig zu sagen, daß die Ausbildung des mathematischen Denkens aus einer Abstraktion vom Objekt erfolgt, wie wenn die Materialien dieses Denkens in der äußeren Realität schon als solche enthalten wären und es also genügen würde, sie zu abstrahieren, um die räumlichen und numerischen Operationen zu erzeugen. Die Handlungen, aus denen die Operation anfänglich besteht, fügen im Gegenteil zur Realität neue Elemente hinzu, und mit diesem Hinzufügen beginnt die eigentliche Schöpfung der mathematischen Theorien. Vereinigt man die Objekte zu einer Kollektion oder löst man sie davon ab, so bereichert man die Objekte durch die Handlung, denn wenn die Natur von sich aus Mengen erzeugt oder diese verschiebt, dann tut sie dies nicht im Sinne von freien, mobilen und reversiblen Handlungen (wie Brouwer das Kontinuum als eine Folge von freien Wahlen kennzeichnete), wie sie bei einer Manipulation oder im Denken vorkommen. Ebenso ist das Konstruieren oder Messen von Figuren eine Handlung, die der Realität etwas hinzufügt, denn die Wirklichkeit kennt die einfachsten Elemente wie die Geraden und die Ebene nicht und weist auf einer gewissen Stufe der Größenordnungen nur Diskontinuitäten und Schwankungen auf.

Indessen stellt sich die äußere Realität immer wieder zu diesen Operationen oder Konstruktionen zur Verfügung, und die dauernd erneuerte Übereinstimmung motiviert die ständige Wiedergeburt des Realismus. Hieraus ergibt sich die zweite Eigenschaft des mathematischen Denkens: Wenn es in bezug auf die physikalische Realität schöpferisch ist und zu dieser etwas hinzufügt, anstatt etwas davon zu abstrahieren oder dessen Materie zu extrahieren, so ist das mathematische Schema jedoch mit der Erfahrung in Übereinstimmung, wenn immer es auf die Realität angewendet wird, die es übrigens beträchtlich übersteigt (z. B. überall, wo das Unendliche vorkommt). Diese Übereinstimmung gibt daher ein zweites wichtiges Problem auf, das im Fall der einfachsten Operationen gelöst werden muß, damit man verstehen kann, worin die Konvergenz besteht, wenn das mathematische Denken die Experimente oft um Jahre vorwegnimmt und dem physikalischen Denken die Kategorien liefert, bevor überhaupt die Idee eines solchen Experiments im Denken aufkeimte. Diese Antizipationen zeigen, daß die Konvergenz zwischen den mathematischen Operationen und der Realität nicht notwendigerweise auf einer gegenseitigen Abstimmung beruht wie die Übereinstimmung zwischen einem Prinzip der mathematischen Physik und den experimentellen Gegebenheiten. Suchen wir nun in den elementarsten Fällen, d. h. in Fällen, wo die gegenseitige Abstimmung evident zu sein scheint – was aber lediglich ein Anschein sein könnte –, herauszufinden, worin diese Abstimmung besteht, wenn z. B. eine Kollektion von Kieselsteinen, unabhängig von der Reihenfolge, in der man sie abzählt, dieselbe Zahl 10 ergibt; oder wenn ein auf dem Papier gezeichnetes rechtwinkliges Dreieck tatsächlich eine angenäherte Gleichheit zwischen dem Quadrat der Hypotenuse und der Summe der beiden Kathetenquadrate aufweist.

Die klassischen Lösungen der philosophischen Erkenntnistheorie schlossen sich in das Dilemma ein: entweder zwingt sich die mathematische Realität *a priori* der physikalischen Realität auf, oder sie wird *a posteriori* aus der zweiten extrahiert. Die Mehrzahl der Zeitgenossen wie Poincaré oder Meyerson führten jedoch eine dritte Lösung ein: eine Mischung von Elementen, die der Realität entnommen wurden, mit den Konstruktionen des denkenden Subjekts. Im Grenzgebiet dieser Position reduzierten die Logistiker des Wiener Kreises die Mitgift des Subjekts auf die Syntax der Sprache, die dazu dient, die Realität auszudrücken, während alles, was über die reine Tautologie hinausgeht, Feststellung einer Realität sei. Die Hypothese einer Assimilation der Realität an die Operationen, die aus den Handlungen hervorgehen, scheint uns auf eine vierte Lösung zu führen, die darin besteht, die mathematischen Beziehungen weder dem Subjekt allein zuzuordnen (Apriorismus) noch dem Objekt allein (Empirismus), noch einer aktuellen Wechselwirkung zwischen dem Subjekt und dem außerhalb des Subjekts befindlichen Objekt, sondern einer Wechselwirkung zwischen dem Subjekt und den Objekten, die aber im Innern des Subjekts stattfindet.

Ein Bild mag den Unterschied dieser vierten Möglichkeit gegenüber den drei anderen verdeutlichen. Angenommen das Objekt, d. h. die physikalische Welt, wäre von dem verschieden, was sie ist: blieben dann die mathematischen Theorien und die Logik mit der unseren identisch? Nach dem Apriorismus „ja", nach dem Empirismus und nach den Lösungen des dritten Typs müßte man im Gegenteil „nein" antworten. Aber warum „nein"? Weil das physikalische Experiment als einzige (nach dem Empirismus) oder (gemäß der dritten Lösung) als teilweise Quelle der mathematischen Kenntnis eine verschiedene Struktur aufzwingen würde! Die vierte Lösung nimmt dagegen an, daß nicht das physikalische Experiment oder die äußere Einwirkung der Objekte auf das Subjekt diese Modifizierung aufzwingt, da die Logik und die mathematischen Theorien aus der Koordination der subjektiven Handlungen hervorgehen und nicht aus den speziellen Handlungen, die dieses mit den Objekten verbinden. Wenn die physikalische Welt anders wäre, als sie ist, würden diese Koordinationen aus einem viel tieferen Grund geändert als aus den veränderten aktuellen physikalischen Erfahrungen, die jedes Subjekt macht, weil nämlich in einer verschiedenen Welt auch die geistigen und psychologischen Strukturen der Subjekte anders wären und weil das Leben dann aus einer anderen physikalisch-chemischen Struktur hervorgegangen wäre. Das Subjekt ist demnach, was die allgemeinen Koordinationen der Handlungen betrifft, von innen her in Wechselwirkung mit dem Objekt, in dem Maße, wie es seine Mechanismen durch die biologischen und physikalisch-chemischen Wurzeln aus der Realität entnimmt, und nicht im Verlaufe der Ausweitung seiner äußeren Aktivität. Dies ist der Grund, weshalb diese Koordinationen immer mit der Wirklichkeit übereinstimmen, aus denen sie hervorgegangen sind. Es muß aber nachdrücklich darauf hingewiesen werden, daß die elementaren Koordinationen nicht von vornherein alle mathematischen Theorien enthalten (was wir im folgenden sehen werden) und daß sie lediglich in Verbindung mit Handlungen auf Objekte auftreten, d. h. in dem Maße, wie sie die physikalischen Handlungen untereinander koordinieren.

Um die Bedeutung dieser vierten Lösung besser zu verstehen, sei nochmals auf die großen Unterschiede gegenüber den Problemstellungen hingewiesen, die nur die Empfindungen einerseits und das Denken andererseits betrachten, und auf die Situation, die sich bei der motorischen und operativen Anpassung ergibt. Wenn die verfügbaren Gegebenheiten sich notwendigerweise in Empfindungen (oder bildhafte Erinnerungen usw.) und in das Denken unterteilten, wäre offensichtlich das Entstehen eines Begriffs, wie z. B. das räumliche Kontinuum, schwierig ohne das sinnliche Kontinuum zu interpretieren, wie es durch die elementarsten Wahrnehmungen gegeben ist. Man müßte es als ein Material einführen, von dem die Idee progressiv „abstrahiert“ wird; da die Empfindung nur auf sich selbst oder auf dem Objekt beruht, ergibt sich daraus die Hypothese, daß die Wahrnehmung des sinnlichen Kontinuums aus der Wirklichkeit erfolgt. Wie verschiedene Autoren, von Helmholtz bis Piéron, hervorgehoben haben, ist jedoch die Empfindung nur ein Indiz oder ein Symbol, und man muß feststellen, was sie symbolisiert. Die Empfindung und die Wahrnehmung sind aber immer ein integrierender Bestandteil eines sensomotorischen Schemas, so daß das sinnliche Element das aussagende Element darstellt, während der Aussageinhalt, d. h. die Bedeutung, durch das motorische Element bestimmt ist; anders ausgedrückt, durch den Handlungsfaktor, den die Antithese Empfindung — Denken aufhebt. Daraus folgt, daß das Wesen des Kontinuums z. B. auf die Seite des Subjekts übergeht, da die stetige Bewegung des Blicks oder der Hand usw., die dem Objekt folgen, eine Handlung des Subjekts ist und diese Handlung lediglich an das Objekt akkommodiert wird, ohne direkt daraus zu entstehen. Um so mehr als bei den Handlungen des Vereinens, des Trennens, des Placierens, Ordnens oder Verschiebens usw. die Wahrnehmung der Objekte nur akkommodatorische Indizien liefert, liegt das Wesentliche in der Handlung mit ihrer operativen Reversibilität.

Nach dieser Wiederholung sei nochmals festgestellt, daß die logisch-mathematischen Operationen Handlungen sind, die ihren Inhalt nicht der Einzelheit der Objekte entnehmen: sie sind nicht nur Transformationen, die eine „Physik des beliebigen Objekts“ übersetzen, sondern „Handlungen, die auf beliebige Objekte ausgeübt werden“. Da sie sich auf alle diskontinuierlichen (logisch-arithmetischen) oder kontinuierlichen (räumlichen) Ähnlichkeiten beziehen, ist es möglich, beliebige Objekte zu konstruieren, eingeschlossen ihre Elemente. Wie Poincaré gesagt hat, beginnt die Geometrie mit der Unterscheidung der Ortsänderungen von den Zustandsänderungen, wobei diese physikalischer Art sind. Wenn diese Unterscheidung getroffen werden muß, da die allgemeinen Koordinationen der Handlungen anfänglich nicht von den speziellen Handlungen getrennt sind, welche koordiniert werden, zeigt sie, wie die räumlichen Operationen unabhängig von den physikalischen Transformationen des Objekts werden, in dem Maße, wie das Subjekt zur Unterscheidung dessen gelangt, was von seinen speziellen Handlungen herstammt, und dessen, was ihre Koordination betrifft. Um so mehr gilt dies von den logisch-arithmetischen Operationen, die von den Ortsänderungen und von den Zustandsänderungen unabhängig sind (außer daß sie anfänglich vom Gesichtspunkt des Subjekts aus nicht von den räumlichen Operationen differenziert sind und sich erst nach und nach von diesen trennen).

Auch müssen noch zwei wesentliche Zweideutigkeiten aufgeklärt werden: einerseits manifestieren sich die elementaren Koordinationen nur bei der Ausführung von speziellen Handlungen, die auf Objekte ausgeübt werden: Wenn diese Koordinationen physikalische Handlungen untereinander koordinieren, bedeutet dies jedoch nicht, daß die Koordinationen dieser Handlungen von diesen letzteren erzeugt werden oder von den koordinierten Objekten; andererseits und als Konsequenz davon ist es immer die Erfahrung, die dem Kind die logisch-mathematischen Wahrheiten vermittelt: Die Intervention der Erfahrung bedeutet aber nicht, daß die Wahrheiten von den Objekten extrahiert sind, denn das Resultat eines Experiments besteht nicht unbedingt in einer „Lektüre" der vom Objekt extrahierten Eigenschaften. Es reduziert sich im Fall des logisch-mathematischen Experiments im Gegenteil auf die Entdeckung von notwendigen Verbindungen, die zur Koordination der Handlungen des Subjekts gehören. Sowohl bei den Beziehungen zwischen der allgemeinen Koordination der Handlungen und den dadurch koordinierten, speziellen physikalischen Handlungen als auch bei der Beziehung zwischen der logisch-mathematischen und der physikalischen Erfahrung zeigt die genetische Analyse eine ursprünglich undifferenzierte Gegebenheit, die sich in der Folge immer mehr differenziert. Die anfänglich undifferenzierten, danach differenzierten Elemente gehen jedoch nicht auseinander hervor: Die logisch-mathematische Koordination stammt weder von den physikalischen Einwirkungen ab, noch gilt das Umgekehrte; und die logisch-mathematische Erfahrung rührt nicht von der physikalischen Erfahrung her noch umgekehrt.

Es ist klar, daß während jeder der sensomotorischen und anschaulichen Perioden (im Sinn der präoperativen Anschauung) die Erfahrung für die Ausbildung der Operationen notwendig ist. Durch die Erfahrung entdeckt das Kind, bevor diese Wahrheiten operativ und deduktiv werden, daß sechs blaue Scheibchen eindeutig sechs roten Scheibchen entsprechen, auch wenn man die Elemente der zwei entsprechenden Kollektionen verschiebt (indem man sie auseinanderzieht oder zusammenrückt); daß, wenn die Kollektion $A$ der Kollektion $B$ gleich ist und wenn $B = C$ ist, dann auch $A = C$ sein muß; diese Erfahrungen setzen eine Verschiebung von festen und wägbaren Objekten voraus, also eine „Arbeit" (= Verschiebung einer Kraft), d. h. eine physikalische Handlung, die in einem Gravitationsfeld ausgeübt wird, das seinerseits durch einen gewissen Raum gekennzeichnet ist, der von der Gravitation abhängt. Wenn das Kind jedoch die physikalischen Handlungen im Laufe des eigentlichen Experiments koordiniert, hat es die physikalischen Eigenschaften nicht entdeckt oder sich nicht auf diese Entdeckung beschränkt: es bemüht sich, das Resultat der Koordination der eigenen Handlungen zu lesen. Auch bestand das Experiment — so paradox diese Behauptung erscheinen mag — nicht oder nicht lediglich darin, dem Subjekt durch das Objekt etwas hinzuzufügen, sondern in einer subjektiven Verwendung der Objekte im Verlaufe von Versuchen; und was die Objekte das Kind im wesentlichen lehrten, besteht darin, daß die Koordination der Operationen gelingt,

d. h. daß 6 immer 6 ergeben, und daß die Beziehung der Gleichheit transitiv ist; während andererseits bei einer Untersuchung, wie sich z. B. die Körper unter dem Einfluß der Schwere oder einer Zentrifugalkraft verhalten, das Kind seine Kenntnis vom Objekt extrahierte. Die Feststellung, daß die Komposition der Handlungen gelingt, hat eine ganz andere Bedeutung als die Feststellung einer physikalischen Eigenschaft: Sie bedeutet, daß die Realität mit dieser Komposition übereinstimmt und daß sie nicht ein Resultat produziert, das außerhalb der Handlungen liegt. Wenn das Kind die Gleichheiten 6 = 6 oder $6(A) = 6(B) = 6(C)$ feststellt, entdeckt es einfach, daß seine Handlungen des Zählens (1, 2 ... 6) oder der Herstellung einer Beziehung usw. die Objekte um neue Relationen bereichern und daß diese Relationen erhalten bleiben und sogar unabhängig von den Verschiebungen transitiv zusammengesetzt werden können: Das Experiment führt das Subjekt also dazu, die Koordination seiner Handlungen von den physikalischen Eigenschaften des Objekts zu trennen, während es bei einer schnellen Rotationsbewegung, die es einer Masse mittlerer Größe auferlegt, einen physikalischen Effekt entdeckt hätte, der zum Objekt gehört. Ebenso entdeckt das Kind bei der Drehung eines Drahtes, der hinter einem Schirm um 180° gedreht wird und auf dem drei Objekte *A*, *B* und *C* aufgereiht sind, experimentell, bevor es deduziert, daß die direkte Ordnung *ABC* zu *CBA* invertiert werden kann, daß die Ordnung *CBA* sich wieder in *ABC* umkehren läßt und, vor allem, wenn *A* und *C* sich alternativ an der Spitze befinden, daß dies nie mit *B* geschieht. Es ist also von neuem das Experiment, das dem Subjekt die Ergebnisse lehrt, die es von 7—8 Jahren an in der folgenden operativen Form deduzieren wird: Die Umkehrung der inversen Operation kann nur die direkte Operation sein, und wenn *B* zwischen *A* und *C* liegt, so liegt es notwendigerweise auch zwischen *C* und *A*. Auch hier bezieht sich das Experiment jedoch weniger auf die Realität als auf die Koordination der subjektiven Handlungen, denn diese Koordination fügt den Objekten etwas hinzu, und zwar die reversible Komposition: Die Wirklichkeit ist nicht reversibel, sondern nur umdrehbar, wie es Duhem ausgedrückt hat, und sie ist nie streng, sondern nur in verschiedenem Grad determiniert. Um einen Stock umzudrehen, müssen Kräfte aufgewendet werden, eine gewisse Temperaturänderung tritt ein (da ein Teil der Energie in Wärme umgewandelt wird) usw., aber die Erfahrung bezieht sich nicht auf diese physikalischen Aspekte, die zum Teil irreversibel sind, sie bezieht sich auf die reversible Koordination der subjektiven Handlungen, denen sich die Wirklichkeit in den großen Linien — unter der Bedingung, daß man sie nicht zu genau betrachtet — zur Verfügung stellt, und diese Koordination erzeugt die Notwendigkeit der durch die Koordination gebildeten Beziehungen, denn nichts ist weniger notwendig als die molekulare Kohäsion der Festkörper, die den metallischen Stab umschließen. Die Operationen bilden sogar hier noch ein Assimilationsschema, das auf einer gewissen Größenforderung ziemlich exakt an die Realität akkommodiert ist, aber nicht von dieser abstammt. Gerade deshalb wird in der Folge die materielle Handlung für den operativen Mechanismus unnötig, der mit viel größerer Präzision symbolisch und in Gedanken abläuft.

Alle Erkenntnistheoretiker jedoch, welche die Erkenntnis auf die zwei Pole des Denkens und der Empfindung reduzieren, werden antworten, daß die Handlung außerhalb des Denkens liegt und schon der sinnlichen Wirklichkeit angehört: die Handlung, so sagt man häufig, ist eine Gegebenheit der Erfahrung, zweifellos teilweise eine psychische und nicht nur physikalische, aber eine außerhalb des reflexiven Denkens liegende Erfahrung, die nur mittels der inneren oder muskulären Empfindungen bekannt ist und somit wie das physikalische Experiment auf reinen Empfindungen beruht. Gerade hier liegt der Kern der Frage. Wenn man die wesentlich symbolische Bedeutung der Empfindungen verkennt, wie auch die Kontinuität zwischen den Bewegungen des Organismus und den Operationen des Denkens, ergibt sich, daß die Handlung in die experimentelle Realität zu verlegen ist und daß die mathematischen Theorien teilweise von dieser Realität herstammen. Wenn man aber in der sensomotorischen Handlung den Ausgangspunkt des Denkens erkennt, indem man die wirkliche Bewegung von ihrem symbolischen Zeichen, der kinästhetischen Empfindung unterscheidet, ist es wenig wichtig, daß unsere Bewegungen und ihre Koordinationen uns subjektiv bekannt sind (ebenso wie es unnötig ist, den psychologischen Mechanismus der logischen Intelligenz zu introspektieren, damit er funktioniert, denn er bleibt zu einem guten Teil „unbewußt"): die Handlung ist also der Ausdruck des erkennenden Subjekts und keine außerhalb des Denkens liegende Realität, und die mathematische Operation ist ein aktives Assimilationsschema, das lediglich an die Realität akkommodiert, jedoch nicht aus dieser extrahiert ist.

Kurz, anfänglich genügen die Koordinationsschemata der Handlungen, um die logischen und mathematischen Operationen zu erzeugen, ohne ihre Materie dem Objekt zu entnehmen. Sie sind dauernd, aber durch eine aktive und keine passive Akkommodation, an die Realität akkommodiert, d. h. sie vervollständigen die physikalische Realität und liefern ihr ein System von Beziehungen, die mit ihr übereinstimmen, ohne aus ihr entnommen zu sein. Die logisch-mathematischen Operationen wirken auf die Realität ein, ohne den Zustand der Objekte zu ändern, beschränken sich auf die (realen oder virtuellen) Lageänderungen oder Änderungen der Ansammlung und sind unabhängig von den physikalischen Handlungen, die sie lediglich koordinieren, die aber nicht mit dieser Koordination zusammenfallen.

II. Es finden sich nun die beiden Probleme der Konstruktion der logisch-numerischen oder geometrischen Dinge und ihrer Übereinstimmung mit der Realität auf allen Stufen der Entwicklung des mathematischen Gebäudes wieder, nicht nur am Ausgangspunkt: Von einer gewissen Stufe an stellen sie sich aber auf paradoxe Weise, da diese Konstruktion einerseits die Realität mehr und mehr übersteigt und da sich andererseits unter diesen deduktiv erzeugten Kategorien einige befinden, die die Realität wieder erreichen, völlig unabhängig von den übrigen Fortschritten der physikalischen Erfahrung, d. h. mit einer oft beträchlichen Vorwegnahme des Inhalts der Kategorien und ohne daß im Moment der Erfindung eine äußere Tatsache als Modell hätte dienen können.

Wie kommen nun die logisch-mathematischen Dinge vorerst dazu, die Realität zu übersteigen, wenn sie von den allgemeinsten Koordinationen unserer Handlungen herrühren? Man verstehe dies richtig, denn: wenn diese Koordination die auf die Realität ausgeübten Handlungen untereinander verknüpft, entnimmt sie ihre Elemente nicht den physikalischen Objekten. Obwohl das Experiment am Anfang für die Entwicklung dieser Koordinationen notwendig ist, beweist dies nicht, wie wir gesehen haben, daß das Handlungsschema aus der Realität extrahiert ist: das konkrete Experiment ist unerläßlich in der Art, wie eine Figur das Verständnis eines Beweises erleichtert. Wenn die logisch-mathematische Koordination Handlungsschemata bildet, die in der Wirklichkeit erfolgreich sind, so daß man sie nach und nach unter den sinnlichen Erscheinungen entdeckt, so muß man in dieser Hinsicht die Beziehungen umkehren, die man gewöhnlich zwischen dem „abstrakten" Begriff – der ein „Schema", d. h. ein Zeichen darstellt – und der sinnlichen Realität herstellt, die das Modell und die Bedeutung ist, der dieses Schema entspricht: Tatsächlich sind es die Sinne, die (in der Wahrnehmung, im Bild und in der anschaulichen Vorstellung) das Symbol, d. h. das Zeichen schaffen, während das motorische oder operative Schema, das die Wirklichkeit durch die Sinne erreicht, die eigentliche Bedeutung ist. Von hier aus gesehen, erscheint es als natürlich, daß das System der Operationen, nachdem es einen genügenden Grad der Erarbeitung erreicht hat, ohne Empfindungssymbolismus funktionieren kann, d. h. die wahrgenommenen Realitäten übersteigt. Man sieht dies auf allen Stufen der individuellen operativen Entwicklung in Vorbereitung, und die Geschichte der mathematischen Theorien zeigt es auf jeder neuen Stufe ihrer Entwicklung.

Wie kann man aber die Einzelheit dieser operativen Erarbeitung erklären, die immer differenzierter und komplexer wird? Die elementaren Koordinationen enthalten ja die Gesamtheit der logisch-mathematischen Dinge keineswegs von vornherein in einem präformierten Zustand, und man kann keinen in der psycho-physiologischen Organisation gegebenen funktionellen Kern mit einem transzendentalen *a priori* identifizieren, dessen formale Strukturen völlig vorbereitet wären, um sich nach und nach zu enthüllen. Die elementaren Koordinationen der Handlungen enthalten nur einen praktischen Schematismus als Quelle der motorischen Begriffe oder Relationen (wenn man sich so in Analogie zu den vorstellungsmäßigen Begriffen ausdrücken kann), der zu einer sehr schwachen Quantifizierung führt, die auf den Rhythmus der Handlung gegründet ist, und zu einer räumlichen Organisation, die gegen die Gruppenform hinstrebt. Von diesen sensomotorischen Elementen bezieht das vorstellungsmäßige Denken den Schematismus der Klassen und der Relationen, die ganze Zahl und gewisse räumliche

Strukturen. Von diesem Übergang vom Sensomotorischen zum Begrifflichen an, der dem wissenschaftlichen Denken lange vorangeht, kann man klar beobachten, daß die Strukturen der höheren Stufen nicht durch die tieferen Stufen präformiert sind: Das erwachende Denken entnimmt den motorischen Koordinationen ausschließlich gewisse funktionelle Beziehungen der Inklusion oder der Ordnung, die noch nicht ausgeprägt sind, jedoch als Elemente einer neuen Konstruktion dienen. Es gibt daher sowohl eine reflexive Abstraktion der von der tiefer liegenden Stufe entliehenen Materialien als auch die Erarbeitung einer Struktur, die diese umfaßt, indem sie sie ausdrückt und nach den neuen operativen Modi verallgemeinert. Dieser genetische Prozeß der Abstraktion von der Handlung wie auch von der Reflexion (im eigentlichen Sinn) und der kombinierten Konstruktion entspricht dem, was man auf allen Stufen der mathematischen Verallgemeinerung findet. Die Verallgemeinerung der Zahl ist nicht von vornherein in der ganzen Zahl enthalten, sondern geht aus der Organisation der Operationen $+$ und $-$ für die negative Zahl, $\cdot$ und $:$ für die gebrochene Zahl; $n^n$ und $\sqrt{\ }$ für die imaginären Zahlen usw.) hervor, d. h. aus neuen Strukturierungen, die man bildet, indem man von der ganzen Zahl gewisse ihrer operativen Elemente abstrahiert, die durch reflexive Zergliederung entdeckt wurden. Ebenso wurde die ganze Zahl selbst aus den Klassen und den vereinigten Relationen entnommen, und alle drei bildeten sich ausgehend von sensomotorischen Elementen. Es wäre dennoch absurd, die komplexe Zahl ($a + bi$) als in den Reflexen eines Neugeborenen präformiert zu betrachten, obwohl ein kontinuierlicher reflexiver Abstraktionsprozeß und ein Prozeß der operativen Konstruktion die ursprünglichen motorischen Koordinationen mit den höheren mathematischen Strukturen verbinden. Was im Bereich der Analysis und der Zahl paradox erscheint, ist übrigens auf dem Gebiet des Raumes viel leichter zu akzeptieren, wo die nichteuklidischen Verallgemeinerungen und die Multiplikation der Dimension sicherlich die ursprüngliche sensomotorische Organisation fortsetzen, ohne daß deshalb die Hyperräume als in den Bewegungen oder Wahrnehmungen des Fetus präformiert angenommen werden müssen.

Kurz, die unerschöpflich fruchtbare Konstruktion der mathematischen Theorie hängt sowohl von einer operativen Verallgemeinerung ab, die aus vorgängigen Elementen neue Strukturen schafft, als auch von der reflexiven Abstraktion oder Differenzierung, die ihre Elemente aus dem Mechanismus der tieferen Stufe entnimmt. So rudimentär und approximativ die praktischen Koordinationen, die an der Quelle des Denkens sind, in ihrem Ausgangspunkt auch sein mögen, sie setzen sich in immer besser formalisierten Koordinationen fort, die immer abstrakter werden, da die Abstraktion, die sie charakterisiert, eine Abstraktion von den vorangegangenen Operationen oder von den Handlungen ist und nicht eine Abstraktion vom Objekt. Es bleibt natürlich nicht weniger wahr, daß sich die ersten Koordinationen nur anläßlich einer Handlung auf das Objekt strukturieren; und der sowohl reflexive als auch verallgemeinernde Fortschritt ergibt sich nicht aus einem schicksalhaften Ablauf oder aus selbständig ablaufenden Handlungen. Erst wenn die Wissenschaft gebildet ist, werden selbständige Handlungen möglich. Überdies gibt es in der Geschichte der mathematischen Theorien eine Menge von Entdeckungen, die aus konkreten Problemen hervorgegangen sind, die dem Mathematiker von der physikalischen oder sogar chemischen, biologischen oder ökonomischen Erfahrung gestellt wurden. Dieser häufige Zusammenhang zwischen den neuen Koordinationen und den experimentellen Handlungen erzeugt die Illusion, die mathematischen Strukturen bestünden in vereinfachten Modellen oder Schemata einer gegebenen Realität, denn manchmal wird ja eine Theorie gerade mit der Absicht errichtet, ein solches Schema zu konstruieren. Wenn eine intellektuelle Koordination jedoch immer wirkliche und mögliche Handlungen untereinander verbindet, heißt dies nicht, daß die Koordination aus der Erfahrung entnommen wurde: Was wir (unter I.) in bezug auf die Entstehung der elementaren mathematischen Dinge in Erinnerung gerufen haben, gilt *a fortiori* auch für die höheren Schemata. Wenn dem Mathematiker vom Physiker ein Problem gestellt wird und er sich bemüht, ein operatives Instrument zu finden, das den Transformationen der Realität angepaßt ist, um scheinbar eine Kopie derselben herzustellen, so ist dies etwa so, wie wenn der Maler oder der Musiker seine Inspiration aus der Realität schöpft: diese „gibt ihm die Idee ein", wie man familiär sagt, so realistisch seine Kunst aber auch sein mag, er entnimmt der Realität lediglich „Ideen", d. h. er rekonstruiert die Realität, indem er sie sich assimiliert, anstatt Fotografien oder sonore Schallplatten zu erzeugen.

Dies führt uns zu einem zweiten Problem: Woher kommt diese permanente Übereinstimmung zwischen den logisch-mathematischen Operationen und den Transformationen der Wirklichkeit, die so weit geht, daß die Operationen die Realität nachahmen können; und wie kommt es, daß in noch zahlreicheren Fällen der mathematische Rahmen die aktuelle Realität übersteigt und erst im nachhinein mit neuen Erfahrungen ausgefüllt werden kann? Trotz der graduellen Befreiung von der physikalischen Realität, ja, sogar infolge dieser Befreiung, werden gewisse mathematische Strukturen, die aus dem deduktiven Zweifel durch abstrakte Verallgemeinerung erarbeitet wurden, ohne irgendeine experimentelle Betrachtung im nachhinein von der Realität wieder eingeholt: Sie erweisen sich als auf experimentelle Resultate „präadaptiert", wie die Biologen sagen, auf Resultate, die man im Moment ihrer Bildung unmöglich vorhersehen könnte. Es ist das entscheidende Problem der Vorwegnahme der Realität durch die abstrakten logisch-mathematischen Kategorien, das (vom Gesichtspunkt einer genetischen Erkenntnistheorie her) der biologischen Frage benachbart ist, die Guyénot als das „prophetische Funktionieren"[1] des Orga-

---

[1] E. Guyénot, „La vie comme invention", in: L'invention (IX$^{e}$ Semaine intern. de Synthèse), Alcan: Paris 1938, S. 188.

nismus bezeichnete und Cuénot als „Ontogenese, die die Zukunft vorbereitet“. Dieses Problem scheint uns der Eckstein jeder Interpretation der mathematischen Dinge zu sein.

Die gewöhnliche Lösung dieser zentralen Frage besteht darin, zu sagen, daß die Mathematiker bei der Entwicklung der abstrakten Dinge der Erfahrung gewisse Elemente entleihen und es deshalb natürlich ist, daß diese letzten Endes wieder mit der Erfahrung übereinstimmen. Es ist aber kaum zu übersehen, wie oberflächlich diese Antwort ist, da es sich bei der vorweggenommenen um eine andere Erfahrung als am Ausgangspunkt der Reduktion handelt: Das unbewußt vorweggenommene Experiment füllt im nachhinein eine mathematische Kategorie aus, die effektiv dem Ausgangsexperiment widerspricht, aus der man vorgibt, die ursprünglichen Begriffe zu beziehen. So kann die Tatsache, daß der nicht-archimedische Raum mit gewissen mikrophysikalischen Gegebenheiten übereinstimmt, nicht durch die Hypothese erklärt werden, daß das archimedische oder meterisierbare Kontinuum aus der sinnlichen Erfahrung entnommen wurde, da gerade das mikrophysikalische Experiment in diesem Punkt der unmittelbaren Erfahrung widerspricht: Veronese konnte ein Kontinuum konstruieren, indem er das Axiom von Archimedes wegließ (das besagt, daß, wenn man das Segment *AB* längs einer Geraden verschiebt, es in einem gewissen Moment einen beliebigen, jenseits von *B* liegenden Punkt der Geraden überschreitet). Aus der Tatsache, daß das Kind oder der gesunde Menschenverstand aus der (makroskopischen) physikalischen Erfahrung die Idee entnimmt, daß jede Gerade durch Iteration eines ihrer Segmente meßbar sei, folgt aber nicht, daß das Modell von Veronese als mikrophysikalische Vorstellung verwendbar ist. Im Gegenteil, das nicht-archimedische Modell konnte nur eine antizipierende Kategorie bilden, indem es von der vorgegebenen Realität befreit und auf einem Erfahrungssektor angewendet wurde, der dieser Realität widerspricht.

Um nach einer unfreiwilligen Antizipation die Konvergenz der mathematischen Theorien mit der Realität zu erklären, muß man also zwischen diesen beiden Endpunkten tiefere Beziehungen voraussetzen als die, welche sich aus der physikalischen Erfahrung eines jeden Subjekts ergeben. Eine erworbene „Vererbung“ würde die Hypothese noch mehr abschwächen, denn die Annahme, daß die geometrische Erfahrung der Würmer oder Weichtiere für die Menschen (durch eine erworbene Vererbung, die in einem solchen Spezialfall sehr unwahrscheinlich ist) eine Bedeutung haben könnte, würde uns vielleicht helfen, einen zweidimensionalen Raum zu verstehen, aber weder die Riemannsche noch die Lobatschevskische Geometrie erklären. Es besteht hier ein unauflöslicher Zusammenhang zwischen dem Subjekt und dem Objekt innerhalb des Subjekts selbst, der zwischen diesem und dem Objekt eine Verbindung schafft, die solider ist als ein Zusammenhang, der sich aus der Akkommodation allein erklärt. Führt man nur die Akkommodation der Handlungsschemata oder des Denkens an die Realität ein, so scheint es paradox, daß die geometrische Deduktion, die den wahrgenommenen und vorgestellten Gegebenheiten widerspricht, welche die ursprüngliche Akkommodation veranlaßten, nun dazu führt, Kategorien zu bilden, die einer tieferen und allgemeineren äußeren Realität entsprechen, als es unsere Umgebung mit ihren begrenzten Näherungen sein kann. Die Akkommodation der räumlichen Schemata bezieht sich tatsächlich auf eine Umgebung, die durch eine gewisse Größenordnung der Längen und der Geschwindigkeiten charakterisiert ist. Wie kann man sich nun erklären, daß ihre Verallgemeinerung, die aus diesem Rahmen herausführte, eine andere Realität umfaßt, die durch eine andere Größenordnung bestimmt ist und im Moment der ursprünglichen Akkommodation sicher nicht vermutet wurde? Wenn man jedoch annimmt, daß der Kontakt zwischen dem Subjekt und der Wirklichkeit von Anfang an nicht durch die individuellen Erfahrungen oder eine problematische Übertragung der Erfahrungen unserer Vorfahren gegeben ist, sondern daß die psychologische Struktur des Subjekts in der physikalischen Realität wurzelt, die am Beginn der sensomotorischen, später intellektuellen Koordinationen liegt, die zur logisch-mathematischen Deduktion führen, können das Gehirn und das Denken wahrlich ebensogut falsche wie wahre Ideen erzeugen, was die Realität anbelangt, obwohl sie durch die biologischen und physikalisch-chemischen Gesetze reguliert sind. Wenn es sich nicht mehr darum handelt, sich spezielle Objekte zu denken, sondern allgemeine Koordinationsprozesse anzuwenden, die jede motorische oder geistige Komposition charakterisieren, sobald sie einmal zum Gleichgewicht gelangt sind, ist es offensichtlich, daß sie, je mehr sie verallgemeinert sind, sich um so besser an die Realität anpassen, da sie selbst aus der biologischen und damit aus der physikalischen Realität hervorgegangen sind.

Man wird nun antworten, daß sich dann die folgende Alternative aufdrängt: Entweder reduzieren sich diese Koordinationen, die durch das Innere des allgemeinen Subjekts in der Wirklichkeit wurzeln und die mit der Wirklichkeit in den äußeren Aktivitäten jedes individuellen Subjekts übereinstimmen, auf ein *a priori* und führen zu einer „prästabilierten Harmonie", wie sie Hilbert bei der Lösung dieses Problems einführte, oder dann können diese Koordinationen die logisch-mathematischen Operationen nicht von vornherein enthalten und erklären daher die Übereinstimmung der mathematischen Theorien mit der Realität nicht besser als die Hypothese einer individuellen Akkommodation an das Experiment.

Man weiß, daß Hilbert (Kap. II, 6.), als er feststellte, daß ein „wichtiger Parallelismus zwischen der Natur und dem Denken existiert"[1], diesen durch eine prästabilierte Harmonie erklärte: Ein gewisser anschaulicher Rest stellte so für das Denken ein *a priori* dar, das mit den tiefsten Gesetzen der Realität übereinstimmt: „z. B. hat man eingesehen, daß schon im täglichen Leben Methoden und Begriffsbildungen gebraucht werden, die ein hohes Maß von Abstraktion erfordern und nur durch unbewußte Anwendung der axiomatischen Methode verständlich sind"[2]. Wird hier nicht in anderen Worten genau das formuliert, was wir über die psychophysiologischen Koordinationen gesagt haben, die sowohl den innerlichen Verzweigungspunkt des Subjekts und der „Natur" bilden wie auch den Ausgangspunkt der logisch-mathematischen Konstruktion? Keineswegs, denn die Begriffe *A priori,* prästabilierte Harmonie und unbewußte Anwendung der axiomatischen Methode implizieren einen in doppelter Hinsicht statischen Realismus: Die mathematischen Theorien und die Logik wären dann sowohl der physikalischen Realität immanent als auch am Ausgangspunkt des geistigen Lebens völlig fertig vorgegeben. In unsere Hypothese werden jedoch die logisch-mathematischen Operationen auf eine Realität angewendet, die in der Erfahrung gegeben ist, die sie bereichern, ohne darin enthalten zu sein; und sie gehen von geistigen und psychologischen Koordinationen aus, durch einen Prozeß, der sowohl konstruktiv als auch regressiv ist, ohne am Ausgangspunkt präformiert zu sein.

Nun erscheint aber der zweite Teil der Alternative wieder: Wenn die höheren mathematischen Verallgemeinerungen nicht in den ursprünglichen Koordinationen präformiert sind, obwohl sie die auf den tieferen Stadien wahrgenommene oder begriffene Realität übersteigen, warum stimmen sie nach vertieften physikalischen Experimenten wieder mit der Realität überein? Die Lösung scheint sich aus drei zusammenhängenden Gründen zu ergeben, von denen wir die beiden ersten schon (unter I.) untersucht haben. Der erste ist der, daß die geistigen Koordinationen, die die elementaren logisch-mathematischen Operationen erzeugen, selbst das Resultat einer Reorganisation von Elementen sind, die von tiefer liegenden Strukturen entliehen wurden, und dies unbegrenzt, bis zu den elementaren Wechselwirkungen der organischen Morphogenese und der physikalischen Realität hinunter (diese Kontinuität ist durch die assimilatorischen Zyklen gewährleistet). Der organische Ausgangspunkt der geistigen Konstruktion – so unabhängig er von der individuellen Erfahrung sein

[1] D. Hilbert, „Naturerkenntnis und Logik", Die Naturwissenschaften 1930, S. 960.
[2] ebd., S. 906.

mag – taucht so in das physikalische Universum ein, ohne daß wir übrigens die Modalitäten kennen, solange die zentralen biologischen Probleme noch nicht gelöst worden sind. Der zweite Grund ist der, daß sich die mathematische Konstruktion sowohl als konstruktiv wie auch als regressiv erweist, wobei es sich um eine neue Verallgemeinerung handelt, die sich auf eine Neuerarbeitung der Ausgangsaxiome stützt: Je weiter der reflexive Prozeß aber zurückgeht, um so besser konvergiert die axiomatische Konstruktion mit der genetischen Untersuchung. So sind die neuen Konstruktionen, die in unvorhergesehener Weise mit dem physikalischen Experiment übereinstimmen, eine Folge der Rekombination von operativen Elementen, die genetisch immer weiter zurückliegen, die von den einfacheren Handlungen, welche auf die unmittelbare Realität einwirken, zuerst anders organisiert wurden. Es fügt sich noch ein dritter Faktor zu den zwei vorangegangenen hinzu. Die Erarbeitung der Operationen oder der logisch-mathematischen Begriffe, die sowohl konstruktiv als auch reflexiv ist, d. h. sowohl progressiv als auch regressiv, erfolgt durch Schaffung von sukzessiven Gleichgewichten; und wenn eine Gleichgewichtsform, die durch ein höheres operatives System gebildet wird, nicht im tiefer liegenden, engeren und weniger äquilibrierten System enthalten ist, so ist der Übergang vom Tieferen zum Höheren durch die Notwendigkeit bedingt, gewisse Elemente der tieferen Stufe in die höhere zu integrieren und ein breiteres und beweglicheres Gleichgewicht zu schaffen, wozu man bei der Untersuchung der Elemente weiter zurückgehen muß. Jedes neue operative System ist also durch eine breitere Gleichgewichtsform ausgezeichnet, die neue virtuelle Operationen umfaßt (im Sinne, wie man von „virtuellen Bewegungen“ spricht), zusätzlich zu den schon realisierten Operationen: Ohne daß dies eine Präformierung der neuen Systeme in den Ausgangssystemen impliziert, setzt es doch eine gewisse wegweisende Linie voraus, die durch die Verpflichtung bestimmt ist, diese letzteren als Spezialfälle zu erhalten, und diese Linie wird sowohl in Richtungen der verallgemeinernden Konstruktionen als auch in Richtung der regressiven Analyse durchlaufen. Die schließliche Übereinstimmung mit der Realität ist also durch eine Art von „Ontogenese“ erklärbar, wie man in der Biologie sagt, die aber unmöglich von vornherein charakterisiert werden kann, wenn nicht durch das Anwachsen der Reversibilität, da die einzige allgemeine Regel der neuen Konstruktionen darin besteht, die vorangegangenen Konstruktion durch eine Beziehung der Reziprozität (d. h. der Reversibilität) zu integrieren, was die funktionelle Bedingung für jedes Gleichgewicht darstellt.

Man versteht daher, warum die logisch-mathematischen Operationen ständig an die Objekte akkommodiert sind und warum sie diese gleichzeitig an das Subjekt assimilieren: Der Assimilationszyklus, der durch die ursprünglichen Koordinationen gebildet wird und von dem diese Operationen herrühren, ist der Verzweigungspunkt zwischen den funktionellen Gesetzen des Organismus und den allgemeinsten Eigenschaften der Objekte. Der eigene Körper ist ebenso ein Objekt wie andere auch und durch die Gesetze der Realität bestimmt, wie auch das Zentrum einer Assimilation der andern Objekte an seine Aktivität. In dem Maße, wie er nun den elementarsten Formen der Komposition gemäß handelt (Inklusion, Ordnung usw.), drücken seine Handlungen sowohl die Erfordernisse des Universums aus, die ihn von innen durch seine Konstitution als Lebewesen bestimmen, als auch die Organisation, die durch die Handlungen und das Denken dem Universum aufgezwungen werden, das sie assimilieren: Während diese operative Organisation im Verlaufe der auf das äußere Universum ausgeübten Handlungen aufgebaut wird, werden gleichzeitig die allgemeinen Gesetze des Universums, aus denen diese Handlungen im übrigen resultieren, von innen her untersucht, durch die Koordination der Handlungen, und nicht von außen, durch den Druck der Objekte. Die logisch-mathematischen Kenntnisse sind deshalb einzigartig: Einerseits stellen sie die Assimilation der Objekte an die Koordination der Handlungen des Subjekts dar, andererseits aber eine permanente Akkommodation an diese Objekte, da die Koordination der subjektiven Handlungen allgemeine Handlungen sind, die mit den beliebigen Transformationen des Universums konvergieren, aus denen der lebendige Körper mit seinen koordinierenden Assimilationsgesetzen hervorgeht. Da die Assimilation die Objekte in einen im wesentlichen geschlossenen und kontinuierlichen Handlungszyklus eingliedert, kann es bei diesem Prozeß keinen absoluten Beginn geben, von dem aus die jeder operativen Konstruktion zugehörige reflexive oder regressive Abstraktion ihren Lauf nimmt. Da andererseits das Gleichgewicht zwischen der Assimilation und der Akkommodation der Ursprung der geistigen Reversibilität ist, wird diese Ausbildung in ihrem progressiven Aspekt durch die Forderung der Reversibilität gesteuert, die eine allgemeine Bedingung jedes Gleichgewichts darstellt und dauernd das Ziel der Konstruktionen mit ihrem gemeinsamen und dauernd zurückverschobenen Ausganspunkt verbindet.

Im ganzen kann beim Problem der Übereinstimmung zwischen den mathematischen Theorien und der Realität eine Lösung gefunden werden, die ihre „innere Objektivität“ mit der physikalischen oder äußeren Objektivität verbindet, aber durch die inneren psycho-physiologischen Koordinationen des Subjekts. Wie wir gesehen haben (unter 2.), stellt die vollständige Akzeptierung dieses Begriffes der inneren Objektivität keinen Widerspruch zur operativen Interpretation der mathematischen Theorien dar. Eine Operation ist keine isolierte und willkürliche Handlung, die lediglich die kombinatorische Aktivität des einzelnen Subjekts bezeugt, sondern sie ist immer mit einem Gesamtsystem verbunden, das seine eigenen Gesetze und, als System, seine eigene Objektivität hat. Erklärt man die Entwicklung der mathematischen Wissenschaften durch Handlungsschemata, die sich zu operativen Systemen erweitern, so respektiert man den logischen Zusammenhang der Prinzipien und der Theoreme aller Teile der mathematischen Wissenschaften bis in die extremsten Grenzen. Gleichzeitig verknüpft man diese innere Objektivität aber mit einem Gleichgewichtsprinzip, d. h. mit einem Prinzip der Reversibilität, das die Entwicklung der konkreten und abstrakten Operationen mit der geistigen Entwicklung verbindet, da diese in einen Übergang von der Irreversibilität zur Reversibilität besteht.

III. Um diese Interpretation der Beziehungen zwischen den mathematischen Wissenschaften und der Realität unter Vermittlung der psychobiologischen Strukturen des Subjekts in ihre richtige Perspektive zu setzen, ist es jedoch notwendig, gleichzeitig drei mögliche Arten des Realismus aufzugeben: den mathematischen, den physikalischen und den psychologischen Realismus, die vielleicht untereinander unverträglich sind, aber mehr noch durch ihre abwechselnde Wirkung jede Gesamtinterpretation verfälschen. Um zu einem Schluß zu gelangen, muß man sich also in den Kreis der Wissenschaft setzen, den wir auf physikalischem und biologischem Gebiet im Verlaufe der folgenden Kapitel (in Bd. II) weiter untersuchen wollen.

Was bedeutet nun die Behauptung, daß die mathematischen Wissenschaften mit der physikalischen Realität übereinstimmen? Es wird gelegentlich gesagt, daß sich die Handlungen, die sich auf die Lageänderungen des Objekts oder auf Änderung ihrer Ansammlung beziehen, untereinander zusammensetzen lassen, ohne daß die experimentellen Feststellungen dieser Komposition widersprechen, und daß die Handlungen, die sich auf die Zustandsänderung der Systeme beziehen, mit den Operationen des Verschiebens oder des Sammelns in Beziehung gesetzt werden können. Wichtige Tatsache ist jedoch, daß diese Übereinstimmung, von der wir soeben gezeigt haben, daß sie mehr und mehr antizipierend wirkt, immer von einer Transformation der Wirklichkeit begleitet ist. Es stellt sich also früher oder später bei der im nachhinein erhaltenen Konvergenz mit der materiellen Realität ein wesentlicher Prozeß ein, auf den wir bei der physikalischen Kenntnis noch zurückkommen müssen: Der operative Apparat paßt sich so eng an die Erscheinung an, über die er Auskunft geben soll, daß er ein integrierender Bestandteil wird; die physikalische Erscheinung kann daher nicht mehr vom Operativen getrennt werden, das einen ihrer Aspekte darstellt. Es gibt also nicht nur eine Anpassung des intellektuellen Instruments an das Objekt, auch wenn das erstere in antizipierender Weise vorbereitet ist und das letztere erst viel später als die Erkenntnismittel entdeckt wird, die nachher dazu dienen, das Objekt zu strukturieren. Es ist allerdings immer weniger möglich zu wissen, was die physikalische Realität außerhalb dieser mathematischen Strukturierung sein kann: Es entsteht eine vollständige Assimilation der Realität an die operativen Schemata, so daß die physikalische Realität nach und nach in räumliche und metrische Relationen transformiert wird. An der Grenze der Möglichkeit der Handlung wird die Operation des Subjekts mit dem Objekt identisch (wie wir bei der Mikrophysik sehen werden).

Allerdings bleibt die große Mehrheit der Physiker von der objektiven Existenz der materiellen Dinge überzeugt, trotz dieser ständigen Verschiebung der Realität in Richtung der Mathematik: Das Objekt kann zwar nur mittels der intellektuellen Instrumente des Subjekts gesehen werden, es bleibt aber Objekt. Wenn dieser Realismus zu Verschiebungen oder Änderungen führt, verstärkt er sich in dem Maße, wie man sich den chemischen und biologischen Fakten nähert. Wenn in den extremen Sektoren, die sich auf astronomische oder mikrophysikalische Größenordnungen beziehen, einige idealistische Physiker tätig sind (Jeans und Eddington), so festigt sich der Realismus in Gegenwart der Kolben des Chemikers, und man findet keinen Biologen mehr, der an der Realität der organisierten Wesen zweifelt. Gerade auf dem Gebiet der lebenden Organismen scheint sich aber eine zweite Einbiegung in die Kurve zu ergeben, die das Subjekt und das Objekt verbindet. Obwohl die innere Objektivität der mathematischen Wissenschaften eine ständige Tendenz zeigt, sich an die äußere Objektivität der physikalischen Realitäten zu assimilieren, finden sie das Objekt im Innern des Subjekts wieder, wenn man so sagen kann, genau in dem Maße, wie die geistigen Prozesse, die die logisch-mathematischen Dinge erzeugen, ihrerseits mit dem physiologischen Prozeß verbunden sind, der die lebendige Organisation kennzeichnet, von der die sensomotorischen Funktionen abhängen.

Wir haben weiter oben festgehalten, wie sehr die Bildung der mathematischen Gegebenheiten mit einer Bewußtwerdung der Wurzeln der operativen Totalitäten einhergeht, aus denen diese Gegebenheiten extrahiert sind. Die Mengentheorie führt uns z. B. auf die elementaren Operationen der Zuordnung, die der Primitive, das Kind und – in einem sensomotorischen Sinn – sogar das Tier kennt (siehe das Beispiel der Hühner, die nur die gerad- oder ungeradzahligen Körner aus einer geradlinigen Folge herauspicken). Die Topologie appelliert an die Beziehungen der ‚Nachbarschaft‘, der ‚Grenze', der ‚Einhüllung' usw., das heißt an die einfachsten Beziehungen, welche die Wahrnehmung oder die Handlung kennt; und die Gruppentheorie stützt sich auf operative Kompositionen, die in ihrer allgemeinsten Form den elementarsten Koordinationen der Handlung entsprechen. Da der mathematische Fortschritt immer sowohl reflexiv als auch konstruktiv ist, enthält er einen Faktor der regressiven Analyse, der bis auf die sensomotorischen Wurzeln jeder Operation zurückgeht. Worin aber fußen diese Wurzeln?

Die Eigenheit des genetischen Gesichtspunktes in der Erkenntnistheorie liegt im Verzicht, von Anfang an ein Subjekt anzunehmen, das mit einer völlig fertigen intellektuellen Struktur versehen ist und das einen Ausgangspunkt an sich bildet. Es sind genau dieselben Gründe, die dagegen sprechen, die Existenz von Objekten anzunehmen, die an sich bestehen, unabhängig von den Aktivitäten des Subjekts. Diese Gründe machen es nötig, die Aktivitäten in Funktion ihres progressiven und regressiven Ablaufs zu erklären, was darauf hinausläuft, ständig zu ihrem scheinbaren Ausgangspunkt zurückzukehren. Wenn das Subjekt im Hinblick auf die logischen und mathematischen Strukturen einen absoluten Beginn darzustellen scheint, dann ist dies nur dann der Fall, wenn man die regressive Analyse auf der Stufe der Psychologie unterbricht, genauer gesagt, in dem Maße, wie man den Illusionen einer introspektiven Psychologie nachgibt, statt sich auf den Gesichtspunkt des Verhaltens zu stellen. In Wirklichkeit ist das geistige Leben nicht im Leeren verwurzelt. Geht man auf die Handlung zurück und speziell auf die Bewegung, um die Entstehung der logisch-mathematischen Operationen zu erklären, bezieht man sich notwendigerweise auf das organische Leben, und dies heißt, sich in einer Richtung festzulegen, die vom scheinbaren oder bewußten Subjekt wegführt, da das organische Leben in der physikalischen Realität wurzelt. Genau in dem Maße, wie die Untersuchung der höheren Denkformen zugunsten des Idealismus zu sprechen scheint, weil sie das Objekt auf die Aktivität des Subjekts zurückführt, reduziert eine Untersuchung der Quellen der Intelligenz das Subjekt auf dem Weg über den Organismus auf das Objekt. Wenn die Physik eine der Berührungszonen zwischen dem Subjekt und dem Objekt erhellt, so liegt es an der Biologie, Licht auf die symmetrische Zone zu werfen, indem sie uns die Entstehung des Subjekts erklärt und dabei vom Objekt ausgeht. Wenn die Physik dem Empirismus widerspricht, indem sie zeigt, wie sehr das Objekt an die Operationen des Subjekts assimiliert ist, so widerspricht die Biologie ebensosehr dem Apriorismus, indem sie die Operationen mit den physiologischen Prozessen verbindet. Es scheint also, daß sowohl der Empirismus als auch der Apriorismus aus einer zu statischen Sicht der Dinge entstanden sind, aus dem Glauben, das Subjekt und das Objekt seien ein für allemal gegeben: genetisch hingegen bestehen das aktuelle Subjekt und das aktuelle Objekt in Abschnitten, die überraschend damit übereinstimmen, wie wir die intellektuelle und die biologische Geschichte aufteilen, und man muß die ganze Geschichte des Lebens rekonstruieren, um das erkenntnistheoretische Problem in seiner allgemeinen Form lösen zu können.

Reduziert man die operative Reversibilität auf die wachsende Reversibilität der geistigen Prozesse, so wirft man ein biologisches Problem von einer Bedeutung auf, wie sie von der Geschichte der Ideen über die Reversibilität oder Irreversibilität der Lebensprozesse zur Genüge bezeugt wird. Mag das Leben den Forderungen des zweiten Hauptsatzes der Thermodynamik widersprechen, wie dies zahlreiche Autoren, von Helmholtz bis zu Ch. E. Guye, glaubten, oder mag es wie die andern physikalisch-chemischen Erscheinungen diesem Hauptsatz unterworfen sein: in beiden Fällen muß die geistige Reversibilität mit den nervlichen Mechanismen verbunden sein; entweder wird die Form der Reversibilität von den allgemeinsten Lebensprozessen vorbereitet, oder sie erscheint dagegen als eine spezielle Gleichgewichtsform zwischen dem Organismus und der Umgebung, die in gewissen Sektoren unmöglich erreicht werden kann, die aber von den kognitiven Koordinationen realisiert wird. Im zweiten Fall hingen diese kognitiven Koordinationen nicht weniger mit den organischen Koordinationen zusammen, da sie eine höhere Stufe des Gleichgewichts davon darstellen. In beiden Fällen ist es also erlaubt zu fragen, ob die allgemeinsten operativen Strukturen nicht durch gewisse funktionelle Notwendigkeiten bedingt sind, wie sie jede lebendige Organisation enthält. Die Inklusionen und die Aneinanderreihung, die Kompositionen und die Koordinationen, die Um- und Rückwege usw. weisen, obwohl sie auf den verschiedenen Stufen der geistigen Entwicklung verschieden strukturiert sind, nicht weniger Eigenschaften auf, die allen Funktionsmodi der assimilatorischen Tätigkeit zugehören. Jede Assimilation setzt einen Zirkel voraus, der sich dauernd schließt, und dieser Mechanismus ist für das Leben typisch und vielleicht das Geheimnis der unbegrenzten Konstruktion der geistigen und schließlich logisch-mathematischen Schemata, deren Verwandtschaft mit den Begriffen der organischen Totalität von Lautman hervorgehoben wurde.

Wir beabsichtigen nicht, durch diese Bemerkungen auch nur die mindeste positive Frage zu lösen, sondern damit einen Teil des Programms zu zeigen, der noch erfüllt werden muß, bevor die Erkenntnistheorie zu den Beziehungen zwischen dem Subjekt und dem Objekt Stellung nehmen kann, denn diese Relationen liegen im Innern des Organismus und sind nicht durch die äußere Handlung des Subjekts allein gegeben. Es ist ebenso unerläßlich, die Beziehung zwischen einem Akt des intelligenten Verständnisses, das durch seine reversiblen Kombinationen ausgezeichnet ist, und dem nervlichen Prozeß des Gehirns zu kennen – den physikalisch-chemischen Prozessen oder den mikro-physikalischen Prozessen, die sich in der zerebralen Substanz abspielen –, um die Beziehungen zwischen dem Subjekt und dem Objekt aufzuzeigen, wie auch die Beziehung zwischen dem Intelligenzakt und dem physikalischen Objekt, das außerhalb des Organismus liegt, der diesen Akt ermöglicht.

Wenn wir auch die Beziehungen zwischen den intellektuellen Strukturen und dem Leben nur rudimentär kennen, vor allem hinsichtlich der logisch-mathematischen Strukturen, geben doch gewisse, schon untersuchte Tatsachen zu denken. Die Humanpsychologie macht große Anstrengungen, die Elemente des Raums, der Zahl, der Klassen oder der Relation auf die sensomotorischen Verhaltensformen des ersten Jahres oder auf Wahrnehmungsstrukturen usw. zu reduzieren. Diese sensomotorischen Verhaltensformen bauen jedoch auf erblichen Strukturen oder Reflexen auf, die beim Menschen schnell in die erworbenen Konstruktionen integriert werden, sich im animalischen Instinkt dagegen in einer reineren und reichhaltigeren Form ausbilden. Man müßte nun eine ganze Geometrie und eine logisch-arithmetische Analyse der instinktiven Verhalten und Konstruktionen entwickeln. Von den Wachszellen einer Bienenwabe, den vielfältigen Strukturen eines Spinngewebes bis zu den Ordnungsrelationen und Inklusionen der Handlungsschemata oder den Quantifikationen, die von der Abfolge der Reflexe in jedem konstruktiven Instinkt bezeugt werden, findet man nicht etwa die Elemente von logisch-mathematischen Operationen, sondern eine vererbte *sensomotorische Strukturierung* von sehr entwickelter logisch-mathematischer Natur vor. Vom erkenntnistheoretischen Gesichtspunkt aus wäre nichts eindrücklicher als die Erklärung dieser instinktiven prämathematischen Strukturen.

Während die Intelligenz die Gestalten der verschiedenen operativen Systeme konstruiert, erscheinen diese Gestalten um so mehr als immateriell, als die Verhaltensformen, die zu den konkreten Operationen gehören, sich zu formalen Strukturen verinnerlichen, mit einem rein symbolischem Auflagepunkt. Die durch den Instinkt erarbeiteten Gestalten sind dagegen sowohl Verhaltensformen als auch mit der Struktur der Organe verbundene Gestalten. Der Instinkt ist die Logik der Organe, denn wenn man seine Gestalten auch als logisch-mathematische Strukturierung bezeichnen will, setzen sie doch andererseits die organischen Strukturen fort. So sind die Bewegungen der Tatzen, der Flügel oder der Flossen, der Mund- oder Geschlechtsorgane usw. durch präzise Strukturen bestimmt, und wenn man die Geometrie oder die Kinematik solcher Bewegungen finden wollte, müßte man von der räumlichen Charakterisierung dieser Strukturen ausgehen. Gerade in diesem Punkt begegnen die Mathematiker der Biologie in der direktesten und natürlichsten Form, und es ist zu bedauern, daß wir kaum eine biologische Mathematik besitzen, ausgenommen die Biometrie, die die erblichen Variationen und die Erbgesetze beschreibt. Es muß in dieser Hinsicht auf die bemerkenswerte und höchst interessante Studie des berühmten Biologen d'Arcy Thompson[1] über die geometrischen Beziehungen zwischen den Strukturen der verschiedensten Organismen hingewiesen werden, vor allem über die Formen von benachbarten Arten, Gattungen oder Familien. Man findet im Werk von d'Arcy Thompson das eindrücklichste Anschauungsmaterial über geometrische Transformationen, die den Übergang von einer Struktur zur andern anzeigen: die topologischen oder affinen Ausdehnungen oder Kontraktionen bei den Formen von metrisch verschiedenen Fischen, die im übrigen aber homöomorph bleiben usw. Eine solche Untersuchung – nicht nur der anatomischen Formen, sondern auch der Gestalten der vererbten oder instinktiven Verhalten (motorisches oder konstruktives Verhalten) – lieferte einen wesentlichen Beitrag zum Studium des biologischen Ursprungs der geistigen Strukturen und wäre damit auch für kognitive Strukturen wertvoll, eingeschlossen für die logisch-mathematischen Strukturen[2].

Wenn es auch nicht versponnen ist, an eine solche regressive Untersuchung der Aktivität des Subjekts zu denken, die sich bis auf das Gebiet der instinktiven Verhaltensformen und sogar der allgemeinen organischen Morphogenese erstreckt, schließt man sich jedoch offensichtlich in einen Zirkel ein. Die biologischen Tatsachen sind eine spezielle Variation der physikalisch-chemischen oder rein physikalischen Tatsachen, und ein ganzes Wissenskapitel wird heute über die Beziehung der Mikrophysik und der Biologie geschrieben. Wenn die mathematischen Wissenschaften und die Logik ständig mit der äußeren physikalischen Realität des Subjekts übereinstimmen und die physikalische Realität dadurch erklären, daß sie sie immer enger an sich assimilieren, könnten sie eines Tages als ein organischer Mechanismus erscheinen, der selbst im physikalisch-chemischen Universum wurzelt. Vorausgesetzt, daß die biologische Erklärung früher oder später den Genauigkeitsgrad und Zusammenhang einer strengen theoretischen Konstruktion erreicht, die ihr heute noch vollständig fehlen, befände man sich alsdann in einem wirklichen Zirkel.

Beim gegenwärtigen Zustand der Kenntnisse handelt es sich allerdings nur um einen idealisierten Kreis, da die Einsicht in die Beziehungen zwischen dem Verstand und der Biologie einerseits und der Biologie der Physik andererseits fehlt (zwei Beziehungen, die übrigens eines Tages miteinander interferieren könnten). Es bleibt vom genetischen Gesichtspunkt aus bemerkenswert, daß sogar die Mängel eines solchen Zirkels eine kapi-

---

[1] D'Arcy Thompson, „On Growth and Form", Cambridge 1942.

[2] Siehe im Hinblick auf die Konvergenz zwischen den mathematischen Formen und den morphogenetischen Strukturen ebenfalls die seltsame Bemerkung von Hilbert über die Erbgesetze und die Axiome der linearen Kongruenz, die im Kapitel II, 6 zitiert wurde.

tale Bedeutung besitzen: Die Verzweigungszonen zwischen dem Subjekt und dem Objekt bestehen nicht nur im Grenzgebiet zwischen der Mathematik und der Physik, sondern auch symmetrisch im Gebiet zwischen der Biologie (oder Psychologie) und der Physik. Diese Beziehungen erlauben aber die verschiedensten Kombinationen zwischen dem Subjekt und dem Objekt. Wenn man den Mechanismus des Lebens mit den Mechanismen der Intelligenz und der Erkenntnis verbindet, stellt man die zentrale Frage der Beziehungen zwischen dem Subjekt und dem Objekt, die zur Frage der Beziehungen zwischen dem Organismus und der Umgebung geworden ist, einfach zurück, läßt aber die Reihe der möglichen erkenntnistheoretischen Lösungen offen (von denen wir später sehen werden, daß sie genau den Lösungen des biologischen Problems der Adaptation und der Variation entsprechen). Die gegenwärtigen biologischen Kenntnisse verpflichten uns nicht, den Organismus als passiv, als den Wirkungen der Umgebung unterworfen zu betrachten, noch weniger sind wir verpflichtet, in ihm einen direkten Ausdruck der heute bekannten physikalisch-chemischen Prozesse zu sehen.

Erst wenn wir die exakten Beziehungen zwischen dem Leben und der unorganisierten Materie und zwischen dem organischen Funktionieren und dem äußeren Milieu kennen, können wir eine genaue Erkenntnistheorie der „inneren" Beziehungen zwischen dem Subjekt und dem Objekt schaffen (im Gegensatz zu den äußeren Beziehungen zwischen der operativen Aktivität und der physikalischen Welt, auf die sich unsere Handlungen beziehen).

Die von uns in diesem ersten Teil unseres Werkes unternommene Untersuchung der mathematischen Erkenntnis erfordert also als Fortsetzung eine Untersuchung der Beziehungen zwischen dem mathematischen Denken und der physikalischen Erkenntnis (Teil II), aber auch eine Untersuchung über die erkenntnistheoretische Tragweite der biologischen Kenntnis (Teil III), bevor wir auf die eigentlichen Probleme der psychosoziologischen Erkenntnis zurückkommen (Teil IV).

JEAN PIAGET
Gesammelte Werke

Studienausgabe

Band 1
Das Erwachen der Intelligenz beim Kinde. 1936

Band 2
Der Aufbau der Wirklichkeit beim Kinde. 1937

Band 3
Die Entwicklung des Zahlbegriffs beim Kinde. 1941

Band 4
Die Entwicklung der physikalischen Mengenbegriffe beim Kinde. 1942

Band 5
Nachahmung, Spiel und Traum. 1945

Band 6
Die Entwicklung des räumlichen Denkens beim Kinde. 1948

Band 7
Die natürliche Geometrie des Kindes. 1948

Band 8
Die Entwicklung des Erkennens I: Das mathematische Denken. 1950

Band 9
Die Entwicklung des Erkennens II: Das physikalische Denken. 1950

Band 10
Die Entwicklung des Erkennens III: Das biologische Denken. Das psychologische Denken. Das soziologische Denken. 1950